三つの国の物語

トーマス・マンと日本人

山口知三

鳥影社

目次

三つの国の物語

――トーマス・マンと日本人

まえがき

いつかは書いてみたい、いや書かなければならないと、長年ひそかに思いながら、なかなか踏み切れなかった、日本におけるトーマス・マン受容史の執筆にようやく着手する決意がついたのは、今から四年半前の二〇一三年一二月一一日のことだった。

その日私は、神戸市灘区にある兵庫県立美術館で開催されていた、「昭和モダン　絵画と文学　一九二六—一九三六」と題する展覧会に行ったのだった。むろん、そこで取り上げられている時代の日本の社会と文化についての一般的な知識は、それ相応に持っていたつもりである。しかし、あの時代のさまざまな作品にじかに接しているうちに、私はしだいに、「これが自分の生まれてきた頃の日本だったのだ」という思いに激しく心を揺すられ始めていた（たっぷり予備知識もあれば、読書体験もある文学関係の展示物よりも、初めて実物に接するものの多い美術作品の方により強く心を捉えられたのは、自然の成り行きであった）。

しかし、神戸から京都に帰る電車の中で、ある事を思い出した私は、その事と先ほど展覧会場で受けた感銘との間にある少なからぬ落差に、強い違和感を覚えて、なんとも落着かない気持になっていった。

私が思い出したのは、日本におけるトーマス・マン文学の受容が本格的に始まったのは、まさにあの展覧会が明示していた「一九二六から一九三六年」にかけての時期にほかならなかったという事実である。本書の「第一話」の冒頭でも挙げた、岩波文庫の日野（実吉）捷郎訳『トオマス・マン短篇集』の刊行が一九三〇年で、新潮社の世界文学全集の成瀬無極訳『ブッデンブロオク家』の刊行が一九三二年であるということを挙げ、併せて、トーマス・マンのノーベル文学賞の受賞が一九二九年であることを指摘しておけば、それ以上の説明は不要であろう。

むろん、トーマス・マン文学の受容も、昭和モダニズムの一環と捉えてすませてしまえば、別に違和感もないわけで、事実、『トニオ・クレエゲル』や『ブッデンブロオク家』に魅入られて、トーマス・マンのファンとなった日本人の多くは、そのような意味での新しがり屋であったに違いない。そして、そのような人びとにとっては、一九二九年にノーベル文学賞の受賞が決定した時に大喜びしながらも、その授賞理由が『魔の山』ではなく、『ブッデンブロオク家』であると知った時のトーマス・マンの激しい苛立ちなど、仮に知ったとしても、なんの興味もなかっただろうと思われる。

いわんや、その一年後の一九三〇年秋に、ナチスの急速な躍進に危機感をつのらせたトーマス・マンが、講演会場でなんらかの危害を加えられかねない危険さえ覚悟の上で、ドイツ国民に「反ナチス」を呼びかける政治的講演「理性への訴え」をベルリンのベートーヴェン・ホールで行なったことなど、この日本の俄仕込みの「昭和モダンボーイ」や「昭和モダンガール」たちは、どうも知る由もなかったようなのである。

これが、日本には類似の政治的に危険な、あるいは緊迫した社会状況や政治状況がまったく存在しなかった時代のことであるというのなら、わからないでもない。だが、日本の「一九二六年（昭和元年）から一九三六年（昭和一一年）」という時代が、いかなる時代であったかは、まさに展覧会「昭和モダン　絵画と文学」が如実に示していたところである。そこには、斬新なデザインを誇示する「新しい感覚」もあれば、労働者の逞しい筋骨を誇示する剝き出しの闘争心もあり、また、徐々に高まっていく軍靴の音がいつ高らかに響き始めてもおかしくないという時代であった。

断わっておくが、私は、昭和最初期（一九二〇年代後半）の日本人がトーマス・マンの二〇世紀最初期の作品『トニオ・クレエゲル』や『ブッデンブロオク家』に夢中になったことを批判しているのではない。そうではなくて、その日本のマン文学愛好者たちが、自分たちと同時代を生きている文学者トーマス・マンが、それらの作品を書いた後、第一次大戦中（大正三年―大正七年）やそれ以降に何を考え、どのような作品を書き、どのように生きているかに、ほとんど関心がなかったらしいことを不審に思い、強い違和感を覚えたというだけである。

　これには、「第三話」の冒頭に書いたような「私的な」事情も関わっていたことは確かだが、ともかく、この神戸からの帰りの電車の中で、私は本書の執筆を決めたのだった。

　しかし、私の違和感を正確に理解してもらうためには、何よりもまず当時の、つまり一九二〇年代から一九三〇年代にかけてのトーマス・マンの実像を知ってもらわねばならない。もはやハノオ・ブデンブロークでもなければ、トーニオ・クレーガーでもなければ、かといって、反戦や平和を説くロマン・ロランやハインリヒ・マンを口汚く罵倒する第一次大戦中の愛国主義者トーマス・マンでもなく、今やドイツ共和国を支持し、民主主義を信奉するコスモポリートであり、自ら「詩人（ディヒター）」であることを拒否し、「著作家（シュリフトシュテラー）」であることを標榜する叙事作家トーマス・マンの姿を知ってもらわねばならなかった。

　つまり、本書において私は、一方では昭和初期の日本におけるトーマス・マン文学の受容の実態を調査し提示する作業を、他方では同時代のドイツ社会における「著作家」トーマス・マンの実像を調べて提示する作業を、同時に行わなければならなかった。というのは、第二次大戦後の日本で発表された数多くのトーマス・マン論においても、実は、一九二〇年代から一九三〇年代にかけてのトーマス・マンの文筆活動や政治活動の具体的な実像は、意外に明らかにされてこなかったからである。

　そのことが本書全体の構成を複雑にし、多少読み難いものにしたことは、認めざるを得ない。

　そのような難点をいわば逆手にとって、その構成上の割れ目に、思い切って、トーマス・マン本人とも、トーマス・マン文学の受容史とも直接的には何の関係もない、同時代に生きた日本人たち、斎藤茂吉や島崎藤村らの人生の一齣を押し込むことにしたのは、本書のテーマを一人の外国人作家の受容問題という特殊な問題に限定して考えるのではなく、当時の日本人全体の国際感覚、あるいは世界認識の問題として考えてみたかったからである。――私が文士的ゲルマニスト成瀬無極の大正期から昭和初期の文筆活動をある意味では必要以上に丹念に紹介したのも、同様の意図によるものである。

このような無謀とも言える試みの背後には、もう一つの重要な意図がある。それは、私が長年にわたって心がけてきた〈群像画〉志向である。これは三〇年近く昔の拙著『ドイツを追われた人びと——反ナチス亡命者の系譜』（人文書院　一九九一）の「あとがき」で書いたことだが、特定の一人の人物を対象とする研究書は、どうしてもその人物に捧げる「一人よがりのオマージュ」になってしまう。それで私は、生涯にわたって私の研究対象となったトーマス・マンについても、できる限り彼を群像画中の一人物として認識し、かつ描き出すことを心がけてきたつもりである。敢えて言挙げするなら、それは戦後民主主義なるものの洗礼を受けて育った私の〈研究者〉としての思考法であり、方法論であると言っていいだろう。

その意味で、本書は、日本には一度も来たことのないドイツ生まれの世界市民トーマス・マンを、大勢のゲルマニストや歌人、作家などさまざまな同時代の日本人の中に取り込んで描いた、一葉の〈群像画〉である。

本書もまた年刊の同人雑誌『希土』に五年間にわたって連載したものに、若干の加筆修正を施したものである。同誌の編集長をはじめ、私の我儘勝手を大目に見てくださった同人の皆さんに、心からの感謝を捧げたい。また、今もって原稿用紙に鉛筆で書くことに固執する私のために、データ入力の労を取って下さった人たちにも、心からお礼を述べたい。

最後になったが、本書ではついに利用することが出来なかったが、成瀬無極の門下生の一人で、大学卒業後はドイツ語の教師をしていた私の父山口龍夫に引率されて、〈勤労動員〉とやらで長崎の兵器工場で働いていた旧制第七高等学校（現鹿児島大学）の生徒たちの原爆被災に関する資料集めを手伝ってくれ、毎年夏休みや冬休みなどにそれを持って拙宅に訪ねてきては、本書の執筆に苦労する私の話相手になって、励ましてくれた鹿児島大学勤務の相浦聡氏が昨年春に定年退職を目前にして急逝されたことは、私にとって大きな衝撃だったことをここに記し、心から御冥福をお祈りするしだいである。

また、八一歳の老人がこのような大部な学術書を世に出すことができるのは、言うまでもなく、さまざまな形での家族の協力と、鳥影社の樋口至宏氏のいつに変らぬ御支援があったからにほかならない。どちらも、今さら礼を言うのもためらわれるくらいだが、それでもやはり、心から「ありがとう」と言わずにはおれない。

二〇一八年八月六日

第一話　ドイツ――一九二〇年代のトーマス・マンをめぐって

序　トーマス・マンが日本に紹介された頃

日本におけるトーマス・マン受容史の文献学的データは、すでに村田経和によってかなり詳細に調査されている。それによると、この二〇世紀ドイツを代表する文学者が日本に初めて紹介されたのは、一九〇四年（明治三七年）に、当時東京帝国大学文科大学で刊行されていた月刊誌『帝国文学』の一二月号に掲載された、厨川白村の「独逸最近の戯曲小説」と題する文章の中においてだったという（ちなみに、これは私の父親の生まれた年である）。そして、マンの作品の日本語への翻訳が最初に発表されたのは、同じ『帝国文学』の一九一〇年（明治四三年）九月号に掲載された、林久男訳の短編小説『箪笥』（『衣裳戸棚』）だったという。

だが、言うまでもないことだが、明治時代に『帝国文学』などという雑誌を手にした人の数はきわめて限られていたに違いない。その後も、マンの作品の日本語訳はいくつか発表されたようであるが、広汎な読者の目に触れ、手に渡ったマン作品の最初の日本語訳ということになれば、やはり、一九三〇年（昭和五年）刊の岩波文庫版、日野捷郎訳『トオマス・マン短編集Ⅰ』と、一九三二年（昭和七年）刊の新潮社の「世界文学全集」第二期第一一巻／第一九巻の成瀬無極訳『ブッデンブロオク一家』を挙げねばなるまい。なお、日野捷郎はのちに実吉捷郎と旧姓に複したが、彼の訳した『トニオ・クレエゲル』は日本におけるトーマス・マン文学の普及と、トーマス・マン像の定着に多大な役割を果したと言っていいだろう。ちなみに、昭和五年刊の岩波文庫『トオマス・マン短編集Ⅰ』に収録されているのは、「幻滅」、「墓地へゆく道」、「トニオ・クレエゲル」の三編で、定価は二〇銭である。また、成瀬無極訳『ブッデンブロオク一家』は、新潮社の『現代世界文学全集』の中で出版された五年後の一九三七年には、岩波文庫に四巻本として収められたが、一九六九年に現行の望月市恵訳に差し替えられた。

一九二七年（昭和二年）に五八万人という驚異的な数の予約者を集めて刊行を開始した新潮社の「世界文学全集」も、同じ年に創刊され、一九三〇年代、四〇年代を通じて「教養」のシンボル的地位を獲得していった岩波文庫も、共に前年（大正一五年／昭和元年）に改造社が「現代日本文学全集」を各巻定価一円で予約募集を行なって大好評を博したことに対抗する手段として、それぞれの出版社が打ち出した新企画であったことは、周知の通りである。つまり、トーマス・マンという作家が本格的に日本に紹介され始めたのは、昭和初期のいわゆる「円本ブーム」に象徴される、一種の出版革命ともいうべき大きな変動が出版界に、ひいては広く社会一般に起きつつあった最中であった。この社会現象を「岩波文化」に擦り寄った視点から捉えるなら、大正時代の後半期に政府の肝入りで精力的に推し進められた旧制高等学校の大増設などによって生じた、高度に知的な欲求をもった「学歴貴族」の急激な増加に伴う社会の変化と見做すこともできるだろう。しかし、一九二五年（大正一四年）に創刊された講談社の月刊雑誌『キング』が、創刊号からして一挙に七〇万部を超える売れ行きを達成したという事実をも含めて捉えるなら、事柄は、狭義の「知識階級」や「教養市民階級」の枠を超えた、もっと大きな社会の変動を反映するものであったと言える。そのことは、この時期が、日本におけるプロレタリア文学の隆盛期でもあったことを思い出せば、容易に理解できよう。

ちなみに、一九二七年（昭和二年）に創設された岩波文庫は、最初の一年間に七二点が刊行されたというが、その中でドイツ文学関係のものは、ゲーテの『ギルヘルム・マイスター』（林久男訳）、エッカーマンの『ゲエテとの対話抄』（亀尾英四郎訳）、キルシュネルの『埋木』（森鷗外訳）、ヴェデキントの『春の目ざめ』（野上豊一郎訳）の四点だったようである。他方、トーマス・マンの長編小説を日本に最初に紹介する役を担った新潮社の「世界文学全集」の方は、先陣を承って第一回配本に選ばれたのは、ヴィクトル・ユゴーの『レ・ミゼラブル』（豊島与志雄訳）

で、最初の年、一九二七年（昭和二年）に刊行された計九冊の中に含まれていたドイツ文学の作品は、ゲーテの『ファウスト』や『若きエルテルの悩み』など五篇の作品（いずれも秦豊吉訳）を収めた一冊だけで、翌年の年初にハウプトマンの『寂しき人々』やシュニッツラーの『恋愛三昧』などに、ベルギーのメーテルリンクの作品を併せた一冊が（成瀬無極他の訳）刊行されている（『岩波文庫解説総目録』および『新潮社七〇年』による）。

すでに一九二七年に同じ岩波書店から単行本として出版されていたトーマス・マンの『トニオ・クレエゲル』その他の短編小説（日野捷郎訳）が、一九三〇年（昭和五年）に岩波文庫に取り入れられ、他方、同じ一九三〇年に始まった新潮社の「世界文学全集」の第二期全一九巻の中に、ヘルマン・ズウデルマンの巻やベルンハルト・ケッラアマンの巻と並んで、トーマス・マンの『ブッデンブロオク一家』が二巻にわたって収められた（下巻の方にはハインリヒ・マンの『嘆きの天使』も入っている）のは、言うまでもなく、前年にトーマス・マンが、ドイツの作家としてはゲールハルト・ハウプトマン以来一七年ぶりに、ノーベル文学賞を受賞したことに対する日本の出版界の迅速な反応の現れだったと考えられる。なおハウプトマンの作品は、『ゾアーナの異教徒』（奥津彦重訳）が一九二八年（昭和三年）に、『日の出前』（橋本忠夫訳）と『希臘の春』（城田皓一訳）が翌一九二九年に岩波文庫で刊行され、新潮社の「世界文学全集」の方でも、前述のように、第一期の中でも比較的早い方で、『寂しき人々』と『織匠』と『馭者ヘンシェル』を収めた巻が刊行されている。

トーマス・マンのノーベル賞受賞という最新の出来事に対する反応という観点からすれば、彼の本領である長編小説の中で、日本に最初に翻訳紹介された作品が『ブデンブローク家の人びと』だったのは、ごく当然のことだったと言える（成瀬無極訳では「ブッデンブロオク一家』だが、以下の本書の本文では『ブデンブローク家の人びと』という表記を用いることにする）。なぜならノーベル賞のマンへの公的な授賞理由は、まちがいなく『ブデンブローク家の人びと』の著者の顕彰ということだったからである。しかも、この長編小説がこの作家の弱冠二六歳時の出世作であり、最初の長編小説であったことも、外国の新しい作家を日本の読者に紹介するのには、ある意味で最も自然で、最も適切な作品だったともいえる。加えて、この長編小説には、作家トーマス・マンのいわば原点を形成する全てのものが書きこまれているという意味でも、日本に紹介された彼の最初の長編小説が『ブデンブローク家の人びと』であったことは、ごく自然な成行きだったたとも言えよう。

しかし、それはそれとして、私はここで、このことと微妙に関係している或る事に拘ってみたいのである。それは、マン自身が、むろんノーベル賞受賞には大喜びしながらも、主たる授賞理由が『ブデンブローク家の人びと』にあるとされたことに対しては、強い不満を抱いていたという事実である。さすがにこの不満を公の場ではっきりと口にすることは控えたものの、受賞直後にほかならぬスウェーデン・アカデミーの要望に応じて、自分の作家としての閲歴を簡潔にまとめた自伝的文章『略伝（Lebensabriß）』の中でさえも、「もし『ブデンブローク家の人びと』だけが授賞理由であるのなら、私はどうして二五年前にノーベル賞をもらえなかったのだろうか」と精一杯の皮肉を口にし、「選考委員会は、むろん自由な決定権を持っていることは疑いないとはいえ、それでも世間一般の同意をも得られる当てがなければ決められないはずで、そのためには、『ブデンブローク家の人びと』の後にも、私がしかるべき業績をあげることが必要だったのだろう」と、授賞した側へのぎりぎりの礼節を保ちながらも、判る人には判るだろうと言わんばかりの形で、自分の不満を表明しているのである。

これが、信頼できる相手への私信になると、彼は何が不満なのかを、はっきりと表明している。たとえば、ノーベル賞の授賞式に出席した約一ヶ月半後の一九三〇年一月二〇日付の、フランスの作家アンドレ・ジッド宛の手紙では、自作『魔の山』に対するジッドの賛辞に感謝した後、ノーベル賞授賞の理由を主として『ブデンブローク家の人びと』に求めたスウェーデン・アカデミーの見解は、一部の選考委員の意見に歪められたものであって、「間違っていることは明々白々です」と言い切っている。そして、スウェーデン・アカデミーに私への授賞を決めさせた本当の理由は、この「忌み嫌われている小説」『魔の山』にあるのですと、例によって皮肉たっぷりの言いまわしで、しかしきっぱりと断言している。

受賞者トーマス・マンの側のこの不満がいかに根深いものであったかは、なんと四〇年余り後に、夫トーマスと死別して一五年たつ八七歳の老未亡人カーチャ・マンが、夫のノーベル賞受賞時の事を聞かれた際に、当時の夫の不満をそっくりそのまま、自分の回想として語っていることからも推測できる。

誤解のないように断わっておくが、私は何も今さら、いわば天下周知ともいえる、ノーベル賞なるもの（文学賞に限らず）にしばしば付き纏うある種のいかがわしさをあげつらうために、このような内幕話を持ち出したわけではない。

私がこの話を足掛りにして指摘したかったのは、当時、つまり一九二〇年代の中、後期には（ドイツならヴァイマル共和制の中、後期、日本なら大正時代末期から昭和初期）トーマス・マン文学の読者層には、いわば『ブデンブローク家の人びと』派と、『魔の山』派とが存在していたという事実である。

いや、こう分類してしまっては、正しくないだろう。『魔の山』派の人びとは、『魔の山』を高く評価し、『魔の山』を書いたからこそ、マンは今ノーベル文学賞を受けるに値するのだと考えたにしても、別に『ブデンブローク家の人びと』が優れた作品であり、今や一種の古典的地位を占めるものであることを否定したわけではなかったからである。それに対して『ブデンブローク家の人びと』派は、後で詳しく見るように、『魔の山』という小説に対して、その本質的な面において批判的、否定的な評価を下していたからである。

そして、この二派の対立が持つ意味の重要さ、あるいは厄介さは、それが結局は、第一次大戦後におけるマンの政治的〈転向〉に対する評価と密接に関わっていたことにある。――すなわち、第一次大戦中に『非政治的人間の考察』を中心とする一連の評論によって、愛国的な立場から激しい反・民主主義、反・啓蒙主義、反・西欧文明の言論を展開していたマンが、戦後四年経った一九二二年一〇月一三日に、ベルリンのベートーヴェン・ホールで行なった講演『ドイツ共和国について』で、共和制支持を表明したあの件である。

だが、そこに踏み込むためには、そのような問題の存在にはほとんど無関心なままに（あるいは気づくこともないままに）、この最新のノーベル賞作家の輸入紹介に勤しんだ当時の日本をひとまず離れて、一九二〇年代中、後期のドイツやヨーロッパにおけるトーマス・マンという作家の実像を、できるだけ具体的に明らかにすることを試みなければならない。それというのも、日本への最初の紹介からすでに一世紀を超える年月が経ち、二〇世紀のドイツの作家の中では、日本に最も詳しく紹介されてきた作家の一人とも言えるトーマス・マンであるにもかかわらず、本当にそうなのだろうかと、あらためて問いを発すると、長年マン研究に従事してきた私にも、確信がもてなくなるからである。——特に一九二〇年代のトーマス・マンについては。

(一)〈時の人〉トーマス・マン

この「第一話」で扱うのは、必要に応じて若干の前後はあるが、基本的には、マンが長編小説『魔の山』を書きあげ(九月末)、出版した(一一月末)年、一九二四年から、ノーベル文学賞を受賞した年、一九二九年にいたる間のトーマス・マンと彼を取り巻く人びとである。つまり、当時の日本の一般の言い方に倣うなら、大正一三年から、昭和四年末までということになる。

どうせのことなら、ヴァイマル共和制の始め(一九一九)から、終り(一九三三)までという区切り方も考えないではなかったが、次のような理由からやめることにした。まず、第一次大戦開戦(一九一四)の前後から、『魔の山』の擱筆あたりまでの時期のトーマス・マンについては、私はこれまでに何度か書いたことがあるので、関心のある人には、それらを読んでいただければいいと考えたからである(具体的には拙訳『非政治的人間の考察』の解説、拙著『アメリカという名のファンタジー』の第八章、同じく『激動のなかを書きぬく』第一部第二章など)。他方、一九三〇年以後のヴァイマル共和国末期については、以下のような私なりの意図にもとづいて、今回は書かない方がいいと考えたのである。

周知のように、一九三〇年九月の国会議員選挙で、ナチスが初めて大量に進出し、この事態を深く憂慮した最新のノーベル賞作家トーマス・マンは、講演「理性への訴え」を行ない、大々的に真向からナチスと敵対する姿勢を世界中に示したばかりか、その約二年半後には、ナチスが政権についたドイツから国外に逃れねばならないこととなった。

そのため、この時期のトーマス・マンについて語るとなると、どうしても、彼の反ナチズム闘争、反ファシズム闘争という視点が大きな比重を占めることになる。それは当然なことであって、そのことに異を唱えるつもりは私にはない。しかし、それが災いして（と今は敢えて言いたい）ヴァイマル共和国期全般のトーマス・マン像を描くのにも、やたらと反ナチズム、反ファシズムという視点が幅を利かすようになり、その結果、いかに早くから彼がナチズムの危険を察知していたかの指摘ばかりを競い合うことになってしまっては、贔屓の引き倒しというものであろう。といって、逆に、そのような政治的視点の偏重への意識的、あるいは無意識的な反撥から、ひたすらマンの家庭生活とか、親子の確執とか、同性愛問題とかいったプライベートな領域に潜り込むことにのみ専念するのも、これまた考えものであろう。同じトーマス・マンという作家とヴァイマル共和国期のドイツ社会やドイツの市民階級との摩擦や軋轢という問題を考えるにしても、もっと多面的、多角的な視点からの検討が必要なのではないだろうか。もっと多様な検討があって初めて、この作家の偉大さも悲惨さも明らかになるのではないだろうか。そして、近年ますます精度を高めつつあるマン研究の資料面での充実は、研究者にそのような作業を迫っているのである。

そこで、今回は意図的に、一九三〇年以後の、共和国がまさに末期的症状を呈するにいたった時期は除外して、ヴァイマル共和国が束の間の〈相対的安定期〉の平和と繁栄を享受した時期における作家トーマス・マンに、いくつかのさまざまな側面から照明を当ててみることにしたわけである。――その結果、一見それぞれに異なる視点からのアプローチが雑多に並記されているような印象を与えるかもしれないが、私としては、ある程度は時系列的な順序を追いながら、しだいに軋み（きし）の大きくなっていくマンと一九二〇年代のドイツ社会との関係という統一的なテーマを追跡していくつもりである。

まず、一一年がかりで書きあげた大作『魔の山』の好調な売れ行きによって、当代を代表する人気作家、大作家の地位を不動のものとしつつあった、この五〇歳のブルジョア作家の生活の一端を覗いてみよう。

ペーター・ドゥ・メンデルスゾーンの浩瀚な『S・フィッシャーと彼の出版社』によれば、一九二四年一一月二〇日に発行された、それぞれ六〇〇頁前後の上下二巻本で、定価二一マルクの『魔の山』は、発売当初から、まさに飛ぶような勢いで売れ、その年の内に二万部ほどが販売された。好調な売れ行きは、その後も持続し、翌年もその次の年も数万部ずつ増刷される勢いだった。そして、商機に聰いS・フィッシャー社が薄手のインディアペーパーを用いた一巻本をも出したことも手伝って、一九二八年には早くも計一〇万部にも達した。――この数字を現代のベストセラー本などの数字と比較してはならない。『魔の山』より一〇年ほど前にやはりS・フィッシャー社から出版されて、当時空前のベストセラーと騒がれたベルンハルト・ケラーマンの『トンネル』でも、一三年かかって二〇数万部が売れたにすぎない（『トンネル』については拙著『アメリカという名のファンタジー』第六章第七節を参照されたい。なお『トンネル』も『ブデンブローク家の人びと』と同様に、昭和初期の新潮社の『世界文学全集』の第二期の中の一冊として日本に紹介されたことをここに記しておくのも無駄ではないだろう）。しかも、大衆受けのしそうな波瀾に富む物語の『トンネル』と違って、読者にかなりの知的緊張を要求する『魔の山』の内容を考えれば、伝記作者クラウス・ハープレヒトの言うように、『魔の山』のこの売れ行きは、「ちょっとした奇跡」と言えるかもしれない。――そして、この「奇跡」的な売れ行きが、後述するように、トーマス・マン自身にも、今や文化界や読書界、ひいては出版界にも新しい時代が開かれつつあることを察知させる契機となったのではないだろうか。

　また、この長大な小説『魔の山』の外国語への翻訳出版も早くから行なわれた。ドイツで初版が刊行された翌年の一九二五年には、いち早くハンガリー語版が出、一九二七年には、イギリスとアメリカで英語版が出され、同じ年にオランダ語版も出版され、一九二九年にはポーランド語版とスウェーデン語版が、一九三〇年にはチェコ語版とイタリア語版とデンマーク語版が、そして一九三一年にはフランス語版が出た。ちなみに全巻の日本語訳が初めて出版されたのは、一九三九年（昭和一四年）で、熊岡初彌と竹田敏行の訳で、三笠書房から二巻本で出された。

　ところで、話を元に戻すと、『魔の山』がS・フィッシャー社から出版されて二ヶ月余りしか経っていない一九二五年二月四日付の友人エルンスト・ベルトラム宛の手紙の中で、マンは、内緒の打ち明け話として、『魔の山』の印税で、すでに七万マルク余り稼いだので、「一台の自動車を、素敵な六人乗りのフィアット車」を買うことにしたことを伝えている。ハープレヒトによれば、これはマン家の初めての自家用車だったが、「当時のドイツでは限られた上流階級の人びとしか所持していない贅沢品」だったという。むろん、マン自身が運転できるはずもなく、マン家の使用人の一人が運転手役を仰せつかることになったという。

加えて、当時のトーマス・マンは、写真で見てもわかるように、まるで「大臣か、大工業会社もしくは銀行の社長か、あるいは私服姿の将軍か」と見紛うような「きちんとした身なり」をして、自信に満ちた様子をしていた、とハープレヒトは書いている。そして、マンの妻カーチャの実家プリングスハイム家は、第一次大戦前にはミュンヘンでも指折りの富豪だったが、『魔の山』の大成功によって揺るぎない名声を確立した娘婿のことを評して、姑が知人に、「プリングスハイム家の富は、マン家の方に引越して行ってしまったわ」と冗談めかして言ったという逸話をも紹介している。

人気作家としていわば〈時の人〉となったマンは、当然国の内外のさまざまな講演会や朗読会に招かれることになった。講演会などの文化的行事に限らなかった。たとえば、後に『ヨセフとその兄弟たち』四部作の舞台ともなるエジプトの古代遺跡などをマンが初めて訪れたのも、一九二五年三月に、当時のドイツの産業界の牽引車ともいうべき石炭と鉄鋼の大コンツェルン、シュティンネス・グループに属する〈シュティンネス・ライン〉社に招待された、豪華客船による約三週間の地中海旅行の際だった(『ヨセフとその兄弟たち』四部作の執筆開始は一九二六年一二月である)。このように脚光を浴びることが多くなると、当然、新聞はもちろん、当時急速に普及しつつあったラジオや、あるいはニュース映画などのメディアに取り上げられる機会も増えていった。むろんテレビやインターネットはまだ存在しなかったにしても、ちょうど世界中の先進諸国で急速に大衆社会的な状況が成立しつつあった時だけに、トーマス・マンは、そのような時代における人気作家としての役割を担わされていったのである。

そして、一九二五年六月六日の彼の五〇歳の誕生日には、ドイツ第二の都市ミュンヘンの旧市庁舎のホールで、主席市長をはじめ各界のお歴々が出席して、公的な祝宴が開かれたのだった。それは、クルト・マルテンスが後日ミュンヘンの代表的な新聞『ミュンヘン最新報』に寄せた報告記事によれば、第一次大戦直後のミュンヘン革命から一九二三年一一月のヒトラー一派の一揆まで、左右両翼のさまざまな勢力による血で血を洗う市街戦の舞台となった、この「いかなる剝き出しの残忍な武器をも嫌わぬ党派争いの発生源にして中心地である街ミュンヘンにおいて、再び、全く相反する政治的方向をめざす党派の代表者たちが、我々の最も高邁な精神的指導者の名の下に、同じテーブルに集い、しばしの間啀み合うこともなかったのである」。ちなみに、ここでマルテンスが具体例として挙げているのは、ついこの間も「民族主義者たちの新聞雑誌でトーマス・マン本人を攻撃していた劇作家ハンス・ヨーストも、彼のために祝盃を上げていた」ことである。むろん、『非政治的人間の考察』の最大の論敵だった「文明の文士」である兄ハインリヒ・マンも出席していて、簡潔ではあるが心のこもったスピーチで、参加者一同を感動させたという。

ここで余計なコメントを付け加えるなら、日本でトーマス・マンの『トーニオ・クレーガー』が最初に翻訳出版されたのは、一九二七年（昭和二年）だが、その頃には、作者本人は、もはやハンスやインゲの幻を空しく追い求める若者でも、故郷の町で詐欺師と間違われる胡散臭い文士ふぜいでもなく、盛大な公式の誕生日祝宴を催してもらったばかりか、その席でミュンヘン市長から「堅実な市民的な社会文化の精神的な支柱」として称えられる存在だったのである。ついでに付記するなら、マンは翌二六年六月に約五年ぶりで故郷リューベックを訪れるが、その際には、同市の参事会から教授の称号を贈られている。

かつての『トーニオ・クレーガー』の作者は、今や、ドイツの市民社会に完全に迎え入れられたばかりか、ドイツ市民社会の代表者的存在に祭り上げられたように見えた。

しかし、実は、トーマス・マンという作家の真の問題は、ここから始まったのである。

というのは、言うまでもないことながら、五〇歳の誕生日の盛大な祝宴で、彼を囲んで一瞬成立したかに見えた、激しく対立する諸党派の和解は、表面だけの社交儀礼にすぎなかったからである。それどころか、彼自身もまた、そして、『魔の山』なる小説そのものもまた、その対立を惹き起す種の一つにほかならなかったからである。

しかも、今度は、彼は、その市民社会内部の争いに対して、決して市民社会のはぐれ者としてではなく、市民社会の代表者的存在としての矜持をもって対応しなければならなかったのである。そして、まさにそこから、二〇世紀の作家トーマス・マンの真の問題が生じてきたのである。――トーマス・マン文学の輸入紹介を競った昭和初期の日本のゲルマニストたちや、トーニオ・クレーガーに己れの姿を投影して酔い痴れた「新しき星菫派」の文学愛好者たちは、このことを一体どの程度に承知していたのだろうか。――なにもリルケやカロッサの愛読者（と称した者）たちだけが、加藤周一の言う「新しき星菫派」だったわけではあるまい。たとえ、一九二〇年代、四〇年代の日本で、トーマス・マン文学を愛読したものであっても、「新しき星菫派」でありえたことを示唆することも、本書の執筆動機の一つである。

(二) トーマス・マンの〈転向〉の具体的内実

それでは、この時期のドイツの国家や社会の基本的な枠組である、いわゆるヴァイマル共和国に対して、トーマス・マンはどのような態度を取っていたのだろうか。換言するなら、一九二二年秋に〈転向〉を表明した後、彼の立ち位置はどのように変ったのだろうか。

そもそも、第一次大戦中に『非政治的人間の考察』などで、口をきわめて「民主主義」を罵倒していたマンが、一九二二年秋の講演「ドイツ共和国について」の中で、ノヴァーリスやホイットマンまで宣誓証人に呼び出して、「民主主義」支持を宣言したのは、あくまで「理念的」な問題としての〈転向〉であって、現実のヴァイマル共和国を支持するか否かの問題ではなかったのではないか、と主張する者もいるほどである。たしかに、マンがあの講演の中で語った〈ドイツ共和国〉なる理念が、一九一八年一一月に成立を宣言され、一九一九年七月に正式の憲法を制定した現実のヴァイマル共和国と完全な同一物でないことは、講演の中の「ドイツ共和国は一九一四年に成立したのです」という言葉一つを取っても、容易に判ることである。しかし、だからといって、マンの言う「ドイツ共和国」が現実のヴァイマル共和国と全く無関係のものだったということにはならない。

マンの〈転向〉がきわめて現実的な内容を伴うものであったことは、彼自身の当時の国会選挙における投票行動を具体的に検討すれば、明確に判明する（このような検証作業を抜きにして、彼の〈転向〉問題をただ思想的、理念的な問題としてのみ論じたところで意味はあるまい）。

マンの日記によれば、ドイツ革命が起き、皇帝が国外に逃亡した後、最初に行われた一九一九年一月の国会選挙では、彼は、ドイツ人民党（Deutsche Volkspartei）に投票している。工業界を基盤とするドイツ人民党は、当時はヴェルサイユ条約の締結や共和国憲法の制定に反対する生粋の保守政党だった。そして、新しく制定されたヴァイマル憲法の下で実施された最初の国会選挙である一九二〇年六月の選挙でも、数日前まではドイツ人民党に投票するつもりだったようだが、妻カーチャにドイツ民主党への投票を強く勧められたこともあってか、迷いが生じたらしく、結局は棄権している。ドイツ民主党は、社会民主党、中央党と共に「ヴァイマル連合」と呼ばれて、共和国発足の礎となった政党である。

残念なことに、一九二二年から一九三三年までのマンの日記は残されていないので、別の資料に頼るほかない。

そこでG・ポテムパの丹念な調査報告書を調べると、私たちは、一九二四年一二月の国会選挙の際に、百余名の知識人たちの名を連ねて出された「ドイツ民主党に投票しよう」と広く呼びかける文書に、哲学者カール・ヤスパースや歴史家フリードリヒ・マイネッケ、あるいは作家リカルダ・フーフなどとともに、トーマス・マンの名前をも見出すことができるのである。すなわち、私が本稿で問題にする時期においては、マンはすでに、ヴァイマル共和国を担う中核的なブルジョア中道政党、民主党に自分が投票するだけでなく、人びとに同党への投票を呼びかけるほどの公然たる支持者となっていたのである。

さらに、同じ一九二四年の年末に出された、共和国大統領エーベルトに対する、政治的に歪められた或る不当な判決に抗議して、再審査を求める要望書に、フリードリヒ・マイネッケやアルフレート・ヴェーバーらと共に、トーマス・マンも署名している。これは、社会民主党出身の大統領に対して、反・共和国派陣営からなされた種々の中傷や政治的嫌がらせをめぐって、両方の側から数多く起された告訴事件の一つに関して、〈ヴァイマル連合〉の一翼を担う民主党系の知識人たちが出した、とかく右翼びいきに傾きがちな当時の司法当局に対する、抗議の意を込めた要望書である。

これだけの事実を指摘しておけば、これ以上の説明は不要だろう。たとえ彼が講演「ドイツ共和国について」の中で、かなり苦しまぎれの強引とも言えるレトリックで保守的な若者たちを説得すべく提起した〈ドイツ共和国〉なる理念が、いかに現実のヴァイマル共和国とずれていたにしても、トーマス・マンが支持を表明したのは、実際には、現実に目の前にあるヴァイマル共和国だったのである。すなわち、彼の思想的〈転向〉は、同時に、現実的、政治的〈転向〉だったのである。そして、彼は、いま見たように、きわめて具体的に政治的活動をも行なったのである。だからこそ、彼の〈転向〉に対する批判や攻撃も厳しいものであり、激しいものとなったのである。――以上の事は、一九二〇年代のトーマス・マン像を思い描く際に、あらかじめ知っておかねばならないことである。また、彼の個人的な投票行動の話と違って、公のアピールへの連署という行為の方は、当然、当時ドイツで暮していた人びとに広く知られていた事柄であることを忘れてはならないだろう。

では、このようなマンの政治的〈転向〉は、小説『魔の山』を中心とする当時の彼の文学活動とどう関わっていたのだろうか。両者の密接な関係をかなり具体的に示す一つの実例を紹介しよう。――なお、『魔の山』自体についての私なりの読み方は、拙著『激動のなかを書きぬく』の第一部第二章「転身の構図――〈時代の小説〉としての『魔の山』の成立史と構造とについての一考察」の中で詳しく述べておいたので、本稿においては一切語らないことにする。関心のある人はそちらを参照してほしい。

その具体的な実例というのは、当時のマンが現実の政治に最も鮮明かつ具体的に、しかも彼一人の実名で関与した、一九二五年四月のヴァイマル共和国の大統領選挙にかかわる事柄である。

ヴァイマル共和国の初代大統領エーベルトの急死によって、急遽一九二五年春に行なわれることになった第二代の大統領を選ぶ選挙は、三月二九日の投票では、さまざまな政党から立候補した七名の候補者の誰も過半数を得ることができなかったため、四月二六日に第二次の投票を行なうことになった。これは、通常の形での決選投票方式によるものではなく、第一次選挙の立候補者でなくても新たに立候補でき、かつ今度は過半数でなくても最高得票者が当選者になる、という一風変った選挙法によるものだった。そこで、それぞれに必勝を期して、共和国の中核を担う中道派の諸政党は中央党の政治家で首相経験者のヴィルヘルム・マルクスを、共産党は党書記長エルンスト・テールマンを立てたが、これに対して右翼の諸党派は、第一次大戦時の帝国陸軍参謀総長で、タンネンベルク会戦の勝利などによって国民的英雄となっていた、選挙当時にはすでに七八歳の老将軍パウル・フォン・ヒンデンブルクを統一候補に担ぎ出すという奇策に打って出た。ちなみに、この担ぎ出し作戦の中心人物は、かつての帝国海軍の大立者で、第一次大戦開戦時の海軍大臣でもあったティルピッツ元帥だった。

この大統領第二次選挙の投票日当日の『ノイエ・フライエ・プレッセ』紙の朝刊に、「民主主義を救え！」と題し、「ドイツ国民への訴え」と添えられたトーマス・マンの文章が掲載された（これは同日のうちに『ベルリン日報』や『フランクフルト新聞』にも転載されたという）。マンは、この短い簡潔なアピールの中で、「愛国的と自称する諸党派」によるヒンデンブルク将軍の担ぎ出しは、「老戦士の義務感を悪用したもの」であると言い、さらに、これは「ドイツ国民のロマン主義的な本能の打算に満ちた悪用」であり、「まさしく人間的にも、政治的にも悪しき行為である」ときめつけている。そして、ヒンデンブルク将軍のような人物が候補者になると、当選しても落選しても、国民の間に深い亀裂を残すことになるだろうと、彼を担ぎ出したこと自体を重ねて強く批判したうえで、こう結んでいる。「我が国の国民が四月二六日に、大昔の戦士（ein Recke der Vorzeit）をわが国の元首に選ぶことを断念するなら、私は、わが国民の政治的紀律と、生を志向し未来を志向する本性を誇りに思うだろう」（マンがここでヒンデンブルクのことを「第一次大戦の英雄」などと呼ばずに、敢えて「大昔の戦士」と呼んでいることに留意する必要があろう）。

見出しのタイトルとは違って、マンの文章自体は新聞編集部への手紙という形を取っているので、政治的なアピールとしては、いささか迫力の欠けるものとなっていることは否めない。だが、今ここで私が問題にしているのは、この間違いなく当時のドイツの現実政治に直接的に関わるマンの言論活動が、当時のマンの文学とどのように関連しているのかということである。これについては、実は、マン自身が答えてくれているのである。

すなわち、マンは、この「アピール文」を新聞社に送った直後の四月二三日付の友人ユーリウス・バープ宛の手紙の中で、小説『魔の山』に触れた際に、この「アピール文」の一節をも引用して、「ヒンデンブルクの立候補は、穏やかな言い方をするなら、〈菩提樹〉なのです。私は『ノイエ・フライエ・プレッセ』紙に送った文章の中で、ドイツ国民のロマン主義的な本能の恥ずべき悪用に反対した」うえで、ドイツ国民が「大昔の戦士を元首に選ばない」ことを望んでおきました、と書いたあと、「頼りないハンスも、この程度にまでは成長したのです」という言葉で結んでいる。

『魔の山』と〈菩提樹〉とくれば、誰しも念頭に浮かぶのは、主人公ハンス・カストルプが「われは刻みぬ、あの幹に／うまし言葉の数々を……」と〈菩提樹〉の歌を口ずさみながら、砲弾飛びかう第一次大戦の戦塵の中に消えていく、『魔の山』のあの最終場面であろう。しかし、忘れてならないのは、小説『魔の山』には、このシューベルトの名曲、ドイツ・ロマン主義を象徴する役割をこの小説の作者が託した曲〈菩提樹〉が出てくる場面が、もう一箇所あることである。第七章第七部「妙音の饗宴」の、最後の数頁である。そこでは、高山のサナトリウムに七年間も滞在することによって主人公ハンス・カストルプが獲得した認識を、口下手な彼に代って、語り手自らが、いやはっきり言ってしまえば作者トーマス・マン自身が、〈菩提樹〉の歌の解釈という形で語っているのである。要点だけを紹介しよう。この歌はもともとは、きわめて民衆的な、生命感あふれるものだったかもしれないが、今では、「この歌に精神的な親愛感を抱くことは、死に親愛感を抱くことであり……やがては陰惨な結果を招くことになるだろう。」「ハンス・カストルプの大好きなこの郷愁の愛は、この歌の帰属する心情の世界と、その世界への愛着は、〈病的〉だというのか。とんでもない。それは、この世で最も心情こまやかな、最も健康なものである。しかし、それは、今この瞬間には、あるいは次の一瞬までは、瑞瑞しく、見るからに健康であっても、非常に傷みやすく腐りやすい果実のようなもので、新鮮なうちに食べれば、気持をこのうえなく爽やかにしてくれるが、食べるのが少しでも遅れると、食べる人びとの中に腐敗と破滅をひろめてしまうのである……。」この不思議な魔力を秘めた歌の最良の継承者とは、「いまだ語る術を知らない愛の新しい言葉を唇に浮かべながら、この歌の魔力を克服すべく生命を燃やし尽して死んでいく者であろう。この魔法の歌は、それのために死ぬに値する。しかし、この歌のために死ぬ者は、本当は、もはやこの歌のために死ぬのではないのだ。彼は、本当は新しいもののために死ぬのであり、彼の心の中にある愛と未来との新しい言葉のために死ぬのである。だからこそ、彼は英雄なのである……。」

長々と引用したが、この第七章第七節の〈菩提樹（リンデンバウム）〉論こそが『魔の山』の最後の場面で、主人公ハンス・カストルプに〈菩提樹（リンデンバウム）〉の歌を口ずさみながら第一次大戦の戦塵の中に消えて行かせる、作者トーマス・マンの意味づけである。〈菩提樹（リンデンバウム）〉の歌それ自体の解釈としては納得できない人も、〈菩提樹（リンデンバウム）〉の代りに〈ドイツ・ロマン主義〉という言葉を置いてみれば、すくなくともトーマス・マンがここで何を言おうとしているのかは、あらまし理解できるであろう。そして、〈菩提樹（リンデンバウム）〉の歌のために死んでいくどころか、第一次大戦を生き残ったうえに、今あらためて「ドイツ国民のロマン主義的な本能の悪用」を企む輩（やから）に担がれて、しゃしゃり出てきた老将軍に、マンがいかに苦々しい思いを抱いたかも、容易に推察できるだろう。要するに、第一次大戦時の英雄を今ごろ担ぎ出すのは、すでに食べ時を失して腐敗しはじめている、〈菩提樹（リンデンバウム）〉に象徴されるロマン主義的な果実を、その種の果実の大好きなドイツ国民の食卓に提供するに等しい、とマンには思えたのである。――ここで私は、第二次大戦後九年を経た一九五四年に書かれたヴォルフガング・ケッペンの、ナチスの復活をテーマにした小説『ローマに死す』の中で、トレヴィの泉の前で突然〈菩提樹（リンデンバウム）〉の歌を歌い出したドイツ人観光団とそれに感動した元ナチス幹部とが意気投合する場面を連想せざるをえないことを記しておきたい。興味をもたれた人は、拙著『激動のなかを書きぬく』の第四部第三章を参照されたい。

『魔の山』の完成は一九二四年九月二八日で、出版は同年一一月二〇日だから、大統領選挙の約半年前ということになるが、この頃マンが、ドイツ国民の心の奥深くに潜む「過去への郷愁」とも言うべきロマン主義的性向の持つ危険性をいかに憂慮していたかは、一九二四年一一月四日にミュンヘンで行なわれた、ニーチェ生誕八〇周年記念祭における彼の講演からも窺える。そして、そこでもマンは、ドイツ人のロマン主義的本性の持つ危険性と、自己克服の必要性を説くのに、先に私が紹介した『魔の山』の中の、食べ時を間違うと有害なものになってしまう果物にたとえた〈菩提樹（リンデンバウム）〉論の箇所をそっくりそのまま引用して、ニーチェを範としつつ、ドイツ人における〈自己克服〉の重要性を人びとに説いている。

これらの実例から明らかなように、トーマス・マンにあっては、一九二〇年代においても、小説創作活動と哲学的思索活動と政治的言論活動とは、彼なりに統一性を保持していたのである。――「頼りないハンスも、この程度にまでは成長して」いたのである。

この章を閉じるにあたって、付け加えておかねばならないことがある。

周知のように、一九二九年一〇月末のニューヨークのウォール街における株価大暴落に始まる世界大恐慌によって、もともとアメリカ資本の流入によって狂い咲きしていたにすぎないとも言えるヴァイマル共和国の〈黄金の二〇年代文化〉は、いとも呆気なく瓦解してしまった。一九三〇年九月の国会議員選挙でナチスが驚異的な大躍進をみせた時、トーマス・マンは有名な講演「理性への訴え」を行なって、ドイツ市民階級に結束を訴えた。この時にマンが結束の核として掲げたのは、社会民主党だった（時とともに衰退していった民主党は三〇年七月に解党し、他の諸派と合併してドイツ国家党となっていた）。さらにまた、一九三二年四月の大統領選挙では、マンは、今度は公然とヒンデンブルク支持を表明した。ナチスを率いるヒトラーの当選を防ぐには、ヒンデンブルクを支持するほかないとした社会民主党や中道派諸勢力の判断に、マンも同調したのである。当然、マン嫌いの右翼が彼のこの新な〈変節〉を見逃すはずはなく、マンは痛烈な批判を浴せかけられた。――右翼に限らず、マンのこのような度重なる〈転向〉を苦々しい思いで見ていた文学者や知識人は、少なくなかったのではないか、と私は思う。しかし、激動の時代に、時代と共に生きることを決意した人間には、それでいて、自ら政治家そのものとなる気は毛頭なかった人間には、いかに変節漢と罵しられようと、己れに誠実であろうと思えば思うほど、このような生き方しかなかったのではないだろうか。

(三) 出版直後の『魔の山』批判

トーマス・マンの無名時代から、彼の作品を一手に引受けてきたS・フィッシャー社は、同社の看板雑誌とも言うべき『ノイエ・ルントシャウ』誌の一九二五年六月号を、五〇歳の誕生日を迎えたマンに捧げた。——この記念号については、その年（大正一四年）のうちに、当時の京都帝国大学のドイツ文学講座教授、藤代禎輔が「目から手へ（トーマス・マンの第五〇回誕辰）」と題する文章で紹介している（本書「第二話」参照）。

この『ノイエ・ルントシャウ』の記念号に、マンは、短編小説『無秩序と幼い悩み』を発表した。この小説は、作者自身の家庭をモデルにしていることが容易にわかる作品であり（実際には子供の数なども変えてあったのだが）、描かれている時代もわずか二年ほど前に設定されていたため、多くの読者が作者マンと主人公の大学教授で歴史家のコルネリウスとをほとんど同一視してしまったようである。その結果、今日においても、一九二〇年代半ば頃のトーマス・マンというと、本質的に過去のことにしか興味がなく、目まぐるしく激動する現在の混乱をきわめた周囲の事態に対しては、手を束ねて眺めているだけの、穏健な性格の中年の知識人というイメージを抱く人が少なくないようである。おまけに、一時代前と言ってもかまわない頃の人里離れた高山のサナトリウムの物語『魔の山』を仕上げたと思ったら、次にとりかかったのは、なんと、何千年も昔の旧約聖書の物語を現代風に書き直す作品『ヨセフとその兄弟たち』だったと聞かされると、どこか浮世離れした物語作家を想像する方が自然なのかもしれない。

しかし、先に見た一九二四年、二五年における彼の当時の具体的な政治問題との関わり合いの二、三の実例からも明らかなように、この作家は決して、浮世離れした作家でもなければ、過去の歴史にしか興味の無い歴史小説家でもなかった。むしろ、逆に、現在ただ今の社会問題や政治問題に敏感に、しばしば苛立たしげに反応し、発言せずにはいられない文学者だった。いや、正しくは、彼にあっては、強い過去志向と、現在の現実への鋭敏な反応とが併存していたと言うべきなのだろう。

そうであるからこそ、マンは、第一次大戦がはじまると「戦時の思想」や『非政治的人間の考察』を書かずにはおれず、敗戦の後、ヴァイマル共和制が始まると、講演「ドイツ共和国について」によって、いわば右から左への〈転向〉を宣言せずにはいられなかったのである。

そして、まさにそうであっただけに、トーマス・マンに敵対する側からの批判や非難や攻撃も、彼の〈転向〉の当初から、考慮も斟酌もないものだった。たとえば、先にも名前の出た、マンより一世代若い右翼の作家ハンス・ヨーストは、マンが共和国支持を表明した直後に、『ハンブルク報知新聞（ナハリヒテン）』を初めとする全国の右派系の新聞各紙に掲載されたマンへの公開書簡の中で、次のように書いた。

「あなたは、あなたのドイツ精神を時代に売り渡したのです。そして、妥協に、政治的ご都合主義に走ったのです。それは、詩人（ディヒター）にとっては最も嘆かわしい、己れの永遠の天職との訣別であると、私には思われます」（P・E・ヒュービンガー『トーマス・マンとボン大学と現代史』から引用）。

後にナチス第三帝国で帝国文書院総裁やドイツ文学アカデミー総裁などの要職を務め、SSの旅団長にまでなるこの作家が、こう書いた時に、自分の言葉の有効範囲をどのように考えていたかは判らない。しかし、ヨーストのこの言葉は、単なる政治的反対派の代弁人の罵詈雑言の域を越えた、それなりの真実を実に見事に衝いていたように、私には思われるのである。——極論するなら、本書全体がそのことを証明するだろうと言ってもいいくらいである。

とはいえ、私は今さら、当時トーマス・マンに浴せられた露骨に政治的な批判や非難の言葉をこれ以上とりたてて紹介する気は、全くない。

私がここで取り上げたいのは、出版された当初から今日にいたるまで、二〇世紀のドイツ文学を、いやヨーロッパ文学を代表する傑作として誉めそやされてきた『魔の山』なる長編小説に対して、出版された当時に投げかけられた、数々の批判と非難の言辞である。

一九七〇年生れの研究者マイケ・シュルットは、二〇〇二年に発表した地道で綿密な調査に基づく研究書『代表者的アウトサイダー——一八九八年から一九三三年にいたる間のドイツの新聞雑誌に見るトーマス・マンと彼の作品』の中で、一九二四年一一月末に出版された小説『魔の山』に対して、一九二五年末までの約一年間に、ドイツ各地の新聞雑誌に掲載された約四〇編の書評の要旨を紹介している。

シュルットは、これらの書評の紹介を始めるに際して、まず『魔の山』の完成と出版が人びとにいかに待ち望まれていたかを指摘し、その理由を次の三点に求めている。第一は、マンがすでに一九二一年から、この小説のいくつかの章や節を小刻みに、あちこちの新聞雑誌に発表して、読者の期待を巧みに煽っていたことである。第二の理由は、マンが『ヴェニスに死す』（一九一二）以来すでに一二年もの間、これと言うほどの本格的な小説作品を発表していなかったことである。第三の理由は、一九一四年の第一次世界大戦勃発以後の時代の大変動に対して、文学作品という形では沈黙したままであったことであるという。

第二の理由の前提としては、マンが当時すでに、『ブデンブローク家の人びと』、『トーニオ・クレーガー』、『ヴェニスに死す』などの作者として、ドイツの代表的な小説家としての名声と地位を確立していたということがある。そして、第三の理由に関わる問題としては、マン自身の思い入れはともかく、一般読者にとっては、一九一八年一〇月に、一冊の本にまとめて出版された『非政治的人間の考察』は、文学者トーマス・マンの作品としては認知されていなかったということになりそうだが、事はそう単純ではないだろう。周知のように第一次世界大戦は国民全員をまきこむ史上初の全体戦争だったことを考えれば、マンの作品を愛好する読者の多くは、マンの大戦中の発言の基本的方向性（つまり保守的愛国主義）は承知していたばかりか、敗戦後のマンの〈転向〉の一件もあらましは承知していたからこそ、激動する時代の中でそのような屈折に富む生き方を選び取った文学者が、そこのところをどのように小説として表現するだろうかという興味と関心が、マンの新作の長編小説に対する期待をいやがうえにも高めて、先述のような好調な売れ行きと——そして、一種の書評ラッシュ現象を引き起したと考えるべきであろう。

シュルットは、まず約四〇編の書評のほとんどは、全面的な称讃の書評か、部分的に批判したうえで——いや、それどころか、散々あら捜しをしたうえで、結論だけは、とってつけたような讃辞で締め括られるもので、全面的に否定的な書評で言及に値するほどのものは、わずか三編にすぎないと整理している。そして、トーマス・マンよりほぼ一世紀後に生まれたこの若手研究者は、半ば呆れ顔で、当時の書評家たちには、一流出版社を代表する著名な作家トーマス・マンの待ち望まれた新作長編小説に全面的に否定的評価を下すのは、極めて難しいことだったようだと言わんばかりに総括している。たしかに、先述のようなマンの五〇歳の誕生日の祝賀パーティーの仰々しさや、そのパーティーのニュースがドイツ全国のいくつもの新聞で報ぜられたという事実を知らされると、さもありなんという気がしてくる。――もっと手っ取り早く言ってしまうなら、近年の日本で村上春樹の新作長編が出版される際に見られるジャーナリズムの馬鹿騒ぎぶりを思い起こしさえすれば、説明は不要というものだろう。いずれにせよ、トーマス・マンは、一九二〇年代のドイツ社会にあっては、決して嫌われ者ではなく、むしろ社会の主流派からは尊敬され、ある意味では甘やかされたスター的文化人であったことを忘れてはなるまい。

このような状況の中で新聞雑誌に掲載された書評の中で、今私たちの注目に値するものがあるとしたら、それは、誉め言葉よりも、むしろ否定的な言辞の方であろう。むろん、こちらの方も、さまざまな下心をもって発せられたものであることは、言うまでもないことを百も承知の上で。

まず、わずか三編しかなかったとして、シュルットが冒頭に紹介している全面否定の書評から見ていくことにするが、以下、一つ一つ掲載紙誌のタイトルや書評家の名前を挙げて、個別的に紹介していくのは煩わしいだけなので、特別な場合を除いては、ごく要約的な紹介にとどめることにしたい。それ以上の関心のある人は、シュルットの研究書に直接あたられたい。

全面否定の書評の一つには、「この長ったらしい小説の中では、ほとんど何事も起きない」ので、この小説を読み通すのは難事業であり、「それをやり遂げた人は英雄である」と、今でも多くの読者から拍手で迎えられること間違いなしの率直な感想が記されている。長大な分量にもかかわらず、小説らしいお話（ファーベル）や筋立て（ハンドルング）があまりにも貧弱であるという批判は、全面的否定論者たち全てに共通している。細部の緻密な観察にもとづく肌理（きめ）細かな描写の巧みさ、あるいは、いろいろな人物やさまざまな政治問題などについての分析の鋭さなどは、さすがと言えなくもないが、それだけであるなら、なにも長編小説に仕立てる必要はなく、新聞雑誌でいくらでもお目にかかれる各種の論説や雑報記事の寄せ集めと同じではないか、というわけで、これら否定論者たちが共通して言いたいことは、つまり、「トーマス・マンは、真に創造的な想像力豊かな詩人（ディヒター）ではない」ということである。

しかし、実は、全面的否定論者たちよりも、最終的には多分に儀礼的な讃辞で恰好をつけるにしても、その前に一言か二言、言いたいことだけは言わしてもらうという書評の方が、はるかに辛辣なことを言っている例も、結構、散見されるのである。

すなわち、『魔の山』の作者は、戦争前の数年間の事なら何から何まで書き込んでおかなければと思い込んで、不必要に詰め込みすぎているのではないかとか、「体温の測定まで奇妙なペダントリイをもって微に入り細に入りして描写する」となると、これはもう作家の綿密な描写というより、几帳面一点張りの書記官のすることだといった皮肉をとばしている例もあれば、さらに一歩踏みこんで、この小説に描かれているのは、全て第一次大戦前の、すなわち「昨日の症状だけであって、現在ただ今の生活は全く見当たらない」と失望感を表明したり、『魔の山』よりも『非政治的人間の考察』の方がまだしも現代に即したアクチュアリティーを持っていると批判する者もいる。要するに『魔の山』は、傑作ではあるにしても、しょせんは「過去の古典的作品」であるというわけである。——この種の批判は、後で世代論的な議論を取り上げる際に思い出してもらいたい。

しかし、これらの批評よりも、ある意味ではるかに辛辣で鋭いのは、たとえば、次のような批評であろう。このような歯に衣着せぬ評言に接すると、マン文学の愛読者は一瞬ひやっとするのではないだろうか。——それとも、にやっとして、我が意をえたりと思うのだろうか。

「この本の最も深刻な欠点は、人間味（メンシュリヒカイト）の恐るべき欠如である。むろん、この作者はあらゆる人間的なことについて知っている。しかし、彼は人間味を持っていないのだ。……心のあるべき場所に、暖かな人間味のあるべき場所に、精神的な〈人間性（フマニテート）〉なるものが鎮座ましましておいでなのだ。」

実際、『魔の山』出版直後一年間ほどの間に書かれた約四〇編の書評を収集、整理した若手研究者シュルットは、こう書いているのである。「同時代人による『魔の山』受容において大きな問題点となったのは、この小説に内在する〈冷たさ〉である。」ある評者は、「ある種の冷気が、読者に登場人物たちに寄り添わせることを妨げるのだ。……つまるところ、温か味が欠けているのだ。思わず、〈もし愛なくば……〉という聖書の言葉を思い出してしまう」と書き、また別の評者は、常に描写対象から一定の距離を取っている作者の姿勢を指摘して、その「見事なまでの客観性は、ほとんど苦痛をもたらすほどである。……作者が全ての登場人物を、一人の例外もなしに、少しばかり上方から見下して扱っていることは否定できない。きわめて細心な、名人芸ともいうべき巧みさで形象化していることは間違いないが、しかし、上から見下しているのだ」と書いている。また、ある評者は、「トーマス・マンの気取った文体は、グラスのような印象を与える。徹底して効果を験され、研磨された眼鏡（グラス）のような印象を。眼鏡と冷たい鏡とを通して、作者の眼が私たちを見つめている。私たちは、彼のガラスの城の中に、彼の魔法の山の中に立っている。私たちは、立ちつくし、そして探すのだ、心を」と書き、さらに別の評者はこう書くのである。「しかし、大いなる牧羊神（パン）、生き生きとした生（レーベン）、まさにこれこそは、トーマス・マンの小説に入らせてもらえないものなのだ。彼の高所での認識は〈低地〉を軽蔑する。作者は、誰の味方にもならない。彼は私たちに、刺戟満載の本をプレゼントしてくれた。人生のありとあらゆる問題の摘要を提示して、私たちの時代の良心に痛みを伴うマッサージを施してくれた。……しかし、これは、生活（レーベン）を描いた小説ではない。」

もう十分だろう。

トーマス・マンの『魔の山』について解説する後代の研究書のほとんどは、マンがこの小説において到達した新たな「フマニスムス」について語るが、この小説が出版された当時、この小説を読んだ人のなかに、今見たような「人間味の欠如」という感想を抱いた人々が少なからず存在したということを紹介する研究者は、めったにいない。

むろん、『魔の山』の作者の〈冷たさ〉に対する批判も、厳密に言えば、それぞれの評者によって微妙な差異があることは言うまでもない。だが、基本的には、これらの評者たちは、というより読者たちは、共通して、要するに作者のあまりに理知的な、常に対象から批判的な距離を取った、決して登場人物にのめりこんで一体化することのない、冷静かつ冷徹な姿勢と筆致とに、辟易しているのである。——言うまでもなく、マン自身は、そしてマン文学の崇拝者たちなら、それこそが〈イロニー〉の文学の真骨頂なりと開き直るところだろうが。

むろん、トーマス・マンのいささか度の過ぎた主知主義的な小説作法は、『魔の山』においては、もっと見やすいストレートな形でも誇示されている。一方では、肺結核という病気とその検査治療法や、人体構造などについての微に入り細に入った自然科学的蘊蓄（うんちく）が披露されるかと思えば、他方では、セテンブリーニとナフタの間でしばしば議論のための議論に堕してしまいかねない、延々と展開される政治思想を中心とするさまざまな議論の馬鹿丁寧な描写などがそれである。これについては、先述の一九二五年六月六日にミュンヘンの旧市庁舎で行なわれたマンの五〇歳の誕生日祝賀会で、記念の講演を行なったミュンヘン大学教授フランツ・ムンカーさえも、『魔の山』の中では、自然科学をも含めて、「教養ある人びとはもちろん、半教養しか持っていない人びとも含めて、全ての現代人が関心を寄せるありとあらゆる精神的問題が丁寧に検討されています。この点において、この小説は、あらゆる領域を網羅した、思索と知識との凌駕しがたい百科事典となっています。しかし、まさにこの点に、詩人（ディヒター）たるべき作者にとっての危険もあるのです。……作品の厳密な構成が、芸術的厳密さが、あり余るほどの学殖によって煩わされてしまっているのです」と、マンのいささか度を越して理知的な小説作法に苦言を呈しているのである（この引用は、クラウス・シュレーター編『彼の時代の判定に見るトーマス・マン』による）。

ところが、まさにこの時期に、トーマス・マンの方は、文学の〈主知主義化（インテレクトゥアリジールング）〉は時代の要請であるとして、積極的に押し進めることを主張しているのである。

マンはすでに一九二二年九月に執筆した「ドイツ便り（その一）」の中で、当時ドイツで爆発的な売れ行きをみせていた、あのオスヴァルト・シュペングラーの『西洋の没落』を紹介する際に、これを「知的小説（der intellektuale Roman）」と呼び、科学と芸術との境界を取り払ったところに成立したこの新しいジャンルの近年のドイツにおける成果として、他には、ヘルマン・カイーザーリング伯の『哲学者の旅日記』（一九一九）、エルンスト・ベルトラムの『ニーチェ』（一九一八）、フリードリヒ・グンドルフの『ゲーテ』（一九一六）の三編を挙げている。このリストだけを見ると、彼が科学と芸術との統合と言う時の科学とは、人文科学だけを指すのかと思われかねないが、その誤解を防ぐために、マンはこのリストを挙げる前に、近年まさに革命的な変貌を遂げつつある自然科学の諸成果や、種々の深刻な社会問題になんの関心も持たずには、政治家であることも、芸術家であることも出来るはずがないと力説することで、彼の言う「知的小説」において問題となる科学とは、決して人文科学だけではなく自然科学も社会科学も含まれることを示している。

そんなことよりも、彼がこの一九二二年秋頃、ちょうど『魔の山』第六章第四節のあたりを――つまり第五章の医学や生理学などの知識をふんだんに散りばめたあたりをなんとかくぐり抜けて、今度はセテンブリーニとナフタが宗教や政治や社会思想上のさまざまな問題をめぐって丁々発止の議論をくり広げて、主人公ハンス・カストルプと彼の従兄ヨーアヒム・ツィームセンばかりでなく、『魔の山』の読者をも煙に巻いてしまうあたりを執筆中だったことを考えさえすれば、今や昔ながらの「美的な文芸(シェーネ・リテラトゥア)」はお呼びでなく、「批評的領域と文芸的領域とを融合した」「知的小説」が求められているのだという彼の主張の幅の広さはわかるのではないだろうか。――また、ここでマンが、このような「知的小説」は、「わが国のロマン主義者たちによって始められ、ニーチェによって強力に促進されたものである」と言っていることを、私たちは記憶にとどめておいた方がいいだろう。というのは、この一九二二年秋に執筆された「ドイツ便り」は、アメリカのニューヨークの雑誌『ザ・ダイアル』に寄稿したもので、私がここに紹介した「知的小説」についての部分がドイツ本国で公にされたのは、一九二四年三月になってからであることにも留意しておきたいからである。

私がここで取り上げたいのは、その直後の一九二四年七月に、マンがリカルダ・フーフの〈ドイツのロマン主義〉論について語った「リカルダ・フーフの六〇歳の誕生日に」と題する文章である。これは、先に言及した一九二四年一一月のニーチェ生誕八〇周年記念祭における講演と共に、この頃のマンの思想を考える上で重要な文章である。――ちなみに、マンが小説『魔の山』をようやく書き上げたのは、先述のように、同じ年の九月二七日であり、そして、あのハンス・カストルプがシューベルトの「菩提樹(リンデンバウム)」の歌を繰り返し聞きながら思索に耽る場面や、「菩提樹(リンデンバウム)」の歌を口ずさみながら第一次大戦の戦塵の中に消えていく場面が書かれたのも、一九二四年の夏の前後であった。

フーフは、マンより一一歳年上の女流作家で、『ルードルフ・ウルスロイ二世の回想』(一八九三)などの小説や、二巻本の『ロマン主義論』(一八九九、一九〇二)などの評論で知られている。しかし、マンがここで取り上げているのは、フーフの小説作品ではなく、後者だけである。彼は最初の方で、フーフの『ロマン主義論』は、二〇年前でなく、今発表されたなら、「カイザーリングやシュペングラーやグンドルフやベルトラムの著作と同じように、問題にされ、求められることは疑いない」と言っているが、これは、彼女の『ロマン主義論』は第一級の「知的小説」であるという称讃の言葉にほかならない。だが、フーフへの讃辞はこれだけである。彼は、約七頁の紙幅を使って、ただただ、「芸術や文学は、すくなくともロマン主義的文学、ドイツ的芸術は、ひたすら夢であり、純真であり、感情であり、もっと良いのは〈情緒（ゲミュート）〉であるべきであって、〈知性（インテレクト）〉などとは一切関わりを持つべきではない」という、ドイツで「一般に奉じられている間違った考え」を徹底的に叩いて、「本当は、ドイツ・ロマン主義は極め付きの主知主義的（インテレクトアリスティシュ）な芸術流派であり、精神流派であり、衝動と計算とが、自然と精神とが、造形と批評とが、詩人（ディヒター）性と著作家（シュリフトシュテラー）性とが相互に浸透しあうところにこそ、ロマン主義の世界がある」ことを主張するのが、マンのこの文章における目的である。

このマンの主張を聞いて、私たちは思い出さないだろうか。そう、これとほとんど同じ主張を、マンは、あの一九二二年一〇月一三日のベルリンのベートーヴェン・ホールにおけるあの〈転向〉宣言、『ドイツ共和国について』の中で力説していたのである。

これが決して偶然の一致なぞでないことは、両者に共通するかなり切迫した危機意識に気づきさえすれば、容易に理解できる。一九二二年の〈転向〉宣言が、右翼によるラーテナウ外相の暗殺に象徴されるような共和国の危機を背景にしていたのと同じく、一九二四年七月のこのリカルダ・フーフの六〇歳の誕生日を恰好の出しにした評論は、同年五月の総選挙で社会民主党、民主党、および今や共和国支持に転じていたドイツ人民党といった、共和国を支えてきた勢力が軒並み大きく後退し、共産党や国家人民党などの左右両翼が伸長し、これに勢いを得たかのように、先に本稿第二節で見たような共和国大統領エーベルトに対する悪辣な攻撃が公然と行なわれるという、騒然とした時代状況を背景にして書かれたものであった。

これは、なんら私の牽強付会ではない。実際、この短い文芸評論では、いささか不自然なくらいに、一八九九年に発表されたフーフの『ロマン主義論』が二五年後の今日持つ意義が強調されるのである。そのうえ、この六〇歳の女流作家を讃える文章は、しばしば不自然なまでに挑発的な喧嘩口調になるのである。喧嘩相手は、むろん、ドイツ・ロマン主義について、ひいては文学一般について「間違った考え」をもつ連中である。そのことは、一九二四年七月八日付の友人フィリップ・ヴィトコプ宛の手紙の中で、今書いているリカルダ・フーフ讃の文章のことに触れて、「私はこの優れた著作家（Schriftstellerin）で、学識ある女性を誉め讃えると同時に、精神と芸術とを対立的に讃えるという愚かな考えを信奉している連中に、一発食らわせてやるつもりです」と書いていることからも明らかである。むろん、マンが問題にしたかったのは、過去の文学事象の解釈それ自体などではなかった。

彼がフーフ讃にことよせて批判したかったのは、「今もって相も変らず反動的な連中が、野暮天で古臭く、粗野であると同時にセンチメンタルな、あらゆる点で度し難い連中が愛用している」「詩人性（Dichterum）と著作家性（Schriftstellerum）という対立概念」なのである。

言うまでもなく、このような対立概念は、ドイツ人のごく一般的な美学の中に昔から根づいているものであり、ここであのシラーの〈素朴詩人〉と〈情念詩人〉なる考え方その他を持ち出してみたところで、意味はあるまい。あるいは、トーマス・マンはすでに第一次大戦前に断片的に書き進めていた評論「精神と芸術」の草稿の中で、この問題を考えていたと指摘したところで、それを言うなら、大戦中の『非政治的人間の考察』におけるドイツ的芸術家と〈文明の文士〉も同根の概念だろうという話になり、さらには、大戦後の、つまりは今問題にしている一九二〇年代のマンの評論『ゲーテとトルストイ』における〈自然の子〉と〈精神の息子〉の問題も……ということになるだけであろう。それよりも、先に紹介したいくつかの『魔の山』批判の中で「詩人（ディヒター）」という言葉がどのように使われていたかを、あらためて確認する方が、今の場合はるかに有効であろう。

今ここでトーマス・マンが問題にしているのが、決して純粋に文芸理論上だけの問題ではなかったことは、彼がさらに挑発的な言葉を続けて、「全くお笑いだ。現実を直視することを忘れて、いつになってもドイツ的な詩人（ディヒター）と非民族的な著作家（シュリフトシュテラー）とについての世迷い言を唱えているこの敵意に満ちた愚か者たちは、とっくの昔に世の中の発展に取り残されてしまっているのだ」と書いていることからも、明らかである。

評論家になった時のトーマス・マンは、いわばトーニオ・クレーガー的お上品さはかなぐり捨てて、「一発食らわす」どころか、相手を叩きのめすほど激越な、あるいは辛辣きわまる表現を連発することも辞さないことは、『非政治的人間の考察』で私たちにはお馴染であるが、それにしても、先輩作家である女性の誕生日を祝う文章を利用して、ここまで罵倒の言葉を連ねるとは、マンは、この頃、札つきの右翼や時代遅れの保守層や血気盛んな若者たちから浴せかけられた彼の〈著作家〉性に対する批判が、よほど腹に据えかねていたのであろう。

要するにマンは、リカルダ・フーフの『ロマン主義論』を手がかりにして、ドイツ国民の大好きなロマン主義文学なるものは、本当はきわめて知的な文学であったばかりでなく、その後継者であるニーチェにも見られるように、時代の進展とともに、文学における〈知性（インテレクト）〉の比重は増大しつつあるのであり（小説（ロマーン）が文学の中心的地位を占めるようになったのも、その表れにほかならない）、今後は、散文とポエジーとの融合をこそ求めるべきであって、いつまでも〈詩人〉と〈著作家〉を区別し、前者を優位に置くような、ドイツに伝統的な、古臭い美学にしがみついているような愚かなことはやめるべきである、と主張したのだが、これに対して激しく反撥する声は、意外にも、マンのごく身近なところから起ったのである。

㈣　反『魔の山』派の代表ヨーゼフ・ポンテンとフレドリク・ベーム

一九二〇年代のトーマス・マンが主張し、かつ実践する文学の主知主義化に、公然と真向から異を唱えたのは、この数年前から、つまり第一次大戦の終了から間もない一九一九年初頭から、マンと家族ぐるみの親交が続いていた小説家ヨーゼフ・ポンテンであった。ポンテンは、マンより八歳年下で、一九一八年に出した三作目の長編小説『バベルの塔』で世の注目を集めた作家だが、これを読んで感心したマンの方から、個人的交際を求めて接近したようである。以後一九三〇年までの間に両者が交した約七〇通ほどの手紙は、半世紀余り後にマン研究者ハンス・ヴィスリングの手で公表されているが（むろん全ての手紙が保存されていたわけではない）、放浪癖の強かったポンテンがミュンヘンに住んでいる時には、かなり頻繁かつ親密に往き来する仲だったらしい。

　そのポンテンが、マンの「リカルダ・フーフの六〇歳の誕生日に」がよほど腹に据えかねたらしく、ベルリンで発行されている雑誌『ドイッチェ・ルントシャウ』の一九二四年一〇月、一一月、一二月合併号に、約二〇頁にわたる長文の「トーマス・マンへの公開書簡」と題する反駁文を発表したのである。

　しかも、それは、「近頃は、あなたの言うことなら何でも賛同する人間が多いようですが、時には反論を聞くのも、それも、あなたより若い人間からの反論を聞くのも、あなたにとって有益なことでしょう」とか、「あなたが間違った説を広めようとしている以上、私は立ち上らざるをえないのです」といった調子で始まる、真向からの反論だった。そして、あなたがリカルダ・フーフの六〇歳の誕生日に寄せて書かれた評論は「主知主義的（インテレクトゥエル）な文化の弁明書になってしまっているが、……あなたが称讃しているものは純然たる文明の芸術であり、行きつく先は間違いなく終焉と没落です。……それは、詩人の破産であり、芸術の終焉です」と続くのである。

　もっとも、その後に延々と続くポンテンの反論は、私のようにトーマス・マン流の文章に慣れ親しんだ人間には、率直に言うと、まるで酔払いの長々しいくだを聞かされているような、およそ論理性のない支離滅裂な、しかし、それでいて、言いたいことは何となく判らぬでもないといった調子の文章の羅列である。

　ポンテンの言いたいのは、要するに「詩人（Dichter）」と「著作家（Schriftsteller）」とは、本質的に別種の存在であり、この二つを峻別する美学は必要なのだということである。公平を期するために、ポンテンの文章を少し引用しておこう。

「著作家的であるとは、すなわち形式である。著作家的な表現は、形式的には一級品であり、完璧であることも可能である。――だが、全く空虚で、無意味で、無価値で、外見は見事だが中身は空っぽの胡桃（くるみ）だ……それに対して、詩人的であるとは、すなわち内容であり、本質的なものである。詩人的な表現は、形式的にはひどい欠陥だらけで、見事な出来栄えなどとはとてもいえないかもしれない。形式的に立派である必要などない――が、無価値であることは絶対にない。著作家的とは、無くてもかまわぬ外面性である。詩人的とは、不可欠な内容である」

「著作家的であるとは自由であり、詩人的であるとは強制である」

「著作家的であるとは〈文学（リテラトゥア）〉であり、詩人的であるとは――神秘である」

「著作家であることは、喜びであり、快楽であり、満足である。詩人であることは、苦労であり、苦悩である」

「著作家的とは、時代であり、詩人的とは、永遠である」


これくらいで十分だろう。

ポンテンが「著作家」と「詩人」のいずれを優位に置いているかは、説明するまでもあるまい。

ともあれポンテンは、「詩人」と「著作家」との相違を思いつくままに書き連ねた後、自分が文句を言いたいのは、『トーニオ・クレーガー』と『ブデンブローク家の人びと』と『ヴェニスに死す』と『フェーリクス・クルル』の「真に偉大な詩人トーマス・マン」に対してでは決してなく、あくまで「著作家としての、理論家としてのトーマス・マン」に対してであると断ったうえで、マンが「リカルダ・フーフの六〇歳の誕生日に」の中で展開した、文学における知性の、精神の優位性を説く主張が誤っていることを論証する議論を、一〇頁近くにわたって延々と繰り広げるのである。博識という点ではあなたになど引けは取らないぞとばかりに、古代のホメーロスから、同時代のハムスンにいたるまで、古今の文学者たちを次から次へと引合いに出し、ドイツ・ロマン主義のことだって私の方が良く知ってますよとばかりに、シェリングやシュレーゲルまで動員して、マンが「自然」よりも「精神」の方を優位に置こうとしているのは、要するにマンが「自然」なるものを正しく理解していないからにほかならないと主張し、さらに、「なんらかの狂気の状態なしに、偉大な事柄がなしとげられることなどありえない。……冷静さを売り物にする理性人などという人種は、創造力の欠如した生殖不能者にほかならず、そんな連中の作る作品や行う行為などは、冷たいだけの理性的作品や理性的行為にきまっている。……狂気の存在しない所には、もちろん、真当で、力のある、生き生きとした理性など存在するはずがない」と息巻くポンテンの御高説を、ここでこれ以上詳しく紹介しても意味はあるまい。

しかし、だから、あなたの説く「人間性（フマニテート）なるものには、力（Kraft）と支配力（Macht）とが欠如しているのです」とポンテンが言い、さらに続けて次のように書く時、話は急に純粋な文学論の次元を離れ、きな臭くなってくるのである。「衰弱したヨーロッパが、とりわけ血抜きされたドイツが一時期だけ、その種の支配力も力も持たない〈いわゆる人間性（フマニテート）〉なる理想のごときものに夢中になることもあったかもしれないが、そんなことをしていては、私たちは、とりわけドイツの若者たちの力と願望を手ひどく欺くことになるだろう、と私は信じる。……わがドイツの若者たちはまだ〈若く〉、あのぞっとするような数年間も彼らにとっては〈修業時代〉にすぎなかったのだ。私自身は、〈老いた〉と言われるヨーロッパも、まだ若いのだ、すくなくともゲルマンとスラヴのヨーロッパは、まだ若いのだと言ってかまわないと思う。このゲルマンとスラヴの新しいヨーロッパの若者たちは、思考や知識の中にしか己れの最高の力や生の表現を見出し得ないような〈神〉になど仕える気にはなれないのだ。」――ちなみにポンテンは、これより少し前の箇所で、私たち「まだ若い者」とは、「戦争の血のぬかるみを押し渡ってきた者たち」のことを指す、と書いている。ポンテン自身も、第一次大戦の勃発直後に従軍し、西部戦線や東部戦線を転戦した後、病気になって除隊している。なお、ゲルマン民族とスラヴ民族との若さを主張した文章は、むろん、左翼思想よりも、当時の著名な右翼思想家メラー・ファン・デン・ブルックの『若い諸民族の権利』などとの関連を示唆するものと考えられる（拙著『アメリカという名のファンタジー』第七章参照）。ポンテンがこのすぐ後で、「私たちが、アングロサクソンによる世界制覇の後に、諦めて〈ローマ風に〉なってしまっていいものかどうかも問題だ……」などと書いているのも、そのことを示している。

ところでポンテンは、こういったことをくどくどと並べたてたうえで、「私たち〈若い者〉に指導者（フューラー）が必要だとすれば、それはハムスンだ！」と言い出し、その理由として、ハムスンの「自然の中での勤労、自然を支配する力、大地に根ざしていること……」等々を挙げている。実はポンテンが「トーマス・マンへの公開書簡」の中で、この一九二〇年にノーベル文学賞を受賞したノルウェーの作家に言及するのは、これが三度目である。一度目は、「著作家」に対する「詩人」の優位を述べたてた箇所で、ハムスンの小説『ヴィクトリア』を、これこそが現代における「詩人」の作品であって、いかなる「賢さや〈精神〉をもってしても、これに匹敵するものを生みだすことはできない」と賞讃する。そして二度目は、私は「私のところにやって来る若い人たちに、〈精神〉に対して……インテリに対して、〈著作家〉に対して用心するよう注意し、……大学で〈文学〉を勉強するよりも、船乗りにでも商人にでも農家の下男にでもなって、自分で稼ぐ」ことの大切さを教えていると言い、さらに、「私は血でもって書かれたものだけを愛する。血で書くのだ、そうすれば血こそが精神であることを知るだろう」というニーチェの言葉を援用したりしている箇所で、かなり唐突に「ハムスンは長年の間、労働者でした」と言っている箇所である。そして、三度目は先述の通りである。

　ポンテンがいわばトーマス・マンの対抗馬として、クヌート・ハムスンを持ち出している、これらの箇所に散りばめられた文言を眺めていると、私たちは容易に二つのことに気づくのである。

　一つは、マンと親交のあったポンテンですら、マンが〈精神〉だの〈知性〉だのを強調した時、カチンと癇にさわって我慢ができなかったのは、決して純粋に理論的な次元での反撥だけではなく、裕福な家に生まれ育った、それこそトーニオ・クレーガー的な〈良き子供部屋育ち〉のかなり頭でっかちな文学者の説く、お上品でもっともらしい屁理屈に対する、半ば生理的な反撥であり、したがって、その限りでは、多くの人びとの共感を呼ぶマン批判だったのではなかっただろうか、ということである。それは、換言するなら、今やますます自覚的に〈市民的な〉芸術家たらんと努めつつあるトーマス・マン（一九二六年の講演「精神的生活様式としてのリューベック」参照）と、こよなく自然を愛し、自然の中で生きることを好み、当時のベルリンのジャーナリストたちからは「趣味の農夫」と揶揄され、大学教授たちからは「故郷芸術家（ハイマートキュンストラー）」と見下されたヨーゼフ・ポンテンとの対立だったと言える。

　二つ目は、後年のナチスとの親近性の問題である。トーマス・マンが反ナチスを象徴する代表的作家となっていったのと対象的に、ポンテンがマンに対抗する若者たちの〈指導者（フューラー）〉として担ぎ上げたノーベル賞作家クヌート・ハムスンが、後に、〈総統（フューラー）〉ヒトラーの熱烈な支持者となったことは、世界中に知れわたった事実である。むろん、ポンテンは、彼がハムスンを担ぐ御輿を飾るのに「血」だの「大地」だのといった文言を用いたり、その御輿行列の先触れにメラー・ファン・デン・ブルックを連想させるような表現を用いたりした時には、後年ナチスがドイツばかりか、ノルウェーをも含むヨーロッパの大部分をあのような形で支配することになろうとは、そしてハムスンがその熱烈な支持者になろうとは、夢にも思っていなかったに違いない。――ついでに付け加えておくなら、ポンテンがこの「トーマス・マンへの公開書簡」を書いた時点では、まだマンの『魔の山』は刊行されていなかったわけだが、約二ヶ月後に『魔の山』が刊行されると、これを、前年に刊行された、やはり山間のサナトリウムを主たる舞台としたハムスンの長編小説『最終章』と比較して論ずる者もでてきた。三年後に『非政治的人間の考察』の部分的削除問題をめぐってマンと激しくやり合うことになるA・ヒュプシャーもその一人で、彼はむろんこの時点でも『魔の山』よりも『最終章』の方に好意的だった。

なお、マンとポンテンとの往復書簡集を『詩人か著作家か』という標題を付けて一九八八年に刊行したハンス・ヴイスリングが、「ポンテンはナチスの〈同調者〉（ミットロイファー）になった」と断じたことに異を唱えて、ナチス時代のポンテン（と言っても彼は一九四〇年四月に急死するのだが）についてのより綿密な調査に基づいて、ポンテンは決してナチスに同調などしていなかったと主張する論文を二〇〇四年に発表したリヒァルト・M・ミュラーも、一九二〇年代に「故郷芸術家」（ハイマートキュンストラー）と見做されていたポンテンが、マンよりもはるかに、当時流行の意味で〈民族的〉（フォルクハフト）であったことは認めている。また、トーマス・マンの推薦でプロイセン芸術アカデミー文学部門の会員となったポンテンが、にもかかわらず、マン兄弟やアルフレート・デーブリーンやリカルダ・フーフら〈アスファルト文学派〉と、エルヴィン・G・コルベンハイアーやヘルマン・シュテールやハンス・F・ブルンクら〈民族派〉との意見が鋭く対立した時には、ポンテンはたいてい後者の側に立ったことも、よく知られた事実である（インゲ・イェンス『右と左の間の文学者たち』参照）。

ところで、これまで見てきたような主張をし、このような民族主義的な傾向をもちながらも、個人的にはトーマス・マンと親交もあり、むろん、それまでのマンの諸作品を高く評価し、かつ自らも小説家であったポンテンは、マンの厖大な長編小説『魔の山』をどう評価したのだろうか。

ポンテンが「トーマス・マンへの公開書簡」を書いた時点では、まだ『魔の山』は刊行されていなかったので、当然、直接『魔の山』に関わるような評言は含まれていない。彼は『魔の山』刊行後の一九二五年六月六日の『ベルリン日報』紙上にも、かなり長文の「トーマス・マンの五〇歳の誕生日に」と題した文章を発表して、再度〈詩人と著作家〉というテーマを論じているが、そこでも『魔の山』についての言及は、異常なくらい最小限にとどめている。これはこの間に、さまざまな新聞雑誌などでヴォルフガング・シューマンやカール・ラオホといった、ポンテンよりさらに一〇歳以上若い、当時まだ三〇歳前後の、まさに戦地帰りの若者たちが、ポンテンの「公開書簡」をいわば旗印に掲げて、『魔の山』なぞ傑作かどうかは知らないが、われわれ若い世代とは「架橋不可能なほどの深淵によって隔てられている」とか、こんな「過去の世界の作品の意義を論じる気になぞとてもなれたものではない」とか、言いたい放題のことを言い、ポンテンの「公開書簡」こそは、「主知主義的文明に対して立ち上るドイツ人の血の最初の突撃であり」、「詩人（ディヒター）ポンテン」こそは、「もはや過去の存在となったドイツの老人たちの代弁者である著作家（シュリフトシュテラー）と若き世代との対決」の先頭に立って、「われわれ若者を導き、突破を敢行し……世界を征服する」戦いの先頭に立つ旗手となって欲しい人物であるなどと煽り立てた結果、ポンテン自身の意に反したジャーナリスティックな、どぎつい形での〈マン対ポンテン〉という対立構図が世間に流布したことを嫌ったポンテンが、公に発表する、それもマンの五〇歳の誕生日を祝賀する文章の中で、露骨な『魔の山』批判を行なうことを避けた結果ではないかと思われる。事実ポンテンは、彼を反トーマス・マンの旗頭に担ぎ出そうとするラオホの試みは勘違いも甚だしいとして、これを拒絶する意志を表明した文章を、ラオホの評論「若者たちはヨーゼフ・ポンテンと共にトーマス・マンと戦う」が掲載されたのと同じ雑誌に直ちに発表した。——ちなみに、もう一つポンテンの名誉のために書いておかねばならないが、一九三三年一月にナチスが政権の座につき、マンを初め多くの文学者たちがドイツの国外に逃れ出た後も、たしかにポンテンは国内に残っていたが（そして、ナチスに対するそれなりの服従と妥協を強いられていたが）、前出のR・M・ミュラーの論文によれば、一九三八年にナチスのSAに提出したある弁明書の中でも、ポンテンは、トーマス・マンとの交友については、はっきりこう記しているという。「一九二〇年から一九二四年にかけてのトーマス・マンとの交友は、すばらしいものでした。それは、いつの日かドイツの文学史の中に組み入れられることでしょう。偉大なドイツの小説のためにこれまで努めてきた者も、いま努めている者も、マンに多くを負うているのです」と。

話をポンテンの『魔の山』観に戻すと、幸いなことに、私たちは、残されていた一九二四年末から一九二五年二月初旬にかけての、マン宛のポンテンの数通の私信の中に、彼の『魔の山』についての率直な感想を読むことができるのである。先述のように、ポンテンは、ちょうどマンが『魔の山』の原稿を第一次大戦中の数年間寝かせていた後、あらためて書き始めた一九一九年春頃から、急速にマンと親交を深め、日常的な往き来もあった仲であった。しかも同じ小説家でもあるポンテンが、刊行されたばかりの長大な小説『魔の山』をじっくりと少しずつ読み進めながら、その過程で抱いた折々の感想を、作者に直接私信という形で伝えているのだから、これは、きわめて珍らしい貴重な記録であると言っていいだろう。そこには、これまでマン文学の愛好者であった者でも、『魔の山』を読み進めていくうちに、この小説に批判的になっていく一つの典型的な実例が、それこそリアル・タイムで記録されている。それで、以下においては、少々丁寧すぎるくらいに詳しくその過程を紹介してみようと思う。

ポンテンは、二巻本で刊行された『魔の山』の第一巻の大部分を読んだ時点から、その感想をマンに書き送り始めている。この時点（一九二四年一二月三〇日付）では、相変わらず上手いものだなと感心している感じで（むろん先輩作家へのお世辞も含めてだろうが）、「あなたの言葉の魔術の虜になってしまいました」とか、「あなたの観察の鋭さには驚嘆するばかりです」といった讃辞を並べているだけだが、それでも、「あなたのイロニーや諷刺は、人を冷えつかせ、傷つけ、殺してしまいかねないものがあります」といった感想になると、必ずしも讃辞とだけは言いきれないのではないだろうか。先に前章で紹介した『魔の山』の作者の持つある種の非人間的な冷たさに対するいくつかの批判と共通する響きを私たちに感じさせるのである。

約一週間後の二通目の手紙は、「後半部の前半」まで読んだところとポンテンは書いているが、さらに数日後の三通目の手紙に、「今〈雪〉の章を読み終ったばかりです」とあるから、二通目の方は、第六章の三分の二あたりまで、つまりセテンブリーニとナフタが激しく議論を戦わす〈精神錬成〉のあたりまで読み進んだ頃に書いたものと思われる。この二通目の手紙では、ポンテンは次の三点を指摘している。一つは、セテンブリーニとナフタの対立についてで、二人の間に横たわる「底知れぬ深淵を埋め立てることに、すくなくとも往き来が可能な橋を架けることに、終りまでにあなたが本当に成功できるのだろうかと、不安です。……終りを知りたくてなりません」と書いている。次は、カストルプとショーシャの恋愛物語についてで、カストルプがショーシャをやっとものにできたと思ったら、またすぐに巧みに逃げられてしまうという筋の運びは、「連載小説の常套手段です」とにべもなく切って捨て、「しかし、そもそもカストルプは本当にショーシャをものにしたいと望んでいるのでしょうか。そこが私には、さしあたり疑問です。でも、これは先走りですね。それは〈終り〉になれば判ることです。お預けってわけですね」と書いている。

　このあたりまで読むと、ポンテンが『魔の山』の余りに悠長なテンポに苛立ち始めているのが判る。この後彼は、かなり持って回った言い方でではあるが、あなたは、「この引き延ばしの手法」を「絶妙な言語表現術」を駆使して自在に操り、「どうでもいいことや退屈なことでも、興味深い、面白い、はらはらする」ものに仕立てることで、読者を引っ張っていくのだと言い、さらに、議論の場面でも、実は議論の思想的内面よりも、互いに投げつけ合う言葉の巧みさや鋭さの方に重心がかかっているのではないかと「私はしばしば感じるのです」と書いている。そして、「いずれにしろ、これこそが、最も良い意味での優れて〈著作家（シュリフトシュテラー）的な〉やり方なのです」と言い切っている。そのうえで、「でも、全ては、終りで明らかになるでしょう。終わり良ければ全て良しという言葉が、これくらい当てはまる事例は他にありません」と書くことで、ひとまず矛をおさめている。

　この後ポンテンは、「あの全く透（す）け透けで、几帳面そのもので、絶望的に退屈なヨーアヒム」はなんとかならないのですかと言い、これまた「終り」を期待するほかないのでしょうが、とぼやいている。

　この二通目の手紙には、計八回もこの小説の「終り」を指す語が出てくるが、そこに込められた期待と苛立ちの大きさを知っておかないと、一ヶ月余りをかけて『魔の山』を「終り」まで丁寧に読み終った時の、ポンテンの反応をきちんと受け止めることはできないだろう。

　数日後に出された三通目の手紙（一九二五年一月一一日付）は、「雪」の章を読んだ直後に書かれたものである。

ポンテンは、それまで「全く好きになれない、面白味のない、要するに取るに足りない人物だったハンス・カストルプ」が、ここにきてようやく「自分の足で立った」ことを喜び、「詩人(ディヒター)がようやく、ようやく、ようやく、自分の主人公を本気で相手にする気になった」ことを心底から歓迎し、「この瞬間から私は〈終り〉に最良の結末を期待するしだいです」とまで書いている。そして、「『魔の山』は、もともとは、今あるような形で構想されたものではないですよね。もともとは〈教養小説〉なんてことは全く考えられていなかったはずですよね。……カストルプは、健康な人間も病気になってしまう腐敗した世界に引きずり込まれて、最後にはその中に消えていくことになっていたはずですよね。それが、突然に時代が恐ろしく深刻になり、全てのまやかしの栄華がお払い箱になり、詩人自身も心底から震撼されたので、彼は自分の着想を新たに、真剣に、徹底的に、宗教的に構想し直した——真面目に答えてほしいのですが、そういうことですよね。——でも、あなたは決して、そうだとは答えてくださらないのかもしれませんが、しかし、この本の最後のページまで読み終れば、判ることです。というのも、〈芸術は嘘のつけない領域〉だからです。……とはいえ、この新たな受胎は、この目標の移動、目的地の先送りは、すでにこの地点においても、作品の破綻として目につきます。でも、それはそれで一向に構いません。最終的にうまくいきさえすれば〈終り良ければ全て良し〉となりさえすれば、何の問題もありません。」

敢えて長々と引用したのは、この小説の成立史についてのポンテンの炯眼に敬意を表するためでもあるが、私としては、それ以上に、ここでもまた、彼が『魔の山』の結びに、〈終り〉方にいかに多大な期待を寄せていたかを、あらためて再確認しておきたかったからである(なお、『魔の山』の成立史については、拙著『激動のなかを書きぬく』第一部第二章「転身の構図」で詳しく論じたので、関心のある人はそちらを参照されたい)。

この手紙に続けてすぐ次の日に出された四通目(一九二五年一月一二日付)は、さすがに二〇行足らずの短いものだが、次のような重要な言葉が記されている。この手紙は、「魔の山」とタンホイザー伝説の「ヴェーヌスの山」との関係を話題にしているのだが、ポンテンは、カストルプが「救済される」のではなく、「今や彼が自分で自分を救い出すことを——すくなくとも私は期待しています」と書いたうえで、「いずれにせよ、私の前にあるのは、これに対しては通常の〈批評〉は沈黙するほかない、全く桁外れな作品です。この作品に対して最終的な肯定か否定かを決定するのは、結局のところ、〈思想信条〉か〈世界観〉しかないでしょう。それを私はあなたに誠実に、正直に報告するつもりです」（傍点部は原文イタリック）——これを読むと、ポンテンはおそらくこの頃から、自分が最終的には〈思想信条〉の観点から、『魔の山』に否定的な判決を下すことになるだろうことを、予感していたのだと思われる。

この三週間後に書かれた、『魔の山』についての最後の手紙（一九二五年二月二日付）は、再びかなり長文の手紙である。

ポンテンは、ついに最後まで読んだことを報告した後、「『魔の山』は、それ独自の流儀で傑作です（この文章全体イタリック）。最も素晴らしいのは、言葉です。……人はこの書物全体を拒絶しても、言葉という点では魅了されてしまいます」と、まずは敬意を表することを忘れてはいない。しかし、一呼吸おくとすぐに、小説の内容的な面では、全く承服できませんと開き直り、「この作品は結局、萎(な)えさせ、意気阻喪させるものに終っています」とまで言ったうえで、それを具体的に説明している。

まずセテンブリーニとナフタの対決を取りあげ、もともとこの二人の争いは面白い闘鶏を見ているような印象しか与えないのだが、いよいよ決着の時がきたと思ったら、「予期もされていなければ、十分な理由づけもなされていないナフタの自殺では、なんら決着にはなっていません。厄介な持て余しものになってしまったものから手っ取り早く解放されるための窮余の一策と言うほかありません」と切り捨てている。そして、両者の間に立って「なんらの決断もせず」、かといって、両者の論争から学びとったもので「自分の世界を作りあげることもしないハンス・カストルプでは……とてもヴィルヘルム・マイスターにはなれません」と言い、さらにこう続けている。「完全な懐疑の中にとどまって、事態を成り行きにまかせ、戦いを観察するばかりで自分は何もせず、せいぜい戦いを巧みに、たとえ絶妙にでも、辛辣に批評してみせるだけにとどめておくというのは、奈落の底をめざして行くのには最も確実な方法です。しかし、私たちは、奈落の底をめざすことではなく、私たちの私的かつ公的な生活の橇を操縦することを意志しているのです。そして、意志を持つ者は墜落していくことはありません。せいぜい抵抗に出合って打ち砕かれることがあるくらいです。でも、それなら英雄的な、悲劇的な没落です。そして、それなら、実りがあります。それなら、象徴として、偉大さによる激励として、生きる励ましとなってくれます。ハンス・カストルプは死にます、たしかに。でも彼は生きることもできたでしょう。彼は、英雄として打ち砕かれて死ぬわけでもなければ、幻滅した人間として、無能な人間として死ぬわけでもありません。自らの意志で死ぬわけでもありません。ただ死ぬだけなのです。これこそが、萎えさせ、意気阻喪させるもの、生に敵対するものと感じられるのです。そしてまた、これこそが、〈若者〉たちにこの本の我慢ならないところと感じられるものなのです。……この本においては、生はただ死のためにあるかのようです。これが萎えさせるのです。私は、この本を読み終った後くらいに悲しい気持になったことは、めったにありません。……どうか、お怒りにならないでください。それでも、私は（自分の感じた）真実を語るほかないのです。」

ここまで引用すれば、余計な注釈は不要だろう。

ここでなによりも重要なのは、「菩提樹」の歌を口ずさみながら戦塵の中に消えていくハンス・カストルプに託したトーマス・マンの痛切にして、強い意志を秘めた思いは（ヒンデンブルクの大統領当選を阻止し、「民主主義を救う」のにすら役立つはずのマンの思いは）、親友と思っていたポンテンにすら、まるで通じなかったということであろう。

しかし、まぎれもなく「桁外れ」の大作『魔の山』なる小説に、ある種の畏敬と畏怖の念は覚えながらも、このポンテンの批評に共感し、賛同する人は、出版当時も、現在でも、そして左翼か右翼かにも関係なしに、少なからず存在するのではないだろうか。

さて、ポンテンはこの後、四ヶ月後の一九二五年六月六日の『ベルリン日報』紙上に、「トーマス・マンの五〇歳の誕生日に寄せて」と題する一文を発表している。そして、ここでも彼は、マンがこれまでに達成した優れた「詩的業績（Dichtungen）」を列挙しているが、そこにはこう書かれている。『ブデンブローク家の人びと』、『トーニオ・クレーガー』、『ヴェニスに死す』、そして「『魔の山』の二、三の人物像と二、三の章節」と。つまり、ポンテンはマンの誕生日を祝賀する文章においてすら、『魔の山』という小説そのものを傑作として讃えることは拒否しているのである。

ここに、決して反トーマス・マンではないが、親『ブデンブローク家の人びと』にして反『魔の山』派とでもいうべき人たちの存在が、はっきりと確認されるのである。——あるいは、『トーニオ・クレーガー』は大好きだが『魔の山』は嫌い派と言った方が、より一般的なのかもしれない。

マンの読者層の中にこの頃に形成された親『ブデンブローク家の人びと』・反『魔の山』派なるものが、決してポンテンのような、マンに対する強い対抗意識を持つ小説家に限った現象ではなく、また、なにもドイツ人読者に限ったことでもなかったことを示すために、もう一人、それも外国人の例を挙げておこう。

それは、スウェーデン屈指の名門大学の教授で、同国の著名な文芸評論家でもあったフレドリク・ベーク（一八八三—一九六一）である。彼は、当時のスウェーデンの保守派の代表的な新聞『スウェーデン日報』（『スヴェンスカ・ダグブラデット』）の文芸欄の主筆的な役割を務めていたことからも判るように、早くから保守的な思想の持ち主だったようだ。

ベークとトーマス・マンとの間に関係が生じたのは、第一次世界大戦が始まって約八ヶ月経った一九一五年四月に、『スウェーデン日報』がヨーロッパ各国の知識人に、戦時中および来たるべき戦後における各国の立場や役割についてどう考えるかを訊ねるアンケートを行なった際に、その回答依頼状に担当責任者としてベークの署名があったことが切っ掛けらしい。マンの回答は、スウェーデン語に訳されて、一九一五年五月一一日の、『スウェーデン日報』に掲載されたばかりでなく、ドイツでも『ノイエ・ルントシャウ』誌の同年六月号に、「『スヴェンスカ・ダグブラデット』の編集部への手紙」と題して掲載され、さらに、同年のうちに出版されたマンの評論集『フリードリヒと大同盟』にも収録され、「戦時の思想」や「フリードリヒと大同盟」と共に、第一次大戦初期におけるマンの愛国主義的評論の一つとして広く知られることとなった。もともと保守的思想の持主であったうえに、大のドイツ帝国贔屓であったばかりでなく、『ブデンブローク家の人びと』を初めとするマンの小説の愛読者でもあったベークは、マンのこのアンケート回答文が大いに気に入ったようで、以後いちだんとマンに対して関心を深め、『非政治的人間の考察』(一九一八)はもちろんのこと、『主人と犬』(一九一九)や『幼な児の歌』(一九二〇)など敗戦直後期のマンの作品をも熱心に読み、これらの作品に対する好意的な書評を、スウェーデンの諸新聞に発表した。

ここで断わっておかねばならないが、スウェーデン語の読めない私は、スウェーデンにおけるベークの活動についての情報は全て、アメリカ人研究者ジョージ・C・スクールフィールドの論文「トーマス・マンとフレドリク・ベーク」によるものである。――ちなみに、トーマス・マンもスウェーデン語はできなかったようだ。

そのスクールフィールドによれば、ベークは、トーマス・マンの『主人と犬』や『幼な児の歌』に描かれた犬や娘への愛情の「健全さ」を称え、これらの作品では「古きドイツの精神」がまだ忠実に守られていると賞讃したのに対して、同じ頃にベークが書いたハインリヒ・マンの長編小説『臣下』(一九一八)への書評では、ドイツは武力による戦争に敗れただけではなく、それ以上に倫理的・精神的に崩壊してしまったのではないかと言い、『臣下』はその倫理的・精神的崩壊から生まれた「泥沼の花」であると批判しているという。また同時期の別の評論では、ベークは、ハインリヒ・マンの文学的名声は「戦場に斃れた戦士の骸(むくろ)から湧き出る蛆虫のように、ドイツ国家の廃墟の中から這い出た蛆虫のようなものだ」と言い、さらに別のハインリヒ・マンやフランツ・ヴェルフェルやベルンハルト・ケラーマンら「ドイツの革命的文学」なるものを一緒くたにして論じた評論においては、ベークは、「暗然たる思いの観察者としては、レッシングとゲーテとシラーとゴットフリート・ケラーの国の文学的文化の伝統は、本当に荒廃し、蹂躙(じゅうりん)されてしまったのではないだろうかと自問せざるをえないのである」と、慨嘆しているという。

これらの例からだけでも、ベークがいかに保守的な心性の持主であり、いかに「古き良きドイツ」贔屓の北欧人だったかが判る。そして、このスウェーデンの代表的な知識人が、トーマス・マンの〈転向〉を、トーマス・マンが「ドイツ共和国」支持に転じたことを知った時、いかに強い、いかに不快な衝撃を受けただろうかも推察できるのである。だが、だから彼は、マンの〈転向〉後の最初の大作『魔の山』をくそみそに貶したのだと、その点だけを強調してはなるまい。なぜなら、ベークは、マンがナチス第三帝国を嫌って国外に逃れ、ベーク自身は逆にヒトラーを歓迎し、旅行中にベルリンで目撃したナチスによる〈焚書〉を「厳粛なる異端審判の執行（Autodafé）」として肯定する文章を発表した一九三四年になっても、マンの『ヤーコプ物語』や『若いヨーゼフ』を賞讃する書評を書いて、『スウェーデン日報』紙に発表しているからである。――むろん、だからといって、私は、ポンテンの『魔の山』嫌いとナチス第三帝国内への残留の場合と同じく、ベークの『魔の山』嫌いとナチス歓迎との場合にも、両者それぞれに、二つの事柄が全く無関係であると思っているわけではない。ただ、安易な短絡は慎しみたいだけである。

ところで私が、ドイツ人ならともかく、一人のスウェーデン人学者・評論家のトーマス・マン観にこだわることに、一体なぜと疑問を持つかもしれない人のために、ここでその理由を簡潔に記しておいた方がいいだろう。実はフレドリク・ベークは、当時（おそらく一九二〇年代の半ば頃から）ストックホルムにあるノーベル文学賞選考委員会で絶大な発言権を持ち、「キングメーカー」と陰で囁かれるほどの存在だったからである。そして、一九二九年のトーマス・マンへのノーベル賞授与式で、その授与理由を説明したのも、この人物だったからである。そのことをあらためて念頭に置いたうえで、ベークの『魔の山』論を紹介することにしよう。

ベークは、『魔の山』が出版された翌年一九二五年の八月二五日の『スウェーデン日報』に『魔の山』の書評を発表したが、そこにはこう書かれていたという。これは、小説というよりも、七面倒臭い評論の寄せ集めみたいなもので、「読後感としては、結局、芸術作品というよりも、解剖学の標本を見せられたような感じ」で、「すくなくとも思弁的能力の乏しい読者には、全体として何が問題になっているのかすら判然とせず」、「読者の忍耐力は厳しい試練にさらされる」。そして、外国語への翻訳なぞ、とても考えられたものではなく、「この小説は、ドイツ語以外の言語では、読むことも理解することも不可能であろう」とも書かれていたという。

ここで、同じ一九二五年のうちにハンガリー語への翻訳が出たのを皮切りに、マンがノーベル賞をもらう以前にすでに五ヶ国でこの長編小説の翻訳が出版されていたことを挙げて、ベークに反論するのは、全く余計なお節介というものだろう。

ちなみに、このベークの『魔の山』論を紹介してくれた研究者G・C・スクールフィールドは、ベークにここまで『魔の山』を酷評させた理由として、次の二点を挙げている。一つは、むろん、一九二二年秋以降の国際的にも新聞などで話題になったトーマス・マンの、共和制支持という政治的な〈転向〉が、根っからの保守主義者であるベークには全く気に入らなかったことであり、もう一つは、ベークはもともと一九世紀イギリスの作家たちやロシアのニコライ・レスコフの変化に富む、ストーリイの面白い小説が大好きな人間だったことである。もっとも私たちは、必ずしも変化に富むストーリイとはあまり言い難い『ブデンブローク家の人びと』から『幼な児の歌』にいたるマンの諸作品を、ベークは大いに誉めていたことを忘れてはなるまい。

ベークは、この『魔の山』の書評の約三年後の一九二八年七月一六日のやはり『スウェーデン日報』に、今度はドイツ人学者マルティン・ハーフェンシュタインが前年に出した『トーマス・マン、詩人にして著作家』なる本についての書評を発表したが、そこでもベークは、『魔の山』に対する辛辣な自説を展開している。ただし、この三年の間に『魔の山』が世間から高い評価を受け、イギリスで出た英語訳版も批評家たちに好評であることなどを知っていたらしく、ベークの毒舌にも微妙な屈折が認められる。彼は「まるで学術論文のように読みずらく、読者に集中力と知識を要求する」この小説を歓迎したドイツの一般読者層には恐れ入るほかないと言い、イギリスの批評家たちも「この詩人の精神的文化の高さにびっくりしたのだろう」と皮肉を飛ばした上で、こう書いている。「もしも『魔の山』が現在あるものの三分の一の長さで、内容は基本的に同じものだったとしたら、意義深い芸術作品となったことだろう。だがトーマス・マンは、細部に溺れすぎ、彼のもったいぶった気取りはほとんど滑稽ですらある」と。そしてベークは、ハーフェンシュタインが「ドイツでこれまでに書かれた最も素晴らしい写実主義的（レアリスティシュ）な小説である『ブデンブローク家の人びと』を過小評価し、『魔の山』を過大評価している」ことに不満を洩らしている。もっとも、ベークはこの書評を最終的には、「トーマス・マンはこれまでずっと、人生を生きるに値するものとする全てのものを守るために、勇敢に忍耐強く闘ってきた作家であり、不屈の、感動的なまでの真理愛をもって、頽廃や腐敗や病気や死を正面から見据えてきた作家である。『魔の山』もまた結局はこの闘いの一部を成すものであり、だからこそ、この小説はハンス・カストルプの魔の山から、人生の義務と闘いの場への帰還とをもって終るのである。彼も勇敢な兵士ヨーアヒム・ツィームセンと同じく、脱走兵なぞではないのだ」という、肯定的な評価で結んでいる。

ただし、このようなベークの『魔の山』についての言説を克明に紹介しているスクールフィールドは、ベークのこの結びの文章に、次のようなコメントをつけている。

「この結びの文言は、『魔の山』の役割をトーマス・マンの全作品の中に据えて理解しようとするベークの精一杯の努力と見ることができる。そして、それは、マンに再び以前の彼に、すなわちベークの保守的な好みに合う作家にしてドイツ的愛国者に戻ってほしいというベークの願望を表す言葉と解することもできる」と。——とすれば、ベークがマンへのノーベル賞授与に同意しながらも、授賞理由を『魔の山』ではなく、『ブデンブローク家の人びと』にすることに拘ったのも、同じ願望からだったのであろうか。

いずれにせよ、これが、マンがノーベル文学賞を受賞する約一年前の、スウェーデン・アカデミーの同賞選考委員会で「キングメーカー」と陰口をきかれるほどの有力委員フレドリク・ベークのトーマス・マン観であった。そして、彼のこれらの見解は、ほとんど全て、スウェーデンの代表的な新聞に掲載されたものであるから、当然広く知られていた。むろん、トーマス・マン本人もこのことを知っていたことは、一九二七年末の友人フィリップ・ヴィトコプ宛の手紙が証明している。

しかし、誤解のないように、あらためて再確認しておくが、ベークは親『ブデンブローク家の人びと』・反『魔の山』なのであって、決して反トーマス・マンだったのではない。ただ、ベークの場合は、ポンテンの場合よりもっと明確に、親『ブデンブローク家の人びと』・反『魔の山』が、〈転向〉以前のマンと〈転向〉以後のマンに対する政治イデオロギー的な好悪と密接に結びついていたようである。そして、ベークは、ポンテンよりもっと明確に、ナチス贔屓で、ヒトラー讃美者だった。

もちろん、トーマス・マン自身は、一九〇一年に二六歳で出した『ブデンブローク家の人びと』も、一九二四年に四九歳で出した『魔の山』も、共に多くのドイツ人に好まれ、支持されていると信じていた。前者の堅実で持続的な売れ行きと、後者の爆発的な売れ行きは、そのことを証明していると思えたからである。また彼は、『魔の山』も「絶対にドイツでしか生まれ得ない」作品であることを確信していたからである（一九二五年一月三一日付ポンテン宛の手紙）。

しかし、たとえ『魔の山』が「ドイツでしか生まれ得ない」作品だったとしても、この小説が他方で持っているインターナショナルな性格は、その舞台設定や人物配置などからしても明らかである。最初の構想はどうであったにせよ、最終的に出来上った小説『魔の山』は、一九二〇年代の全世界的な状況の中で、ドイツ人は、いやドイツ市民はいかに生きるべきかを主題とするものであった。そして、当時のマンがたとえばクーデンホーヴェ・カレルギーらの〈汎ヨーロッパ〉構想に共鳴し、その運動を支持していることなども、広く知られていた。政治的〈転向〉による共和制支持や余りに主知主義的な文学論に加えて、もう一つ、このような彼のインターナショナリズムこそが、保守的でナショナルな心性の強い人びとの神経を逆なでするものであったことは間違いあるまい。

そこで、次節では、当時のマンのインターナショナルな姿勢を象徴する或る出来事を少し詳細に検証してみることとしたい。

(五)　あるインターナショナルな試み

この節で紹介し、検討してみたいのは、トーマス・マンの作品でもなければ、彼の政治的発言や政治的行動でもない。マンの初期の作品『ブデンブローク家の人びと』や『トーニオ・クレーガー』にのめり込んでしまった者は、マンの文学といえばすぐに〈市民と芸術家〉などといった、古色蒼然たるテーマを振りまわし、後半期の反ナチス亡命作家マンを尊敬する者は、彼とドイツ社会との関わり方となると、すくなくとも彼の〈転向〉以後は、いかに早くから彼がドイツ社会に潜むナチズム的傾向を批判し、これと戦ってきたかを指摘することに忙しいというのが、従来のトーマス・マン受容の有り様である。その結果として、第一次大戦後は急速に大衆社会化が進行していったドイツ社会の中で、小説を書くことを市民的な職業とすることによって見事なまでに社会の変化に適合し、俗っぽく言うならますます出世していったこの人物の、文筆家という職業人としての身の処し方が問題とされることは、ほとんどなかったと言っていいだろう。――そのような視点を欠落させたままで論じられる「市民と芸術家」だとか「反ファシズム作家」だとかいうテーマに意味があるとは、私には思えないのだが。

そのこれまでほとんど欠落していた側面の一端になりとも照明を当てることによって、ヴァイマル共和国時代のトーマス・マン像を、従来よりももっと立体的に、もっと鮮明に描き出してみたいというのが、本章の狙いである。

先にも援用したペーター・ドゥ・メンデルスゾーンの浩瀚なS・フィッシャー社史『S・フィッシャーと彼の出版社』によると、「一九二七年三月の最後の週に、トーマス・マンは、三つの大きなドイツ語の日刊新聞『ベルリン日報』と『新チューリヒ新聞』と『プラーハ新聞（プレッセ）』の三紙に、「〈世界の長編小説（Romane der Welt）〉への添書（てんしょ）」と題する文章を発表して、ドイツの文学界全体を驚愕させた」という。

それというのも、この時マンが発表したこの「添書」なる文章は、ベルリンの或る出版社が新たに企画した、世界各国で人気の高い長編小説のドイツ語訳を、当時としては信じ難いほどの低価格で大量に、しかも次々と出版して、従来よりもはるかに広範な読者層に提供しようという、当時のドイツの出版界や文学界にとっては、まさに画期的、革命的なシリーズ出版の計画に、熱烈な賛同の意を表し、その宣伝役を買って出たものだったからである。つまり、〈世界の長編小説〉というのは、その新シリーズの名称だったのである。さすがにマンの文章の中では、「低価格で」とか「大量に」とかいう表現こそ使われているものの、具体的な値段などの数字的表現は用いられていないが、新シリーズの第一回配本がヒュー・ウォルポールの『赤毛の男の肖像』であることなどは明記されていた。――ウォルポールが当時ほかならぬイギリスやアメリカで人気の高い作家であったことは、この際、記憶に留めておいた方がいいだろう。

マンの文章が新聞に発表された数日後の一九二七年四月一日に、その第一回配本が発売され、その巻頭にも「添書」としてマンの同じ文章が全文掲載されていたのだから、当時すでにノーベル賞候補者として名前が囁かれ始めていたトーマス・マンが、この新シリーズの広告塔として出版社に重宝されていたことは明らかである。むろん、この新シリーズの「編集委員」として名前を貸すことすら承知したマンの側にも、それなりの願望があったことは、後で詳しく見る通りであるが、まず、この画期的な出版計画の具体的な内容を見ておこう。

これを企画した出版社は、ベルリンのTh・クナウル新社（Verlag Th. Knaur Nachf）で、経営責任者はアーダルベルト・ドレーマーだった（現在ミュンヘンに本拠地を置く出版社グループ、ドレーマー・クナウルの前身）。シリーズ〈世界の長編小説〉は、定価は各巻二マルク・八五ペニヒで、毎週一冊ずつ刊行されることになっていた。低価格といい、刊行スピードといい、当時のドイツの出版界にとっては、間違いなく革新的、衝撃的な企画であった。――ちなみに、この二年半前の一九二四年秋に出版されたマンの『魔の山』は、二巻本で二一マルクだった。また、ちょうどこの頃、つまり一九二七年（昭和二年）春に、京都大学文学部助教授の和辻哲郎がベルリンで留学生活を始めているが、彼が妻に書き送った手紙では、レストランでの夕食代が「二マルクから一マルク半くらい」かかると報告し、「二マルクで一円」と書いている。とすれば、この〈世界の長編小説〉シリーズは、前年（昭和元年）に日本で始まり、ブームとなったいわゆる「円本」と、値段の点でほぼ同じだったことになる。そして、その「円本」ブームの一角を担った新潮社の「世界文学全集」の刊行が始まったのは、まさにドイツで〈世界の長編小説〉の刊行が始まるのと、ほとんど同時と言っていい昭和二年（一九二七年）三月のことであった。――なお、この頃のドイツでは、勤続一五年のガス会社の労働者の月給が一三〇円だったことも付記しておいた方がいいだろう。

ところで、この時期、すなわち一九二〇年代後半に、ドイツの出版界、とりわけ文学書関係の出版界は、深刻な転換期にさしかかっていた。そのことは、トーマス・マンの無名時代から彼の作品をほとんど一手に引受けて、彼を一流の作家に育てあげてきたと言っていい、当時のドイツの代表的な文学書出版社S・フィッシャー社の創業者社長ザームエル・フィッシャーも十二分に自覚していた。当時六〇歳台半ばにさしかかっていたフィッシャーは、一九二六年に出した自社の出版年鑑（アルマナハ）に「書物恐慌についての所見」と題する一文を寄せて、次のように述べている。今年は書物業界の不況は頂点に達した感があり、これを経済全体の不況のせいにしたくなるのは山々だが、出版業の不振はもっと根の深いものだと自分は思う。これは、ドイツの文化生活の現状を如実に反映しているのではないだろうか、とフィッシャーは言い、こう書くのである。「今日では、書物は日常の生活に無くても済む物である。人びとはスポーツをやり、ダンスをし、夜になればラジオの前か、映画館で時を過すので、本を読む時間など無いのである。……人びとは、日々の労苦から逃れるべく、騒々しく、ぎらぎらした混沌（カオス）の中に逃げ込んでしまう。敗戦と、アメリカから押し寄せる波とが、私たちの生活観を変え、私たちの嗜好を変えてしまったのである。」

むろん、この老出版人は、ドイツ人が再び書物の方に戻ってくる時の来るのを信じて、なおしばらくは大出版社の社長職に留まるのだが、その彼に再会するのは後日の話として、私はその前に、書いておかなければならないことがもう一つある。

それは、トーマス・マンがいわばこの長年のパトロンとも言うべき恩人に叛旗を翻す形で参加した、フィッシャーより一世代若い出版人アーダルベルト・ドレーマーが「書物恐慌」を乗切る一つの方策として考えたに違いない〈世界の長編小説〉の企画にも、実は微妙な形で「アメリカから押し寄せる波」が一役買っていたふしが認められることである。

すなわち、クナウル新社の新シリーズ〈世界の長編小説〉には、トーマス・マンと並んで、もう一人、H・G・シェファーなる人物の名が編集委員として記されていた。シェファーは、この数年前にマンの『主人と犬』を英語に翻訳して、イギリスとアメリカで出版した、サンフランシスコ生れの、マンより三歳年下のアメリカ系ドイツ人で、自分でも英語で二、三の戯曲を書いていたらしい。しかし、有力なノーベル賞候補として噂される人気作家とコンビを組むには、なんとも釣り合いの取れない感じは否めない。

種明かしは簡単で、シェファーは、あるアメリカ系の大手の出版代理店のドイツにおける代表者で、この〈世界の長編小説〉の企画で大きな比重を占めることになる英語系の作家や作品に関わる種々の権利を、すでに所持していたのである。つまり、彼はこの企画にとって不可欠な存在だったのである。というより、この企画のそもそもの発案者は、シェファーその人、もしくは彼の背後に存在するアメリカ系の大手の出版代理店であった可能性が十分に考えられるのである。――むろん、これくらいのことは、当時のドイツの出版事情にある程度通じていたジャーナリストや出版人や文学者たちなら承知し、推測したはずである。後述するような、この企画へのトーマス・マンの参画が明らかになった時に起きた、周囲からの激しい反撥は、こういったことを視野に入れて初めて理解できる、と私は考える。

しかし、それだけではなかった。マンとシェファーとの間には、まさにこの時期に、まさにアメリカをめぐって、かなり切実で面倒な事情が生じていたのである。

アメリカにおけるマンの作品の英語訳本の出版は、一九一六年のA・C・カーティス訳の『大公殿下』(Royal Highness)を皮切りに、一九二三年には先述のシェファー訳の『主人と犬』(Bashan and I)、そして一九二四年のH・T・ロウ＝ポーター訳の『ブデンブローク家の人びと』(Buddenbrooks)と着実に進展してきた。そして、一九二五年初頭に、ドイツで出版されてまもない『魔の山』の英語への翻訳が検討され始めた時に、翻訳者を誰にするかということで、厄介な問題が生じたのである。マンの作品のアメリカでの出版権は、すでにアルフレッド・A・クノップ社がS・フィッシャー社との間で独占的な契約を結んでいたので、問題はなかったのだが、そのクノップ社が『魔の山』の翻訳も、『ブデンブローク家の人びと』と同じくヘレン・T・ロウ＝ポーターに頼みたいと提案してきたのに対して、マンの方は『主人と犬』の訳者シェファーを推して譲らなかった。二〇一一年に刊行された最新版のマンの書簡集で初めて公表された(一部の研究者には以前から知られていたようだが)、当時のマンのクノップ社の社長やヘレン・T・ロウ＝ポーター宛の手紙などを読むと、おそらくマンとドイツ在住のシェファーの間には、『魔の山』の英語への翻訳をシェファーに頼む口約束くらいはできていたのではないかと思われる。しかし、著者であるマン自身の「女性には『ブデンブローク家の人びと』の翻訳はできても、『魔の山』の翻訳はできないと思う」という、かなり強引な異論にも、クノップ社長夫妻が応じようとしなかったため、結局マンの方が妥協する形でこの件は決着した（なお、この件については、エルケ・キンケルの研究書『アメリカにおけるトーマス・マン』の中でも簡単に言及されている）。——これ以後、『ヨセフとその兄弟たち』四部作、『ヴァイマルのロッテ』、『ファウスト博士』、『選ばれた人』といったマンの代表作の英語への翻訳は、全てヘレン・T・ロウ＝ポーターに任され、全てアルフレッド・A・クノップ社から出版されることとなった。逆に言えば、一九二五年のこの訳者選定の件の決着以降、マンの作品は、彼のアメリカ亡命以前から、きわめて安定した形でアメリカでも出版される体制が確立されたわけであることを、私たちは見逃してはなるまい。他方、『魔の山』の訳者になりそこなったシェファーは、先述のように、翻訳者であったばかりでなく、出版代理業者でもあったことをも、私たちは忘れてはならないだろう。

そして、マンとシェファーの二人が編集委員となった画期的な超廉価版の〈世界の長編小説〉なる新シリーズの出版企画が派手な宣伝とともに刊行され始めたのは、ほかでもないアメリカで、ヘレン・T・ロウ＝ポーター訳の『魔の山』が刊行される直前の時期、一九二七年春のことだった。

この事実から、私たちはさまざまな舞台裏の駆け引きや生臭い人間関係をも推察できなくもないが、ここで私が強調したいのは、ただ一点である。それは、アメリカがらみのこれら一連の出来事を通じて見られる、マンのアメリカへの進出、ひいては世界への進出に寄せる強い期待と決意である。つまり、インターナショナリズムへの志向である。マンのインターナショナリズム志向の顕在化は、すでに一九二六年の『パリ訪問記』や「精神的生活形式としてのリューベック」などにも顕著に認められるが、もともと一九二二年秋のマンの〈転向〉なるものが、講演「ドイツ共和国について」に明らかなように、ホイットマンのアメリカ讃歌を媒介にして、広大な世界に通じるインターナショナリズムへの志向を宿したものであった。そして今、好評裏に迎え入れられつつある『魔の山』を携えて広い世界に乗り出したマンが、「〈世界の長編小説〉への添書」の結び近くで、ドイツの人びとに向かって、次のように熱い誘い（いざない）の言葉を語りかける時、そこには、人びとへの励ましと同時に、間違いなく、狭い自国の殻に閉じこもり、世界への窓を閉ざして、自家中毒を起してしまいかねない偏狭な国粋主義的ナショナリストたちに対する鋭く強い批判が秘められていたと考えられる。

すなわち、マンはこう言うのである。〈世界の長編小説〉というこの「着想の本質をなしているのは、心の拡張である。ただ今現在は貧しく痩せ細り、縮こまって、自分のことにのみかまけているものの、本来は境界を知らず、世界を愛する国民である人びとの、堰き止められている願望を解き放ち、憧れを、世界と広大さへの憧れを充たし、日常性からの脱出と自分自身からの脱却への憧れ、未知の土地や未知の時代の中での冒険への憧れ……」等々を叶えること、それこそがこの企画の真の狙いである、と。

だが、いや、だからこそ、マンがこの出版企画に加担したことは、多方面からの激しい反撥と非難を招くこととなった。しかも、それは決して、偏狭で頑迷な国粋主義者たちからだけではなかった。

しかし、その反撥や非難を紹介する前に、マンの書いた「〈世界の長編小説〉への添書」そのものの内容の要点を紹介しておかねばなるまい。少し長くなるかもしれないが、全集版で約四ページほどのこの文章は、一方で或る特定の出版企画の宣伝文であることを明確に打出しながらも、他方で、文学者トーマス・マンが、それこそ著作家（Schriftsteller）トーマス・マンが、自分自身の文学観を吐露しているばかりか、当時のドイツの文化状況や社会状況全般に対する自分の認識と、それに対する自分の立場（スタンス）とを、かなり率直かつ鮮明に表明した評論ともいえるものなので、少し丁寧に紹介することにしたい。

マンが「〈世界の長編小説〉への添書」の冒頭でまず強調するのは、この出版企画の持つ「時代」への適合性である。ここで私は、「あなたは、あなたのドイツ精神を時代に売り渡したのだ」という、マンの〈転向〉表明時にハンス・ヨーストがマンに投げつけた痛烈な批判の言葉を思い出さずにはおれないのだが、それはさておき、ここでマンが現在の「時代」の特性として強調するのは、その「大衆性（マッセ）」であり、「民主主義性（デモクラシー）」である。そして、「大衆的なもの、大衆向きのものは、良質であるはずはない、ときめつけていいものだろうか」と問いかけたうえで、文学論に入っていく。「そもそも、すぐれた物語というものは、間違いなくほとんど常に、がさつな娯楽読物や低俗読物に堕しかねない、甘ったるしい感傷性や、わくわく興奮させる刺戟性をも厭わないものではないだろうか」とマンは言う。ところが、「ディケンズもバルザックもドストエフスキーも持たず」、「相も変らずゲーテ流の発展小説や教養小説」

が崇められているドイツでは、「大がかりな長編小説までもが、依然として高貴にして内面的でなければならないことになっている」。むろん、それはそれで尊重されねばならないドイツ的特性ではあるが、ドイツにはもう一つ困った文学的伝統がある。それは、「戯曲こそが文学の最高の形式である」という考え方であり、その伝統的美学によれば、物語作家などは、しょせん「詩人の異母弟」にすぎぬとして、いわば継子扱いされてきた、とマンは続ける。

この「添書」の本来の目的からすれば、いささか脱線気味ともいえるこの件は、ゲーテ、シラーを初めとする過去のドイツ文学を代表する文学者たちの多くや、ハウプトマンやシュニッツラーやホーフマンスタール、あるいは多くの表現主義作家たちなど、自分と同時代のドイツやオーストリアの著名な文学者たちと違って、戯曲を、（そして詩も）ほとんど書かず、小説一本槍で通してきたマンの、ドイツ特有の伝統的美学に対する根深いコンプレックスの表出であると言えるが、まさにそうであるからこそ、今やノーベル賞候補に名前があがるほどの、ドイツを代表する文学者と世界から見なされるようになっていた彼が、半ば〈世界娯楽小説全集〉と呼んでもいいような出版企画の宣伝役を敢えて買って出たことの意味を考えさせるものがある。なにしろ、マンは続けてこう書くのである。

「実際、小説は、戯曲に比べれば、より現代的で大衆向きの芸術形式であり、言うなれば民主主義的な芸術形式である。映画館のセンセーションはつまるところ小説に由来するものであって、決して戯曲に由来するものではないことを考えれば、このことはよくわかる。」

マンは、さらにこう議論を展開する。

「今やドイツでも、さまざまなことが変化したのではないだろうか。ドイツの政治的な脱ロマン主義化に先立って、何十年にもわたる純粋に文化的な変化の過程が――ある意味でドイツの〈ヨーロッパ化〉と呼んでもいいような変化の過程が進行してきたのではないだろうか。それは、散文的形式と批判的心理学における長く厳しい修練によって生み出された変化であり、その結果として、今日では、戯曲よりも長編小説の方がはるかに世間一般の関心をひくようになったのである。……要するに、私たちは、ドイツ帝国が退陣するはるか以前から、〈民主主義化〉されてきたのである。」

ドイツの歴史および作家トーマス・マンの前半生と彼独特の用語法に馴染みのない人には、判りにくい文章かもしれないが（実際これが一般庶民むけの、たぶんに娯楽小説全集的な出版物の宣伝文書だとは、とても信じられない思いがする――だからといって、さすがドイツなどと感心する趣味も私にはないが）、出世作『ブデンブローク家の人びと』（一九〇一）から、第一次大戦中の保守主義的な長編評論『非政治的人間の考察』（一九一八）を経て、一九二二年秋の民主主義支持の〈転向〉宣言と、それに続く『魔の山』（一九二四）の完成、発表という、この小説家の歩みを知っている人間には（つまり、この宣伝文書を読んだ当時のドイツの文学愛好家の多くには）、この文章の背後に、いとも容易に、書き手トーマス・マンの前半生が透けて見えたはずである。

すなわち、ある意味では取るに足りぬ、小遣い稼ぎのための雑文ともいえるこの評論「〈世界の長編小説〉への添書」は、〈転向〉表明以来まだ毀誉褒貶の騒々しさの静まらない著名な文筆家が、敢えてまたまた世に投じた一石でもあったわけである。――ちなみに、彼がここで展開している小説軽視のドイツの伝統的美学への苛立ちをまじえた批評と、ドイツ社会の民主主義化に伴って進行する社会的な長編小説の地位向上の気運への歓迎といった問題が、マンにとっては、きわめて重要な意味を持つ関心事であったことは、彼が一九二五年秋にアメリカのニューヨークの雑誌『ダイアル』に寄稿した「ドイツ便り（その六）」の中で、ハインリヒ・マンやアルトゥール・シュニッツラーやアルフレート・デーブリーンなどの長編小説を挙げて（むろん自分の最新作『魔の山』を挙げることも忘れずに）、基本的には「〈世界の長編小説〉への添書」におけるのと同趣旨のことを述べていることからも判る。そこでは、彼は、第一次大戦の少し前に『ヴェニスに死す』を発表した時に、主人公アッシェンバッハのような「長編小説家がドイツであのような名誉ある地位を得るようなことはありえない」と批判されたというエピソードまで紹介している。

話を評論「〈世界の長編小説〉への添書」に戻すと、マンは、上述のような伝統的美学への批判と小説擁護論を披瀝した後、ところで、従来ドイツの一般大衆は、高尚な「古典的」文学作品に敬意を表しながらも、自分たちは「低俗な読物」を読み耽ってきた。しかし、近年、社会の各領域における知的水準の向上に伴って、これまで存在した高級な文学と低俗な読物との間の裂け目を埋める良質の中間的作品」（傍点筆者）を求める社会的な需要が急速に高まり、また、それに応えて、中間的大衆の真っ当な欲求を満たし、楽しませてくれるような、優れた真面目で良質な本がいろいろと書かれ、出版されるようになってきた。今回ここに企画された「世界の長編小説」シリーズは、世界各国で書かれたそのような長編小説を集めて、低価格で広汎に提供しようというものである、とマンは話を進めている。――ここでマンが「良質の中間的作品」を求める人びととして想定している、新しく擡頭してきた中間層なるものが、一九二〇年代の〈相対的安定期〉にドイツでも急速に増加した都市部の「サラリーマン（Angestellte）」と呼ばれる人びとの層と、完全にではないにしても、大幅に重なるものであったろうことは、容易に推定できる。ちなみに、当時気鋭の社会派評論家として売り出し中のジークフリート・クラカウアーが『サラリーマン』と題する本を出したのは、これより三年後の一九三〇年だが、その中で彼は、「ドイツには現在三五〇万人のサラリーマンがいる」、「ベルリンの街は、毎日数十万人のサラリーマンで溢れている」、「ベルリンは、今日では誰の目にも明らかにサラリーマン文化の街である」と書いている。もっとも、この新しい中間層に対する認識や立場（スタンス）が、マンとクラカウアーではかなり異なっていたことは、すぐ後で紹介することになろう。――ここで、日本でも、第二次世界大戦後の〈中間小説〉論とは別に、すでに昭和九年（一九三四年）に、〈純文学〉でも〈大衆文学〉でもない〈中間文学〉なる分類の必要を唱えた評論家がいたことを指摘しておくのも、あながち無駄ではあるまい（参照文献リストに記載）。

さて、マンは、ここまでで、いわば文学論的な議論は打ち切って、〈世界の長編小説〉シリーズが持つことになるはずの、一つの特長について語り出すのである。

それは、このシリーズにはドイツの作家の作品も含まれる、しかも、特にドイツの新進作家の作品に注目していきたい、というものである。もちろん、最初は外国の作家のものだけが考えられていたが、考えを改めて、ドイツの作家のものも含むことにしたとマンの「添書」には書かれているが、後にマンが公にしたところでは、これは、マンがこの出版企画に参加するにあたって出した「第一の条件」であったという。これは、言ってみれば、日本で世界（娯楽）文学全集に日本の作家の作品も加えるという話だが、当時のドイツの、というよりもヨーロッパの文化状況、ひいては社会状況を考えるなら、これは、実はかなり深刻な問題とかかわっていたのである。

すなわち、〈過剰外国化〉（Überfremdung）の問題である。当時のこの問題は、基本的には、第一次世界大戦後の世界で（したがって日本においても）急速に拡がったアメリカ的な文化や生活様式に対する、各国の懸命な自己防衛の問題だったわけだが、その象徴的な出来事としてよく引合いに出される、イギリスで国内の全ての映画館に一定の比率で自国製の映画の上映を義務づけることを定めた法律「映画法（Cinematograph Films Act）」が制定されたのが、まさにこの年、一九二七年であった。――事情は日本でも同じだった。昭和六年（一九三一年）に書かれた安藤更生の『銀座細見』には、次のような文章がある。「昨日までの銀座は、フランス文化、すなわち欧羅巴文化の光被の下にあったのである。ところが、今日の銀座はそれと面目を全く異にしている。今日の銀座に君臨しているものはアメリカニズムである。」「今や世界がアメリカなのか、アメリカが世界なのか。」

とりわけ、一九二四年の「ドーズ案」以後いちだんと増大したアメリカからの資本の流入によって、戦後の復興を果すことのできたドイツにおいては、この問題は、不可避的な自己矛盾をはらむ深刻な問題であった。いかにインターナショナリズムを志向するマンでも、自分がアメリカの出版代理業者と提携して〈世界の長編小説〉なるシリーズの、従来のドイツの出版界や読書界では考えられなかったような超廉価版による大量出版という形（まさにアメリカ流）での出版の片棒を担いだ時に、間違いなく上がるであろう「過剰外国化」の批判だけは、無視できないと考えて、ドイツ人作家の作品もシリーズに入れることを条件にしたのである。これが彼自身としても苦渋の決断であったろうことは、シリーズの刊行開始後二ヶ月も経たないうちに、非難に応えてベルリンの雑誌『ターゲブーフ』に発表した弁明文のなかでも、「私は文化面での保護関税政策の支持者ではないし、そもそも、その種の考え方はきわめて非時代的であるばかりでなく、奇妙に非ドイツ的でもあると考える」けれども、それでも私はドイツ人作家の収録を条件にしたのであり、もしこの条件が近いうちに実現されないようなら、このシリーズの表紙から私の名前は消えるだろう、と書いている。

マンの「〈世界の長編小説〉への添書」は、この後、先に紹介した「ただ今現在は」すっかり内向きになってしまっているドイツ国民の心を、「本来の」世界に向かって開かれた心性に転換させる一助になればと思って、このシリーズの刊行を思い立ったのだというアピールをもって結ばれるのである（厳密に言えば、この後に、第一巻はヒュー・ウォルポールの『赤毛の男の肖像』であることや、毎週一冊ずつ刊行されることなど、純粋に商業宣伝的な文章が一〇行余り続いているが）。

さて、ある意味では一人の有名作家のちょっとした小遣い稼ぎとも取れるこの一件は、これに対する周囲の反応の意外なほどの大きさによって、当時のドイツの文学界や出版界の置かれていた時代史的状況や、その中におけるトーマス・マンの立ち位置の微妙さや厄介さを、一瞬鮮明に照らし出す照明弾のような役割を果すこととなった。

この件について最も迅速に反応したのは、なんとプロイセン・アカデミー文学部門の幹部たちだったようである。まさにこのことが、当時のドイツの文学、というより当時のドイツの社会と文化全般が陥っていた状況の難しさを如実に反映していると思われる。

問題になったのは、案の定、〈世界の長編小説〉の出版企画が「ドイツの文学に〈過剰外国化〉」をもたらすのではないかという危惧であり、にもかかわらず、金銭的な利得に目が眩んで一出版社の誘いに乗って、このような企画に手を貸してしまったと思われる同アカデミーの評議員トーマス・マンの軽率さに、アカデミーの幹部たちは我慢がならなかったようである。マンの「〈世界の長編小説〉への添書」が公表された直後に、アカデミー文学部門の総裁ヴィルヘルム・フォン・ショルツと、有力幹部の一人ルードルフ・G・ビンディングから、詰問状的な手紙をもらったマンは、早速それぞれに折返し弁明の返事を書き送っている。マンは、それらの中で、自分も「過剰外国化」の問題を考えなかったわけではない証しとして、ドイツの作家の作品をもこのシリーズに加えることを協力の第一の条件として賛同したことを強調したうえで、だが、国際的な「相互文化交流の時代」に、アカデミーまでが一種の「保護関税政策」を取るのはおかしいですよ、と釘をさすことをも忘れていない。そして、金銭目当てで自分が動いたかのように思うのは、曲解もはなはだしいとして退け、そもそも自分は「なにか悪いことに加担した」などとは全く思っていないと言い切っている。――しかし、事はこれでは済まなかったらしく、二ヶ月半後の六月半ばには、プロイセンの文部大臣カール・H・ベッカー宛にあらためて、この件についての同趣旨の弁明の手紙を書いている。そして、この手紙では、この間のこの件をめぐるいざこざに余程うんざりしたらしく、ベルリンから離れた所に住んでいる自分は、迅速さの要求されるこのシリーズの編集作業に責任が持てそうにないので、この件から手を引こうかと思い始めていることを告げている。――なお、この件でマンに逸早く苦情を申し立てたアカデミーの幹部、ショルツとビンディングの二人共に、後に公然とナチス支持を表明するようになった作家たちであることは、やはりここで書いておくべきなのだろう。

しかし、この件でトーマス・マンを激しく非難したのは、決して右翼的な人びとばかりではなかった。すなわち、当時『フランクフルト新聞』の記者で、左翼的な立場からの鋭い社会批評や映画批評で売り出し中だった、マンより一四歳年下で（つまり当時三八歳）、ナチスが政権を取るとすぐに国外に出るほかなかったジークフリート・クラカウアーも、マンの「〈世界の長編小説〉への添書」が公になって二ヶ月近く経った五月二二日の『フランクフルト新聞』に、「トーマス・マンが送って下さるだとさ。シリーズ〈世界の長編小説〉に」という題の辛辣きわまる一文を書いたのである。ちなみに、これに対するマンの抗議の手紙を収録した最新版トーマス・マン全集の『書簡集Ⅲ』に付けられた注釈によれば、クラカウアーのこの記事は、かねてヴァルター・ベンヤミンにマン批判を書くことを勧められていたこともあって書いたものであるらしい。――なお、私はクラカウアーのこの記事自体を入手することはできなかったので、以下に紹介するこの記事の内容も、上記のマンの書簡集の注釈に依拠するものであることを断わっておきたい。

まず「トーマス・マンが送って下さるだとさ」というクラカウアーの記事の題名だが、これは、マンの「〈世界の長編小説〉への添書（Geleitwort）」の、geleit の部分を取り出して、この語のもつもう一つの意味、女の子を家に「送っていく」の意味に掛けて使っているのだが、これをさらにゲーテの『ファウスト』の中で、グレートヒェンがまだ見知らぬ男ファウストの「もし、美しいお嬢さん……お送りしましょうか」という誘いの言葉を、「わたしはお嬢さんではございませんし、美しくもありません。べつに送っていただかなくても、ひとりで帰れますわ」と、にべもなく断わる場面（二六〇五行以下）に引っ掛けて用いていることは、記事を読めば判るようになっているのである。

　クラカウアーに言わせれば、マンの「〈世界の長編小説〉への添書」は、要するに「自分勝手に勘違いした民主主義（デモクラシー）なるものとの支離滅裂ないちゃつき」にすぎない。マンは「民主主義」という呪文をかけさえすれば、「本来彼に気に入るはずのない事柄でも全て、〈政治的に不可避なもの〉であるという理由だけで、すっかりお気に入りなものになるらしい。そして、「民主主義はどうにも防ぎようのないものだから、それなら、私たちは本来貴族主義的（アリストクラティシュ）なのだが、この際は民主主義の先頭に立とうではないか」とマンは言っているだけなのだ、とクラカウアーはきめつけ、本来は貴族主義的な人間の「保護者ぶった口調」を批判した。これは、「〈世界の長編小説〉への添書」の中で、ドイツの伝統的な文学観の持つ貴族主義的性格のいわば民主主義化の必要性を強く主張したと言えるマンに対する痛烈きわまる批判だった。そのうえで、クラカウアーは、「民主主義の教師マンがもう少し頑張らずにいたら、詩人（ディヒター）マンの像はもっと純粋なまま保たれていたであろう」（傍点筆者）とまで書いたらしい。――「頑張る」と訳したのは sich bemühen であるが、このドイツ語の名詞形の複数 Bemühungen は、一九二五年に出版されたマンの評論集の題名に用いられていて、その中には、「ドイツ共和国について」や「ゲーテとトルストイ」や「リカルダ・フーフの六〇歳の誕生日に」など、マンの政治的〈転向〉にかかわる評論が多く収録されていた。クラカウアーはむろんそれに掛けて使っているのである。

　つまり、これらの批判を記事の見出し「トーマス・マンが送って下さるだとさ」に託された含意に重ねるなら、クラカウアーの言いたいのは、根が貴族主義的な人間のくせして、まるでわかってもいない民主主義を旗印に振りかざして、偉そうに俺たちの面倒まで見てくれようなんて、余計なお世話だ、お前はお前らしく、おとなしくすっこんで、お前らしい小説を書いてさえいれば、いいんだよ、俺たちのことは俺たちでちゃんとやるからさ、ということだろう。

　たしかに、帝政時代からリベラルな言論機関として知られた『フランクフルト新聞』に、一九二〇年代の初めから記者として勤めていて、この二年後の一九二九年から三〇年にかけて、それこそマンが「良質の中間的作品」の読み手として期待した読者層の主要部分をなすはずの、「都会のサラリーマン」たちの実態についての綿密な報告書を書き上げることになる気鋭のジャーナリスト、クラカウアーの目から見れば、マンの説く民主主義論や、新興中間市民層のための中間文学論などは、観念的で、独り善がりで、偉そうなお節介としか思えなかったに違いあるまい。

　マンは、クラカウアーのこの記事が出た当日付で、『フランクフルト新聞』の主筆ハインリヒ・ジーモンに宛てた手紙で、クラカウアーは私の文章を曲解していると苦情をひとしきり述べた後で、結びにこう書いている。

「かつて保守的なドイツは、『非政治的人間の考察』を書いた私に感謝することはありませんでした——愚かさのゆえに。いま民主主義は、同じように感謝する術を知りません。（ドイツの）民主主義は、クラカウアー博士の口を介して、私の求愛は民主主義の信用を傷つけるだけで、私のような者が送ってくれなくても、一人で家に帰れますと宣（のたま）わっています。そんなことを言っているうちに老嬢になってしまわなければいいのですが！」

　だが、このクラカウアーのマン批判の一件で、私が気になるのは、マンのこの痛切なぼやきと間違いなく関わりはあるのだが、微妙に異なる別の一点である。マンの書簡集の編者の注釈によれば、クラカウアーは結構トーマス・マンの作品を丹念に読んでいたらしく（論評したのは専らハインリヒ・マンの作品の方だったようだが）、彼が二〇歳台に書いた短編小説『恩寵（Die Gnade）』には、マンの『トーニオ・クレーガー』を思わせるものが認められるという。となると、先に引用した「民主主義の教師マンがもう少し頑張らずにいたら、詩人（ディヒター）マンの像はもっと純粋なまま保たれていたであろう」という一言は、むろん、痛烈な皮肉であることはわかるとしても、同時にはしなくも、クラカウアーも、ことトーマス・マンの文学に関しては、ポンテンやベーク教授と同じく、親『ブデンブローク家の人びと』派、『トーニオ・クレーガー』大好き派であったことを示唆しているとも言えるのではないだろうか。——つまり著作家（シュリフトシュテラー）トーマス・マン自身がどんなに「頑張っても」、いや、頑張れば頑張るほど、保守主義者も民主主義者も、ますます『ブデンブローク家の人びと』の作者マンへの、あるいは、それ以上に『トーニオ・クレーガー』の作者マンへの愛着を深めていったのではないだろうか。そして、そのような人びとにとっては、『非政治的人間の考察』も、政治的〈転向〉も、どうでもいいことだったのではないだろうか。いや、彼らは左派とか右派とかに関係なく、本当に心底から、自分の大好きな詩人（ディヒター）トーマス・マンには、政治などという余計なことには関わり合ってほしくないと思っていたのではないだろうか。——まさにこの点にこそ、第一次世界大戦を挟んで本質的に異質なものとなってしまった二つの時代に股をかけて生きるという難題に、果敢に正面から挑み、外観的には見事に成功し、栄誉を極めたかに見えるこの作家の偉大さと、そして悲劇性があったのではないだろうか。

最新技術を駆使して超廉価版による大量販売を狙った〈世界の長編小説〉シリーズへのトーマス・マンの加担に対しては、このほかにも、さまざまな批判や非難や誹謗中傷が浴びせられた。「クナウル書籍工場の仕立てた密輸船に偽装のための旗をかざしてやるのか」とか、「『魔の山』のうんざりするようなお喋りでネタを使い切ってしまったから、今度はがらくたの投げ売りに手を出すというわけか」とかいった罵詈雑言を浴びせかけられるかと思えば、「マンはこのシリーズ出版で、毎月六万マルクずつ懐に入るらしい」という、とんでもないデマをとばされるなど、マン自身の言葉を借りるなら、「今日ドイツで憎まれ者になると、どんなに恐ろしいことになるか」思い知らされるほどだったらしい。むろん、なかにはジャーナリストのシュテファン・グロースマンがベルリンの新聞『ターゲブーフ』に掲載した「公開質問状」のように「理性的な口調」のようなものもあったようで、これに対してはマンもきちんと回答書を同紙に掲載してもらっている。これはマン全集にも収録されているので、興味のある人はそれを読んでほしい。

このグロースマンとの遣り取りでも、中心的な問題となったのは、結局、この〈世界の長編小説〉シリーズに本当に、かつどの程度にドイツの作家の作品も加えてもらえるのか、という点であった。そして、マンは、一九二七年五月一七日に書いたグロースマンへの公開回答文の中で正直に、残念ながら現在のところ第一八巻までにドイツ人作家の名前は予定されていないことを明かし、だが、これは自分たちの怠慢のせいではなく、自分たちが事の難しさを甘く見ていたためだと説明している。すなわち、これはと思うようなドイツの作家の作品はたいてい、すでにいずれかの出版社との契約に縛られていて、当シリーズでの出版を許可してもらえないのだ、と嘆いている。しかし、マンは、自分の意中にあるドイツ人作家の名前をフォイヒトヴァンガーやメーリングやブルンクなど七名ほど挙げたうえで、それでも、もし約束を守れないことが明確になったら、自分は潔く編集委員を辞めるつもりだと見得を切っている。

ところが、事態は思わぬ展開を見せることになる。

この数ヶ月後の一九二七年一〇月七日に、マンの相棒だったアメリカ系ドイツ人H・G・シェファーが急死したのである。そのせいもあってだろうが、要するに翌一九二八年三月以降は、〈世界の長編小説〉シリーズの本の扉から編集委員二人の名前は消えることとなった。――それでもこのシリーズの刊行自体は一九三五年まで続いたという事実は、マン自身も後では「疑いなく少々乱暴な企画だった」と反省していたらしいこのシリーズの出版が、商業的には大成功であり、廉価版による大量出版という文学書の新しい出版形態のドイツにおける先駆けとなったことを示していると言えよう。

ちなみに、トーマス・マンとH・G・シェファーの名が編集委員として本の扉に明記されていた、一九二七年四月から二八年二月までに刊行された計四八冊の〈世界の長編小説〉シリーズ全ての著者とタイトルは、たとえばハンス・ビュルギン編の『トーマス・マンの作品』と題した文献目録（一九五九）などに記されているが、その中には、マンがグロースマンへの公開回答文の中で挙げたフォイヒトヴァンガーその他のドイツ人作家の名前は一人もない。但し念のため言っておくなら、当時人気があったらしいオーストリアの作家オイゲン・クリーグルシュタインの作品は二巻も入っている（私はそのうちの一冊『劫罰の国から』を持っているが、ペーパーバック本の氾濫する今日から見れば、意外なくらい堅牢な造りの本である）。また、刊行点数の一番多い作家は、四八巻のうちで五巻を占めている、アメリカで西部もの大衆小説家として有名だったゼイン・グレイである。と知ると、やはりこれは「世界娯楽小説全集」だなと頷きたくなるのだが、二番に多いのはハーマン・メルヴィルの三巻で、もちろん『モービー・ディック』も入っているし、さらに、バーナード・ショーやジョン・ゴールズワージやシンクレア・ルイスといった錚々たる作家たちの名前まで出てくると、今度はマンがフォイヒトヴァンガーなどの名を候補として挙げていたのが納得できるようにも思えてき、さらには、そもそもマンがこのシリーズの企画にあそこまで乗り気になったのも判るような気がするのである。

そして、ショーは二、三年前の一九二五年に、ルイスとゴールズワージはいずれも三、四年後にノーベル文学賞を受賞したはずだなと思いだした時、私たちは、否応なしにある事を連想せざるをえないのである。

辣腕の出版人アーダルベルト・ドレーマーが、いわば既成のドイツの出版界に殴り込みを駆けるような、廉価版による大量販売の世界文学全集の企画を打ち出す際に、どこまで計算して、格式高い老舗の文学出版社S・フィッシャー社の看板作家で、ノーベル賞候補として名の上り始めたトーマス・マンを担ぎ出したのかは判らない。しかし、いったんは担ぎ出しに成功したものの、一年も経たぬうちに逃げられてしまったこの大物作家に、ドレーマーが再度近づいてきたのは、まさにマンのノーベル賞受賞問題が大詰を迎えようとしていた頃だった。

(六)　栄誉の中の亀裂

ドレーマーの率いるクナウル新社が〈世界の長編小説〉シリーズで具体的にどれだけの利益をあげたかは、第二次大戦の戦火によってドイツの主だった出版各社の資料が消失してしまったため、具体的には算出不可能であると、『S・フィッシャー社史』の著者ドゥ・メンデルスゾーンは書いている。しかし、遅かれ早かれ、ドレーマーが各社と契約関係にある著者たちにも、一回限りの特別認可版といった形で誘いの手を伸ばしてくるだろうというのは、出版界の誰もが予測していたことだった、とも書いている。

ドレーマーがトーマス・マンに、今度は編集委員としてではなく、著者としてクナウル新社からの廉価版の大量出版に応じる気はないかと申しでてきたのは、一九二九年八月のことだった。――ということは、マンのノーベル文学賞受賞が正式決定する三ヶ月前である。

一九二五年にS・フィッシャー社長ザームエル・フィッシャーの一人娘ブリギッテと結婚し、後継社長の座を半ば約束された形で同社に入社し、出版業を学びつつあったゴットフリート・ベルマン・フィッシャーは、後年の回想録『脅され――守り抜いた。ある出版人の歩いた道程』の中で、この件について次のように書いている。

「爆弾が爆発したのは、一九二九年八月だった。トーマス・マンがこう伝えてきた。ドレーマー氏がライプチヒから訪ねてきて、一〇万マルクを文字通りテーブルの上にどんと置いて、これは『ブデンブローク家の人びと』の廉価特別版一〇〇万部の印税ですと言ったというのである。そして、トーマス・マンは、自分の友人S・フィッシャー氏が私にこの浮気への許可を拒まれることはよもやないものと思います。なんといっても、これほどの額の金を無視するなどということはできませんからね、と書いてきた」――(ちなみに、この三ヶ月後にマンがノーベル文学賞を受賞した時の賞金の額は一九万マルクだったという)。

念のために付記しておくと、比較的近年にこの問題に言及した研究者ヘルムート・コープマンは、論文『トーマス・マンとザームエル・フィッシャー』の中で、この時のドレーマーの提案を〈世界の長編小説〉シリーズの中での刊行の提案だったとしているが、当時のマン自身の手紙や後年のカーチャ夫人の回想、さらにはドゥ・メンデルスゾーンの『S・フィッシャー社史』などは全て、これは価格や大量出版という点では全く同じだが、内容は「古典的」作品だけを集めた新しいシリーズ企画の話だったと記している。むろん、前節で見たような経緯からして、最初から〈世界の長編小説〉シリーズの一冊として話を持ち出したら、いくらマンでも応じることはないだろうと予測した辣腕企業家の、それでもなお、もう一度この人気絶頂の作家を担ぎ出してやろうという手練手管の一つだったと考えるべきだろう(先述のように、すでにノーベル賞を受賞したショーの若い頃の作品も〈世界の長編小説〉シリーズには入っていたことを忘れてはならない)。

ともあれ、マンはドレーマーの申し出にすぐ乗り気になったようだが、格式ある老舗出版社の昔気質の老社長ザームエル・フィッシャーは、自社の長年にわたる看板作品の一つの出版権を、このような金儲け主義の低俗な出版企画のために、たとえ一回限りの特例出版の形であっても、またS・フィッシャー社に対してもそれ相応の補償金と引き換えであっても、提供する気は全くなかった。九月になってからマンがベルリンまで出かけて直談判しても、老社長の承諾を得ることはできなかった。そこで、頭に血の上ったマンは、ミュンヘンに帰るなり、作家としての彼の育ての親とも言うべきザームエル・フィッシャーに、思いの丈をぶちまけるような、しかし情理をつくした長文の手紙を書き送って、最後の説得を試みた。

この一九三九年九月一五日付のザームエル・フィッシャー宛のトーマス・マンの長文の手紙は、一九二〇年代の半ば頃から（つまり日本の大正時代末および昭和時代初めから）急激に大きく変りつつあったドイツの社会状況と出版状況を前にして、マンがこれに作家としてどう対応しようと努めたかを示す、貴重な資料である。――この手紙を読むと、二年前の〈世界の長編小説〉シリーズの企画をマンがなぜ積極的に支援したのかも、あらためて合点がいく面もある。

その手紙の内容を紹介しよう。

マンはまず、あなたはドレーマーの今回の出版企画にいろいろと異を唱えられるが、それは全て末梢的なことであって、要するに「あなたがこの種のあらゆる企画に対して持っておられる深い原則的な嫌悪感の問題なのです」と言って、単刀直入に問題の核心、すなわち廉価版による大量出版、大量販売の是非という問題に入っていく。そして、私がこの企画に乗り気なのは、むろん金銭的理由からだけではなく、これが「時代そのものの要請であり、新しい時代のもたらす必然性」だと考えるからですと言い切り、『ブデンブローク家の人びと』のような、三〇年にもわたって世界中で特別な人気を博してきた現存の作家の作品が世界文学の古典的作品群と一緒に、計画されているような民衆版の形で広範な大衆の中に投げ込まれるというのは、一度しかないこと、新しいこと、そして、社会的な視点からも大きなことであり、……いまだかつてドイツの作家には起きたことのないことです。……時代は変ったのです、時代と共に、時代の中における私の立場も変ったのです。あなたは、そのことがよく分っておいでではないでしょうか」と、熱く語りかけている。

またまた、「あなたは、ドイツ精神を時代に売り渡したのだ」という、ハンス・ヨーストの批判が聞こえてくるようだが、私たちは、この文面から二年半前の「〈世界の長編小説〉への添書」の場合と同じく、五〇歳を超えてなお懸命に時代と共に歩き、新しい時代の要請に積極的に応えていこうとするマンの強い意欲を感じとらずにはおれないのである。そしてもう一つ、それと矛盾しているとも言えるかもしれないが、今や新しい時代の小説『魔の山』の作者として時めくマンが、三〇年前の『ブデンブローク家の人びと』という、もはや「古典的」な作品に寄せる強い愛着と誇りをも感じとらずにはおれないのである。あの時点での『魔の山』の民衆版ということは、いろいろな意味で考えられないことであった以上、廉価・大量出版の民衆版の実現という「新しい時代の要請」が、実はマン自身の内部に、いわば『ブデンブローク家の人びと』派と『魔の山』派の両派を生みだしたと言えるのかもしれない。――むろん、マンは、これらの文言の途中で、S・フィッシャー社のためには、ほかにも新しい評論集（『時代の要求』）や新しい物語（『マーリオと魔術師』）や、それに『ヨセフ小説』も書いてあげているではないですか、と挿むことも忘れてはいない。

しかし、この手紙の後ろ三分の一くらいの所で、「書籍（ブック）クラブ（Buchgemeinschaft）」の話が出てくると、話はまた新しい展開を見せることになるのである。

書物好きな人びとの便宜を図る組織としての「書籍クラブ」なるものは、欧米のさまざまな国に一九世紀頃から存在したようだが、いま話をドイツに限定すると、一九一九年に「書籍愛好者の国民連盟（VdB）」が営利追求をめざす企業体として設立されたあたりから、その役割が大きく変わり始め、一九二四年に「ドイツ書籍クラブ（DBG）」や「グーテンベルク書籍協会」などが同じく営利団体として競争に参入するにおよんで、出版界においても無視できない存在となっていった。すなわち、これらの大きな書籍クラブは、多数の会員に書物を小売書店を介さずに直接配布することによって、小売書店の手数料（マージン）の大半を値引きすることができるので、始めから格安版の出版を自ら企画し、実現することもできるわけである。早い話が、すでに一九二八年には「ドイツ書籍クラブ」の出版という形で、トーマス・マンの長編小説『大公殿下』が刊行されていた。もちろん、S・フィッシャー社にはそれ相応の権利料が、著者マンには印税が支払われることになる。つまり、一九二〇年代のドイツには（むろんドイツだけではなかったにきまっているが）、ドレーマー流のやり方だけではなく、さまざまな形で旧来の書物出版や書物販売のやり方を脅かす新しい時代の波が押し寄せつつあったのである。

そこでマンは、今ドレーマーの申し出に露骨な嫌悪感を示すザームエル・フィッシャーに対して、「私には書籍クラブによる刊行とドレーマー流の計画との間には、さしたる本質的な相違があるとは思えません」と言い、さらに、「私にしても、こういったさまざまな要求や申し出が無気味に思われ、できることなら全てを昔の馴染んだやり方のままでやっていきたいと思う時があります。しかし、私たちには、これらに逆らい通して、これらの内にある種々の可能性を諦めてしまう権利はないのだと思います」と、いわば駄目押ししたうえで、「なんとか八方丸く収まるような決断をお願いします」と結んでいる。

それでも老フィッシャーはなかなか首を縦に振ろうとはしなかったようだが、ここで、いわば時の氏神として登場したのが、フィッシャーの女婿ゴットフリート・ベルマン・フィッシャーだった。実は、彼はこのような日がいつかは来ることを予見して、少し前から気心の知れた近しい関係業者たちと協力して、どうすればS・フィッシャー社でもドレーマーのクナウル新社と同じ低価格で、かつ大量に本を出版し販売できるかを研究し、すでに成算を得ていたのである。それだけの裏付けを持ったうえでの女婿の説得には、さすがの老フィッシャーも折れるほかなかったようで、渋々ながら、S・フィッシャー社自らが、トーマス・マンの『ブデンブローク家の人びと』を〈世界の長編小説〉シリーズと全く同じ、二・八五マルクの低価格で出版することに同意したのだった。

そして、一九二九年一一月七日に、出来上った『ブデンブローク家の人びと』の民衆版の初版一五万部が各書店に向けて配送されたのだった。「発売日にベルリン市内の各書店に本を運ぶ四〇台のトラックの隊列を写した写真が、あらゆるグラフ雑誌にでかでかと掲載された」と、ベルマン・フィッシャーは回想している。

どこまでが計算ずくの、思惑通りの展開なのかは判らないが、トーマス・マンへのノーベル賞授賞の報が正式に本人に伝えられたのは、このわずか五日後の一一月一二日であり、翌一三日のドイツの各新聞は一斉にこれを大々的に報じた。そして、当然のことながら、刊行されたばかりの民衆版『ブデンブローク家の人びと』にも言及して、その宣伝役を買って出る新聞も少なくなかった。その結果、この廉価本はわずか二ヶ月で七〇万部を売り上げ、一九三二年一一月までに（ということは、マンがナチス・ドイツを逃れて国外で暮すようになる直前までにということになるが）、発行部数九八万部を記録した。ドレーマーの向うを張って、気前よくマンに一〇〇万部分の印税一〇万マルクを払ったというフィッシャー社も、十分商売になったわけである。

参考までに、この一件に関わった主要人物たちの、この時の年齢を明記しておこう。ザームエル・フィッシャーは一八五九年生れで七〇歳、アードルフ・ドレーマーは一八七八年生れで五一歳、ゴットフリート・ベルマン・フィッシャーは一八九七年生れで三二歳、トーマス・マンは五四歳だった。なお、ベルマン・フィッシャーが正式にS・フィッシャー社の二代目社長の座につくのは、三年後の一九三二年のことである。

もう一つ付け加えておかねばならないことがある。この『ブデンブローク家の人びと』の廉価な民衆版を出すことで、老舗出版社S・フィッシャー社のいわば自己規制の止め金が外されたようで、その後まもなくヴァッサーマンやハウプトマンやヘッセやケラーマンなど同社の人気作家たちの目玉作品が続々と同様の形で出版されていった。むろん、他の出版社たちもこれを座視しているはずはなく、またたくまに、いわば小説本全体の価格破壊ともいえる現象が広がり、文学の大衆社会化が急速な勢いで始まったのである。

他方で、ドイツ書籍クラブ（DBG）がフィッシャー社から特別認可を受けた形でのマンの作品の出版も続けられ、一九三一年には「トーニオ・クレーガー」と「フィオレンツァ」と「主人と犬」と「ヴェニスに死す」の四編を収めた『短編小説集』が、そして一九三三年には『魔の山』の二巻本もこの形で出版され、書籍クラブの多数の会員たちの手元に届けられたのである。――アメリカに亡命後のトーマス・マンの生活と文学活動において、アメリカの代表的な書籍クラブ（ブック）「月例クラブ（Month Club）」の果した役割は無視できないものがあるが、こういった、二〇世紀的な大衆社会状況に根ざす現象とマンが向き合い始めたのも、一九二〇年代からであったと言っていいだろう。

いずれにせよ、この時期のトーマス・マンは、もはや「良き子供部屋」への郷愁を抱きながら、市民社会の周縁をさ迷い歩くトーニオ・クレーガー的な「詩人」的な作家とはおよそ異なる、自ら諦念と決意とをもって自覚的に「著作家」的であることを選び取った作家として、ドイツ社会と、そして時代と対峙しようとしていたのである。

そこに、マン自身もこの数年来、つまり『魔の山』が世間に、いや世界に好評裏に迎えられて以来、待ちに待っていたノーベル文学賞がやってきたのである。

しかし、その主たる授賞理由は、現時点での彼の文学観、小説観に基づいて書かれ、現時点での彼の思想信条を反映し、表現した二〇世紀的な小説『魔の山』ではなく、三〇年近くも前に発表した、内容、形式ともに一九世紀の余韻に包まれた小説『ブデンブローク家の人びと』であった。なにしろ、授賞式セレモニーで審査委員会を代表して、受賞者の功績を讃えるスピーチを行なったのが、先に第四章で紹介したあの『魔の山』嫌いで知られたフレドリク・ベーク教授だったとあれば、これは、当然なことであったというほかない。ベークは、このスピーチにおいて、「ドイツで最初の、そして今にいたるまで凌駕されることのない写実主義的(レアリスティシュ)な大長編小説」『ブデンブローク家の人びと』について長ながと讃辞を呈し、この作品には、作者の有するドイツ精神が、即ち「ドイツの本質的特性との一体性が、随所において遺憾なく示されている」などと称えたが、『魔の山』については、「彼の弁証法的な性格がくぐり抜けねばならなかった諸理念の戦いの証しである、その後の諸作品」の一つとして題名を挙げるにとどめている。

マンがノーベル賞の授賞に大喜びしながらも、このような授賞理由に対してはきわめて不満だったことは、すでに述べた通りである。彼は、よほど腹に据えかねたらしく、意地を張るかのように、当時ノーベル賞受賞に直接関係する催しにおいては、『ブデンブローク家の人びと』や未発表の『ヤコブ物語』などからの朗読は行なっても、『魔の山』からの朗読は行なわなかったという。

しかし、本稿において、さまざまな視点から、一九二〇年代半ば以降のトーマス・マンとその周辺の人びととの動きを見てきた私には、一九二九年末のノーベル文学賞をめぐる、この授賞する側と受賞する側との微妙な確執は、単なる個人的な好みの行き違いを超えた、大きな問題を示唆しているように思えるのである。――そして、その際に、安易にベーク教授を悪玉に仕立てることをためらわすのは、いくら廉価版だったにしても、いくら一七年ぶりのドイツ人作家のノーベル賞受賞だったにしても、あの時代に『ブデンブローク家の人びと』の民衆版が、一九二九年のうちに、つまり発売以来二ヶ月も経つか経たないかのうちに、七〇万部も売れてしまったという、『魔の山』の好調な売れ行きなど霞んでしまうような、すさまじいばかりの人気という事実があるからである。この事実は、先にも述べたようなトーマス・マン自身の内部にも潜んでいたに違いない『ブデンブローク家の人びと』派をも、あらためて強力に後押ししたことは間違いあるまいからである。

これで、東に向かってであれ、西に向かってであれ、再びドイツを離れて、海を越える用意は出来たようだ。

参照文献

最初に本稿の中で引用したトーマス・マンの文章の出典をまとめて記し、その後、本稿の中で利用もしくは言及した参考文献を、出てきた順に挙げていく。

Thomas Mann: Der Zauberberg. Große kommentierte Frankfurter Ausgabe Bd. 5. Frankfurt am Main 2002.
: Essay II 1914 1926. Große kommentierte Frankfurter Ausgabe Bd. 15. Frankfurt am Main 2002.
: Briefe II 1914 1923. Große kommentierte Frankfurter Ausgabe Bd. 22. Frankfurt am Main 2004.
: Briefe III 1924 1932. Große kommentierte Frankfurter Ausgabe Bd. 23. Frankfurt am Main 2011.
: Die Forderung des Tages. Abhandlungen und kleine Aufsätze über Literatur und Kunst. Gesammelte Werke in Einzelbänden. Frankfurt am Main 1986.

序

村田経和「トーマス・マン文献目録」(その一―その三)　学習院大学文学部『研究年報』7、8、9輯（一九六〇、六一、六二年）。及び『トーマス・マン』　清水書院　一九九一年
岩波文庫編集部編『岩波文庫解説総目録』　岩波書店　一九九七年
佐藤俊夫編『新潮社七〇年』　新潮社　一九六六年

Katia Mann: Meine ungeschriebenen Memoiren. Frankfurt am Main 1974.（邦訳、カーチャ・マン『夫トーマス・マンの思い出』山口知三訳、筑摩書房　一九七五年）

第一章

トーマス・マン『非政治的人間の考察』（前田敬作／山口知三訳）筑摩書房　一九六八―一九七一年
山口知三『アメリカという名のファンタジー――近代ドイツ文学とアメリカ』鳥影社　二〇〇六年
山口知三『激動のなかを書きぬく――二〇世紀前半のドイツの作家たち』鳥影社　二〇一三年
Peter de Mendelssohn: S. Fischer und sein Verlag. Frankfurt am Main 1970.
Klaus Harpprecht: Thomas Mann. Eine Biographie. Reinbek bei Hamburg 1995.
加藤周一『加藤周一自選集１　１９３７―１９５４』岩波書店　二〇〇九年

第二章

Georg Potempa: Thomas Mann. Beteiligung an politischen Anrufen und anderen kollektiven Publikationen. Morsum Sylt 1988.

第三章

藤代素人（禎輔）『鵜筆餘滴』弘文堂書房　昭和二年。なお「目から手へ」と題する文章が大正一四年一〇月に書かれたことは末尾に明記されているが、初出誌名は不詳。
Paul Egon Hübinger: Thomas Mann, die Universität Bonn und die Zeitgeschichte. München 1974.
Meike Schlutt: Der repräsentative Außenseiter. Thomas Mann und sein Werk im Spiegel der deutschen Presse 1898 bis 1933. Frankfurt am Main 2002.
Klaus Schröter: Thomas Mann im Urteil seiner Zeit. Dokumente 1891 bis 1955. Hamburg 1969.

第四章

Hans Wysling (hrsg.): Dichter oder Schriftsteller? Der Briefwechsel zwischen Thomas Mann und Josef Ponten 1919-1930. Bern 1988.
Richard Mattias Müller: Josef Ponten (1883-1940), Freund Thomas Manns. In: Thomas Mann Jahrbuch Band 17, Frankfurt am Main 2004.
Inge Jens: Dichter zwischen rechts und links. Die Geschichte der Sektion für Dichtkunst der Preußischen Akademie der Künste dargestellt nach den Dokumenten. München 1971.
George C. Schoolfield: Thomas Mann und Fredrik Böök. In: Klaus W. Jonas (hrsg.): Deutsche Weltliteratur. Von Goethe bis Ingeborg Bachmann. Tübingen 1972.

第五章

和辻哲郎『妻 和辻照への手紙』講談社学術文庫　一九七七年
Elke Kinkel: Thomas Mann in Amerika. Interkultureller Dialog im Wandel? Frankfurt am Main 2001.
新居格「中間文学論」（『読売新聞』昭和九年九月二三、二六、二七日）
安藤更生『銀座細見』春陽堂　一九三一年（引用は一九七七年刊の中公文庫版による）
Hans Bürgin: Das Werk Thomas Manns. Eine Bibliographie. Frankfurt am Main 1959.

第六章

Gottfried Bermann Fischer: Bedroht-Bewahrt. Weg eines Verlegers. Frankfurt am Main 1971.
Helmut Koopmann: Thomas Mann und Samuel Fischer. In: Thomas Mann Jahrbuch Bd. 14, Frankfurt am Main 2001.

第二話　日本――ある集団の形成史を介して見るトーマス・マン受容史

(一) 枠組の設定

私はこの「第二話」と次の「第三話」を通して、ある集団の形成史を主たる縦軸として、日本におけるトーマス・マン文学の受容史を跡づけてみようと思う。その「ある集団」とは、京都帝国大学の独逸文学科に集って、ドイツの文学を教え、あるいは学んだ人びとのことである。――なお、「京都帝国大学独逸文学科」という長たらしい呼称は煩わしいので、以下においては適宜「京都帝大独文科」とか、「京大独文科」などといった呼称をも用いることを、あらかじめ断っておきたい。

とはいえ、筆者の意図がなんらかの「学閥史」的な次元にあるものではないことは、本書の全体を統括するタイトルが「三つの国の物語」という、いわば大風呂敷的な類のものであり、また「第二話　日本」であって、「第二話　京都」ではないことからも明らかであろう。私としては、一方ではマン文学の受容史を近代日本におけるドイツ文学研究(ゲルマニスティク)の歴史全体との関わりの中で捉えていきたいという思いがあり、他方では、テーマが文学の受容史である以上は、単なるデータの羅列に終ることなく、なんらかの形で生きた人間の物語として捉え、かつ描いてみたいという願いがあった。そこで思い立ったのが、自分にとって一番書き易く、かつ一番書き難い「京大独文科」の歴史をモデルとして選ぶことだった。具体的には、「第二話」では京大独文科の初代教授藤代禎輔と二代目教授成瀬清のゲルマニストとしての業績を紹介し、「第三話」では彼らの育てた若いゲルマニストたちの昭和初期の活動を中心に描いた。

つまり、ここでは、「ある集団の形成史」は一つの方法として設定された枠組のようなものである。したがって、私には、本稿に登場するさまざまな研究者たちの伝記的素描を試みるつもりもなければ、それぞれの人物が生涯を通じて展開した個性的な研究活動や文筆活動の全体像を提示したり、いわんや評価したりするつもりもない。

しかし、敢えて言っておくなら、私は、このような限定された枠組を設定し、特殊な課題を追求することによって、ひょっとしたら、明治以降の日本におけるゲルマニスティクの、ひいては外国（特に欧米諸国）文学の研究なるものが持っていた、これまでは見えていなかった問題性の一端に迫ることができるかもしれないという淡い期待を抱いている。

また、断るまでもないことだが、この「第二話」は、本誌前号に掲載した「第一話」と表裏一体をなすものである。「ある集団の形成史」とは一見無関係に見える斎藤茂吉や築地小劇場の話を挿入したのも、「第一話　ドイツ」と「第二話　日本」との繋がりを私なりの視角から補強するためである。

なお、有り体に言って、京大独文科関係の登場人物の多くは、私の父の恩師や友人たちであったり、私自身の恩師であった人びとであるが、そうであるだけに、私は彼らの言説を、少々長くなる場合でも下手に要約せず、出来るだけ原文のまま引用して紹介しながら話を進めたいと思っている。それでも読者の便を考えて、若干の例外を除き、旧漢字は新漢字に、旧仮名遣いは新仮名遣いに改めることを、断わっておきたい。他方、ドイツ人の名前やドイツその他の外国の地名などは、できるだけ当時の人びとの表記を尊重したので、私の表記法と異なる場合が多く（トオマスとトーマスなど）、かなり不統一な印象を与えると思うが、諒解していただきたい。――それでも、第二次世界大戦前のあの二・二六事件の年に生まれ、アッツ島玉砕（一九四三年五月）の直前に国民学校の一年生になって、旧漢字、旧仮名の教育を僅かなりとも受け、幼少期はもちろん、大学生のころまでは、手にする本のほとんどは旧漢字、旧仮名であった私であっても、すくなくとも藤代素人や成瀬無極の文章には、時折、その古風さにほとんど奇異の念を抱かされたことを、正直に記しておきたい。そして、これが日本のゲルマニスティクなのだという思いを噛みしめたことをも。――ちなみに、成瀬無極が一九五八年一月に満七四歳で他界した時、私は京大ドイツ文学科の三回生だった。私自身は成瀬の風貌に直接接したことはないが、父のアルバムの中の数葉の写真を介して、中年期以降の成瀬の姿には早くから親しんできた。

なお、第二次世界大戦終結以前の日本におけるトーマス・マンの受容史は、すでに一九六〇年代初頭に村田経和によって、実証的なデータの収集作業が始められ、一九七六年には、ワイマル友の会の『研究報告』第一号に、小林佳世子の詳細な研究論文「日本におけるトーマス・マン」が発表されるなどして、著しく精度を高め、その後の諸氏の各種の努力もあって、すくなくとも資料探索の面では、今日すでにほぼ完了したと言ってもいいのかもしれない。――ちなみに、世界各国におけるトーマス・マンの著作の翻訳状況を丹念に調査したゲオルク・ポテムパ編の詳細かつ膨大な『トーマス・マン文献目録』が公刊され、日本における翻訳という形でのマン受容の全容も世界中に紹介されたのは、一九九七年のことである。

したがって、本書におけるトーマス・マン受容史についてのわたしの研究も、資料面に関しては、先行研究に負うところが極めて大きいことは、感謝の念をこめて、あらかじめ断わっておかねばならない。

しかし、データの収集や文献目録の整理作成などは、受容史研究の出発点であると私は考える。たとえば、ポテムパがいかに莫大な労力を費して、世界中のマン作品の翻訳本の詳細なリストを作成しようとも、それ自体は、マンの世界的な知名度の大きさを証明するにすぎず、マンの著作がそれぞれの国でいかに受容されたかについては、語るところは極めて少ない。

この「第二話」および次の「第三話」において私は、敢えて一つの限定された枠組を設定して、日本における<u>マン</u>受容の<u>歴史</u>の<u>細部</u>に踏み込んでみたいと思う。――むろん、細部を細部として捉えるためには、絶えず全体的展望を確保しておくことが必要であることは、承知しているつもりである。

(二) 藤代禎輔（素人）のこと

京都帝国大学独逸文学科の歴史ということになると、やはり初代教授の藤代禎輔（素人）のことから話を始めなければなるまい。

一九〇六年（明治三九年）に京都帝国大学文科大学が創設され、翌年に西洋文学第一講座として独逸文学講座が設置され、その教授に、それまで第一高等学校教授だった藤代禎輔が任命されて、翌一九〇八年から開講された時に、京大独文の歴史が始まったと言える。

一九六八年、つまり明治元年に千葉県の検見川で生まれた藤代禎輔は、東京帝国大学文科大学独逸文学講座を明治二四年（一八九一年）七月に卒業した第一期卒業生で、素人と号し、一高教授時代から東大独文の師フローレンスを補けて、嘱託講師として東大でも授業していた。なお彼は、一九〇〇年（明治三三年）秋に夏目漱石らと共に文部省からヨーロッパ留学に派遣され、二年間ベルリン、ライプチヒ、ミュンヘンなどで過ごしている（留学中の藤代については、近年、泉健の伝記的研究がある）。

藤代は、一九二七年（昭和二年）四月に満五九歳で病死したが、その間に彼がドイツ文学の研究者および教育者として挙げた業績は、いかにもわが国におけるゲルマニスティクの草創期の代表者にふさわしく、ゲーテからハウプトマンにいたるドイツ文学のさまざまな領域にわたる、多種多様なものだったようである。彼には、『草露集』（一九〇六）、『文芸と人生』（一九一四）、『文化境と自然境』（一九二二）、『鵝筆餘滴』（一九二七）の四冊の著書があるが、本稿においては、遺著となった『鵝筆餘滴』にのみ照明を当て、他の著書は必要に応じて言及するにとどめたい。なお、この遺著が藤代素人という雅号で出されているので、以下においては全てこの呼称を用いることにする。

わが国におけるトーマス・マン文学の受容の問題を究極の課題とする本書においては、藤代素人の多彩な業績について網羅的に紹介するつもりは全くない。本書の中心課題との関連で言えば、まず問題になるのは、藤代素人がトーマス・マンと同時代のドイツの文学者たちをどう見ていたかという点であるが、それには、彼の没後間もない一九二七年六月に刊行された遺著『鵜筆餘滴』に収められた一八編の文章の中から、一九世紀末から二〇世紀初頭の時代のドイツ文学を扱った数編の文章を紹介するのが最も適切であろう。なお、この遺著に収録されている文章は、全て文末に執筆もしくは発表の時期が記されているが、発表場所は一切記されていない。

しかし、その前に、この遺著の成り立ちと、晩年の藤代の業績とについて、少し説明しておかねばならない。『鵜筆餘滴』巻末の助教授成瀬清の手になる「跋に代えて」によれば、この藤代の遺著は、一九二六年（大正一五年、昭和元年）一二月に、胃癌の疑いのための入院手術を控えた藤代が、自分で収録原稿の選定から配列順序にいたるまで定めていたものだという（本の題名の決定と、特殊な原稿二編の削除だけは、藤代の死後に関係者が行ったようだが）。収録された一八編の大半は、一九二二年に刊行された前著『文化境と自然境』以後に書かれた文章で、他に一九〇七年（明治四〇年）に書かれたものが二編と、一九一四年と一五年（大正三、四年）に書かれた二編が入っている。冒頭に置かれた「内面的形式」と題する文章は、一九二六年夏に執筆されたもので、ゲーテの言う内面的形式なるものから、二〇世紀の文芸学者E・エルマーティンゲルやO・ヴァルツェルなどの説く内面的形式論にいたるまでを正面から論じた本格的な学術論文で、他の収録文章の三倍、あるいは四倍の長さ（四〇頁超）を持つものであり、すでに病床にあったと言ってもいい藤代の研究者としての遺作ともいえるものであった。

この事実をも踏まえて、成瀬清は「跋に代えて」の中で、「『ファウスト』の翻訳及び研究と並んで所謂〈文芸学〉の体系を作り上げることが先生の最大の関心事だったように思われます」と書いている。

だが、ここで私は、成瀬が触れていない晩年の藤代の忘れてはならない、もう一つの大きな仕事に言及しなくてはならない。それは、やはり一九二六年に岩波書店から藤代が監修者を務める「独逸文学叢書」の刊行が始まったことである。刊行開始以前にどれだけの準備期間があったのか定かでないので、一九二七年四月に死去した藤代が、この叢書の刊行作業に具体的にどれだけ係わったのかは判らないが、監修者としては彼一人の名前しか挙がっていない以上、収録作品や訳者の選定等をも含めて叢書全体の企画に藤代が責任を担っていたことは間違いあるまい。

ちなみに、一九二八年（昭和三年）五月に岩波書店から出版された林久男著『ゲーテの面影』の巻末に、「独逸文学叢書」の刊行趣意書と、それまでに（ということは刊行開始以来、約二年間に）刊行された「独逸文学叢書」一一冊と近刊予定二冊、計一三冊の広告が掲載されている。その一三冊の原著者たちは、一番後年に他界したメーリケでも一八七五年に死去しているので、著作権や翻訳権などに関する配慮は一切不要だったはずだから、選択の基準は、専ら監修者藤代禎輔と出版社の意向と、そして彼らの意向を大きく規定したはずの当時の日本社会が「独逸文学」なるものに寄せた期待などであったと考えられる。その意味で、時期的にはこの直前期に日本の若い知識階層を突然襲った「ドイツ表現主義」ブームと同じように、この「独逸文学叢書」なるものも（「岩波文庫」と同根の産物と言う意味をも含めて）、少し後に本格化する「日本におけるトーマス・マン受容史」の問題を考える際に、ある種の前提条件として忘れてはならないものであろう。

煩を厭わず「独逸文学叢書」一三冊の全容を紹介しておこう。最も多いのはシラーの三冊で（『オルレアンの乙女』、『ドン・カルロス』、『小説集』）、次がゲーテ（『ギルヘルム・マイスター』上、下）とグリルパルツェル（『金羊皮』、『ザッフォー』）の二冊ずつ、他はレッシング（『ミンナ・フォン・バルンヘルム』）、クライスト（『ペンテジレーア』）、レーナウ（『詩集』）、ルウドヴイヒ（『世襲山林監督』）、ヘッベル（『ヘローデスとマリアムネ』）、メーリケ（『プラークへの旅路のモーツアルト』）である。小説が四冊と詩集が一冊で、他の八冊は全て戯曲である。

ちなみに、この昭和三年五月刊の林久男著『ゲーテの面影』の巻末に付された「独逸文学叢書」の広告の次の頁には、同叢書とは別個に岩波書店からそれまでに刊行された独逸文学書八冊をずらりと並べた広告も出ている。参考までにこれも紹介しておこう。『トオマス・マン短編集』（日野捷郎訳）、レッシングの『賢者ナータン』、『ミス・サラ・サムプソン』、『エミーリア・ガロッテイ』の三冊、クライストの『公子ホンブルク』、ヘッベル『ゲノフェーフア』、ルードギッヒ『天と地との間』、ヴェーデキント『春の目ざめ』の八冊である。二〇世紀の作品は『トオマス・マン短編集』の一部の作品だけであり、小説もこの短編集のほかには、ルードヴィヒの長編『天と地との間』があるだけで、あとは全て戯曲である。――なお実吉（日野）捷郎は、はるか後年の随筆「マンとわが青春」の中で、自分が訳した『トオマス・マン短編集』は、本来は「独逸文学叢書」の中に組み入れられる筈だったが、自分の遅筆のために間に合わず、はずされて別の単行本になってしまったのだと回想している。これが、さらに岩波文庫に入れられて、日本にトーマス・マン文学を根づかせる礎石となったわけである。

ここで私たちは、私が本書の「第一話」で紹介したように、一九二〇年代のトーマス・マンが戯曲偏重、小説軽視というドイツの伝統的美学に強く反撥したこと、そしてその反撥は彼の保守的愛国主義から国際的民主主義への歩みと深く関わり合うものだったことを想起する必要があろう。同じ一九二〇年代の日本で、畏敬と憧憬の念のこもった真摯な姿勢で「独逸文学」の翻訳紹介に従事した人びとは、むろんトーマス・マンの紹介者たちをも含めて、このような問題をどう考えていたのだろうか。いや、そもそもマンが提起したような問題の存在すること自体を、どこまで認識あるいは理解できたのだろうか。ある意味では、この認識のズレこそが、あの時代におけるわが国のマン受容の最大の問題点だったと言えるのではないだろうか。

むろん、大正時代後半から昭和初期にかけての時代（つまり第一次大戦直後から一九二〇年代）に、日本においてドイツ文学の翻訳書の刊行を引受けていたのは、なにも岩波書店ばかりではない。しかし、たとえば同時代の新潮社の出版目録を見ても、ニーチェ全集と近代劇大系の独墺篇三冊（ハウプトマン、ズーデルマン、シュニッツラーなど）が目立つくらいで、あとはシュニッツラーの短編小説と表現主義劇作家カイザーの戯曲がそれぞれ複数あるくらいである。スタンダール、バルザックをはじめ、ユーゴやデューマのように一般受けする小説や、ロマン・ロランやジイドにいたるまでの豪華配役のフランス小説に圧倒されたあげくに、なんと同社刊行の「エルテル叢書」と銘打った翻訳書シリーズですら、その大多数はフランス文学であるという有様である。そして、他方にはトルストイ、ドストエフスキー、ツルゲーネフの三大小説家を陣頭に押し立てたロシア文学があるとなっては、ゲーテの『若きエルテルの悲しみ』と『ギルヘルム・マイステル』と『親和力』を持ち出してみても、存在感の乏しさはいかんともしがたいものがあったと言わねばなるまい。――このように「独逸文学」がフランスやロシアの文学に押しまくられて、影が薄くなっているのは、日本に限ったことではなく、ドイツ本国ですら見られる現象であることを藤代が十二分に認識し、口惜しく思っていたことは、彼の著書『文芸と人生』（一九一四）に収録されている「郷土芸術」を読むと判る。そして、「独逸文学叢書」がゲーテ時代の作家たちにルウドヴィヒやヘッベルなどを加えた構成になっている理由も納得がいく。

岩波書店の「独逸文学叢書」の刊行趣意書が、その冒頭で「欧州文学が我国に移入せられること日に月に多きを加えるに係らず、近代中央欧羅巴に蒼然として偉観を呈している独逸文学の翻訳は、未だ甚しくかけているものがある」と慨嘆せざるをえなかったのは、新潮社の出版目録に端的に示されているような状況を踏まえてのことである。そして、その期待に応えて監修者藤代禎輔が企画したのが、先に紹介したような内容の「独逸文学叢書」だったわけである。つまり、〈独逸文学の劣勢〉を嘆く藤代にも、〈独逸文学における小説の劣勢〉というマン的な認識はほとんど意識されていなかったということだろう。

そして、藤代の遺著『鶏筆餘滴』の巻末に付された「跋に代えて」の中で、成瀬が、定年も迎えぬままに病に倒れた藤代の「最大の関心事」の筆頭に挙げた「『ファウスト』の翻訳」とは、おそらくこの「独逸文学叢書」に収録する予定のものだったと思われる。

すなわち、遺著『鶏筆餘滴』が藤代自身の編集にもとづく書物であることは事実であるにしても、このゲルマニストの最晩年における主たる関心は、あくまでゲーテの『ファウスト』を含む「独逸文学叢書」の内容が提示する「近代中央欧羅巴に蒼然として偉観を呈している」と言うほかない、一八世紀中葉から一九世紀中葉にかけての、戯曲を中心とする「独逸文学」にあったと言うべきであろう。

藤代は、『鶏筆餘滴』に収録されている「ハウプトマンの印象」なる文章の冒頭で、一九〇〇年（明治三三年）にベルリン大学に留学した時のことを回想して、こう書いている。「伯林大学でマックス・ヘルマン博士の演習に出席した時、丁度ハウプトマンが研究題目に選ばれて居た。それまで日本で独逸文学史と云えばゲーテの死を以て結んだものを読んだ位で、現代作家の研究を大学の講堂で試みると云うことが自分に取って非常に珍しい、興味のあることであった」——藤代は、一八九一年に東京帝大独文科を第一回卒業生として出たわけだが、一九〇〇年のドイツ留学以前から自分も同帝大の独文科で講義を担当していたことは先述の通りである。

「独逸文学叢書」監修者藤代禎輔のこのような、いわば古典偏重のドイツ文学観は、生涯変わることはなかったと思われる。なお、「ハウプトマンの印象」という文章自体は、彼が一九二〇年（大正九年）にドイツを再訪した際に、秦豊吉の仲介でゲルハルト・ハウプトマンと夕食を共にした際の様子を、六年後に、つまり「独逸文学叢書」の刊行が始まった一九二六年（彼の死去する前年）に回想した文章である。この会食については、同席したゲルマニスト大津康がその会食の二ヶ月ほど後に東京朝日新聞に「ハウプトマンと語る」という文章を寄せていて、そこでは、藤代が前夜『寂しき人々』の公演を観たことと、今夜その作者ハウプトマンと親しく会食できたことの「二つだけで独逸へ来た価値はもう十分にある」と言ったと書かれている（上村直己『近代日本のドイツ語学者』第八章）が、相手が当時のドイツでは生存する唯一人のノーベル賞受賞作家であったことを考えれば、藤代のその言葉も、それはそれとして受取れるものの、六年後の藤代の回想文からは、ハウプトマンへの特別の思い入れめいたものは感じられない。——その点では、後述するように、一九二二年夏にハウプトマンの六〇歳を祝賀する行事が行われた際に、彼の故郷シュレージエンのブレスラウに滞在して、一〇日間連続してハウプトマンのさまざまな芝居に通いつづけた、藤代の後継者（当時は助教授）成瀬清とは、同時代のドイツ文学に対する関心の度合いが違っていたと言えるのかもしれない。

大分遠回りしたようだが、しかし、それでも、藤代も彼なりに同時代のドイツ文学に一定の関心を寄せていたことは、自ら編集した遺著『鵞筆餘滴』の中に、一〇年ほど前に書いた二編の文章、「現今の独逸文芸」と「デーメルの『二人』」をわざわざ収録していることからも窺える。そこで、この二編から、同時代のドイツ文学に対する藤代禎輔（素人）の姿勢を見ておくことにしよう。

まず、一九一四年（大正三年）九月、つまり第一次大戦勃発の一ヶ月後に書かれた「現今の独逸文芸」だが、藤代は最初に、ドイツの文壇では、自然主義と象徴主義が盛りを過ぎた後、郷土芸術とか新古典主義とかいった主張などが一部で唱えられてはいるが、いずれも大勢を占めるに至ってはいないので、今は個々の傑出した詩人や作家について紹介するほかないと断わったうえで、「今の独逸で、第一に指を屈すべきはデエメルであろう」と言って、現在の日本ではおそらくドイツ文学研究者以外には名前も知らないであろう抒情詩人リヒアルト・デーメル（一八六三――一九二〇）のことを、彼は「人間に存する神性と獣性とを分離して、一を取り他を排するが如き態度に出でずして……悪魔をも神をも求むる人である。悪魔と戦いつつ、神に近かんとする人である。此点から見て彼は現代作家中最もファウスト的性格の人と謂い得る」と、ほとんど手放しで絶讃している。作品名としては、「詠史体小説『二人』」を彼の「最大傑作」として推賞している。上記の「人間の神性と獣性」以下の評言も、直接的にはこの作品に関わるものと考えられる。藤代は、デーメルのこの『二人』（Zwei Menschen. Roman in Romanzen）という一九〇三年に発表された、ある小国の王妃と社会主義的志向をもつ男との恋愛物語がよほど気に入ったらしく、この「現今の独逸文芸」を書いた翌年（一九一五年）には、「デーメルの『二人』」と題する文章を書いて、その冒頭で、「此作は現代独逸文芸作品の中で、最深遠の意味を含むもの」と言われていると讃辞を呈したうえで、かなり詳しくこの作品の内容を紹介している。この恋愛譚詩について語る藤代の熱のこもった文章は、私には少々辟易するような古風な文章なのだが、身分差を超えて結ばれる二人の男女の激しく一途な恋の物語を語る「因襲道徳やら、法律習慣やらの制裁を眼中に置かない此詩の天地」こそは「真の自由」「至上の幸福」ではないだろうかとばかりに熱弁を揮う文章に、私は、謹厳な明治時代の学者文人藤代の中にも、「青鞜」派や「白樺」派に代表される大正時代の新しい「個」に目覚めた男女と共鳴し合うものがあったことを感じ取るのである。――ここで私たちは、藤代の遺著『鵜筆餘滴』は、藤代自身が恐らくは死を予感しながら、自ら編集したものだったことを思い出す必要がある。そして、そこに収録された約二〇編の大部分は死の直前二、三年の間に書かれたものであるにもかかわらず、「現今の独逸文芸」とこのデーメルの『二人』を論じた文章とは一〇年以上も前に書かれたものであるということは、この文章に対する藤代の思い入れには相当なものがあったことを示唆していると言っていいだろう。

話を「現今の独逸文芸」に戻そう。藤代は、『二人』も本質的には小説ではなく「抒情詩的作物」であり、デエメルの本領はあくまで抒情詩であると強調した後、「デエメルと相並び抒情詩人として独逸青年の人気を背負うて立って居るのは、リルケである」と言い、「此詩人の未来は最も有望である」と書いている。

次に小説の分野に話を移すと、藤代は、『ブッデンブロオク家』の作者トオマス・マンが第一人者であると言い、「彼は芸術家と人間とを峻別し、我主観を抑え冷然として人物事象を詠め、一方ならぬ苦心を以て、塩梅調理するのである」と書き、近作『エネエヂヒの客死』をも賞讃し、劇作『フイオレンツア』にまで言及している。他には、トーマスと対比する形で兄ハインリヒ・マンの『女神』と『人種間』を挙げ、さらにヘルマン・ヘッセとフリイドリヒ・フウホの名を出している。そして小説の話の最後に、一九一〇年に出たハウプトマンの『基督狂イマヌエル・クヰント』を持ち出して、これこそが「小説界に於て最も意義ある作物」であり、「此作はハウプトマンが従来の作品中でも最傑出したものの一であり、独逸現今の小説界を通じて、是程信仰問題に肉薄した作は余りないだろう」と書いている。もしイエス・キリストが現代のドイツに生まれたとしたら、どのような生涯を辿ることになるだろうかを描いてみせたとも言えるこの長編小説を発表した後、ハウプトマンは、二年後にはやはり長編小説『アトランティス』を発表して、これまでの劇作家としてのイメージを大きく変えていくのだが、藤代は、当時のドイツを代表する（一九一二年にノーベル文学賞を受賞）この作家の変貌に強い関心を持っていたらしいことが窺える。

しかし、これに続いて最後に劇作の分野に筆を進めた藤代は、前年に出した著書『文芸と人生』に書いたばかりだからと断わって、ハウプトマンが「何と云うても劇壇の大立物であり」、ヴェデキントが「メフィスト流の鬼才であること」に変わりはないと書いて、後はオイレンベルクとショルツの名前に軽く触れるだけで済ませてしまい、たとえば、一九一三年に発表されたものの、当局の不興を買って上演打切りとなったハウプトマンの戦争反対の平和志向を鮮明に打出した『祝祭劇』（一九一三）についても、一言も語っていない。

だが、第一次世界大戦が勃発し、日本もドイツに宣戦布告し、中国山東省に上陸を開始した直後の一九一四年九月に発表したこの「現今の独逸文芸」なる文章の最後を、藤代が次のような文章で締め括っていることは、きちんと紹介しておかねばなるまい。少し長いが引用しておこう。

「終わりに臨んで如上の文芸発展は無論カイゼルの帝国主義侵略政策とは没交渉である。デエメルやハウプトマンの如き社会主義の運動に同情を有する詩人は、カイゼルには大禁物である。若しカイゼルが是等詩人の作物に対し十分な理解と同情を有し、其趣味を涵養せられたならば、今度の如く禍乱を自ら招く様な破目に陥らずして済んだろうと思う。今後戦局が益発展して、此等の詩人が、戦場に屍を曝す様な悲運に陥ったならば、カイゼルは世界平和の攪乱者たるばかりか、文芸の破壊者たる罪を免れることは出来まい。」

急いで付け加えておかねばならないが、私は、なにも藤代のこの文章を手放しで賞讃するために、長々と引用したわけではない。

早い話が、この戦争においてはドイツは日本の敵国であり、「カイゼル」は憎っくき敵国の首領であるから、いわば悪口は言い放題の相手である。そして、この戦争が日本の「帝国主義侵略政策」の大きな一歩であったことも明白である。だが、他方で藤代がこれを書いたのは、あの「社会主義」者幸徳秋水らの〈大逆事件〉からわずか三年後のことである。これらのことを考え合せれば、上記の文章を書いた藤代の胸中を正確に推測することは、まさに一世紀の時を隔てた私には、正直なところ不可能と言うほかない。

また、これを書いた時に藤代は知らなかったと思われるが、私たちは知っていることもある。すなわち、社会主義政党であったドイツ社会民主党がドイツ政府の開戦決定に賛同したと同様に、詩人リヒアルト・デーメルも五一歳という年齢にもかかわらず、開戦直後に、愛国の情に駆られて自ら義勇兵を志願して出征したことや、ハウプトマンも、周知のように開戦当初にはロマン・ロランに誘われても、国際的な反戦の声に和そうとはせず、逆に皇帝を最高司令官に戴くドイツ軍の戦闘行為を是とする愛国的言論活動をも行なったことなどである。——もっとも、デーメルもハウプトマンも、開戦時の異様なまでの愛国ムードの高まりが鎮まるにつれて、急速に本来の自分の姿勢に戻っていったようだが、それでも大戦中は明確に反戦、反帝政の旗を掲げることはなかった。

賢しら顔をして、このようなことを書きたてるのは、なにも後世に生まれた研究者の特権や利点を振りかざして、己れを偉く見せたいためではない。しかし、本稿を最後まで読んでもらえば、私の真意は判ってもらえることと思うが、一見瑣末と思えるような先人たちの思い込みや思い違い、あるいは見過ごしや目隠しを指摘する作業を地道に積み重ねていくことによってのみ、初めて見えてくる大きな事実というものがあるのではないだろうか。

藤代の遺著『鶏筆餘滴』には、同時代のドイツ文学に関わる文章として、もう一編、「目から手へ（トーマス・マンの第五十回誕辰）」と題されたものがある。藤代の学生だった杉山産七の回想記「我が半生」によれば、この藤代の文章は、杉山ら京都帝大独文科の学生たちが、藤代教授や成瀬助教授ほか数名の先生たちの支援をも受けて、一九二五年（大正一四年）九月に創刊し、翌年の三月まで毎月、計七冊を刊行した同人雑誌『饗宴』に掲載されたものであるという。

本書の「第一話」でも書いたように、一九二五年六月にトーマス・マンが五〇歳の誕生日を迎えたことを賀して、S・フィッシャー社の出す『ノイエ・ルントシャウ』誌は、その六月号の大半をマンに捧げたが、そのことを紹介したのが、藤代のこの「目から手へ」と題した一〇頁ほどの文章である。先に紹介した一九一四年執筆の「現今の独逸文芸」におけるマンへの高い評価を思えば、藤代がマンのその後に少なからぬ関心を抱いていたであろうことは、容易に推測できる。しかし、そう思ってこの「目から手へ」を読むと、正直に言って、がっかりせざるを得ない。なぜなら、この文章は、「現今の独逸文芸」で言及した『エネエヂヒの客死』以降の、つまり第一次大戦勃発以後のマンの文筆活動について具体的に論評することはもちろん、紹介することすら一切ないからである。したがって、すでに前年末に出版されて、好調な売れ行きによって世間の注目を集めつつあったあの『魔の山』についてすら、文字通り一言の言及もないのである。藤代はただ、『ノイエ・ルントシャウ』のマン祝賀号に掲載されている多くの文章の中で最も力のこもっている、本格的なトーマス・マン論と言っていい「フリッツ・ストリヒ氏の〈トウマス・マンと市民文明〉と題する一文」を、八頁ほどを費やして要約紹介し、さらに、同じ号に載っている「オット・ツアレークという青年文士」のマンとの対話記録のような文章について簡単に紹介しているだけである。——敢えて言うなら、シュトリヒのマン論の抽象的な文言の背後にある、第一次大戦中から大戦後にかけてのマンの文筆活動や言論活動の具体的な歩みを、果して藤代が知っていて要約紹介しているのか否か、かなり疑わしい。これは決して、藤代を貶めたり、批判したりするために言っているのではない。むしろ、後で、あの時期の日本におけるマン受容の問題点を考える時のために、とりあえずコメントしておくだけである。

藤代が第一次大戦中および大戦後のドイツの文学界や思想界の動向に全く無関心であったわけでないことは、たとえば一九二二年（大正一一年）刊の著書『文化境と自然境』所収の「文明と文化」を見ても判るが、一方で「独逸文学叢書」の監修や『ファウスト』の翻訳の仕事を抱え、他方で年齢と病気により体力が急速に衰えていったことを考えれば、同時代のドイツ文学に対して、たとえば「現今の独逸文芸」を書いた一九一四年頃のような熱意ある関心を持つことを要求するのは酷と言うべきだろう。

杉山産七は藤代教授に「目から手へ」を自分たちの雑誌に寄稿してもらった頃を回想して、「先生は私の在学中は病気のために養生される日が多くなった」と書き、これは「おそらく先生の絶筆の一篇であろうか」と記している。とすれば、藤代としては、日ごとに衰える気力を振り絞って、自分の関心事だからというよりも、ドイツの文学界の最新情報の一端なりとも学生たちに教えてやりたいという思いで、辛うじて書き上げたのが、この「目から手へ（トーマス・マンの第五十回誕辰）」だったのではないだろうか。

ちなみに、日本におけるトーマス・マン受容史の一つの区切りとして、しばしば取り上げられる東京帝大の独文科の学生たちの雑誌『エルンテ』が「トーマス・マン特集号」を出したのは、藤代の死より五年後の一九三二年（昭和七年）二月である。そして、翌一九三三年二月に京都で雑誌『カスタニエン』を創刊し、同誌に拠って、やがてトーマス・マン受容史の新しい段階を画することになる人びとの多くは、藤代教授の最晩年に京都帝大の独文科に在学していた学生たちであり、藤代の文章「目から手へ」を、雑誌『饗宴』誌上と、教授の遺著『鵜筆餘滴』の中で二度目にした若者たちであった（ちなみに、私の父もこの時期の京大独文科の学生だった）。

(三) 成瀬清（無極）と第一次世界大戦

藤代の後を継いだのは、成瀬清（一八八四―一九五八）だった。彼は無極と号し、著作活動はほとんど成瀬無極の名でおこなった。一八八四年（明治一七年）一月一日に東京都台東区上根岸で、宮内府にも出仕する書道家の家に生まれた成瀬は、一九〇七年に東京帝国大学文科大学独逸文学科を卒業し、翌八年九月から京都の第三高等学校教授になり、同時に京都帝国大学文科大学の講師をも務め、一九二〇年（大正九年）四月から京都帝大の助教授となって、藤代教授を補佐した。一九二七年四月の藤代の死後、京大独文科の運営を引継いだ成瀬は、一九三〇年（昭和五年）一〇月に教授に昇進して、一九四五年四月に定年退職するまで同講座の運営に当った。

成瀬無極は、きわめて旺盛な執筆意欲の持ち主だったようで、一九五八年（昭和三三年）一月四日に満七四歳で永眠するまでに、計二三冊の著書を刊行している（これは前稿「第一話」で言及したトーマス・マンの『ブッデンブロオク一家』などの翻訳書は除外した数字である）。むろん二三冊全てがドイツ文学を対象とした研究書や評論書であるわけではなく、純然たる創作集もあれば、随筆集もあり、また、さまざまな種類の文章を寄せ集めた本もある。したがって、これに近代劇の創始者ヘンリック・イプセンの作品から、表現主義作家フランツ・ヴェルフェルの作品にいたる、成瀬の手がけた各種の翻訳をも加えるなら、まさに明治、大正、昭和の三代を生きた、一人の典型的な「文人」の、決して壮大ではないが、それなりにこんもりと生い茂った木立ちを思わせる量の著作物を残したことになる。

しかし、観世流の謡曲を能くするゲルマニストとして知られたこの「文人」の、あるいは、彼の考案した名訳語として知られる「疾風怒濤」の四文字を雄渾な筆致で大書した扁額の書き手として私たち孫弟子にあたる昭和生まれの学生たちに畏敬の念を与えたこの「文人」の文業の全貌を紹介する能力は、私にはとてもない。――いや、正直に言えば、そのような欲求を覚えたことは、私は一度もない。

私は、ここでは、あくまでドイツ文学研究者としての成瀬無極について語りたいだけである。――もちろん、「芸術はその時代の欲求と離れることは出来ない」、「時代は各其芸術を有つべきである」（『近代独逸文芸思潮』所収の「芸術の民衆化」）を早くから信条としていた成瀬について語る以上、彼が生きていた同時代の日本の出来事についても、折にふれて語ることにはなるだろうが。

とはいえ、計二三冊もの著書のあちこちで成瀬が語るドイツ文学についての感想や評言のすべてに目配りすることは不可能であり、無意味でもあるので、本書では、次の四つの時期に分けて、このゲルマニストの生涯を考えていくことにしたい（但し本書の中で実際に検討するのは、第一の時期と第二の時期だけである）。

第一の時期は、第一次世界大戦と大戦直後期の成瀬のドイツ留学とを核とする、大正期（一九一二―一九二五）における彼のドイツ文学研究である。著書で言えば、『近代独逸文芸思潮』（一九二二）、『夢作る人』（一九二四）、『近代独逸文学思潮』（一九二五）の三冊が中心になる。――なお、成瀬はすでに大正三年（一九一四年）に創作集『極光』と、イプセン作『小さきアイヨルフ』の翻訳を出版しているだけでなく、大正六年（一九一七年）には、東大卒業時の論文にその後の研究成果を加えた『文学に現れたる笑之研究』と題する研究書を出していて、その中には、トーマス・マンの初期短編集を論じた章も含まれている。しかし、それについては、後で成瀬のトーマス・マン受容についてみる際に、まとめて紹介することにしたい。

第二の時期は、成瀬が一年間に『文芸百話』、『人間凝視　評論集』、『人生戯場』、『無極随筆』の四冊を立て続けに出版した一九三四年（昭和九年）である。言うまでもなく、ドイツでヒトラー率いるナチスが政権を手に入れ、あの「焚書」を行い、マン兄弟を始め多くの作家たちが国外に逃れることを余儀なくされた年の翌年であり、ヒンデンブルク大統領の死に伴って、ヒトラーが「総統（ヒューラー）」と称して国家元首となり、名実共に全権を手中に収めた年である。日本でも、プロレタリア文学の旗手小林多喜二が警察の手で虐殺され、成瀬の勤める京都帝国大学でも「滝川事件」が起き、そして、成瀬の教え子である大山定一や和田洋一ら、京大独文の卒業生たちが雑誌『カスタニエン』を創刊して、日本のドイツ文学研究者たちの世界に新しい風を吹き込もうと試みた年の翌年だった。昭和九年に刊行された三冊目の『人間凝視　評論集』の冒頭に収録された文章は、『カスタニエン』創刊号の冒頭に置かれた評論でもある。

第三の時期は、日本が、一方では日独防共協定（一九三六）から日独伊三国同盟（一九四〇）へとナチス・ドイツとの提携を強めつつ、他方で盧溝橋事件（一九三七）を契機に日中戦争に突入していった一九三〇年代後半（昭和一〇年代前半）における成瀬の著作活動――『南船北馬』（一九三八）と『木の実を拾う』（一九四〇）である。

最後の時期は、成瀬が一九四五年（昭和二〇年）四月に定年のため京都帝大を辞め、その数ヶ月後に日本が無条件降伏して、第二次世界大戦が終わった後、成瀬が出した（いずれも一九四七年刊行）三冊の著書、『懺悔としての文学』、『面影草』、『文芸に現われた人間の姿』である。

なお、以上の記述から判ってもらえると思うが、本稿は、決して人間成瀬清の伝記を意図するものではない。したがって、彼の私的な生活史については敢えて立入らないことにした。もし本稿を読んでそのような領域への関心をも抱いた人は、成瀬の死後、杉山産七ら教え子が中心となって編集、刊行された『無極集』を繙いてもらえば、成瀬自身の手によって綴られた数々の回想文を介して、彼の幼少時代や学生時代をある程度は知ることができるだろう。また、その巻末に付された詳細な年譜を見れば、彼の公私両面にわたる人生行路の軌跡をかなり具体的に知ることができよう。そして、それはそれなりに、明治末期から大正、昭和にかけての日本におけるゲルマニスティクの歴史をより具体的に知るうえで、きわめて有益な作業なのだが、すでに八〇歳近い我が身の老衰化と競り合いながら本書を執筆している私には、残念ながら、そのような余力は残っていない。

さて、『近代独逸文芸思潮』は、出版された一九二一年一二月には著者はドイツ留学の途上で立ち寄ったアメリカに滞在していたことからも判るように、満三七歳の成瀬がドイツ留学に旅立つに際して、それまでの自分のドイツ文学研究者としての仕事をまとめて世に問うべく出版したものだったと考えられる。収録された約二〇編の文章全てに執筆時期が明示されているわけではないので、断定的なことは言えないが、一番早いものが一九一一年（明治四四年）の「クライスト評伝」で、一番遅いものが一九二一年（大正一〇年）八月、つまり横浜からシアトル行きの船に乗る二ヶ月前に脱稿した「人及芸術家としてのワグネル」であると思われる。この二つの論文題目にもう一つの論文題目「ヘッベルとイプセン」（一九一三）を加え、その論文中の「十九世紀の三大戯曲家たるヘッベル、ワグネル、イプセンが殆ど同時に〈ニベルンゲンの伝説〉を戯曲化したのは興味ある現象である」という一文を引用しておけば、この時期のゲルマニスト成瀬の学問的関心の主たる対象領域は推測できるだろう。すなわち一九世紀のドイツと北欧の演劇である。

だが、「近代独逸文芸思潮」の目次を見ただけで、当時の成瀬にはもう一つ、大きな関心の対象があったことが判る。それは、「ヴェデキンドの詩と小説」、「ズーデルマンの新作劇」、「最近独逸文学の趨勢」（これはさらに「表現主義」、「駄々主義」、「欧羅巴の滅亡」、「ハウプトマンの神秘主義」、「表現主義の戯曲に就て」の五編に分れている）、そして「戯曲家としてのシュニッツレル」といった論文題目から明らかな、第一次大戦前後の、つまり当時最新のドイツ文学に対する強い関心である。

ドイツ表現主義文学の日本への移入史を詳細に調べあげた酒井府の労作『ドイツ表現主義と日本』によれば、表現主義戯曲が日本に最初に紹介されたのは、一九二一年（大正一〇年）初頭に山岸光宣や大津康らによってであったらしいが、当時の代表的な総合雑誌『解放』の同年九月号に「表現主義の戯曲に就て」を発表した成瀬もまた、築地小劇場による派手な移入以前に表現主義を日本に紹介した先駆者の一人であった。彼は雑誌『解放』に発表したこの論文をそのまま著書『近代独逸文芸思潮』に再録したわけだが、大正時代の一時期に『中央公論』や『改造』とシェアを競った総合雑誌『解放』は、いわゆる〈大正デモクラシー〉運動を代表する理論家、言論人だった吉野作造や大山郁夫らの結成した黎明会の機関誌的な性格を持つ雑誌だったことを知っておくことは、成瀬の思想的立ち位置を考えるうえで無駄ではあるまい。

その意味では、同じ著書に収録されている「芸術の民衆化」と題された文章も、リベラリスト成瀬の思想的立ち位置を知るうえで重要な文章である。残念ながら正確な執筆時期や初出場所は判らないが、主題がロマン・ロランの「民衆芸術論」に関わることや、ヘルマン・バールの「表現主義論」が引用されていることなどから、本間久雄から大杉栄にいたるまで十数人の論客たちが、ロマン・ロランの「民衆芸術論」に触発されて論争を繰り広げたという一九一六年（大正五年）から翌一九一七年に執筆されたものと推測されるが、成瀬はこの文章の中で次のように書いている。少し長くなるが、二、三の箇所を引用しておこう。「民衆を離れた芸術は衰え芸術を持たぬ民衆は荒む。」「芸術の力と光とは何処から由来するか。人間を人間に還元するところにある。……吾人を職業の軛から脱却せしめ、階級的差別を撤廃し、利己我執の念を去って生命の根源に近づかしめるところにある。真の芸術に接するとき吾人の胸は唯〈我は人間なり〉という意識を容れる余地を存するのみである。貴族も、平民も、富人も、貧者も、士農工商もなく唯人間が在る。その〈人間の根底〉を貫き流れるものは悠久な神性である。」「私は芸術に範疇を設けることを好まない。〈貴族芸術〉、〈平民芸術〉の如き名称を附するのは芸術本来の性質に反するものと思う。唯一つ〈人間の芸術〉があれば足りる訳である。〈労働文学〉とか〈民衆芸術〉とかいう言葉も私の趣味ではない。」「正直に云えば私は所謂民衆或は〈群衆〉の粗野に本能的な嫌忌を感ずることが屢々ある。しかし、生々した眼と、確な腕と、正直な日に焼けた皮膚の持主たる若き人々を想像してみるとき、互に腕を組んで歩きたい慾望を禁じ得ない。それ等の人々は結局〈民衆〉から〈同胞〉に代わる可き人々でなければならぬ。勿論凡ての芸術家が所謂民衆芸術家になり、民衆運動に参加する必要は無い。それは凡ての労働者が芸術家的修養を要しないのと同様である。」

言うまでもないことだが、〈大正デモクラシー〉の時代はまた労働運動の、ひいては「労働文学」の勃興期でもあり、だからこそ、ロマン・ロランの「民衆芸術論」に触発された論争に大杉栄のような人物まで参入することになったわけだが、そのような時代状況の中で、成瀬の立ち位置がどのようなものであったかは、右に引用したいくつかの文章からも明らかである。そして、『近代独逸文芸思潮』と題して、ほとんどドイツ文学に関する論文の類ばかりを集めたこの著書の中に、敢えて自分自身の信条告白を主体とするこの「芸術の民衆化」という文章を収めたところに、私は、リベラリスト成瀬清のさわやかな意気込みを見る思いがするのである。

このこととの関連において、私たちは、文学者成瀬の最も主要な関心が、かなり早い時期から、イプセンに始まるヨーロッパの近代劇に向けられていたことを確認しておかねばならない。

一九一一年（明治四四年）の文芸協会によるイプセンの『人形の家』のわが国における初上演が社会の各方面に与えた衝撃に象徴されるように、明治末期から大正前期にかけて賑賑しく開花した「新劇」運動によって日本に移入された、イプセンに始まるヨーロッパの近代劇文学は、まちがいなく〈大正デモクラシー〉なるものと緊密な、不可分の関係にあったと言っていいだろう。そして、ドイツ文学の中でこの系列に属するものといえば、それは、むろんハウプトマンであり、ズーデルマンであった。ちなみにハウプトマンの『寂しき人々』が日本で上演されたのも、『人形の家』と同じ一九一一年であり、ズーデルマンの『故郷』が上演され、女主人公マグダが父親の命令に従わないのは「教育勅語の趣旨に背馳する」という理由で以後の上演を警察から禁止されて世の話題となり、結局一部修正を余儀なくされたのは、翌一九一二年のことである。――そして、一八八四年生まれで、この頃にはまだ二〇歳台だった成瀬が、早くから強い関心を寄せていたのが、イプセンであり、ハウプトマンであった。それどころか、成瀬の最初の出版物は、一九一四年（大正三年）に南江堂から出したイプセンの戯曲『アイヨルフ』の翻訳であった。また、大学の卒業論文に加筆して一九一七年に出版した、成瀬にとって最初の学術研究書『文学に現れたる笑之研究』の中で最も頻繁に言及されるドイツの作家は、ハウプトマンである。

しかし、周知のように、ゲルハルト・ハウプトマンは、森鷗外によって日本に紹介されて以来、明治時代を通じて多くのゲルマニストたちによって紹介され、論評され、翻訳もある程度なされてきた作家である。ゲルマニストばかりか、一九〇七年に発表されて世間を騒がせた田山花袋の小説『蒲団』の主人公までもが、ハウプトマンの青年時代の作品『寂しき人々』を、新しい時代の到来を告げる作品として宣伝する役を買って出たほどである。新進の研究者成瀬としては、今や日本でもちょっとした演劇通なら誰でも知っている『寂しき人々』や『沈鐘』の作者ハウプトマンや、『故郷』の作者ズーデルマンについて多少の蘊蓄を披露するくらいで暖簾を張っていけるはずはなかった。――『近代独逸文芸思潮』の中の「ハウプトマンの神秘主義」と「ズーデルマンの新作劇」は、その意味で、新進のドイツ文学研究者として世に出ようとしていた成瀬としては、書かずにはおれなかったものだったはずである。と同時に、いちはやく表現主義演劇に強い関心を寄せながらも、ドイツにおける近代劇の代表者ハウプトマンの動向から目を離すことができなかったところに、ゲルマニストとしての成瀬の独自性があったと言えよう。

ここで話を『近代独逸文芸思潮』（一九二二）から『近代独逸文学思潮』（一九二四）に移さなければならない。

アメリカに約三ヶ月、ドイツに約一年九ヶ月滞在した二年間の外国留学を含む約三年間を挟んで出版された、わずか一字違いのタイトルを持つこの二冊の本は、いわば初版本と改訂版本といった関係にある。ただ、出版社まで東京の警醒社から京都の表現社に変っているのには、言うまでもなく、成瀬の留学中に起きたあの関東大震災の影響があったことは間違いないだろう。

成瀬は『近代独逸文学思潮』の「序」の冒頭近くで、「今や独逸国民は未曾有の一大試練を経てなおその浄罪火の中に焼かれて悶えつつある。彼らの誇りとしていた〈文化〉は危機に瀕している。その深い苦悩と更生の努力との中から生まれ出た新文芸は果して健全な発達を遂げ得るであろうか」と書き、「序」の結び近くでは、「曾て『近代独逸文芸思潮』の名の下に発表した小著が祝融の災いに罹って焼失したのは、私の思想の上に下された試練と見るべきであろうか。灰燼の中から咲き出る花は紅か紫か、私自身と雖も予知し難い」と書いている。ヨーロッパ人にとっての第一次世界大戦体験と、日本人にとっての関東大震災体験との並列視は、しばしば見られることであるが、自分自身の現在の生活場所は京都であっても、東京に生まれ、二五歳まで東京で過し、大震災の四ヶ月足らず後に外国から日本に帰ってきた成瀬が、廃墟と化した故郷東京を目にして、大きな衝撃を受けたであろうことは、容易に想像できる。——敢えて付記しておくなら、私も、生まれ育った家を戦火で焼かれ、焼野ヶ原と化した地方都市で少年時代を過した世代の人間である。

ところで、問題は、一字違いの表題を持つ二冊の本の異同である。二年間の留学、というより在外研究から帰ってきた成瀬は、どこを、どう変えたのだろうか。

改訂された一つは、前著に収められていた「文芸に現われたる宿命観」という論文が、「独逸民謡論」という論文に差し替えられたことである。二つの論文とも執筆時期は定かでないが、「独逸民謡論」の結語ともいうべき箇所で、「民謡を求める心」は「文明の爛熟」と共に強くなるものであり、「欧州の物質的文明の破産」にほかならぬ欧州大戦惨禍を前にして一段と強まった「自然に帰れ！」という叫びと軌を一にするものであり、その意味では「表現主義」とも相通じるものであろうといったことが述べられている。この結論部分が、次に述べられる第二の、より重要な改訂作業に認められる方向性と強く共鳴し合うことが、上記の二つの論文の差し替えと関わっているのではないだろうか。

その第二の改訂作業とは、前著『近代独逸文芸思潮』の中の「最近独逸文学」部門の最初に置かれていた「ズーデルマンの新作劇」と題する論文を全文削除して、代わりに「戦争と独逸文学」と「戦後の独逸文学」という、いずれも留学前に書いた二編を入れ、さらに「最近独逸文学」部門の最後に「混乱の独逸文学」と題する、留学から帰国後に書いたものを付け加えたことである。

「ズーデルマンの新作劇」は、一九一六年初頭にズーデルマンが出した『神無き世』に収められていた「女友達」、「敷地」、「より高き生活」という、いずれも前年（一九一五年）に発表された三編の戯曲を紹介し、簡潔に論評した文章であるが、成瀬も言っているように、三編とも、第一次大戦勃発以前のドイツ社会の不潔な澱み荒んだ諸相を描いた作品で、ズーデルマンはこの本の巻頭に、大戦の勃発による衝撃のおかげで、従来の「利己」しか頭になく同族相食む醜い生活から覚醒し、「浄化」されて、「不和は霧散し、嫉妬と悪意は沈黙し」、「祖国麾かば吾等は喜びて艱苦に堪え、死地に赴かん」という一致団結した国民になったのだと謳い上げる長い詩を掲げることによって、この戯曲集を時局に適うものに仕立てあげようとしたのである。――ということは、このズーデルマンの戯曲集『神無き世』自体には、なんら新しい時代に相応しい内実はなかったということになる。つまり、ズーデルマンはもはや時代遅れの作家だった。とりわけ、二年間の滞独生活を体験した成瀬には、そのことが明確に認識できたに違いない。そのため彼は、「ズーデルマンの新作劇」なる文章を自著から削除する気になったのであろう。

そして、代わりに「戦争と独逸文学」、「戦後の独逸文学」、「混乱の独逸文学」の三編が入ることによって、『近代独逸文学思潮』には、前著にはなかった一つの新しい重要な、きわめて興味深い特性が付与されることになったのである。その特性がいかなるものであるかは、この三つの論文および前著から引き継がれた「最近独逸文学の趨勢」の諸編の文章の執筆時期を確認し、それぞれの執筆時期を二〇世紀ドイツ史の具体的な歩みと突き合わせてみれば、すぐに判るであろう。すなわち、「戦争と独逸文学」の執筆時期は一九一五年の夏頃である。すなわち第一次大戦の開戦後一年経った頃で、戦争が長期化の様相を見せ始めた頃である。「戦後の独逸文学」は一九一九年初頭である。すなわちドイツ革命が起き、ドイツが降伏した約二ヶ月後で、まだ正式にはヴァイマル共和国も発足せず、戦勝国側からの講和条約案も提示されていない時期である。「最近独逸文学の趨勢」は一九二〇年から二一年にかけてである。

すなわちヴァイマル共和国の初期で、成瀬の留学に出発する直前に書いたものである。「混乱の独逸文学」は、成瀬が一九二二年三月から一年半余り滞在したドイツを、二三年一一月初めに発ち、同年末に帰国した後、二四年の早い時期に書いたものと推定される。すなわち、ヴァイマル共和国が国内的にはレンテンマルクによる通貨改革、国際的にはドーズ案による賠償支払い条件の緩和によって、未曾有の大インフレの危機をなんとか乗り越えて、いわゆる相対的安定期に入った頃である。

つまり、これらの論文によって成瀬は、第一次大戦とそれに続く革命という激動の波に翻弄され続けたドイツの文学の動きを、まさにリアルタイムで追い続け、その時々でこれに対する自分の態度を表明し続けたわけである。既に執筆され、発表もされていたのに、留学前に編集された『近代独逸文芸思潮』には収録されなかった「戦争と独逸文学」と「戦後の独逸文学」を改めて採用し、さらに「混乱の独逸文学」を補足することによって、第一次大戦がドイツの社会と文学にもたらした大きな変動と、にもかかわらずの不変性とを捉えようとしたところに、私は、成瀬が一年半余りのドイツ留学によって得た歴史意識の自覚化とでもいうべき、大きな収穫があったのではないかと考える。——そして、この三編に前著以来の「最近独逸文学の趨勢」の諸編を加えた一連の文章は、日本人には一般的にはきわめて稀薄で、戦争のもたらす経済的な好、不況の影響を除けば、直接的にはほとんど欠落していたのではないかとも言われる〈第一次大戦体験〉の、特殊ではあるが貴重な文献記録となっているのではないだろうか。——そして、実はこの〈第一次大戦体験の欠落〉という問題こそは、本書全体に内在する大きな問題であり、課題でもあるのである。

そのような視点に立って、私は以下において、成瀬のこれらの論文を、ある意味では必要以上に丁寧かつ詳細に紹介しておきたいと思う。

成瀬の論文「戦争と独逸文学」は、もともとは、大正四年（一九一五年）一一月に刊行され、一ヶ月の間に三版まで版を重ねる売行きを見せた『独逸研究』と題された論文集のような本のために書かれたものである。前年八月に第一次世界大戦が始まり、日本も同盟国イギリスの要請を受けた形で、ドイツに対して宣戦し、大正三年一〇月から一一月にかけて中国におけるドイツ軍の要塞青島を攻撃して、これを落していた。また、ヨーロッパにおいては、開戦当初はドイツ軍が優勢だったとはいえ、やがて戦線は膠着し始めたうえに、最初は中立を掲げていたアメリカも、一九一五年五月のドイツ潜水艦によるイギリス籍豪華客船ルシタニ号の撃沈を機に反ドイツの姿勢を鮮明にし始めていた。だが、いずれにしろ、ドイツが日本の敵国であることに変わりはない状況の中で、「教育学術研究会」なる団体が編者となって刊行されたのが、この『独逸研究』なる書物である。

この本は、「今日の独逸」という序章に始まり、「独逸の陸軍」、「独逸の海軍」、「独逸の経済」、「独逸の医学」、「独逸の交通」と続き、以下、教育、林業、哲学、軍国主義、商業……合計一八章にわたって、それぞれの分野の専門家による生まじめで堅実な文章が続いている。執筆者の中の著名な名前を挙げるなら、たとえば朝永三十郎や神戸正雄などの名があるし、最後のまとめ的な章「独逸に対する我国民」を書いているのは、一高校長や東北帝大総長を経て、この本の刊行される二年前の大正二年に京都帝大総長に就任するや、〈大学の自治〉の歴史に残るあの〈澤柳事件〉をひき起こした澤柳政太郎である。

実は、この『独逸研究』の中で私が最も興味深く読んだのは、この澤柳のまとめ的な一文である。

澤柳は「独逸に対する我国民」と題した一文を、次のように書き始める。「我が国が、精神的に物質的に、之まで独逸国に負うたところも中々に尠くない、近々二〇年来、我が国の秀才が、彼の国に留学し、学び得た処は、頗る大なるものである、又或は彼の国の学者を聘し、我が教育学問の補助となしたことも尠くはない、又我が陸軍の軍制が、嘗て我が国に招聘したメッケル参謀に負う所の大なる事は国民衆知の事実である、其他工業上の進歩発達も独逸の啓発に依ったものが尠くないのである。

それ故に此点から云えば独逸は、我に対して、一つの恩義ある国と云う可きである。」

こう書き出した後、澤柳は次に、その独逸が近年我が国に対して行なった怪しからぬ振舞いを列挙する。まず二〇年前の「三国干渉の首唱者」となったこと、次いで「独逸皇帝が黄禍説」を、いやその実「日禍説を世界に唱導」して、日本を「国際的に孤立」させたこと、そして最後に、最近は「支那政府並に支那人民を教唆し、あらゆる奸策を弄して」、「支那人の排日思想」を広めたことで、「実に憎みても猶且つ余りある」所行の数々であると極め付けている。これに加えて、現在は独逸は交戦中の敵国なのだから、独逸に対して「我が国民は憎悪の極に達すべきが当然である。」「然るに我が国民は果して独逸に対して斯かる憎悪の念を抱いて居るのであろうか、真に不思議にも、我が国民の大多数は、独逸の国風に盛服し、独逸の強大に感心し、独逸に向って満腔の敬意を表しているのである。」「戦争開始以来、英国民の独逸に対する憎悪心は、其頂点に達したとも云える」のに対して、その英国の同盟国として参戦した日本の「我国人は独逸に対して敬意を表するが如き状態にあるのは甚だ了解に苦むところである。中には独逸に感心する余り独逸の戦勝を聞いて、反って喜ぶものも無いではない、終局の勝利は独逸をして占めさせたいと感じて居るものさえある様である、斯くの如きは極端であるとしても、兎に角現在の独逸に対する日本人の態度は、敵国に対する態度とは云えない。」「戦争が始って、日本に於ては、反って独逸贔負（ママ）の者が殖え、従来英国贔負であったものの如き、聊か、屏息して居る如き気味がある。」だから、我々はもう少し「冷静に贔負とか厭悪とかの私情を離れて」、「独逸国に対する真面目の研究」をする必要があると考えて、この書物を世に送ることにしたのだというのが、澤柳の言いたいことであるらしい。——私が長々と澤柳の文章を引用し紹介したのは、実は、第一次世界大戦勃発百周年記念とやらで、昨二〇一四年、例によって何種類も出版物市場に出回った〈第一次世界大戦と日本〉ものの中でも、最も手頃で普及したと思われる井上寿一の、その名もズバリ『第一次世界大戦と日本』の中に、まるで当時の日本のジャーナリズムや文化界や、したがってそれらに洗脳された大衆も、まるで世を挙げて、イギリスやフランスを中心とする連合国側（協商側）贔屓で、ドイツ側はまるで野蛮国扱い一色だったかのようなお手軽な叙述にお目にかかったからである。日本国民は、いつも国を挙げて敵国を「鬼畜米英」扱いしてきたわけではない証拠として、敢えて、元京都大学教師の私としては決して無条件に尊敬しているわけではない澤柳政太郎の文章を長々と引用したしだいである。——と書いたら、もう一言必要だろう。ここに紹介した澤柳の書いていることは、実は、その後の日本の、つまり第二次世界大戦にいたる日本の歩みを、そして日本のゲルマニストたちの歩みを考える際に、少なからぬ意味を持っていると、私は考えている。

もちろん、澤柳の言っているようなドイツ贔屓の日本人の大多数は、ドイツがヨーロッパの新興国であり、その限りにおいてイギリスやフランスなどに対して日本と共通した立場にあることや、それもあって、さまざまな分野で日本の近代化の先導者となってくれたことなどを承知していた人びと、つまりは、ある程度の知識や情報に通じた、社会の比較的上層に属する人びとだったはずであり、その意味では、澤柳の言っていることと井上寿一の言っていることとは、必ずしも両立しないわけではない（二人とも両方の側に目配りする思考法を持っていないだけである）。

そして、この『独逸研究』なる本の二〇名近い執筆者の大多数は、彼らがまさにドイツ研究者であったが故にこそ、澤柳の言うような〈独逸贔負〉だったのではないか、というのがこの本を実際に手にした私の印象である（成瀬もまたそうであったかどうかは、後で紹介する彼の寄稿した「戦争と独逸文学」なる文章から判断してほしい）。

そもそも『独逸研究』の巻頭の数頁にわたって掲げられている口絵の写真の数々からして、これは〈敵国〉に関する本なのか、〈友邦〉に関する本なのか判らなくなる。口絵写真のキャプションを、掲載順に紹介しよう。一番目は「独逸皇帝皇后両陛下」、次は「伯林皇城の全景」、以下「建国の元首フレデリック大王の記念像」、「現帝の父君フレデリック三世の像」、「ビスマルクと国会議事堂」、「独逸の大富源ラインの河畔」、「ハンブルク港内の商勢」、「世界の模範最高学府伯林大学」。――さすがに大正時代にはまだ、敵将に満腔の敬意を表するだけの武士道が残っていたと感心すべきなのだろうか。――私は一瞬にして、後で詳しく見るように七年後のミュンヘンで、敗戦と革命の後のドイツで、すでに崩壊した旧王室関係の写真を買い集めることに熱中し、旧〈皇太子〉の追っかけファンになっていた斎藤茂吉のことを連想したとだけ書いて、この話題を離れ、本来の私の課題である成瀬清（無極）が『独逸研究』に書いた論文「戦争と独逸文学」に話を戻すことにしよう。

おそらく一九一五年の夏頃に執筆したと思われる成瀬の「戦争と独逸文学」は、この本の中では、かなり変わった論文である。というのは、陸軍工兵少佐なる肩書を持つ執筆者による「独逸の陸軍」の章はもちろんのこと、碩学朝永三十郎博士の「独逸の哲学」にしろ、その他の「独逸倫理学概説」や「独逸の法律」などにしろ、多くの寄稿論文が独逸の優秀さを誇示するかのように、独逸の歴史を遡行してその来歴から説き起しているのに対して、あるいは、

「独逸の医学」の執筆者などは、こんな頼まれ仕事に手間隙かけておれるかとばかりに簡単にすましているのに対して、成瀬は、ゲーテやシラーの名前を持ち出すこともなく、独逸文学の特色をあれこれと説明したり、その素晴らしさを誉め讃えることも一切せずに、いきなり、ここでは自分の見た狭い範囲内で、「近着の独逸雑誌を種に、目下の独逸文壇が戦争からどういう影響を受けているかということを記して見ようと思う」と断わって、さっさと本題に入っていく。といって、決して手抜きしているわけではなく、むしろ、インターネットはもちろん、航空便すら存在しないあの時代に、日本が目下交戦状態にある敵国ドイツの文壇事情について、よくもこれだけの情報を入手し、それを巧みに整理して提示したものだと感心するほど勤勉なレポートになっている。いや、それ以上に感心するのは、レポート全体を通して、大正時代のリベラリストにして平和愛好のコスモポリートである成瀬自身の立場がきわめて鮮明に主張されていることである。——だが、本稿の物語はまだまだ先が長いので、ここは、できるだけ簡潔に紹介するほかあるまい。

第一次大戦が始まった当初のドイツ国民の愛国的熱狂、とりわけハウプトマンやオイケンのようなノーベル文学賞受賞者をも含むあの〈九三名の声明〉に代表されるような知識人たちの愛国的な熱狂ぶりは、歴史に残る語り草であるが、成瀬は、これについてはあまり語りたくないらしく、わずかにリヒアルト・デーメルの件に言及しているだけである。しかしそれも、五〇歳の身で義勇兵に志願してドイツでも話題になったデーメルは、これまで「社会問題の上で戦って」きた詩人であり、「今度も云うことを得可くんば社会主義者として出征したのである」という、あるドイツ人のかなり苦しい説明を軽く紹介しているだけである。そして、なんと戦争になったために新聞雑誌などが大幅な減収になり、文筆業者たちの失業が増えたので、その救済策が問題になっていることなどを伝えた後、「戦争と文芸との関係」と「芸術と国民性との問題」の二点に絞って、目についた言説を紹介している。

詳細は省略するほかないが、第一の「戦争と文芸との関係」という点で、最初に紹介されるのは、すぐに「軍事小説、戦争劇、軍歌の類が多数」作られるだろうが、それらに「永続的価値」などあるはずがないというルウドルフ・フーフなる文学者の主張であり、また一番長々と引用されるのは、世界の歴史を見ても戦争に勝った国民ではなく、負けた国民の方がはるかに良い文学を生み出すものだから、今度も独逸から良い文学作品は出ないだろうという趣旨の、或る「皮肉な」意見である。そして、「主として文学者側の意見は、戦争が直接に文学に影響するのを寧ろ厭っているように見える」と成瀬はまとめている。

　第二の「芸術と国民性との問題」という点については、まず最初に、確かに開戦とともに「激烈な国民文学唱道、外国文学排斥」の声が起ったのは事実であるが、「それが独逸文壇一般の与論であるかと云うと、案外そうでは無い」と成瀬は書いている。その上で、アドルフ・バルテルスを初めとする二、三の国粋派の文人たちの意見を紹介すると同時に、「郷土に立脚し、自国語に厳しく監視せられ、しかも外から来る偉大なるもの、豊富なるものに門戸を開放せよ。眼は遠きを望むべく、しかも双脚は固く郷土に立つ可し」と主張する人びとの意見をも紹介し、「吾々は斯く沙翁を読み、斯くイプセンを読んだ。誰かイプセン作中の人物を那威人と考えたものがあろうぞ」という、ある「精神上の自由貿易論者」の言葉を紹介している。この言葉が、先述のように自らもイプセンの翻訳をしたこともある成瀬自身の言葉であってもおかしくないことは、説明するまでもあるまい。この後、成瀬は、わざわざ「カントの永遠的平和の観念」に一言触れた後、「現今閨秀作家随一のリカルダ・フーフ」（本書の「第一話」でトーマス・マンも重要な局面で言及し援用したあの女流作家）が、「国内に居て……直接戦争に就て余り感じないので、腹の中では無頓着であるのだが、自分で故意に法外の激情を挑発させようと力める」ような言動は慎むべきであると警め、次のように言っている文章を引用している。「文明人は、自己の判断を感情で迷わされぬように注意せねばならぬ。殊に文字を印刷に附する場合にそうである。芸術家は、為に芸術が現時の激情に引き入れられる虞があるような意見を発表しない方がよかろう。何故なれば、芸術家は時事に超然たることは出来ぬが、思うに芸術は超越しているのであろうから。」――ちなみに、トーマス・マンはリカルダ・フーフを優れた「著作家」（Schriftstellerin）として賞讃したわけだが、成瀬は彼女の言葉を、「幾多の理論よりも詩人的直覚の正しい例として」（傍点山口）引用している。この問題については後で触れるつもりである。

　そして、「戦争と独逸文学」の最後を、成瀬は、なんと「英国の文学者が近来露西亜の文学者に一書を送って親善の意を表した」のに対する露西亜側の次のような回答文の引用で結ぶのである。

「我々は思う。若し、塹壕のために荒され、人血に紅く染められたる田野に、再び穀物の穂頭を擡げ、美しき花、戦死者の墳墓を掩わん日来らば、人の悪心は消え、相互の侮辱は緩和せらるべし。吾人は信じまた望む。かかる時来るべし。相背き遠く相離れたる国民が再び共同的なる、一般人類的なる広き道を歩むべきことを。」成瀬は、この文章を引用した後に、この回答文の署名者の中にゴリキー以下四名の、当時日本でも知られた四〇歳台の中堅作家たちの名があったことを付記して、筆を置いている（念のため断わっておくが、言うまでもなく当時はまだロシア革命以前である）。

こう見てくると、「戦争が直接に文学に影響するのを寧ろ厭っている」のは、誰よりもまず「戦争と独逸文学」なる文章を書いている、あるいは書かされている成瀬自身なのであろうと思われる。彼がこの文章の中で、彼自身が当時愛好したり、強い関心を寄せたりしていた同時代の作家たち、ハウプトマンやシュニッツラーや、あるいはトーマス・マンらの戦争に対する態度については、一言も触れていないのも、そのことと関係しているのかもしれない。――むろん、これらの作家たちの開戦当初の言動を具体的に知り得る資料がまだ入手できなかったのかとも考えられるが、この論文を書くだけの情報を入手し得た成瀬が、ハウプトマンの愛国的な論説や勇ましい軍国調の詩が掲載された『ベルリン日報』紙や、トーマス・マンの愛国的評論を掲載した『ノイエ・ルントシャウ』誌などについての情報を全く知らなかったとは考えにくい。これ以上の推測は控えるほかないが、このある意味で最も肝心な部分の欠落は、大きな問題として残ることは確かである。なお、次に取りあげる大戦終結直後に書いた論文「戦後の独逸文学」の中では、成瀬はハウプトマンの戦争中の愛国的主張についても少し触れているが、その情報をいつ、いかなる形で入手したのかは不明なままである。

しかし、その問題はそれとして、この第一次大戦時の成瀬の文章を紹介しながら、私の念頭には、第二次大戦中の一九四三年（昭和一八年）秋に、京都大学文学部で開かれた「学徒出陣」する学生たちの壮行会で、並み居る教授たちの多くが「武運長久を祈る」式の激励の言葉を述べるなかで、「ただひとり、熱をこめた短いことばで〈生きて帰ってまた勉強するように〉」と話したと伝えられる成瀬の姿が、絶えず思い浮かべられていた（岩井忠熊『十五年戦争期の京大学生運動――戦争とファシズムに抵抗した青春』）。――そればかりではない。このような成瀬教授の存在は、第二次大戦に先行する昭和初期に、彼の弟子たちが一風変った雑誌『カスタニエン』を刊行した時にも、少なからぬ役割を果していたのではないかと考えるがゆえに、私はこの短い論文「戦争と独逸文学」に長々とこだわったしだいである。

さて、次の「戦後の独逸文学」は、冒頭に「戦後の独逸文学を予測することは余程困難な問題であって……」とあるように、一九一八年一〇月末にドイツ国内に革命の動きが始まり、一一月一〇日に皇帝がオランダに亡命し、翌日休戦条約が調印されてから、まだ二ヶ月しかたたない時期に執筆された、完全に今後のドイツ文学に対する成瀬の予測と願望を記した文章である（当然、戦後の具体的な作品についての言及は一切ない）。残念ながら初出場所は不明だが、『近代独逸文学思潮』に収録された本文の末尾に（一九一九年一月）と記されているから、あるいは実際に執筆されたのは、一九一八年のうちなのかもしれない。――このようなジャーナリスティックにすぎるともいえるような同時代文学への関心の強さと反応の速さは、時代の空気の影響もあったと思われるが、研究者としての成瀬の個人的な性向でもあったことは確かであろう。彼は京都帝国大学の教授となるべく一九二九年に提出した形式張った学位請求論文『疾風怒濤時代と現代独逸文学』の中でも、一年余り前に発表されたばかりの新進作家のトルストイとレーニンをテーマにした作品をも取り上げて、丁寧に引用し論評しているのも、そのことを示す一例と言えよう。

しかし、不可避的に個人的願望をも含まざるをえない予測文章であるだけに、かえって「戦後の独逸文学」は、成瀬が第一次大戦中のドイツをどのような目で見ていたか、そして敗戦後のドイツ文学ばかりでなく、敗戦後のドイツの国と社会そのものが、どのように変ることを期待していたかを教えてくれる文章でもあるので、「戦争と独逸文学」同様に少し詳しく紹介しよう。

まず、この戦争を行ったドイツ国家をどう考えているかという点については、はっきりこう書いている。「一般に今日独逸と言えば軍国主義の本家本元である様に云われているが」、ヘーゲルやニーチェ、トライチユケなどによって「養われ」、ビスマルクの政策によって完成せられ、カイザーやベルンハルヂなどによって「高唱せられた主義は慥に軍国主義である。是は今日誰も否認することが出来ないのである。又今度の戦争が一面に於て軍国主義に胚胎したと云うことは如何に独逸贔負の人も之を否認する事は出来ないのである。」——成瀬のこの認識が決してドイツの敗戦後に大急ぎで取り替えられた主張ではなかったことは、先に見た「戦争と独逸文学」の論調全体が保証していると私は考える。

しかし、と成瀬は続ける。「併し文学の方面を見ると果して独逸の思想或は文学の傾向が最近に至るまで軍国主義であったか、或は又国家主義的なものであったかと云うと、私共の観た所ではそうなくして寧ろ反対であるように思う。徹底自然主義とか象徴主義とか云うものを至て今独逸の一般思想界の潮流に応じて新理想主義の大道を進みつつあるのである。」成瀬はその具体例として、トルストイやドストエフスキーやイプセンなどの影響を受けて、「独逸文壇に社会的思想が現われ」、ハウプトマンやズーデルマンなどによっていわゆる「社会劇」が多く書かれたことを挙げ、さらに「軍国主義の圧迫」に抗して「社会民主主義」的思想が着実に拡がってきたことを強調している。——成瀬はさらに、この主張の明確で判りやすい傍証として、この論文の終わり近くで、「近代哲学の父カント」の『永久平和論』とともに、「近代独逸文学の元老であるハウプトマン」が一九一三年に、百年前のナポレオンの支配に対する解放戦争の勝利を祝う記念祭に委嘱されて書いたものの、「カイザーの逆鱗に触れて間もなく上演を禁止された」あの人形芝居『祝祭劇』を挙げ、特に後者の芝居の内容を丁寧に説明したうえで、このハウプトマンの「人形芝居」を、フランス革命の時代に、ドイツではフィヒテやクライストが熱烈な愛国的言動で人目を引いていた時代に、ゲーテが書いた「動物劇」の『ライネケ・フクス』になぞらえたりしている。

しかし、先の「戦争と独逸文学」の場合と違って、「戦後の独逸文学」においては、成瀬は、大戦中に知識人や芸術家たちも含めてドイツ人の多くが愛国主義的熱狂に捕われたことについても、きちんと言及している。「又更に一面から考えて見ると、独逸人は徹頭徹尾今度の戦争に就いても正義の戦争である、国家の興亡の為に已むを得ないから戦ったのであると云っている。ハウプトマンでもズーデルマンでも或は哲学者のオイケンでも皆独逸は正義の戦いをして居るのであると言って居る。尤も他の国でも戦争をする時は自分は正しいと思って居る。独逸も徹頭徹尾そう思って居る……」（傍点山口）――このような冷めた認識をもっていたリベラリスト成瀬は、トーマス・マンの第一次大戦中の愛国的発言になぞ、なんの関心もなく、仮にその種の評論の存在を知ったとしても、読む気になぞならなかったであろう。ほぼ二〇年後に再びドイツが、そして自分の国日本も、いやこちらはもっと早くから他国との戦争に突入した時にも、いや世界中の国々が愛国主義一色になった時にも、リベラリスト成瀬には、この記憶とこの認識は残っていたはずだと考える。

したがって、その「正義の戦争」に敗れたドイツ人は、一時的には厭世的になったり、自嘲的になったり、あるいは復讐心に駆られたりして、文学の面でもそういった感情を露骨に反映したものが出てくることは十分に予測できる、と成瀬は言う。

しかし、それでも最終的には、「独逸文学の将来は人道的理想的と云う方に進むであろう」というのが、成瀬の予測である。「今迄の多少廃頽的の気分は戦争の結果一掃せられ、多少の波瀾と紆余とを経て結局新理想主義の大道を歩み、その特色は道徳的には厳粛主義を奉じ、著しく宗教的に傾き、人道主義、平和主義の色彩が濃く現われるであろう。そして、軍国主義が倒れ、社会民主主義の世界となると同時に政治と道徳、一般に思想界と政治界との或程度迄の合致を来たして、一般国民の政治的自覚に伴い、文壇にも亦政治的色彩を帯びた作品が現れるであろう。文学者の視野が拡大せられるであろうと思う。」

これが第一次大戦直後期における日本の勤勉で良心的な、そして市民的なゲルマニストの今後のドイツに関する予想である。当然のことながら、一国の文学の未来についての予想は、その国の社会そのものの、あるいはその国の国民一般の意識の変化についての予想を含まざるをえない。その意味でも、この成瀬の文章は、それなりに極めて貴重な記録であると言うべきだろう。

このような予想を立てる成瀬には、むろん、ドイツは戦争に負けて良かったのだという思いがある。彼ははっきりこう書いている。「若し独逸が勝ったならば、即ち、軍国主義が勝ったならば独逸の文壇は却って禍であったろう。

そうして益々圧迫を加えられて此理想主義と云うようなものが発達を阻害せられたかも知れない。併し負けたが為に思想文芸の為には却って喜ぶべき結果を生じはしないかと私は思うのである。」

成瀬の予測の紹介はこれくらいにして、若干のコメントをつけておこう。

まず、ドイツは負けて良かったのだという立場は、決して勝ち負けの結果が判ってからの強がり的なドイツ贔屓の強弁ではないことである。それには、戦争初期のまだドイツが比較的優勢だった頃に書いたあの「戦争と独逸文学」の中ですでに、昔から戦勝国よりも敗戦国の方にこそ良い文学が生まれるのだという意見を敢えて熱心に紹介していたことを思い出しさえすれば十分だろう。

私たちにとってより重要なことは、成瀬がドイツ文学のためにはドイツが負けて良かったと言う時には、彼の目は、戦勝国である日本にも向けられていたということである。彼は、先に引用したドイツは負けて良かったという趣旨の文章と同じ段落の中で、こうも書いているのである。「我が文壇の如きも日本が兎に角戦勝国の仲間入りをした為に所謂成金が沢山出て来て、文壇の方に取っては余り結構ではなかった。文壇の調子と云うものは此度の戦勝の為に上調子になって、思想の方面から云っても寧ろ浅薄になったように思うのである。即ち通俗文学がまた芽を出して来た。一般から見て、此戦争で以て経済的の利得をしたと云うことは文壇に取っては寧ろ損害であるように思われるのであるが、唯政治上の覚醒という事は文壇に取って貴重な獲得と思われる。勿論傾向文学を迎えるのではないが、人類の運命に対する文学者の同感が深刻にせられ、具体化せられるのを喜ぶのである。」——ここでも、世に阿ることなく、かといって当時ドイツでも日本でも擡頭しつつあった左翼文学に安易に同調することもしない、リベラリスト成瀬の姿勢が鮮明に表われている。成瀬が当時の日本の文学界をどのように見ていたかは詳らかではないが、彼が昭和二年（一九二七年）に書いた「大正文壇の追憶」と題する随筆が次のような文章で結ばれていることは、右に引用した文章との関連でも、ひいては「戦後の独逸文学」との関連においても示唆に富むものではないだろうか。「(上田)敏、漱石、鷗外の諸氏はより多く明治時代に属していた。大正時代を代表する詩人（傍点山口）としては第一に有島氏を挙ぐべきではなかろうか。彼れは芸術的新理想主義の立場と社会革命的傾向とを併有していたのである」（『無極随筆』)。——先にリカルダ・フーフについての場合と同じく、成瀬は「詩人」という語を「優れた文学者」といった程度の意味で使っていて、私が本書の「第一話　ドイツ」で見た一九二〇年代トーマス・マンが提起した「詩人」と「著作家」という問題意識にはなじめなかったようである。

話を「戦後の独逸文学」に戻すと、「軍国主義の独逸」は戦争に負けて良かったのだという成瀬の立場は、ある意味では、第一次大戦中に『フリードリヒと大同盟』や『非政治的人間の考察』を書いたトーマス・マンよりも、『ゾラ論』を書いたフランス贔屓の兄ハインリヒ・マンの方に近かったと言える。そのせいかどうか、成瀬は、日本はともかく、フランスなど戦勝国に対する予測が甘すぎたようである。敗戦国ドイツを待ち受けているのは三〇年戦争後と同様な「闇黒時代」であって、連合国側から「色々の重い条件を課せられて独逸は非常に困る」ことになり、「独逸国民は当分精神的にも物質的にも殆ど其日暮らしの状態に陥るであろうから、迚も芸術とか文芸とか云うことは発達する余地はない」だろうと主張する悲観論者たちに対して、成瀬は、たしかに「所謂国際連盟なるものが独逸にどう云う条件を課するか、殊にどの位の程度の賠償金を独逸に課するか」が明らかにならないと、独逸の将来は正確には予測できないが、それでも自分はそれほど深刻なことにはならないだろうと思うと言い切っている。成瀬はこの論文の中で何度かアメリカ大統領ウイルソンの名を持出し、「勿論ウイルソン氏一人が如何に高遠な理想を抱いても、列国の利害関係上実行に困難な点もあり……」とも書いてはいるが、それでもやはり、当時の世界各国の知識人たちの多くと同様に、ウイルソンの提案した国際連盟なるものに少々過大な期待を抱いていたのではないだろうか。——だが、フランスを中心とする敵国側がいかに過大な賠償金を要求し、それをきちんと支払えないドイツに業を煮やして「ルール地方占領」という強行手段まで取るにいたり、ドイツ国民があの未曾有の大インフレーションに襲われて、「其日暮らし」すらままならぬ状態に喘ぐ様を、一九二二年春から一九二三年秋までドイツに留学した成瀬は、自分の目で直に見ることになったのである。

しかし、戦後ドイツへの予測の甘さにもかかわらず、成瀬は、「百歩を譲って」一つだけ極端な、最悪のケースを予測してみせるのである。すなわち、戦後のドイツが「経済上非情の窮迫に陥り、到底文学など容れる余地がなく、文学者とか芸術家とか云うものは悉く独逸を立ち去って、外国へ移住してしまうと云うような場合を想像して」みようというのである。そうなったら、そうなったで良いではないか、と成瀬は言う。「そう云う風に独逸本国から独逸の詩人や文学者が諸方へ放浪して其の行く先々で作物を出した所で、それが独逸文学の衰微と云うことを意味するのではなく、却って或は独逸文学の種子を世界に播き、その思想傾向を拡めるような意味になるかも知れない。そうして又こういうことが逆に本国の方へ影響して本国の文運の復興を助ける所以になるかも知れない。こういうと甚だ贔負目に見て居るようであるが、どうも私はそう感ずるのである。」

「経済上の窮迫」を「政治上の窮迫」と言い換えさえすれば、この文章はそのまま、十数年後の反ナチス亡命作家たちに当てはめることができるのではないだろうか。ナチス全盛時代になっても、どこぞの大学と違って、京大独文科では亡命作家トーマス・マンについて卒業論文を書くことも可能だったというのは、ある世代の京大独文科卒業生たちがよく口にする自慢話だったが、すでに一九一〇年代にこのような文章を書いていた成瀬教授にしたら、そんなことは取り立てて問題にすることもない、自明のことだったのではないだろうか。

だが、私はなにも無暗に成瀬の先見の明を讃えたいわけではない。早い話、「戦後の独逸文学」の締め括りの文章は次の通りであるが、これが先見の明を持つ者の書く文章なのかどうか判断するのは、きわめて難しいというほかない。

「要するに国際連盟はどうなろうと、私共は私共の進むべき道を進んでいくより外はない。思想家として信ずる道を行くより外はない。そして其道伴としては思想感情の上で共鳴する所の多い露西亜人などが好伴侶であるかも知れない。また今日に於ては敵として相見えている独逸なども、将来の発展如何に依って或は敵ではなくして思想上好い道伴になるかも知れないと私は思うのである。」──念のため付け加えておくが、先の「戦争と独逸文学」の結びで、ゴリキーらの名を出した時と違って、この「戦後の独逸文学」を書いた時には、ロシアではレーニンの指導するボルシェヴィキによる大革命が成功した後であり、また先に見たように、成瀬は、この論文では、戦後のドイツは「社会民主主義的」になると信じていたのである。

次の「混乱の独逸文学」の執筆時期は明記されていないので定かでないが、文中の表現などから、ドイツ留学後に書かれたものであることは明らかで、他方で『近代独逸文学思潮』の刊行時期を考えれば、一九二三年（大正一二年）末から翌年の前半にかけての時期に執筆されたものであることは間違いない。
となれば、ここで成瀬の約一年半のドイツ滞在について、簡単に紹介しておく方がいいだろう。

大正一〇年（一九二一年）一〇月一五日にまずアメリカに向かう船に乗って横浜を出発した成瀬は、シアトル、シカゴ、ボストン、ニューヨークなどアメリカ諸都市に三ヶ月ほど滞在した後ヨーロッパに渡り、主としてベルリンに一年余り滞在し、その後ハイデルベルクで数ヶ月過し、その間ヨーロッパ各地を旅してまわったようである。帰国したのは大正一二年（一九二三年）の年末であった。彼が満三七歳の終り頃から三九歳の終り頃にかけてのことである。

成瀬の留学体験がいかなるものであったかは、帰国の翌年に出した著書『夢作る人』と、さらに次の年に出した著書『偶然問答』、および二〇年余りを経た第二次大戦後の一九四八年の日本独文学会誌第二号に発表した「滞独日記抄」などを読めば、よく判る。――かつてドイツの作家たちの〈アメリカ・ファンタジー〉について調べ、『アメリカという名のファンタジー――近代ドイツ文学とアメリカ』なる本を書いたことのある私としては、日本のドイツ文学研究者成瀬清（無極）が、待ちに待ったはずのドイツ行を先延ばししてまで、わざわざ三ヶ月近くもアメリカに滞在したことについて考えてみたい気持ちは強いが、それは、私のこの「三つの国の物語」自体の舞台がアメリカに移るまで待つことにしよう。ここでは、ただ先に言及したウイルソンや有島武郎の名前を思い出し、リベラリスト成瀬と〈大正デモクラシー〉とアメリカとの関係を連想するにとどめておこう。

成瀬のドイツ留学は、観劇に明け暮れる日々だったようだ。そのことは、前記の「滞独日記抄」からもよく判る。これに関連して、後述するように、当時やはりドイツやオーストリアの大学に精神医学の研究者として留学していた歌人斎藤茂吉が、日本にいる知人に宛てた手紙（大正一三年二月一七日付、平福百穂宛）の中で、自分はこちらでも「研究室でしばられていますから、どうも自由になりません」が、「文科の方は芝居、オペラ等を見れば研究になります」と、同じ時期に日本からドイツやオーストリアにやってきていた文学部系の留学者たちのことを、羨望と軽い軽蔑の入り混じった目で見ているが、当時の斎藤茂吉の交友関係からいって、この「文科の留学者たち」というのが、吹田順助や成瀬らのことを指しているのは、ほぼ間違いあるまい（斎藤茂吉はウィーン大学で研究中の彼を訪ねてきた吹田や成瀬と一緒に芝居見物をした日のことを歌に詠んでもいる——第四章参照）。

しかし、〈文学〉よりも〈演劇〉が好きという面があり、自分でも素人芝居の演出をしたり、舞台に立つことをも好んだ成瀬のドイツでの劇場通いは、生半可な研究者の研究室通いや図書館通いよりも、労力と努力を要し、かつ金もかかるものだったと思われる。彼は当時のことを、『無極随筆』（昭和九年）所収の随筆「三人姉妹」の中でこう回想している。

「あの頃は伯林大学の聴講はよく休みましたが芝居見物の方は中々精勤で大てい一週間に五回ぐらいは見物に行ったものです。そして、そのつど成るべく脚本を一通り読むことにしていました（傍点山口）。それには独逸座の脚本部長故カハアネ氏の令息ハインリヒ君や、同君の紹介で識り合いになった俳優志願の婦人なぞに来て貰って、モムゼン通りの下宿の二階で朗読するのが常でした。彫刻家のG女史なぞは、私の下宿を「モムゼン座」と名づけたほど熱中したものです。のちには土方与志君が下宿していたS嬢という、貴族出が自慢の女優もやって来てイプセンの『ロスメルスホルム』なぞを読んだこともあります。その時には……実吉捷朗君も一座したのでした。……何しろ私たちはインフレエション成金でそうした人達を招いたり、芝居の案内を頼んだりするぐらいの事はてんで問題にならなかったのだから大したものです。まるで夢のようですよ。」

成瀬より半世紀余り遅れてドイツに滞在したことのある私も、上演される芝居のあら筋や、場合によっては原作のテキストを前もって読んでから芝居見物に行ったことは何度かあるが、成瀬流の念の入った劇場通いは労力的にも財力的にも、考えたこともなかった。もっとも、そのつどセミプロ級の俳優たちを含むドイツ人たちに下読みを手伝ってもらいながらという成瀬流の芝居見物は、彼自身も書いているようにあの第一次大戦敗戦後の窮乏下の、あのインフレーション下のドイツでだからこそ、戦勝国の大学助教授にも出来た、趣味と実益とを兼ねた贅沢な〈研究〉だったとも言える。

右に引いた随筆に限らず、成瀬はさまざまな機会に、ドイツ留学中に観た数多くの演劇について回想しているが、それらを読むと、クライストやヘッベルなど比較的古い戯曲から、ヴェーデキントやブロンネンその他の表現主義の作品や、トルストイ、イプセン、ストリンドベリ、ショオなどドイツ以外の国の作品にいたるまで、実に多種多様な芝居を見てまわったことが判る。そして、成瀬の精力的な劇場通いの様子と同時に、敗戦後三、四年しか経っていないのに、演劇の国ドイツの首都であると同時に、急速に国際都市化していくベルリンの半ば狂乱じみた姿が感じ取れる。むろん、成瀬は全ての芝居をベルリンで見たわけではないが、それでも、彼の観劇話から浮かび上る当時のベルリンの雰囲気と、後でまとめて紹介する斎藤茂吉の回想を通して浮かび上る当時のミュンヘンの雰囲気とを並べてみる時、私たちは、当時のドイツが内部に抱えていた矛盾や亀裂の大きさに、今さらながら驚き、かつ慄然とするのである。——というのも、その矛盾や亀裂が同時期にドイツに留学した二人の日本人の回想記などを通じて浮かび上るということは、実は同時代の日本にもまた同種の矛盾や亀裂が存在していたことを示唆するものにほかならないと、私は考えるからである。前もって言っておくなら、私が斎藤茂吉の話を持ち出したついでに、敢えて築地小劇場の話や、さらにはトーマス・マンのアメリカ人に向けた表現主義演劇便りにまで脱線するのもまた、そのためにほかならない。

ところで、ドイツでの成瀬の劇場通いの一つの頂点をなすのは、一九二二年八月一一日から二〇日までの一〇日間、ドイツ東北部の上シュレージエン地方の中心都市ブレスラウで開催されたゲルハルト・ハウプトマンの満六〇歳を祝賀して、彼のそれまでの数多い戯曲作品の中から一三の作品を選んで、一〇日間で集中的に上演するという、エーベルト大統領以下まさに国を挙げての支援を受けた行事に、成瀬は個人的に観客として参加し、一〇日間でハウプトマンの一〇の作品の上演を見物したことである。成瀬はその観劇記を逐次日本の『大阪毎日新聞』に送り、同紙に連載されたようだが、帰国後に出版された著書『夢作る人』に全て収録されている。

このブレスラウでのハウプトマン祝賀行事を見に行った日本人は三人だけだったと成瀬は書いている。その真偽はともかく、この祝賀行事に一〇日間まじめに付き合うのは、さすがに「外国語だけに可成り骨が折れる仕事」だったらしいが、成瀬は一〇日間連続で、ハウプトマンの一〇編の作品の舞台を見ることをやりとげ、その一つ一つについて丁寧な感想を書いている。――しかし、当然ながら一〇編のほとんどがかなり有名な戯曲であり、また芝居通の成瀬の批評は、個々の俳優の演技や演出家の意図にまで立ち入ったものなので、ここで逐一紹介しても意味があるまい。

しかし、あの時代には一生に一度のドイツ滞在中にこのような機会に恵まれたことは、もともとイプセンを初めとするヨーロッパの近代劇に強い関心を抱き、ドイツ文学研究者としては同時代人ハウプトマンやヴェーデキントの活動を注意深く見守ってきた成瀬にとっては、まさに願ってもない幸運だったに違いない。彼は、すでに留学前に刊行していた『近代独逸文芸思潮』に収められていた論文「ハウプトマンの神秘主義」（一九二一年執筆）で、ハウプトマンの第一次大戦末期に発表された小説『ゾアナの異教徒』（一九一八）や、大戦直後期に発表された戯曲『インディポーディ』（一九二〇――なおこの戯曲もブレスラウで祝賀行事の中で『犠牲』という題で上演された）について逸早く紹介して、ハウプトマン研究者としての名を広めつつあったが、今度は、ドイツ本国での大々的な祝賀行事で、ハウプトマンの作品の上演を一〇日間連続で見た唯一の日本人という肩書がついたのだから、今や日本におけるハウプトマン研究の第一人者になったと言っても過言ではあるまい（一九三二年に東京帝国大学大学独逸文学会の『独逸文学研究』なる雑誌が、この年に満七〇歳になったハウプトマンに敬意を表して、「ハウプトマン特輯号」を出した時、その巻頭論文を成瀬に頼んだのは、いわばその表れだったと言えよう）。

ここで重要なのは、成瀬は、ハウプトマンを決して過去の巨匠として尊敬していたのではなく、今なお旺盛な創造力を持って変貌し続ける、自分たちと同時代の偉大な作家として、その活動を見守っていることである。彼は「ハウプトマンの神秘主義」の末尾でも、「ハウプトマン衰うという一部の世評」に自分は同意しないと明言しているが、一〇日間にわたってハウプトマンの初期の自然主義的作品から、大戦後の象徴的、神秘的な作品にいたるまで、一〇編の作品の舞台を見た後でも、一連の観劇記の締め括りとして、「成程、表現派の作家たちの眼には物足りない点が多いかも知れない。又彼の作には随分出来不出来の多いことも確かである。然し私一個の考えとしては、過去は云わず、将来に於てもまだハウプトマンの生命は長いと思う。『犠牲』は一転機を示すもので、此劇で退隠の心を暗示した詩人は『ゾアナの異教徒』において更に新しい青春の情熱を発揮している」と書いている。

そればかりではない。成瀬は、一九二二年のほとんど一年間を通じて、エーベルト大統領をはじめ国を挙げて行われたハウプトマンの還暦祝賀行事が持っていた（持たされていた）、敗戦によって荒廃し分裂した全国民の心を一つにまとめるという、文学の領域を超えた大きな役割をも認識していたようである。彼は観劇記の最後にこう書いている。「現代独逸文壇にハウプトマンが居る事は、そして今も猶不断の努力を続けている事は吾々独逸文学研究者に取って頗る心強い事柄である。また暇令ブレスラウの祝賀劇は稍粗製の感を免れなかったとは云え、こういう窮逼困憊の時代に於て文豪を中心として殆ど挙国一致的の芸術運動を成し遂げた事は独逸文化に取って一大事件であり、その影響は諸方面に亙って頗る重大なものであると信ずる」――論文「戦争と独逸文学」以来冷静に抑えてきた成瀬なりの〈独逸贔負(ママ)〉が、一〇〇日間の祝賀行事に参加し終えた高揚感の中でようやく解き放たれたことを感じさせる文章である。だが、それでも成瀬は最後の最後で、こう書き加えることを忘れないのである。「この挙に依って単に独逸国民が精神的一致の実を示したのみならず、同時に国境を撤し、政治を越え、人種を離れて、芸術の絶対境の在る事が世界に向って示されたのは近来の快心事である。」

このような文章でもって締め括られる「ハウプトマンの還暦祝賀劇」と題された文章は、時期的には成瀬の約一年八ヶ月に及ぶドイツ滞在の前三分の一位の早い時期に体験した出来事を直ちに報告したものであるが、内容的には、ある意味で彼の留学体験の頂点を表すものであったとも言える。これに対して、帰国直後に（ひょっとしたら帰途の船上だったかもしれないが）書かれた「混乱の独逸文学」は、斎藤茂吉の批判に悪乗りするなら、成瀬の一年半にわたるドイツでの「研究」という名の劇場通い全体の総括的報告、つまり文部省から派遣された京都帝国大学助教授成瀬清の総括的「研究報告書」だったと言える。いや、正確には、「ハウプトマン還暦祝賀劇」と対をなす形で、総括的報告書を成すものだったと言うべきだろう。というのも、「混乱の独逸文学」で語られるのは、もっぱら表現主義演劇のことだからである。

ここで、断わっておかねばならないが、「混乱の独逸文学」なる論文は『近代独逸文学思潮』の目次ではこういう題目になっているのだが、実は本文の方では、「混乱の独逸文壇」という題名になっているのである。しかし、その冒頭で、これは、以前に「戦争と独逸文学」なる文章を書き、更に「戦後の独逸文学」と題した「予言的」な文章をも発表したので、その「責任を感じ」て、今日あらためて書き、発表するものであると、わざわざ記されているので、私は、先行する二つの文章の題に合わせて、「混乱の独逸文学」という題名の方を採用することにした。

さて、成瀬は、その冒頭の断り書きに続けて、まずこう語り始める。

「戦後、宗教的観念に根ざした理想主義が独逸文壇に現われるであろうという予言は大体に於て誤ってはいなかった。敬虔派流（ピエティスムス）の感傷主義は結局起らなかったようであるが、かの表現派の運動は別項説く如く機械的文明からの霊魂の解放である……。」つまり、成瀬は、表現主義文学を一種の「宗教的観念に根ざした理想主義」と見なしているわけである。

そして、この論文の内容は、ほとんど本場ドイツで見た表現主義演劇の観劇記なのである。

この論文で取り上げられている作者と作品名を挙げておこう。

エルンスト・トラアの『群衆人』と『機械破壊者』。ベルトルト・ブレヒトの『夜の太鼓の音』。カアル・シュテルンハイムの『公爵夫人アルシイス』と『市民シッペル』。アルノルト・ブロンネンの『父殺し』。ヘルマン・エッシヒの『超悪魔』。フランク・ヴェーデキントの『春の眼覚め』と『地霊』と『ヒダルラ』。以上が成瀬が実際に舞台を見たと言っているもので、これら以外にも、自分は舞台を見てはいないがと断わった上で論評している表現主義戯曲には、ゲオルク・カイザーの『朝から真夜中まで』と『ヴェニスへの避難』があり、フランツ・ヴェルフェルの『鏡影』と『シュワイガー』、およびフリッツ・フォン・ウンルーの『暴風』などは、成瀬自身が観たのかどうか判然としない形で取り上げられている。

もちろん、「実際今日の独逸劇壇は混乱状態にある」と成瀬も書いているように、当時のドイツでは、ゲーテ、シラー、クライスト、ヘッベル、そしてハウプトマンその他のドイツ作家の作品や、イプセン、ストリンドベリ、トルストイ、ゴルキイその他の有名無名の外国人作家の作品が、入れ替り立ち替り上演される状況で、成瀬もそれらをも熱心に見てまわるのに忙しかったようだが、この論文では、表現主義以外の演劇についての感想や批評は、いっさい書かれていない。

それでいて、この論文の主題は、ドイツでは表現主義の時代はもう終ってしまった、という確認である。

成瀬は、自分の見たドイツ演劇界の現状について具体的な報告に入る前に、次のように書いている。「私は表現主義が美術、文学、殊に劇の方面に於てどういう風に現われているか、又どういう様に発達して行くかということを実際に見たいと思っていた。可なりの期待を以て伯林へ入ったのである。然し、その期待は寧ろ裏切られた。独逸では表現主義が芸術界の主潮を成す時期が既に過ぎ去ろうとしているように見えた。」ただし美術の方では「表現派」はまだまだ意気盛んだったと補足しているが。

先述のように、留学前の一九二一年に、当時の著名な雑誌『解放』に「表現主義の戯曲に就て」を発表して、山岸光宣と並んで日本への最も早い表現主義戯曲の紹介者の一人となった（酒井府『ドイツ表現主義と日本』第四章参照）、当時まだ三〇歳台の成瀬が、かなり意気込んでドイツにやってきたであろうことは推測に難くない。それだけに、本場ではもはや表現主義の勢いはそれほどでもないと知った時の、ある種の気落ちも容易に理解できる。この「混乱の独逸文学」なる報告書は、そのような彼の気持ちを色濃く反映したものと考えていいだろう。彼が具体的報告に入る前に、わざわざアルフレッド・ケルのほとんど罵詈雑言的な表現主義への縁切り状まで紹介しているのも、その証拠であろう。

この後成瀬は、先に挙げたような個々の作品の上演を見た感想を、それぞれ数行ずつの文章で報告しているが、ハウプトマンの作品の観劇記の場合と同じく、今さらそれを逐一紹介しても意味はあるまい。ただ全般を通じて、成瀬の表現主義演劇に対する態度は、かなり醒めたもので、部分的に長所を認めることはあっても、熱烈な讃辞や、無条件的な支持などは全く認められない。たとえばブレヒトの『夜の太鼓の音』などは、数年後に成瀬自身も『夜打つ太鼓』という題で翻訳する作品だが、この「混乱の独逸文学」では、「様式に統一が欠けている」と批判しているし、やはりブレヒトの『バアアル』に至っては、「余り取るところが無い作品だと思う」と突き放したうえに、「この作家が〈クライスト賞〉を授けられたのに依っても如何に独逸新劇壇に人が乏しいかがわかる」とまで書いている。

むろん成瀬は、単に表現主義作家個々の才能にケチをつけているのではない。彼は、表現主義作家たちが「極端な綜合芸術」を目指していることを批判するのである。いろいろな表現主義演劇の舞台を見たうえでの総括的な結論として、彼はこう書くのである。

表現主義戯曲は、「その文章に於て既に著しく音楽の領域に入り込んでいる。舞踏に根ざす身振りと様式化した舞台芸術、即、絵画、彫刻、建築の要素と複雑な光線の応用とを離れて、即レジイの助け無しに如何にして表現派の戯曲が存在し得られるであろうか。この中で最も閑却せられているものは俳優である。性格が描かれていないからである。血と肉を備えないからである。人物は象徴であり、比喩であり、屢々気分であり、旋律であるに過ぎない。俳優を傀儡とした、レジッセエル万能の芝居が終に飽きられるのは当然である」——成瀬はここでストリンドベリやイプセンやヴェーデキントの名前を持ち出して、これらの人々の作品は、たとえ象徴劇的な趣の強いものであっても、人物の性格描写は疎かにしていないし、「若き表現派の作品の如く無形式（フォルムロオス）ではない」と言っている。そして、「戯曲は一の建築である。幾多の様式は認め得られるが或統一を欠いた建築は瓦解を免れない。無様式という様式は成立しない。故に表現主義の作品は屢々文芸上の共産主義、虚無主義の弊に陥って自滅したと云える」というのが、成瀬の表現主義批判の結論である。

最後の一文に至っては成瀬らしからぬ、ほとんど与太的な悪態になってしまっているが、要するに、イプセンを代表とするようなヨーロッパ近代劇の虜となって若き日を過してきたと言っていい成瀬には、表現主義の舞台は、知的関心の対象ではあっても、しょせん心から馴染むことはできないものだったということであろう。これを時代遅れと批判することは容易である。容易すぎて、無意味である。それよりは、当時の日本の代表的なゲルマニストの一人となりつつあった成瀬と、ドイツの代表的な劇作家たちの多くとは、ほぼ同世代の人間であったことを、きちんと確認しておく方が意味があるだろう。

成瀬は、「混乱の独逸文学」全編を通して、上述のように、「既に表現主義の時代は終った」と報告しておきながら、最後の最後で、「私は……寧ろマックス・ベエッヒシュタインと共に〈表現主義はまだ生きている！〉と云いたい。……芸術は精神的事業であって、精神的なるものは徐々に成熟すべきである」と反転し、「表現主義の精神は決して死滅するべきではない」とまで言い切るのは、おそらく、この同世代人、同時代人としての連帯感の表明だったのではないだろうか。――ここで私たちは、成瀬がこの「混乱の独逸文学」の冒頭部分で、表現主義文学運動を自分が「戦後の独逸文学」で予言した「宗教的観念に根ざした理想主義」の一つの現れであると見なしていたことを思い出す必要があるばかりでなく、「戦後の独逸文学」におけるこの予言は、実は当時の戦勝国日本の社会や文学に対する成瀬の強い批判とも密接に結びついていたものであったことも、あらためて思い出す必要があるだろう。

成瀬は、「混乱の独逸文壇から何が生まれ出るか。政治的にも経済的にも芸術的にも早く〈苦闘から光明へ〉の途を拓くことを希望している。露仏の影響が著しいという独逸の〈若い音楽〉に対しても同様に独立的努力を祈るものである」という文章で、この論文を結んでいる。

しかし、実は私が「混乱の独逸文学」なる成瀬の文章を読んで最も気になったことは、これまでに述べたこととは全く別のところにある。

それは、この論文には、一編の詩も言及されることなく、一冊の小説が紹介されることもないことである。したがって、戯曲以外のジャンルを主たる活動領域とする文学者の名前はただの一人も、この文章の中には出てこないのである。

むろん、これが「最近の独逸演劇」とか、「混乱の独逸劇壇」とかいう題名で書かれた文章であれば、何の問題もないと言える。しかし、先述のように、目次での表題は「混乱の独逸文学」で、本文での表題でも「混乱の独逸文壇」であり、しかも、成瀬自身が論文の冒頭で、これは自分が以前に書いた「戦争と独逸文学」と「戦後の独逸文学」の後を締めくくる論文であると宣言までしている論文である。

「芝居見物」という名の「研究」にのめり込んで二年間を過した（アメリカ滞在中もこの点では同じであった）成

瀬には、いつのまにか、それまで以上に「独逸文学とは即ち独逸戯曲、独逸演劇である」という思い込みが強くなっていたと考えられる。彼には、同じ頃にマンやデーブリーンやカフカやヘッセなどの小説家たちや、リルケその他の詩人たちが、激しく変貌するドイツやヨーロッパの現実を前にいかに苦闘していたかといったことなどは、全く関心の対象にならなくなっていたのではないだろうか。――そう言えば、成瀬のドイツ滞在記の類の中には、先に紹介したハウプトマン祝賀劇の現地中継放送的なものや、観劇前の猛特訓の報告などの印象に残る挿話はあっても、たとえば、同じ時期にドイツに滞在した林久男の『芸術国巡礼』などという気障な題名の旅行記の中にすら突如侵入してくる、フランス軍に占領されたザール地域の緊迫した状況の生々しい報告のような、当時のドイツ人の置かれていた厳しい現実をリアルに伝える類のレポートなども見られない。

この章の最後でこれらのことをわざわざ書いておくのは、この約一〇年後に『ブッデンブロオク一家』の訳者として登場する成瀬と、第一次大戦後のトーマス・マンとの間にある距離の大きさを示唆するためにほかならない。

しかし、それを言うなら、当時ドイツに滞在した日本の文化人たちと、当時のドイツの知識人たちとの間に横たわっていた溝の大きさを示す例は、ほかにも、いくらでも見つけ出すことができるのである。

(四)　斎藤茂吉の「民顯」とトーマス・マンの「ドイツ便り」

本章では、少し寄り道をしようと思う。すなわち、京大独文になぞ関わりのない、それどころかドイツ文学にもほとんど関係のない、しかし文学とは関わりの深い或る日本人のあの頃の生き方を少し覗いてみたいのである。

そうでもしないと、日本のゲルマニスティクの歴史、日本人によるドイツ文学研究の歴史などという、普通の人はまず足を踏み込むことなどしない露地裏ばかり歩いていると、いずれ袋小路に迷い込むことは目に見えているからである。

最初は、先に成瀬のベルリン留学中の回想文の中に、ちらっと名前の出てきた土方与志のように、築地小劇場におけるドイツ表現主義演劇の上演などといった派手な形で当時のドイツ文学と関わり合った人間や、あるいは、やはり成瀬や土方らと同じ頃にドイツに滞在していて、ヘルヴァルト・ヴァルデンらドイツ表現主義芸術運動の中心人物たちとも直接接触した体験を持ち、帰国後も多彩な前衛的芸術活動を展開した村山知義のような人物の話であれば、そう簡単に退屈という名の袋小路にはまりこむ心配はないだろうと思ったが、残念なことに、土方与志や村山知義の話では、どう考えても、トーマス・マンの話と結びつけようがない。――むろん、表現主義に対する評価の違いという視点から、結びつけて語ることはできないわけではないが、それでは、なんの意外性もなくて、今の私には全く魅力のない取り合わせである。それに私は、「三つの国の物語」の「第二話　日本」に或る程度の広がりをもたせるために、一人くらいドイツ文学に直接的な関係のない人物を登場させたかった。しかし、だからといって、この物語の主要な登場人物たちと全く関係のない、いかなる繋がりも見出せない人間では困るのである。そして、できることなら、やはり文学者であることが望ましかった。

そこで思いついたのが、あの一時は国民的大歌人とまで謳われた斎藤茂吉である。彼は、私が「第一話　ドイツ」で扱った時期の最初の頃に、ほかならぬトーマス・マンと同じくミュンヘンの街に住んでいたのである。そして、彼にとって幸か不幸かは知らないが、彼の息子北杜夫は、ある意味では日本で最も有名なトーマス・マン文学の愛好家であり、トーマス・マンについていろいろな文章を書いているばかりでなく、問題の時期におけるミュンヘン滞在中の父親斎藤茂吉についても、ある時は長編小説の中で（『楡家の人びと』）、またある時は大部な評伝の中で（四部作評伝の第二部『壮年茂吉』）描いているのである。

また、茂吉の歌集の中に、一度だけとはいえ、成瀬清（無極）の名も登場するのである。それは、残念ながら茂吉がミュンヘン大学ではなく、その前にウィーン大学で研究に従事していた頃に作った短歌を集めた歌集『遠遊』の初めの方の「維也納歌稿　其一」に収められている歌「劇はててより観客群衆の少女等が鬨（とき）をつくりて讃歎す噫」に付せられた前書き「（一九二二年）七月三日、四日、吹田、成瀬、小牧三教授と共に独逸国民劇場にMoissiの演劇を見る」である。Moissiは当時ドイツで最も人気の高かった俳優の名で、成瀬の観劇記の中でも頻繁にその名が出ている。

吹田順助と成瀬と小牧健夫は東大独文科の同級生で、文部省から留学生として独逸に派遣されたのも同じ時期だったため、しばしば行動を共にしたようだが、吹田が東京の開成中学で斎藤茂吉と同級生だった関係で、このようなウィーンでの四人連れだっての観劇ということになったらしい（吹田順助『旅人の夜の歌――自伝――』参照）。――なお、最後に小声で付け加えさせてもらうなら、斎藤茂吉は私の父祖と同じく東北の山形県の出身であることが、私の中の何かをそそのかしているのかもしれない。

それはともかく、いざ本章を書く段になって、強い躊躇を覚えざるをえなかった。なにしろ相手が斎藤茂吉である。私が書くくらいのことは、とっくの昔に、数多くあるはずの「斎藤茂吉伝記」の類に書かれているにきまっていると考えたからである。ただ、私が取り上げる茂吉のミュンヘンに関する随筆群の大部分は、昭和四八年（一九七三年）一一月に岩波書店の斎藤茂吉全集の第五巻が刊行された時に初めて公表されたものらしいので、問題になるのは、それ以後に出た伝記や研究書の類である。そこで私は、茂吉研究のある時期の権威的存在だった藤岡武雄の『ヨーロッパの斎藤茂吉』（昭和五六年）や『茂吉評伝』（平成元年）や、近年の代表的な茂吉伝記である品田悦一の『斎藤茂吉』（二〇一〇）、あるいは、茂吉のユダヤ人観を問題にして一時話題となった徳永恂の論文「ドイツにおける斎藤茂吉と〈ユダヤ人問題〉」を含む『ヴェニスからアウシュヴィッツへ』（二〇〇四）や、そのほか何冊かの斎藤茂吉に関する本を読み漁ってみたが、幸か不幸か、一冊として、以下に私が紹介するような、彼の随筆群「ミュンヘン雑記」から浮かび上ってくる〈根っからの田舎者で、王侯貴族大好きの保守的心性の持主〉斎藤茂吉の、第一次大戦敗北後の、革命後のドイツ体験について語っている書物はなかった。もちろん、私が見落としている優れた茂吉文献が存在するであろうことは十分予測できるが、少なくとも私が本書の中で、すなわち第一次大戦前後期の日本のゲルマニストたちやドイツの表現主義作家たちや、そしてトーマス・マンなどとの目に見えない関係性の中で、日本を代表する文学者の一人であることは間違いない斎藤茂吉のミュンヘン体験について書いておくことは、決して無意味ではないだろうと確信することができたしだいである。――ちなみに、昭和三九年に発表された北杜夫の長編小説『楡家の人びと』でミュンヘンが舞台になる部分で、茂吉が一連の「ミュンヘン雑記」で描いているようなミュンヘン体験がほとんど反映していないのはやむをえないとしても、斎藤茂吉全集第五巻刊行後に書かれたはずの父の評伝第二部『壮年茂吉』でも、私の紹介するような一群の「ミユンヘン雑記」については一言も触れられていない。

念のために書いておくと、斎藤茂吉は、ミユンヘン滞在中に遭遇した一九二三年一一月のあの〈ヒトラー一揆〉に関しては、帰国後の昭和三年秋に随筆「ヒットレル事件」を執筆し、その七年後の昭和一〇年一一月号の『中央公論』誌にこれを発表している。そのため、この「ヒットレル事件」については、題名に釣られるせいもあってだろうが、茂吉のミユンヘン滞在について書かれたほとんどの文献の中で言及されている。しかし、私は、この「ヒットレル事件」なる随筆も、他の「ミユンヘン雑記」の随筆群との関連の中で捉えるべきものだと考える。――マン文学愛好者として当時のミユンヘンに強い関心を持っていなければならないはずの北杜夫までが、慣例にならって評伝『壮年茂吉』の中で、随筆「ヒットレル事件」について全く月並な通り一遍の説明だけですませているのには、同じトーマス・マン文学愛好家として、げんなりするばかりである。しかし、おそらくこれが北杜夫に代表されるような日本におけるマン文学の受容の実態なのではないだろうか。

なお、先に私は、成瀬の第一次大戦中の論文「戦争と独逸文学」を紹介した際に、あの論文が収録されていた書物『独逸研究』についても紹介したが、本章でミユンヘン留学中の斎藤茂吉について書きながら、実にしばしばあの書物のことを思い出したことを記しておきたい。

しかし、またまた話が先走ってしまったようだ。あらためて、斎藤茂吉の体験した「民顕」について書くことにしよう。

一九二〇年代のトーマス・マンに最も近い所で暮らしたことのある日本人は、案外、当時ドイツに留学した数多くの日本のドイツ文学研究者たちの誰でもなく、昭和初期に近代日本の国民的大歌人として盛名を馳せることになる斎藤茂吉ではなかっただろうか。

むろん、それは、彼のミユンヘン滞在中の主たる下宿（ミユンヘン中央駅にほど近いトーアヴァルトセン通りにあった）が、イーザル河からそれほど遠くなかったこともあって、彼はしばしばイーザル河畔を散歩したようなので、毎日のように同じ河畔を散策していたマンと、ひょっとしたらすれ違うことがあったかもしれない、などということを意味しているのではない。仮にそんなことがあったとしても、お互いに全く気にもとめなかったに違いない。なにしろ、第一次大戦時のドイツの代表的な愛国主義的「著作家」だったトーマス・マンと、第二次大戦時の日本の代表的な愛国主義的「詩人」（歌人）となった斎藤茂吉とは、当時お互いに相手の存在も名前も知らなかったからである。終生ドイツに強い関心を抱きつづけた斎藤茂吉の方は、後に母国ドイツを逃げ出した不埒な亡命文学者たちの頭領としてのトーマス・マンの名前くらいは知ったかもしれないが、マンの方は彼のことなど生涯知らなかったことは間違いない。

それはともかく、私がここで、本書の「第一話　ドイツ——一九二〇年代のトーマス・マンをめぐって」との繋ぎという意味で取りあげておきたいのは、当時ドイツに留学した日本の気鋭のドイツ文学研究者たちのほとんどが、一方で大詩人ゲーテとシラーの国に最大限の敬意を払いながらも、他方で惨めな敗戦国の大混乱の中で狂い咲く表現主義演劇に代表される〈新興文学〉の動向を追うのに夢中になっていたのとは対象的に、医師であると同時に当代の代表的歌人（つまり、れっきとした文学者）の一人だった斎藤茂吉は、ビールの味も含めてミュンヘン市内で目にするさまざまな風物にはさして気をひかれた様子もなく、ただ一つ、異様なほどの関心と執着心をもって或るものを追いまわしていたという事実である。その或るものとは、敗戦という厳然たる事実にもかかわらず、かつまたドイツ国内でも特にこのバイエルン地方は特異な一連の過激な革命騒ぎによる混迷を経験したにもかかわらず、ミュンヘンの市民たちの中に微動だにせずに保持され続けているかに見える、バイエルンの王家と軍隊に寄せる敬愛と信頼を公然と示す事象の数々だった。すなわち、日本から来た斎藤茂吉が熱心に追いかけていたのは、この街に住む本来は保守的な文学者トーマス・マンに、強い不安と懸念を抱かせ、ついには、彼に新しい共和国の、「ドイツ共和国」の支持を宣言させ、〈右から左への転向〉を決意させる要因となった、〈時代の流れに逆行するもの〉のなかでも、最も身近で日常的に目にし耳にしていた、バイエルン地方でとりわけ頑強に根を張り、はびこっていた国粋的・反動的な風潮そのものにほかならなかったのである。——なお、マンがベルリンでの講演「ドイツ共和国について」によって〈転向〉を表明したのは、斎藤茂吉がミュンヘン滞在を始める約一〇ヶ月前のことであった。

話を急ぐのは慎もう。

斎藤茂吉は、一九二一年一二月中旬から二四年一一月末まで、義父斎藤紀一から経済的支援を受けて、私費留学という形で、約三年間ヨーロッパに滞在した。——ちなみに、平均的なサラリーマンの一ヶ月の給料が七、八〇円というこの時代に、彼は、横浜からベルリンまでの往路の旅費に「二千円余り」、一九二一年末から二四年二月末までの二年二ヶ月間の留学滞在費に「一万円」をすでに使ってしまったと、当時の手紙に自ら記している（一九二四年二月二五日付の平福百穂宛の手紙。斎藤茂吉全集第三三巻）。

彼は、ベルリン到着後、当初のハンブルク大学への留学の予定を変更して、二二年一月中旬から二三年七月中旬までの一年半は、オーストリアのウィーン大学の神経学研究所で研究に従事して、「麻痺性痴呆者の脳図」と題する論文（東京帝国大学医科大学に学位論文として提出し、博士学位を取得）他一編を完成し、その後、二三年七月下旬からミュンヘンに移り、翌二四年七月までミュンヘン大学のドイツ精神病学研究所で研究を続け、「家兎の大脳質における壊死、軟化及組織化に就ての実験的研究」と題した論文を書きあげた。——彼はその後、日本からやって来た妻てる子とパリで落ち合い、ヨーロッパ各地を旅行し、二四年一一月末にマルセーユ港から帰国の途につき、二五年一月初めに日本に帰りついたのだった。

上記の具体的な研究業績からもわかるように、トーマス・マンより七歳年下、成瀬無極より二歳年上の、一八八二年生まれの斎藤茂吉は、当時すでに四〇歳台前半の中年男だったにもかかわらず（本人は時折、初老男のような感慨を洩らしてさえいる）、留学中は、かなり勤勉に大学の研究室に通って、医学者としての実績づくりに真剣に取組んで過したようである。そのせいか、官費で外国に来ているくせに、とかく物見遊山や酒と女にうつつを抜かしている年下の留学生たちへの愚痴めいた批判を、いろいろな機会に洩らしたりもしている。

とはいえ、一〇年前の一九一三年に発表した歌集『赤光』によって一流歌人の仲間入りをしていた斎藤茂吉のことだから、ヨーロッパ滞在中も、折にふれて歌を詠み、異国の珍らしい風物や人情や世相を、おのずと文学者らしい眼で観察し、備忘録風に記録していたことは言うまでもあるまい。彼は、後年それらに基づいて、歌集『遠遊』と『遍歴』を発表したばかりでなく、約四〇編余りの長短さまざまな随筆をも書いている。そして、そのうちの十数編は、一九二三年夏から二四年夏までの一年間のミュンヘン滞在中の見聞を題材にしたものである。帰国後四年半余り経った一九二九年（昭和四年）一〇月号の雑誌『改造』に、「ミュンヘン雑記1―4」と題して、「日本媼」「南京蟲日記」「日本大地震」「イーサル川」の四編の随筆が掲載された。その後は、『中央公論』の昭和一〇年一一号に「ヒットレル事件」と題した一編が発表されただけに終ったようだが、実は、彼は一九二八年（昭和三年）一〇月から翌年一月にかけての時期に、「ミュンヘン雑記」として、他にも約一〇編の随筆を書き溜めていたことが、彼の遺した日記から明らかになっている。彼自身は、これらミュンヘンに関わる一〇数編の随筆を二冊の単行本に分けて出版したいという気持を晩年にいたるまで持っていて、著者自身による編纂作業も終っていたらしいが、結局実現しないままに終ってしまった。現在では、それらの随筆は全て、死後に出された全三六巻の『斎藤茂吉全集』（岩波書店）の第五巻に収録されている。——以上のことを断わった上で、私は本稿においては、生前に発表されたものも、未発表に終ったものもまとめて、斎藤茂吉のミュンヘンにまつわる一〇数編の随筆全ての総称を「ミュンヘン雑記」と呼ぶことにする。

それら一連の「ミュンヘン雑記」の中に、まさにそのものずばりの「民顯市」というタイトルの随筆がある。「ミュンヘン市」の漢字表記である。さすがに随筆本文の中では、片仮名でルビが付してあるが、タイトルにはルビなぞ付いていない。小学校（国民学校）三年生の夏休み中に第二次大戦（大東亜戦争）の終戦を迎え、実質的には戦後の新制教育しか受けていないと言っていい世代に属する私は、今や八〇歳近い後期高齢者であるとはいえ、斎藤茂吉全集第五巻の目次の中で、「民顯市」という三文字を初めて目にした時、正直言って、一瞬それが何を意味するのか判らなかった。本文中のルビで読み方が判った後で、念のため、斎藤茂吉より一世代（二〇歳も）上の森鷗外の『うたかたの記』や『独逸日記』を調べてみたが、「伯林（ベルリン）」は出てきても、「民顯」は見当たらず、全て「ミュンヘン」だった。また、本書を執筆するために最近読み漁った斎藤茂吉と同世代の何人かのドイツ文学研究者や哲学者たちのドイツ旅行記などでも、私などは絶対使わないような古めかしい日本語はいくらでも出てくるものの、さすがに、「民顯市」などという表記にはお目にかからなかった。——ただし当時はユも小文字にする表記はなかったようである。

いや、実は、斎藤茂吉もこの随筆「民顯市」以外では、「ミユンヘン雑記」の一連の随筆をはじめ、私信なども含めて、ほとんど全ての文章において、「民顯」ではなく、「ミユンヘン」という片仮名表記を用いているのである。つまり、今私が取り上げようとしている随筆では、明らかに一定の意図をもって、敢えて「民顯市」などという古風な表記を用いたと考えられるのである。その意図が何であるかは、次に少々長々と引用する、この随筆の冒頭および末尾の文章からでも、ある程度は推測できるだろう。まず冒頭の書き出しはこうである。

「墺太利の維也納(ウィンナ)に足かけ二年いて、それからここの民顯(ミユンヘン)に来た。維也納(ウィンナ)は、カアル皇帝の崩じた時も、国立歌劇が休まなかったほどであるから、将軍の軍服を著、胸間に勲章をかがやかして街頭を通るなどという者は全く影を潜めていた。

軍隊はあるが、これは既に見すぼらしく、兵士も将校も大戦前のように、人の『中心性』を得ることは全くなくなっていた。それであるから、市民の会合も時々あり、示威運動の如きは殆ど毎日曜あるにも係らず、それに参加する軍服姿の者などは全く見えない。

戦争中の絵葉書を求めようとしてもそれを求めることが出来ない。なぜかというに、それは無いのではなく、無いと称するのであった。それから、骨董店の店頭に勲章が幾つも並んで居る。『あれをぶらさげて見たところで、教場には出られないとすると、仮装行列でもあるまいし、国の子供の玩具(おもちゃ)にでもしようかね』こう日本の某大学の教授が云ったことがある。

然るに、一たび墺太利の国境を越え、民顯(ミユンヘン)に滞在すること数日にして、この町を、軍服姿で歩いている者のいることが目に附く。これは、この町に自転車の多きこと、この町に麦酒のみの多きことなどと共に人をして著目せしめるに足るものであった。私はこの町に来、この町の儀容を重んずる処であることを知った。それゆえ、盛大ないろいろな儀式が行われ、大戦前の軍服に身を固めた主立った人々が群をなして出席する。之に反し、労働者あるいは無産党者などの示威運動は足かけ二年いるうち一たびも見ずにしまった。五月一日の行列などもやらない。このへんは既に維也納との大きな差別であった。

　私は直接見なかったが、民顕（ミュンヘン）のこの特徴を写真画報、絵葉書などによって、大体の見当をつけようとしたこともある。」（ルビも原文のままであるが、旧漢字や旧仮名遣いなどは今風に改めた）。

　長々しい引用が続くが、次に今度は随筆「民顯市」の末尾である。これを紹介しておかないと、私も父親に大甘な小説家にしてマン愛好家の北杜夫と同じレヴェルに堕してしまうことになる。

「私は以上のようなことを雑然と書いて来たが、つまり民顕（ミュンヘン）というところは、儀容を重んじ、気軽に棄て去ってもいいようなことをも、辛抱して行うという気風のあることを書こうとしたのであった。

　私は軍服姿の有様でそれを代表せしめたが、学問界でもやはりそうである。例えばフロイド及その末流があれだけ宣伝しているにも拘らず、精神分析学とそれに本づく治療法という如きものは、民顕（ミュンヘン）の学界はその儘輸入するようなことはない。

　これをば、気楽に保守とか反動とか謂って幽かな慰安をむさぼろうとするのは間違っている。私はなお次に親しく見聞した、軍服姿の行事のことを一二書いておこうとおもう。」

　つまるところ、斎藤茂吉は、「儀容を重んじ」る街「民顯」、「大戦前の軍服に身を固めた」人々が闊歩し、民衆に敬愛され歓迎される街「民顯」が大いに気に入ったのである。そして、持って回った言い方をしているものの、終り近くの文章からかえってよく判るように、この古風なものを尊重し愛好する「民顯」に寄せる斎藤茂吉の好感は、間違いなく彼のイデオロギー的保守主義と強く結び付いているのである。彼は、この「民顯市」と題した随筆の中でも、自分が人込みにもまれながら見物した、軍隊や国民党員や在郷軍人団や学生団体などの参加する「戦死者に関する」或る記念日の、「万を以て数える群衆」の国歌の大合唱を伴なう式典の模様をかなり事細かに紹介した後、こう記すのである。「……それが済むと、忠実な独逸だましいという音楽があり、叛逆者と革命と題した演説があり、それが済むと群衆が一斉に帽子をとって、Heil! と叫んだ。万歳！　というつもりだろう。……鉄の兜型の帽子をかぶった今風の軍隊はなかなかいい。太鼓を交えた軍隊もよく、足並も強くてよく、自分は心緊張して見ていた。少年のころ、日清の役の起こるまえに新発田（しばた）鎮台（ちんだい）の兵を目迎し目送した時と同じだと私は秘かに思ったりした。」

茂吉がこの古風な「民顯」をいかに気に入ったかは、彼がこの種の行事を見物しに、実にこまめに出かけていることからも判る。そして彼は、随筆「民顯市」の末尾で予告したようにそれらの集会や式典の様子を、後に「ミュンヘン雑記」の中の「悲歎の日」とか「五〇年記念日」とか題した随筆で、さも懐かしげに、かつ克明に回想しているのである。

「悲歎の日（Trauertag）」というのは、「陣没した軍人を追悼するための記念日で、西暦一九二二年一〇月八日に行われたものと、西暦一九二三年の一一月四日に行われたもの」で、彼が見物したのはもちろん後者の方だが、おそらく、その後も毎年秋に挙行されたものと思われる。彼は、「人波のなかに押されながら、辛うじてその大体を見ることが出来た」らしいが、「式場は立派な軍服で固めた人間で埋まって」いるが、「大学生の一隊」もいたという。「国民党のものが続いたが、これは数も実に多く整然としたものである。大体が軍服軍帽であるが、そうでないのもなかなかある。その一部には少年隊が居り、少女隊がいた。この一隊の主脳部には多分Hitler（ヒットレル）も居た筈である」と斎藤茂吉は書いている。そして、これらの人びとが隊列を組んで順番に行進していき、その人の前にくると敬礼を捧げることの式典の主賓は、なんと第一次大戦の敗北直後の革命騒ぎの中で退位を余儀なくされた旧バイエルン王国の国王の御曹司、「元皇太子Ruprecht（ルプレヒト）」なのである。この「皇太子ルプレヒト」は、第一次大戦中も陸軍元帥として西部戦線に出征して軍功を挙げて、大戦中だけでなく、革命によってドイツ帝政もバイエルン王政も崩壊した後のヴァイマル共和国時代になっても、ミュンヘンを州都とするバイエルン州にあっては絶大な人気を博していたという。したがって、斎藤茂吉が伝える復古調の濃厚なミュンヘン市内のさまざまな行事においては、しばしばこの「皇太子」（斎藤茂吉の随筆の中でも、いつのまにか「元皇太子」の「元」の字が消えて失くなる）が、式典の中心的人物として描かれることになる。――なお、ここに描かれた「悲歎の日」が一九二三年一一月四日だとすれば、それは、ヒトラーがあの呆気ない失敗に終った〈ミュンヘン一揆〉を起こした同年一一月八日のわずか四日前ということになる。よく知られているように、斎藤茂吉はこの一揆に強い関心を抱いて、「ヒツトレル事件」と題する随筆を書いているが、彼がこの事件以前からヒツトレルという人物に特別な関心を持っていたとは考え難いので、随筆「悲歎の日」の中のヒツトレルについての記述は、おそらく後年の随筆執筆時に思い浮かんだことを記したものと考えるべきだろう。私がわざわざこんなことを書くのは、斎藤茂吉の随筆「ヒツトレル事件」に言及する人は結構多いようだが、彼が当時この事件に関心を寄せ、そして、当時から第二次大戦の終るまで彼がヒトラーに対して好意的であり続けたことのいわば前提として、茂吉は「ヒツトレル事件」の以前から、つまりはヒトラーの表舞台への登場以前から、「悲歎の日」その他の保守的な行事や、街中を闊歩する軍服姿などに象徴されるような、ミュンヘン市内に充満する復古主義的な雰囲気を、少なくともウィーンやベルリンに見られる敗戦と革命のもたらした無秩序や頽廃よりもはるかに気に入っていたという事実があったということを指摘する人は、めったにいないからである。

実際、彼がこの種の保守的な行事をいかに気に入っていたかは、「バイエル在郷軍人団五〇年記念の行事」なるものまで、わざわざ見物に出かけて行き、これについても「五〇年記念日」と題する随筆を書いていることからも判る。これは「バワリア軍も普露西（プロシア）を助けて佛蘭西を破ったその戦の直ぐ後」、つまり普仏戦争の直後の一八七四年から、一九二四年までの五〇年を記念する行事だったと斎藤茂吉は説明をつけているが、この式典にも「皇太子」と「皇太子妃」が臨席していて、林立する「旗は古いが立派な拵（こしら）えで皆昔ながらのバワリアの紋章が附いてい」た。Königsplatz（王様の広場の意）で行われたこの式典には「数万」の人が集まっていたと彼は記し、「こう人間が武装し、いろいろの形をし、旗旛を沢山立てて、充満している有様はやはり一種の勢（いきお）いである。それであるから儀容は儀容として役立つので」ある、と書いている。

たしかに彼は、先述の「悲歎の日」の中では「戦争前の独逸国民の増上慢ということも私は忘却してはいなかった」という一文を、とってつけたように挿入し、この「五〇年記念日」の中にも、「市民の多くは矢張り式場には這入れぬから、（式場から繰出す行列を）街頭で見ている方が多い。そして、物見高い当市の市民のうちに、こういうものを出て見ようともしない〈日本媼〉のようなのも居るのである」〈日本媼〉というのは、日本人に好意的で、多くの日本人を下宿させ、世話してくれていたドイツ人女性のこと）という一文が出てくるが、それらを振りかざして、斎藤茂吉の批判精神を云々するのは、針小棒大もいいところであろう。全体として、彼が「民顯」のこの種の行事に如実に示される復古主義を大いに気に入っていたことは、これら「ミュンヘン雑記」の随筆群全体から明らかである。

彼の入れ込みようがいかに強かったかは、彼が、自分がミュンヘンに来る以前の一九二一年や二二年前半にこの街で挙行された同種の催しの様子を写した写真画報や絵葉書などを、せっせと買い集めていることからも判る。そして、彼はそれらに基づいて、随筆「民顯市」の中で、残念ながら自分は見ていない、主として第一次大戦の戦没者を追悼する諸行事の様子を紹介し、それらの式典には「ルウデンドルフ将軍」（第一次大戦後半のドイツ陸軍参謀長官で、一九二三年のヒトラーのミュンヘン一揆の同志）も出席していたことをも特筆しているのである。

それればかりではない。彼は、よほど革命前の帝政ドイツや王政バイエルン（バワリア）が好きだったようで、「ミュンヘン雑記」に収める予定のさまざまな随筆の中で、ドイツ皇帝やバイエルン王家に関わる写真や絵葉書を、敬愛の念をこめて紹介している。たとえば、あの「皇太子ルプレヒト」が閲兵式を行っている一連の絵葉書の紹介で、なかでも「百余名の兵士が空中に向って一斎射撃をしているところの写真」などには、「この写真を私は好いている」というコメントまでつけている（「悲歎の日」）。あるいは、「西暦一九一四年八月一日、独逸皇帝が宮城のバルコンに出て演説しているところで、あの宮城前の広場は群衆で一ぱいである」という写真の紹介もある（「写真画報」）。──もっとも、これには「西暦一九一七年の一一月に、レーニンが民衆に向って獅子吼をしている写真」のことにも言及されているから、単なる歴史回顧趣味と言えないこともない。

だが、「国王の葬礼」と「王家の写真」という二編の随筆にいたっては、紛れもなく斎藤茂吉の、敗戦と革命という動乱の中に消え去ったバイエルン王朝ヴィッテルスバッハ家の人びとへの深い愛惜の念の表出というほかない。ここで、やはり絵葉書の写真に基づいて紹介されるのは、全て一九二一年に行われた行事にちなむ事柄だから、まだ彼がヨーロッパに到着するより前の事柄である。

「国王の葬礼」は、バイエルン最後の王で、一九一八年一一月の革命の際に退位したルートヴィヒ三世が二一年一〇月に死去し、王妃マリイ・テレーゼもその前後に亡くなったので、同年一一月五日に二人一緒の葬儀がミュンヘンで荘重に執り行われた模様を紹介した随筆である。それは騎馬兵の一隊や軍楽隊に先導され、棺の左右は抜剣した軍人たちに守られ、皇太子ルプレヒトを始めとする王族たちや「独逸政府の重立った一二の者」や大僧正たちが徒歩で続くものだったという。斎藤茂吉は、この随筆の末尾近くに、「独逸が共和政体になると共に、バイエルン王国にも革命が起って、王はその王冠を棄てた。王は年老いて此の現実の変動を経験し、独逸の前途に楽観を許さない有様を見ながら死んだのである」という文章を記している。

次の「王家の写真」と題した随筆は、例の〈(元) 皇太子ルプレヒト〉一家を写した二組の絵葉書である。もっとも今度は「バイエルン王国の王世子 Rupprecht（ルプレヒト）」という表記になっていて、昔は「盛に売出されたものの如くであるけれども、今はここを通る旅客も余り顧みない」類のものらしいが、斎藤茂吉はよほど〈皇太子〉のファンになったらしく、この種のものまで熱心に探し出して買い集め、しかも「ミュンヘン雑記」の中で事々しく紹介しているのである。

その二組の絵葉書のうち一組は、王世子ルプレヒト一家を写したもので、「ルプレヒト親王とその妃と、三人の王孫子」の睦まじい生活ぶりが写されている。

もう一組の絵葉書は、大戦中に妃に病気で先立たれた「王子ルプレヒトが、……頭髪も既に白く、口ひげも既に白くなってい」たが（ルプレヒトは当時五一歳）、一九二一年四月に再婚した時の様子を写したものである。斎藤茂吉は、これらの絵葉書の紹介をしめくくるにあたって、自分は、（バイエルンの最後の）国王だったルウドウィヒ三世がこの息子の再婚の式典を見届けるようにして亡くなったという事を知って、「心を動か」されたと記している。

以上、斎藤茂吉が、彼にとっての古き良き「民顯」について書いた数編の随筆を紹介してきたわけだが、歌人斎藤茂吉の生涯を知っている人なら、彼の「民顯」滞在中の十数年後の〈大東亜戦争〉中に、いや〈十五年戦争〉中に、「天皇のいまします国に〈無礼（ぶれい）なるぞ〉われよりいづる言（こと）ひとつのみ」、「大御稜威（おおみいつ）大きなるかなや眼前にシンガポール落つシンガポール落つ」などの天皇讃歌や、「マニラ戦ほのほのごとく進むときわが潜艦はヒロ港おそふ」、「バンドンに殺到せりといふしらせいなづまのごといかづちのごと」などといった大本営発表の報道を、手なれた五七五七七に書き直した戦争詠や、また時には、「おのれあはや敵空母を爆撃せむとする夢をみたり額よりに汗しとどにて醒む」などといった、老いの一徹ともいえる愛国歌にいたるまで、本人の言うところによれば、昭和一八年などは「一年に六百有余首を作り、その大部分が戦争に関する歌だった」というほどの、〈皇国日本〉を代表する愛国歌人と、これら「ミュンヘン雑記」の著者との間には、間違いなく両者を繋ぐ一条の糸が容易に認められるはずである。

だからだろうが、現在一般に最も入手しやすい彼の歌集である岩波文庫版『斎藤茂吉歌集』（一九五八年第一刷発行）には、一首の天皇讃歌も戦争詠も見出だせないのと同様に、やはり最も入手しやすい彼の随筆集である同文庫版の『斎藤茂吉随筆集』（阿川弘之・北杜夫編、一九八六年第一刷発行）にも、私がここに紹介した随筆なぞ、一編も採用されていない。そして、この随筆集に収録されているヨーロッパ滞在中の見聞にちなむ彼の随筆といえば、彼がウィーン滞在中に目にした、路傍で抱き合う男女が「ほとんど小一時間」にもわたってキスをし続けるのを、感心しながら観察し続けたことを書いた随筆「接吻」とか、ミュンヘン滞在中に、近郊の田園地帯に蕨取りに出かけ、たまたま泊った田舎のホテルで、隣室との境のドアの鍵穴から隣室の「ゲルマン族」男女の絡み合う様子を「およそ半時間」も覗き見したことをも記している「蕨」と題した随筆など数編である。――この二編の随筆が発表当初から（大正一四年と昭和三年）一部の読者に受けたことは私も知っているが、あの御時世に謹厳実直で鳴る斎藤茂吉がこのような随筆を発表したら人目を引いて人気を呼ぶことなど当り前である。しかし、それならそれで、（場合によっては二編のうちの一編を外してでも）ドイツの王族たちの生活や軍服姿のパレードの絵葉書集めに入れあげている随筆の一つも提示しておいた方が、根は東北の片田舎生まれの無骨な中年男が、異国の珍らしい風物に取り囲まれて、いわば全方位的にアンテナを張りめぐらしながら、結局は我が身に張りついた殻を脱ぎ捨てることができない様子を、よりいっそう立体的に再現できるのではないだろうか。

厖大な数にのぼる斎藤茂吉の戦争短歌を全て歌集に入れよ、などという気はさらさらないが、そのうちの一首も採用しないばかりか、それらに直結する随筆はもちろん、そこに繋げられかねない随筆の類まで、全て斎藤茂吉の随筆集から排除してしまうのが、間違いなく日本の近代を代表する歌人であった彼を、正当に遇する態度だとは、私にはとても思えない。——あるいはまた、斎藤茂吉の御曹司として父の随筆集の編者をも務める北杜夫と、トーマス・マン文学の愛読者として名高い北杜夫とは、実は別人なのだろうかとさえ思えてくる。

私はここで、五〇年ほど昔の大学院生になりたての頃に購入して今でも保持している、東ドイツのアウフバウ社から一九五六年（トーマス・マンの死去した翌年）に刊行された一二巻本の全集には、第一次大戦中に書かれたあの〈反・民主主義〉を旗印に掲げた大部な評論集『非政治的人間の考察』は丸ごと排除されていたことを思わずにはいられない。そして、トーマス・マンの死後に『非政治的人間の考察』を初版と同じ形で刊行することに踏み切り、その処置の正当性を主張する「序文」まで自分で書いたのは、トーマス・マンの愛娘エーリカであったことをも思い出すのである。

話を斎藤茂吉の「民顯」の話に戻そう。

彼は、一九二五年（大正一四年）一月に帰国後も、生涯ドイツに対して強い関心を持ち続けていたようである。曾遊の地であるというばかりでなく、その後の日独関係の親密化の歴史的展開を考えれば、それは当然のことだったと考えられる。加えて、一九二三年一一月のヒトラーのあの無残な失敗に終った「ミュンヘン一揆」を身近で見聞しただけに、そのヒトラーが一九三三年（昭和八年）三月に政権を握り、やがて日本の同盟国ドイツの独裁的な支配者となっていくにつれて、斎藤茂吉のドイツへの関心が強い形で持続していったのは、ごく当然なことだったと言うほかあるまい。

彼の古き良き「民顯」への愛着という問題との関連で、一言ふれておくなら、彼は、第一次大戦の最終段階でドイツの軍隊内部での反乱を契機にドイツ革命が始まった時、いち早く隣国オランダに亡命したドイツ帝国皇帝ヴィルヘルム二世のその後にも、深い関心を寄せ続け、第二次大戦勃発直後にオランダを占領したヒトラーのドイツ軍が、オランダのドールンで亡命生活を送っていたヴィルヘルム二世を手厚く保護したことに安堵し、さらに一九四一年に同地で元皇帝が亡くなった時にも、ドイツ軍の手で荘重な葬礼が行なわれたことを喜ぶ感想を記し、歌を詠んだりしている。

　しかし、他方で、自らも歌人として一人の文学者であり続けた斎藤茂吉である以上、彼がドイツの政治的状況ばかりでなく、文学や哲学にも彼なりに一定の関心を持ち続け、その日本への移入状況についても一定の目配りをしていたであろうことは、容易に推測できる。先述のように、彼が「ミュンヘン雑記」に収録すべき一連の随筆群を執筆したのが、昭和三年末から四年初め頃にかけてであったというのも、おそらく偶然の一致であったろうが、かなり意味深長な事ではある。というのは、大正一三年（一九二四年）六月の第一回公演にゲーリングの『海戦』を上演して以来、いわば日本に於けるドイツ表現主義演劇のメッカとして華々しい活躍を続けてきた築地小劇場が、小山内薫の死とともに転機を迎えたのも、ちょうどその頃だったからである。

　また、執筆して間もない昭和四年一〇月号雑誌『改造』に「ミュンヘン雑記（1―4）」として発表されたのが、「日本媼」「南京蟲日記」「日本大地震」「イーサル川」の四編にすぎず、「ヒットレル事件」が雑誌『中央公論』に発表されたのは昭和一〇年（一九三五年）秋、つまりヒンデンブルク大統領も死去して、ヒトラーが完全なドイツの独裁的支配者となった後であることを考えれば、斎藤茂吉が、「ミュンヘン雑記」の二〇編近い随筆を昭和三、四年に書き溜めながらも、今度はその発表時期に種々の配慮をしていたことが窺えるのである（その結果、結局は念願の単行本としての刊行の時機を失してしまうわけだが）。

　ところで、全体としてのドイツの表現主義演劇活動、もしくはドイツの前衛的な芸術活動全般の中心地はベルリンだったにしても、ミュンヘンもまた、それらの活動を語る際には欠かすことのできない街だった。文学に限定しても、ミュンヘンは、表現主義の前駆者ヴェーデキントが一九世紀末から長年住みつき、『春のめざめ』（一八九一）、『地霊』（一八九五）、『パンドーラの箱』（一九〇四）などの作品を発表した街であり、表現主義文学の鮮烈な代表者トラーが、第一次大戦直後期に血まみれの惨劇に終った革命運動に参加し、指名手配の末に逮捕されて、獄中で『群衆・人間』（一九二一）や『機械破壊者』（一九二二）などを書き上げたバイエルンの首都であり、さらには、日本での翻訳紹介こそ他の表現主義作家たちより少し遅れた（一九二九）とはいえ、あのブレヒトが当時暮らしていて、彼の初期の作品『夜打つ太鼓』（一九二二）が一九二二年九月に、同じく『都会のジャングル』（一九二三）が一九二三年五月に初演された（すなわち斎藤茂吉がミュンヘンで留学生活を始めるわずか一〇ヶ月ほど前と二ヶ月ほど前ということになる）のも、このドイツ第二の都市ミュンヘンであった。

このようなことを考えると、ドイツ表現主義文学・演劇が賑々しく紹介された熱気の冷めやらない昭和最初期の日本で、あの〈民顕市〉にまつわる、なんとも太平楽な時代遅れの随筆群の発表をためらったのも、判るような気がする。しかし、にもかかわらず、いや、だからこそ、ぜひあの頃に、斎藤茂吉にこれらの随筆を全て発表してもらいたかった、と私は思う。

なぜなら、そうすれば、当時のミュンヘンは、決してトラーやブレヒトのような、芸術的にも政治的にも前衛的な人びとが活躍するだけの街ではなく、実は最も旧習を墨守する伝統主義者たちが跋扈する街でもあり、前衛芸術には最も無縁にして無理解な人種とも言うべき人びとが、革命以前の、昔ながらの軍服姿で街中を闊歩し、何かと言えば集結して勢力を誇示し、――そして、それが結構一般の市民たちにも好まれ、拍手で迎えられ、つまり支持もされている街でもあることを、日本のドイツ文学愛好家たちにも察知してもらえただろうと思うからである。

一九二三年夏から翌二四年夏までの一年間をミュンヘンで暮した斎藤茂吉によれば、当時ミュンヘンで生活していた日本人は、わずか一〇人余りにすぎなかったという。それらの中に、あるいは住みついてはいなくても、旅行者としての見聞や、各種の情報を介して、ミュンヘンという街の持つ政治的危険性や、この街の宿していたファシズムの萌芽に逸早く気づいていた日本人が何人いたのか、私は知らない。私が今ここで重視しているのは、斎藤茂吉が政治学者や歴史学者でもなければ、ジャーナリストでもなく、鋭く繊細な近代的感覚を持った歌人として当時売出し中の文学者だったことである。その彼の書いた随筆なら、しかも三年近いヨーロッパ留学から帰国してわずか数年後に書かれたミュンヘン滞在記とあれば、当時の日本のドイツ文学研究者やドイツ文学愛好家たちでも、手に取って読む可能性はかなり高かったのではないだろうか。私たち第二次大戦後育ちの世代とは違って、昭和前半期のヨーロッパ文学研究者や愛好家たちは、短歌や俳句をも含む日本の伝統芸術に対して、驚くほど深い親近感を持っていたようだから。

そうすれば、昭和最初期に斬新なドイツ表現主義文学・演劇に夢中になったり、度肝を抜かれた人びとも、また、それらとほとんど同時に、それらより一昔も二昔も前の時代の文学であるトーマス・マンの最初期の文学作品『ブデンブローク家の人びと』や『トーニオ・クレーガー』を翻訳で差し出された人びとも、当時の、第一次大戦後のドイツについて、ベルリンばかりでなくミュンヘンについても、もう少し複眼的な見方ができたのではないだろうか。

この章の最後に、斎藤茂吉がミュンヘンで暮していた頃にも、まちがいなくミュンヘンで生活していたトーマス・マンが、外国で暮す人びとに向って、ミュンヘンとはどのような街であるかを伝えるために書いた、「ミュンヘン便り」ともいうべき手紙を紹介しておこう。――ただし、それをマン自身は「ドイツ便り(German Letter)」として書いたのではあるが。

トーマス・マンは一九二二年秋から、年に一、二回、不定期的にアメリカのニューヨークの雑誌『ザ・ダイアル』に、「ドイツ便り」と題して、当時のドイツの文化状況についてのさまざまな情報を気ままに伝える連載記事を寄稿していた。これによるドルの収入は、あの超インフレ下のドイツでマン一家の生活を支えるのに非常に役立ったと言われるが、それはともかく、今ここで紹介したいのは、その第三回目の分である。

その第三回目の「ドイツ便り」は、雑誌掲載時には一九二三年九月に書かれた手紙ということになっているが、マンが実際に書いたのは同年六月であり、内容は、ドイツ第二の大都市ミュンヘンの社会状況のルポルタージュである。すなわち、ちょうど斎藤茂吉がミュンヘンでの留学生活を始める一ヶ月前、関東大震災が突発する二ヶ月余り前、そして、ヒトラーのミュンヘン一揆のほぼ五ヶ月前に、ミュンヘン居住歴二八年になるマンが書いたミュンヘン・ルポルタージュである。――忘れずに付け加えるなら、ミュンヘンの軍部に寄生する旧軍人たちの極右集団「エアハルト旅団」に通じる連中によるラーテナウ外相の暗殺事件が起きてから約一年後、この事件に大きな衝撃を受けたトーマス・マンが、遂に「共和制」と「民主主義」への〈転向〉を公に表明してから八ヶ月後の、右翼の巣窟ミュンヘンからの一〇頁余りのリポートである。

マンは、まず型通りに敗戦国ドイツの窮状を訴えた後、一昔前のブルーノ・ヴァルターがオペラを指揮し、エーミル・プレトーリウスが舞台装置に腕を揮い、マックス・ラインハルトが夏にベルリンからわざわざやってきた頃の、ミュンヘンの文化界の素晴らしさをひとしきり懐しんだ後、まずベルリンを初めとするドイツの文化界全般、とりわけ劇場文化の「戦争と革命と新しい階層の抬頭とによって生じたレヴェル低下」を慨嘆する。「わが国の教養ある中流階級が飢餓に瀕し、プロレタリア化して以降、劇場を占領するにいたった観客たちの」好みの低俗さにうんざりしたマンは、「われわれ五〇年配の人間には、もはやドイツは居心地の良い所ではなくなってしまいました。好奇心をかき立てはするが、かなり馴染み難い国になってしまいました。なんらかの文化愛国主義（Kultur-Patriotismus）を正当化してくれるような財宝は、地中深く埋もれてしまったのです……」——これは、わずか八ヶ月前に、敗戦と革命を経て誕生した新しい「ドイツ共和国」の支持という〈転向〉宣言を公の場で行なったばかりの「文化愛国主義」者トーマス・マンの、どう隠しようもない本音だったに違いない。そして、それを当時〈民主主義〉国家の総本山であり、かつ〈低俗な大衆文化〉のメッカである、アメリカの雑誌に寄稿する文章の中で言ってのけるところに、マンのマンらしいところがあると言うべきだろう。

このあとマンは、おもむろにミュンヘンの文化について語り始める。ミュンヘンはもともと、文学に代表されるような精神的な文化に、「ヨーロッパ的な民主主義の文学的・批判的精神」に適した街ではなく、もっと感覚的な文化を好む街であり、言うなればカーニヴァルのような祝祭の人気者や世話役が大うけする街である、といった彼の持論をひとくさり披瀝したあと、マンは、一見唐突に見えるが、彼なりの論理的必然性に従って、「ミュンヘンはヒトラーの街、ドイツのファシストたちの頭領ヒトラーの街です。民族主義的反抗と人種主義的特権意識とのシンボルである鉤十字の街なのです」と言い出す。そして、急いで、こう付け足すのである。「こんなものは、戦前のプロイセンの封建主義とは何の関係もありませんし、特にバイエルンやミュンヘンは、ドイツで〈民主主義〉が革命的な意味で問題になるようになるよりもずっと以前から、民主的でした。庶民的・民衆的な意味において、つまり、保守的な精神において民主主義的でしたし、今でもそうです。そして、この点にこそ、バイエルンとミュンヘンの社会主義的な北方に対する敵対や、反ユダヤ主義や、旧王朝への忠誠や、共和国に対する反抗といったものの根拠があるのです」とマンは言っている。

このあたりには、共和国と民主主義への〈転向〉表明後まだ間もない時期における、本質的に〈保守的〉人間であるトーマス・マンの、いまだ不分明な曖昧さがかなり残っていると言えないでもない。

いずれにせよ、この「ドイツ便り（その三）」では、マンはこれ以上ヒトラーやナチスの問題に関わり合うことはせず、あらためて演劇の問題に戻っている。

そしてマンは、この分野では、残念ながらゲルハルト・ハウプトマン以降、国民みんなの心を捕えるような劇作家は出てきていないと言い、ヴェーデキントもシュニッツラーももはや一頃の人気はないし、表現主義劇作家と呼ばれる若い人たちも、理論としては何かと大言壮語しているが、実作の面ではもう一つだと批判している。それでも彼らのうちの何人かは外国で「国際的な名声」を得ているらしいと言って、「ゲオルク・カイザーの社会劇」と「カール・シュテルンハイムのブルジョア諷刺劇」を例として挙げたうえで、しかし、彼らの芝居は「自国民の心を摑むところまでは到っていない」と言っている。彼らよりもむしろ、「一九一八年のミュンヘンの共産主義」のリーダーの一人で、バイエルンの要塞牢獄で苦しい禁固刑に服していたこともある青年エルンスト・トラーの方が、心と志を持っていると言えるが、残念なことに彼の場合には、芸術性が人間性にまるで釣合いません。ベルリンで恐ろしいほどの喝采を博した『機械破壊者』にしても、ハウプトマンの『織工』の極めて脆弱な模倣にすぎません」

マンはこの後さらに、アルノルト・ブロンネンの『父親殺し』と、ベルト・ブレヒト『夜打つ太鼓』及び『都会のジャングル』を取り上げて、それぞれに才能は認めながらも、作劇上の難点を指摘する辛口の紹介を行なっている。

——四〇歳台後半の中堅作家であるマンが、自分とはおよそ肌合いの違う若い作家たちに対して辛口の批評を行なうのは、ごく当然なことであるが、そうであるだけに、むしろ、たとえ辛口の批評つきではあれ、当時、名の知られた表現主義劇作家のほとんど全員をアメリカの文学愛好家に紹介しようとする、その律義さに、私は、本書の「第一話」でも強調した一九二〇年代のマンの、アメリカ進出を足がかりにしてのコスモポリティズムの積極的促進と、第一次大戦後のドイツ国民が置かれた閉塞状況の打破への熱意を見る思いがするのである。

だが、マンは、この「ドイツ便り（その三）」の最後で、奇妙な煙幕を張ってみせるのである。話は突然、「しかし、ミュンヘンの民衆的な保守主義が見張っていたのです。ボルシェヴィズム的な芸術など許すわけがありません」と急転回し、ブレヒトの『都会のジャングル』公演の二日目か三日目に、ミュンヘンのレジデンツ劇場の観客席にガス爆弾が投げ込まれ、人びとが逃げ惑う大混乱が起きたことが語られ、「これもまたミュンヘンなのです。この大騒動をもって、私の今回の便りを閉じることにします」という言葉で終わるのである。——このガス爆弾による結びの箇所では、マンは一言もヒトラーやナチスといった言葉は用いていない。犯人は「ミュンヘンの民衆的な保守主義」ということになっている。そして、これは、わずか二頁前では、「バイエルンやミュンヘンは以前から民主主義的でしたし、今でもそうなのです。」という文章との関連で用いられていたものである。先述のように、このあたりになると、〈転向〉直後期のマンの思想的混乱があるとも考えられるが、他方では、ヒトラー本人にすら、自分が夢見ているものと、たとえばルプレヒト皇太子に寄せられる民衆の人気が志向しているものとの区別がつかなくなっているような、当時のバイエルンもしくはミュンヘンの現実そのものの異様な混沌が、トーマス・マンをも斎藤茂吉をも包み込んでいたと言えるのかもしれない。

私が斎藤茂吉のミュンヘン滞在中の一連の随筆と、トーマス・マンの「ドイツ便り（その三）」とを敢えて並べてみたのは、私の「三つの国の物語」の舞台を日本に移すにあたって、まず、この近代日本の代表的歌人のドイツ体験と、トーマス・マンの第一次大戦後の〈右〉から〈左〉への〈転向〉とが、同じ時期に、同じ街で起きたものであることを確認しておきたかったからである。換言するなら、ひょっとしたらイーザル河畔ですれ違ったかもしれないのは、決して斎藤茂吉といつまでもトーニオ・クレーガー的なトーマス・マンではなかったのだということを、確認しておきたかったからである。——斎藤茂吉の「ミュンヘン雑記」ならぬ「民顯雑記」とトーマス・マンの「ドイツ便り」とが、共に執筆当時には日本の読者の目に触れることがなかったのは、なんとも残念なことであった。

確認しておきたかった同時代性は、もう一つある。それは、斎藤茂吉のミュンヘン体験もトーマス・マンの〈転向〉も、関東大震災や築地小劇場と同時代の出来事だったことである。

だが、これらの同時代性のもつ意味は次章以下で少しずつ考えることとして、ここでは、この章を閉じるにあたって、トーマス・マンと当時のミュンヘンとの関係について、二、三のことを追記しておきたい。

最初に追記しておかねばならないのは、当時のミュンヘンの人びとの反・共和政的な保守性は、決して、「皇太子」人気や軍服姿のパレード人気などに象徴される大衆的な復古趣味や、ナチスに代表されるようなファシズム的な新右翼の跳梁に限られたものではなかったことである。すなわち、ミュンヘンの知識人層の代表格ともいうべき、ミュンヘン大学の教授たちの度し難い保守反動性については、トーマス・マンの次のような証言がある。「はっきり言っておきますが、私は、ラーテナウの暗殺を聞いて『よくやった、これで一人減ったぞ！』と叫んだような連中（ミュンヘン大学の教授たちのことです）とは、いっさい関係を持ちたくありませんし、ミュンヘンのブルジョア・ジャーナリズムにはぞっとします」（一九二八年六月二七日付アルトゥーア・ヒュプシャー宛手紙）。

この手紙自体は、外務大臣ラーテナウの暗殺の六年後に書かれたものであるが、この手紙の背後にある『南ドイツ月報』(Süddeutsche Monatskarte) や『ミュンヘン最新情報』(Münchner Neuesten Nachrichten) など、ミュンヘンの保守的な新聞雑誌とマンとの激しい応酬が、ほかならぬラーテナウ暗殺事件の衝撃を契機として生じたマンの〈転向〉もしくは〈裏切り〉をめぐるものであったことを考えれば、マンとミュンヘンの保守的な知識層やジャーナリズムとの対立、軋轢は、あの暗殺事件の起きた一九二二年、三月頃から、つまりほぼ斎藤茂吉の「民顕」随筆の頃から、すでにかなり明確な形で存在していたものと言っていいであろう。

本書の「第一話　ドイツ――一九二〇年代のトーマス・マンをめぐって」の第一章で紹介した一九二五年六月六日にミュンヘン旧市庁舎のホールで催されたマンの五〇歳の誕生日を祝う、市を挙げての祝賀会が、「全く相反する政治的方向性をめざす党派の代表者たちが……同じテーブルに集った」、ほとんど奇蹟的な出来事だったというのも、このためにほかなるまい。――なお、トーマス・マンとミュンヘンの保守的なジャーナリズムとの一九二〇年代の確執については、Albert von Schirnding の近年の論文に詳しい。

トーマス・マンとミュンヘンの保守派との対立が、一般の市民たちにもはっきりと判る形で明らかになったのは、マンが一九二六年一一月三〇日にミュンヘンの音楽堂で行われた、「ミュンヘンがドイツ国内ばかりか、国外にまで、反動勢力の牙城として、時代の意志に反する、ありとあらゆる頑迷と反抗の根城として知られている」「国粋主義一色の地方都市」に成り下がってしまうことに抗議し、これを阻止するために戦うことを表明する、民主党系の集会に参加し、しかも、この集会の呼びかけ人の代表として、自ら開会のスピーチを行った時であった。このスピーチは、「文化の中心としてのミュンヘン」と題する講演として、今ではトーマス・マンの翻訳全集にも収録されているので、これ以上の紹介は不要であろう。

ただ、斎藤茂吉の随筆との関連で、次のことだけは記しておかねばなるまい。マンは、このスピーチの中で、「国粋主義一色の地方都市ミュンヘン」の、なんとも我慢ならない現象の一つとして、「やたらと多い在郷軍人団体の行進や旗や幟の林立」を挙げているのである。

しかし、この二年近く前に日本に帰国した斎藤茂吉は、むろん、「文化の中心としてのミュンヘン」のことなど——在郷軍人団体からヒトラー一派にいたる種々の反動勢力の跳梁からミュンヘンを守る集会が開かれたことなど、むろん知るよしもなかったに違いない。

そして、先述のように斎藤茂吉がミュンヘンでの日々を懐しみながら、「民顯市」や「ヒットレル事件」その他の随筆群を集中的に執筆したのは、さらにその二、三年後の昭和三、四年（一九二八、九年）のことだった。

(五)　昭和最初期の成瀬無極の文筆活動

この章を始めるにあたって、あらかじめ二つのことを確認しておきたい。一つは、成瀬は昭和七年（一九三二年）に、新潮社世界文学全集の第二期第一一巻と第一九巻とに分けて『ブッデンブロオク一家』の翻訳を発表し、日本で最初のマンの長編小説の翻訳紹介者となった人物であることである（この成瀬訳は五年後に岩波文庫にも納められ、多くの読者に親しまれた）。また、もう一つは、当時のトーマス・マン本人の文学的、政治的、社会的な思想、および彼を取り巻くドイツ社会の彼に対する対応などは、私が本書「第一話　ドイツ――一九二〇年代のトーマス・マンをめぐって」において述べたようなものだったことである。――なお、ここで「昭和最初期」という言葉で指しているのは、昭和元年（一九二六年）から昭和九年までの、いわゆる昭和一桁（ひと）の時期のことである。成瀬が四二歳から五〇歳にかけての時期である。

先にもちょっと触れたように、成瀬は昭和九年（一九三四年）に四冊の著書を出している。一月に『文芸百話』（第一書房）、六月に『人間凝視』（政経書院）、八月に『人生戯場』（政経書院）、一一月に『無極随筆』（白水社）である。――昭和二年四月に初代教授藤代禎輔（素人）が死去した後、京都帝大独文科の運営に当り、昭和四年末に出した『疾風怒濤時代と現代独逸文学』で翌五年に文学博士の学位を取得して、教授に昇進した成瀬の最も充実した時期だったと言っていいだろう。

まず、この四冊の著書のいわば外面的な特徴を紹介しておこう。

『文芸百話』は、当時広く知られた宗教的な健康法〈静坐法〉を実践するサークルの機関誌的なものとして、後に『枕草子』の最初の英訳者としても知られることになる小林信子が主宰して発行されていた雑誌『静坐』に、成瀬が昭和二年（一九二七年）春から昭和八年秋にかけて寄稿した七一編の、それぞれ数頁の短い随筆に、別の雑誌に掲載された一〇編のやはり短い随筆を加えたものである。全体として統一的なテーマがあるわけではなく、毎月全く気ままにさまざまな事柄について書きつづられた文章を集めたものに過ぎないが、そこはやはり同時代のドイツ文学を主たる研究テーマとする大学教授としての義務感もあってか、話の種は同時代のドイツの演劇や小説などの紹介を兼ねたものが多い。とはいえ、当時もまだ自らも創作家となる志を捨ててはいなかった成瀬だけあって、その頃の日本の文壇や社会一般の動きへの目配りも忘れず、時折り鋭い世相批判などもあり、結構読みごたえのある随筆集である。すくなくとも読む側がその気になって注意深く読んでいくと、一九二〇年代後半から三〇年代初めにかけてのドイツの社会と文学の動きと、同時代の、つまり昭和最初期の日本の社会と文学の動きとが、一種の双面鏡に映るような形で記録されていると言ってもいいだろう。

これに対して、次の『人間凝視』は、タイトルの下にわざわざ〈評論集〉と記されているように、『文芸百話』に比べると、はるかに堅苦しい評論調の、あるいは研究論文風の文章二〇編が集められたものである。各評論の長さは、表現主義の先駆者クリスティアン・グラッベを論じた「自我分裂の詩人」と題する八〇頁を越す論文や、一九三二年に七〇歳になったゲルハルト・ハウプトマンの生涯の創作活動を概説した「『日出前』から『日没前』まで」と題した六〇頁ほどの論文のような力作もあるが、大部分は一〇頁前後のものである。それぞれの文章の発表（初出）時期は、留学から帰国後の大正末期（大正一四年、一五）のものが八編で、残り一二編は昭和二年（一九二七年）から昭和九年（一九三四年）の間である。――すなわち、日本とドイツのいずれの国にとっても、大きな変り目の時期である。

三冊目の『人生戯場』は、著者自身は「緒言」の中で、これは「『人間凝視』の姉妹編といった性質のもので、〈評論集〉に対する〈随筆小品集〉、つまり楷書と行書との関係だ」と書いているが、必ずしもそうとばかりも言いきれない。また「小品」として分類された一〇編余りのなかには、随筆というよりも小説の断片のようなものもあり、かなり重たい内容のものもある。おまけに、この頃成瀬が大阪のＮＨＫと手を組んで、自らも手を初めていたラジオ・ドラマの台本も数編入っていたりして、なんとも種々雑多な内容の本である。

最後の『無極随筆』は、雑誌『静坐』に連載した文章の中で、先の『文芸百話』には洩れてしまったものや、あれ以後に同誌の同じ欄に書いたものなど一〇数編に、他誌に発表した数編を加え、さらに昭和九年（一九三四年）にラジオ放送で講演した原稿などを併せて一冊にまとめたものである。

このように、昭和九年に刊行された四冊の著書にかなり雑然とした形で提示されている大正末期から昭和最初期にかけての成瀬の発言を、私は以下においては、四冊の本を全て解体して一つにまとめ、いくつかの問題に焦点を絞って分類し、かつある程度時系列的に整理し直した形で、その核心部分を捉えてみようと思う。――以下にこまごまと紹介するさまざまな事柄は一見、本書全体のテーマと無関係のように思われるかもしれないが、一九二〇年代から一九三〇年代初め、つまり大正末期から昭和初期にかけての頃に、日本人が同時代のドイツの社会や文化や文学をどのように見ていたか、どのように受容していたかを知るためには、この勤勉でかつ好奇心旺盛なゲルマニスト成瀬無極の残した数々の文章は、きわめて貴重な文献史料であると私は考える。

最初のポイントは、この時期における成瀬の表現主義に対する評価の問題である。

『人間凝視』の冒頭に置かれた評論「人間凝視と人間描写」と、後の方の数編は昭和八、九年に書かれたものであるが、二番目に置かれたグラッベ論に始まる一〇編近くの文章は、成瀬が留学から帰国した後数年間、つまり大正一三年（一九二四年）から昭和二、三年頃の四、五年間に書かれたもので、その大部分は、表現主義戯曲に関わるものである。すなわち、先に紹介した成瀬の留学報告書「混乱の独逸文学」の続編的なものと言っていいだろう。

彼が帰国した半年後の大正一三年（一九二四年）六月に築地小劇場の公演が始まり、ドイツ表現主義演劇が日本の文化界で大きな話題となったことを考えれば、いかに成瀬が「独逸では表現主義が芸術界の主潮を成す時期が既に過ぎ去ろうとしているように見えた」という認識を持って帰国したにしても、今や日本では〈時の話題〉となったドイツ表現主義について黙っていることはできなかったに違いない。それでも、強いて言うなら、彼が表現主義の先駆者とも言うべき一九世紀中葉のクリスティアン・グラッベやゲオルク・ビュヒナーについての研究論文風の文章を書いたり、日本ではそれほど持て囃されなかった表現主義の中では数少ない喜劇作家カアル・シュテルンハイムについて、かなり詳しい評論を書き（「喜劇詩人カアル・シュテルンハイム」）、日本では当時一番人気の表現主義劇作家ゲオルク・カイザーについては、はっきりと「カイザアは私の好きな作家ではない」と言い切っているあたりに（「カイザアの悲喜劇」）、築地小劇場を中心にした当時の日本の表現主義演劇ブームに対する成瀬の、一歩距離を取った姿勢が窺える。

だが、表現主義の流行はすでに時代遅れになったとしても、「表現主義の精神は決して死滅すべきではない」という、「混乱の独逸文学」の最後で語られた成瀬の姿勢に変りはなかった。なぜなら、成瀬にとって表現主義とは「機械的文明からの霊魂の解放」を希求する運動であり、(「混乱の独逸文学」)、表現主義の精神とは「新しきシュツルム・ウント・ドラング」にほかならなかったからである(「自我分裂の詩人クリスティアン・グラッベ」)。――私はここで、昭和四年に刊行され、成瀬の博士学位論文となった『疾風怒濤時代と現代独逸文学』に一言だけ触れないわけにはいかない。その「緒言」の中で成瀬はこの論文の特色は、「Sturm und Drang と浪漫主義と表現主義とを同等に並立せしめて、三者の思想的系統を辿り、前両者の中に現代独逸思想の淵源を求めたところ」にあると書いている。つまり、成瀬は表現主義文学を、ドイツの近代文学の歴史に脈々と受け継がれてきた、自己の内部に沈潜し、魂の解放を求め、新しい神を模索するという伝統に深く根ざしたものとして捉えていたのである。しかし、表現主義に対するこのような高い評価のために、成瀬の学位論文においては、まさにあの留学報告書「混乱の独逸文学」の場合と同じく、〈独逸現代文学〉即〈表現主義文学〉即〈表現主義戯曲〉という極端な偏りが生じてしまっている。その結果、たとえば、表現主義に影響を与えた作家としてハインリヒ・マンが引合いに出されても、挙げられる作品名は戯曲だけで、当時のハインリヒ・マンの主要な仕事である一連の長編小説や評論などは完全に黙殺されている。――成瀬自身もこの偏りは気になっていたのか、ある箇所で、ほとんど必然性も必要性もないにもかかわらず、取って付けたような注記の形で、トーマス・マンの長編小説『魔の山』の名を出して、「『魔の山』は最近独逸小説界最大の収穫の一つである」と書いている。

　では、一方ではこれほど高く評価していた表現主義戯曲(演劇)から、なぜ彼は離れていったのであろうか。まさか単に「ドイツ本国ではもう流行は終りましたよ」というだけの理由からではないだろう。

　成瀬が表現主義戯曲(演劇)から決定的に離れていった最大の理由と思しきものは、彼が昭和四年初頭に雑誌『静坐』に書いた(したがって『文芸百話』に収録されている)「演劇の機械化」と題する文章に、実に明快な形で示されている。彼は、「表現主義の運動は戦前の物質的機械文明に対する反動として〈精神の解放〉を標榜するものであつた」と書き始める。ところが、いつのまにか、表現主義の演劇そのものが、「現代の機械力を可及的に取り入れなければ上演できないものになってしまった。たとえば「舞台を三段位に組立てて、幾つかに仕切り、二つ以上の事件を継続的に早いテムポで演出し、場面と場面との移り変わりを照明に依て示す」などという芝居は、機械の助けなしには不可能であり、今やこれに「映画のフィルムやラジオなど」まで舞台に活用されるようになった、と成瀬は言い、具体的にピスカートル演出のパケーの『海嘯』、トラアの『どっこい、俺たちは生きている』、ハーゼンクレエフエルの『人間』、カイザアの『朝から真夜中まで』などを挙げている。そして、成瀬はこう批判するのである。「こういうような機械力の侵入は果して演劇そのものの進歩を語るものであろうか。私は之を肯定するのに躊躇せざるを得ない。成程、現代の機械的文明社会を表面的に描写するにはこの手法は適当であるかも知れないが、この傾向は結局俳優の芸術を機械化し、やがては機械に隷属せしめるものである。……生きた人間の存在しない舞台は如何に唯物的な社会でも永続し難い。……別の意味で我々は〈機械破壊者〉の書かれる時が到来することを確信するものである。」

つまり成瀬は、もともと人間性の回復を、魂の解放を求めて出発したはずの表現主義演劇が、いつのまにかミイラ取りがミイラになって、人間性を喪失してしまったことを批判しているのである。『文芸百話』を読んでいると、いろいろな文章の中で、同種の批判や嘆きに遭遇するのである。

第二のポイントは、戯曲中心のドイツ文学観から、小説中心のドイツ文学観への移行という問題である。

四冊ともに昭和九年に刊行されたとはいえ、それぞれに大正末期か昭和の始めから昭和八、九年にかけて発表した各種の文章を収録しているこれらの成瀬の著書をまとめて読むと、成瀬の取り上げるドイツ文学の話題が、しだいに戯曲偏重から小説偏重へと変っていくことに気づかされる。それが、実際に当時のドイツ文学界に起きた変化の反映なのか、表現主義戯曲への幻滅に伴う成瀬自身の好みや関心の変化の結果なのかを断定するのは難しい。ただ、当時の成瀬のドイツ文学談義の中には、ライナー・マリーア・リルケの『マルテの手記』（一九一〇）も、ヘルマン・ヘッセの『デーミアン』（一九一九）も、アルフレート・デーブリーンの『ワン＝ルーンの三跳躍』（一九一五）や『ヴァレンシュタイン』（一九二〇）も、いわんやフランツ・カフカのいかなる作品も、つまり二〇世紀初頭から一九二〇年代初頭にかけて発表された、後年になるにつれて知名度の高くなる小説はほとんど出てこないことは、あらかじめ知っておいた方がいい。

成瀬がドイツにおける〈小説の隆盛〉とでもいうべき現象に注目して、それについて積極的に日本に紹介しようとし始めるのは、昭和四年（一九二九年）頃からである。同年の秋頃に書いた「神秘的写実主義」と題する文章（『文芸百話』所収）の中で、彼はこう書いている。

「独逸の若い作家が競って短篇小説や長篇小説を書いている有様は誠に盛んだと云わなくてはならない。由来、戯曲に富んでいた独逸文学は最近の一章に於ては全く小説に圧倒せられている。トオマス・マンの『魔の山』のような大作が生まれたのも一つにはこういう趨勢の然らしめたものだと云えよう」（傍点山口）。

「神秘的写実主義」というこの文章の表題に関しては、成瀬は次のように説明している。「要するに、表現主義的形式破壊から新形式への努力が生まれて、今や新しい自然主義乃至写実主義に向かいつつある」が、「この写実主義は表現主義を経由している限り、単純な逆転ではありえない。十九世紀の〈詩的写実主義〉や、一八九〇年代の〈自然主義〉の再来ではない。……即ち、現代の独逸文学作家が主張する写実主義は、現実を確実に把握しつつ、しかも旧時代の文芸のように現実の皮相な描写に堕せず、また、使い古された主題（テエマ）の蒸し返しに満足せず、更に、凡庸な個人生活の圏内に局せず、深く人間性の根源を探り、広く人類の運命を達観しようとするのである。新写実主義を〈魔法的〉と称するのはこの意味に於てである。従って私などは〈魔法的〉の代りに耳慣れた〈神秘的〉を冠しても差支えないと思われる。」

この「神秘的写実主義」の中で成瀬が、今や戯曲を押しのけてドイツ文学の主流になりつつある小説の代表的な作品として具体的に挙げているのは、いずれも五年前、つまり一九二四年に発表された、マンの『魔の山』とデーブリーンの『山岳、海洋及び巨人』とハウプトマンの『大いなる母の島』の三編である。一九二〇年代におけるドイツの小説革新を問題にする時に、トーマス・マンやデーブリーンの名を挙げるのは今日ではごく普通のことだが、ここにハウプトマンの名が出てくるのには奇異な感じを抱く人があるかもしれない。しかし、成瀬が「魔法的写実主義」という名称はドイツの文学研究者フリッツ・シュトリッヒの提案だとわざわざ紹介しながら、それをことさらに「神秘的写実主義」と言い換えているのは、明らかに、劇作家として世界的な名声を博し、成瀬の生涯の研究対象でもあったハウプトマンが一九一〇年に長編小説『キリスト狂エマヌエル・クヴィント』を発表して以来、戯曲と並行して小説をも次々に出すようになり、しかも、それがしだいに「神秘主義」的傾向を強めるようになっていきつつあったことを踏まえてのことだったと考えられる。つまり、成瀬の関心が同時代のドイツの戯曲から小説へと移っていったのには、彼の主たる研究対象であったハウプトマンの第一次大戦前後期における小説への進出が、そして、成瀬が『キリスト狂エマヌエル・クヴィント』や『ゾアーナの異教徒』（一九一八）や『大いなる母の島』などハウプトマンの小説をかなり高く評価していたことが、少なからぬ役割を果していたことは明らかである。――もっとも、勢い余って、この随筆の最後で、日本の作家たちも、相も変らぬチマチマした旧来のリアリズムにしがみついているのはやめて、プロレタリア文学の作家たちも、「一地方の一工場の小さい暴動を描く」ようなことばかりしていないで、「一方でシュレジアの田舎工場の一揆を書きながら」（戯曲『織工』）、他方で地中海の小島に「母の国」のユートピアが生まれる「幻影」を描いてみせる（小説『大いなる母の島』）ハウプトマンのような作家を見習ったらどうだとまで書いているのは、気持は判るが、少々調子に乗りすぎの感は否めない。

しかし、戯曲偏重の伝統的美学を持つドイツにおいてすら小説の持つ比重が、二〇世紀になって急速に増大していった本質的な理由が社会構造の変化にあったことは、今さら言うまでもあるまい。――本書「三つの国の物語」の筆者としては、「物語」全体の意図を理解してもらうためにも、ここで「第一話　ドイツ――一九二〇年代のトーマス・マンをめぐって」の第五章「あるインターナショナルな試み」を思い出してもらうよう要請せざるをえない。あそこで問題になっていたのは一九二七年、つまり日本風に言えば昭和二年に起きた出来事を中心にした数年間の出来事だった。

成瀬ももちろん、小説の隆盛が社会構造の変化と密接に結びついた現象であることは、十分に認識していた。昭和五年夏に雑誌『静坐』に書いた二編の文章「大都市交響楽」と「アメリカニズムと文学」（いずれも『無極随筆』に収録）は、そのことを明確に示している。

「大都市交響楽」は、当時ヨーロッパ屈指の大都市に発展したベルリンの明け方から深夜にいたるまでの、目まぐるしく動きまわる人びとの生活の種々相を丹念に写した映画『伯林――大都市交響楽』を見た感想から書き始めて、このような現代人の生活を過不足なく描き出すことは、いかに工夫をこらした作劇法やピスカートル流の演出法をもってしても、戯曲や演劇で表現することは、とても不可能であり、「殆ど無限の空間的領土を持ち、幾多の機械的補助手段を自由に使用し得る映画に対して到底その敵ではない。文芸の中では恐らくひとり〈小説〉のみが、こういう任務を或る程度まで果しうる位置に在るものと云えよう」（傍点山口）と書いている。そして、この場合は容易に予測できるように、前年（一九二九年）に発表されて評判となったデーブリーンの『伯林アレクサンダアプラッツ』を持出す。だが成瀬は、この小説の特色などを簡単に説明して、これもまた自分の言う「神秘的写実主義」による作品であると評価はするものの、最後で、しかし自分にはこれは「如何にも〈作り物〉だという感じ」がすると言い、「デーブリーン流の〈機智〉を敬遠したく思う。理知に依る機械的構成を喜ばないのである」と批判している。

これに続いて書かれた「アメリカニズムと文学」では、成瀬はまず、社会が過度に機械化された結果、「目まぐるしいスピード時代の生活に揉み抜かれ激烈な生存競争に絶えず威嚇せられて、神経過敏に神経衰弱に陥っている現代人」の生活様式を「アメリカニズム」と呼んでもいいだろうと言い、今や「アメリカが世界の生活様式を支配し決定しつつある」ことを確認したうえで、こう自分の考えを主張している。「文学は宗教の姉妹であるべき筈だ。アメリカニズムに立脚した大衆的世相描写が独り現代文学を代表すべきではない。社会生活の鳥瞰図、目まぐるしい都会生活の並列的平面描写のみが文学ではない。その底にゆるやかに脈打つ大自然のリズムに耳傾けなければならぬ。文学者は或る意味で人生の傍観者でなければならない。スピード生活の渦中に捲き込まれずに、静かに之を観照する心の余裕を持たねばならない」――すなわち成瀬は、デーブリーンらのモダニズム的現代小説の隆盛の社会的必然性を認めながらも、他方では、それに巻き込まれ、押し流されることに逆らおうとしているのである。彼がハウプトマンの影を引きずる「神秘的写実主義」なる言葉に固執するのも、まさにそれ故であろう。

しかし、成瀬自身の立場はそうであったにしても、この昭和五年ごろから後、成瀬は実に精力的にさまざまな同時代のドイツの小説の紹介に努めている。すでに四〇歳代後半に入った成瀬の関心の多様性と好奇心の旺盛さを示唆するためにも、煩を厭わずそれらの小説の作者名と表題と発表年などを挙げておこう。なお、作者名の仮名表記や表題の日本語訳などは全て成瀬の書いている通りに従うものとする。

ハウプトマンの『基督狂エマーヌエル・クヰント』（一九一〇）、『アトランティス』（一九一二）、『ゾアナの異教徒』（一九一八）、『大いなる母の島』（一九二四）、『情熱の書』（一九三〇）その他は当然として、一八七〇年代生れの作家たちの作品では、ハインリヒ・マンの『プロフェッソル・ウンラート』（一九〇五）、トオマス・マンの『ブッデンブロオク一家』（一九〇一）と『魔の山』（一九二四）、ヘルマン・ヘッセ『シッダルタ』（一九二二）、ハンス・カロッサの『或る青年の変転』（一九二八）、『医師ギオン』（一九三一）、ヤーコブ・ワッサアマンの『マウリチウス事件』（一九二八）と『エッツェル・アンデルガスト』（一九三一）、アルフレエド・デーブリーンの『伯林アレクサンダアプラッツ』（一九二九）、ゲオルク・カイザーの『もう沢山だ』（一九三二）、一八八〇年代生れの作家では、レオンハルト・フランクの『三百万人中の三人』（一九三二）と『人間は善良なり』（一九一七）、イーナ・ザイデルの『申し子』（一九三〇）、アルノルド・ツワイグの『軍曹グリイシャに関する争議』（一九二七）、一八九〇年代生れの作家なら、フランツ・ウェルフェルの『殺した者ではなく殺された者に罪がある』（一九二〇）と『ナポリの同胞』（一九三一）、『ムウザ・ダアクの四十日間』（一九三三）、エーリヒ・マリア・レマルクの『西部戦線異状無し』（一九二九）と『その後に来るもの（帰路）』（一九三一）、エーリヒ・ケストナアの『ファービアン、一名ある道徳家の物語』（一九三一）、ハンス・ファラダの『細民よ、どうする？』（一九三二）、そして二〇世紀の最初の年に生れた二人の作家、ヨアヒム・マースの『反抗者』（一九三二）とヴィルヘルム・エマヌエル・ジュースキントの『青春』（一九一九）。

以上が、昭和四年（一九二九年）から五年ほどの間に書かれた成瀬の文章の中に出てくるドイツの小説である。――これらの小説を全て最初から最後まで彼がきちんと読んでいたかは、私の知るところではないが、少なくとも、彼がこれらの小説になんらかの関心を寄せたことは確かである。要するに成瀬は、一八八四年生れの自分より少し上から、自分の教え子である若者たちとほぼ同世代にかけてのドイツの作家たちが、一九一〇年代から三〇年代初めに

（つまり大正時代から昭和最初期）かけての時期に発表して、多少なりともドイツで話題になった小説を、手当たりしだいに読んでは、日本に紹介したという感じである。

そうこうしているうちに、成瀬はいつのまにかドイツ現代小説の専門家と見なされるようになったらしく、新潮社から出た『世界文学講座』第一三巻「現代世界文学編（下）」（一九三二）では「独逸現代小説」の項を担当して、二〇頁ほどの文章を書いている。そこで彼は、第一次大戦後のドイツの小説を、戦争小説、社会小説、世相小説、事実小説、歴史小説、異郷小説、心理小説、芸術家小説、修養小説、文化史的小説の一〇種類に分類して、それこそ網羅的に紹介しているが、最後に、むろん自分はこれら全ての小説を読んだわけではないと断わっている。ちなみに、ここではクラウス・マンのアレクサンダー大王を書いた小説も「異郷小説」の項で言及されている。また、トーマス・マンの『魔の山』は「文化史的小説」に分類されている。

さらにまた、かつてはあれほど戯曲（演劇）一辺倒だった成瀬が、昭和九年（一九三四）には、当時最新のメディアとして人気を集めつつあったラジオ放送で、「現代独逸小説に就いて」講演するほどになったのである。『無極随筆』に収録されているその原稿によれば、彼は、冒頭に「現代独逸文壇一般の趨勢は戯曲から小説への動向を取り、所謂〈新即物主義〉の文学は〈散文の氾濫期〉を現出した」と切り出し、トオマス・マンの「大規模な三部小説」『ヨセフとその兄弟』をはじめ、ウェルフェル『ムウザ・ダアクの四十日間』、デーブリーンの『伯林アレクサンダア広場』、フランクの『三百万人中の三人』、ケストナアの『ファービアン』、ファラダの『細民よ、どうする？』などに言及している。特に最後に取り上げたファラダの小説については、かなり詳しく内容を紹介したうえで、「この作は典型的〈世相小説〉であり、同時に本当の意味での〈大衆小説〉だと言える」と肯定的評価を下したうえで、日本でも「大衆物」と言えば「侠客物」か「股旅物」か「ちゃんばら物」といった時代錯誤はいい加減やめにして、「もっと大衆の生活に即した現代的大衆文学が日本にも生れ出ることを希望して止まない」という文章で、ラジオ講演を結んでいる。

むろん、だからと言って、成瀬が戯曲や演劇と手を切ったわけではない。その証拠に彼は、やはり昭和九年にラジオ放送で「演劇六講」と題する連続講演を行っている。だが、そこで語られたのは、もはや〈表現主義演劇〉ではなかった。そうではなくて、アリストテレスの演劇論から、ナチスの提唱する〈新国民劇〉まで引合いに出し、自分がドイツその他の世界各地で見た舞台を思い出しつつ、日本の歌舞伎や新派や新劇にも言及したりしながら、実は依然として成瀬の最も好きな芸術であるところに変りはない演劇について、お芝居について、さまざまな角度から数回にわたって自在に語りつくすものだった。

だが、この根っからの芝居好きのかなり気儘な芝居談義を、単なる道楽話に終らせないものは、むろん帝大教授らしい学識の広さや深さもあるが、それと同時に「第五講　映画劇とラジオ・ドラマ」、「第六講　演劇の社会性と新国民性」という目次からも読み取れる帝大教授らしからぬ鋭敏な時代感覚である。なにしろ、映画はようやく無声からトオキイに変ったばかりの頃であり、ラジオ放送も日本では始まって一〇年経つか経たないかの頃であり、そして、ドイツにナチス政権が誕生してわずか一年余りしか経っていない時期に、成瀬は、「新国民性」という表題のもとに、ナチスの唱える「新国民劇」についても紹介するのである。

なお「ラジオ・ドラマ」に関して付言しておくなら、当時成瀬は大阪放送局と組んで、この新しいジャンルについてのさまざまな試みを行なっていたばかりでなく、この『無極随筆』より三ヶ月早く刊行された著書『人生戯場』には、「ラジオ・ドラマ」と明記された三編の自作が収録されている。

ナチスの問題についてては次に取り上げることにして、ここでは、成瀬におけるドイツの戯曲から小説への関心の移行という現象も、根本においては、彼の時代感覚の然らしめたことであったことを指摘しておきたい。先に見たように、「芸術はその時代の欲求と離れることは出来ない」、「時代は各其芸術を有つ可きである」というのは、大正デモクラシーの中で文学的自我を確立していったリベラリスト成瀬無極の生涯を通じての確信だったはずである（『近代独逸文芸思潮』所収の「芸術の民衆化」参照）。——ちなみにラジオ講演『現代独逸小説に就いて』の最後で、かなり唐突に「大衆小説」の話が出てきた時にも、私は、成瀬が大正時代前半に書いたあの熱のこもった評論「芸術の民衆化」を思い出した。そして思った。これらのラジオ講演を行なった頃の、つまり一九三四年頃の成瀬の文章には、久しぶりに熱気が戻ってきたな、と。

三つ目のポイントは、一九三三年（昭和八年）にドイツの政権の座に着き、直ちにドイツ国民の生活のあらゆる領域にわたって思うままに振舞い始めたナチスに対して、成瀬が示した反応である。

ドイツにナチス政権が出来て二年目に当る昭和九年に刊行された成瀬の四冊の著書の中に、ナチス・ドイツに直接関わる内容を含む文章が、計六編収められている。昭和八年の夏前後に書かれたものが三編、昭和九年初頭に書かれたものが二編、同年夏前後に書かれたものが一編である。

一番早いものは、ナチスの政権獲得後三ヶ月余り経った一九三三年五月一〇日にドイツ全国で行われたあの〈非ドイツ的書物〉に対する〈焚書〉を扱った「伯林焚書」と題する文章である。雑誌『静坐』の昭和八年六月号に掲載された短い随筆で、『無極随筆』に収録されている。穏健かつ温厚なリベラリスト成瀬としては、いくらナチスでもまさかこれほどの蛮行には及ぶまいと思っていたようで、呆れはてて物も言えないというか、どう受止め、どう解釈し、どう説明したらいいか戸惑いながら書いている感じの文章で、「ヒトラアの独逸で、マン兄弟、ワッサアマン、ウェルフェル、レマルク等の著書を公衆の面前で焼棄したという報に接して今更一驚を喫した。レマルクの『西部戦線異状無し』には、非戦論的革命的傾向が認められるから敢て怪しむにも足りないが、ワッサアマン、ウェルフェルの作品の如きは反国家主義的なものとは言えない」という文章で書き始められている。実際には、この時はトーマス・マンの著書は〈焚書〉の対象となっていないのだが、情報伝達の速度や精度が現在とは全く異なるあの時代のことだから、その程度の不正確さを云々しても始まるまい。しかし、「恐らくトオマス・マンの場合には論文集『非政治的人間の告白（ママ）』などが禍したのであろうか」などとまで書かれると、「うろたえめされるな」と言いたくなる（つまり、この『ブッデンブロオク一家』の本邦初訳者は、第一次大戦頃から後のトーマス・マンについては、ほとんど何も知っていなかったということであろう）。また、共産主義のロシアでもここまでひどいことはしないのではないかなどと、かなり混乱した文章でぼやいたり、「今や、東京文壇の一角に反ヒトラアの声が起こって、詩人文士の一群が結束してプロテストを試みようとしているのも寧ろ当然な事と云わなければならない」と書いている。そして、「人道問題政治問題は姑らく措き、学術及び芸術問題に限定してみても、自由思想の束縛と猶太人の迫害とは一大不祥事である」と言って、ドイツの芸術や学問がユダヤ系ドイツ人抜きでは考えられないことを強調している。

しかし、最後になって、だがこの事態は日本にとっては有難いことになるかもしれないと成瀬は言いだすのである。ヒトラーに追われたドイツの芸術家や学者たちが日本に亡命してきてくれるかもしれないと言うのである。これは、かつて第一次大戦直後にも、成瀬が「戦後の独逸文学」なる文章の中で夢想していたことであるが、今回も成瀬はこう言う。「何となれば、ソヴェット・ロシアの革命に依って優秀な音楽家が極東へまで流れて来たように、目下の圧迫の結果、優れた独逸の学者・詩人・芸術家が来朝して、日本の学界・文壇・芸術界を賑わすということがあり得るように考えられるからである。」

だが、第一次大戦直後の日本が戦勝気分に湧き立ち、上調子になっているとはいえ、それでも一段と国際的に開かれ、民主化への気運も一段と高まっていたばかりでなく、ドイツに関しても「社会民主的革命」が期待されていた時に書いた「戦後の独逸文学」と場合が違って、昭和八年六月の日本にあっては、成瀬は、上記の文章に続けて、こう書かずにはいられなかった。「そうした場合たとえ如何に日本がファッショ化したとしても、これらの人々を迎えるのに吝かではあるまいと信じる。日本には幸に少くとも宗教的及び人種的偏見が無く、この点では最も寛容な態度が取られているからである」と。――昭和三年の新春には「昭和の文壇は当分所謂プロレタリアの文芸の潮流に依て支配せられるでしょう。少くともそれが基調になる傾向があります」と書きながら、昭和七年の新春には、日本の「思想界に於てはファッシズムの擡頭と強制とに依て左翼主義は表面上抑圧を蒙って屛息したかのように見えながら、その実、潜行運動を続けて、往々右翼と同様のテロリズムに訴えようとしている……文壇に於てもプロレタリア物は前年に引き続いて益々下火になり、之に代ってファッショ文学の提唱を見た……」(「三つの道」、「新春文壇」いずれも『文芸百話』に収録)と書くくらいの、当時の日本についての現実認識を持っていたうえに、つい三ヶ月前に小林多喜二が警察の手で虐殺されたばかりであることをも知っていたはずの成瀬が、ナチス・ドイツを追われた亡命者たちは当時の日本で歓迎されるだろうなどと本気で信じていたなどとは、到底信じられない。

事情は、いや成瀬の心中は、全く正反対だったのではないだろうか。すなわち、彼が〈焚書〉というナチスの信じ難いほどの蛮行の報道に接した時、彼は、自分がほかならぬドイツ文学研究者であり、しかも、どちらかといえば〈焚書〉の対象となった反ナチス系やユダヤ系の作家たちの戯曲や小説の研究や紹介を精力的に行なってきた人間であるだけに、心底から大きな衝撃を受けたはずである。その衝撃を消化しきれないままに、少々うろたえたような、混乱した文章を書き、信じてもいない幻想的な期待を自分の国に託したからといって、そのことを咎めだてする気には私はなれない。

この一、二ヶ月後にやはり雑誌『静坐』に「独逸新国民文学に就て」という短い文章を寄せている（『文芸百話』所収）。〈焚書〉直後の衝撃による動揺は大分静まったようで、事態を出来るだけ冷静に、客観的に捉え、かつ紹介しようと努めているが、そのために、どこまでが入手した情報の伝達で、どこからが自分の意見なのか、自分はそれをどう評価するのかが判然としない文章の連続である。一例を挙げよう。「伯林の焚書事件は世界の問題となったが、あれは主としてナチス系の青年たちがやったお祭騒ぎで、政府が好意的に之を援助し、又は利用したと見るべきだと云う。焚かれたのは猶太及び自由主義的作家の著書であったが、風俗壊乱的と見做された軟文学も入っていた。元来ファッショ主義は相対的思想と頽廃趣味とを克服し、剛健質実の気風を養成しようとするのであるから当然エロチシズムの敵である。」また、このような事態に対するベルリンのシオニストたちの意見も紹介してあれば、宣伝大臣ゲッベルスの主張も紹介されているという情報の渦が提示されるだけである。――だが、さすがにこれではならじと思ったらしく、最後の結びの文章だけは、成瀬の明快な態度表明の文章になっている。「然し、一つの政策を以て一国の芸術的伝統を無視し、之を画一化しようとすることは不可能事である。」

同じ頃に、つまり昭和八年七月に書かれたもう一つの文章に、「反猶太主義そのほか」（『人生戯場』所収）があるが、こちらの方は、もう少し明確な形で、ナチスに批判的な成瀬の態度が示されている。「伯林では私どもが愛読していた書物が公に焚かれるという。夢のような話だ。火刑台に載せられる魔女の姿や異端者の俤が遠い灰色の昔から蘇生えって来る」と言い、学者や芸術家たちの国外亡命が始まったことを伝え、「独逸の学者・詩人・芸術家が来朝するようなことになったら勿怪の幸いだと云わねばなるまい」と再び書き、「こうした人種的・宗派的葛藤が無いだけ、日本文壇はまだしも自由と云えるであろう」とも書いている。そして、ナチスの立場に立つ文学史家として、アードルフ・バルテルスとパウル・フェヒターの名前を挙げて、二人の著作の題名まで紹介してはいるが、それよりもはるかに多い紙幅を割いて、ナチスの言論統制に批判的な三人の作家たち、エーリヒ・ケストナー、イーナ・ザイデル、ルードルフ・パンヰッツの言葉を紹介している。そして、ここでも成瀬は、「日光を遮るという理由の下に一枝を切られても、更に丈夫な枝がそのあとから生え出るであろう」という結びの文章で、自分の立場を鮮明にしている。

ところが、〈焚書〉から半年余り経ち、年が変った昭和九年（一九三四年）一月に成瀬が雑誌『静坐』に書いた「送年迎春」（『無極随筆』所収）になると、ナチス政権に対する成瀬の態度に変化が見られる。短い随筆だが、丁寧に紹介しよう。

「〈非常時日本〉という合言葉で年も暮れ、……〈孤立の日本〉の運命に何時見舞われるかも知れないという不安な気持ちが不知不識のうちに万人の心を支配して……ひとり極東の一帝国のみではなく、全世界に亙る〈非常時〉の雰囲気から燻醸せられた灰色の情調……。関東大震災という痛手がまだ癒え切らない……更にまた満州問題を控えて対米対露の関係が異常に緊張し、早くも戦雲が動いて……」といった風に書き始められる。――二月に小林多喜二が虐殺され、三月に満州問題の紛糾から日本が国際連盟を脱退し、ドイツでは全権委任法の成立によってヒトラーの独裁政権が確立され、続く四月には京都帝大で滝川事件が起き、六月には獄中の日本共産党幹部たちが〈転向〉を表明し、一〇月には皇太子明仁（現天皇）が生まれた年が終り、満州国の帝政実施が間近に迫った年が始まろうとしている時の所感を記したこの文章に、これ以上の注釈は不要であろう。

「送年迎春」は、この後、「若い人達」つまり学生たちを待ち受けているであろう苦難を思いやる文章を挟んだ後、まず日本の文壇の現状を「左翼文芸は非常時の嵐に吹き散らされて屛息し、……所謂芸術主義の陣営も……視野が依然狭隘で、個人の心理解剖か、皮相な写実に止まり、新時代の趨勢に伴って進む努力を欠き、況や之を率いて未来を指すような洞察と意気とは何処にも求め得られない」と批判した上で、ドイツに目を転じて、なんと、こう言いだすのである。長くなるが、きちんと引用した方がいいだろう。

「この点で、兎角の非難はあっても独逸文壇の革新的機運の動きなぞは誠に眼覚ましいものがあります。〈文芸の再評価〉が叫ばれ、純独逸的精神が鼓吹せられ、今や殆ど挙国一致で〈新興独逸〉の目標へ向かって邁進しつつあるようです。勿論、そこには幾多の人為的強制があり、不自然さが認められ、その結果高価な犠牲が払われていますが、ともかくも、〈非常時独逸〉の文壇が頗る活気を呈して来たのは事実です。それと言うのも、この〈非常時〉なる自覚が我々よりも遥かに深刻であり、一国民の生死に関する問題として魂に烙きつけられているからだと思います。」

こう書いた成瀬は、一例として「リヒャルド・オイリンガアのラジオ・ドラマ『受難独逸一九三三年』」を引合いに出し、「〈鉄條網で編んだ荆冠〉を戴いて墓穴から躍り出た戦死者の声がマイクロフォンを通して不気味に、然し力強く響いて来る」迫力を紹介している。つまり、成瀬は、「直接世界大戦の煉獄を体験し、現在もなおその余燼に身を燒かれている欧州人に比べて、我々日本人はまだまだ苦労が足りないと思います。文芸家の生活態度もまだ安易偸安の域を脱しないと思うのです」と言いたいのである。そして、成瀬は日本人に対して、「日本精神の根源を究め、その核心を捕捉して、そこから積極的に新日本の指導精神を生み出そうという高遠な理想の下に」日本の古典文学をあらためて学ぶことを勧め、昭和九年の日本の文壇にも「消極的心理主義」に訣別して、「積極的倫理主義」に向かうことを要望して、この「送年迎春」なる文章を結ぶのである。

オイリンガーの『受難の独逸一九三三年』を含む、当時のナチスが推奨し支援した一連の「合唱劇」については、ヤン・ベルク他著の『ドイツ文学の社会史』の第四章第八節に要を得た説明があるので、興味のある人にはそちらを見てもらいたいが、いずれにしろ、明治一七年生れの、由緒ある士族の血を引く、日本男児成瀬清は、いかにもナチス仕立ての倒錯したヒロイズムにまんまと乗せられてしまったらしい。

この半年後の昭和九年六月に書かれた「独逸の新興文学」と題された一〇頁ほどの文章（『人生戯場』所収）になると、これとは少し違った角度からの、やはりナチスへのある程度の妥協とでも言うべき成瀬の姿勢が見て取れる。

今度は、「ナチス統率下に於けるドイツは今や国を挙げて新興ドイツの建立に努力しているが、その意気込みは誠に目覚ましいものがある」という文章で書き始められている。ナチス・ドイツ内に漲る「活気」の「目覚ましさ」に感心している点では、先の「送年迎春」の場合と同じである。

成瀬はまず、ナチス・ドイツについて知りたい人のために最適な手引書として、「最近日独文化協会から発行せられたドイツ大使館一等書記官ドクトル・ハンス・コルプ氏述の『新ドイツ国の対外態度』を推薦したい」と言って、その本にはレマルクやトラーなどに対する厳しい批判も書いてあると紹介している。

だが、すぐに続けて、すでに「祖国を追われた亡命者」となっているハインリヒ・マンの反ナチス的文筆活動を巧みに紹介したり、「超然として眼を東方に転じ、旧約全書に取材した大規模な三部作小説『ヨーゼフとその同胞』に筆を執り、既に第一部『ヤーコブの物語』と第二部『若き日のヨーゼフ』を公にした」弟トーマス・マンのことを、「こうした時流を外にした創作態度は、革命騒ぎを避けて『狐の裁判』を書いていたゲーテのそれを想わせるものがある」と評し、さらに、「一方、翰林院に踏み止まったゲルハルト・ハウプトマンが『自伝』を発表しつつあるのも「詩と真(ママ)」の完成に没頭する老ゲーテの俤を髣髴とさせる」と書くなど、きわめて公平に筆を進めている。

この後成瀬は、最近の親ナチス系の文筆家たちの手になるドイツ文学の案内書や評論書や文学史など数冊を紹介しているが、そういった書物の中でも、シュニッツラアやワッサアマンやウェルフェルらの名が挙げてなかったり、「トオマス・マンの最近作が比較的冷遇せられ、ウェルフェルがユダヤ系なるが故に、またその世界主義的立場から排斥せられるというようなことになると私どもは愈々不安にならざるを得ない」と書くなど、自分は決してナチスに同調するものではないことを明確に示している。

しかし、現在ナチス・ドイツの国内で進行している「ドイツ文学史の再検討」は徹底したものであって、あのゲーテですら「その世界主義的傾向から見て多少とも価値評価の上に動揺を来たすことを免れないであろう。何となれば、ドイツの新しいジェネレーションは〈人間一般〉に奉仕するのではなく、〈ドイツの人間〉に奉仕すべきである」というのだからと成瀬は言い、しかも、あのかつて若きハウプトマンに影響を与えたこともあるドイツ文学界の長老ヨハネス・シュラアフまでが、ゲーテのファウストなど「今日では最早〈ドイツ的人間〉の代表者として感得し承認せられ難い」と公言して憚からないのであると、呆れて物が言えないといった感じである。

だが、問題はその先である。にもかかわらず、成瀬は、この「独逸の新興文学」なる文章の最後に、「我々は新興国民文学の純正な精神と熱烈な意気とを認めて姑らく平静な客観的態度を保つべきであろう。そして何よりも翹望するのは、かかる精神を具体化する優秀な〈作品〉と実力ある〈新作家〉の出現である」と書き、六〇歳、七〇歳の者はもちろん、四〇代半ばの者でも「新興文学の新勢力とは言い難いのである」と、言い放つのである、——私はこれを、ドイツ大使館の一等書記官の著作に対する社交辞令的推薦状からこの文章を書き始めなければならなかった帝大教授成瀬が、文章を閉じるにあたって、もう一度書かねばならなかった社交辞令であると同時に、いたちの最後っ屁的な痛烈な皮肉であったと解したいのであるが、それは買い被りに過ぎるだろうか。——いずれにしても、成瀬でなくとも、この頃になれば、ドイツ第三帝国がそう簡単には、そう早期には消えて失くなりそうにないことを感じ始めていたはずである。

なお、先述のように、成瀬は、昭和九年九月に書いたラジオ講演「演劇六講」の最後でも、ナチスの提唱する新国民劇について簡単に触れているが、その結びでも、「然し、ナチス突撃隊のように全国の俳優に鳶色の制服を着せて一斉に右手を高く挙げさせる事は不可能だ。それは演劇の本質を無視した事柄であるからだ。……如何なる強権を以てしても〈変化〉を求める演劇的本能を窒息させることは出来ない」と書いている。つまり、成瀬は帝大の独文科の教授として、しだいに「ナチス・ドイツ」に妥協する姿勢を強いられながらも、なんとかしてリベラリストとしての最後の一線だけは譲るまいと努めているのである。

さて、成瀬無極の昭和最初期における文筆活動を整理する四番目の、最後の視点は、トーマス・マン受容の問題である。

学位論文『疾風怒濤時代と現代独逸文学』（昭和四年）を含めれば、昭和最初期の一〇年間に計五冊の著書を出した成瀬ではあるが、この時期は同時に、彼がドイツ近・現代文学の翻訳家としても名を馳せた時期であった。これ以前の大正時代、つまり、留学以前にも、彼はイプセンの『小さきアイヨルフ』とオスカア・エーワルトの『近代浪漫主義』の二冊を翻訳出版していたらしいが、それらは、いわば功名心に逸る若者の習作的な仕事だったと思われる。
それに対して、昭和二年に新潮社の『世界文学全集』第三一巻のために訳したハウプトマンの『寂しき人々』と『織匠』や、昭和四年に第一書房の『近代劇全集』第七巻のために訳したヴィルヘルム・フォン・ショルツの『影』、及び同全集第一〇巻のブレヒトの『夜打つ太鼓』は、ドイツ近・現代劇の研究者として一家を成し、昭和二年春に急逝した藤代禎輔の跡を継いで京大独文の責任者となった成瀬の、翻訳者としての力量を世に問う仕事であった。

その成瀬がどうして、大好評のうちに昭和五年に全三〇巻の刊行が終わった後、続けて始まった新潮社『世界文学全集』第二期全一九巻のなかの、第一一巻と第一九巻に分けて収められたトーマス・マンの『ブッデンブロオク一家』（昭和七年二月と八月に刊行）の訳者としても起用されることになったのかは判らない。だが、いずれにしても、大正から昭和への改元と時を同じくして起きた〈円本ブーム〉の一方の旗頭として、わが国における欧米文学の受容に新しい時代を画したと言っていい新潮社のこの「世界文学全集」の中で、成瀬は、ドイツの当時生存するただ二人のノーベル文学賞受賞作家の、両方の代表的作品を翻訳するという幸運に恵まれたわけである。

これ以前の成瀬の著作の中におけるトーマス・マンの存在感は、成瀬の主たる関心がもともとは戯曲に向けられていたこともあって、かなり影の薄いものであったことは否めない。早い話が成瀬の大正時代の研究成果の集大成ともいうべき大部な『近代独逸文芸思潮』や『近代独逸文学思潮』にも、トーマス・マンの名前は、わずかに二、三度出てはくるが、全て事のついでにマンの名前も出しておいたという程度の扱いであるにすぎない。

しかし実は、大正六年（一九一七年）に刊行された『文学に現れたる笑之研究』の中には、二〇頁余りにわたって、「人生の傍観者」という視点から、マンの初期の二冊の短編小説集『小さきフリーデマン君』と『トリスタン』に収められた計一二編の短編小説のほとんど全てに言及しながら、これを論じた一節がある。

後年（昭和一四年）この旧著を再刊するに際して添えられた「あとがき」によれば、この『文学に現れたる笑之研究』なる著書は、明治四〇年に東京帝大のドイツ文学科を卒業する際にドイツ語で提出した卒業論文「戯曲に表われた滑稽的性格の型」（それはドイツ人教授フローレンツの要望もあって、ヨーロッパの文学だけでなく、日本の狂言などについての考察をも大幅に含む論文であった）を中心に据え、これに、京都の第三高校に赴任して以後（特に大正四年から二年間に）集中的に勉強した成果である「ヴェーデキント論、トーマス・マン論（人生の傍観者）、ケルレル論等」を加えて、一冊にまとめたものだったという（引用は『無極集』による）。

つまり、この大正六年（一九一七年）に刊行された著書に含まれていたトーマス・マンの初期短編論は、成瀬があの「戦争と独逸文学」なる論文を執筆した直後頃、要するに第一次大戦の真最中に勉強していた成果なのである。したがって、成瀬も、マンにはこれらの短編小説の他に『ブッデンブルック家』や『殿下』などといった長編小説もあることは承知していて、その二つの作品名は彼の文中に明記されているが、内容等については一言も書いていない。他方、マンの初期短編についての成瀬の論述の方は、きわめて親切丁寧で、当時の日本の文学愛好家たちに青年マンの文学世界の一端を紹介するのには、要を得たものだったと言えよう。――日野（実吉）捷朗訳の『トオマス・マン短編集』と『トニオ・クレエゲル』が岩波書店からまず単行本として出版されたのが昭和二年（一九二七年）であることを思えば、成瀬がその一〇年も前にこのようなマン論を発表していたことは、日本におけるマン受容史の上でもっと評価されてしかるべきであろう。案外、これが成瀬が『ブッデンブロオク一家』の訳者に選ばれた理由だったのかもしれない。ただし、私の率直な感想を言えば、この時点では、成瀬はマンの長編小説『ブッデンブルック家』は全く読んでいなかったと思われる。読んでいたら、『トニオ・クレエゲル』についての紹介や論評にもう少し陰影が加えられただろうと思われるからである。

だが、大正六年（一九一七年）刊の『文学に現れたる笑之研究』の話はこれくらいにして、第一次大戦後のトーマス・マンと成瀬とに話を移すことにしよう。

先にも成瀬のハウプトマン熱に関連して紹介した彼の留学記『夢作る人』（一九二四）の中の、一九二二年の国を挙げてのハウプトマン六〇歳祝賀行事の詳細を報告した件（くだり）に、「今月の『新用覧（ノイエ・ルントシャウ）』誌は『ハウプトマン特集号』を発行した。巻頭にはハウプトマンの新作『ティル・オイレンシュピーゲル』の断片が載っている。トオマス・マンは『独逸の共和制』の一篇を詩人に捧げ、オスカア・レルケは詩人としてのハウプトマンを概評し……」という一節がある。つまり、成瀬は、『ノイエ・ルントシャウ』誌の一九二二年一一月号に掲載された、あのトーマス・マンの講演記録『ドイツ共和国について』を――講演するマンに抗議する大学生たちの足摩りの様子まで収録したあの講演記録（あの足摩りの挿入は雑誌編集部の演出だという批判を私はどこかで読んだ記憶があるが、定かでない）を、手にしたことはあるわけである。しかし、当時の成瀬は、ハウプトマンに直接関わる記事は読んだにしても、トーマス・マンの政治的な講演録まで読む趣味も興味も持ち合せてはいなかったと私は思う。そもそもあの「戦争と独逸文学」なる一九一五年に書いた論文の中ですら、ハウプトマンの開戦時の愛国的発言にさえも全く言及しなかった成瀬であってみれば、ましてトーマス・マンの第一次大戦中の国粋主義的発言になぞ興味は全くなかったはずであり、そうであればマンの一九二二年秋の、右翼から激しい批判を浴びた〈共和国への転向表明〉の講演なぞには、ほとんど関心はなかったと考えるべきだろう。そうでなければ、これまた先に紹介したように、一九三三年五月のナチスによる〈焚書〉の報に接した時、仰天した成瀬が、トーマス・マンの著書も〈焚書〉の難に遭ったと早合点し、マンがナチスに嫌われたのは『非政治的人間の告白（ママ）』のせいだろうと、なんとも珍妙な発言をするということになぞ、ならなかったであろう。――しかし、あの時点でマンの『非政治的人間の考察』をきちんと読んでいた日本人はおそらく皆無だったろうと私は思う。

そう言えば、ここでもう一つ付け加えておかねばならないことがある。それは、成瀬は『文学に現れたる笑之研究』の中のトーマス・マン論の書き出し部分で、マンの短編小説は「殆ど皆〈傍観者〉を取扱ってあり、又疑も無く一個の傍観者の書いたものだということが首肯せられる」と言った後、マンの両親の出自をごく簡単に紹介し、その上でいきなり、「恐らく猶太人の血も混っているのだろうと云う。さすれば人生を忌避するような暗い気分と明るい光を欲する憧がれとが彼の胸に潜んでいるのも怪しむに足りない」と書いていることである。――私には、だからといって、ことさらに成瀬を批判する気はない。ただ、成瀬のようなリベラリストをもってしても、どうにもならない時代的制約もあれば、海を隔てた距離感の大きさも時代によって異なるものであることを確認しておきたいだけである。

ちなみに、第一次大戦中から大戦直後期にかけてのトーマス・マンの評論活動、すなわち『戦時の思想』や『フリードリヒと大同盟』から、『非政治的人間の考察』をへて、『ドイツ共和国について』や『ゲーテとトルストイ』にいたるマンの歩みに対する無関心と無知という点では、なにも成瀬だけが際立っていたわけではない。かなり早くからトーマス・マンを「独逸現代の大小説家」と誉めそやしていた片山孤村が大正一三年（一九二四年）に書いたトーマス・マン論（『現代独逸文学観』所収）を読んでも、それどころか、昭和五年（一九三〇年）刊行の新潮社『世界文学講座』所収の江間道助のトーマス・マン論を読んでも、執筆者たちが自分たちの同時代人マンが当時置かれていた状況や、それに対するマンの反応などには全く無関心であったらしいことには、呆れるばかりである（江間のトーマス・マン論については「第三話」の第二章であらためて紹介する）。——このことは、その後の亡命作家トーマス・マンについての日本人（ゲルマニストも含めて）の対応や言説などを論評する際にも、しっかり認識しておくべきことである。北杜夫をも含めて、日本人にとっては、トーマス・マンは常に、ただただ『ブデンブローク家の人びと』と『トニオ・クレーガー』の作者だったのかもしれない。もっとも多くのドイツ人にとってもそうであったらしいことは、私が「第一話　ドイツ」で確認した通りであるが。

話が大分逸れてしまったようだが、再び昭和最初期における成瀬の文筆活動の中でのマンの受容の問題に戻すことにしよう。

著書『文芸百話』の成り立ちを説明する際に言及した成瀬の雑誌『静坐』へのほぼ毎月の短い随筆の寄稿は、昭和二年春から昭和一七年まで、約一五年近く、延べ約一五〇回にわたって続き、その大部分が、『文芸百話』以外にも、『無極随筆』や『南船北馬』（昭和一二年）などにも「文芸坐談」という分類で収録されている。そうなると、これは、あの激動の時代を生きた一人の日本を代表するドイツ文学研究者が遺した貴重な記録とも言うべきものになってくるのではないだろうか。

それはともかく、この「文芸坐談」の中にトーマス・マンの名が最初に登場してくるのは、昭和二年（一九二七年）の夏頃に書かれたと思われる第五話「疾病」においてであるが、その時は、病気の問題を扱った小説にマンの

「最近の大作『魔の山』」があることを紹介しながらも、自分はまだ読んでいないのでと断わって、他人の説明を借用している。

その後、先述のようにドイツでの小説の隆盛に成瀬の関心が向くようになるにつれて、当然彼のマンへの関心もあらためて強まっていったと思われるが、昭和四年（一九二九年）秋にマンのノーベル賞受賞のニュースについて雑誌『静坐』に書いた時にも、成瀬はマンのことを「『ブッデンブロオク一家』という長編で名声を挙げ、続いて短篇集（日野氏の邦訳がある）や『ヴェニスに於ける死』で文壇的地歩を堅め、最近の大作『魔の山』で世界的文豪として認められるようになったこの桂冠詩人は、サッカレイの風があると評せられただけあって、極めて冷静な明敏な頭脳の所有者であり、またアナトオル・フランスのような微妙なアイロニーを持った作者である。同じくノオベル賞金受領者であるゲルハルト・ハウプトマンが既に老いたりと評せられる今日、彼れは疑いもなく現代独逸文壇の巨星だと云って差支えない」といった、まさに当り障りのない、したがって面白くもおかしくもない紹介記事的文章を書いただけで、話をさっさとスウェーデンの女流作家ラアゲルレエフの小説に移してしまっている。

成瀬は、ちょうどこの頃書きあげて、昭和四年の年末ぎりぎりに出版した『疾風怒濤時代と現代独逸文学』の中でも、取って付けたような注記風の形で、「疾病を対象とした小説、トオマス・マンの『魔の山』は……疾病に際しての人間性の発露を描いてい……最近独逸小説界最大の収穫の一つである」と書いているが、実は、彼は、ノーベル賞を受賞したこの頃には（さらに言うなら『ブッデンブロオク一家』を翻訳した頃にも）、『魔の山』の全世界的な評判は知っていても、この小説そのものは、まだ全く読んでいないか、せいぜい前の方の三分の一くらいしか読んでいなかったのである。彼自身が後にそう明かしているのである。

すなわち、彼は、昭和九年（一九三四年）七月に雑誌『静坐』に書いた「魂の医者」と題した随筆の中で、この夏に読んだ数冊の小説を紹介した際に、マンの『魔の山』を取り上げ、「数年前三分の一ほど読んでそのままになっていたのを再び取り上げたのですが……」と書いているのである。「数年前」というのが厳密にいつのことなのかは、どうでもいい。問題は、この読書好きで、とりわけ当時はドイツで最近の話題となっている小説を片端から貪るように読んでいた成瀬が、いや、その成瀬も、多くのマン愛好家と同様に、『魔の山』を「三分の一ほど」で放り出してしまったという事実そのものにある。そして、数年後に、今や日本における最初のマンの長編小説の翻訳家としても名を知られるにいたった成瀬が、あらためて、決意も新たに再び『魔の山』に挑んだ結果はどうだっただろうか。今度は無事に最後まで読んだのだろうが、成瀬が紹介してくれる『魔の山』の後半三分の二の内容は、精神分析学と心霊術の実験の話だけである。『魔の山』後半の話となれば、必ず出てくるはずのセテンブリーニとナフタの議論も、ペーペルコルンの話もいっさい無しである。むろん、この短い随筆のテーマが「魂の医者」なのだから、それで良いのではないかとも言えるが、この随筆で取り上げられるワッサアマンの『エッツェル・アンダーガスト』やザイデルの『申し子』の方は、もう少しは小説の筋に即した形で説明されているのと比べると、前に読んだ時は三分の一で放り出してしまったという打ち明け話のせいもあって、本当は今度もそれほどきちんと最後まで読んだわけではなさそうだという印象を拭いきれないのである。――そして、私はこの随筆以外の場所でも、成瀬が『魔の山』後半部におけるセテンブリーニとナフタの論争などについて書いている文章を読んだことはない。

私は何も、父の恩師であり、私自身の大先輩でもある成瀬無極の悪口を言いたくて、こんなことを書いているのではない。むしろ、おそらくマンの『非政治的人間の考察』も本気で読んだことはなく、したがってマンの〈転向〉問題にもさしたる関心を抱かなかったと思われる成瀬が、セテンブリーニとナフタとの論争になぞまるで興味が持てずに、飛ばし読みし、その結果、主人公ハンス・カストルプの教育という問題も霧の中か、吹雪の中に消えてしまったとしても、それはそれで自然な成り行きだったと、私は考える。

それどころか、本書の「第一話」で、『魔の山』の執筆時から完成時にかけてのマンの親しい友人で、自分も当時のドイツで人気の作家だったヨーゼフ・ポンテンが『魔の山』をどう読んだかという話や、さらには、そもそもトーマス・マンへのノーベル文学賞授与に決定的な役割を果たしたのが、マンの文学は大好きだが、『魔の山』は大嫌いで、ほとんど評価しないスウェーデンの文学研究者フレドリク・ベーク教授であったことを詳しく紹介した私としては、あの時点で最新のノーベル文学賞受賞作品として新潮社の『世界文学全集』の第二期の中に組み入れられたマンの『ブッデンブロオク一家』の訳者に、『小さきフリーデマン君』から『ヴェニスに於ける死』までのマンの小説は大好きだが、『魔の山』はどうも苦手だし、マンの政治的発言にもさしたる関心はないらしい成瀬無極が選ばれたのは、ある意味で、自然で意義深い合致であったとさえ考えている。——ダメ押しを兼ねて言っておこう。『魔の山』は嫌い、あるいは苦手だが、その後にマンが着手し、激動する時代の波に揉まれながら悠々と書き進めている『ヨセフ物語』には、極めて好意的な期待を寄せている点でも、ベーク教授と成瀬教授は全く一致している。

だが、ここまで書いたら、次の一事だけは言っておかねばなるまい。

成瀬が『非政治的人間の考察』に関心を持たなかったということは、要するに、本稿第三章「成瀬無極と第一次世界大戦」で見たように、成瀬は第一次大戦時の各国のショーヴィニズムに全く共鳴できなかったからにほかならない。その点、外国人でありながら、第一次大戦時にも熱烈なドイツ帝国贔屓だったというベーク教授とは全く異なっていた。そして、成瀬は、ベーク教授のように熱烈なナチス支持者となることもなければ、ナチスによる〈焚書〉に拍手を送ることもなかった。

ちなみに、成瀬は、一九二〇年代から三〇年代初めにかけてのトーマス・マンのドイツ社会との関わり方になぞ、ほとんど関心がなかったらしい。というのは、彼も「詩人（Dichter）」と「文士（Literat）」あるいは「著作家（Schriftsteller）」との対立もしくは相違といった、ある意味で当時流行の問題には一定の関心があったらしく、昭和三年（一九二八年）初頭には、「二つの道」と題する短い随筆（『文芸百話』所収）を、昭和九年初めには「詩人と文士」と題する長い評論（『人間凝視』所収）を書いているのだが、そこで紹介されるのは、ユリウス・バッブやオスカア・ワルツェル、あるいはヤコブ・ワッサアマンなどの説であり、成瀬が実例として持ち出すのは、ゲーテやハイネやイプセンやハウプトマンその他であって、トーマス・マンの名前なぞ一度も出てこない。つまり、成瀬には、私が前稿「三つの国の物語、第一話ドイツ」で紹介したような、「詩人」と「著作家」の問題をめぐるマンと保守的な人びととの論争などは、全く関心の外にあったらしい。——誤解を防ぐために言っておくと、私が前稿で利用した資料のうち、たとえばヨーゼフ・ポンテンの私信などは、もちろん昭和初期の日本のゲルマニストたちには入手不可能にきまっているが、マンが保守派の「詩人」礼賛、「著作家」蔑視の伝統的美学を激しく批判した文章「リカルダ・フーフの六〇歳の誕生日に」などは、一九二五年に刊行されたトーマス・マン全集の第一〇巻の評論集『労苦』に収められているものである。すなわち、敢えて言うなら、『ブッデンブロオク一家』の翻訳者成瀬無極は、ワッサアマンの評論集『生の奉仕（Lebensdienst）』を読んではいても、どうもマンの『非政治的人間の考察』ばかりでなく、評論集『労苦』も読んではいなかったのではないかと思われるのである。そして、評論集『労苦』には、「リカルダ・フーフの六〇歳の誕生日に」ばかりでなく、マンの〈右から左への転向声明〉ともいうべき「ドイツ共和国について」や、これまた私が前稿で言及した「ニーチェ生誕八〇年記念講演」なども収録されていたのである。――だが、これもまた成瀬個人の怠慢というよりも、当時トーマス・マン文学に関心を寄せていた日本のゲルマニストたちに広く共通する現象だったのではないかと私は考えている。詳しくは、次の「第三話」で見ていくことにしたい。

ところで、成瀬がいつの時点で『ブッデンブロオク一家』の翻訳を頼まれたかは定かでない。だが、昭和七年八月に刊行された新潮社『世界文学全集』第二期第一九巻の「『ブッデンブロオク一家』のあとがき」の中で、「邦訳の仕事もまた、訂正、浄書、校正等を含めて、約一年半に亙っている」と書いているから、翻訳に取りかかったのは、昭和五年（一九三〇年）末か、昭和六年始め頃だったと思われる。ちょうど成瀬が京都帝国大学の助教授から教授に昇進したり（昭和五年一〇月）、日本ゲーテ協会の創設（昭和六年五月）に関わったりするなど、四〇歳台後半の多忙な時期であった。そのためだろうが、成瀬は上記の「あとがき」をこう続けている。「この間身辺多事の為め、始終独逸文学専攻の少壮学者数氏の助力を仰ぎ、辛うじて全訳を発表する運びになった」と。

たしかに、「あの『ブッデンブロオク一家』は成瀬先生が訳したのではなく、大山さん（たち）が訳したものだよ」というのは、私がトーマス・マン研究を志し、思わぬことから『非政治的人間の考察』の日本における最初の完訳者となった若い頃、つまり一九七〇年前後にも、京大独文の先輩たちから、少しだけ声をひそめて教えられた、公然の秘密だった。なにしろマンの長編小説はあの長さ、あの面倒臭さだから、その翻訳に関する同種の話は、京都以外でもいくらも耳にしたことはあり、また今の場合は成瀬自身が「あとがき」の中で正直に書いていることだから、今さら取り上げる必要はないようなものだが、それを承知で、ここで取り上げたのには理由がある。

すなわち、師成瀬無極を助けて、昭和七年（一九三二年）八月に日本で初めてトーマス・マンの長編小説の翻訳の出版を実現した、京大独文卒業の当時まだ二〇歳台の若者たちは、半年後の昭和八年二月に、日本のドイツ文学研究界に新風を吹き込むことを旗印に掲げて、雑誌『カスタニエン』を創刊したのだった。成瀬は、その創刊号の巻頭に、「人間が昔から私の興味の全部を占めていた。例えば旅行中私の興味を牽くのは人間と、それからまあ動物で、美術とか風景ではない」というトーマス・マンの文章の引用に始まり、ハウプトマン、ケラアマン、ワッセルマン、ウェルフェル、フランク、ケストネル、デエブリーンなど当代のドイツの小説家たちの作風を自在に論ずる、「人間凝視と人間描写」と題する評論を寄せて、彼らの旗上げを祝した。

そして、三ヶ月後の一九三三年五月に刊行された『カスタニエン』第二号の編集後記には、成瀬にも監修の労を引受けてもらう形で現在進めている「現代独逸のすぐれた作品の良心的な翻訳」の最初の企画として、マンの『魔の山』の大山定一、板倉鞆音、和田洋一、古松貞一の四人による共訳が予告されている。——この計画は結局実現しなかったのだが、先述のように成瀬自身が認めている『ブッデンブロオク一家』の本邦初訳の実態を具体的に示唆するエピソードと言えよう。

他方、いくら盛りは過ぎたとはいえ、円本ブームの一方の雄であった新潮社『世界文学全集』の中で刊行されるとなれば、『ブッデンブロオク一家』の刊行予定は、かなり早くからドイツ文学研究者の間では知れ渡っていたはずである。とすれば、マン受容史研究者の間ではよく知られている、東京帝大独文科の研究雑誌『エルンテ』が初めてトーマス・マン特集号を組んだのが、まさに新潮社の成瀬訳『ブッデンブロオク一家』の刊行と同じ昭和七年二月に刊行された同誌の第八号であったというのも、決して単なる偶然の一致だったとは思われない。——ちなみに『エルンテ』のマン特集号も東大独文科の最も若い世代の手になるものだった。

たまたま同年、つまり一九三二年の三月二二日がゲーテ没後一〇〇年にあたり、日本でも種々の関連行事が催されたり、関連する出版物の刊行などもあって、いつもよりは日本でもドイツ文学に対する関心が高まり、それに伴って、当時の著名なドイツ人作家のゲーテについての発言などが注目を集めたなどといったことも手伝って、この一九三二年あたりを境にして、わが国でもトーマス・マンについての種々様々な論評や解説などが急速に増えていったようである。

本稿を書き始める時点では、それらをも含めて、一気に昭和二〇年代の終り頃までの日本におけるドイツ文学研究の歴史とマン受容史の問題について書くつもりでいたのだが、調べていくうちに、成瀬無極なるゲルマニストの生涯に強い興味を覚え始めた結果、予想もしていなかった形のものとなってしまった。それで昭和七年以降の問題については、「第三話」であらためて取り上げることとしたい。

参照文献

第一章

村田経和「トーマス・マン文献目録」（その一—その三）学習院大学文学部『研究年報』7、8、9輯（一九六〇、六一、六二年）

村田経和『トーマス・マン』清水書院　一九九一年

小林佳世子「日本におけるトーマス・マン」ワイマル友の会『研究報告』1　一九七六年

Georg Potempa: Thomas Mann Bibliographie. Übersetzungen – Interviews.　Morsum/Sylt 1997.

第二章

泉　健「藤代禎輔（素人）の生涯——滝廉太郎、玉井喜作との接点を中心に——」和歌山大学教育学部紀要「人文科学」第六〇集　二〇一〇年

藤代素人『鵝筆餘滴』弘文堂書房　昭和二年（一九二七）

林久男『ゲーテの面影』岩波書店　昭和三年（一九二八）
実吉捷郎遺稿集『つばくらめ』同学社　昭和三八年（一九六三）
佐藤俊夫編『新潮社七〇年』新潮社　昭和四一年（一九六六）
上村直己『近代日本のドイツ語学者』鳥影社　二〇〇八年
杉山産七「我が半生」京都大学教養部ドイツ語研究室『ドイツ文学研究』報告第一四号　昭和四一年（一九六六）
藤代素人『文化境と自然境』文献書院　大正一一年（一九二二）

第三章

成瀬無極『無極集』（成瀬先生記念刊行会編）法律文化社　昭和三四年（一九五九）
成瀬無極『近代独逸文芸思潮』警醒社書店　大正一〇年（一九二一）
成瀬無極『夢作る人』内外出版社　大正一三年（一九二四）
成瀬無極『近代独逸文学思潮』表現社　大正一三年（一九二四）
成瀬無極『文芸百話』第一書房　昭和九年（一九三四）
成瀬無極『人間凝視　評論集』政経書院　昭和九年（一九三四）
成瀬無極『人生戯場』政経書院　昭和九年（一九三四）
成瀬無極『無極随筆』白水社　昭和九年（一九三四）
成瀬無極『懺悔としての文学』矢代書店　昭和二二年（一九四七）
成瀬無極『面影草』北隆館　昭和二二年（一九四七）
成瀬無極『文芸に現はれた人間の姿』堀書店　昭和二二年（一九四七）
酒井府『ドイツ表現主義と日本』早稲田大学出版部　二〇〇三年
戸板康二『演劇五〇年』時事通信社　一九五〇年
教育学術研究会編『独逸研究』同文館雑誌部　大正四年（一九一五）
井上寿一『第一次世界大戦と日本』講談社（現代新書）二〇一四年

岩井忠熊『十五年戦争期の京大学生運動――戦争とファシズムに抵抗した青春』文理閣　二〇一四年
成瀬無極『疾風怒濤時代と現代独逸文学』改造社　昭和四年（一九二九）
成瀬無極『偶然問答』大鐙閣　大正一四年（一九二五）
斎藤茂吉全集　第三三巻　書簡一　岩波書店　昭和四九年（一九七四）
林久男『芸術国巡礼』岩波書店　大正一四年（一九二五）

第四章

斎藤茂吉全集　第五巻　随筆一　岩波書店　昭和四八年（一九七三）
吹田順助『旅人の夜の歌――自伝――』講談社　昭和三四年（一九五九）
藤岡武雄『ヨーロッパの斎藤茂吉』有斐閣　昭和五六年（一九八一）
藤岡武雄『茂吉評伝』桜楓者　平成元年（一九八九）
品田悦一『斎藤茂吉』ミネルヴァ書房　二〇一〇年
徳永恂『ヴェニスからアウシュヴィッツへ』講談社（学術文庫）二〇〇四年
北杜夫『壮年茂吉』岩波書店　一九九三年
Thomas Mann: Essays II. Große kommentierte Frankfurter Ausgabe Bd. 15. Frankfurt am Main 2002.
Thomas Mann: Briefe III. Große kommentierte Frankfurter Ausgabe Bd. 23. Frankfurt am Main 2011.
Albert von Schirnding: Konflikt in München. Thomas Mann und die treudeutschen Männer der „Süddeutschen Monatshefte“. In: Dirk Heßerer (Hg.): Thomas Mann in München III. Vortragsreihe Sommer 2005. München 2005.

第五章

ヤン・ベルク他著　山本尤他訳『ドイツ文学の社会史――一九一八年から現代まで』（上、下）法政大学出版局　一九八九年
成瀬無極『文学に現れたる笑之研究』東京宝文館　大正六年（一九一七）
片山弧村『現代独逸文学観』文献書院　大正一三年（一九二四）

江間道助「トーマス・マン」（世界文学講座八『独逸文学篇（下）』新潮社　昭和五年（一九三〇）

第三話　遥かな国ドイツと日本

(一)　ごく私的なまえがき

人が或る作家について持つ基本的なイメージは、その作家との最初の出会いによって強く規定されるものであろう。

私がトーマス・マンという作家の存在を初めて知ったのは、敗戦後八年目の昭和二八年（一九五三年）、私が新制高校二年生の初夏の頃、放課後に学校の図書室で新着図書コーナーに置いてあった関泰祐、関楠生訳の『ファウスト博士　I』（岩波現代叢書）を手にした時であった。当時九州の鹿児島市の高校から京都の府立山城高校に転校してきたばかりで、まだ遊び仲間も話し相手もいなかった私は、そのまま図書室の一隅で一時間か二時間、この七難しい小説を読んで過した。読み耽っていたなどという気はない。いくら生意気盛りの文学少年気取りだったとはいえ、一六歳の私にあの読みづらい翻訳日本語がすらすらと読めたとは思えないからである。むしろ、読みにくく判りづらいあの文章と懸命になって格闘することが、生意気さの捌け口となってくれたのだろう。新着書だから貸し出しはできないと言われて、その後二度か三度図書室に通った憶えはあるが、その第一巻だけでもその時に読み終えたのかどうかは記憶していない。ただ、主人公アドリアン・レーヴェルキューンよりも、語り手ゼレヌス・ツァイトブロームの方が私の脳裏に強く焼きついて残ったことは確かである。これは、私が少年期を敗戦国の無力な蒼白きインテリの大人たちに日常的に囲まれたような一風変った環境で育ったことと関係があるのかもしれない。それはともかく、これが私のトーマス・マン初体験であった。

私の父は旧制高等学校の教師から新制大学の教授に横滑りしたゲルマニストだったが、戦災で自宅が全焼し、蔵書の全てを失ってしまったので、私には父親の書棚から面白そうな小説本をこっそり持ち出して読むなどといった愉しみは与えられず、また私の思春期にはドイツは全く人気のない外国だったこともあって、私はそれまで日本の小説以外には、フランスやロシアの著名な小説のいくつかを学校の図書室か、貸本屋から借りて読んだことがあるだけだった。したがって私がマンの『ファウスト博士』の最初の部分を読んだのは、『トーニオ・クレーガー』はもちろんのこと、『若きヴェルテルの悩み』や『車輪の下』や『変身』の翻訳も知る前のことだった。

むろん、この何年か後に、私にも『トーニオ・クレーガー』が大好きだった時期があったことは確かだが、それでも、そういう時期にあってもなお常に、トーマス・マンは、私にとって、反ナチス亡命文学を代表する作家であり、国内に留まったツァイトブロームなる人物の口を介して作曲家レーヴェルキューンの生涯を語らせる難しい小説『ファウスト博士』を書いた作家であり続けたのだった。

いきなりこのようなことを書いたのは、本書において私は、直接教えを受けた恩師たちを含め、数多くの日本の先学の人びとのトーマス・マン論をかなり手厳しく批判することになるが、彼らと私とのマンに対する態度の相違は、つまるところ『トーニオ・クレーガー』に代表されるマンの初期短篇の読書体験がトーマス・マン文学に関わる初体験だった人びとと、『ファウスト博士』がトーマス・マンという作家を知る契機となった人間との違いに基づくところが大きいのだろうということを、あらかじめ断わっておきたかったからである。

これは、必ずしも世代的相違というだけでは片付けられない問題だと思うが、それはともかく、同学同好の先人たちと私との相違は、もう一つの事実によって、より決定的なものになったと思われる。

マンがナチス支配下のドイツを一九三三年二月一一日に出国する以前に公刊されていた彼の著作の主要なものは、ほとんど全て一九四一年の日米開戦以前に、日本でも翻訳出版されていた。ところが、内容的には当然それまでに翻訳されていて然るべきなのに、なぜか翻訳されていなかった——というより、詳しくは第二章で見るように、日本のマン研究者たちからほとんど無視、黙殺されてきたマンの大きな作品が一つだけあった。彼が第一次大戦中に、いわば従軍日誌のように心血を注いで書き綴った約六百頁ほどの大部な評論書『非政治的人間の考察』である。マン自身が「これは芸術作品ではないが、芸術家の作品である」と言って憚からないこの書と、これを取り巻く「戦時の思想」や「フリードリヒと大同盟」などの評論群の存在が、なぜか研究者たちの視野からほとんど欠落していたことが、戦前の日本におけるマン受容の大きな盲点となっていたわけである――これには、第一次大戦でドイツは日本の敵国であったことや、それ以上に、日本人には本質的に第一次大戦体験が欠落していたこと、さらには、優れた文学者と政治とは無縁なものだと考えたがる当時の日本のドイツ文学研究者たちの性癖などが関わっていたと思われる。

ところが、その『非政治的人間の考察』を翻訳する仕事が、まさに一世代か二世代ずれた形で、戦後二〇年も経った一九六〇年代半ばになって、筑摩書房から前田敬作氏と共訳ということで、まだ二〇歳台後半の私に振り当てられてきたのである（この本は戦後まもない頃に部分的に翻訳出版されたことはあるが、完訳にはほど遠い状態に終っていた）。これには、後述するように戦前から独自の視点に基づいて『非政治的人間の考察』に一定の関心を持つようになっていた恩師大山定一先生が、当時この評論の研究を進めていた私に目をとめて密かに推薦してくださったということがあったらしいが、いずれにせよ、この全く季節外れな書物の翻訳作業に延べ数年間も従事することになった私は、これ以後『非政治的人間の考察』抜きのトーマス・マン論を受けつけなくなってしまった。

急いで付け加えなくてはならないが、なにも私は、あの第一次大戦中のマンの〈反デモクラシー〉論のイデオロギーに共鳴したわけではない。マン自身もあの評論における自分の主張が第一次大戦の特殊な時代状況に強く規定されたものであることには、途中から次第に気付き始めていて、だから、ほどなく「あれは撤退作戦だったのだ」と言って、民主主義支持に〈転向〉することができたのである。

私が第一次大戦中のマンの評論活動に強く惹かれたのは、日頃は小説を書くこと以外には何の興味も無いように生きている芸術家が、社会がある一線を越えた時、まるで人が変ったかのように小説執筆など全く放り出してしまって、今度はひたすら社会的、政治的な言論活動にのめり込んでいく、その一途な姿勢に関心を持ったからにほかならない。

——ちなみにマンは、初めて表立って政治的な反ナチス活動に踏み切ったといえるあの一九三〇年一〇月の講演「理性への訴え」においても、「十六年前の」第一次大戦開戦時に自分が行なった愛国的な言動を肯定的に振り返り、自分は今あの時と同じように行動したいのだと宣言している。

トーマス・マンという作家の持つこのような側面を完全に無視して、ひたすら『トーニオ・クレーガー』的側面のみを強調してマン像を作りあげてきたのが、戦前の日本のマン愛好家たちだったとすれば、戦後の民主主義ブームに乗ってマンを讃美した人びとの多くは、マンが〈デモクラシー〉讃美者や〈平和愛好〉家に真向から喧嘩を売る大部な評論書を書いたことがあることなど、知りたくもなかったはずである。

そのような中で私は、『非政治的人間の考察』の翻訳を初仕事として、トーマス・マン研究者として世に出ることになったわけである。

その頃から私は、一度は自分の眼で日本におけるトーマス・マン受容史を調べてみたいと思っていた。だが、それをどのような形で書くのがいいかということを考えると、なかなか手をつけることができなかった。

ところで、「第三話」で、以下のように、まずあの時期のトーマス・マン本人の姿を描き、その後で同じ頃の日本のゲルマニストたちの抱いていたトーマス・マン像を提示することにしたのは、私なりの一つの試みである。

(二) ヨセフを求めて——トーマス・マン一九二五—三二

トーマス・マンの四部作『ヨセフとその兄弟たち』を評して、研究者ヘルマン・クルツケは次のように言っている。

「(『魔の山』の主人公)ハンス・カストルプは、〈人間は善意と愛のために、自分の思考に対する支配権を死に譲り渡すべきではない〉と夢の中で考えただけであったが、ヨセフはそれを実際に実行してみせるのである。……この小説では理性が勝利を収めるかぎりにおいて、この小説は、死と過去礼讃に結びついていると彼が見なした王国から一九二二年に離反し、民主主義へと方向を転じたトーマス・マンの政治的な歩みの成果である。」(傍点山口)

私もそう思う。つまり、一九二二年一〇月の講演「ドイツ共和国について」による政治的〈転向〉に象徴されるマンの、デカダンスと復古的愛国主義とに骨絡みになったようなロマン主義の自己克服による新しいフマニスムスへの転身は、たしかに『魔の山』執筆の過程で行なわれたものである。しかし、マンは、第一次大戦前にタンホイザー伝説に因む〈ヘルゼルベルク・イデー〉に関わるものとして『魔の山』を構想し、その後、大戦勃発の衝撃を体験するや、〈魔の山〉はこの衝撃によって瓦解することにしようと固く決めて、この構想を温め続けた経緯もあり――また、それにもまして、〈転向〉したとはいえ、古き良きドイツやドイツ・ロマン主義に寄せる彼の愛惜の念の深さと強さもあって、マンは結局、『魔の山』の主人公ハンス・カストルプには、雪山の吹雪の中での遭難寸前の朦朧状態の夢の中でしか、〈転向〉を体験させることはできず、現実のハンスには〈菩提樹〉の歌を口ずさませながら第一次大戦の悲惨な戦場に消えていかせるほかなかったのである。

となると、〈転向〉後のマンの新しいフマニスムスを奉ずる人間を描くのが、マンの次の大作の課題となるのは、いわば必然的要請だったとも言える。彼が本質的に自伝的な文学者であり、また彼がドイツ市民階級に伝統的な文学形式である〈教養小説〉なるものを強く意識していた以上は。

しかし、それが、こともあろうに、天下周知の、旧約聖書に記されたあの「ヨセフの物語」の語り直しという形をとることになろうとは、誰が予測できただろうか。

本稿の冒頭に引用した文章の筆者クルツケは、マンの『ヨセフとその兄弟たち』が全集版から文庫本にいたるまで、結構いろいろな形で何度も刊行されている事実を紹介しながらも、初版の時からずっと、この膨大な四部作を前にした時、マン文学の愛読者たちも、研究者たちも皆各人各様に「当惑」を覚え、どう相手したらいいのか、どう評価したらいいのか戸惑ってしまい、その結果、この大作はいつになっても『ブデンブローク家の人びと』や『魔の山』や『ファウスト博士』などに人気の点では追いつけないのであるといった意味のことを言っている。

これまたその通りであろう。私も今もってこの大作を正面から論じる気にはなれない。それに、全体としての本書「三つの国の物語」も、必ずしもそれを必要としないし、特にこの「第三話　遥かな国ドイツと日本」にとってはそうである。
しかし、正面切っての『ヨセフとその兄弟たち』論は必要なくても、一九二〇年代半ばから一九四〇年代初頭までのマンが、営々としてこの四部作を書き続けていた事実を無視して、この時期のマンについて語ることは不可能である。そこで私は、さしあたり本稿「第三話」のこの章ではこの事実を十二分に意識しながら、かつまた「第一話　ドイツ――一九二〇年代のトーマス・マンをめぐって」と重複しないように注意しながら、『魔の山』以後、ドイツを後にするまでの間のマンの軌跡を一通り追っておくことにしたい。――そうすることによって、もはや年齢的、体力的に実現不可能なことは自覚しているものの、いつの日か書いてみたい私なりの『ヨセフとその兄弟たち』論のための覚え書きの一つに本稿がなれたらいいなと思っている。

マンが一九二四年九月二八日に擱筆した『魔の山』が同年一一月末に刊行されてから三ヶ月ほど後の一九二五年三月にマン夫妻は船会社の招待で初めてのエジプト旅行に出かけたが、この前後から彼は「ヨセフ小説」のおぼろげな計画を抱き始めたらしい。そして、一年以上の準備期間を経て、一九二六年の秋頃に執筆に取りかかったらしい。
そこで私は一九二五年と二六年に書かれたマンの二編の評論から話を始めることにしよう。――但し、これには私なりの別個の意図もあることを、あらかじめ断わっておいた方がいいだろう。それは、一九二五年は大正一四年であり、一九二六年は大正一五年にして昭和元年であるということである。この時期が単に天皇の交替による年号の変更ばかりでなく、「円本」と呼ばれた各種の文学全集の刊行や岩波文庫の創刊などに象徴されるような、日本の文化史の一つの転換点でもあったことは、すでに「第一話」の最初の方でも指摘した通りである。そのことをここで思い出しておいてもらいたい。

さて、一九二五年の秋にトーマス・マンが書いた「世界主義（コスモポリティスムス）」と題する評論がある。これは、当時ベルリンで刊行されていた著名な文学雑誌『文学世界』のアンケート「あなたは世界主義的な思想に何を負うていますか」に対する回答である。例によってマンは、約一〇頁ほどに及ぶ長ながしい文章で回答したわけである。

マンは、自分は外国語は苦手だし、特に外国語を話すことなど小学生並にしか出来ないから、そういう点ではおよそ世界主義者（コスモポリート）とは言えないなどと前口上を並べたてたうえで、突然半ば喧嘩口調とも言えるような厳しい口調で本題に入っていく。

「しかし、これこそが問題なのだが、そもそもわれわれドイツ人にとって、世界主義的な精神は外部からだけやってくるものだろうか。そんなことはない。わが民族主義者諸君、たとえわが国の国境を四方ぐるりと密閉して、ヴォータンの槲の木の下に集い、荒々しい呪文を唱えながら、以後は原文ででもドイツ語ででもヨーロッパの文学は一語たりとも読まないことを誓い合ったとしても——それでも、人種主義的な愚昧化などという理想は、君たちの霧に湿った陰鬱な心情の夢見る願望に留まるだろう。敵は国内に居るのである。ゲーテ、リヒテンベルク、ショーペンハウアーだ。どうしようもあるまい。そこにあるのが、すでにヨーロッパ的作文なのだから。じかに、ドイツ語で書かれた、本人直筆のヨーロッパ的散文なのだ。これに加えて、一九〇〇年頃に若者だったドイツ人たちを先に挙げた人びと以上に、抗いがたく君らの牧歌的願望から引き離してしまった二、三の国内体験があるのだ。ニーチェとワグナーだ。」

この挑発的な一節は、このマンの評論を取り巻く当時のドイツの時代状況と、その中におけるマンの立ち位置を鮮明に映し出してくれる。

世界主義、コスモポリティスムスという言葉や思想、いやそれ以上に第一次大戦後急速に増大し始めたこの言葉や思想を支える種々様々な社会現象や文化事象は、言うまでもなく、当時ドイツ国内で傍若無人に跋扈し始めた各種の極右の国粋主義者たちが、伝統的なドイツ民族の特性を害なうものとして極度に忌み嫌うものにほかならなかった。そして、そもそも『文学世界』誌のこのアンケートそのものが、おそらくそのような当時の時代状況と社会状況とを当て込んでの、いかにもジャーナリスティックな企画だったに違いあるまい。そして、むろんトーマス・マンの方もそれを承知の上で、こちらの方も良い機会とばかりに、喧嘩を買って出たというより、喧嘩を売りにかかったという感じである。――マンにそういった向こう意気の強さがあることは、第一次大戦勃発時の「戦時の思想」から『フリードリヒと大同盟』を経て『非政治的人間の考察』に至る過程を知る読者なら、すでにお馴染のことである。「トーニオ・クレーガー」中毒症患者のようなマン文学愛読者には、あの時点で引き取ってもらうほかあるまい。

この「世界主義（コスモポリティスムス）」という評論を書いた一九二五年当時にマンが極右国粋主義者たちの跳梁をいかに激しい不快感と危機感をもって見ていたかは、彼が一九二四年末から二五年二月にかけて行なったあの「ゲーテとトルストイ」への加筆作業に明確に反映している（あのカール・マルクスとフリードリヒ・ヘルダーリンとの出会いへの期待を語る一節もこの時の加筆部分に含まれている）。すなわちこの時マンは「授業（ウンターリヒト）」の章の末尾に、当時ヨーロッパ各国に見られたファシズムへの諸傾向を指摘し批判する数節を追加したのだが、最後のドイツにおけるファシズムへの動きを批判したくだりでは、先に評論「世界主義」から引用した文章と同じく、ヴォータン神崇拝まで持ち出す人種主義的に極端な国粋主義に対する痛烈な批判を行なっている。――なお、このようなマンのドイツ・ファシズム批判をただちにヒトラー率いるナチスに対する批判と解するのは、少し短絡にすぎるだろう。マンの当時のドイツ・ファシズム批判も彼が日常的に経験したミュンヘンでの見聞に基づくものが多かったことは確かであるにしても、ヒトラーは一九二四年末ぎりぎりまで一応は監獄に収容されていた身であり、出獄後もバイエルン州では二七年半ばまで、その他の多くの州では二八年半ばまで公の政治活動を禁じられていたことを忘れてはならない。むしろ、この頃マンが厳しく批判していたファシズムの潮流をヒトラー・ナチズムに限定されない、より広範な極右的、先祖返り的、人種差別的、非合理主義な反動的思潮と解した方が、マンがそのような時代状況の中で、ほかならぬ〈ヨセフ物語〉という題材に惹かれていった理由がわかるように思われる。

話が先走りすぎたようだ。話を評論「世界主義」に戻すことにしよう。

マンは、「世界主義の本質」は、「一国民の性格は、不変なもの、確固として不動のもの、最終的なものではなくて、思いのままの形を与え得るもの、教育し得べきものと考えることにこそある」と言い、しかし、そのような「世界主義の精神」と私との最も幸福で最も実り豊かな出会いは、あくまでもドイツ国内での出来事であったと繰返し強調し、先に挙げたゲーテ以下五名の名前を再度挙げている。そして、なかでも特にニーチェとワグナーは、それぞれ別個なやり方で、「霊的な（seelisch）傾向の強かった一昔まえのドイツ人を精神的な（geistig）な傾向の強いドイツ人へと変えていく」ことに大きく貢献したと誉め讃えるのである。――そしてまた、マンは最後に「私は善と自己克服とについて知っているすべてのことをニーチェに負い、悪と誘惑とについて知っているすべてのことをヴァグナーに負うている。……私はこの二つの体験に、善の体験にも悪の体験にも同じように等しく感謝している」と結んでいる。「あなたは世界主義的な思想に何を負うていますか」というアンケートの形に強引に合わせた感じは否めないが、それはともかく、この「善と自己克服」と「悪と誘惑」の対置、あるいは、それに先立つ「霊的傾向」と「精神的傾向」の対置などは、どこかで〈ヨセフ物語〉に、とりわけ〈エジプトのヨセフの物語〉につながっているように思われるのである。

ここで敢えて一言つけ加えておくなら、この「世界主義」という文章も、あの加筆個所を含む「ゲーテとトルストイ」も、一九二五年に出版されたマン全集の中の評論集『労苦』の中に収録されていて、昭和の最初期にも日本国内で入手できたのである。昭和一五年（一九四〇年）頃になって「ゲーテとトルストイ」を訳したがもはや出版できなかったという高橋義孝のボヤキなぞ、日本のゲルマニストの誰の言い訳にもならないのである。

次に取り上げたいのは、トーマス・マンが翌一九二六年六月五日に故郷リューベックで行なった講演「精神的生活形式としてのリューベック」である。

マンは一九二〇年代に入った頃から、著名な文筆家としてかなり頻繁に故郷リューベックに招かれ、講演会や朗読会を行なっていた。たとえば彼の有名な評論「ゲーテとトルストイ」も、もともとは一九二一年九月にリューベックで行なった講演の原稿から生まれたものである。

さて、「精神的生活形式としてのリューベック」は、リューベック市の七〇〇年記念祭の祝賀行事の講演ということもあって、力のこもった本格的な講演である。私としては、これが大作『ヨセフとその兄弟たち』の執筆を始める直前の時期になされたものであることに留意して、今回久しぶりに再読してみたのであるが、徹底して自分自身のことを語りながら、それを介して絶えず己れの生きている時代の普遍的な問題に迫ろうとする真摯にして執拗な迫力に圧倒される思いがした。それと同時に、満五一歳の誕生日を目前にしたまさに男盛りの作家トーマス・マンが、故郷の街の祝祭行事に招かれての講演を、ここまで本格的で内容の充実したものに仕立てあげることになった大きな原因は、ほかでもない、彼がこの時、いよいよ『ヨセフとその兄弟たち』の執筆にとりかかるべく、いわば離陸態勢に入りつつあったことにあると確信でき、納得できたのである。

　後年マンは、『ヨセフとその兄弟たち』の場合にも、『ブデンブローク家の人びと』や『魔の山』の場合と同じことが起きて、最初は短編小説程度のものを考えていたのが、作品自身の意志によって膨大な長編へと成長したのだと言っている。その通りだろう。だが、彼はすでに『ブデンブローク家の人びと』と『魔の山』を書きあげた経験を持つ作家であることを忘れてはならない（ここに長編評論『非政治的人間の考察』を加えることもできるし、加えるべきであろう）。それに、彼が〈ヨセフ小説〉への最初の刺激だったと回想する、或る画家の〈ヨセフ物語〉を描いた画帳を目にした時（一九二三年冬と二四年春）から二年余り、『魔の山』擱筆から一年半の時が経っている。また、一九二六年一一月から一二月にかけて書いたと推定される〈ヨセフ小説〉の最初にあたる「序曲　地獄行」は、かなりの大作を前提にしなければ書けるはずのない代物だから、その半年前のリューベック講演の原稿を作成した時点にはすでに、かなりの大作となるであろう〈ヨセフ小説〉の大まかな腹案は、大まかな形では固まりつつあったと思われる。というより、その腹案にいわば弾みをつけ、最後の一押しをするのに、ほかならぬ故郷リューベックでの講演という機会を利用したのではないかと私は考える（〈ヨセフ小説〉における「故郷」というモティーフの重要さに留意する必要があろう）。

　それというのも、私は今回リューベック講演「精神的生活形式としてのリューベック」を読み直してみて、『ヨセフとその兄弟たち』は新たに書き直された『ブデンブローク家の人びと』であることを、あらためて再確認させられたからである。

マンはこのリューベック講演を当然のように『ブデンブローク家の人びと』執筆時の裏話的な話題から語り始める。むろん、その際に『トーニオ・クレーガー』にも一言触れるだけのサービス精神も忘れない。しかし、ここで肝心なのは、彼が『ブデンブローク家の人びと』から話を始めたのは、次の三つのことを確認し、かつ宣言するためにほかならないということである。

一つは、入念な個別性の追求は普遍性に通じるということである。すなわち、マンはただ自分の家系の歴史を、リューベックの一市民家庭の歴史を忠実に描こうと努めたにすぎないのに、それが「一九世紀のハンザ同盟の生活図という文化史的な」価値を持つものとみなされたばかりか、もっと広範囲に、「たとえばスイスやオランダやデンマークの人びとが、「洗練され、感受性が増すことによって、市民性を失っていく、生理的に逞しさを失っていくこの過程は、われわれのところとそっくり同じだ」と、彼の小説『ブデンブローク家の人びと』に共感し、共鳴してくれたのである。つまり彼は、「最も個人的なものを示すことで、国民的なものを表現した」ばかりか、「最も国民的なものを提示することで、なんと、普遍的に人間的なものを言い当てた」のである。──だとすれば、最もユダヤ的な伝承を題材として、これを入念に描くことによって、「普遍的に人間的なもの」を表現することも可能なはずである、とマンは心の中で思っていたはずである。──だがマンはそれは口に出さず、代りに彼はここでは、やや唐突の感はあるが、自分は「〈ヨーロッパ〉という思想を大事にしている人々の一員であり、ヨーロッパの諸国民の新しい連帯を……要求する世界情勢を理解したがらない国際的に蔓延するナショナリズムに反対する者であるが、それは……ヨーロッパの諸国民はより高い精神的統一の変化や変種を表わすものにすぎないということ」を、『ブデンブローク家の人びと』にちなむ上述のような体験によって承知しているからであると言っている。

しかし、マンがリューベックの市民性の持つ普遍性を、ヨーロッパの枠をも超えたもっと広大な世界とのつながりの中で捉えたいと思っていることは、講演が後半に入ったあたりで、リューベック名物の菓子マルチパンの話を足がかりにして、リューベックとヴェニス、そして遥か東方の国とのつながりにまで話を拡げていることからも明らかである。

この講演でマンが確認し、かつ宣言したいと願っている二つ目のことは、父系継承の重要性である。――〈ヨセフ小説〉との関連においても、また、中年期以降の、ということは第一次大戦勃発以降のトーマス・マン自身の生き方との関連においても、この問題はきわめて大きな意義を持っていると私は考える。――このことは、換言するなら、〈ヨセフ小説〉と中年期以降のマンの生き方との密接な関連性の問題でもあるということである。すなわち、『ヨセフとその兄弟たち』は、新たに書き直された『ブデンブローク家の人びと』であるゆえんである。

由緒あるハンザ同盟自治都市リューベックの名門市民の一家が、代を重ねるにつれて洗練されると同時に退化していき、遂には実生活の上では役立たずな芸術家的人間を生んで滅亡していく様を丹念に描いてみせた『ブデンブローク家の人びと』の（そして『トーニオ・クレーガー』の）作者が、五六歳になろうという今、ある意味では自信満々に居直ったかのように、こう宣言するのである。

「人は思想家や芸術家になることによって、自分がそこから解放された周囲の人びとや自分自身が思うほどには〈退化〉などしないものなのです。人は、父祖たちが在ったもので在ることをやめるのではなく、他の、より自由な、精神化された、象徴的に表現する形式において、もう一度だけ、まさに父祖たちが在ったもので在るのです」（傍点山口）。

マン自身が「自分自身が思うほどには」と言っているように、これが『ブデンブローク家の人びと』や『トーニオ・クレーガー』を書いた若い頃の自分の思い込みに対する、否定とまでは言わないにしても、かなり重大な修正であることは明らかである。しかも彼は、このことに自分が気づかされたのは、あの第一次大戦の勃発時であったと言って、その証拠として御丁寧にも、一九二二年一〇月の講演「ドイツ共和国について」における政治的〈転向〉以来いわば問題の書となったあの『非政治的人間の考察』の「市民性」の中の一節を引用してみせるのである。そして、その中にも「自分で勝手に思い込んでいたよりはずっと〈変質〉などしてはいなかった」（傍点山口）という言い方が出てくるのである。

ここで再確認しておかねばならないが、この明確にして重要な自己認識の修正の言葉をマンが、故郷にして『ブデンブローク家の人びと』や『トーニオ・クレーガー』の舞台であるあのリューベックの街の一般市民を前にして語ったのは、一九二六年六月五日、つまりマンにノーベル文学賞が『ブデンブローク家の人びと』を主たる理由として授賞されるより三年も前のことである（授賞理由に対するマンの強い不満については、「第一話」参照）。また、日本における『ブデンブローク家の人びと』の初の翻訳が出版されるよりも六年も前のことである。ちなみに、この講演「精神的生活形式としてのリューベック」は、講演直後に小冊子として出版されたばかりでなく、一九三〇年（昭和五年）にトーマス・マン全集の一冊として出版された評論集『時代の要求』にも収録されていたので、遅くともその時点では、日本のトーマス・マン研究者たちにも入手可能だったはずであるが、どういうわけか、その当時は誰の関心も引かなかったようである。せめて『時代の要求』が出た時点で日本の研究者がこれに注目して、紹介してくれていたら、〈トーニオ・クレーガー中毒症〉的マン受容に多少の解毒効果があっただろうと思うと残念である——昭和一五年（一九四〇年）に出た佐藤晃一の翻訳書『時代の要求』（青木書店）にはこのリューベック講演も収録されていたが、佐藤が別の場所で回想しているところによれば、「日本でトオマス・マンを紹介翻訳することに対しては、一九四〇年（昭和一五年）頃から禁止の気配が漂い、一九四一年末には実際に禁止の状態になった」（佐藤晃一『トオマス・マン論』昭和二三年）そうだから、もはや遅すぎたわけである。

話を一九二六年六月のリューベック講演の内容に戻すと、マンは『ブデンブローク家の人びと』に対する自己修正を宣言した後、いわばさらに決定的な〈ヨセフ小説〉への一歩を踏み出すのである。

「ひそかな模範として私の行動を規定しているのは、やはりもともと亡くなった私の父の人格なのです。」「父からは、〈人生を真面目にやっていくこと〉を、市民的なものと非常に一致する倫理的なものを受継いでおります。……その倫理性とは、まさしく生き方の市民性（Lebensbürgerlichkeit）とも言うべきもの、人生のさまざまな義務に対する感覚であって、この感覚がなければ、業績を挙げようという欲求、生活と発展とに創造的に寄与しようという欲求そのものを欠くことになるのです。その倫理性が芸術家をして、芸術は人間的なものを全面的に免除してくれるわけではないことを悟らせ、彼に一つの家族を持ち、冒険的なものになりがちな芸術家の精神的生活に堅固で品位のある、私に言わせれば市民的な基盤を与えるように仕向けるのです。私がこのような型に則して行動し、かつ生きてきたとすれば、それには私の父親の手本が大きく与っていたことは、いささかの疑う余地もありません。」

もちろん、マンのこの講演を実際に聞いたリューベックの人びとは、よほどマンと親しいごく少数の人びとを除いては、このくだりをも、ただ『ブデンブローク家の人びと』との関係でのみ捉え、マン家の次男坊もようやく真っ当になったようだと思っただけだろうが、『ヨセフとその兄弟たち』四部作の全貌を知っている私たちは、右に引用したようなマンの父親への追慕と敬愛の言葉に接すると、あの「ヤコブとその息子たち」と改題してもかまわないようなと作者自身が言う長大な叙事詩的小説とその作者とを繋ぐ密やかな臍の緒の如き紐帯を見出した思いがするのである。

いや、講演を聞いたリューベックの市民たちも、そして遅くとも一九三〇年（昭和五年）には全集版の評論集『時代の要求』の中でこの講演原稿に接したはずの日本のマン研究者たちも、一九三三年秋に第一部『ヤコブ物語』が、次いで一九三四年春に第二部『若いヨセフ』が、いずれもまだドイツ国内で出版された時には、リューベック講演との密かな繋りをおぼろげに想起したはずである。なにしろ、『ヤコブ物語』で最初に文字通り恰好良く登場してくるのは、ヤコブではなく、彼の一一番目の息子ヨセフであり、この小説で最初に描かれる人間同士の会話は、美少年ヨセフと父親ヤコブとの対話なのである。いわんや、一九三六年（昭和一一年）秋に第三話『エジプトのヨセフ』がウィーンに移ったフィッシャー社から出版された時には、誰の目にもマンの〈ヨセフ小説〉における〈父親の規範性〉の問題の比重の大きさが明らかになったはずである。なにしろ、そこではヨセフがエジプトで彼を襲った最大の試練とも言える、ポティファル夫人ムト・エム・エネトの強引きわまる誘惑に辛うじて最後まで抗しえたのは、最後の瞬間に彼が「父のおもかげを思い浮かべたからであった。……ヨセフはヤコブの姿を自分の精神の中で、精神の目で見たのであった。父親のヤコブの象徴的な、戒める姿をであり、広義の一般的な意味あいでの父の姿をである」とまで書かれていたからである。

もともとマンが最初に考えた〈ヨセフ小説〉は、〈エジプトにおけるヨセフ〉をテーマにした短篇小説だったらしいが、それがいざ書こうということになったら、「本筋以前の祖先たちの物語をも取り入れざるを得なくなり、特にヨセフの父親ヤコブの形象が非常に重要な地位を占めてきたために、私が従来の伝承に従って尊重している〈ヨセフとその兄弟たち〉という標題では不適切になり、〈ヤコブとその息子たち〉という標題に変えなければならなくなるかもしれません」（「略伝」）というほどの事態になっていったらしい。――そうならずにすんだのは、「略伝」を書いた一九三〇年初め頃にはマン自身も全く予想もしていなかった、ナチスの急激な勢力増大と、マン自身が数年後にあたかもヨセフのエジプト送りに似た亡命生活を強いられることになったためであるとも考えられるが、それはまた別個に考察すべき事柄であろう。

それはともかく、『ブデンブローク家の人びと』の作者トーマス・マンの自己認識の変化もしくは深化による自己修正と、そのトーマス・マンの新作『ヨセフとその兄弟たち』の構想の変化もしくは進化のプロセスとの、いずれが先であったか、あるいは完全な同時進行だったのかなどといったことは、判定不可能であるばかりか、およそ不要な詮索であろう。いずれにせよ、一九二八年一〇月末にウィーンの『ノイエ・フライエ・プレッセ』にマンが発表した「前もって一言、私の『ヨセフとその兄弟たち』」と題した、自分が執筆中の小説を紹介する文章の中では、すでにヤコブとヨセフの親子は、ほぼ対等に近い比重をもって語られている。そして、一九二六年一一月か一二月に書き始められた第一部『ヤコブ物語』は、一九三〇年一〇月末頃に書き上げられたと推定されるが、当時は全体で三部作として構想されていたこの大作は、全三部が完成してから一挙に同時刊行したいという作者の強い願望があったため、『ヤコブ物語』はさしあたり出版されることはなく、マンは続けて第二部『若いヨセフ』の執筆にとりかかったようである。

さて、一九二六年六月五日の故郷の街での講演「精神的生活形式としてのリューベック」に話を戻すと、マンがこの講演で確認し、かつ声を大にして宣言したかった三つ目のことは、彼が敬愛する父を代表とする〈精神的生活形式としてのリューベック〉から受け継ぐべく託された〈市民性〉の精髄とはいかなるものであるかということである。

マンは講演の最後で、いささか強引に小説『魔の山』に結びつけながら、〈精神的生活形式としてのリューベック〉に象徴される、彼の考える〈ドイツ的市民性〉について語るのだが、ここにきて彼の口調が一段と熱っぽくなるのは、ここで語られるのが、四年前の「ドイツ共和国」支持への〈転向〉表明以来マンに対して左右両陣営から容赦なく浴せられる批判や中傷に対する、彼の不退転の決意表明であるからにほかなるまい。彼は言う。

「中間（ミッテ）という理念、これはドイツ的な理念です。なぜならドイツの本質は中間、中央にあって仲介することではないでしょうか。ドイツ人とは、大きな規模での中間者ではないでしょうか。そうです、ドイツ精神とは中間なのです。そして、中間とは市民性なのです。そうして、私たちが市民性なるものを主張する時には、ドイツ精神とまさに同じ不滅なるものを主張しているのにほかならないのです。」

こう大見得を切ったうえで、マンは、人類が今日「世界革命」とも呼ぶべき、ありとあらゆる分野における大変動の時代にさしかかっていることを認め、だからこそ経済的・階級的な観点に縛られて「ブルジョアの階級的中間とドイツ市民の精神的・世界的中間とを混同」して、市民性なぞすでに「死刑の宣告を下された」ものと見なすのはナンセンスであると切り捨てる。彼の主張する「ドイツ精神そのものである市民性」とは、「最もスケールの大きな市民性、世界市民性、世界の真中（ミッテ）、世界の良心、熱狂させられることのない世界的沈着であって、人道主義、人間性、人間、人間の教養といった理念を、右に対しても左に対しても、あらゆる極端な考え方に批判的に抗しつつ主張していく」ものであると宣言する。そして、〈激しい動乱の波と一緒になって右往左往するのは、ドイツ人にふさわしくない〉というゲーテの言葉を援用しながら、「変革する精神の偉大で解放的な行為は、〈もし市民からでなければ〉一体どこから来るでしょうか」と言い、「探求的思想の最も危険な、きわめて破壊的な冒険を行なおうという意志や天職の自覚は、いかなる皇帝でもなく、精神そのものが市民的人間に交付した特許状なのです。」

ここでマンが言おうとしているのは、むろんニーチェのことだが、いくらマンでも、市の祝賀行事の席で当市とは無関係な思想家について小難しい話をする気はなく、要するに「市民的精神」といえばすぐに古臭い、時代遅れなもの、保守的なものと考えるのは、とんでもない誤解で、本当は大胆きわまる革命的な変革をも辞さない「超階級的」

な精神であることを、講演の最後であらためて確認し、強調しておきたかったのである。

これは、マン自身が、青年期の大作『ブデンブローク家の人びと』で大成功を収めたにもかかわらず、中年期の大作『魔の山』では数々の斬新な試みに挑戦し、そして、今度は、内心密かに〈ヨセフ物語〉という誰もが知っている題材を敢えて取り上げて、人びとがあっと驚くような作品をものしてやろうと考えている最中の、まさに新しい文学の創造への意欲満々たる作家であったからこそ、自信をもって宣言できたことであったに違いない。

もう一つ、このリューベック講演でマンが掲げる「市民性」なる理念で見落してはならないものがある。それは、先に引用した文章から明らかなように、彼はこの理念を執拗なまでに「ドイツ精神」と不可分なものであると主張していることであり、さらに、そのことを再度にわたって、よりによって第一次大戦時の愛国の書『非政治的人間の考察』からの引用や、準引用とでも言うべき方法で補強していることである。つまり彼は自分の説く「市民性」なるものが「ドイツ精神」と不可分のもの、いや同一のものにほかならないことを説くことで、同時に自分の愛国精神には第一次大戦時も今もいささかの変りもないことを主張しているのだ、と私は考える。——むろん、ここで私が敢えて「マンの愛国精神」として捉えたものは、ナチスその他の当時のドイツの右翼の主張する「愛国精神」とは別のものであったことは、言うまでもあるまい。なにしろマンが「ドイツ精神」と同じものだと主張する「市民性」は、すでに見た通り、国外に向って開かれた、ヨーロッパの外に向ってすら開かれた、「世界主義（コスモポリティスムス）」に裏打ちされたものであり、彼が「ドイツ精神」と「市民性」との代表者として常に名を挙げるゲーテからニーチェにいたる人びとは、全てマンに「ドイツ国内にあって世界主義を教えてくれた」人びとだからである。

にもかかわらず、なおかつ私は、「市民性」と「ドイツ精神」との一体性を強調せずにはおられないマンに、マンなりの強烈な「愛国精神」を認めずにはいられない。

ここで、マンが〈ヨセフ物語〉という素材の中でも特に強い関心を寄せ続けたのは、〈エジプトにおけるヨセフ〉というテーマであったことを想起しておくことが必要であろう。つまり、異文化世界の中での父祖からの伝承の継承という問題である。ナチスなど極右勢力の跳梁の問題ばかりでなく、一方でアメリカニズムの氾濫を、他方でロシアに代表される東方的なものの進出といった異文化世界からのさまざまな圧力をひしひしと感受していた〈ドイツ人〉マンにとって、これは我が身の問題であったに違いない。

ここで、「第一話」の第五章「あるインターナショナルな試み」で紹介した、ベルリンのTh・クナウル新社の企画した「世界の長編小説」シリーズの一件を思い出してもらいたい。あの事件が起きたのは、一九二七年三月、すなわちマンがリューベックで「精神的生活形式としてのリューベック」と題する講演を行なった九ヶ月後であり、彼が『ヨセフとその兄弟たち』の執筆を始めた三、四ヶ月後であったことを確認しておくことは無意味ではあるまい。

今やあらゆる分野で良くも悪くも国際化の波は——それが「コスモポリタニズム」と名乗ろうと、「アメリカニズム」と罵られようと、あるいは「インターナショナリズム」と叫ばれようと、全てのドイツ人にとって避け難いものとなりつつあった。いや、日本をも含めて、それこそ世界中の全ての人びとが大なり小なり「国際化」の大津波に襲われ始めていたと言っていいだろう。特に第一次大戦の敗戦国であり、アメリカの資本力に縋って辛うじて立ち直りつつあったドイツにとっては、「国際化」は一種の命綱ですらあったと言える。

そして、この大津波でもあれば命綱でもあった「国際化」の波に乗って、トーマス・マンのごく身近な周辺でも、全く新しいタイプのドイツの若者たちが育ちつつあった。その代表者とも言える一人が彼の長男クラウス・マンであるが、当時のクラウス・マンについては拙著『激動のなかを書きぬく——二〇世紀前半のドイツの作家たち』の第二部で詳しく書いておいたので、そちらを参照してもらいたい。ただ、このクラウスが姉エーリカと二人で、それこそ「近いうちにノーベル賞受賞必至と噂される大作家トーマス・マンの双子の子供たち」という看板を掲げて、無鉄砲な世界一周旅行を敢行したのも（むろん日本にもやって来て築地小劇場を訪れている）、やはり一九二七年から二八年にかけてのことであった。一方トーマス・マンが『ヤコブ物語』の原稿のごく一部分や、『ヨセフとその兄弟たち』全体の構想の一端などを雑誌に発表して、彼が今〈ヨセフ物語〉を題材にした長編小説を書いていることが広く一般に知られるようになったのも、ちょうどこの頃、一九二七年末から翌年にかけての頃からだった。

他方で、マンがほかならぬミュンヘンで、彼が長年住みついている街であると同時に、ナチスの牙城でもある街ミュンヘンで、アルトゥール・ヒュープシャーを代表とするこの地のジャーナリズムから、第一次大戦中の『非政治的人間の考察』における国粋主義的主張からの〈転向〉、〈変節〉を激しく非難され、マンもこれに反論したものの、「マンは遂にミュンヘンから引越すことにしたらしい」という噂まで流されるという事態にまでなったのも、やはり一九二七年から二八年にかけての時期だった（つまり、一九三三年春にマンの講演『リヒァルト・ヴァグナーの苦悩と偉大』をめぐって、ミュンヘンの文化人たちが『リヒァルト・ヴァグナーの市（まち）ミュンヘンの抗議』なる声明文を出して、マンを追い出しにかかった一件の前兆と言えよう）。

一九二九年一一月のノーベル賞受賞と、それに付随して起きた『ブデンブローク家の人びと』人気の異常な沸騰（「第一話」第六章参照）は、さまざまな形で生じつつあったマンとドイツ社会との軋轢を一時的に覆い隠す働きをしたことは間違いあるまい。そして、『ブデンブローク家の人びと』の人気沸騰は当然『トーニオ・クレーガー』人気の再燃をも伴なうわけで、そうなれば、あのリューベック講演「精神的生活形式としてのリューベック」の中でマンが表明した微妙な自己認識の修正など、いよいよ無視されていったのも自明のことだった。――ちなみに、時期的にもマンのノーベル賞受賞が契機になって本格化したと言える日本におけるトーマス・マン受容は、全く無自覚のうちに、本国ドイツにおけるこのような『ブデンブローク家の人びと』や『トーニオ・クレーガー』中心のマン人気をもろに反映し、現在の、あるいは近年のマンのことなどそっちのけになってしまうことになったと言える。このことを念頭において、次の第三章を読んでもらいたい。

ところで、ノーベル賞受賞を契機としての、約三〇年前に出版された自然主義的な長編小説の新たな大衆向け廉価版の爆発的な売れ行きという現象が、まさに一つの大衆社会的な現象であったことは説明するまでもあるまい。マンが、あくまで「リューベック的市民社会」として捉えたいと願ったドイツ社会は、現実にはすでに二〇世紀的大衆社会へと変質していたのである。そのことをマンにはっきりと突きつけてみせたのが、一九三〇年九月一四日の国会議員選挙の衝撃的な結果であった。それまでわずか一二議席しか持たなかった国民社会主義ドイツ労働者党、すなわちナチスが一挙に一〇七議席を獲得して、一四三議席の社会民主党（SPD）に次ぐ第二党へと躍進したのである。

かねてナチスを初めとする極右勢力を厳しく批判してきたマンにとって、これは激しい衝撃だった。彼はこの事態を、彼の愛してやまない、彼の生活と文学の拠って立つ基盤であるドイツ市民社会そのものの存亡の危機と捉えたようで、約一ヶ月後の一九三〇年一〇月一七日に、ベルリンのベートーヴェン・ホールで「ドイツの呼びかけ。理性への訴え」と題する講演を行なったのだった（以下においては煩を避けて「理性への訴え」と記すことにする）。

この講演録は、ただちにS・フィッシャー社から三一頁の小冊子として刊行され、その年のうちに二万部が出たらしいが、どういうわけか、当時の日本のマン研究者の文章には全く姿を見せないのである。まだヒトラーもナチスも日本の警察の関心の外にあったはずで、検閲云々は問題にならなかったはずだから、事は個々のマン研究者たちの意識の問題だったはずである。

むろん、第二次大戦後の日本のマン研究者たちの書くマン評伝の類では、講演「理性への訴え」は、マンが反ナチスの闘いに公然と踏み出した第一歩として、必ずと言っていいほど言及されるのだが、その具体的内容にまで立入って紹介されることは実はあまりない。そのことが、彼の後半生を貫く反ナチス闘争と作家マンもしくは人間マンの生き方との内的関係をどこか曖昧なものにしている一つの原因になっているように私には思えるのである。そこで私は、特にその点に留意しながら、敢えてこの講演の具体的内容を紹介することにしたい。

講演録「理性への訴え」を読んで、まず心に留まるのは、マンがこの講演を第一次大戦勃発時と共和制発足時のドイツに結びつけたがっていることである。まず講演の冒頭部で、「共同体生活においては……生活の直接的なさし迫って考えなければならない問題が芸術上の考え事を押しのけ、社会全般の危機的な苦境が芸術家をも震撼させて、芸術と呼ばれる永遠に人間的なものへの遊戯的にして一途な沈潜も、一時的に贅沢で懶惰なものと思われ、心的に不可能なものとなってしまう時があるのです。戦争が勃発したあの一六年前がそうでしたし……、一二年前にドイツが指導者(フューラー)と自称した連中によってその国力の全てを犯罪的に濫用され尽した末に瓦解し、そして、夢にも思っていなかったような、できることなら免れたかったような任務を背負わされた人びとの艱難辛苦の努力によって、なんとかドイツの統一が父祖伝来の形を守った一つの国として存続できた時がそうでした」と言って、話し始めるのである。そして、講演の最後をも、再び次のような言葉で結ぶのである。

「半ば緊張のゆるんだ歳月の後、今日再び一九一四年と一九一八年の場合と同じく、私たちを結びつけ、心の最も奥深いところで私たちを捉えて、私たちの心と口を開かせる、憂慮と愛に満ちたものの名は、それは私たち全員にとってただ一つ、ドイツなのです。」

もちろん、聴衆の心を捉らえるためのレトリックという側面もあるだろう。だが、それ以上に私は、先にも触れたトーマス・マン自身の〈愛国精神〉の発露を感じずにはいられないのである。

私たちはここで、この時期のマンが敢えて「一九一四年」を口にすることの意味を考えなければならない。マンが一九二二年の講演「ドイツ共和国について」でヴァイマル共和国支持を表明して以来、マンを「変節者」として激しく非難する右翼の人びとにとっては、一九一四年に「戦時の思想」を発表してドイツ擁護の論陣を張ったマンはまちがいなく自分たちの同志だったはずだが、マンに言わせれば、彼が支持を表明した「共和国」は、一九一四年のあの「高揚と名誉の産物であり、諸君が否定されることを望まず、悪質な嘲笑によって冒瀆されることを望まず、感激しつつ決死の覚悟をもって出征して行った、まさにあの時の産物なのです――あの時、共和国は諸君の胸の中で生み出された」ものなのである（「ドイツ共和国について」）。――ここで私たちは、マンの〈転向〉後に完成された小説『魔の山』の最終場面は、主人公ハンス・カストルプが自ら義勇軍に志願し、開戦当初の戦場に消えていく場面であったことをも思い起すべきであろう。

その「ドイツ共和国」に、つい先頃の、つまり一九三〇年九月一四日の選挙でのナチスの躍進によって深刻な危機が迫りつつあるので、自分は敢えて再び公の場で政治的発言をしなければならないと考えたのである、とマンは言いたいわけである。――実際、「ドイツ共和国について」と「理性への訴え」という二つの講演には、単に会場が同じであるというだけでなく、内容的な面でも共通する点が多い。一例を挙げるなら、前者では「皆さんが共和国や民主主義を嫌うのは、それらの言葉に対して怖じ気づいているからにすぎません」と言って説得しているのと全く同じように、後者では「マルクス主義的」という言葉が「ドイツ市民を怖じ気づかせ」たり、ドイツの市民たちに「本能的に嫌悪感を抱かせ」たりするのを狙って巧みに利用されていることを指摘して、そういう術策にのせられて、頭からドイツ社会民主党を毛嫌いすることのないように訴えている。

それはともかく、「理性への訴え」を単純な反ナチスのアジ演説だと思っている人は、政論家としてのトーマス・マンの一筋縄ではいかない複雑さとしたたかさを全く理解していないと言える。

マンは本題に入って、前年に始まった大恐慌の影響を受けて、迫りくる冬を前にして「失業と工場閉鎖と飢餓と没落」に震えおののくほかない人びとに深い同情を寄せながら、このような現状を招き寄せる原因となったものを指摘し、激しく糾弾していくのだが、彼が真先に槍玉にあげて、徹底的に批判するのは、戦勝国のエゴ丸出しで取り決められたようなヴェルサイユ条約そのものである。それも悪名高い法外きわまる賠償金だけでなく、ドイツの軍備制限や領土縮小から、ザール地域の帰属問題など、当時ドイツ国民がヴェルサイユ条約に基づく第一次大戦後のヨーロッパの新しい体制に対して抱いていた不満の数々を一切合財並べたてて、戦勝国側の不公正さを痛烈に批判するマンの口調は、まさに第一次大戦中の「戦時の思想」や『非政治的人間の考察』における協商諸国に対する痛烈な批判を思い出させるものがある。――そして、マンが右翼からの「変節」批判に対して、折にふれて「自分は変節などしていない」と反論していることをも思い出さされるのである。

マンはひとしきりヴェルサイユ体制批判をぶちあげた後、目を国内に向け直し、まず、「西ヨーロッパ的様式の議会主義的憲法が、はたしてドイツの本質に完全に適したものであるかどうか」は再検討する余地があると言ったうえで、とはいえ、「民主主義的議会主義を克服しようとして東ヨーロッパと南ヨーロッパでこれまでに企てられた試み、すなわち一階級の独裁と、民主主義が生み出したシーザー的冒険家の独裁」、つまりロシアの共産主義とイタリアのファシズムは、ともに「ドイツ国民の本性にもっと根本的に異質なものです」と断定している。

　しかし、マンがこの講演「理性への訴え」で「ドイツの市民階級」に一番訴えたかったことは、次の一点にあったと思われる。――そして、ほかならぬその地点で、講演「理性への訴え」と小説『ヨセフとその兄弟たち』とは急接近するのである。

　マンは、上述のように、一九三〇年九月の国会議員選挙でナチスが大躍進を遂げた原因として、大恐慌による国民の経済的逼迫、ヴェルサイユ体制に対する国民の憤懣、西ヨーロッパの議会制民主主義を範としたヴァイマル共和政に対する国民の違和感などを挙げたうえで、さらにもう一つ、決定的な大きな原因があるという。それは、二〇世紀初頭の表現主義芸術運動あたりから「魂の叫び」なるものが尊重され始めたが、それがしだいに理性や「精神」を「単に知的なものと解して、これを生命を殺すものとして忌避し、このような〈精神〉に対抗して魂の暗部を、母性的で地底の冥府に通じるようなものを、神聖にして多産な地下の世界を、生命の真実と称讃する」ようになっていった、昨今の時代思潮の影響であるという。マンはこれを「生(レーベン)の概念を思考の中心に据える非合理主義的反動」とか、「忘我的狂乱に堕し、バッカス的逸脱に走りがちな自然宗教的なもの」とか、「極端に人間性(フマニテート)を敵視し、陶酔的なまでに荒々しく、野放図きわまる性格のもの」とか言っているが、こういった今時流行の思潮がナチスの人気を後押ししているのだというわけである。――そして、それとの関連でいささか唐突に、次のように言うのである。「しかし、宗教史的に見て人類が熱狂的で放縦な自然崇拝や、野蛮なりに洗練されたグノーシス派や、性的放埒に堕しがちなモロッホ、バール、アスタルテなどの信仰から、より精神的な信仰へと自己を高めていく過程で、どれほどの犠牲を払ってきたかを考えるなら、このような克服と解放の過程が、今日かくも軽率に否定されていることには驚くほかありません。」

　この頃はマンがちょうど『ヨセフとその兄弟たち』の第一部『ヤコブ物語』を書きあげて、第二部『若いヨセフ』にとりかかって間もない頃で、彼の頭の中では古代オリエント世界についてのさまざまな知識が渦巻き、また人類の歴史を「宗教史」的観点から考えることが半ば常態化していたと思われる。そのため現代の焦眉の問題を考察するに際しても、ごく自然にこのような思考の展開が生じてきたのだろう。

むろん、これには作家マンの個人的な事情ばかりでなく、当時のドイツの「生の概念を思考の中心に据える非合理主義的反動」が隆盛をきわめる思想状況が大きく関わっていることは周知の通りである。それに、早い話が、ナチスの代表的思想家アルフレート・ローゼンベルクの『二十世紀の神話』が出版されたのは、マンが講演「理性への訴え」を行なったのと同じ一九三〇年である（ちなみにこの本の日本語訳が吹田順助、上村清延、国松孝二の共訳で中央公論社から出版されたのは昭和一三年、つまり一九三八年のことである）。マンはすでに一九二五年の全集版の評論集『労苦』に収められた「ゲーテとトルストイ」の中で、「ドイツのファシズムは人種主義的な宗教であって、国際的なものであるユダヤ教ばかりでなく、人類的なものであるキリスト教をも嫌悪している」と書いているが、ほぼ同じ頃から構想を温め始めた〈ヨセフ小説〉を「神話の人間化」をめざす小説として実現していく過程で、いわば時期を同じく成長し、強大化していったナチスと絶えず対比しながら書きすすめていったであろうことは容易に想像できる。「理性への訴え」の中の一見唐突にも見えるあの箇所は、〈ヨセフ小説〉のことなど一言も触れられていないが、〈ヨセフ小説〉とナチスとの密接な関わりを示す、比較的早い時期における一例と言えるだろう。

話を講演「理性への訴え」そのものに戻すと、マンはこの後、人びとがこのように野蛮で粗暴なナチスにひかれていく原因の一つに、「技術の異常なまでの発達」に伴なって、「人びとを惑乱させ、神経を消耗させ、興奮させ、陶酔させる」、たとえば大観衆の前で繰り広げられるスポーツやショー、そしてスターたちへの過大な報酬といった、まさに私たちの現代にも通じるさまざまな大衆社会的現象があることなどをも指摘したうえで、最後に、このような「理念を捨てて逃げ出した人類の常軌を逸した」状態から、「狂信が救済の原理となった」ような状態から、「世界市民的で高雅な古典主義と極めて深遠で洗練されたロマン主義を、ゲーテとショーペンハウアーとニーチェと、そしてヴァーグナーのトリスタン音楽」を生み出した「ドイツ国民の品位」を、「知と精神の品位」を取り戻そうではないですかと聴衆に呼びかけるのである。――このようにマンの講演を抜き書きしながら、私は、一般市民を前に懸命になってこのように語るマンは、ドン・キホーテ以外の何者でもないと思わざるをえない。

しかも、このドン・キホーテ、トーマス・マンは、次の瞬間には一転してリアリストに変じて、彼の講演に耳を傾けている（実際には呆気にとられてポカンとしていた者も多かったのではないかと思われるが）「ドイツ市民」の聴衆に向って、こうなった以上は今度は社会民主党に協力してほしい、真のドイツを救う道はそれしかないと訴えるのである。

「第一話」で見たように、ドイツ共和国支持に転じて以来マンが支援してきたドイツ民主党がしだいに衰退し、すでに解党に追い込まれた一九三〇年秋とあっては、これ以外に選択肢はなかったと言えるが、マンは、市民階層の人びとをドイツ社会民主党支持に呼び込むために、社会民主党はプロレタリア独裁を主張する共産党とは全く異なり、決して「マルクス主義的」ではないことを力説し、さらに、第一次大戦での敗戦後もドイツがドイツであり得たのは、ひとえに社会民主党の人びとの努力のおかげであることを諄々と説き、また、今や危機に瀕している「精神」的なものと実際に最も良好な関係にあるのは、実は各種の市民政党ではなくて、社会民主党であることを説明するのである。そして、先述のように、最後に再び「一九一四年と一九一八年」とを思い出し、「ドイツ」を讃える言葉で講演「理性への訴え」を終るのである。

講演終了後マンは、聴衆の中にまぎれ込んで盛んに野次を飛ばしていたナチス一味の暴行から逃れるために、友人の音楽指揮者ブルーノ・ヴァルターの機転で、会場のベートーヴェン・ホールの非常用の抜け道を案内してもらって無事に帰ることができたという。

そして、その翌日マンは、この時のベルリン訪問の本来の目的だったという別の会場での朗読会に臨み、『ヤコブ物語』の原稿の中から三つの箇所を朗読したという。

一九三〇年の早い時期に第一部『ヤコブ物語』を書きあげたマンは、あまり間をおかずに第二部『若いヨセフ』に着手し、一九三二年六月にはこれを脱稿した。そして、同年夏のうちに、彼がもともと一番書きたかったのではないかと思われる第三部『エジプトのヨセフ』にいよいよ取りかかり、その第二章の終り近くまで、つまり兄たちの手でエジプトに向う商人の一行に奴隷として売りとばされたヨセフが、商人たちに連れられて異国エジプトに入り、初めてピラミッドを目にするあたりまで書き進んだあたりで、いかなる天の配剤か、作者トーマス・マン自身がナチスのために国を追われることとなったのである。

(三) 同じ頃の日本におけるトーマス・マン像

では同じ頃、つまり大まかに言えば昭和の最初の一〇年間頃に、日本のドイツ文学研究者やドイツ文学愛好家たちは、当時のドイツを代表するこの作家について、どのようなイメージを持っていたのだろうか。当時の代表的なトーマス・マン研究者たちの文章を介して、それを探ってみよう。なお、これは一つの特殊な事例かもしれないが、それでも、これらの研究者たちがこの作家について描き、かつ一般読者層に拡めたトーマス・マン像を、本書の「第一話」全体およびこの「第三話」の前章において私が粗描した当時の（といっても第一次大戦期からナチス政権成立の直前期までの一五年以上にわたるのだが）現実のトーマス・マンの姿と比べてみるなら、昭和の最初期、つまり張作霖爆殺事件から満州事変、そして日中戦争から第二次世界大戦へと突き進んでいく頃の日本人の外国についての認識、ひいては世界認識といったものが、いかなるものであったかを知る一つの手がかりとなるのではないだろうか。

まず最初に、ドイツで一九三三年、つまり昭和八年の一月末にヒトラーがヒンデンブルク大統領によってヴァイマル共和国の首相に任命され、ナチスが合法的に政権の座につき、三月に「全権委任法」を強引に成立させて、力ずくで独裁体制を確立し、彼らの唱える「国民革命」なるものを強行していった時期に、そのわずか半年ほど前に日本で初めてトーマス・マンの最初の長編小説『ブッデンブローク一家』を、京都帝大独文科出身の門下生たちの協力を得て完訳出版した成瀬無極が、ナチスによる〈焚書〉その他の報道に接して、トーマス・マンについて語った二つの言葉を思い出しておこう。

一つは、ナチスによって〈反ドイツ的〉な書物の大々的な〈焚書〉が行われたという報道に接した成瀬が、てっきりトーマス・マンの著書も焼かれたものと勘違いして洩らした「『非政治的人間の告白(ママ)』などが禍したのであろうか」（昭和八年六月執筆の「伯林焚書」、『無極随筆』所収）という言葉である。

もう一つは、マンが一九三三年秋に『ヤコブ物語』を、翌三四年春に『若いヨゼフ』をいずれもベルリンのS・フィッシャー社から出したことを知って安堵した成瀬が記した次の言葉である。「こうした時流を外にした創作態度は、革命騒ぎを避けて『狐の裁判』を書いていたゲーテのそれを想わせるものがある」（昭和九年六月執筆の「独逸の新興文学」――『人生戯場』所収）という言葉である。――ちなみに、成瀬はこの文章に続けて、「一方、翰林院に踏み止まったゲルハルト・ハウプトマンが『自伝』を発表しつつあるのも『詩と真(ママ)』の完成に没頭する老ゲーテの俤を髣髴とさせる」と、二人のノーベル賞作家に共通する「傍観者」的態度を肯定するような文章を書いているが、もし当時のマンがナチスに対する自分とハウプトマンの態度を一括りにするような成瀬の言葉を聞いたら、それこそかんかんになって怒ったことだろう。

これら二つの言葉は、むろん直接的には当時の成瀬無極個人のトーマス・マンについての認識の有り様を示すものであるが、私には同時に、これら二つの言葉は、当時の日本の大部分のドイツ文学研究者やドイツ文学愛好家たちのトーマス・マン受容の有り様を象徴的に示しているように思われるのである。

そのことを明らかにするために、ここで昭和の初め頃の日本の文化界全体のトーマス・マン受容の有り様を概観しておくことにしたい。

まず、当時の日本におけるヨーロッパ文学あるいはヨーロッパ文化の輸入および受容の代表的な仲介業者であった新潮社と岩波書店が、昭和最初期にそれぞれにかなり大々的な形で刊行した、いわば世界文学ガイドブック的なシリーズ本において提示されたトーマス・マン像を見ておこう。

なお、「第一話」および「第二話」で述べたように『トーニオ・クレーガー』その他のマンの初期短編は日本のゲルマニストたちの間ではかなり早くから知られていて、成瀬無極の大正時代初期の著書の中でも論じられていたうえに、次に紹介する江間道助のトーマス・マン論が出る直前の昭和五年三月には、岩波文庫で日野（実吉）捷朗訳、解説付きの短編集二冊が刊行されて、多くの読者を得ていた。以下の私の論考で焦点が第一次大戦前後以降のマンに絞られているのは、このような事情をも考慮してのことである。

さて、新潮社では、昭和二年三月から刊行を開始した「世界文学全集」を側面援助する役目を担って、昭和五年から「世界文学講座」なるものを出し始めた。昭和五年（一九三〇年）一〇月に刊行されたその第八巻『独逸文学篇、下巻』の最後に、「人物研究」なる章があって、ハウプトマン以下計八名の当時の現代作家を、それぞれ別個の専門家が担当して一〇頁位ずつの紙幅で論じている（厳密に言えば、これに「ヘルデルリーン」論が付け加えられているのだが、これは本来『独逸文学篇、上巻』に収録されるべきものが、なんらかの理由で下巻にまわされたのであろう）。その「人物研究」の最後に、九頁の長さの江間道助の「トーマス・マン」論がある。それを紹介しよう。

江間は型通りに、リューベック生れのマンがやがてミュンヘンに移り、イタリアに遊び、そして『ブッデンブローク家の人々』を書いたことを紹介し、この長編小説の内容を少しだけ詳しく説明した後、マンはさらに『トーニオ・クレーゲル』、『フィオレンツァ』、『大公殿下』、『ヴェネーディヒに於ける死』などの作品を発表したことを紹介している。この「トーマス・マン」論が書かれた一九三〇年の時点では、日本にはまだ『ブッデンブローク家の人々』の翻訳もなく、『トーニオ・クレーゲル』ほか若干の初期短編小説しか一般の読者には知られていなかったことを考えれば、江間道助の文章にはそれなりの意義があったことは、私も認めるに吝か（やぶさ）ではない。ただ、問題はこの後に江間が、ひときわ力を込めて書いている二頁余りの結論とも言うべき最終節にある。

江間は、最後にマンの近作『魔の山』を紹介するにあたって、「トーマス・マンは依然として個人主義者、平民的貴族主義者である。……自ら一つの社会的単位となって、社会に向って働きかけ、社会と共に動くような質のものではなかったのである。彼の時代的なるもの、政治的なるものに対する反撥は、大戦中に書かれた小論を集めた『或る非政治的なる人間の感想集』を繙くならば、到る処に現われて居る。彼にとって、時代的なるものとは、恒久的な超時代的なる人間性を表現する単なる機縁なのである。だからして、『魔の山』は各種の社会問題が網羅的に扱われて居るに拘わらず、依然として社会小説ではない」と書いている。

これは、マンの『非政治的人間の考察』について言及した日本で最初の文献ではないかと思われる。そして、ここに要約されているような江間のマン観や『魔の山』観は、一見きわめて正しいとも言える。しかし、この後『魔の山』の粗筋紹介が、主人公ハンス・カストルプは「色々な人に接して自己を反省しながら、病弱な身に相応しいような一種の調和に達する」という文章で締め括られ、さらに、この作家は「全体としては、殆んど我々に教える所はないかも知れぬ。併し些細な事の中にも、それの持つ意味を決して見忘れる事のない其の着実さに依て、我々に〈感じ方の洗煉さ〉を伝え得ることは確かである。数限りない、思わざる小さな発見で我々を喜ばせ得る事は確かである。一九二九年、彼はノーベル賞金を受けた」という文章で江間道助の「トーマス・マン」論が結ばれるのに接すると、私は、〈待てよ〉という疑念に襲われて、もう一度読み返さざるを得ないのである。

「序文」の冒頭に、この書は第一次大戦の勃発に伴なって「時代によって召集された、武器を取っての思想勤務」として書かれたものであると記されている『非政治的人間の考察』を本当に読んだ者であれば、その著者に対して、江間の先に紹介したような文章を書けるだろうか。また、江間のように、セテンブリーニやナフタに一言も触れず、従兄ヨアヒム・ツィームセンの「兵士としての立派な」〈戦死〉にも全く言及しないような『魔の山』の粗筋紹介で済ませてしまえるだろうか。また、第一次大戦時におけるマンのドイツ帝国への愛国主義的・保守主義的な肩入れの本気さをまるで理解していない人間なら、一九二二年秋のマンの講演「ドイツ共和国について」による〈転向〉問題など、なんらの関心もなくて当然であり、したがって江間のマン論のように、そんな問題は全く無視されているのも当然であろう。――というより、このマン論を読む限りでは、そもそも江間には、第一次大戦直後にドイツに革命が起き、ドイツが帝政から共和制に変ったという認識すらどの程度にあったのか疑問に思えてくるくらいである。これでは江間には『魔の山』の真の面白さが感得されたはずもなければ、この小説にマンがなぜ一二年もの歳月を要したかが理解されたはずもなく、したがって、江間にとってトーマス・マンは、「感じ方の洗煉さ」以外にはなにも「教える所はない」作家だということになってしまったのも当然であろう。

　江間道助のトーマス・マン論が収録されている新潮社の『世界文学講座第八巻』が刊行されたのは昭和五年一〇月二五日であるが、なんとも皮肉なことに、ちょうどその八日前の一九三〇年一〇月一七日に、江間に言わせれば「社会に向って働きかけ」ることなどしないはずのトーマス・マンは、直前の同年九月に行われた総選挙でナチスが驚異的な大躍進を果したことに、居ても立ってもおれないほどの衝撃を受けて、八年前に「ドイツ共和国について」の講演を行なったあのベルリンのベートーヴェン・ホールで、今度はドイツの市民階級に、急速に勢力を伸ばしつつあるナチスに抵抗して社会民主党の許に結集しようと熱心に呼びかける講演「ドイツの挨拶――理性への訴え」を行なって、ナチスと公然と対立する決定的な一歩を踏み出したのであった。


　次に取上げるのは、この三年近く後の昭和八年（一九三三年）夏に岩波書店から出版された『岩波講座、世界文学第五巻、近代作家篇２』に収められていた、白旗信の「マン」と題されたトーマス・マン論である。――ちなみに、先の江間道助は早稲田大学出身で、あの論文執筆時に三六歳だったが、白旗信は東京大学出身で、この論文執筆時に二七、八歳だったと推定される。このことは、この頃ちょうど五〇歳になっていた成瀬無極や、後で取上げるさまざまな研究者たちとの世代的相違あるいは変化の問題を考えるさいに知っておいた方がいいだろう。

　さて、白旗信のマン論は、冒頭に白旗自身が断わっているように、マンがノーベル賞受賞直後に執筆し、『ノイエ・ルントシャウ』誌の一九三〇年六月号に発表した比較的短い自叙伝「略伝」（Lebensabriß）に大幅に依拠して、マンの半生を概観した文章である。――ちなみにこの「略伝」は、当時マンについて語る人の多くが便利な種本として利用したもので、後述の東大独文科の雑誌『エルンテ』の〈マン特集〉でも紹介されている。なお白旗の「略伝」からの引用文の訳には、その『エルンテ』のマン特集との関連も含めてかなり問題があるが、ここではその問題は敢えて取り上げないことにする。

　なにしろ白旗の文章の大部分は、マン本人の書いていることをなぞった伝記的紹介なのだから、当時の一般読者には役に立つ文章だったのだろうが、私には何も言うことはない。しかし、終りが近づくにつれて、白旗が痺れをきらしたかのように自分勝手なコメントを挟みはじめると、私は逆に呆気にとられて、これまた物が言えなくなる。

　すなわち白旗は、マン自身がノーベル賞受賞直後の「略伝」の中でも、あれは自分が第一次大戦勃発時のドイツ国民の愛国的熱狂の中で、自分も皆と「共に苦しむ」ために敢行した「時代に召集されての、武器を取っての思想勤務」だったと言って憚からない『非政治的人間の考察』についてほんの一言だけ言及した後、長編小説『魔の山』に話を移し、第一次大戦後に再開されたこの小説の執筆が、三つの大きな論文『ゲーテとトルストイ』、『独逸共和国について』、『幽玄なる体験』によって中断されたことを紹介した後、こう書くのである。「トーマス・マンを考察するに当っては、却って明確に詩人の世界観、人生観が刻印されているこうした論文を併せ観なければならないのであるが、便宜上その内容には触れず……」（傍点山口）。

　この時白旗にどのような「便宜」があったのか知らないが（まだこの程度のことで警察に引張られることはなかったはずである）、もし彼がこれらのマンの書いた論文を自分で読む労を厭わず、たとえ各論文について二、三行ずつでも費やしてその主旨を解説していたなら、なぜ『魔の山』の執筆に一二年もの歳月が必要だったかということも少しは説明でき、彼がこのあと数頁を使って説明するこの小説の粗筋めいたものも、もう少し要領のいい、めりはりのきいたものになっていたはずである。いや、そればかりでなく、白旗が『非政治的人間の考察』から『独逸共和国について』にいたるマンの〈転向〉もしくは〈転身〉について一言だけでも言及していたなら、マンがまさにこの時期に、すなわち一九二〇年代から三〇年代にかけての時期にドイツで立たされていた苦しい状況についても、日本の読者に多少は伝えることができたはずである。

　たしかに白旗は論文の終り近くで、「新しい欧羅巴の誕生の象徴とも言える『魔の山』に辿り着いたトーマス・マンは、十九世紀末乃至二十世紀初頭の時代の苦悩を進んで自らの悩みとしてなやみ、積み重った過去の重荷を清算して新時代の問題を解決する事を自らの文化的使命として荊棘（いばら）の道を辿った一人の殉教者である」と書いているが、どうも彼の抱いていたマン像は、あくまでも「十九世紀末乃至二十世紀初頭」のいわゆる〈デカダンスの克服者〉どまりで完結した文学者像であって、二〇世紀の、第一次大戦後の新しい現実の危機的状況に立ち向う作家のイメージではなかったようである。だから白旗は、一九三三年春に執筆した彼のトーマス・マン論の最後を、「そして今正に円熟期に在る詩人は、ミュンヘンに在って、恵まれた家庭の父として静かに芸術の道に精進しているのである」（傍点山口）という言葉で締め括るのである。

どうもマンの書く「論文」は苦手だったらしい白旗は、二年半前の一九三〇年一〇月の講演直後に活字でもS・フィッシャー社から、独立した出版物として刊行され、版を重ねていた「ドイツの挨拶――理性への訴え」のことなど全く知らなかったのではないだろうか。――むろん、この点に関して白旗は、一回の選挙結果に反応して急遽行なった政治講演などに文学研究者である自分はなんの興味もないと嘯くかもしれない。しかし、彼が同じく一九三〇年にトーマス・マン全集中の一巻として刊行された評論集『時代の要求』を手に取り、そこに収められている「文化と社会主義」や「レッシング論」や「近代精神史におけるフロイトの位置」などのマンの評論を読んでいたら、マンにとってナチスの問題は、政治的な問題であるだけでなく、文化や文学とも深く関わる問題であったことは容易に察知できたはずである。要するに白旗は、マンの評論を全て「使宜上」無視することによって、実は第一次大戦以降のトーマス・マンという文学者が抱えこんでいた問題の全てを棚上げにしてしまったことに、自分で気付いていなかったわけである。

ただ、白旗の名誉のために、次のことは付言しておかねばなるまい。

すなわち、白旗は、一九三三年四月と執筆時期を明記して本文を閉じた後に、「付記」と題して、次のように始まる十行の文章を添えているのである。「偶々この稿の校正中、独逸からの電報が、ヒトラー一派ナチスの台頭と共に、マン兄弟も遂にプロシャ翰林院（アカデミー）を追われるに至ったことを報じている。」――これは、一九三三年三月から五月にかけて、文学アカデミーの約三〇名の会員のうち、ナチスの意に染まないほぼ半数の作家たちが、アカデミーからの脱退もしくは除名を強いられたことを指している（詳細は拙著『ドイツを追われた人びと』の序章を参照されたい）。兄ハインリヒ・マンも弟トーマス・マンもむろん自らの意志で脱退したのだが、この報に接した白旗の最初の反応は、まず「成程大実業家マン家の祖先にはユダヤ人の血が流れているかも知れないが、現在のトーマス・マンにどの程度のユダヤの香いがあるか、われわれは疑問にせざるを得ない」という、なんとも啞然とするほかない、頓珍漢な（ではすまない）ものである。次いで、白旗は、「むしろわれわれは、一党一派に偏せず、国民を超越して広い意味で人間を愛する彼の態度、積極的にはたらきかけない迄も、彼の国際的コスモポリタン、平和主義者としての態度は、少くともアンティ・ナチスであること丈けは肯定し得る。とまれ、彼は今日の独逸と相容れず、思わぬ苦境に立たされている事は事実である」（傍点山口）と書いている。

こういった文章から判断すると、白旗はこの時点でも、マンがすでに国外に在って、ドイツに帰れない状態にあることは知らなかったようだが、現在とは情報伝達の条件がまるで異なる当時のことを考えれば、そのことをとやかく言うつもりは私には全くない。ただ、すくなくとも上述のような情報に接してもなお、マンは政治に関わるようなことはしない、時流に超然としたコスモポリタンで平和を愛好する芸術家であり、「今正に円熟期に在り……恵まれた家庭の父として静かに芸術の道に精進している」大作家であるという、白旗が勝手に作りあげたイメージは、ほとんど揺らぐことはなかったのではないかと思われるのである。となると、この急遽付け加えられた「付記」も、はたして白旗の名誉にどの程度寄与したのかは疑問なしとしないのではないだろうか。

ところで白旗は、この約一年後に、当時改造社から創刊されて間もない月刊文学雑誌『文芸』の一九三四年四月号に、「トオマス・マン――死より生へ」と題する文章を発表している。

彼はこのマン論の最初の方で、マンは「ヒトラー治下のナチス独逸に容れられず、〈非独逸的〉の名の下に思わぬ迫害を受け兄ハインリッヒ・マンと共にプロシャ翰林院（アカデミー）を追放され、作品のあるものは焼却されるという忍苦を嘗めるに到った」が、彼は現在も「世評を外に着々従来の長編の何れをも凌駕する大規模の大作『ヨゼフとその兄弟』を執筆しつづけているものの如く、その第一部作として昨年十月『ヤコブの物語』を発表したことは、誠にたのもしい限りと言えよう」と、マンの近況について書いている。これは、トーマス・マンの著書の一部も逸早く〈焚書〉の対象となったという誤報も含めて、先に挙げた成瀬無極のマンについての二つの発言と基本的に同種の発言と言っていいだろう。成瀬が『ブッデンブローク一家』の日本初訳を出した直後であり、他方、白旗は、先の岩波書店の「文学講座」や後述の『浪漫古典』誌の昭和九年（一九三四年）一一月号のトーマス・マン特集への寄稿などに見られるように、当時トーマス・マンと言えば必ず声がかかるような、若手の代表的なトーマス・マン研究者と見なされていたらしいことを考えるなら、ナチス政権誕生の直後期におけるトーマス・マンをめぐる消息についての成瀬と白旗に共通したこのような見解は、当時日本でこのドイツのノーベル賞受賞作家に関心を持っていた人びと全体が共有した知識であり、感想であったと考えていいだろう。

それはさておき、『文芸』誌上のマン論において、白旗は、上述のようなマンの近況報告をした後は、「彼は利欲の為め、或は時流に投ずる為めに創作の筆をとる事は皆無といっても過言ではない」と、マン文学愛読者なら文句のつけようはないものの、「やはり白旗は『非政治的人間の考察』も『フリードリヒと大同盟』も読んではいないな」と勘繰られても仕様がないような讃辞を連ねてから、例によって、ショーペンハウアーやワーグナーの影響を強く受けたデカダントでペシミストでロマンティカーだったマンが、「やがてニイチェの手によって死を越えて更に第二の新しい生の肯定に到る、いわば自己の克服者となる」過程を、主に『ブッデンブロオク家』と『魔の山』との紹介を通じて説明していく。しかし、その説明は、ただ「死と生」とか「愛による克服」とかいった言葉を適当に操っているだけの、説得力の弱い文章の羅列に終っている。そして、『ヤコブの物語』は、出版されたことは知っているが、自分はまだ読んでいないので、それが「旧約聖書のヤコブの話をその儘取材したもの」であること以上は知らないと言って、論評は控えている。

ところが、白旗は、論文の最後の約三〇行になってから、突然、マンの作品は「余りにも私的で個人的告白に過ぎ、一般妥当性が無いと非難されるかも知れない」が、「どの作にも悠久な人生が暗示されて居り、ゲーテを初め古来偉れた独逸の芸術作品は大体に於て個人的な作者のたましいの発展の表れであり、マンのみを敢て非難する事は出来ない」とまずマンを弁護した上で、だが、実はマンの作品の中でも社会的問題も扱われていないわけではないし、「独逸共和政府に就いて」などの論文においては国家のあり方や精神的指導者のあるべき姿についてマンは論じているのだと言い出すのである。そして、マンは「〈病的なロシヤ〉にも〈西方的啓蒙的フランス〉にも魂を奪われてはならない。両者に学びつつも独自の途を歩め」と説いていることを紹介したうえで、「この意味は勿論今日の独逸の極端な排他的な国粋主義を指すものではなかろう」とか、「積極的に働らきかけない迄も彼の国際的平和主義者としての態度は、少くとも今日のナチス独逸とは相容れないものがあろう」と白旗は言い、ナチスに対してあからさまに迎合的な態度を取っているハウプトマンと違って、トーマス・マンは「彼一流の冷静な眼差しで、黙々として現代独逸の政治的動向を見ながら、静かに自らの芸術に精進しつつある彼も亦ゆかしと言わざるを得ない」という文章で、このマン論をしめくくっている（引用文の傍点は全て山口）。

　このように、先に紹介した岩波書店の「文学講座」所収の彼の論文をも含めて白旗のマン論にしては、かなり唐突な感じの否めないこの、当時のアクチュアルな政治状況に半歩踏み込んだような締め括りの一節は、具体的に名指しされるマンの評論が、明確にナチスへの対決姿勢を打ち出した「理性への訴え」（一九三〇）などではなく、一〇年以上も前の「独逸共和制に就いて」（一九二二）であることに端的に示されているように、多分に俄仕込みの知識で恰好をつけた文章だったと思われる。しかし、それこそ幸か不幸か、その筋から入ったクレームのために、おそらく「社会主義」という言葉に関わると思われる三箇所が禍禍しい伏字記号の印刷になったために、さも先鋭なことが書かれているかのような印象を与えることになった。しかし、最後まできちんと読めば、白旗がここで言っていることは、つまるところ、マンの『ヤコブ物語』と『若いヨセフ』が一九三三年秋と一九三四年春に出版されたことを知って安堵した成瀬無極が洩らした「こうした時流を外にした創作態度は、革命騒ぎを避けて『狐の裁判』（『ライネッケ狐』）を書いていたゲーテのそれを思わせるものである」という感想と大して変らないと言っていいだろう。――ただ、なんとも奇妙なのは、この二人のドイツ文学研究の専門家は、『ヤコブ物語』と『若いヨセフ』それぞれの分量のかなりの分厚さと、白旗が絶賛するマンの「一言一句もゆるがせにしない」文体や、推敲に推敲を重ねるマンの創作態度とを考えれば、今出版された二つの作品は、いずれもナチス政権の確立以前にすでに書き上げられたものだったことに気づかなかったのだろうかということである。

そんなはずはない。つまり、成瀬も白旗も、見えすいた気休めの言葉で、自分をも読者をも落着かせようとしているにすぎない。

いや、それだけではあるまい。成瀬にとっても白旗にとっても、一流の文学者は、とりわけゲーテに代表されるようなドイツの一流の文学者は、それがいかに激しい動乱を伴うものであったとしても、その時々の政治の動きになぞ煩わされるものではなく、常に時流に超然として芸術の道に邁進する者であるはずであるという固定観念が、無意識のうちに出来上っていたのだと思われる。

加えてトーマス・マンの場合には、多くの人びとがマン文学愛好家となる決定的な契機となった『トーニオ・クレーガー』の中で繰り返し描かれる、自分はあくまでも窓の外に留まって、室内で踊るハンスやインゲの姿を見つめ続けるトーニオに象徴される生き方と美学が、暗黙のうちにトーマス・マンのイメージを規定する呪縛力を持っていたと考えられる。ハンスやインゲと一緒になって踊るトーニオの姿が想像できないと同じように、社会の動乱の中に自ら飛び込んでいく作家トーマス・マンの姿は、一般読者ばかりか、成瀬無極や江間道助や白旗信などのような日本のドイツ文学研究者たちにも、この期に及んでもなお全く想像できなかったようである。だから彼らは、第一次大戦中のマンの「戦時の思想」も「フリードリヒと大同盟」も「非政治的人間の考察」も、ヴァイマル共和国初期の「ドイツ共和国について」も、そしてナチスの爆発的な躍進に直面した際のマンの眦(まなじり)を決しての「ドイツ国民に告ぐ」的な講演「理性への訴え」をも、すくなくとも『トーニオ・クレーガー』の作者の文学とは関係の無いものとして無視することができたのであろう。いや、無視すべきだと考えたのであろう。

しかも、彼らにとって有難いことには、ノーベル文学賞授賞の主たる対象作品はマンの最初期の作品『ブッデンブローク家』であり、また近年の話題作『魔の山』は表面上は第一次大戦前の、ドイツ革命前のヨーロッパを扱った小説であり、おまけに現在唯今彼らに提供されたマンの作品は、なんと「旧約聖書の話をその儘」借用したものだったから、彼らは、先に私が列挙したようなマンの数々の政治的発言など全く無視しても、マンの文学について語ることができると考えたのであろう。その結果、彼らの語るトーマス・マン像は、初期作品群の上にせいぜい申し訳程度に『大公殿下』や『ヴェニスに死す』を飾り付けただけで、まるでこの作家には第一次大戦もドイツ革命も存在しなかったかのように中は空洞の不安定な構造物の上に、馬鹿でかい置き物『魔の山』を強引かつ無造作に載っけて、その上にノーベル文学賞という冠をかぶせただけの、およそ迫力のない、そもそも一九世紀の作家なのか二〇世紀の作家なのかすら判然としないポートレートになってしまったのであろう。

白旗信が雑誌『文芸』に「トーマス・マン――死より生へ」を発表してから約半年後の昭和九年一一月に、この年の四月に昭和書房から創刊されたばかりの月刊雑誌『浪漫古典』の第八号（一一月号）が、「トオマス・マン研究特輯」として出版された。――ちなみに、この雑誌は創刊号から毎号（第七号だけ少し異なるが）特定の作家の特集を組み、それが誌面の七、八割を占める形で編集されていて、マン以前にドストエフスキー、ゾラ、H・D・ロレンスといった外国人作家と、芥川と葛西、鷗外、漱石などの日本人作家が交互に特集の対象になってきた。マン特集号の巻末にある編集部の「第八集後記」によると、マンを特集の対象に選んだ理由は次の通りであるという。

「この国の文学の身辺・心境性の狭隘を打開する道が、作家の社会認識に訴えて、広さを求める社会文学にあるとするのも確かに重要な一面であるが、観念界の深刻性に参与して深まりを得る哲学的文学への意志も看過し得られぬ半面であろう。」だから、「今日の世界文学に於ける最も哲学的なる作家としてのマンの全貌」を明らかにしたいと思ったのであるというのが、特集を組んだ編集部の意図である。

昭和九年といえば、言うまでもなく、前年二月の小林多喜二の死に象徴される左翼運動への激しい弾圧を受けて、いわゆる〈転向文学〉が世の注目を浴び始めた年である。右に引用した『浪漫古典』誌編集部の〈トーマス・マン特集〉の企画意図が、大正時代から昭和初期にかけての私小説、プロレタリア文学、そして転向文学といった流れをどこまで意識したものであったかは私には分からないが、すくなくとも客観的には当時大きな岐路に立たされていた日本の文学界の動きと深く関わっていたことは間違いあるまい。他方で当時の、つまり一九三四年のトーマス・マンは、ナチスの支配するドイツを逃げ出し、スイスのチューリヒ近郊キュスナハトに居を構えて、『エジプトのヨセフ』を執筆しながら、今後の生き方を決めかねていたわけで、ある意味で――おそらくは企画した編集者たちの意図を超えた、あるいは彼らの意図とは違った意味で、この〈トーマス・マン特集〉は、まさに時宜にかなった企画だったと言える。

ただし、全ては、執筆者たちがこの企画をどう理解し、これにどう応えたかにかかっていた。――率直に言おう。寄稿されたマン論八編を読んで、同学の先輩たちのマン認識と当時の、つまり一九三〇年代前半の実際のマンとの余りの乖離にいささか愕然としたというのが私の正直な感想である。

私の感想はともかく、少し具体的にこのマン特集の内容を紹介しよう。

「トオマス・マン研究特集」と銘打ったものの内容は、まず、さまざまなテーマによる日本人研究者のそれぞれ五頁から一〇頁未満のマン論が八本並び、次に、マンの五〇歳の誕生日を祝してS・フィッシャー社から一九二五年に出版され、昭和初期の日本のマン研究者たちが重宝した例のS・フィッシャー社の御用伝記作者的なアルトゥル・エレッサーの『トーマス・マン伝』の一節、マンがミュンヘンで保険会社の見習社員をやっていた二〇歳前後の頃を描いた一〇頁余りの一節の翻訳と、マンがノーベル賞受賞直後に書いた簡潔な自伝で、これまた当時の研究者たちが重宝していた「略伝（Lebensabriß）」からの五〇頁近い抜粋翻訳が並び、最後に、佐藤恒久の手になる一〇頁余りの「トオマス・マン文献」が掲載されている。――ここでまた私見を挿むなら、当時のいわば気鋭の中堅、新進のゲルマニストたちの名前が並ぶこのマン特集の中で、今でも参考になるのは、唯一、当時のドイツと日本で出版されていたマンの著作と翻訳、そして研究文献をかなり詳細に網羅したこの文献一覧だけである（この文献リストにはマンの講演論文「ドイツ共和国について」や「ドイツの挨拶――理性への訴え」はそれぞれ一九二三年と一九三〇年にわざわざ独立した単行本として刊行されたことも記されていて、これらの講演を日本のマン研究者たちが完全に無視し続けていたのは、彼らの意識や意志によるものだったことを示している）。ちなみに、このリストを作成した実直な研究者佐藤恒久は、東北帝大の出身で、当時は武蔵野音楽学校の講師をしていたようである。

さて、この特集に収められた日本人研究者の八編のマン論全てを詳しく紹介しても無意味なので、本稿の主題を追求するうえで必要な範囲内で、掲載順も無視して適宜紹介することにしよう。

まず本稿ですでに登場してもらった、当時の出版界で有数のトーマス・マン通として知られていたらしい江間道助と白旗信の二人が、このマン特集に寄稿した文章である。

江間は、いかにも編集部の企画意図に応えるかのように、「トーマス・マンの世界観」という大上段に振りかぶった表題の巻頭論文を書いている。それで期待して読んでみて、啞然とした。先の新潮社の「世界文学講座」の場合と同じで、江間が対象としているのは、マンの初期短編と戯曲『フィオレンツァ』（一九〇五）だけで、最後の方で『非政治的人間の考察』と『ゲーテとトルストイ』という題名がちらりと出てくるだけである。しかも論考の内容は、H・A・ペーターというドイツ人研究者の「精神と生活」、「芸術家と市民」という対立を軸にしてマンの初期作品群の変遷を整理する論文の内容を祖述するだけのものである。そして、ところどころに江間自身の空威張り的なマン批判の言葉、「要するに何と云う小市民的・個人主義的な併し神妙な心であることぞ！」とか、「彼に於ける生活と精神との綜合の作用は、専ら自己を内省的に組織しかえる方向にのみ向けられて居るのである」とかいった文章が挟まれているだけである。――要するに江間は、昭和初期に実吉捷朗訳の『トーマス・マン短編集』に魅了された文学青年たちと同じ所に立ち止り続けたマン研究者だったのだろう。すくなくともこの「トーマス・マンの世界観」なる大仰な題名の論文を書いた時点では、当時の日本の代表的なマン研究者として遇されていた江間は、マンが一年以上前にドイツを逃げ出さなければならなかったことすら、知っていなかったのではないかと疑われかねないのである。――要するに、編集部の必ずしも悪くない「今日の世界文学に於ける最も哲学的なる作家」トーマス・マンをテーマにした特輯企画は、よりによってマンの初期短篇にしか興味も知識もない時節外れの研究者に巻頭のいわば基調報告的な論文を任せてしまったことで、台無しになってしまったわけである。

もう一人の当時売れっ子のマン研究者だったらしい白旗信は、「トーマス・マンの短篇に就いて」と題する一文を寄稿しているのだが、彼もまた「総べてマンの短篇は……遠く『魔の山』目指して登る彼が、一歩一歩と刻んで行った印象深い足跡である」などといった、噴き出したくなるような名文や殺し文句と初期短篇の数々の表題とを適当に混ぜ合わせた文章を綴っているだけである。せめて同じ短篇小説でも『無秩序と幼い悩み』（一九二五）と『マーリオと魔術師』（一九二九）についての簡潔なコメントでもあれば、少しは救われるのだが、ことさらに強調されているのは、案の定『トニオ・クレーガー』への讃辞ときては、どうしようもない。

ちなみに、江間道助と白旗信の二人は、この特集を最後に日本のトーマス・マン受容史から姿を消してしまったようである。成瀬無極訳『ブデンブローク一家』（新潮社「世界文学全集」）と実吉捷朗訳『トーマス・マン短篇集』（岩波文庫）がマン文学の全てであった時期は終ったのである。

長編小説については、高橋健二が『ブッデンブローク一家』を、大山定一が『魔の山』を担当しているのだが、前者は、とりたてていうこともない素直な作品紹介であり、後者は、この年七月から雑誌『コギト』に『魔法の山』の翻訳を連載し始めた大山の、翻訳作業中の感想を記したものであるが、大山については第三章以下で詳しく述べるので、ここでは省略することにする。

残る四人のマン論だけが、一九三四年というこの『トオマス・マン特集』の企画された時期の持つ意味を、なんらかの形で明確に意識して書かれた文章と言えるだろう。もっとも、当然なことながら、執筆者それぞれの関心のあり様を反映して、述べられていることは各人各様に異なっている。

まず植村敏夫の「トーマス・マンとヘルマン・ヘッセ」は、二人の作家をごく大雑把に比較した文章だが、最後を次のように結んでいる。「二人は共にドイツ的な、同時に超ドイツ的な現代ドイツ文壇の大家で、共にナチスに追われた人たちであるが……現代の社会と現実に不満をもちつつそれらへの愛着の絆を断ち切ることができず従って明日への理想をもたない人々はマンにつき、現代の社会と現実に不満をもちつつそれらに愛着することなく、しかもなにかかなしい自分の心を歌いたい人々は、一個の孤独な魂の内面生活を語るヘッセにつく」――ヘッセの方はともかく、マンについてのまとめ方には、いささか首をひねらざるをえない結論である。だが、植村は、二人を比較する際に、ヘッセについては『荒野の狼』（一九二七）まで視野に入れて書いているのに対して、マンについては、一応『魔の山』（一九二四）の名も挙げてはいるものの、基本的には『ブッデンブローク家』（一九〇一）から『ヴェニスにおける死』（一九一二）までのマンに力点を置いて論じていることからも判るように、すくなくとも一九二〇年代半ば以降のマンについては、ほとんど何の知識も持っていなかったのではないかと思われる。つまり、これはマン愛読者としては江間や白旗のような古いタイプに属する人間が、ナチスによるマン追放という緊急事態に対して、無理遣りひねり出したコメントとでも言うべきだろう。

　これに対して、「トーマス・マンの史詩的意図」と題する文章（「史詩」は「エポペエ」の訳語）を寄せている片山敏彦は、いきなり「先頃ナチス政変のためプロシャ翰林院をトーマス・マンが去った直後、彼が発表した二つの作品を私はほぼ同じ頃に読んだ」と書き始めるほどに、今この時に（最後に一九三四年九月二四日と執筆の日付が明記されている）トーマス・マンについて語ることの意味を自覚していたと思われる。彼が読んだマンの二つの作品とは、一九三三年一〇月に出た『ヨゼフとその兄弟達』の第一部『イヤコプ物語り』と「雑誌『ディー・ノイエ・ルントシァウ』の一九三三年四月号に出た論文『リヒャルト・ヴァーグネルの受苦と偉大』」である。片山はまず、自分はかねて「市民的秩序と詩人的秩序との相関・相克・矛盾」を描くマンの態度が「あまりにも唯頭脳的であること」に「一抹の空虚さを感じ」ていたと批判したうえで、だが、今回のヴァーグネル論は「語の最も厳粛な意味に於ける史詩の重荷」を背負い続ける「孤独な創造者のものしずかなしかし強靭なパートスとエートスとを示し」ていて感銘を受けたと言う。そして片山は、バルザックやトルストイ、さらにはゾラなどにも共通する「象徴の力に運ばれつつ神話（ミュートス）となるところの一自然主義」としか言いようのない「史詩の重荷を荷おうとする緊張」を、今『ヨゼフとその兄弟達』の第一部を発表したマンに感じる、と書いている。マンがこの大作に挑んだ際にヴァーグナーの大作『ニーベルンゲンの指輪』四部作を絶えず意識していたことは、よく言われることであるが、片山は、マンの『イヤコプの物語り』と『ヴァーグネルの受苦と偉大』とを併せ読んだ機会に、そのことに逸早く気付いたというわけである。――片山は、先に引用した冒頭の文章ばかりではなく、具体的にマンのこの「二つの作品」の話に入る直前にも、わざわざ「ドイツの政治の嵐の中で、この『非政治的人間の諸感想』の著者が……今一人の偉大な西欧人アルベルト・シュヴァイツェルの〈生自体への畏敬〉の立場に近づき……」（傍点山口）と意味深長な一文を挿入していることからも判るように、当時の時代状況を十分に意識したうえで、しかも、当時の日本人に入手可能な最も新しいマンの著作二つを利用して、このマン論を書いているわけで、お見事と言っていいだろう。

当時の日本の雰囲気を考えれば、別の意味でお見事と言っていいのは、残る二人、小口優と武田忠哉のマン論である。

小口優の「トーマス・マンのゲーテ観」は、ドイツの文学者がゲーテについて語る時には、実は常に自分自身について語っているのだという観点から、マンが一九三二年に行なった講演「市民時代の代表としてのゲーテ」を紹介し論評するのだが、小口が特に強調するのは、マンが講演の最後で力を込めて説く、ゲーテの晩年における「個人主義的人道主義の自己克服」による「市民的なるものから世界的共同性への移行……共産的なるものへの移行」のくだりである。そして、小口は彼のマン論を次の言葉で結んでいる。「彼はマルキストではない。むしろ彼は市民的なるものから超市民なるものへ、個人主義的人道主義から社会主義への移行、むしろ成長が可能であると信じているように思われる。ジードの転向などを思い合せて、我等はここに正しき良心を持った欧羅巴の市民的詩人の態度を窺うことができる。マンの場合にはジードなどのようにお人好しに派手にではなく、じみに分別をもってこの〈転向〉は行われているが。ともかくもトーマス・マンは色々な意味で現代欧羅巴文学の指表となる詩人である」――なお、この小口優のマン論が伏字なしに印刷公表されていることは、先に紹介した半年前の雑誌『文芸』に発表された白旗信の「トオマス・マン――死より生へ」における伏字の出現が決して当時マン論に課せられた一般的な現象ではなかったことを証明している。

武田忠哉の「マンとナチス文学」は、冒頭に「文化の最低段階においては常に国民的憎悪が最も強く最も熾烈に見いだされるであろう」とか、「いまや国民文学は多くを意味しようとしない。世界文学の時期が到来したのだ」とかいったゲーテの言葉や、「ドイツ精神は世界市民性である」というトーマス・マンの言葉などを掲げることで始まる。

そして、武田自身の文章は、次の一文をもって始まるのである。「それにもかかわらず、ヒトラーのドイツは遂にゲーテのドイツではなしに、ビスマルクのドイツであらねばならない。何故なら、そこでは、ユダヤ民族による優秀なドイツ的文化が追放され、ただ先天的・形而下的なドイツのみが唱導されているからである。」そして、結論部では、武田はマンについてこう書く。「真に彼はドイツの市民として生れ、自らその経歴を誇り、その文学的活動において絶えず市民的に規定され、それによってこの世紀のドイツ的文化を世界的に掲揚し得たにもかかわらず、ついに種族的ドイツの支持者ナチスによって追放されねばならなかった」と。

　これだけ紹介すれば、これ以上武田の反ナチス・親トーマス・マンのこの論文について紹介する必要はないようである。だが、私としては一つだけひっかかる点があるのである。それは、武田もまたマンの「非政治的人間」なる第一次大戦時の自己規定を、「戦時の思想」から「フリードリヒと大同盟」を経て『非政治的人間の考察』へと展開するマンの第一次大戦中の言論活動をきちんと検証することなしに、「非政治的」なる言葉の世間一般の解釈あるいは用法に従って考えているらしいことである。だから武田は、平然と次のように書くことができるのである。「当初から彼は〈一人の非政治的人間〉を自称し、宣伝から離脱して観照と点描に専念し……理知的に彼自身の芸術を哺育しつづけたのであった。孤独の緩衝地帯におけるスタミナのセーヴィング。その限りにおいて、特に、老年期における製作態度の芸術的良心において、トーマス・マンの道はゲールハルト・ハウプトマンの道よりも更にゲーテ的と呼ばれねばならないのである」（傍点山口）。――これでは武田も、第一次大戦中のマンの敢然として火中の栗を拾うかのような、愛国的感情に突き動かされた激しい論争文など何一つ読んではいないことや、したがって〈転向〉後のマンが一九二〇年代のヴァイマル共和国で難しい状況に置かれていたことなど全く知らないことを自ら明かしているようなもので、『ヤコブ物語』と『若いヨゼフ』刊行の報に接して安堵し、「こうした時流を外にした創作態度は、革命騒ぎを避けて『狐の裁判』を書いていたゲーテのそれを想わせるものがある」と書いた成瀬無極と同じことである。しかも武田は、駄目押しするかのように、結び近くでもう一度こう書くのである。「いまや現代ドイツ文壇のメーン・イヴェンター、トーマス・マンは煩しき現実を回避して、三部作『ヨーゼフと彼の兄弟たち』のライフ・ワークの創作に沈潜することによって、芸術のサナトーリュームにおける彼の文学の純粋性を守りつづけているのである。」

どうも当時の日本のゲルマニストたちには、「時流を外にして」「芸術のサナトーリュームにおいて彼の文学の純粋性を守りつづける」文学者像への強い憧れが、深く根づいていたようである。それには、ゲーテに代表されるドイツ文学の持つ特性への愛着や敬意と、プロレタリア文学の勃興と壊滅、そして社会の急速なファシズムへの傾斜といった当時の日本の種々な問題への自分自身の配慮とが複雑に絡み合っていたと思われる。

むろんゲルマニストたちのこのような傾向に対する異議申し立ても散発的に存在したことは承知しているが（たとえば舟木重信の『ゲーテ・ハイネ・現代文芸』が刊行されたのは、この『浪漫古典』誌の「トオマス・マン特集」より二年後の昭和一一年である）、これまでに私が紹介したトーマス・マン研究者のマン論の中で、一人としてマンの一九三〇年の講演「理性への訴え」に言及した者がいないのは、驚くに値することだと私は思う。――マンはこの反ナチス宣言とも言える講演の中で、それもかなり初めの方で、自分が「芸術家として」黙っておれなくなり、社会に向って直接語りかけねばならなかった時として、第一次大戦が始まった時と、ドイツが共和国になった時と、そして、ナチス支配の危機が迫ってきた今とを挙げているのである。つまりマンは、「非政治的人間」を自称していた頃から、「芸術のサナートリューム」にこもって小説を書くことなど出来ない種類の作家だったのである。その彼を自分たち好みの「窓の外に留まる」トーニオ・クレーガー的人間のままにとどめておきたがったのは、ほかでもない第一次大戦以前の、今や過ぎ去ってしまって二度と戻ってくることのない時代のトーマス・マンの文学を愛してやまない愛読者たちと、彼らに支えられた古いタイプのマン研究者たちだった。――そして本国、遥かな国ドイツでも、マン自身がそのような人びとの偏見と闘い続けねばならなかったことは、先に「第一話」で見た通りである。ただし、本国ドイツで、あるいはノーベル賞の国スウェーデンのようなドイツの近隣諸国でマンを苛立たせた従来型の愛読者たちや研究者たちは、いくらトーニオ・クレーガー的マンに愛惜の情を注いでも、肝心のトーマス・マン本人はドイツ社会の激しい変化と共に急速に変貌していきつつあることを嫌でも自分の目で見、耳で聞かないわけにはいかなかったが、遥か離れた日本では、少なくとも昭和一〇年（一九三五年）頃までは、マン研究の専門家でさえも一九〇五年頃までのマン文学像だけで商売をしていけたのである。――この三〇年間の時間差を現在の「平和国家日本」の感覚で考えてはならない。この間にドイツの国家体制は帝政から共和制へ、そしてナチス独裁制へと目まぐるしく変り、変り目ごとに戦争や革命があったことを忘れてはならないのである。そして、その激変するドイツ社会の変化に合わせてこの作家は変っていったのである。

この章を閉じる前に、あと二つだけ紹介しておかねばならないことがある。

これまでに紹介したのは、全て営利的な商業出版物に発表されたトーマス・マン論である。最後に、あの時期の専門的な学術雑誌に発表されたマン研究文献の中から二つの事例を紹介しておこう。

一つは、当時東京帝国大学の独逸文学科の若手が中心となって刊行していた研究雑誌『エルンテ』の第八号（一九三二年二月）が、「トーマス・マン号」として出されたことである。これは日本における最初の〈トーマス・マン特集〉と言えるもので、マン研究者の間ではよく知られた事実である。

ただ残念なことに八人の執筆者全員がまだ学部在学中の学生で、なかには入学一年目か二年目と推定される者も少なくないので、いくら旧制高校生の頃からドイツ語を習っていたと言っても、かなり荷が勝ちすぎていることは否定できない。むろん私は一応全てに目を通しはしたが、今ここに一編ずつ紹介して、かつて現役の教師時代にうんざりするほどやらされた学生たちの卒業論文や修士論文、あるいはそれ以前のレポートの類の審査作業を繰返す気にはとてもなれない。しかし、それにもかかわらずここでこのトーマス・マン特集に言及したのには、理由がある。それも肯定的な、積極的な理由がある。

それは、「ゲーテとトルストイ」、「王侯・詩人・マン（大公殿下論）」、「マリオと魔術師」、「論文集に現われたトーマス・マンに就いて」、「魔の山を訪う」などといった論題の並ぶ目次を見た時に受ける一種の新鮮さである。それは、むろん今日の私達にとっての新鮮さではなく、マンの文学といえば日野（実吉）捷朗訳『トオマス・マン短篇集』と同一視され、江間道助や白旗信がマン研究の代表として通用していたあの昭和の初め頃における新鮮さである。

簡単に言えば、このトーマス・マン特集には、たしかに『ブッデンブロークス』論はあるが、『トーニオ・クレーガー』論もなければ、『トリスタン』論も、その他の初期短編集論もなく、代りに「強大な軍国主義と民主主義の二つの流れがあり」、あのロシアでさえもブルジョア・デモクラシー革命が行われたという時代背景から説き起す『大公殿下』論や、マンの『ゲーテとトルストイ』の面白さに引き摺り込まれそうになりながらも、マンはもはや古いのだ、我々若者はもっと新しい視点からこの二巨人を見る眼を持たなければならないのだと主張する「ゲーテとトルストイ」論や、自分の実力などお構いなしに、自分が読み漁ったトーマス・マンの書いたさまざまな評論の中から、思いつくままに全く自分勝手にいくつかの評論を取り出し結びつけて論じまくった「論文集に現われたトーマス・マンに就いて」という八方破れの文章などが一つになって生みだす混乱した作家像が与える新鮮さである。——ちなみに『ゲーテとトルストイ』論と三冊の評論集を扱った論文の二編は、日本で初めてマンの小説ではなく、評論をテーマにした論文と言える。なお後者は、第一次大戦後におけるマンの政治的〈転向〉を、具体的に一九二五年の大統領選挙におけるマンのヒンデンブルク批判を例に挙げて、これを〈変節〉視するなど、マンを一九二〇年代のドイツの混沌とした現実の中に据えて捉えようともしている。

しかし、実は学生たちの稚拙だが熱の込もった文章の中から断片的に浮上してくるこの混乱した作家像こそが、一九二二年からフィッシャー社から刊行され始め、一九三〇年には計一一冊になっていたトーマス・マン全集が実際に提示している、二〇世紀前半の現代作家トーマス・マンの実像だったのではないだろうか。それまでの、いやそれ以後も結局は日本のマン文学愛好家たちを捕えて離さなかった、『ブデンブローク家の人びと』と『トーニオ・クレーガー』を中心とした、本質的に一九世紀末のデカダンスとその克服を主題とする物語作家というイメージではもはや対応できない地平に、第一次大戦以後のトーマス・マンは進み出ていたことは間違いないからである。

なお、当時の東大独文科の様子は、近年刊行された富士川義之著『ある文人学者の肖像』と題する富士川英郎伝の第四章にも少し描かれている。そこで描かれているゲーテ学者として高名な木村謹治教授が「ドイツ抒情詩」を講じ、『エルンテ』のトーマス・マン特集号が出た翌年、つまり一九三三年の一二月には京都で開かれたゲーテ協会でいち早く「独逸文学評価の転変」と題する講演を行なって、新たに独逸文学の主流となったナチス文学の紹介につとめるエルヴィン・ヤーンが講師として幅を利かせていた東大独文科の学生たちが、一九三二年二月にあのような意欲的なトーマス・マン特集号を出したのは、正直言って意外な感じがしないでもない。しかし、それこそが、昭和七年、八年という時期のもつ歴史的特徴だったということだろう。ちなみに、マン特集号と富士川英郎伝の一齣とをつなぐ人物は、星野慎一である。彼は、マン特集号には最も無難な論文「ブッデンブロークスに就いて」を寄稿しているが、富士川と同じく木村教授の授業でリルケについて学び、後にリルケ研究者として知られるようになるのである。――どういうわけかは判らないが、マン特集号に寄稿した八名のうち、私の知るかぎり、誰一人として、その後トーマス・マン研究者となった者がいないのも、時代のせいなのだろうか。それとも何らかの理由があったのだろうか。だが、これ以上の推測は私の書くことではあるまい。

蛇足ながらもう一言つけ加えておくと、この雑誌『エルンテ』の〈トーマス・マン特集〉は、この時点でも、学生たちでもその気になればトーマス・マンという作家についてこれだけの多様な情報を集めることができたということを教えてくれるのである。

さて、最後にこの頃のトーマス・マン研究論文として、どうしても紹介しておかねばならない学術論文が一つある。当時の東大独文科では、学生をも含む若手が出していた『エルンテ』誌とは別に、教官や同科出身の研究者たちが執筆する『独逸文学研究』と題する雑誌を出していた。その『独逸文学研究』の通算すれば第一〇号になるはずの号が、昭和七年（一九三二年）六月に、出版社が変ったために改めて第一号という形で出されたが、その号に、白旗信の一年先輩に当る当時二八か二九歳の神保謙吾の「トーマス・マンの人と作品」と題して、『ブッデンブローク家』から『魔の山』に至るまでのマンの歩みを跡づける論文が発表された。

こう書くと、神保もまた江間や白旗と同じく、マンの生い立ちからのんびりと語り起こすのかと思われるかもしれないが、出版社の出す一般読者相手の「講座」ものと違って、れっきとした学術研究誌に若手研究者が寄稿するのだから、いくら日本におけるマン文学への一般的な認知度がまだ低い当時であっても、そのような安易な態度は許されない。神保は論文の冒頭の節から、「十八世紀以来積み重ねられて来たブルジョア文化の相続者である智識階級が、現代の無産階級運動の暴風の中に立って、自己の立場の清算、若しくは弁明の必要に迫られて来たのは当然であって……此の運命を自覚し、又此の問題の解決を、進んで自己の文化的使命となしている人々の中でトーマス・マンは、独自の存在を示している一人である。……唯彼を過去の代弁者と見たり、又簡単に反動主義者として片付けることは、到底不可能な事となって来る」と、かなり肩に力の入った文章を記すことになる。この文章を書いた時、神保が、ナチスの急速な伸長によって左右の対立が激化するドイツの社会状況や政治状況ばかりでなく、国内的には共産党やプロレタリア文学あるいはその同調者たちに対する弾圧の強化、国外では満州への侵略に象徴されるような当時の日本の社会状況や政治状況をも意識していたであろうことは間違いあるまい。

それはともかく神保はこの後、一応型通りに『トニオ・クレーゲル』論から始め、マンがショーペンハウアー、ワグネル、ニィチェから受けた影響について語ってはいるが、神保の主たる関心は、『ブッデンブローク家』の大成功によって作家としての地位を確立し、上流市民の娘と結婚して市民社会の一員となった後のトーマス・マンに向けられていると言っていいだろう。そこで当然のように、彼のマン論においては、江間や白旗のマン論とは違って、マンの二つ目の長編小説『大公殿下』(神保は『皇子殿下』と訳している)について、かなり丁寧に論評されている。だが、神保のマン論の最大の特長は、おそらく、いや、まず間違いなく、この論文において日本で初めてマンのあの長大な評論集『非政治的人間の考察』が、その内容に立入って、かつごく断片的にとはいえきちんと引用されて紹介され、かつ論評されたという点にあるだろう。

すなわち神保はまず、「独乙の理念的な姿にのみ注意を奪われていた彼が突然現実の近代化された祖国を眼前に見せつけられ、彼が今まで固執して来た政治又は社会に対する無関心を放棄せねばならなかったのである。従って『非政治的人間の観察(ママ)』は非政治的人間の政治観なのである」と断じる。そして、マンがドストエフスキーなどを援用して、ドイツ民族の反ローマ的、反ラテン的使命を強調したことなどを紹介する。しかし、神保には、マンの第一次大戦中の愛国主義的、反西欧的議論に深入りする気も、肩入れする気もなかったらしく、かなり早々に、次のような言葉で大戦中のマンを総括的に批判するのである。すなわち、マンは「敢然と祖国の弁護のために立った」のだが、「この時の彼の態度には余りにも自己主張と自己弁護に終始した嫌いがないでもなかった。つまりシュトリッヒの言う独乙的性向にのみ重きを置いて、独乙的精神を軽視した傾があったのである。そして又実際、この大戦の熱病時代が過ぎ去った時になると、彼はこの一時的な過失を改めて、再び独逸民族の使命を見直すようになったのである。」

こう書くことによって、神保は日本で初めてマンのいわゆる〈転向〉問題にはっきりと言及したことになる。むろん神保は、〈転向〉などという言葉など使わず、「修正」というおとなしい言葉を用いているが、神保はマンの「修正」の可能性はすでに『非政治的人間の観察(ママ)』の中に認められるとして、具体的に同書から「私は繰り返して言うが、私の反抗は、望むらくは、可成り独乙的な、そして又余り多く人の眼を眩まさぬ姿を取って現れるであろう所の将来のデモクラシーに対してではない……」という箇所を引用したうえで、マンは「余りにイージーゴーイングなデモクラシー或はソシアリズムの幸福論（Eudämonismus）に反対して、ファウスト的な矛盾克服の独乙的本質を高揚しているのである」と書いている。

そして第一次大戦後のマンに話を進めた神保は、『魔の山』について、こう書くのである。「『魔法の山』はこのヨーロッパ全体の新生への意志を背景として生れた作品であって、悪夢から醒めた作者自身の体験の告白であると共に、新しきヨーロッパの象徴であると云える。」

むろん神保は、『魔の山』の副産物とも言うべきマンの評論についても、白旗のように「便宜上」黙殺することはなく、「ゲーテとトルストイ」からは例の「カール・マルクスがヘルデルリーンを読まぬ中は……」の個所を引用し、「独乙共和国に就いて」からは「始めに死への共感があって、終りに生活奉仕への決心がある様な精神の変形程我々の心に親しいものはない」という個所を引用するそつのなさを見せている。

むろん、商業雑誌などと学術研究誌とでは、執筆者に与えられる紙幅の相違その他さまざまな条件が異なるので、単純に比較することはできないが、それでも神保の論文は、当時の日本のトーマス・マン論の中では出色の出来だったと言っていいだろう。

しかし、である。先にも引用したように、神保が「大戦の熱病時代が過ぎ去った時になると、彼はこの一時的な過失を改めて、再び独乙民族の使命を見直すようになったのである」（傍点山口）と書き、また、「マルクスとヘルデルリーンとの邂逅」のくだりを引用する直前に、「かくして『非政治的人間の観察（ママ）』に於いて為されたデモクラシー或は共和国の否定は、独乙的精神による社会主義化の是認或は現共和国に対する弁護の言葉と成ったのである。即ち彼は独乙社会主義に対して次の様に述べている」（傍点山口）と書いているのを読んでいる時、私はそこで神保が言っていることの論理的内容には同意しながらも、これらの文章の持つ息遣いのようなものが、なにか微妙に気になってならなかったのである。

その気になったなにかが判然となったのは、雑誌『エルンテ』や『独逸文学研究』の後身である雑誌『独逸文学』の昭和一六年（一九四一年）三月刊行の号（第四年第四集）に、神保が「ハンス・ヨースト」論を書いているのを見出した時である。

ヨーストは、言うまでもなく、ナチス文学を代表する作家であり、一九三三年春にハインリヒ・マン、トーマス・マン、リカルダ・フーフ、アルフレート・デーブリーンなど反ナチスや非ナチス系の作家たちが挙（こぞ）って芸術アカデミー文学部門から脱退したり、除名された後、同部門の議長を務めた人物である。そればかりか、マンがあの講演「ドイツ共和国について」を行なった時、誰よりも痛烈にマンの〈変節〉を批判した、いわばトーマス・マンの天敵の一人と言ってもいいほどの存在であった（本書「第一話」第一章および第三章参照）。かつてはマンのその「共和国」講演を高く評価していた神保は、九年後の今は、ヨーストが「彼の独逸に於ける地位の重要さにも拘わらず従来余り日本では紹介されず」にいるのは「一つの手落ち」だから、自分がその紹介の労を取ろう、という書き出しでヨースト論を始めている。そして、たとえばヨーストをナチス・ドイツの「国民詩人」にした戯曲『シュラーゲター』については、こう書くのである。第一次大戦の際に「期せずして皆な祖国独逸と言う一つの旗幟のもとに寄り集って、戦火の中に親しく味った〈血〉の体験を新しい独逸復興運動の核心理念としつつ、来るべき第三帝国への力強い前奏曲を奏でるのである。この言わば国家社会主義的戯曲とも言わる可き作品は、……その内面的な迫力と写実的な手法に依って、空虚な身振りに陥ることもなく、真実人を動かす所の魅力を持っている。」

もういいだろう。要するに、昭和七年（一九三二年）にそれなりのトーマス・マン論を書くことのできた日本のゲルマニストが、昭和一六年（一九四一年）には、ナチス作家を誉め讃える論文を書くことができた、というだけの話である。――いや、ひょっとしたら、彼はかつて力のこもったトーマス・マン論を書いたからこそ、今度は型通りのハンス・ヨースト論を書かなければならなかったのかもしれない。

いずれにしろ、気分を変えるためにも、章を改め、場所も変えて、別の視角からあの時代の日本におけるトーマス・マン像を探ってみることにしよう。

㈣　成瀬門下の雑誌『カスタニエン』

この章においては、成瀬無極の門下生たちが、一九三〇年代半ばの、日本ドイツ共に激しく流動する厳しい時代状況の中で、当時のドイツの代表的な作家トーマス・マンの生き方と作品とをどのように受容したかを少し詳細に見ていきたい。

なお、この章で取り上げる数名の若いゲルマニストたちのほとんど全員は、ちょうどその頃にこの世に生まれた私が、二十数年後から四十数年後にかけての時期に、それぞれ濃淡の違いはあるにせよ、さまざまな形で直接に教えを受け、お世話になった人びとである。そして、なかには何かの機会に若き日の昔話をされた人もなかったわけではない。しかし、私は本章においては、その種の後になってからの「歴史の証言」の類は明確な文章になっていない限りいっさい採用しないことにした。理由は、私がそれを聞いたのが既に何十年か前のことであり、私自身が今や八〇歳を目前にしているとあっては、追憶に追憶を重ねたその種の「証言」に重きを置くことは、無意味であるばかりか、時として危険でさえあると考えたからである。

したがって、ここに書くことは全て、当事者たちが執筆し、かつ公表した文書類に基づいて、現在の私が考えたり推測したことばかりである。——むろん、それら全ての上に、私が彼らから後に受けたさまざまな学恩が大きな影を投げかけているであろうことまで否定する気は私にはないどころか、誇りにすら思っていることも、敢えて記しておきたい。

本書「第二話　日本」の最後で紹介したように、成瀬無極の門下生たち、つまり大正時代末から昭和の初め頃に京都帝大独文科で成瀬に教えを受けた若者たちの一部は、昭和八年（一九三三年）初頭に「京大独逸文学研究会」なるものを結成して、「カスタニエン」なる誌名の雑誌の刊行を始めた。但し、この研究会には特に限定された入会資格といったものはなく、毎年四回刊行される予定の雑誌代に相当する年額二円の会費を払い込みさえすれば、誰でも入会することができ、原稿を投稿できることになっていた（原稿の採用如何は編集部に一任という条件つき）。

この『カスタニエン』誌創刊運動の中心にいたのは、創刊当初の数号の編集担当の顔触れなどから推測すると、昭和三年に京大を卒業した大山定一、古松貞一と、昭和五年に京大を卒業した板倉鞆音、和田洋一などであったと思われる。いずれも明治三六年（一九〇三年）から明治四〇年（一九〇七年）にかけての時期に生まれた、雑誌創刊時に二〇歳台後半から、満三〇歳になったばかりかの若者たちである。

雑誌『カスタニエン』は、一年に四冊出したり、五冊出したりの活発な活動を展開して、昭和八年（一九三三年）二月の創刊号から、昭和一三年（一九三八年）六月の最終号まで、五年半の間に計二五冊を刊行して、その活動に幕を下ろしたのだった。——なお『カスタニエン』誌は、「号」という語を使わず、「冊」を用いて、第一冊、第二冊、第三冊と称しているのだが、私は一般的慣例に従って創刊号、第二号、第三号と記すことにする。

この日本の若者たちの独逸文学研究雑誌『カスタニエン』の創刊の時期、昭和八年（一九三三年）二月は、「満州国建国宣言」の約一年後で、プロレタリア文学の代表的作家小林多喜二の築地署内での虐殺とほとんど同時期で、京大の滝川事件の二ヶ月前であり、かつドイツではヒトラーが遂に政権を手に入れたまさに直後であり、トーマス・マンやベルトルト・ブレヒトらがドイツを去るのとほとんど同じ時期だった。

　他方、『カスタニエン』の最終号が出た昭和一三年（一九三八年）六月は、日本軍が中国の南京を占領した半年後で、国民総動員法が公布、施行された直後であり、ドイツがオーストリアを併合した直後でもあり、トーマス・マンが亡命の地をヨーロッパからアメリカに移す三ヶ月前のことであった。

　約八〇年後の現在の時点からこれらのことを俯瞰するなら、創刊号に、トオマス・マンの引用で始まる成瀬無極の「人間凝視と人間描写」と大山定一の「『三文オペラ』その他」と和田洋一の「故郷を探しあぐんだヘッセ」の三本の評論を掲げ、これにエーリヒ・ケストナアとアンナ・ゼーゲルスの翻訳などを添えて出発した若者たちの研究同人雑誌『カスタニエン』が、あの時代に五年半もの間、二、三ヶ月に一冊ずつ刊行し続けるという活発な活動を展開したことには、正直なところ感心するほかない。

　しかし、ただ感心して、これを称えているだけでは、先輩たちに真に敬意を表することにはなるまい。私は、現在の私の目で彼らの歩いた道を批判的に見つめ直しながら、あらためて跡づけることによって、私なりの心からの敬意を彼らに表したいと思う。

　とはいえ、創刊の五年半後に出された最終号の内容は、大山定一のゲーテ論のほかはリルケ、ホーフマンスタール、ゲオルゲ、そしてヘルデルリーンにカフカやエドゥアルト・シュプランガーといった、まさに種々様々な詩人や作家や思想家の詩文の翻訳などの詰め合わせであったことに象徴的に示されているように、同人雑誌『カスタニエン』は、きわめて多岐にわたる内容を包摂する雑誌だったので、その全てについて跡づけ作業を行なうことは不可能であり、かつ無意味である。そこで、ここでは、敢えて対象をトーマス・マン一人に絞った形で、あるいはトーマス・マン受容という枠組の範囲内で雑誌『カスタニエン』の短い歴史を振り返ってみたい。――ただし、誤解のないように断わっておかねばならないが、トーマス・マンが『カスタニエン』の中で最も多く取り上げられ、かつ翻訳紹介された文学者の一人であることは、まぎれもない事実である。

　というより、もともと本書の主題は「昭和初期におけるトーマス・マン受容」であって、雑誌『カスタニエン』の問題は、ここではあくまで日本におけるマン受容史の中に割り込んできた一つの挿話であるにすぎない。したがって、以下の叙述においても話は頻繁に京都の若いゲルマニストたちの同人雑誌『カスタニエン』と、東京のもっと大手の、もっとジャーナリスティックな商業雑誌や、もっと人目を引いた他の同人雑誌などとの間を自在に行き来することになるだろう。私としては、かなり意図的にそのような叙述方式を取ることによって、とかく資料やデータの羅列に終りがちな受容史叙述に、少しでもあの厳しい時代を生きた人びとの温かい血を通わせることができればと願うばかりである。

なお、この頃の京大独文科の、つまり初代教授藤代素人（禎輔）が昭和二年四月に在職中に病死した後を、当時満四三歳の成瀬助教授（昭和五年教授に昇任）が引き継いだ後の京大独文科の雰囲気と、その中から雑誌『カスタニエン』が生まれてきた経緯については、約半世紀後の一九八〇年に和田洋一が新教出版社の雑誌『新教』の一九八〇年秋季号に発表した「昭和初期の京大独文――『カスタニエン』のことなど」と題した文章の中で、かなり細かな具体的な事柄にまで立ち入って回想している。たとえば、雑誌刊行が可能になったのは白井雄次なる京都在住の篤志家による資金提供の申し出があったからであることや、「カスタニエン」なる誌名は大山定一の半ば独断的な決定だったこと、さらには成瀬と大山との師弟関係の推移や、大山が昭和三年の大学卒業直後から勤めていた（旧制）第三高等学校の講師を昭和六年に辞めざるを得なかったのは、郷里香川県の左翼演劇活動に関わったためであり、次いで、やはり成瀬の世話でその後勤めていた京都大学文学部講師の職を昭和八年夏（つまり『カスタニエン』創刊の半年後）に辞めさせられたのは、共産党員への資金カンパが判って、治安維持法違反で警察に検挙されたためであることなど（むろん、なかには私たちが学生時代から漠然と知っていたこともあるが）、そして、「大山の書くものはそれ以後がらっと変わった」ことなどを、こまごまと回想している。

しかし、和田のこの回想文の中で、『カスタニエン』について考える時に重要なのは、次の二点であろう。和田はこう書いている。

「成瀬助教授の特色の一つは、現代文学が好きだったことで、ハウプトマンの講義を一年間つづけ、表現主義の戯曲の研究に精力をかたむけ、ノイエ・ザハリヒカイトの文学の紹介にも力を入れていた。」しかし、と和田は言う。「ドイツの現代文学ということになると、どうしても社会性、政治性が強く前面に出てくることになり、文人気質の成瀬先生にとっては、やはり半判りということがあったように思う。しかし先生が現代文学愛好者だったのだから、教え子も影響を受けた。成瀬先生はまた論争が苦手で、文学を味わいたのしむたちの人であった。それは先生第二の特色であって、弟子たちはみんな先生の特色を受けついだ。京大独文に論客らしい論客は一人も育たなかったし、昭和八年に創刊号を出し、二五号までつづいた『カスタニエン』は、発行のあと必ず合評会を開いたが、そこでは口角泡とばしての論争などただの一度もみられなかった。」

和田の回想に私が付け加えなければならないことが、一つだけある。それは、本書の「第二話」で詳述したように、成瀬はもともとはイプセン、ストリンドベリに始まり、ハウプトマンを経て表現主義に至る近、現代の戯曲の研究者だったが、昭和初年あたりから急速に、その関心をドイツの現代小説の種々相に移していきつつあったということである。

だが、いずれにしろ、成瀬は書を能くし、謡を何よりの趣味とする、まさに「文人気質」の学者であり、他方、二〇世紀前半のドイツ文学は、まさに戦争と左翼革命と右翼ファシズムとが荒れ狂う激動の中から生まれ出た文学だったことを、私たちは忘れてはなるまい。――いや、この時代における日本のドイツ文学研究者たちの動きを考える時に忘れてはならないことが、もう一つある。それは、日本もまた当時、激動の時代に入りつつあったことである。そして、トーマス・マンの〈転身〉の書とも言うべき小説『魔の山』の最初の日本語訳が人びとの目に触れたのは、あの保田與重郎らが昭和七年（一九三二年）三月に創刊し、大東亜戦争（第二次世界大戦）の末期近くまで日本の文壇あるいは論壇の一角にあって存在を主張し続けたあの雑誌『コギト』誌上においてであったことである。すなわち、『コギト』の昭和九年七月号（通算第二六号）から一〇月号にかけてと翌年の一月号と二月号の計六回にわたって、トオマス・マンの小説『魔法の山』の最初の部分（「まへがき」から第三章第三節「悪ふざけ、最後の塗油式、馬鹿わらひの中絶」まで）が連載されたが、その訳者は、雑誌『カスタニエン』の中心人物の一人、大山定一であった。

なお『コギト』誌上に亀井勝一郎や中谷孝雄、保田與重郎ら六名の連名による〈「日本浪曼派」広告〉なる宣言書めいた文書が麗々しく掲載されたのは、同誌の昭和九年一一月号（通算第三〇号）であった。
話が少し先走りしすぎたようである。『カスタニエン』の創刊号の話から語り直すことにしよう。

昭和八年（一九三三年）二月一日発行の『カスタニエン』の創刊号は、まさしく「現代文学の好きな」成瀬無極一門の出初め式にふさわしいものだった。巻頭の成瀬の評論「人間凝視と人間描写」は、トオマス・マンの『ブッデンブロオク一家』や『魔の山』における自然描写の希薄さという話から始まるのだが、話はすぐに拡散していって、要するに近年のドイツのさまざまな長編小説を取り上げて、こういうのもあれば、ああいうのもあると次々に一〇冊近い長編小説を紹介していくのであるが、そのほとんどがこの一、二年か、せいぜいこの四、五年の間にドイツで評判になった長編小説である（たとえばデエブリーンの『伯林アレクサンデル広場』、ハウプトマンの『情熱の書』、ヴェルフェルの『ナポリの同胞』、ケストナーの『ファービアン』、カイゼルの『もう沢山だ』、レオンハルト・フランクの『三百万人中の三人』など）。成瀬はこの時すでに満四九歳の帝国大学教授で、講義はもちろん、その他さまざまの公務をもこなしていたことを考えれば（現代日本の四九歳の中年男と混同してはならない）、片端から同時代のドイツの小説を読み漁っていくその好奇心の旺盛さには呆れるほかない。——しかし、これを逆にただそれだけの、新しがりなだけの紹介記事にすぎないと切り捨てることもできるわけで、そのあたりにも「文人気質」の成瀬の弱点があったとも言える。

これに対して、大山定一の明らかに肩に力の入り過ぎた三〇頁を超す力作論文「『三文オペラ』その他」は、小説ではなく、戯曲と言うより、演出方法まで含めての演劇の面での近年のドイツにおける新しい傾向である「叙事詩的演劇」を熱烈な共感を込めて紹介したものである。

まず、ゲーテやシラーから説き起したのは当時二八歳の若手研究者の衒いにすぎず、大山は「最もノイザハリヒな演劇形式」と言うべき「叙事詩的演劇」の「最もラヂカルな実践者の一人」であるエルヴィン・ピスカトルの演出方法の画期的な新しさを二、三の実例を挙げて説明して本論に入り、「以下、演劇の〈叙事詩的形式〉が今日までに残した三つの大きな足跡について書く」と断わって、デブリーンの『結婚』（一九三一）と、ブレヒトの『三文オペラ』（一九二八）と、同じくブレヒトの『処置』（一九三〇）の三つの作品について丁寧に論じていくのである。

詳細は省略するほかないが、趣味人的な、あるいは美食家的な成瀬の食い漁り的な新作紹介と違って、大山のこの新傾向紹介には大山自身の明確な党派性の自己主張が込められている。それは上記の三つの作品の紹介の後に、「エピローグ」と題された結論部に記された次のような文章から読み取ることができる。

「たしかに〈叙事詩的演劇〉はその名前からして、反対派であることを明言している。党派性をもって有名なピスカトルのことはいうまでもなく、ブレヒトは最近ますます同伴作家的な道を歩き、プロシャの芸術アカデミイの会員で、常に〈マルクス主義はプロレタリアートのメシアニズムでしかない〉というデブリーンですら、やはり反資本主義的であることに変りはない。そして彼等は、立場こそ種々まちまちであるが、何とかして劇場の社会的機能を変革しようとしているのである。〈叙事詩的演劇〉などという畸型はそこから生れる。」

大山は、さらにこうも書いている。「僕のいいたいのは〈叙事詩的演劇〉の仮面、といって悪ければ審美的形式の背後で、ハケ口を求めて沸騰している政治的情熱のことである。」

これ以上の引用は不要であろう。大山にこの評論「『三文オペラ』その他」を書かせている若々しい情熱は、彼が二年前に旧制三高の講師を辞めざるを得ない原因となったという、左翼演劇活動への関与に駆り立てた情熱そのものに他ならなかったはずである。

成瀬の新しいもの漁りの随筆調の文章と、大山の力のこもった長大な論文の後に並べられた和田洋一の「故郷を探しあぐんだヘッセ」は、『ペーター・カメンツィント』（一九〇一）から『クヌルプ』（一九一五）に至る歩みを扱ったものであるが、前の二つの文章と比べると、いかにも堅実で穏健な論文という印象を与える。

大山の力作論文に加えて、翻訳の欄で紹介されるのがエーリヒ・ケストナーの社会諷刺のわさびの利いた詩二編（板倉鞆音訳）と、アンナ・ゼーゲルスの短編小説『フルショヴァの農民』（武田昌一・本野享一訳）で、しかも大山が編集後記でケストナーを「現代のハインリヒ・ハイネ」として、ゼーゲルスを「プロレタリア革命作家同盟の一員」として紹介しているとなると、先述のように、ドイツではナチスが政権の座につき、日本では小林多喜二が警察で虐殺されたのとほとんど同時期に創刊された『カスタニエン』が、すくなくともその創刊時には、かなり強い「反対派」的志向を、反体制的志向を持っていたことは明らかである。そして、その中心にいたのが編集責任者的役割を果した大山であったのに対して、刊行母体である「京大独逸文学研究会」の代表者として、雑誌の奥付に編集発行者として名前を記載されていたのは和田洋一であるが、彼のヘッセ論は、やはり創刊号に掲載されていた加藤一郎のヨーゼフ・ロートの『ラデツキ・マルシュ』についての読後感や、山本真策の佐藤通次訳『ヘルマンとドロテア』（岩波文庫）の感想文と共に、左翼的「反対派」に対してバランスをとる役割を果していたと思われる。

私がこのようなことに拘わっているのは、以後の『カスタニエン』の辿った道は、ある意味で大山定一と和田洋一の二人が歩いた道の交錯する過程の反映であったとも言えるからである。そして、その二つの道の交錯する過程で少なからぬ役割を果したのが、ほかならぬトーマス・マン受容の問題だったからである。

『カスタニエン』創刊号に顕著に見られた大山の「反対派」的志向は、三ヶ月後の昭和八年（一九三三年）五月一日発行の『カスタニエン』第二号に彼が書いている、ヨハネス・ベッヒェルがソヴィエト同盟の五ヶ年計画を讃えて歌った長編叙事詩「大計画」についての紹介文にも、はっきりと見てとれる。

しかし、第二号全体の内容はきわめて多彩で、一九二〇年代半ばから三〇年代初頭にかけて人気絶頂だった劇作家フェルディナント・ブルックナーについての巻頭論文に始まり、リンゲルナッツの詩やカフカの短篇、さらには新進女流作家マリイルイーゼ・フライサの短篇などの翻訳や、かと思えば一年前の一九三二年に発表されたばかりの代表的な表現主義劇作家ゲオルク・カイザーの最初の小説『もう沢山だ』の紹介批評など、創刊号を上まわる賑やかな内容の、まさに「現代文学好きな」成瀬一門のパレードだった。

そして、『カスタニエン』誌にトーマス・マンが初登場したのも、この第二号においてであった。それも二箇所においてであった。一つは、一ヶ月余り前に大学を卒業したばかりの、最若手の成瀬門下生、吉田次郎の「マンの鬱積と僕の感想」と題する論文であり、もう一つは、この雑誌の中心的な担い手たちの意志を直接反映した編集後記においてである。――この二つが微妙にからみ合って、後に意外な展開を見せることになるのだが、まず先に説明の容易な編集後記の件から片づけておこう。

これは本書「第二話」の終り近くでも紹介したように、『カスタニエン』刊行の中心的なメンバーの間には前年の新潮社『世界文学全集』における『ブッデンブロオク一家』翻訳で師成瀬に協力した際の熱気のようなものが残っていて、次は同じ著者の『魔の山』を皆で訳して出版しようという話になったという報告である。つまり、『カスタニエン』誌の初期には、先述の左翼志向と並存する形で、ドイツ現代文学と言えばトーマス・マンの小説という一種の共通理解もしくは共同意志のようなものが存在していたということである。

次に吉田次郎のマン論の方だが、これは、マンが一九〇七年に執筆し、翌年発表された評論「演劇試論（Versuch über das Theater）」を紹介論評したものである。「演劇試論」は、戯曲偏重、小説軽視というドイツの伝統的美学に対する、根っからの小説家マンの辛辣きわまる異議申し立ての評論である。つまり、私も本書「第一話」の第五章で簡単に言及したように、これはマンが生涯を通じて折あるごとに取上げた問題であり、今ここでこれ以上説明する必要はあるまい。私がこの吉田論文で指摘しておきたいのは、次の三点である。

第一の点は、この論文で吉田はマンの主張に便乗する形で、ドイツの学者たちの「小うるさい衒学癖」や「既に定評になっている独逸人の理論家肌のやくざな一側面」を揶揄し批判しながら、若者らしくのびやかに自分の文学観を語っていることである。――これこそは、『カスタニエン』の創刊号で宣言された「近来、独逸文学があまりにも〈独逸文学的方法〉で研究され、哲学的思弁と演繹的乾燥に陥ってしまった弊をおもい、我々は文学の立場（それは或る意味で、ひろく日本文学の立場）から新らしく独逸文学に肉迫する心組」のごく自然な、巧まざる一つの実践例と言ってもいいだろう。

第二の点は、吉田がこのマン論の冒頭部分で「僕が意外に思ったことに、マンがここで喧嘩をしているのだ」とか、僕は「健全なブルジョアの舞踏会を扉の蔭から淋しく見守っているマンに一膝乗り出そうとする気構えのあることを知らなかったのである」と書いていることである。つまり、吉田は「演劇試論」を読み、自らもこのマン論を書くことによって、マンの持つこのような側面を知ったというわけである。――吉田がこのマン論を書いたのは、なんと一九三三年であることを思うと、正直言って私は「なにを今頃」と思って、呆然とするほかないのだが、しかし、本書においても前章で当時の日本のゲルマニストたちのマン論をひとわたり見てきた私としては、この吉田の驚きはごく率直な証言にちがいあるまいと思わざるを得ないのである。

すなわち、前章で見たように、『非政治的人間の考察』を中心とする第一次大戦中のマンの一連の愛国主義的発言も、「裏切り」あるいは「変節」として右翼的保守派から激しく非難されることとなった一九二二年の講演「ドイツ共和国について」も、さらには一九三〇年（昭和五年）の、ナチスの躍進にたまりかねての講演「理性への訴え」も、要するにマンが「一膝」どころか二膝も、三膝も乗り出して、その時の世の風潮に真っ向から「喧嘩」を仕掛けたような社会的発言については一切関知しようとしなかった――そのようなマンの発言や著作の存在については仮に知っていたとしても、文学研究者としては我関せずを通してきた当時の日本のゲルマニストたちは、言うなればマンを「健全なブルジョアの舞踏会を扉の蔭から淋しく見守っている」トニオ・クレーガー的な人間にあくまで押しとどめておきたかったのだと思われるが、吉田は、マンのかなり早い時期にまで遡って、そのようなマン像に異を唱えたわけである。その際に吉田の視野の中に、すくなくとも『非政治的人間の考察』や「ドイツ共和国について」なども入っていたことは、後述するように吉田が一年余り後に書いたマン論が証明している。

吉田のマン論で私の目に留まった第三点は、彼がマンの異議申し立てを補強するために、公然と『リンクスクルヴェ』誌からヴィトフォーゲルの文章を引用していることである。『リンクスクルヴェ』は言うまでもなく、ヴァイマル共和国末期のドイツの共産党系の「プロレタリア革命作家同盟」の機関誌である。先に引用した和田洋一の回想文によれば、大山も同誌をよく読んでいたというから、吉田もその影響を受けたのであろう。当時の日本の警察が同誌のことまで知っていたかどうか、また、当時のドイツの共産党系の作家や評論家たちはトーマス・マンのことなど相手にしていなかったことまで吉田が知っていたかどうかなど、私には判らないが、すくなくとも私が前章で紹介したような当時の日本のマン研究者たちのほとんどにとって、マンを論じるのに『リンクスクルヴェ』誌を持出すなどということは、思いつきもしなかったことであろう。

　しかし、当時の吉田がマンに関心を持つと同時に、ドイツの左翼文学にも強い関心を寄せていたことは間違いない。というのは、彼が次に『カスタニエン』に寄稿したのは、第二号から九ヶ月後の昭和九年（一九三四年）二月に刊行された第五号であるが、今度吉田が扱ったのは、れっきとしたドイツ共産党員であるばかりか、プロレタリア革命作家同盟の幹部でもあり、『リンクスクルヴェ』誌の編集責任者を務めたこともあるルートヴィヒ・レンだったからである。そこで吉田は、当時のレンの代表作『戦争』（一九二八）と『戦後』（一九三〇）、および二編のロシア旅行記を丹念に紹介し、論評している。むろん、レンについて語る吉田の筆致は決して無条件な讃辞ばかりといったものではなく、適宜鋭い批判をも交えたものであり、また、わざわざ最後に付け足した「附記」では、『リンクスクルヴェ』誌上におけるレンのアンナ・ゼーゲルス批判を紹介するなど、なかなか念の入ったものであるが、その「附記」の結びの文章は次の通りである。「レン、ゼーゲルス、それにヨハネス・R・ベッヒア、独逸のプロレタリア文学はなかなかいい作家を持っている」――敢えて駄目押しをしておくが、これは昭和九年初頭に、当時の日本の最若手のトーマス・マン研究者が書いた文章である。

　ところが、前年（昭和八年）三月に大学を卒業したばかりのこの最若手のトーマス・マン研究者吉田次郎が、二ヶ月後の昭和九年四月に刊行された『カスタニエン』の次号、第六号に掲載された「雑感」と題した随筆の中で、あの雑誌『コギト』の前月号（昭和九年三月号、通算第二二号）に保田與重郎が書いた「文芸復興の意識」なる文章に対する共感を表明したのである。

(五)『カスタニエン』と『コギト』

一九二〇年代後半から一九三〇年代前半に京都帝大独逸文学科で学んだ若者たちを中心に組織された同人雑誌『カスタニエン』と、一九二〇年代末から一九三〇年代初頭にかけて大阪高等学校で独逸語を学び、その後東京帝大もしくは京都帝大の文学部に進んだ肥下恒夫や保田與重郎らが、『カスタニエン』より一年早い一九三二年三月に創刊した同人雑誌『コギト』との間に、遅かれ早かれ何らかの接触が生まれ、何らかの関係が生じるのは、その地縁的親しさや、年齢的近しさ、そしてドイツの思想や文学に対する関心の共通性などから考えて、ごく自然な成行きだったと言えるだろう。したがって、最初に親しくなったのは誰と誰であったかとか、その直接的契機は何であったかなどといったことを詮索しても、さしたる意味はないだろう——という前置きを置いたうえで、八〇余年後の今日でも実証できることとして、敢えて次の事実を記しておきたい。

一九三四年(昭和九年)四月五日刊行の『カスタニエン』第六号の随筆欄に、半年後に保田與重郎らと共に『コギト』誌上で「日本浪曼派」の結成を宣言することになる神保光太郎が初めて寄稿し、「この国に於ける最近の〈文芸復興〉のとよめきのなかからもう若くして老人の表情しかあらわしていない私小説の続出」などを批判しているが、それと同じ随筆欄に吉田次郎も「雑感」と題する文章を寄せ、『コギト』の同年三月号に保田與重郎が書いた「文芸復興の意識」という文章に強い感銘を受けたことを表明した。すると、今度は『コギト』五月号で保田が「同人雑誌評」の中で、吉田次郎の先述の「ルートウィヒ・レン」を取り上げて、外国文学の紹介といえばすぐに各種の小煩い概念を振りまわしてしたり顔をする従来の研究者たちと違って、ただ作品そのものに即して、作品そのものを自分のものとし、自分の頭脳を通して語っている吉田の姿勢を絶讃し、これを読んで「この国のドイツ文学者というものに対してもった見解」を訂正する必要を感じたとまで書いているのである(ちなみに保田は『カスタニエン』の同じ号に載っている本野享一のマン論「トーマス・マンの『ゲーテとトルストイ』から、その他」をも併せて肯定的に評価している)。そればかりでなく、保田は『コギト』のこの号の「編集後記」においても『カスタニエン』のことを取り上げて、「従来のドイツ文学研究からの飛躍を目指す『カスタニエン』の志向するものは、対象こそ違っても、小林秀雄らの目指したものであろう」と言って、これにエールを送っている。なお保田は、その続きに、京都で中井正一らの『美・批評』(後の『世界文化』)の復刊という情報にも期待を表明し、また自分が亀井勝一郎らと別途に刊行している雑誌『現実』の好評をも喜んでいる。——私がここでこういったことまで紹介しておくのは、『カスタニエン』や『コギト』のことを、さらにはこれらの雑誌を舞台にしておこなわれたトーマス・マン受容の問題を、出来る限りあの一九三〇年代半ばという時代状況の中に据えて考えてみたいからである。——いや、時代状況の反映ということを言うなら、そもそも、ドイツを逃げ出さざるを得なかったトーマス・マンの研究者である吉田次郎が、当時ドイツ共産党系の代表的作家の一人であったルートウィヒ・レンについて書いた論文を、やがて代表的な日本主義者となっていくあの保田與重郎が絶讃するという事自体が、一九三四年(昭和九年)というドイツと日本両国の錯綜し緊迫した時代状況を反映した事象であったと言っていいだろう。

そして、両誌のエール交換をしめくくるかのように『コギト』五月号への謝辞を記した同年六月刊行の『カスタニエン』第七号の編集後記(板倉鞆音)は、自分たちはドイツで「国粋主義文学」が盛んになったからといって「その旗を振るといったごとき真似をしたくはない」と言明すると同時に、先述のように治安維持法違反の容疑で警察に検挙留置されたために京都帝大講師の職を追われた大山定一が東京に去ったことを報告し、かつ次号はトーマス・マンを中心にした編集を行なうと予告するのである。

ところが、その次号が一〇月に刊行されるより一足先に、『コギト』七月号(通算第二六号)から大山定一訳でマンの『魔法の山』の連載が始まり、次の『コギト』八月号には、吉田次郎の「トオマス・マン雑記」と題した論文が掲載されたのだった。

日本におけるマンの『魔の山』の最初の完訳本の刊行は、一九三九年四月に三笠書房から出た熊岡初彌、竹田敏行訳『魔の山』であるが（上下二巻本で、上巻だけは一九三六年一一月に刊行されたらしい）、それより前に、たとえ最初の部分（第三章第三節まで）だけとはいえ、ほかならぬ『コギト』誌上でこのマンの代表作の翻訳が連載されていたことがあるという事実は、あまり知られていないようである。——ただし急いで付け加えておかねばならないが、私が今この『コギト』誌上の断片的とも言える翻訳に言及するのは、決して恩師の業績をことさらに顕彰したいためではない。むしろ逆であると言った方がいいくらいである。私としては、マンと同じく厳しい時代状況下に置かれた当時の日本の若いゲルマニストたちが、具体的にどのような形でマン文学を受容していったかを明らかにしたいだけである。

大山が後年語っているところによれば（『作家の歩みについて』の「巻末小記」）、この『コギト』誌上の『魔法の山』の連載は「保田與重郎の厚意」によるもので、早ばやと中絶したのは大山自身の「疎懶な性癖」のせいだったという。

保田の「厚意」の中には、むろん治安警察の圧力によって職を追われて東京に出て来ざるを得なかった大山への同情も含まれていただろうが（保田自身にも大阪高校在学中にプロレタリア文学まがいのアジ・プロ小説を書いて懲戒処分をくらった体験があったという）、もともとドイツの浪漫主義文学に関心の強かった同人誌『コギト』には、前年（昭和八年）からこの年初めにかけてフリードリヒ・シュレーゲルの小説『ルツィンデ』が六回にわたって連載され、さらにその後ノヴァーリスの小説『ハインリヒ・フォン・オフテルディンゲン（青い花）』の連載が始まったところだったので、マンの『魔法の山』の連載もさしたる抵抗もなく受入れられたのではないだろうか。そして、第三章で見たような当時の日本における一般的なマン受容の実態から推測して、保田を含めて『コギト』の同人たちのほとんどは、マンのこの小説がどのような小説であるかも、それどころかこの小説の恐るべき長大さすらも、おそらく正確には知らなかっただろうと思われる。したがって、『魔法の山』の連載が結果的に『ルツィンデ』や『ハインリヒ・フォン・オフテルディンゲン』と同じく六回だけで終っても、さして問題はなかったのではないだろうか（ただし、他の二つは中断ではなく、完訳という形で終っている）。——もっとも、『魔法の山』の方はまさに、いよいよセテンブリーニ登場という所で連載が中断されてしまったわけで、私としては、ほかならぬ『コギト』の誌面という舞台で「文明の文士」セテンブリーニに思いきり長広舌をふるってほしかったと残念に思わぬでもないが。

むしろ大山の方にこそ、たんなる「疎懶な性癖」だけではすまされない問題があったのではないだろうか。

先に紹介した和田洋一の回想文の中で、大山が共産党員への資金提供の件で警察に検挙留置された件に触れたところで、「大山の書くものはそれ以後がらっと変わった」と書かれている。これは、『カスタニエン』創刊号の「『三文オペラ』その他」や、第二号の「ベッヒェル『大計画』」などの大山の文章と、第四号の「ゲーテの自然感情について」とを読み比べてみれば、誰でも気がつくことである。それは、あの当時多くの文筆家に見られた〈転向〉現象にほかならない。しかし、そのこと自体をとやかく論じる気は今の私には全くない。

しかし、当時の大山に、政治的志向の変更はともかく、ドイツ文学研究者として従来自分がやってきたことと、今後やっていくこととの間になんらかの一貫性をもたせたいという願いがあったろうことは容易に想像できる。その時、ピスカトールやブレヒトらに代表されるドイツの左翼演劇活動の研究を封じられた（というよりナチス第三帝国の出現によってドイツ本国におけるその存在そのものが消滅したわけであるが）大山に残されていた可能性は、さしあたっては（リルケの世界に沈潜する以前には）、大学の卒業論文執筆時に打ち込んだドイツ文学の古典的作家ゲーテの世界と、師成瀬無極の『ブッデンブロオク一家』の翻訳にあたって献身的に協力した現代ドイツの代表的な小説家トーマス・マンの世界しかなかったはずである。『カスタニエン』第四号に発表した論文「ゲーテの自然感情について」は前者の表出であり、『コギト』誌に連載された『魔法の山』は後者の発現であったと言っていいだろう。——ちなみに、先に言及した大山の『作家の歩みについて』の「巻末小記」によれば、大山の『魔法の山』の訳出作業の背後には新潮社の編集者の存在もあったらしいが、これなども『ブッデンブロオク一家』の翻訳作業との連続性を裏付けるものであろう。

だが、そうなると、大山には既に『カスタニエン』第二号の「編集後記」で一般に公表した、『カスタニエン』の中心的な同人四人による共訳で『魔の山』を出すという約束事が大きな拘束となっていたはずである。——そして、これは、ほかならぬ雑誌『コギト』が（ひいては「日本浪曼派」が）介在することによって、単なる「友達間の約束事」のレヴェルを超えた、当時の日本の時代状況を反映したイデオロギー的対立の要素をも孕むものであった。

またまた話が少し先走りしすぎたようだ。話の順序から言って、ここではまず、大山が『魔法の山』の連載開始にあたって、解説代りに書いて、第一回目の訳稿に添えて『コギト』の昭和九年（一九三四年）七月号に掲載した、「マンの『魔法の山』について」と題する短い文章と、おそらく保田與重郎に請われてだろうが吉田次郎が『コギト』の翌八月号に寄稿した「トオマス・マン雑記」という題のマン論を紹介した方がいいだろう。『魔法の山』の連載とは別に、あの時期の『コギト』誌に載ったトーマス・マンについての記事という意味でも、知っておいて損はないであろう。

もっとも大山の文章の方は、第一次大戦を挿んで一二年の歳月を要した小説『魔法の山』の成立史をごく簡単に記したあと、マンは「エッセイや論文を書く時の方が却って小説を書く時以上に……作家として生れついた」自分を感じると言っているとか、「言語を手段として選び取った芸術は、常にかならず極めて批評的な創造でなければなりません」と語っているとかいったことを紹介したうえで、「かかる批評精神がどのように〈小説的に〉ここに生きているか、それが『魔法の山』の魅力であるとおもえる」と書き、最後に、この小説をジッドの『贋金作り』とジョイスの『ユリシイズ』と並べて「最も将来への希望ゆたかな作品」と称讃したフランスの批評家の言葉でしめくくった、簡にして要を得た解説文である。――ただし、マン文学における批判性の重要さと、マン自身の批評家的性向をこれほど強調し、かつ『魔法の山』の成立史における『非政治的人間の考察』という評論書の重要さまで示唆するこの解説文を書いた大山自身が、師の成瀬と同じく、『非政治的人間の考察』そのものは、この時点では実は読んでなぞいなかったことは、マンのこの評論書を「ドイツ文化を徹底的に批判した労作」といささかピント外れの言葉で紹介していることからも推測できる。成瀬は本質的に政治嫌いの文人気質からマンのこの評論書を敬遠したと思われるが、満三〇歳になったばかりの大山の方は、たしかに成瀬の『ブッデンブロオク一家』の訳業には協力したとはいえ、自分の仕事としては、ブレヒトらの——マンの文学も政治絡みの評論もまるで問題にせず、「息子のクラウス・マンのことなら全世界が知っているが、トーマス・マンて誰のことだい」と嘯いてみせるほどのマン嫌いだったブレヒトらの左翼演劇に、つい一年ほど前まであれほど入れ込んでいたのだから、マンの小説作品はともかく、あの長大にして保守的な評論書など読んでいたはずがないのである。いや、大山自身がこの『コギト』誌での連載の約三年近く後に『新潮』誌に書いた「トーマス・マン研究」の中で、「僕はもう大分まえから『非政治的人間の感想』をよみたいと考えていた。いまようやく何年目かにその念願をはたしたのである」と書いている。

要するに、大山にとっては、一九三四年に『魔法の山』の翻訳を『コギト』誌に連載した時点では、それは一種の緊急避難的行為だったはずである。それが判っていたからこそ、「共訳」を約束した友人たちも異を唱えなかったのではないだろうか。

他方、吉田の「トオマス・マン雑記」の方は、四百字詰め用紙一二、三枚ほどの、「トオマス・マンについて思い浮かんで来るさまざまなことを順序もなく漫然と書いて見た覚え書」風の文章であるが、私は、当時の日本人の書いたマン論としては最も優れたマン論の一つだと思う。『コギト』という掲載誌の特殊性、意外性のためか、従来の「トーマス・マン研究文献書誌」の中でも無視されているようなのは残念である。

大まかに言って全体は前半と後半とに分れている。前半は『トリスタン』と『トニオ・クレエガア』というマンの初期の代表的な短編二つを比較しながら、常に対象を見る目を二転、三転させるようなマン文学におけるイロニーの厄介さを問題にしたうえで、『魔法の山』でセテンブリーニがカストルプに「イロニーはじくじくした沼地の産物だから用心しなければならない」と説いているが、これは「マン自身が自分に云いきかせている言葉」ではないだろうか、と吉田は言う。そして、作家なら自分の「心の縺れを解きほぐすことも要らず縺れたものを縺れたままに作品に盛り込むことが出来、〈対立を生きる〉、こんな立派な行為を彼はその作家実践にあってやり遂げることが出来よう。だが、対象として取り上げたものをどこかで限定し論理づけねばならぬ批評というものは——それとも縺れたままで批評は成り立つものなのか……」と問うている。

むろん吉田は、マンが何かと言えば文学の批評性を言挙げすることを承知の上でこう書いているのだが、吉田はこのような疑問を提供したところで論文の前半部を打切り、次の後半部では、いきなり、「トオマス・マンを更に僕に引きよせ僕に親しみを感じさせたのは、彼が文化や社会の問題に無関心になれない云うところの〈文士(リテラート)〉であることの発見であった」と切り出すのである。そして、「マンに『非政治的人間の考察』があり『共和国について』のエセイがある事は、彼を墜すものではなくて、彼に多様な陰影をきざみ幅を与え深めるものであると思うのだ」と書いている。

私は、当時の日本のゲルマニストの文章で、『非政治的人間の考察』と『ドイツ共和国について』をなんの躊躇もなく並べて書き、かつこの組合せを肯定的に評価した文章にここで初めて出会った。つまり吉田は、マンが単に『ブデンブローク家の人びと』や『トニオ・クレーガー』などといった小説の作者であるばかりでなく、愛国主義的・保守主義的な評論書『非政治的人間の考察』や、一転して民主主義支持を宣言する講演評論『ドイツ共和国について』を書いた政治的評論家でもあり、その〈転向〉がドイツの保守層から激しく非難されていることをも全て承知したうえで、トーマス・マンという〈文士〉的な文学者の問題を考えていたのである。先に『魔法の山』の中でセテンブリーニがカストルプにイロニーの弊害について説くくだりに言及したり、小説家はともかく批評家にもイロニーに淫して態度決定を留保し続けることが可能なものであろうかといった問いを発したりしているのも、全て一九二〇年代前半のマンが立たされていた難しい状況を踏まえてのことだったと考えられる。

しかし、残念なことに吉田は、この論文の後半でも、「知識人をその個我にまで閉じこめる社会的条件が崩壊し、彼等もまた現実界と摩擦しなければならなくなり、作家が国家生活にさえも足を踏み入れるようになった現代」について一般論的な考察を行なうだけで、一九二〇年代半ばから三〇年代半ばの現在にかけてマンの批評家的精神が対決を迫られた具体的な問題についての紹介や論評はいっさい行なっていない。すなわち、吉田のこの論文は一種の腰くだけに終ってしまっているのだが、しかし、先に紹介した『カスタニエン』第二号の「マンの鬱積と僕の感想」といい、この『コギト』誌上の「トオマス・マン雑記」といい、批評家マンに照明を当てた吉田の功績は大きいと私は考える。

二ヶ月ほど後の昭和九年（一九三四年）一〇月に刊行された『カスタニエン』第八号は、巻頭にマンが一九二五年に発表した小説『混乱と幼児の悩み』の板倉鞆音による全訳を置き、その後に三本のマン論を並べ（途中に第六号から連載されている武田昌一訳のリルケの「或る若き詩人に送れる手紙」が挿まれているが）、さらに杉山二十一（産七）の手になる「マン年表及び日本の文献」まで添えられている「マン特集号」のような体裁になっている。

マン論の最初に置かれているのは吉田次郎の「批評家トオマス・マン」で、これは『コギト』の「トオマス・マン雑記」の続篇とも言えるものである。吉田はまず、第一次大戦中にマンがロマン・ロランやハインリヒ・マンらに〈文明の文士〉などといった侮蔑的な符牒をはりつけたと知った時には、自分はマンに激しい反撥を覚えたが、『魔法の山』ではマン自身も〈文明の文士〉に近いことを知らされて、反感が好意に一転した、といった述懐などから語り始める。しかし、内容的にはある意味で『コギト』誌の論文から一歩退いた感じで、マンにおける作家と批評家の並存というのは、「一方では作家であり他方では批評家であるというのではなくて、批評家であることによって作家であるとでもいうのか、彼から批評精神を控除すればもはやトオマス・マンという作家は存在しなくなると、そうした風の彼が作家である」と言って、あくまでマンの小説にいわば骨絡みに内在する批評性について縷々説明している。

同じ『カスタニエン』の〈マン特集号〉に載っている和田洋一の論文「詩人・思想家トオマス・マン」は、基本的には吉田と同じことを言っているのだが、もう少しマンの批評家的な、和田にならうなら「マンの思想家的な」側面を強調していると言えよう。和田は『カスタニエン』には、創刊号のヘッセ論以後も、第三号ではエルンスト・グレエザーの『エルザスの土地』（一九三二）について書き、第四号には「現代独逸文学瞥見」と題する文章を書いて、ナチスがドイツを支配するようになって一〇ヶ月ほど経ったドイツ国内の文学を概観し、特にハンス・グリムやハンス・ヨーストなど、まさに我が世の春を迎えたかのように威勢の良くなった作家たちに痛烈な批判を加えるなど、『カスタニエン』の中心メンバーとして活躍してきたが、彼がトーマス・マンについて『カスタニエン』に書くのは、これが初めてである。ちなみに彼の自叙伝『わたしの始末書――キリスト教・革命・戦争』によれば、一九三〇年三月に京都帝大を卒業した彼は、「ドイツ文学を専攻している日本の学生で、トーマス・マン論を卒論で扱うのは自分が最初であるという誇り」を持っていたそうである（なお和田は大山より卒業は二年後だが、年齢は一つ上だった）。

その和田の論文「詩人・思想家トオマス・マン」は、ごく限られた紙幅に盛り沢山な内容を詰め込みすぎた感じの論文だが、主要な主張は題名そのものに込められている。この題名は七年前の一九二七年にドイツで出版された、M・ハーヴェンシュタイン著のかなり浩瀚な研究書『詩人（ディヒター）にして著作家（シュリフトシュテラー）トーマス・マン』にちなむものである。文学者を詩人（Dichter）と著作家（Schriftsteller）に分類して区別し、かつ差別するドイツに伝統的な習慣については、本書「第一話」第三章でマンがリカルダ・フーフの六〇歳の誕生日に寄せた祝辞を扱った際に問題にしたので、ここでは繰返さない。ハーヴェンシュタインのこのマン論は、作家マンが確かに併せ持っているこの二面性をむしろ肯定的に捉えることによってマンの全貌に迫ろうとした労作であるが、和田は、マンの場合にはSchriftstellerを思い切って「思想家」と訳すくらいに重視する必要があると主張する。そして、ハーヴェンシュタインは時期や作品によって詩人マンと思想家マンを截然と区別しすぎている嫌いがあるが、詩人マンと思想家マンとは一体化したものであって、『魔の山』の作者、『ヴェニスの死』の作者、『太公殿下（ママ）』の作者は詩人トオマス・マンではなくて、いつも詩人・思想家トオマス・マンであった」と和田は言う。さらに和田は、「そして最後に、詩人と思想家とが殆ど一つの様になって活動を始めたのは三十歳以後のマンに於てであり、それまでのマンは単に詩人でしかなかった、という事をはっきりさせておこう」と書いている。

和田はこの論文の最初から一貫して、マンは一九〇六年頃から、つまり「三十歳以後」変ったということを主張している。その一番わかりやすい現れが、「一九〇六年頃から急に感想や論文めいたものをさかんに発表している事」であり、さらには『太公殿下』における「知的な」作風の採用であるというのである。そういったマンの変化を、「詩人と著作家（思想家）」という問題と組み合わせてこの論文を書いているわけだが、いささかムキになって三〇歳以前のマンと三〇歳以後のマンの変化を強調する和田の姿に、私は、自らも丁度三〇歳になった青年の決意と同時に、いつまで経ってもトーマス・マンといえば『トーニオ・クレーガー』としか返ってこない、初期の短編集と『ブッデンブロオク一家』とにのみ基づく強固なトーマス・マン像に対する和田の激しい苛立ちを感じるのである。

この号の〈マン特集〉には、他に、伊中敬三（石川敬三）の「トオマス・マンの近作『ヨセフとその兄弟』」と杉山二十一（杉山産七）の「マン年表及び日本の文献――邦語でマンを読まんとする人々のための――」が載っているのであるが、それまで紹介していると話の焦点がぼけてしまいそうなので、ここでは省略することにする（この時期の日本における『ヨセフとその兄弟たち』の受容については、続稿において別途取りあげるつもりである）。ここでは、それよりも、この〈マン特集〉そのものが『カスタニエン』誌の歴史の中でもつ意味を確めておくことの方が大事であろう。

ピスカトールやブレヒトの演劇を論じた論文や、ゼガースの小説の翻訳を掲げた創刊号の鮮烈な革新性と比べれば、いかに時代と共に深まりゆくマンの批判性を強調しようとも、本質的に市民的なマン文学の穏健性は否定すべくもない。しかし、ドイツではしだいにナチス政権の長期化が予測されるようになり、それに伴なって、国外滞在を続けるマンの反ナチス性もしくは非ナチス性が注目を集め始め、他方、日本では満州侵略の本格化と共に国内のファシズム化も進行し、治安維持法の改変による取締りの強化が進められつつあった昭和九年（一九三四年）後半という時点の状況を考えれば、やはり、敢えて〈マン特集〉を企画し、かつマン文学のもつ批判性を強調するというのは、一定の〈反対派〉的な行為であったことは否定できないだろう。

ところが、ほぼ同じ頃に刊行された『コギト』誌の同年一一月号（通算第三〇号）が、いつのまにか『カスタニエン』の最左翼的立場に立たされていたといえる和田洋一の神経を逆撫ですることになった。

『コギト』の同人たちがドイツのロマン派文学に強い関心を持っていることは、かねてから明らかであったが、昭和九年（一九三四年）一一月号の全巻を使い、同人以外の協力をも得て「独逸浪曼派特輯」を組んだのである。『魔法の山』を連載してもらっている大山定一もこれに協力して一文を寄稿したのは、いわば当然の成行きだったと言えよう（『カスタニエン』同人からは他にもフリードリヒ・シュレーゲル研究家で、『カスタニエン』第四号にもシュレーゲルについて書いていた玉林憲義が「フリィドリヒ・シュレェゲルと女性」を寄稿している）。

大山が寄稿したのは、「浪漫派のメールヘン文学について―断章―」と題する文章である。これは、後に大山の著書『文学ノート』にも収録されている（昭和二二年の秋田屋版では同じ題名で、昭和四五年の筑摩書房版では「メールヒェンについて」という題名で）。したがって私は過去にも読んだことはあるのだが、今度あらためて、『カスタニエン』創刊号の「『三文オペラ』その他」、第二号の「ベッヒエル・大計画」（これらは後の大山の著書に収められることはなかった）と読み、次に第四号の「ゲーテの自然感情について」を読んで、なにか違和感を覚えた後で、この『コギト』誌上の「浪漫派のメールヘン文学について」を読んだ時、約半世紀ぶりに恩師の肉声に接したような、いや八〇年前の師の若き日の肉声に初めて接したような強い衝撃を覚えた。――ちなみに『文学ノート』では新旧いずれの版においても、それぞれの文章の執筆時期も初出場所も、したがって各文章の執筆順序も全て伏せられているので、よほど大山と親しかった人でないかぎり、各文章の背後にある時代状況も個人的事情も一切わからない形になっている。――いや、初版刊行が昭和二二年（一九四七年）九月であることを考えれば、そのような情報はことさら書くまでもない、著者と読者に共通の諒解事項であったのかもしれない。

ともあれ、ドイツ浪漫派を代表する詩人の一人ノヴァーリスの文学についての大山定一の昭和九年秋に書いた文章のいくつかを紹介しよう。

「メールヒェンは月光の文学でないかと僕は思う。冷朧な、清澄な、陰影のふかい、憂愁にあおく透きとおる文学。いわば〈青い花〉の文学。」

「僕はこれらの断章（注、ノヴァーリスの『夜の讃歌』）のなかに、ほのぼのとしたもの、ほのかな、かすかなものへの蒼白い憧憬を読むのではない。むしろ、純一の真実さを冒瀆した昼のむくつけさに、清らかなまことを蹂躙した白日光の無慈悲さにむかって、こころの底からわき立つノヴァーリスの瞋恚を読む。」

次はノヴァーリスの『薔薇のはなとヒアシンス』に関して。「決して安易な蒼白いあこがれから生まれるものではない。ここには、たしかに一つの死がある。痛切な現実への蔑視があり、現実の蔑視がどれほど痛切なものであるか、その復讐がどれほど恐怖すべきものであるか、を知りつくした者のみが知る夢の清らかさがあった。眠りのかたさがあった。」

「メールヒェンからはもっと意志的な、意欲的なものが感じ取られはしないであろうか。純粋なものを押し貫こうとする一途な意欲があり、自己だけの清らかな世界を打ち建てようとする真剣な熱意があり、そして現実に挑戦し、この勁敵をあくまで捩じ伏せようとする勇猛さがある。」

もういいだろう。むろん、ここに披瀝されている浪漫主義観に格別の新しさはないかもしれない。しかし、紙幅の限られた短い文章の中で執拗に繰り返される「純一の真実さを冒瀆した昼のむくつけさ」という言葉に象徴される「現実への蔑視」あるいは現実への激しい敵意に、私は、職を奪われて東京に逃れてくるほかなかった当時の大山の、歯ぎしりの音さえ聞こえてくるような激しい憤りの声を、やり場のない「瞋恚」の呻き声を聞く思いがするのである。ということは、これは、読みようによっては、大山の一種の「転向宣言」とも取れるということである。――同時に、私たちは、トーマス・マンの小説『魔法の山』はもともとドイツ・ロマン派のメールヒェンと深く繋がる作品であったことをも思い出さずにはおれないのである（拙著『激動のなかを書きぬく』第一部第一章参照）――もっとも、マンの場合には小説『魔法の山』は、大山の場合とは逆に、左から右への〈転向〉ではなく、右から左への〈転向〉の道筋に打ち立てられた記念碑的な作品であったことを、すくなくとも当時の大山は明確には認識していなかったと思われるが。

ところで、この「独逸浪曼派特集」を組んだ『コギト』の昭和九年一一月号には、この特集とは別に、もう一つの注目すべき記事が載っていた。それは、保田與重郎が亀井勝一郎や中谷孝雄らと語らって結成した「日本浪曼派」なる新しい同人雑誌の結成宣言を兼ねた広告（予告）であった。この余りに有名な同人誌について今さら説明する必要はないだろうが、結成宣言に名を連ねた六名の同人の最初に記されていたのは、和田洋一や板倉鞆音ら『カスタニエン』の主要な同人と同じ昭和五年に京大独文科を卒業し、『カスタニエン』にもすでに一度随筆を寄せたことのある神保光太郎であった（神保は後にもヴェルフェルの翻訳などを何回か『カスタニエン』に寄稿している）。

すくなくともこの時点では、大山定一の名は「日本浪曼派」同人の中にはなかった。しかし、『コギト』のこの号を手にした者の目には、「独逸浪曼派特集」と「日本浪曼派広告」とがかなりの程度にダブルイメージされることは避けられなかった。おまけに大山の場合には、その五ヶ月前から同誌に彼の訳した本邦初訳のマンの『魔法の山』が連載され始めていたのだから、大山が、同人ではないにしても、「コギト・日本浪曼派」グループの一員と見なされることは自然な成行きであったと言える。

あのかなり左翼革新的な『カスタニエン』を共に立ち上げた和田洋一にとっては、これは堪え難いことであった。彼は四三年後の大山定一追悼文集（『大山定一――人と学問』）に寄せた「『カスタニエン』の頃」と題する文章の中で、こう振り返っている。

「その年の七月から大山定一訳でトーマス・マンの『魔の山』が『コギト』に連載されはじめた。一一月に『コギト』はドイツ浪漫派特集を行ない、そこに掲載されていた大山さんの「浪漫派のメールヘン文学について」をよんで、ぼくは大山さんの浪漫派への逃避を感じた。そこにはノヴァーリスの『夜の讃歌』への深い共感が示されていた。夜の〈水晶の波〉を一度掬んだもの――彼は〈もはや世界の怱忙のなかへ、白日光の永劫の喧騒の国へ、足をめぐらさぬ〉にちがいない、などとかかれていて、ぼく自身なんともやりきれない気持になった。それで「浪漫派へ」という題で短い文章をかき、『カスタニエン』の第九冊（号）にのせた。大山先輩を名ざしで批判することは避け、一般的に浪漫主義的傾向を非難するようなかっこうをとったけれども、大山さんが目を通してくれれば、ぼくの真意はわかってもらえるつもりであった。」

その和田が昭和九年（一九三四年）一二月刊行の『カスタニエン』第九号に書いた「浪漫派へ」という文章は、冒頭に『カスタニエン』創刊号に大山が自分の名前を明記して書いた「編集後記」の最初の一節を引用する。「ヘルベルト・イェーリングに従うまでもなく、現代の思想的危機は孤立 Isolierung と売淫 Prostitution という二つの不愉快な言葉をもって云いあらわすほかはない。自己の世界に蓋をして固くとじこもってしまうか、でなければ、所謂ジャーナリズムの波に無反省に身体をまかせてしまうか」——この冒頭の引用を読んだだけで、大山は、いや『カスタニエン』の創刊時からの同人たち全員は、和田のこの「浪漫派へ」という文章の名宛人が誰なのかを悟ったはずである。和田はこの後も、大山の「浪漫派のメールヒェン文学について」からいくつかの文章を引用し、かつ「日本浪曼派」の結成宣言文からの引用をも巧みに織りまぜて、彼らの独善性を批判し、最後にこう結ぶのである。「我々は孤高をふりまわし孤高を売物（ジャーナリズム）にさえせんとする浪漫主義、一つの新しい流行に対しても同じく戦を挑まねばならない」と。

当然、こうなると和田にとっては、トーマス・マンの『魔の山』が『コギト』に連載されていることも、この作家の近年にいたるまでの歩みを全く理解していない我慢のならない凌辱行為と思われてきたのではないだろうか。

和田は二ヶ月後の昭和一〇年（一九三五年）二月に刊行された『カスタニエン』第一〇号に「トオマス・マンの『トリスタン』」と題する論文を発表した。

先に紹介した論文「詩人・思想家トオマス・マン」で、あれほど三〇歳を境にしてのマンの進化、変貌を強調した和田が、今あらためてマンの二六歳頃の作品を取上げるというのは、一瞬アレッという感じは否めないが、和田自身もそれは自覚していたようで、冒頭に『或非政治的な男の省察』や『ヴェニスの死』など「三十歳以後」の作品からの引用を重ねて、『トリスタン』の作者と「三十歳以後」のマンとの違いを確認したうえで、「しかし乍ら進歩的インテリゲンチャが……自己のうちなる古きものに対する認識」を欠いたまま「上ずったウルトラ的焦慮」に駆られて突っ走ってしまうことへの憂慮から、もう一度マンの若い頃のデカダンス克服の苦闘をしっかりと見ておくことが必要なのだと断っている。——ここで私たちは、和田がちょうど二年前の『カスタニエン』創刊号には、まさに大山の前衛的な論文「『三文オペラ』その他」とは対象的に、比較的穏健な「故郷を探しあぐんだヘッセ——主として『クヌルプ』について——」を寄稿していたことを思い出しておいた方がいいだろう。

和田は丁寧に『トリスタン』を紹介、論評した後、ごく手短にではあるが、マンの「極端に非政治的な」立場からの第一次大戦体験と、その後の共和国支持への転向と、さらには、一九二〇年代末にはマンは左翼陣営に接近するまでになっていたことを紹介するのである。これは、第一次大戦以後のマンの歩みをなんとか至近距離まで追跡しようと試みた、あの時点では日本ではきわめて数少ない例であった。――ただ「戦時の思想」に始まるマンの第一次大戦中の一連の愛国主義的発言や、『魔の山』とその周辺の評論の内容についての具体的な紹介や論評は一切抜きにして、ただマンの歩いた道筋のいわば道標の提示だけに終っているため、マン研究という面では、第一次大戦以後のマンの文筆活動の内実は、結局日本ではほとんど空白のまま放置されてしまったと言っていいだろう。

かつて『魔の山』の共訳を約束し合った四人の仲間の一人である和田に、このような形で迫られた大山に、『コギト』誌上での『魔法の山』の連載を続ける気がなくなったのは、いわば当然のことだったろう。「独逸浪曼派特集」などのためもあってか、二回ほど中断していた『魔法の山』の連載は、昭和一〇年の一月号から一旦は再開されたものの、二号続いただけで再び中断され、そのままになってしまった。――ちなみに、和田は先に紹介した大山没後の追悼文の中では、昭和一〇年四月に京都の独逸文化研究所に職を得て再び京都に戻ってきた「話好きの大山さんは、京都在住のドイツ文学の後輩を相手によくしゃべったが、ドイツ浪漫派についてはもはや語らなかった」と書いているだけで、『魔法の山』の翻訳の件については、二年前の約束のことも、『コギト』連載の件についても一言も書いていない。そして、右に引いた文章の後、段落を変えて、「大山さんがリルケの研究、リルケの詩の訳に力をいれはじめたのは三六年（昭和一一年――山口）あたりからだったと思われる」と書いている。

一九三〇年代の大山の代表的な仕事と言えるリルケの小説『マルテの手記』の翻訳が白水社から出版されたのは、昭和一四年（一九三九年）一〇月である。

『魔法の山』の翻訳を含めて、一九三〇年代の大山定一のトーマス・マンとの関わりは全て、若き日の大山の左翼演劇運動への熱中から、詩人リルケの世界への沈潜に至る間の過渡期に生じた、一種の中継媒体的なものにすぎなかったのではないかと私は考える。

このことを強く実感したのは、今回はじめて、大山が『魔法の山』の連載開始にあたって『コギト』に書いた先述の「マンの『魔法の山』について」という文章と、連載開始の約三ヶ月後に雑誌『浪漫古典』のトーマス・マン特集のために書いた「『魔法の山』覚え書」という文章を読み、その後であらためて、連載中絶後二年半ほど経った昭和一二年（一九三七年）夏に、久しぶりに『カスタニエン』の編集責任者に復帰した大山がかなり気負って書いた「方法と決意」と題した文章を読み直してみた時である。

『コギト』と『浪漫古典』に載った大山の『魔法の山』についての二つの文章をはじめて読んだ私の印象は、率直に言ってしまうなら、当時の大山は実はそれほど本気でトーマス・マンについて勉強などしていなかったな、というものであった。

『コギト』誌上の訳者解説めいた文章における『非政治的人間の考察』についての、実は読んでいないことを示唆するようなピント外れな紹介については先述したが、『浪漫古典』誌上の文章にも、小説『魔の山』を本気で読んだことのある者なら首を傾げざるを得ない点がいくつかあるのである。二箇所だけ挙げておこう。

最初の一〇行ほどでこの小説の粗筋が紹介されるのだが、そこで具体的に言及される登場人物は主人公ハンス・カストルプだけで、他には従兄ヨーアヒムと恋人ショーシャの影がかすかに感じられるだけである。これは『魔の山』の前半部にしか興味のない、換言するならマンが第一次大戦前に構想した部分にしか興味のない読者によく見られる紹介の仕方であると言っては言いすぎだろうか。むろん、大山は『魔法の山』の最後まで紹介するのだが、問題はその最後の紹介の仕方である。「突如、世界大戦のラッパがなりひびいた。『魔法の山』の怪異な術が破れる。彼は山をおりた。フランデルンのどこかの地点で、彼は戦死したとつたえられた」（傍点山口）。――余計なことだが、『魔の山』の最終章に「フランデルン」などという地名は出てこない。むろん、カストルプの所属する部隊は若い義勇兵のみから成ることが明記されているから、場所は第一次大戦の開戦当初の主要な戦場フランドル地方であろうということは推測してもいいだろう。しかし、作者マンは敢えて書かなかった具体的地名をお節介にも特定してみせたのは、あの頃マンについて語る日本のゲルマニストたちが挙って利用した手頃な『トーマス・マン伝』を書いたアルトゥーア・エレッサーであった。したがって大山もこれを利用したからといって咎めだてする気はない。

しかし、あの小説の最後で、ほかならぬ「菩提樹」の歌を口ずさみながら——少し前の方で作者が「この歌のために死ぬ人は、実はこの歌のために死ぬのではなく、愛と未来との新しい言葉を心に秘めて、新しい世界のために死ぬのであって、その人はそれゆえにこそ英雄と呼ぶべき人なのである」という言葉を捧げたあの「菩提樹」の歌を口ずさみながら戦塵の中に消えていく主人公を作者が万感の思いを込めて見送るあの『魔の山』の結末を、この長い小説を本当に強い関心を持って読んだ人であれば、「フランデルンのどこかの地点で、彼は戦死したとつたえられた」という文章で紹介できるものだろうか。

実は大山が『浪漫古典』誌のトーマス・マン特集に寄せた文章「『魔法の山』覚え書」には、〈トオマス・マンの文章について〉という副題がついていて、マンの小説の文章の特徴について縷々論じた文章である。修辞学的な常識からすれば、「十のものを七つしか云わないところに、言葉の陰影がうまれ、幽玄な風韻と溺々たる情緒が生じ、たましいの力がうごく」と言われるものだが、「対象を切り裂き、刺し殺し、一つ一つ裏がえしにせずには措かない」マンの場合には、人間を描くにしても「顔面のうしろに髑髏をまで見る」感じで、「十のものを十いうだけではなく、十二も十三も、意識の下にかくれたあらゆるものを打ち当てないでは措かぬのである」というわけで、そこにマンの厳しい批評精神に支えられた文学があると大山は言うのである。

このような主張を趣旨とした随筆に対して、先述のように『魔の山』の内容紹介について難をつけるのは、一見筋違いのように見えるかもしれない。

しかし、マンが『魔の山』の完成に一二年もの歳月を要したのは、彼のこのような「苦業」に満ちた創作態度のためだと大山が言い、しかもその「苦業」という言葉を、『魔の山』の直後に公刊されたマンの評論集 Bemühungen という題名と重ね合わせて用いるとなると、話はなんとも厄介なことになるのである（Bemühungen は現在ではたいてい『労苦』と訳されているが、大山はこれを『苦業』と訳している）。というのは、評論集『労苦（苦業）』は、例の「マルクスにヘルダーリンを読んでほしいのだ」という名文句を含む「一二五年版〈ゲーテとトルストイ〉」をはじめ、「ドイツ共和国について」、「シュペングラー論」、あるいは私が本書「第一話」で取り上げた「リカルダ・フーフの六〇歳の誕生日に」や「ニーチェ講演」など、まさにマンが『魔の山』完成に一二年を費やさざるをえなかった理由を如実に反映する、換言するなら『非政治的人間の考察』の著者から『魔の山』の著者へと転身していく思想的労苦を反映する数々の評論が収められたものだからである。つまり、大山はマンの形容詞の使い方だとかいった問題から始めて、マンの厳しい創作態度を語るふりをしながら、その背後に潜むマンの思想的な、ひいては政治的な転身までをも示唆しようとしたのかもしれない、と私は一瞬考えたのである（当時の大山にはあまり公然と社会的、政治的な問題を語りたくない事情があったのだから、と）。

しかし、この「『魔法の山』覚え書」の二年近く後に書かれた「方法と決意」を読んだ時、私は大山の眼中にあるトーマス・マン像は、依然として「トーニオ・クレーガー」的マン像にほかならないことを確認させられた（詳しくは後述）。だとすれば、端的に言って、『魔の山』で彼が真に関心をもったのは前半部だけであり、イタリアの人文主義者セテンブリーニに見送られて山を下り、義勇兵となって入営し、「菩提樹」の歌を口ずさみながら戦塵の中に消えていく「英雄」ハンス・カストルプになど、さしたる関心を持てなかったのも納得できるのである。——考えてみれば、『魔の山』の翻訳に取りかかる一年前までブレヒトやベッヒャーらの共産党寄りの（したがって反ヴァイマル共和制の）革命的で前衛的な演劇や文学に共鳴していた三〇歳になったばかりの若者大山にとって、一昔前の中年男マンの保守派から中道派への、帝政支持から共和制支持への〈転向〉問題になぞ、なんの関心も持てなくて当然だったとも言えるのである。

いや、今や時代はもっと激しく動き始めていた。

(六)　『カスタニエン』と『世界文化』

昭和一〇年（一九三五年）一〇月刊行の『カスタニエン』第一三号から、和田洋一が「故国を逐われた作家達」という題で、ナチスに追われて、あるいはナチス支配を嫌ってドイツを去った文学者たちの動静を報告する連載を始めた。この連載は、第一八号まで六回続いた。――なお、大山は昭和一〇年四月から京都独逸文化研究所の講師になって、京都に帰ってきていて、六月刊行の『カスタニエン』第一二号には「動物詩について」と題して、リルケの詩「豹」を中心にした文章を書いているが、どういうわけか（警察の監視の眼への配慮のためか）、和田の上記の連載が続いた六冊の間はいっさい寄稿せず、連載終了の次の号からは廃刊になるまでは毎号書いている。

また、和田の連載と同じく第一三号から、武田昌一と吉田次郎の共訳でトーマス・マンの『大公殿下』の連載が始まったことも書いておいた方がいいだろう。おそらくこの小説の日本で最初の翻訳の試みではないかと思われるが、残念なことに連載七回目の昭和一二年一月刊の第一九号で、全体の四割ほど、「アルプレヒト二世」の章の終りまで進んだところで、なぜか打切られてしまった。この小説の日本での最初の完訳本は、昭和一五年九月と一六年四月に刊行された三笠書房「トーマス・マン全集」内の竹田敏行と熊岡親雄訳の二巻本であるだけに、この『カスタニエン』誌上の連載打切りは惜しまれるところである。

さて和田の「故国を逐われた作家達」であるが、和田は『カスタニエン』におけるこの六回の連載のほかにも、京都で昭和一〇年（一九三五年）二月から昭和一二年一〇月まで刊行されていた月刊雑誌『世界文化』にも、反ナチス亡命者たちの世界諸国におけるさまざまな活動ぶりを伝える文章を頻繁に発表していたし、雑誌『新潮』にもほぼ同じ時期に亡命作家たちに関する文章を数回発表しているので、それら全てを合わせると、彼がこの時期に日本人に伝えた反ナチス亡命者たちに関する情報は、かなりの量になると言っていいだろう。『カスタニエン』と『世界文化』に掲載されたものは、戦後、昭和二四年に三一書房から出た和田洋一著『国際反ファシズム文化運動』に収録されている。――ちなみに和田はこの本の「あとがき」で、いわば彼の重要な情報源として、当時東京の三越洋書部が丸善と張合う方策として、「ヒトラア治下のドイツ文学よりも国境外のドイツ文学に目をつけ、スイス、フランス、オランダで発行される反ナチスものをさかんに輸入し、これを陳列棚にならべた。商売の上から言ってこれは自然なことであっただろうし、私たちは読みたい本を手に入れる上に大きな便宜を得たが、やがて三宅坂の独逸国大使館からの干渉がこれに加えられた。ナチス・ドイツの国威が年々強まってゆき日独文化協定が結ばれるに及んで、三越洋書部はついに在来の方針を一擲することを余儀なくされた」という「記録に値するエピソード」を記している。日独文化協定が締結されたのは、昭和一三年（一九三八年）一一月であり、日本政府が国家総動員法を公布した七ヶ月後、近衛首相が東亜新秩序建設の声明を出したのと同時期である。——ついでに書き加えておくなら、和田は、やはり戦後に書いた著書『わたしの始末書——キリスト教・革命・戦争』の中では、「モスクワで刊行されていた月刊誌『国際文学』は、ロシア語版、英語版、フランス語版、ドイツ語版と四種類出ていて、それらはシベリア、日本海を経て、敦賀港から京都へ送られ、『世界文化』の同人たちは手分けをして、それらに目を通し、それらをもとにして原稿を作成した」と回想している。

なお、反ナチス亡命作家たちの活動については、日本でも戦後、一九五四年に佐藤晃一と山下肇の共著で『ドイツ抵抗文学』（東京大学出版会）が刊行され、また、私自身も一九九一年に『ドイツを追われた人びと——反ナチス亡命者の系譜』を出して、その全体像がある程度詳しく紹介されているので、ここであらためて和田洋一が昭和一〇年代初めに紹介した亡命作家たちの動静について記すことは、一切控えることにする。ただ、今回本稿を書くにあたって、久しぶりに当時の和田の文章を全て読み直してみて、やはり同時代の人間の綴る文章だけがもつ、切れば血の出るような生々しい迫力とでも言うほかないものを感じたことだけを記しておきたい。

あとはただ、和田がこれら当時の一連の文章の中で表明している苛立ちと信頼について紹介しておけばいいだろう。ただし、それには二種類ある。——一つは、当時の日本のドイツ文学研究者たちへの激しい苛立ちであり、もう一つは、トーマス・マンへの苛立ちと、そして信頼である。

和田が『世界文化』誌上での反ナチス亡命者たちの動静紹介だけでは飽き足らず、『カスタニエン』でも「故国を逐われた作家達」についての連載を行なったのには、つい先頃までは彼らの作品を愛読していたにもかかわらず、彼らがドイツを追われた亡命者となったとたんに、内心はともかく、表面上は彼らに対して冷淡に、あるいは無関心になったかのように見える日本のドイツ文学研究者たちに対する激しい反撥と憤りがあったであろうことは容易に推測できる。

『カスタニエン』誌上では、和田は、そのような感情を露にすることは抑えていた。というより、おそらく和田の影響力が大きかったためだろうが、彼の連載が始まった当初の二、三号の『カスタニエン』には、和田と同じく『世界文化』誌にも亡命文学者たちの動静について精力的に執筆していた臼井竹次郎その他によるキッシュ、ケステン、ルカーチ、クラウス・マンなど反ナチ亡命者たちの著作の翻訳や紹介記事が多く掲載され、これでは警察にもひそかに目をつけられていただろうなと思わせるほどである――久しぶりに成瀬教授が悠然と「五十歳の男」と題する自伝的要素の濃い小説めいたものを連載寄稿したりしているのも、そのへんの事情と微妙に関わっているのかもしれない。

しかし、『カスタニエン』での連載途中の昭和一一年(一九三六年)六月号の『新潮』に和田が発表した「国境外の独逸文学」という評論では、「多数の独逸人作家が国外にのがれ、苦難と戦いつつも文学活動を継続しているという……未曾有の世界文学史的事実、これを前にして日本の独逸文学者は今少し眼をみひらくべきではないだろうか」と書き、「日本の独逸文学者は彼等の文学的活動に対して少しよそよそし過ぎはしないだろうか」と繰り返し、「思想的に言っても、共産主義者は寧ろ少数であり……我々は今少しく彼等に温い同情を贈っても差支えないのではないだろうか」とたたみかけ、諸外国ではこれら亡命作家たちの作品も結構翻訳出版されているのに、日本ではほとんど無いというのは、「これは日本の独逸文学者の恥辱であると、すくなくとも私は考えている」とまで書いている。――和田は先述の戦後に出した『国際反ファシズム文化運動』の「あとがき」の中では、日本のゲルマニストたちの情なさを、東大独文科の教授木村謹治の名まで出して批判し、「そしてこのいきどおりは私の文筆活動に拍車をかけた」と明言し、こう結んでいる。「成瀬先生は、闘争的であることからは凡そ遠い自由主義者ではあったが、トーマス・マンやヤーコプ・ワッサアマンが追放された後も、その作品を大学院のテキストとして使用されていた。そしてドイツ人の側からの警告、勧告があっても、おいそれとは引っこめようとされなかった。弟子である私たちは従って何の気兼ねもなしに、京大独逸文学研究会の機関誌に反ナチスの文章を載せることが出来た。私はこのことを今ここに感謝の念と共に書きとめておきたいと思う。」

もう一つの、トーマス・マンへの苛立ちと信頼については、多くを語る必要はあるまい。周知のようにナチスの政権獲得の一〇日後に、オランダやベルギーやフランスでかねて約束していた講演を行なうためにドイツを出たマンは、そのまま一九四九年七月まで一六年余の間ドイツの地を踏むことはなかったわけだが、最初の約三年間は、とりたてて反ナチスの声明を出すこともなく、主としてスイスに滞在して、『ヨセフとその兄弟たち』の第三部『エジプトのヨセフ』の執筆に専念していた。他方、ナチスの側も、反ナチスを明確に表明している兄ハインリヒ・マンや息子クラウス・マンに対するのと違って、ノーベル賞受賞作家トーマス・マンに対しては、〈焚書〉の対象に指定することもなければ、発禁処分にすることもなかったので、彼の著作は彼の出国後も従来通りに、S・フィッシャー社から出版され、ナチス・ドイツの国内でも販売され続けていた。一九三六年二月初めまで続いたこの馴れ合い的な、腹の探り合い的な状態に対して、周囲の人びとの間で生じた苛立ちについては、私は拙著『ドイツを追われた人びと――反ナチス亡命者の系譜』の中で詳しく描いたので、ここでは繰返さない。

和田が「故国を逐われた作家達」の中でトーマス・マンを扱ったのは、一九三五年一〇月刊行の『カスタニエン』一三号の連載第一回と、一九三六年五月刊行の一六号の連載四回目である。つまり、ナチスとマンとの馴れ合い状態の時と、両者の決裂直後である。第一回目の方では、和田はマンの煮えきらない態度に苛立ちながらも、「自分をみつめる事の余りにも深く鋭い此作家には政治家的なポーズが取りたくても取れないのではないだろうか。政治に対し人一倍関心を持ってはいるが、政治家の型からは恐らく最も遠い人であると筆者は考えている。……傍から見て其態度が甚だ煮えきらなくとも、彼は彼なりに理性のために戦い、悪に対して戦う執拗強固な意志をしっかりと持ち続けていること、断じて非良心的ではないことをハインリヒ・マンと共に信じたく思う」と書いている。

一九三六年二月初めにマンが自分もまた反ナチス亡命作家たちの陣営に属するものであることを明確にした後まもなくに書かれた和田の文章の方はこうである。「還暦も過ぎたトオマス・マンが毫碌することなく、混乱の泥濘から再び悟性の岸に手をかけたことを、精神的反動の利益のために彼を利用しようとした企てが失敗に終ったことを、シュワルツシルトと共に、独逸全亡命作家と共に喜びたいと思う。」

『カスタニエン』は、和田洋一の「故国を逐われた作家達」の連載が第一八号で終った後、昭和一二年一月刊の第一九号で、一度廃刊という形をとっている。「理由は主として経済的なものである」(改巻一号の冒頭に掲げられた文章より)ということだから、おそらく従来のスポンサーが降りたためであろうと思われる。しかし、本当に廃刊にする気になれなかった同人たちがなんらかの策を講じたようで、半年後の昭和一二年七月に誌名は変えずに改巻一号という形で再出発することになった。以後、本当に廃刊になるまでの計六冊は全て大山定一が編集責任者となっている。その再出発の第一号の巻頭に大山は、「方法と決意」という少々もったいぶった題名をつけた文章を書いている。

大山は、まず自分がドイツ文学を専攻するきっかけとなったのは鷗外訳の『ファウスト』だったことを回想したのち、こう書いている。「僕はただ時間的な時事的な距離のちかさと安価な興味への迎合から、ドイツ現代文学にしたしんで行った。表現主義、新即物主義、左翼文学、という風な順序で、序列もなく、選択もなく、僕は読みちらした。僕は屋根の風信旗のように、西風がふけば東に、北風がふけば南に、意味もなく一日はたはたと風にとんでいたのだ……」

大山としては、あらためて『カスタニエン』の中心メンバーとして復帰するにあたって、友人たちを初め、各方面に対して書かざるをえなかった苦渋に満ちた文章だとは思うが、私は正直に言って、尊敬する私の師にこういった調子では書いてほしくなかった文章なので、引用を中断することにしたい。

この後、段落を変え、気を取り直して、大山は、「僕はある機会から最近一、二年のあいだ、トーマス・マンとリルケをできるだけ沢山読んできた。僕はまだ重要な作品を全部よんではいない」と書いて、まずマンについて、次いでリルケについて語るのである。——この文章自体が昭和一二年夏のものだから、大山が本気でマンやリルケを読み始めたのは、昭和一〇年(一九三五年)以降のことだと言える。つまり『コギト』に『魔法の山』を連載した後ということになり、私はさもありなんと納得できるのである。

この「方法と決意」という文章自体の中で、大山がマンについて語っていることは、マンは「自分は芸術の世界へまよいこんだ一市民である」と自己規定し、「市民生活の根づよい伝統から遊離して芸術の不思議な魅力にひかれてゆく過程を一つのデカダンスとして描いている」という、『ブデンブローク家の人びと』と『トーニオ・クレーガー』を読んだ者なら誰でも知っていることだけである。

問題は、それに続く大山の文章である。「僕らはトーマス・マンの輪郭のただしい文章の正確な描線が、どうかするとはなはだしい疲労のかげを持っていることに気づいたりするのである。しかし、僕はそこに弱さは見えなかった。むしろ、何か必死に防衛するものをつよく感じたのである。現実の実践力から押しながされ、自己の無力さのなかに堕ちながら、なにものかに捨て身にすがりついている人間の真実に打たれたのである。」（傍点山口）。

昭和八年（一九三三年）初頭には『カスタニエン』創刊号で、「僕のいいたいのは（ブレヒトらの）〈叙事詩的演劇〉の仮面、といって悪ければ審美的形式の背後で、ハケ口を求めて沸騰している政治的情熱のことである」と書くことができ、昭和九年（一九三四年）秋には『コギト』の〈独逸浪曼派特集〉号で、ノヴァーリスに託して、「僕はこれらの断章のなかに、ほのぼのとしたもの、ほのかな、かすかなものへの蒼白い憧憬を読むのではない。むしろ、純一の真実さを冒瀆した昼のむくつけさに、清らかなまことを蹂躙した白日光の無慈悲さにむかって、こころの底からわき立つノヴァーリスの瞋恚を読む」と書くほかなかった大山は、昭和一二年（一九三七年）夏の今は、『トーニオ・クレーガー』を楯に取って、「何かを必死に防衛」しようというのである。だが、そう言いながらも、大山はこう書くのである。「しかし、トーマス・マンはなぜあのように疲労の表情をうかべているのだろう。なぜ敗北の意識しか持っていないと見えるのだろう。僕は今日の日の文学の宿命をそこに見たと思ったのである」と。

さまざまなドイツの文学者たちに託して吐露されたこれらの言葉は、まちがいなく、時勢の推移にともなって、しだいしだいに追いつめられていった当時の日本の若い知識人たちの心情を、いや真情を如実に反映していたと言っていいだろう。そして、だからこそ、彼は仲間のゲルマニストたちの間で一定の信頼と敬意を寄せられ続けたのであろう。

大山はすでにこの文章の中で、マンに続けて取り上げたリルケについて、こう書いている。「リルケの表情はトーマス・マンよりも、さらに孤独な疲労のかげの深いものであった。……僕はリルケの哀歌がほとんど今日の日の唯一の貴重なものの在り方ではないか、すぐれたものの出会う宿命のあかしではないか、とまで考えたのである。」ここにはすでに、大山がトーマス・マンの許を去って、リルケの世界に沈潜していくことが予告されていると言えるのだが、本稿では、大山のマン受容の方に焦点を絞って話をしめくくらなければならない。

大山は、『カスタニエン』に「方法と決意」を発表した直後に、『新潮』の昭和一二年（一九三七年）の九月号から一一月号にかけて、三回にわたって「トーマス・マン研究」と題する文章を連載した。これは、戦後の昭和二一年（一九四六年）に刊行された大山のトーマス・マン論集『作家の歩みについて』の中でも（そこでは「トーマス・マン論」と改題されている）、最も長いものである。——なお、『作家の歩みについて』に収録されている約一〇編のマン論のうち、最初の三編は戦後の昭和二一年（一九四六年）に書かれたもので、他は全て一九三〇年代に書かれたものである。

ちなみに、これが『新潮』に発表されたのは、前年（一九三六年）の間に遂にマンとナチス政府との関係が決定的に決裂し、マンのドイツ国籍やボン大学名誉博士号などが剝奪され、マンの方もこれらの措置を正面切って批判し痛罵する文書を公開し、日本のマスコミもこれらのことを報道し、『新潮』誌にもマンのその公開文書が『カスタニエン』同人のあの吉田次郎の全訳で掲載され、またマンの決断を喜ぶ和田洋一の「亡命後のトオマス・マン」なども同誌に発表された半年以上も後のことである。

にもかかわらず、大山はこの三ヶ月にわたって連載された「トーマス・マン研究」の中で、ただの一度も「亡命作家トーマス・マン」については語らないのである。それどころか、一度だけ彼の代表的な長編小説として『ブッデンブロオク家』と『魔法の山』と『ヨセフとその兄弟』という題名だけは挙げられているが、どの長編についても、とりたてて紹介するに値するほどのことは何も書いていないのである。

執筆時期がほぼ同じ頃だったと思われることを考えれば当然ともいえるが、大山がこの「トーマス・マン研究」で言っていることは、先に紹介した「方法と決意」でマンについて簡潔に凝縮して語ったことを、くどくどといろいろな角度から説明しようと試みているにすぎない。大山は、今度はたとえばこう書く。「文学は実生活からの一つの退陣であり、あやふい落差であると、トーマス・マンは考えるのである。……文学はかなしい喪失からはじまるのである。実際にそのものであるところから一歩身をひいて、そのものを見ようとするとき、生活からの敗北と頽廃がきざすのである」――言うまでもなく、これは、『トニオ・クレーガア』の美学をあの当時の大山の言葉で表現したものである。そう、大山の「トーマス・マン研究」は、結局のところ、マンの『トニオ・クレーガア』のまわりをぐるぐる廻っているようなものである。

たしかに大山は、連載の二回目では、ようやくこの頃読んだという『非政治的人間の感想』を持ち出してくる。だが彼は、「僕は勝手にトーマス・マンの小説論のつもりで読んでしまった」と、一見気の利いた言葉を用いて巧みに自分の土俵に引きずりこみ、結局は「悲哀と批評」「誠実と懐疑」「情緒と知性」、つまりは「シュトルムとニイチェ」とが綯い交ぜになった『トニオ・クレーガア』が「トーオマス・マンの文学をもっとも純粋に代表した佳作に相違ない」といった、あの当時でも聞き飽きたようなおちをつけてしまう。

そして連載三回目では、マンの長編小説の書き方という問題をも取り上げ、マンは「『魔法の山』あたりからは小説の感興をそいでまで論文を書いたりするのである」、「マンは書きかけた小説のペンを措いて、こつこつ論文やエッセイを書くのである。そして意地のわるい故意の遮断のうちに、小説は徐々に思いがけぬ変貌をとげてゆく。批評の無慈悲な虐待のしもとのしたで、小説はしぶとく成長してゆくのである。僕はやはりこれも小説家のかなしい、うつくしい話だとおもわずにいられなかった。」（傍点山口）。傍点を付したのは、『魔の山』と『ゲーテとトルストイ』や『ドイツ共和国について』との関係をこのような言葉で把えてみせるのが、良くも悪くも、あの当時の時勢によって追いこまれていった大山の切羽詰まった、破れかぶれのレトリックだったと私には思えるからである。

『非政治的人間の感想』を「小説論として読んだ」というのも、あれを政治やイデオロギーに関わるものとして読んだ場合に必然的に生じるはずの現実世界とのなにがしかの関係を、断固拒否しようという大山の強い意志の現れだと私は思う。この三回にわたる「トーマス・マン研究」連載の中で、ただの一度も亡命作家とか亡命文学とかいった言葉を用いていないのと同じように。

大山が『カスタニエン』に書いたトーマス・マンに関わる最後の文章は、これまた『新潮』の「トーマス・マン研究」の連載と同時期の昭和一二年（一九三七年）九月に刊行された改巻第二号に掲載された、「芸術の街」と題した文章である。

これは、「『ニュルンベルクのマイスタージンガー』を聴くのにミュンヘン以上の場所は考えられない。ブルジョワ化したニュルンベルクよりも適した場所だ」という、マンの『非政治的人間の考察』の「市民性」の章などを踏まえ、ドイツにおけるベルリンとミュンヘンとの対比を、日本の東京と京都のそれになぞらえたりしながら、「非文学的」で「芸術的」な街ミュンヘンと京都について語った文章である。むろん、前の年に東京で起きた二・二六事件のことなど一言も触れられないのと同様に、ミュンヘンがナチス誕生の地であることなど、全く触れられない。

和田洋一や吉田次郎や臼井竹次郎などのマン研究者や亡命文学研究者たちが、当時も大山の親しい同人仲間であったことを考えれば、一九二〇年代半ば以降のマンとミュンヘンとの折合いの悪さや、一九三三年二月のマンのミュンヘンにおける講演「リヒァルト・ヴァーグナーの苦悩と偉大」と、四月になってからのマンに対する「リヒァルト・ヴァーグナーの市（まち）ミュンヘンの抗議」の一件なども、おそらく大山の耳に入っていたと思われるが、そのミュンヘンについて語る「芸術の街」はそのような生臭い現実の話なぞ、我関せずといった大山の時代遅れの、いや時代離れした文章である。——すなわち第一次大戦以降、必要とあれば自ら進んで現実社会と関り合うことを厭わなくなっていったトーマス・マンと最も対蹠的な方向に向かいつつあったのが、この頃の大山だったのではないだろうか。彼がリルケの『マルテの手記』の翻訳に専念するのは、この後まもなくだった。

その同じ号に和田は、マンがこの年四月二一日にニューヨークで行われた「ヒトラア政権の犠牲となって殪れた一万三千のドイツ人の追悼記念式」で行なった講演「自由のための戦い」の翻訳を寄せている。

和田洋一が治安維持法違反の容疑で警察（京都下鴨署）に逮捕されたのは、昭和一三年（一九三八年）六月二四日のことだった。
容疑内容は『カスタニエン』ではなく、和田が関わっていた、もう一つの京都で発行されていた雑誌『世界文化』に関するものだったようだが、ちょうど改巻第六号を出したところだった『カスタニエン』も、これを機に廃刊することとなった。
京大卒業の直後から同志社大学予科の講師として務めていた和田は、当然この職を失ったうえに、一年半も未決状態のまま拘留された末に、型通りの裁判で懲役二年、執行猶予三年の判決を受けて、ようやく釈放されたのだった。

この裁判に際して、和田の弁護士の求めに応じて、成瀬無極（清）は次のような保証書を提出し、それが法廷で読みあげられたという。その全文とこれについての和田の感想を、彼が戦後に書いた『灰色のユーモア』からここに引用して、この「第三話」の結びとしたい。（なお、これは和田の著書『私の昭和史――「世界文化」のころ』から再録したものである。）

「文学士　和田洋一
右の者本学在学中精励勤勉資性潔白廉直にして友誼に厚く然諾を重んじ常に儕輩の推すところとなりたり　然も身を持すること謹厳和して同ぜず苟も軽挙妄動に走ることなく優秀の成績を以て業を了えたり　頃日書を寄せてその心境を吐露し或は独逸の古典に親しみ或は芭蕉の俳句に思いを潜め以て真に日本人らしき日本人として思想信念を堅むべく努力しつつありと語れり　余は同人の平生に徴し人格に鑑みてこの言の真実なることを確信し其将来に対しても聊かも危惧の念を抱かざるものなり　仍て之を証す

昭和十四年十二月

京都帝国大学教授
文学博士　成瀬　清㊞

私のことを無暗褒めているのは、笑うしかないとして、この保証文の特徴は、私が不心得をしたとか、共産主義思想にかぶれたとか、そういう非難めいた文字を全く含んでいないということが一つ。つぎには検事局に御迷惑をかけたとか何とか、こういう場合ほかの人なら言いそうな御世辞ないし治安当局への迎合の調子が、ここには全然見出されないということである。ヒットラーのちょうちん持ちをさいごまでされなかったドイツ文学者の成瀬先生、自由主義者であったが、いかなる意味でも左翼ではなかった成瀬先生のレジスタンス、それを私は小林弁護士が朗読しているときは感じなかったが、大分あとになって気づくようになった。」

参照文献

第一章

トーマス・マン『ファウスト博士　I』関泰祐、関楠生訳　岩波書店　一九五二年
トーマス・マン『非政治的人間の考察』（上中下）前田敬作、山口知三訳　筑摩書房　一九六八年—一九七一年

第二章

本稿第一章で扱うマンのテキストは全て Thomas Mann: Gesammelte Werke in dreizehn Bänden. Frankfurt am Main. を用いた。
Hermann Kurzke: Mondwanderungen. Wegweiser durch Thomas Manns Joseph-Roman. Frankfurt am Main 1993.
トーマス・マン『ゲーテとトルストイ』高橋義孝訳　山水社　昭和二一年
トーマス・マン『時代の要求』佐藤晃一訳　青木書店　昭和一五年
佐藤晃一『トオマス・マン論』大日本雄弁会講談社　昭和二三年
山口知三『激動のなかを書きぬく——二〇世紀前半のドイツの作家たち』鳥影社・ロゴス企画　二〇一三年

第三章
江間道助「トーマス・マン」（『世界文学講座8・独逸文学篇下』新潮社　昭和五年）
白旗信「マン」（岩波講座『世界文学第5巻　近代作家篇2』岩波書店　昭和八年）
白旗信「トオマス・マン――死より生へ――」（『文芸』昭和九年四月号　改造社）
『浪漫古典』昭和九年一一月号　昭和書房
『エルンテ』第八号　東京帝国大学独逸文学会　昭和七年二月
富士川義之『評伝・富士川英郎　あるいは文人学者の肖像』新書館　二〇一四年
神保謙吾「トーマス・マンの人と作品」（『独逸文学研究』第一号　東京帝国大学独逸文学会　建設社　昭和七年）
神保謙吾「ハンス・ヨースト」（『独逸文学』第四年第四輯　東京帝国大学独逸文学研究会　第一書房　昭和一六年）

第四章
『カスタニエン』京大独逸文学研究会（なお改巻後の六冊は、発行所はカスタニエン発行所となっている。各号の発行年月などは本文中に記載してあるので省略する。）
和田洋一「昭和初期の京大独文――『カスタニエン』のことなど」（『新教』一九八〇秋季号　新教出版社）
『コギト』コギト発行所

第五章
トーマス・マン『魔の山』上下　熊岡初彌、竹田敏行訳　三笠書房　昭和一四年
大山定一『作家の歩みについて』甲文社　昭和二一年
大山定一『文学ノート』秋田屋　昭和二二年
和田洋一『わたしの始末書――キリスト教・革命・戦争』日本基督教団出版局　一九八四年
Martin Havenstein: Thomas Mann. Der Dichter und Schriftsteller. Berlin 1927.
吉川幸次郎　富士正晴編『大山定一――人と学問』創樹社　一九七七年

Arthur Eloesser: Thomas Mann. Sein Leben und sein Werk. Berlin 1925.

第六章

和田洋一『国際反ファシズム文化運動』三一書房　昭和二四年
佐藤晃一、山下肇『ドイツ抵抗文学』東京大学出版会　一九五四年
山口知三『ドイツを追われた人びと――反ナチス亡命者の系譜』人文書院　一九九一年
和田洋一「国境外の独逸文学」（『新潮』昭和一一年六月号）
大山定一「トーマス・マン研究一、二、三」（『新潮』昭和一二年九、一〇、一一月号）
和田洋一「亡命後のトオマス・マン」（『新潮』昭和一二年二月号）
和田洋一『私の昭和史――「世界文化」のころ』小学館　昭和五一年

第四話　ドイツとアメリカ、そして日本

はじめに

この「第四話」で取り上げる事柄のかなりの部分は、それぞれの個別的な事柄としては、少なくとも私より一世代前の日本のドイツ文学研究者にとっては広く知られたことであったと思われる。なかには古臭くて黴の生えたような事柄もあるだろう。それらの事柄を今あらためて取り上げる気になったのは、ただただ、今一度それら全てを一纏めにして、というより一緒くたにして捉えておくことが必要なのではないかと考えたからである。

そして、私が今頃そう考えるようになったのには、「EU離脱ショック」だの、「トランプ・ショック」だの、さらには「東アジアの緊張激化」だのといったものに揺れ動く昨今の世界の状況が少なからず影響していることは言うまでもあるまい。——加えて、他方で今世界中でひそかに怖れられているものに、未知のウィルスによって引き起されるパンデミックの恐怖があるが、思想の領域にも、政治の領域にも、そして文学の領域にも、わけの分らぬウィルスめいたものによって世界中で同時に多発するパンデミック的なものがあり得るように思われるのである。

むろん、今から一世紀近くも前の世界市民主義と現代のグローバリズムとの異同や、あの時代と現代とにおけるドイツやアメリカや日本の果す役割の信じ難いほどの相違などは十分に意識したうえでの話ではあるが。

(一) トーマス・マンとエルンスト・ベルトラム

トーマス・マンと同じ時代を生きていた日本のマン文学愛好家たちやドイツ文学研究者たちが、もっぱら『トーニオ・クレーガー』や『ブデンブローク家の人びと』に目と心を奪われているうちに、わけのわからぬ不気味な深山〈魔の山〉に迷いこんだきり、行き方知れずになってしまったかのように、その姿を見失ってしまったトーマス・マンの第一次大戦期以降の変貌ぶりを確認し、跡付けるのには、一九一〇年代（つまり大正時代前半）における彼の無二の親友だったエルンスト・ベルトラムとのその後の関係の変遷を追ってみるのが、一番わかりやすいだろう。

エルンスト・ベルトラムは、マンより九歳年下の、一八八四年生れのドイツ文学研究者で、かつ自らも生涯に十数冊の詩集を出した詩人でもあった。日本でも昭和一六年（一九四一年）に彼の主著『ニーチェ』が、翌年には講演評論集『独逸的形姿』が翻訳出版されて、当時つまり第二次大戦中には、日本でもかなり名の知られた同盟国ドイツを代表する学者、思想家の一人であった。

マンとベルトラムが知り合ったのは、ベルトラムがまだ二〇歳代後半の新進の研究者だった一九一〇年のことだった。ある学術雑誌に掲載されたベルトラムのマンの『大公殿下』についての論文を読んで感心したマンが、ベルトラムに礼状めいた手紙を送ったのが切掛けだったらしい。当時はまだ教授資格を取っていず、したがって定職もない自由で気儘な研究者だったベルトラムもまた、ミュンヘンで暮していたこともあって、二人はまもなく親しく行き来する仲となった（ベルトラムがミュンヘンに住んでいたのには、おそらく、彼の敬愛する詩人シュテファン・ゲオルゲが当時はミュンヘンに住んでいて、いわゆるゲオルゲ・クライスの会合がこの地で催されていたためであろう。なお、ベルトラムをゲオルゲ・クライスの一員とみなすかどうかは微妙な問題らしいが、本稿ではその点には立入らないことにする）。

約一〇年後にベルトラムがケルン大学のドイツ文学科教授となってケルンに移り住むまでの、第一次大戦期を含む約一〇年間のマンとベルトラムとの親交ぶりは、ペーター・ドゥ・メンデルスゾーンの大著『魔術師。ドイツの作家トーマス・マンの生涯。第一部一八七五―一九一八』の第七章から第一〇章にかけての随所に描かれている。その中からいくつかの事例を紹介すると、彼らはしばしばブリーナー通りのオデオン酒場（バー）という小さな店で落ち合って、ブルーノ・フランクなど他の文学者たちも交えて歓談したが、ベルトラムがマン家を訪れることもたびたびあり、興が乗るとマンは大事にしまっているヴァイオリンを取り出して、ベルトラムとベートーヴェンのソナタを合奏するようなこともあったという。そして、そのような親交の結果として、マンが一九一八年四月に生まれた三女エリーザベトの一〇月に行なった洗礼式で、代父の役を、いかにも愛国の書『非政治的人間の考察』の著者にふさわしく、前線帰りの傷痍軍人ギュンター・ヘルツフェルトと、そしてベルトラムとに頼み、しかもそのことを『幼な児の歌』の中でいささか仰々しく歌い上げていることは広く知られた事柄である。

むろん、二人の親交ぶりは、こういった、いわば社交的、外面的な次元にとどまるものではなかった。

彼らの親交が頂点に達したのは、第一次大戦の期間だったが、これも第一次大戦を機に燃え上った両者それぞれの愛国心が、ナショナリズムが二人の思想的な連帯感を急速に強め、かつ深めたためであったと言えるだろう。

そのことは、第一次大戦中に二人がそれぞれ心血を注いで執筆したマンの『非政治的人間の考察』とベルトラムの『ニーチェ』を読み比べてみれば、容易に気づくはずである。たとえば、ベルトラムが『ニーチェ』の「アリーオン」の章で「マイスタージンガー――文明の反対、フランス的なものに対するドイツ的なもの」というニーチェの言葉を手がかりに「文明と文化との根源的対立」を説き、「ラテン的意味の文明に対する本能的憎悪・深いルター的敵意」や「フランス革命の諸理念に対する反抗」といったドイツ精神の有り様について熱っぽく語るあたりなどは、そのまま『非政治的人間の考察』の中に嵌め込んでも、なんらの違和感も生じないだろう。事実マンは、年齢は自分より若くても、その博学さには一目置かざるを得ないベルトラムから、『非政治的人間の考察』の中で引用するのに恰好な材料を教えてもらったり、参考になる文献を提供してもらったりしたという（このような関係は、やがて政治的立場はかなり異なるようになってからもある程度続いていたようで、マンは『ヨセフとその兄弟たち』の第一部と第二部を執筆していた頃にも、ベルトラムからも種々の貴重な資料を借用していたらしく、ベルトラムはマンが国外に出た後それらの資料の行方を気にしていたという）。——わずか一ヶ月違いで、一九一八年九月に出版されたベルトラムの『ニーチェ』と、同年一〇月に出版されたマンの『非政治的人間の考察』との親縁性については、マンの方がより強く自覚していたようで、彼は同年九月一三日付のフィリップ・ヴィトコップ宛の手紙で、『ニーチェ』を「私の『考察』の兄弟」のような本だと薦めている。他方ベルトラムは、『非政治的人間の考察』の方が先に出版されて、自分の方がマンの本から多くの引用を拝借したと誤解されるのではないかなどといった、いかにも学者らしい心配をしていたという。

むろん、二冊の本の間には、十数年後における両者の立場の決定的な違い、というより対立関係を暗示するような相違点もあったことを忘れてはならない。その典型的な例は、まさに両者が共に自らの師表として頻繁に言及するあのニーチェその人をめぐる解釈、いや評価に関わる事柄である。

先にも言及した『ニーチェ』の「アリーオン」の章で、ベルトラムは例のニーチェ晩年の『悲劇の誕生』への自己批判の言葉、「自分は語るべきではなく、歌うべきだったのだ」という言葉の件をも取り上げている。ベルトラムはそこで、「ニーチェによって決定的に規定された世代の最も高貴なドイツの詩人」、すなわち彼の尊敬する詩人シュテファン・ゲオルゲの『第七の輪』に収められた詩、「ニーチェ」の結びの一節をも引用して、ニーチェの思想の本質的な音楽性を繰り返し強調している。

他方、トーマス・マンもまた『非政治的人間の考察』の「自省」の章で、ショーペンハウアー、ワーグナーと並んでニーチェも自分に決定的な影響を与えた「最も美しい高みの星」であったと語るくだりで、この問題を取り上げ、「〈歌うべきであった、語るべきではなかった、この新しきたましいは！〉とゲオルゲは叫んでいる」が、「ゲオルゲの口から出たあの美しい嘆きは、それが向けられているニーチェその人よりも、むしろゲオルゲ自身の特徴をよくあらわしている、と言ってもよいのではないだろうか」と言い、次のように主張するのである。

「ニーチェは、現にあったとおりの彼でなく、新しいヘルダーリンとして、ドイツの詩人として自己を実現すべきであったとか希望するのは、それだけでもう疑いもなく彼の文化的使命を誤解し卑小化することを意味する……。現にあったとおりの彼とは、世界第一級の文筆家（Schriftsteller）である。彼は、偉大な師ショーペンハウアーよりもはるかに多くの世俗的可能性をもった散文家であり、最高級の文学者（リテラート）・評論家である。……一言でいうなら、ヨーロッパ的知識人だ……。ニーチェは、彼の精神の深いドイツ性にもかかわらず、そのヨーロッパ主義によって、ドイツを批判主義的に教育するのに、つまり、ドイツの知性化、心理学化、文学化、急進化、あえて政治的な言葉を用いるならば、ドイツのデモクラシー化に他の誰よりも強力に貢献した。これは、疑いをはさむ余地のないことである。」

この文章は、むろんベルトラムがゲオルゲ・クライスの一員、もしくはこのグループにきわめて近しい人間であることを承知のうえで書かれたものである。そして、この文章が、私が本書の「第一話」第二章や第三章で言及した一九二四年の（すなわちマンの「転向」後の）評論「リカルダ・フーフの誕生日に」や講演「ニーチェ生誕八〇周年記念日に」などと、きわめて同質的な内容のものであることも、言うまでもあるまい。また、ここでヘルダーリン、ニーチェ、ゲオルゲという系譜に身を寄せるベルトラムの時とともに強まっていく左翼嫌い、コミュニズム敵視と、すでに一九二五年版の『ゲーテとトルストイ』の中で、ヘルダーリンとマルクスの出会いを望むようになるマンの思想的歩みとの違いを想起してもいいだろう。いずれにせよ、このような文章が、すでに第一次大戦中の『非政治的人間の考察』の中に含まれているところにこそ、トーマス・マンという作家の問題性が、面白さがあるのだが、戦時中という異常な雰囲気の中で、熱烈な愛国心に加えてドイツ精神（Deutschtum）とは何ぞやという問題への共通した強烈な関心という一点で、お互いにすっかり意気投合していたマンとベルトラムの二人には、多少の意見の相違はさして気にならなかったのではないかと思われる。

しかし、第一次大戦後、一九二二年一〇月にトーマス・マンが「ドイツ共和国」の支持を公然と表明するという一種の〈転向〉を行ない、それと前後して、『非政治的人間の考察』で激しく論難した「文明の文士」の代表ともいうべき兄ハインリヒ・マンとも和解し（一九二二年一月）、今や世界中のデモクラシーの総本山となった感のあるアメリカ合衆国のニューヨークの雑誌『ザ・ダイアル』と随時「ドイツ便り」を寄稿する契約を結ぶにいたった（『ザ・ダイアル』誌への第一回寄稿は一九二二年一二月）トーマス・マンと、ヴァイマル共和制下で、ますます保守的、愛国的な、というよりも民族主義的な志向を強めていったエルンスト・ベルトラムとの間に、しだいに隙間風が立ち始めたのはどうしようもないことだった。

一九二〇年代におけるベルトラムの、やがてナチスに同調するまでに至る急速な政治的右傾化を問題にする場合には、彼はライン地方のヴッパータール近郊のエルバーフェルトの出身であるうえに、敗戦直後の一九一九年以降は同じくライン地方の中心都市ケルンの大学の最初は講師、まもなく教授として、同市で暮していたわけだが、ケルン市をはじめ同地方全体が第一次大戦後のヴェルサイユ条約体制の下で、長年にわたってフランス軍の占領下に置かれ、この地方に住むドイツ人は他の地方に住むドイツ国民とは全く違った強い屈辱感を味わわされていたという事情も考慮に入れる必要があるだろう。

ちなみに、この第一次大戦後のフランス軍による〈被占領地域〉の様子については、一九二三年秋にこの地方を十数日かけて旅行して回ったゲルマニストでゲーテ研究者の林久男が、旅行記『芸術国巡礼』の中で、「餓鬼道めぐり」と題する章を設けるなどして、総計数十頁にわたって、かなり丹念に描いている。ここで本稿「第二話」で紹介した斎藤茂吉が『ミュンヘン雑記』の中で描いている、旧王族や軍人たちが民衆の歓声を浴びながら大手を振って街中を闊歩している情景を思い出してほしい。敗戦と革命の後も旧勢力が揺るぎなく温存されていたあのミュンヘンで生活していたトーマス・マンと、我がもの顔に振舞う敵国の占領軍兵士たちを避けて通りながら、不安に脅え、憎悪に燃える目で彼らを睨みつけている人びとの中で暮していたエルンスト・ベルトラムとの思考が、互いに相反する方向に向うのは、ある意味ではやむをえないことだったのではないだろうか。――たとえば、一九二六年一月のカーネギー財団の招待によるパリ旅行によって一段と国際協調への志向を強めたマンが、帰国後に、ニーチェ協会の理事会にフランス人文学者を加えることを提案した時、ベルトラムは激しく苛立ち、別の友人エルンスト・グレックナーに宛てた手紙の中で、そんな事はとっくに試みてみたが、先方がまるで相手にしてくれなかったのだとぼやいた上で、こう書いている。「ロカルノ条約が結ばれた後の今になってもなお、一九三二年まではドイツ人学者は会議に参加させず、占領地域内ではドイツ文学は禁止だなどと言っているフランス人」たちの相手はもうまっぴらだと書いている。なおベルトラムの親友グレックナーに宛てた手紙は、『トーマス・マンのエルンスト・ベルトラム宛書簡集』につけられた詳しい注の中で、編者インゲ・イェンスが貴重な資料として適宜利用しているものである。ベルトラムのマン宛の手紙は全て失われてしまったという。

それはともかく、今ここで確認しておきたいのは、この当時のドイツの相反する二つの側面を、同時代の日本人もまたそれぞれにそれらを自らの目で見、耳で聞き、かつそれらの事実を文章に表して、情報として日本人に伝えていたということである。問題はそれらを総合的に捉える複眼的思考法の持ち主がどれだけいたかということである。

なお、第一次大戦におけるドイツの敗北から、ナチス政権による〈国民革命〉にいたる間のエルンスト・ベルトラムの思想の発展あるいは変化についてここで詳しく語ることは、紙幅の問題もあって控えておくが、その点に関心のある人は、一九三四年に刊行されたベルトラムの著書『ドイツ的形姿』（外村完二による翻訳もある）に収められた計一二編の講演論文を、目次に明記されている実際にそれぞれの講演が行なわれた年月の順序に従って、並べ変えたうえで読んでみることを勧めたい。そうすると、一九一九年から一九三三年一一月に至る間のベルトラムの民族主義的思考の深化、あるいは過激化の過程が、それなりによく判る。私にとっては、第一次大戦中にベルトラムに教えられるまではマンは全く知らなかったというアーダルベルト・シュティフターについての、ベルトラムの一九一九年と一九二八年の二つの論考が、そこに現れた民族主義的志向の濃度の違いや、それぞれの時期におけるドイツの文学や政治の思潮や傾向との関係といった点などで特に興味深かったことを付記しておこう。

なお、次章以下で何度か言及することになる一九三三年五月三日、つまりナチス政権発足の直後期にベルトラムがケルン大学の学生たちを前に行なった講演「ドイツの出発」も、この『ドイツ的形姿』に収められた一二編の講演論文の時系列の中に嵌め込んで読んでみると、遂に民族の再生を高らかに宣言するナチスの主導する政権が誕生したことを双手を挙げて歓迎するナチス系教授エルンスト・ベルトラムの喜びがよく判るだろう。——念のために付記しておくと、『ドイツ的形姿』に収められた講演の多くは、「ドイツの出発」と同様に、それぞれ講演後まもない時期に、なんらかの形で印刷物としても公表され、世に流布していた。そのかたわら数冊の詩集も出していたのだから、ベルトラムは決して書斎に籠っているだけの詩人哲学者などではなかったのである。ベルトラムの著作刊行物については、彼の死去した翌年（一九五八）に出された『さまざまな可能性』と題された本の巻末に詳細なリストが付されている。

(二) ヨセフと共に——世界市民と民族主義者

それでも、一九三〇年頃までは、二人とも、政治的問題を除けば、仲の良い友人同士だったようである。先述のように、ベルトラムはマンにヨセフ小説を書くのに役立つ参考文献の数々を惜しみなく提供したようだし、マンの方も、たとえば、あの一九三〇年一〇月一七日に行なったあの反ナチス講演「理性への訴え」のわずか二週間前にアウグスト・フォン・プラーテン協会で行なった詩人プラーテンを讃える講演の中では、ベルトラムの名前もはっきり挙げたうえで、彼がその著書『ニーチェ』の中で詩人プラーテンを顕彰していることをも紹介している。

とはいえ、他方でその二週間後の講演「理性への訴え」の中で、マンが、ナチス躍進の社会的気運を醸成したさまざまな要因の一つとして、「大学の教授たちの中から生まれた一種の文献学者イデオロギーとも言うべきゲルマニストたちのロマン主義と北方信仰」を挙げ、彼らは「人種的とか、民族的とか、結社的とか、英雄的とかいった語をふんだんにまぶした、神秘的愚直さと常軌を逸した悪趣味きわまる慣用句を操って、一九三〇年のドイツ人を口説き、あの運動に乱痴気騒ぎの学識を装った野蛮さという要素を付与したが、それは、かつて私たちを戦争へと導いたあの世界に疎い政治的ロマン主義よりも、もっと危険で、もっと世界に背を向けた、もっとひどく脳髄をふやけさせ膠着させるものである」と、まさに口をきわめて非難したあの「大学の教授たち」の一人が、ベルトラムであることは間違いなかった。なにしろ、ベルトラムは一九二五年にコペンハーゲン大学で「北方とドイツ・ロマン主義」と題する講演を行ない、その講演録は翌年ミュンヘンの雑誌に発表されたが、「我々がドイツ浪漫主義と呼ぶところの精神体験に向う時ほどに、この南方の危険によって北方への憧憬の覚醒が明らかになることはない。ドイツ浪漫主義は、南方の危険そのものというべきローマという語がその名前の核心をなしながら、それでいて我々の最も北方的な精神運動なのである」などと説くこの講演の内容は、まさしく第一次大戦時のマンやベルトラムの反西欧的言論と一部重なり合いながらも、それよりはるかに過激で、はるかに奇矯なものに変質してしまっているからである。

思想的にここまで公然と対立する立場に立ちながら、私的には相変らず親しい友人であり続けることが、本当に可能だったのだろうかと思わずにはいられないが、そのなんとも危うい状態であったのが、一九二〇年代末から一九三〇年代初めにかけての、トーマス・マンとエルンスト・ベルトラムとの仲だったことは間違いない。

そのことを如実に示す実例を一つ紹介しておこう。

講演「理性への訴え」の二ヶ月ほど後の、同年末にベルトラムはミュンヘンのマン家を訪れた時にも、このマンの三女エリーザベトの代父は、家族ぐるみの歓迎を受けたという。だが、マン家の子供たちの楽器演奏などを楽しんだ後、マンとベルトラムの二人だけで、おそらく近くのイギリス庭園かイーザル河畔かを長時間にわたって散歩した時には、かなり真剣で激しい議論が交されたようである。その時の様子をベルトラムが、もう一人の親友エルンスト・グレックナーに、マンにはもうほとほと呆れはてたと言わんばかりの調子で報告した手紙がある。当時の二人の政治姿勢の違いを具体的に知るうえでも参考になるので、ここに紹介しておこう。

「……私はトムと二人で長い散歩もしました。政治的な問題になると、もちろん憂鬱でした。……ザール地方さえも最悪の場合にはフランスに譲るべきだと彼は言うのです。どうせこの地域をフランス風に変えることなんてできやしないのだし、国境なんてもはや意味がないのだからと言うのです。私が〈もはや意味のない〉国境の外に置かれることになるドイツ人の運命に目を向けさせようとすると、それは別の問題だよ、しょせん少数なのだから、と彼は答える始末です。彼には、そういった心遣いは全て時代遅れで、国家社会主義的（ナチス的）であり、今日到達されている文化段階に反するものと思われるようなのです。あれほど聡明な男なのに、最も基本的な事実さえ認めることができないのです。彼は、フランス人だって我々と同じくらい辛い思いをしているのであり、……そしてドイツに対して彼らの抱く不安は、たとえば我が国がすでに再び戦前と同じくらいの数の船舶を持つにいたっている以上、全く正当なものだなどとも言うのです。――こうなるともう理解不可能な悲しむべき状態で。」

十数年前の第一次大戦中には、愛国主義という絆によって強く結ばれていたベルトラムとマンが、一九三〇年末には、一方は一段と国粋主義的になった親ナチス的な知識人、他方はコスモポリティズムへの傾斜を日ごとに強め、反ナチスの旗印を鮮明にしたばかりの知識人となって、表面上は依然として親友を装いながらも、もはや完全に対話不可能な状態に陥っていたことを、これほどはっきり示す証拠物件はないだろう。

ところで、この頃トーマス・マンは、『ヨセフ物語』のどのあたりを書いていたのだろうか。

一九三二年以前の彼の日記は（一九一八年から二一年の間を除いて）残されていないことや、もともとマンには『ヨセフとその兄弟たち』を何巻かに分けて、書き上げた順に出版していくといった心積りは全くなく、第一部『ヤコブ物語』と第二部『若いヨセフ』はかなり自由気儘に書き進めたという事情などもあって、第一部と第二部の細かな成立史を確定することは難しい。しかし、大まかに言って、一九三〇年末頃には第一部『ヤコブ物語』にあたる部分を書き上げて、翌三一年初頭から第二部『若いヨセフ』にあたる部分にとりかかったと思われるという点では、多くの研究者の意見が一致している。現在までのところ最も浩瀚かつ詳細なマンの年譜であるG・ハイネとP・ショマー編の『トーマス・マン年譜』では、一歩踏み込んだ形で「一九三〇年末に『ヨセフとその兄弟たち』の〈ラケル〉の章を執筆、一九三一年初頭に〈トト〉の章を執筆」と記したうえで、「原稿の『ヤコブ物語』と『若いヨセフ』への分割は、この時点ではまだ考えられていず、一九三二年になって急遽行なわれたものである」と丁寧に付記されている。

たしかに付記されている通りなのだが、物語全体を俯瞰するなら、ヤコブの最愛の妻ラケルの死で終る章と、そのラケルがヤコブに遺した息子をヤコブがどのように育てようとしたかを、つまり物語全編の主人公ヨセフの受けた教育の根幹を細心に説明する「トト」の章との間には、物語の、というよりも小説の進行上、明らかに一つの切れ目があることは誰の目にも明らかであろう。ちなみにトトとは、作品中の説明によれば「月によって表わされる神であり、記号の発明者であり、神々の代弁者にして書記であり、神々の言葉を書きとめる者であると同時に、文字を記す人びとの守護神である」という。

なお、ここで敢えて一言私見を挿むなら、この『若いヨセフ』の冒頭に、つまり〈ヨセフ物語〉本体部分の冒頭ともいえる場所に置かれることになる「トト」の章くらい、この紀元前一四世紀という大昔に設定されたマンの小説の中で、紀元後二〇世紀の作者マンの生きている時代に思い切り引きつけられている章はないのではないだろうか。もう少し具体的な言い方をするなら、私はこの章を読み返しながら随所で、この章を書く二、三ヶ月前にマンがベルリンのベートーヴェン・ホールで行なったあの反ナチスの講演「理性への訴え」を思い起さずにはいられなかった。すなわち、マンをあの講演へと駆りたてた極度に民族主義的な政党「ナチス」の大躍進のもたらした危機感こそが、執筆中の小説の主人公ヨセフに思いきりコスモポリティッシュな教育を受けさせる決定的な契機になったに違いあるまい。

たとえば、「トト」の章の最後でヤコブが「不潔なバアル信仰」に取り付かれた「神聖な阿呆ども、わめきたてる輩、神に憑かれた者たち、泡を吹きながら予言をする能力によって生計を立てている連中」が人びとを駆り立て、「神から授った理性が追放され、代って放埒な熱狂がのさばりだし、ヤコブが〈愚行〉と名づける状態が始まる」時にヤコブが抱く烈しい怒りについて語られるくだりを読むとき、私たちはごく自然に、講演「理性への訴え」の中で吐露されるナチスの跳梁に対するマンの怒りを連想するはずである。

もちろん、小説『ヨセフとその兄弟たち』の作者としてのマンは、怒りをぶちまけるだけではすまない。彼はこの〈愚行〉に対するヤコブの怒りを、この厖大な大作全体の基本モティーフと見事に結びつけてみせるのである。すなわち、ヤコブには、「白眼をむきだすようにして夢について語る癖のあるヨセフ少年は、魂のそのような不潔な領域とつながりがあるように思われて、なんとも不安でならなかった。」それで「ヤコブは、自分の秘蔵児の本質に潜む暗黒な要素を知性の陶冶によって醇化しなければならない」と考え、ヤコブ自身は自分の名前を書くことが精一杯だったが、ヨセフには文字をきちんと学ばせ、できるだけの教養を身につけさせるべく、言葉や文字に堪能で広い知識けるのである。

を持つ最年長の召使エリエゼルを、ヨセフの特別な教育掛に選び、他の子供たちには授けなかった教育をヨセフに授

アブラハム一族に代々仕えた複数の召使頭の合成像とも言うべきエリエゼルなる人物像の造形の巧みさについては今は置いておくとして、この老エリエゼルに師事したヨセフが、さまざまな国の言葉や文字を習い、さまざまな国の物語や風習を学び、地中海を囲むさまざまな地方や国々の交流についての知識を習得していく様子が、この第二部『若いヨセフ』の冒頭に置かれることになる「トト」の章で、簡潔な筆致で描かれていることに、私たちはここで気付くのである。そう、これはまさにコスモポリートとなるための教育にほかならないことに。〈熱狂家たちの愚行〉に陥らないためのコスモポリートを育てる教育にほかならないことに。

これは決して作者マンの二〇世紀ドイツの現実に対する批判と諷刺だけではない。小説『ヨセフとその兄弟たち』の進行にとっても不可欠な部分なのである。

なにしろ、〈ヨセフ物語〉の大筋そのものは旧約聖書によってあらかじめ定められていて、この小説の作者もそれに従わなければならないわけであり、加えて「略伝」その他でマン自身が書いているように、もともとマンがこの題材に引き寄せられたのは〈エジプトにおけるヨセフ〉というテーマに対する関心からであった。となれば、この小説を書くにあたって作者マンが一番気を使ったのは、最初から、ヤコブやヨセフたち小説の主要人物たちと、エジプトとの関係をどう描くかということだったはずである。そのことは、第一部『ヤコブ物語』の第一章の第七節で早くも「猿の国エジプト」のことが、ある意味ではかなり唐突にヤコブとヨセフ父子の間で真剣な話題となり、エジプトにおける肉体や男女の性の問題に対する猿さながらのだらしなさを口をきわめて非難するヤコブと、父親の現実のエジプトについての無智を見抜いて、それにやんわりと反論するヨセフ、そして、そのような息子に潜む危なかしさに不安を覚える父親の憂慮などが、巧みに描かれていることからもわかる。——この場面があるからこそ、今度は第二部の第一章における先述の父親ヤコブの息子ヨセフに対する不安や憂慮に基づく教育方針という叙述も説得力を持つのである。なお、作者のエジプトを扱う際の細心さは、第一部『ヤコブ物語』の第三章「デナ物語」で、ヤコブも顔を

そむけるほどのイスラエル一族の野蛮で狡猾で残忍きわまる振舞いを描いた末尾に、その一件の舞台となったシケムの町の支配者であるエジプトのパロ（ファラオ）の宮廷人たちが、この事を報告する間違いだらけの文章で記されたカナン地方の役人たちからの報告書を笑いながら読んで、まるで問題にもしなかったことをわざわざ書き加えることによって、当時の大エジプト帝国とカナン地方に住む農耕民族や遊牧民族との客観的な歴史的発達段階の相違を読者に示唆していることからもわかる。いや、それだけではない。作者はこの箇所で実にさりげなく、当時のエジプト帝国のパロがアメンホテプ三世であったことを明記することによって、旧約聖書では具体的な時代背景は記されていない〈ヨセフ物語〉を、「アメンホテプ三世陛下のもとにもたらされ」という一文で、一気にエジプトの第一八王朝の九代目のパロの時代、すなわち紀元前一四世紀の前半から半ば頃の物語に仕立て直してしまうのである。

『ヨセフとその兄弟たち』というと、すぐに「神話の人間化」ということが言われるが、私たちはそれが同時に「神話の歴史化、ひいては社会化」でもあることを忘れてはならないのである――むろん、題材の持つ神話性、宗教性からして、不可避的に超時代性・超歴史性への傾斜が折にふれ認められるにしても。

また、これは物語がまだイスラエル一族の話にとどまっている段階でのエジプト・モティーフの果す機能の問題であることや、先述のヨセフの受ける授業の内容のもつ広範な国際的拡がりなどから明らかなように、この小説における「神話の人間化、歴史化、社会化」は、作者マン自身のコスモポリティスムスによってはじめて可能になったものであることは言うまでもあるまい。

そして第三部の第一章から第三章にかけて、兄たちによって旅の商人に売り渡され、エジプトに奴隷として売り飛ばされることになったヨセフが、打ちのめされた悄然とした姿でエジプトまで引っ立てられていくどころか、むしろいよいよエジプトを自分の目で見ることができるというので、好奇心にわくわくした姿で描かれているのもまた、当時の作者のコスモポリティスムスの反映にほかなるまい。

それだけではなかった。実は当初の作者マンの意図に反して一九三三年から三四年にかけての時期に第一部『ヤコブ物語』と第二部『若いヨセフ』が刊行されたのも、ある意味では、マンの時とともに強まっていったコスモポリティスムスがもたらした、マン自身も予定していなかった出来事だったと言える。

一九二九年一一月のノーベル賞受賞が、「国境なぞもはや意味がない」と言い切るほどにマンのコスモポリートとしての考え方、というよりも生き方を強く後押ししたことは間違いない。それまでにもマンは西ヨーロッパ内の近隣諸国にはしばしば旅行に出かけ、頼まれれば講演なども行なってきたわけだが、ノーベル賞受賞は彼を一挙に世界的大作家の地位に押し上げることとなった。日本における『ブッデンブロオク一家』の初めての翻訳刊行も、それに伴う現象であったことは、すでにくりかえし述べた通りである。

そもそも第一次大戦後の世界でコスモポリティスムスを口にする人間がアメリカやアジア、アフリカを視野の外に置くなどということは考えられないことだった。いや、そのような堅苦しい理屈以前に、これらヨーロッパ以外の世界に行ってみたいというのは、一九二〇年代の知識人にとっては一つの流行になっていたと言うべきだろう。

ここで私は従来あまり知られていない、少なくともあまり重視されていない一つの事実を紹介しておきたい。

マンは、ノーベル賞を受賞した三ヶ月後の一九三〇年二月中旬から、妻カーチャと共に二度目のエジプト旅行に出かけた。今回は明確にヨセフ小説のための取材旅行で、帰途にはエルサレムなどにも立ち寄っている。そして、途中で夫婦共に病気になったこともあって予定より旅行が長びき、ミュンヘンに戻ったのは四月になってからだった。しかし、ここで私が問題にしたいのは、この取材旅行ではなく、この旅行中か、もしくは帰宅直後かにマンが受取ったアメリカ旅行への招待もしくは勧誘の方である。

すなわちマンは、エジプトへの取材旅行から帰って約一ヶ月後の一九三〇年五月一二日付で、本書「第一話」の第五章で紹介したように、彼の作品のアメリカでの翻訳出版権を独占的に所有していたクノップ社の社長アルフレッド・クノップに宛てた手紙で、ニューヨークにあるコロンビア大学から、アメリカのいくつかの大学での巡回講演に招待されたことを伝えている。このクノップ宛の手紙は二〇一一年に刊行された註解付全集の第二三巻『書簡集Ⅲ』の中で初めて公表されたものではないかと思うが、この件への言及が「アメリカへの旅行の見込みが最近新たに開けました。ニューヨークのコロンビア大学が他のいくつかの大学と一緒に私を巡回講演旅行に招待してきたのです。民間の仲介業者による企画ほどに過大な負担が私にかかることはないようにするというのです」という文面で始められていることからも、マンがこの話に乗り気なのがわかる。ただ彼は、アメリカに行く前に『ヨセフ物語』を書き上げてしまいたいし、できることなら貴社から出版した後にしたいので、一九三一年春にという先方の申し出を、一九三二年春に先送りしてもらうことにした、と伝えている。

一九三一年夏にマンが書いた二、三の手紙では「三二年秋に予定されているアメリカ旅行」という表現になっているから、おそらくコロンビア大学などとの折衝の結果、そういうことになったのだろうが、いずれにしろ、それほど親密な仲でもない知人たちにまで、この結局は実現しないままに終った一年以上も先の「アメリカ旅行」計画について洩らしているということは、彼がこの大西洋の彼方の新大陸の大国への旅行をいかに楽しみにしていたかを物語っているのではないだろうか。

トーマス・マンの前半生における〈アメリカ〉の持つ意義については、すでに拙著『アメリカという名のファンタジー――近代ドイツ文学とアメリカ』において書いたので、ここでは触れないことにするが、彼の後半生に限っても一九二二年一〇月のマンの〈転向〉宣言とも言える講演「ドイツ共和国について」におけるアメリカの詩人ウォルト・ホイットマンの役割、一九二三年三月に他界した母親ユーリアが南アメリカのブラジル出身の女性だったこと、一九二二年末からニューヨークの『ザ・ダイアル』誌に年に一、二回ずつ「ドイツ便り」と題してドイツの文化情報を寄稿し続けていたこと、そして、一九一六年には『大公殿下』、一九二四年には『ブデンブローク家の人びと』、一九二五年には『ヴェニスに死す。その他』一九二七年には『魔の山』、一九二八年には『混乱と幼い悩み。その他』と、それまでのマンのほとんど全ての作品がニューヨークのクノップ社から翻訳出版されていたことなどを考えれば、マンにとってアメリカが特別に関心の深い外国であったことは、容易に推測できよう。

加えて、一九二七年一〇月から翌年春にかけての約半年間、長女エーリカと長男クラウスの二人が、近いうちにノーベル文学賞を受賞すること確実なドイツの大作家の優秀な双子の子供という売り込みで、ニューヨークやハリウッドの社交界とジャーナリズムの一角を騒がせて帰国し、アメリカでのさまざまな見聞をマン家の居間に持ち帰ったことも忘れてはなるまい。——実は彼ら姉弟がアメリカ滞在中に民間業者の仲介で行なったニューヨークからカリフォルニアにかけてのアメリカ大陸横断の巡回講演会なるものの出発点となったのも、ほかならぬニューヨークのコロンビア大学だったのである（マン姉弟のこの時のアメリカ滞在については、拙著『激動のなかを書きぬく——二〇世紀前半のドイツの作家たち』の第二部第一章を参照されたい）。

生活様式や文化活動のさまざまな面での〈アメリカニズム〉の流行がヨーロッパでも顕著に見られるようになった二〇世紀初頭以降、ドイツからも数多くの文筆家たちがアメリカを自分の眼で見るために、はるばる大西洋を渡っていった。今や世界市民性、コスモポリティスムスを口にする以上は、ヨーロッパという旧来の枠組にとどまっていてはならなかった。しかし、現代はともかく、一九三〇年前後のヨーロッパで、政治家でも実業家でもないのに、トーマス・マンのように自分が実際にアメリカを訪れる以前から、前述のように多種多様なレヴェルでの関わりをアメリカと持っていた文筆家は、それほど多くはなかったのではないだろうか。

それだけに、一九三〇年に自分自身がアメリカに行ける具体的な計画が浮上した時のマンの気持の高揚には、かなりのものがあったと思われる。その高揚感が、折から執筆中の『ヨセフとその兄弟たち』に反映しなかったと考えるのは不自然であろう。しかも、折からこの小説の執筆は、基本的に地中海東岸地域とその周辺を舞台とするヤコブの物語から、先述のように広く開かれた視野をもって行われる〈教育〉を受けて育ち、未知の国エジプトへと旅立っていくことになるヨセフの物語へと移行していく過程であった。——そして、一九三〇年はマンの講演「理性への訴え」が明示するように、ドイツが急速に偏狭きわまる愛国主義、民族主義一色に染め上げられていく出発点となった年だった。

私には、なにも強引に、牽強付会に『ヨセフとその兄弟たち』という小説と、この小説を執筆中のマンおよび当時のドイツ社会とのいわば生臭い現実とを具体的に結びつける気は全くない。ただ、この旧約聖書に題材をまるごと借用した小説は、マン自身の生活や彼の生きているドイツの現実、いや世界の現実と決して無縁な絵空事的な物語ではなかったことをいろいろな側面から明確にしておきたいだけである。

なぜこの時期におけるマンのアメリカ旅行が実現しなかったのか、私には断定する資料がない。ただ最も容易に推測できるのは、「ヨセフ小説を完成できたらアメリカに行く」という約束に、マン自身が縛られてしまったからであろうということである。なにしろ、彼が第三部『エジプトのヨセフ』に相当する部分の執筆に取りかかったのは一九三二年の六月か七月だったようだから、これでは、同年春はもちろんのこと、同年秋でも、「ヨセフ小説を完成してからアメリカに行く」という計画は、一度白紙に戻すほかなかっただろう。

しかし、このような事情があったからこそと言えるだろうが、マンは一九三二年半ば頃には、ヨセフ小説全体を三部構成にすることを明確に決めたようである。そして、同年六月には第一部『ヤコブ物語』の原稿を一括して、ベルリンのS・フィッシャー社に送りつけ、さらに翌七月の初めには、第二部『若いヨセフ』の原稿を一括して自ら同社に持参したという。

そこで、すでに第一部の原稿を読んでいた社長ザームエル・フィッシャーと同社の原稿審査人を務めていたオスカー・レルケは、きわめて熱心に、今直ちにこの第一部と第二部だけでも出版することをマンに勧めたという。自らも優れた作家・詩人であったレルケはヨセフ小説の原稿を夢中になって読み耽った時の第一印象を日記に記しているが、マンとほぼ同年代（レルケの方が九歳年下）で、同じ時代のドイツの空気を吸っていた人間が、書きあげられたばかりのヨセフ小説の第一部と第二部の原稿を読んだ時に受けた印象は、紹介するに値するだろう。

レルケは一九三二年七月三日の日記にこう記している。「私は休むことなく一日中読み耽った。蒸し暑さの中で夜になっても読み続けた。明け方になってもまだ。うとうとしながらも、同じ文体と雰囲気で夢を紡ぎ続け、半覚半睡の状態で先へ先へと読み続けた。不思議な緊張状態だった。――もちろんいろいろと問題点はあるが、これは三つの世界から成る壮大にして遠大な作品だ。それでいて、われわれの時代の危難と狂気との深処から生まれ出たものである。族長の存在は不動にして汚れることのない太陽であり、これに対する神話的野蛮……」（傍点山口。引用はSchirnding による）。

ノーベル賞受賞作家の受賞後最初の長編小説で、しかも題材は欧米諸国のほとんど全ての人が知っている聖書の中のお話ということだから、出版すればかなりの売れ行きが見込めることは明白だったこともあって、S・フィッシャー社の幹部たちは、ともかく第一部と第二部だけでも直ちに出版することを強く迫ったようだが、全巻完成後の同時出版にこだわるマンは、この頼みを頑として拒否したのだった。むろんマンにしても、三部構成という計画が四部構成に変り、全巻完成はこの後さらに一一年の歳月を要することになるなどとは、この時点では夢にも思っていなかった。

それどころか、このわずか七ヶ月後にナチスがドイツの政権を獲得し、マンはドイツの外に出なければならなくなるということすら、関係者の誰一人として予想していなかったに違いない。

ナチス政権成立後のトーマス・マンの歩み全般については、私はすでに『ドイツを追われた人びと――反ナチス亡命者の系譜』で書いているので（加筆修正したい点はいろいろあるが）、ここで繰返すことは控えて、ただ彼のヨセフ小説とアメリカとのいささか因縁めいた関係と、そして、ますます世界市民的（コスモポリート）性格を強めていくトーマス・マンとますます民族主義者になっていくエルンスト・ベルトラムとの関係という二点に絞って、話をすすめていくことにしたい。

（三）アメリカへ、そしてベルトラムとの訣別

トーマス・マンがナチスを嫌って、ドイツに帰らず国外に留まり続けていることが広く知れ渡ると、S・フィッシャー社がユダヤ人の経営する出版社で、存続が危ぶまれていたことも手伝って、周辺各国の大出版社がノーベル賞作家マンの次作の出版権を狙って動き出した。それは決して各国語への翻訳出版に限られた話ではなかった。オランダのクヴェリード社やフランスのガリマール社などは、ドイツ語版の出版をも引受けてもかまわないという意気込みだったらしい。またアメリカのクノップ社などは、これまでのマンとの親密な関係ゆえに、『ヤコブ物語』や『若いヨ

セフ』の原稿がすでに早くからマン自身の手で同社の専属翻訳者ヘレン・T・ロウ＝ポーターに渡されて英訳が進められていたこともあって、ドイツ語版の出版がどうなろうと、一九三三年の秋には英訳版を刊行したいと言い出した。

当時S・フィッシャー社の経営実権を社主ザームエル・フィッシャーから譲られていた女婿ゴットフリート・ベルマン＝フィッシャーは、こうなったら、先述のように前年七月には、書きあげた巻から逐次刊行することを頑として拒否したマンに折れてもらうほかないと判断して、懸命にマンを説得した。マンの方も、フランスやスイスの各地を転々としていた当時の状況下では、前年夏から書き始めた第三部『エジプトのヨセフ』は、まだ最初の一、二章を書いたばかりで、先の見通しは全く立たなかったうえに、特に強硬なクノップ社からは多額の前払い金を受取ってしまっているという弱味もあって、折れるほかなかった。その結果、結局第一部『ヤコブ物語』は一九三三年一〇月一〇日に、第二部『若いヨセフ』は一九三四年三月二〇日にいずれもベルリンのS・フィッシャー社から出版され、マンは反ナチス亡命者たちから「裏切者」呼ばわりされることになったのである。

ところが、あれほど強硬に自社の英訳本の早期出版を主張していたクノップ社は、肝心の翻訳作業が意外に手間取ったこともあって、結局第一部『ヤコブ物語』の出版すら、一九三四年の六月になってしまった（イタリア語訳やデンマーク語訳などの方が一九三三年のうちに出版されている）。そこでというのか、クノップ社はその刊行日をマンの五九歳の誕生日に合わせて設定し、マンをニューヨークに招待し、市長以下二百数十名の出席する盛大な祝賀会を催すことにした。むろんマンはこの招待を快く受けて、遂に念願のアメリカ旅行が実現することになったのである。

——ちなみに、この頃マンはヨセフ小説の第三部『エジプトのヨセフ』の第四章「最高者」の終り近く、ヨセフがポティファル邸の庭園で初めてポティファルと長い対話を行なう場面を書き終え、次の執事モント・カウと同盟を結ぶ節に取りかかった頃だった。つまり、最終的に完成した四部作全体で言えば、ようやく半分近くまで書いたところだった。私がこの膨大に膨れ上ることになった小説『ヨセフとその兄弟たち』に投げかけられている〈アメリカ〉の影の大きさを（単にフランクリン・D・ルーズヴェルト第三二代大統領の問題に限らず）考えずにはいられないのは、こういったことも考慮に入れてのことである。

マンの一九三四年のアメリカ旅行ということになると、すぐに問題にされるのは、あの『ドン・キホーテと共に海を渡る』と題された紀行文だが、私はあの長い旅行記の中から、ここでは敢えて次の一箇所だけを紹介するにとどめたい。

マンはこの旅行記の最初の部分から、自分が今、屈指の世界都市ニュー・アムステルダム（ニューヨーク）を目指して、初めての大西洋横断旅行に出発することを意識して、一種の興奮状態にあることを記している。それはいわば当然のことで、さして驚くにあたらない。だが、フランスの港を出発してイギリスの港に立ち寄り、翌朝いよいよアメリカを目指して大西洋横断の旅が始まるとなったところで、マンは唐突になんと『トーニオ・クレーガー』からの詩の引用を始めるのである。しかも、あの青春の記念碑ともいうべき小説の中では、行分けして特記などされていなかったごく断片的な詩句を、わざわざ「わが若き日の猛き友よ／われら再び結ばれたり」と行分けして記したうえで、「今朝私は、彼の心が生きていいたためにトーニオ・クレーガーが完成できなかったあの詩句を思い出したのだった」（傍点山口）と、いわばあの若き日の作品の殺し文句まで引用して見せるのである。

『ドン・キホーテと共に海を渡る』は、スイスの自宅に帰って二ヶ月ほど経ってから執筆されたもので、旅行中に船上で毎日記された本当の日記とは全く別物だが、それだけに、この唐突な『トーニオ・クレーガー』からの引用の一節は気になる。はるか後年に刊行された当日（五月二〇日）の日記には、妻よりも早く目が覚めて、かなり冷える朝のデッキを一人で散歩していたことが記されているだけである。おそらく実際にその朝のデッキで、マンは久しぶりにあの『トーニオ・クレーガー』のあの場面を思い出し、かつ実に久しぶりに自分の「心が生きている」ことを実感したのだと私は思う。それは、自分でも照れくさくて、日記にも書けないほどの烈しい心の動きだったのだと思う。なにしろ、彼は今ようやく、今ついに、母の生れ故郷のあるアメリカ大陸に、かつて自分の妻に擬したインマ・スペールマン（『大公殿下』）の生れ育った街ニューヨークに、ただ今現在の自分につながるあの民主主義への自分の〈転身〉の宣誓証人として選んだ詩人ウォルト・ホイットマンの国アメリカに向けて、大海原を越えていこうとしているのだ。再び「心が生きている」のを強く感じて当然ではないか。——マンは今、日記を模した形で公表することになった『ドン・キホーテと共に海を渡る』の中に、その時の自分の胸の高鳴りを何らかの形で表現せずにはいられなかったのだ、と私は考える。

なんとも残念なことに、トーマス・マンのこの初めてのアメリカ体験については、本人の手では何一つ書き残されていない。よほど忙しかったらしく、二週間後に帰途の船上の日記の初めの方に、ニューヨーク滞在中は「日記をつけることなど全く不可能だった」と記されているくらいである。むろん、六月六日の盛大なパーティーの様子をはじめ、いろいろな出来事について調べ、報告している資料はそれなりにあるが、マン自身の生の感想や反応をじかに伝えるものはない。帰宅後に彼の書いた手紙その他は、当然のことながら、当時の彼が置かれていた面倒で危険な状況への種々の配慮によるヴェールのかかったものと考えるべきであろう。

ただ一つだけ確信をもって言えることがある。トーマス・マンはアメリカがかなり気に入ったに違いないということである。そうでなければ、何の用件があったにしても、豪華客船でも片道丸々一〇日間もかかる船旅を、この後一九三五年、三七年、三八年と繰り返した後、一九三八年九月には遂にアメリカに亡命するということにはならなかったであろうからである。

このようなその後の展開を考える時に思い出されるのは、マンがアメリカ旅行から帰った直後に知人たち（たとえばベルトラムやカール・ケレーニイ）に書いた手紙の中で、今回のアメリカ旅行における大きな収穫として繰り返している「長年にわたって培い育ててきた読者の共感や支援を刈り入れるのは、故国では収穫が雹害によってひどい目にあっている時だけに、楽しい夢のようでした」という一節である。つまり、この十数年間にアメリカではすでに自分のほとんど全作品が翻訳出版されていたマンは、この旅行を通じてあらためて、大西洋の彼方のアメリカにも、自分の書くものを好意を持って愛読し、自分を支援してくれる人びとが大勢いることを肌身に接して感じ取ることができたのである。このことは、彼がこの後しだいに反ナチスの姿勢を強めていき、一年半後の一九三六年一月に遂にナチスときっぱりと手を切り、完全な反ナチス亡命作家として旗幟を鮮明にするに至ったことに、少なからぬ意味を持っていただろうと私は考える。それればかりではない。

マンはアメリカから帰ってまもなく、ヨセフ小説第三部『エジプトのヨセフ』の第四章「最高者」を書き上げ、第五章「祝福された人」に筆を進めるのだが、この章に入ってから、この小説は急速に現代との、一九三〇年代のドイツとの距離を縮め、箇所によっては、まるでナチス・ドイツに対するかなり露骨な諷刺小説かと思わせるようになる。すなわち、〈エジプトに太古から伝わる敬虔さと厳しい習俗との墨守を説く国粋主義的な勢力〉が優勢なエジプトの中で、ヨセフが〈生来の現実主義的な性格と自由主義的な考え方とによって〉急速にエジプト人社会に溶けこみ、パロの重臣の邸で出世してゆく様子が物語られるのである。そればかりではなく、やがて開かれるであろう明るい未来を予想させる次代のパロ（すなわちアメンホテプ四世）の幼い姿さえもいち早く描かれるのである。

繰り返し断らねばならないが、この小説の基本的な筋書は旧約聖書によってあらかじめ規定されているのである。したがって、ヨセフの運命の浮き沈みそのものは、作者マンの意向で左右できるものではなく、いわんや研究者や解釈者の恣意の介入する余地は全くない。しかし、まさにそうであるだけに、この章における小説の急速な社会化、政治化、あるいは現代化、諷刺化には目を見張るものがあると私は思う。――これには、この章の執筆中にドイツ国内で起きたヒンデンブルク大統領の死、ヒトラーの総統への昇格による独裁国家体制の完成などの事態にあらためて強い衝撃を受けたマンが、自分の政治的立場の断固たる表明を真剣に考えて、一時はヨセフ小説を放り出してまで本格的な「政治論」を書こうと努めたことなども深く関わっていたと思われるが、今それらを詳しく紹介する余裕はない。

ただ、いずれにしろ、この時期に一年余り後の本格的な反ナチス亡命宣言への助走が始まったことは、これらのこと全てからも明らかであろう。そして、その時、その助走の背景に、先に述べたようなアメリカ旅行によって「刈り入れる」ことのできた収穫が、モラル・サポートの一つとして働いていたであろうことは否定できないであろう。――むろんやがて親しく自分の目で見ることになるアメリカのルーズヴェルト大統領によるニューディール政策が、新たに付加されることになるヨセフ小説の第四部『養う人ヨセフ』の現代におけるモデルとなることまでは、まだ作者自身も予想できなかったにしても。

先にも少し触れたように、マンは第三部『エジプトのヨセフ』の第五章「祝福された人」の中で、主人公ヨセフを自由主義的で異国の人びとや文化にも溶け込みやすい、つまりは世界市民的な人間として描き、彼を敵視する仇役の司祭ベクネホンスをこちこちのエジプト国粋主義者として設定したわけだが、この半ば戯画化されたとも言える対立関係は、一九三〇年代半ばのマンを取り巻く現実世界においては、マンとヒトラーのそれであると同時に、今や、かつての第一次大戦時の盟友トーマス・マンとエルンスト・ベルトラムとの関係でもあった。

ベルトラムのナチス贔屓は、かなり早くから広く知られていたらしいが、完全に世間一般に知れ渡ったのは、彼が一九三三年の夏学期の開講にあたって五月三日に、ケルン大学で彼のドイツ文学の講義を聴きに集まった学生たちを前に行なった「ドイツの出発（Deutscher Aufbruch）」と題する講演が、一ヶ月後の六月四日付の『ケルン新聞』と『ミュンヘン最新報知』の両新聞に掲載された時だった。

この講演は、あくまでも大学での文学の講義の一環という形を取っているので、一般の人には分り難いと思われる言辞が連ねられているが、要するにヒトラーをヘルダーリンやゲオルゲなどの詩で、その出現を待望し予言されているドイツの〈救い主（レッター）〉と同一視し、その〈救い主〉が遂に政権の座についたのだから、いよいよドイツ民族の新たなる出発が、ドイツ文化の新たなる興隆が始まるのだと謳い上げるものである。「ナチス」とか「ヒトラー」とかいった剝き出しの言葉は使われていないものの、例の「トイトブルク（テュートブルグ）の森の戦い」や「一八一三年の解放戦争」や「一七八九年の諸理念に対する戦い」だの、あるいは〈アジア（ロシア）のコミュニズム白蟻社会〉批判だのといった、民族主義陣営のアジテーション演説に定番のフレーズがちりばめられ、それにドイツ文学史に関するアカデミックな概念や用語がふんだんにまぶされたといった体の代物だった。——この講演については、それが東京帝大独文科の雑誌『エルンテ』に翻訳掲載されたことも含めて、後でまた取り上げることにする。

当時は、とりあえずナチス治下のドイツを出た後、南フランスの海沿いの各地を転々としながら落着かない生活を送っていたトーマス・マンが、このベルトラムの講演録を掲載した『ミュンヘン最新報知』紙を目にしたのは、一ヶ月遅れの三三年七月四日だったようだが、マンはその講演内容のあまりのひどさに「ぞっとするような印象」を受けたと日記に記している。マンはこの時点で、かつての親友ももはや話の通じる相手ではないと悟ったようだが、ベルトラムの方はまだマンに自分の新しい詩集やカロッサの新刊書『指導と信従』を送って、ドイツへの帰国を勧めたらしい。それでマンは、一九三三年一一月一九日付でベルトラムに手紙を書き、「私がドイツを捨てたのではなく、……私の祖国を征服した余所者たちによって、私の方が追い出されたのです。……あなたは、御自分の本質には全くそぐわない野蛮さによって真実への目を閉ざされて、国粋主義（フェルキシュ）の温室の中でのうのうとお暮しなさるがいいでしょう」と書き、かつてベルトラムがその人の全集を自分に贈ってくれたこともあり、かつまたあの名著『ニーチェ』の中で、自分の名前と並べて挙げてくれたあの詩人アウグスト・フォン・プラーテンの次のような詩句を引用して、その手紙を閉じたのである。「されど悪を心の底から憎む者は／下賤なる輩、悪を敬い崇める時／故郷を追わるるが定め。無智な輩に囲まれて／野卑きわまる罵声を耐えるより／祖国を捨てるがはるかに賢し。」

しかし、それでもこの後なお一年半ほどの間は、細々ながら二人の間の文通は続き、マンはベルトラムに、ある時は、あなたの尊敬する詩人ゲオルゲさえもドイツを去ったではないですかと書き、またある時は、あなたともあろう人がゲオルゲの詩にある「救い主（レッター）」を「世界史が生んだ最もおぞましい案山子（かかし）と取り違える」などとは、いくらなんでも情なさすぎます、とまで書いているが、もはや通じる相手ではなかった。

一九三三年一〇月に『ヤコブ物語』、一九三四年四月に『若いヨセフ』、そして一九三五年三月に評論集『巨匠たちの苦悩と偉大』と、わが身はドイツ国外に留まり続けながらも、著書はいぜんとしてベルリンのS・フィッシャー社から出し続けたマンと、著名なナチス系の教授としてケルン大学から動かなかったベルトラムとの奇妙な文通の最後の手紙となったのは、マンが二度目のアメリカ旅行に出かける大西洋上の客船M・S・ラファイエット号の船中で書いた、一九三五年六月一四日付のかなり長文の手紙である。

これは、マン自身も日記の中で「親しみと皮肉をこめて」と書いているように、決して訣別状といったような激しい調子のものではない。それどころか、一度スイスの我が家に訪ねてきませんか、子供たちも大喜びするでしょうといった言葉で結ばれているくらいである。しかし、執筆続行中の『ヨセフ』のことに触れて、「あなたはこれを、ユダヤ人を描いた小説だと思って心を痛めておいでなのかもしれませんが、これはユダヤ人の物語ではなく、人類の物語なのですよ」と書いたり、「リューベック出身者にとっては、ミュンヘンに住もうがチューリヒに住もうが、大した違いはありません。……現在の状況下では、チューリヒの方がはるかに親しみがもてて、馴染めます」と、まさに「親しみと皮肉」のこもった手紙である。

しかし、これを読むと、この「リューベック出身者」もさすがにこの時点ではまだ、自分がスイスのチューリヒどころか、アメリカのプリンストンに、いやそれどころかカリフォルニアに住むことになるだろうなどとは思ってもいなかったようである。

それでも、ハーヴァード大学から物理学のアルベルト・アインシュタイン共ども贈られた名誉博士号の授与式に出席することが主たる目的だったこの二回目のアメリカ旅行は、ニューヨークのホテルで一〇日間をスケジュールに追いまくられて過した一回目のアメリカ滞在の時と違って、半月の滞在期間のうち五日間は、コネチカット州の或る金持の別荘でのんびりと暮すこともでき、持って来た『エジプトのヨセフ』の原稿を書き継ぐこともできたという。

——ちなみに、この時マンがアメリカで書き続けたのは、同書の第六章「恋に落ちた女」の第三節「夫婦」で、ポティファルと妻ムトとが、究極的にはエジプト名オサルシフことヨセフの処遇をめぐるさまざまな意味深長な対話を行なう件（くだり）である。ヨセフ小説もこのあたりまでくると、まさしく、もはや「ユダヤ人の物語」ではなく、民族や人種の相違や、国境による区別など超えた〈人間〉の物語へと、「人類の物語」へと変貌、いや脱皮している。いや、ここで描かれる「夫婦」の対話そのものが、この変貌、脱皮をテーマとして繰り広げられていると言ってもいいだろう。

ヨセフ小説のこのような変化もしくは成長は、むろん、基本的にはマンがこの小説の構想を温め始めた時から、かなり明確に自覚されていたものであろう。マンの主たる関心は最初から「エジプトにおけるヨセフ」だったのだから。そして、兄たちによって奴隷として売りとばされたヨセフのエジプト入りのあたりをちょうど執筆していた頃に、マン自身がナチスに追われて故国ドイツを出なければならなかったのが、いわば偶然の一致であったのと同様に、ポティファル家の内幕やエジプト帝国の実情の描写に小説の力点が移されることによって、この作品が明確に「ユダヤ人の物語」から「人類の物語」へと脱皮していった時期に、マンの二度にわたるアメリカ旅行が実現したというのも、全くの偶然の一致であったことは間違いない。しかし、偶然だから意味も意義もない、ということにはなるまい。

あの時代に、極めつきの民族主義者、国粋主義者エルンスト・ベルトラムでなくても、多くの人が「ユダヤ人の物語」かと思いかねないような題材を取り上げて、それを「人類の物語」として書き上げてみせようと、「リューベック出身」のドイツ人トーマス・マンに思い立たせたものが、彼の中で育まれた世界市民主義（コスモポリティスムス）であったことは明らかであるが、そうであるなら、その彼が今やヨーロッパのはるか彼方、大西洋を越えた所にある新世界アメリカを自分の眼や耳で見聞する体験をも実際に持ち得たことが、大きな意味を持ったであろうことは容易に推測できる。私はそのごく当り前のことを、あらためて確認したいだけである。――そして、その意味では、マンとベルトラムとの第二次世界大戦前の文通は、結果的には、このアメリカ行きの船上で書いた手紙が最後の手紙になったのも、なにか象徴的な事柄のように思われてくるのである。

なお、この二回目のアメリカ滞在中にルーズヴェルト大統領から夫婦そろってホワイト・ハウスでの正餐に招かれるという待遇を受けたことなども、自分にはヨーロッパの外の広大な世界にも愛読者や支援者が大勢いるのだというマンの思いを一段と強めてくれたことは間違いあるまい。

マンがナチス信奉者ベルトラムを本心ではどのように見ていたのかは、第二次大戦が終って三年後の一九四八年七月三〇日付で、かつてベルトラムに教えを受けた弟子だというヴェルナー・シュミッツの求めに応じて書いた長文の手紙に記されている。そこから数箇所を引用しておこう（この手紙も、S・フィッシャー社版のマンの書簡集に収録されるより前に、インゲ・イェンス編の『トーマス・マンのエルンスト・ベルトラム宛書簡集』の中で付録として公表されたものである）。

「彼が（ナチス）党員でなかったということなど、全く意味のないことです。彼はあまりにも高雅であったため、いかなる団体であれ、会員番号で数えられるようなメンバーになどなりませんでした。けれども彼が一度もナチだったことはないなどという主張は通用しません。むろん彼は、そこいらの無教育な連中と同じ意味でナチだったわけはありませんが、神話家として、理想主義者として、また夢想家としてナチでした。」

「彼は、ナチ文化のチャンピオンであり、その代弁者でした。そして、さまざまな分野を厳密に分離することは不可能でしたから、当然の結果として、彼は、文化の領域にだけ留まっていたわけではありません。彼は、政治的な発言もしました。オーストリアに対して、ヒトラーのドイツとの合併を呼びかけたこともありました。」

「ベルトラムは、ゲオルゲ派に非常に近かったのは事実ですが、これに属したことは一度もありません。……ゲオルゲ派にはユダヤ人が多すぎたということもあったでしょう。」

「ニーチェについてのベルトラムの初期の著作は、美と音楽性と無垢そのものです。この初期の著作は、今後も何度も再刊され、賞讃されるに違いありません。永遠の評価に耐える作品ですから。」

ところで、マンはこのベルトラムの教え子なる人物に宛てた手紙の終り近くで、ベルトラムが昔に計画していた「シュティフターについての大著」の話を持ち出して、もしあれが完成したら、必ずやすばらしい著作になるはずだがと書いている。先述のように一九世紀オーストリアの作家アーダルベルト・シュティフターの作品のすばらしさをマンは、第一次大戦中に『非政治的人間の考察』を書いている時に、つまりマンとベルトラムとが最も親密な仲だった時期に、ベルトラムに教えられて、自分もすっかりシュティフターの愛読者になったらしいが、ニーチェとこの激情を内に秘めつつも物静かなこの一九世紀の市民的作家とを絆にしたマンとベルトラムとの友情だけは、ナチズムと第二次世界大戦とをもってしても、決定的に破壊されることはなかったようである。

本稿をここまで書いた今、二〇一七年二月上旬、世界中はドナルド・トランプ大統領による中東七ヶ国の国民に対するアメリカ入国禁止の大統領令に騒然となっている。かつて『アメリカという名のファンタジー』と題する本まで出したことのある私としては、絶句するほかない。

しかし、私はここで筆を止めることはできない。いや、それは許されないことであろう。

というのは、マンとベルトラムとの仲がしだいに疎遠になり、やがて跡絶えていったのに前後する頃から、エルンスト・ベルトラムの名は、ほかならぬ我が国において、日本において、しばしば人びとの目につくようになっていったからである。ベルトラムの熱狂的な崇拝者となった一人の日本人ゲルマニストの筆を介して。

(四) ある日本人がベルトラムの弟子になるまで

この章以降では、第二次大戦終結前の日本におけるトーマス・マン文学受容の問題を考える際に忘れてはならないある日本人ゲルマニストの歩みを素描しておきたい。

それは、あの芳賀檀であると聞くと、多くの人が怪訝に思うであろう。それというのも、この昭和初期の日本のゲルマニスティクの歴史におけるいわば悪役の一人ともいうべき人物の名前は、たとえば高田里惠子著『文学部をめぐる病い――教養主義・ナチス・旧制高校』や、関楠生著『ドイツ文学者の蹉跌――ナチスの波にさらわれた知識人』などといった、昭和前半期の日本のドイツ文学受容についての近年の優れた研究書の中でも、悪役よろしく登場したり、言及されたりはするのだが、彼のゲルマニストとしての具体的な歩みについては、これらの研究書において私たちに伝えられる情報はほとんど皆無に等しいからである。とはいえ、悪役の潜む藪をつつく作業はえてして危険なものであり、また思わぬ人に迷惑をかけかねないものであり、なによりも楽しい作業ではないので、私もできるだけ上品かつ無難な作業の枠内にとどめたいと思ってはいる。

いずれにしろ、思い切り曲りくねりながら連載の回を重ねる本稿全体の中で私の関心の中心にあるのは、あくまで、第一次世界大戦以降のトーマス・マンの歩みと、同時期すなわち昭和期に入る少し前頃から後の日本における、トーマス・マン受容を中心にして見たゲルマニスティクの歴史とを並行して捉えることである。私の芳賀檀に寄せる関心もあくまでそこに由来するものである。したがって、芳賀の言葉を信ずるなら、彼と東京帝大独文科との間に存在したらしいスキャンダラスで愚劣な揉め事になぞ、私は全く興味のないことだけは最初にはっきり断わっておきたい。

したがって、本稿においても、その件については必要最小限の言及しかしないつもりである。

ただ、だからといって、あるいはまた、彼が後年に札つきのファシストになったからといって、日本のゲルマニストとしての彼の全人生をただ棒引にしてしまうだけですませてしまっていいものだろうか。というのも、彼よりもはるかに狡賢く振舞って、第二次大戦中も第二次大戦後も変ることなく、日本のドイツ文学研究界の代表的存在として活躍し、その業績とやらも十二分に顕彰されてきた高名な研究者は高橋義孝氏以下、何人もいらっしゃることは、池田浩士が四〇年も前に『ファシズムと文学』の「あとがき」で指摘した通りであるからだ。

いや、なによりもまず、芳賀檀がいわば札つきのファシスト評論家になったればこそ、彼がゲルマニストとして歩いた道筋をきちんと跡づけておくことは、私たち後学の徒に課せられた義務なのではないだろうか。

だが、芳賀檀とトーマス・マンとの関係はきわめて倒錯した関係であることも、あらかじめ断わっておいた方がいいだろう。その倒錯性の生じた直接的原因が芳賀のエルンスト・ベルトラムへの異様なまでの心服にあることは明らかだが、それはそれとして、私には芳賀のマンに対する倒錯した関係は、ある意味では、昭和初期に始まって北杜夫や辻邦生らに至るまで続く日本のマン文学受容における初期もしくは前期作品の偏重という癒し難い歪みの、一つの極端ではあるが典型的な発症例のように思えるのである。私がここで敢えてこの〈悪役〉的人物を取り上げずにおれないのは、そのためにほかならない。

芳賀檀は、一九〇三年東京帝大国文科教授芳賀矢一の息子として東京に生まれ、お定まりの秀才コース、旧制一高、東京帝大と進み、国文科ではなく独文科を一九二八年（昭和三年）に卒業し（大山定一が京都帝大独文科を卒業したのと同じ年）、ただちに独文科研究室の副手となった。約一年後の一九二九年二月に同研究室の若手や学生たちによって雑誌『エルンテ』が創刊されていることから推して、芳賀は同誌創刊運動の中心メンバーの一人だったと思われる。事実、同誌創刊号の内容は、巻頭に木村謹治助教授の「外国文学研究の態度」と題する二頁ほどの文章を戴き、その次に芳賀檀の「表現派より労働文学へ」という二段組三頁半近くの評論が続き、それ以外の五篇は全て翻訳であることからも、同誌創刊に際して芳賀の果した役割が推測できる。以後の芳賀の思想的遍歴や結果としての悪役人生を考える時にも、ゲルマニスト芳賀檀がその出発点において、同世代の同学の友人たちの間でこのようなポジションを占めていたことを知っておくのは、決して無意味ではあるまい。――ところが、そういったことは全て無視して、ただ彼に悪役だけを押しつけることには私は同調しかねるのである。

一九二九年（昭和四年）といえば、ドイツにおいても日本においても、すでに表現主義ブームは過去のものとなり、代って明確な党派意識をもって共産主義革命を目指す人びとを中心的担い手とする文学運動が顕在化するに至った時期である。木村謹治助教授の巻頭論文はともかくとして、芳賀檀の「表現派より労働文学へ」と題した論文に続けて、ルドルフ・レオンハルトの「俳優とプロレタリア劇場」という論文の上村行徳による翻訳を載せ、以下ヴェルフェルやトラーの詩の訳その他と続く『エルンテ』創刊号の目次を眺めていると、この雑誌の創刊に結集した若者たちが、このような時代の空気を敏感に感じ取っていたことは疑う余地はない。後年の芳賀の回想文「学閥との闘争三十年」によれば、彼はこの頃「ハインリッヒ・レルシュ、カール・バルテル等労働詩人の詩を訳し、『労働詩』という表題で出版した。併し木村（謹治）氏には、学者になる者が新聞や雑誌に書いたり、労働者の詩を出版したりしてはならぬと叱られた」という（芳賀は『エルンテ』の論文ではマックス・バルテルの名を挙げているから、カール・バルテルというのはマックス・バルテルか、あるいはクルト・バルテルの誤記と思われる）。――余計なことだが芳賀はこの時点で、木村と自分との間にある溝の深さを悟るべきだったと思われる。

もちろん、レルシュやバルテルたち自身もそうであったように、芳賀は〈労働文学〉に感激したからといって、決して共産党主導の〈プロレタリア文学〉を目指したわけでないことは、『エルンテ』に発表した論文「表現派より労働文学へ」の結び近くできっぱりと、「労働文学は革命文学でもなく、政治文学でもなく、プロレタリア文学でもない。今やそれは全く独自なる方向を取ろうとしている。」と言い切っていることからも明らかである。芳賀はただ、労働者の生活と感情を直截に描き、激しくぶつけてくるレルシュらの詩に、これまでの文学とは全く異質な新しい時代に生きる人間の熱い息吹を感じ取り、それに共鳴したのだろう。周知のように、レルシュやバルテルはこの数年後にナチスが政権を握るとこれに賛同し、特にレルシュは代表的なナチス系詩人となっていき、他方、芳賀の方もやがてヒトラーを讃美し、日本のファシズムを声高に支援する評論家になっていく。――なお、ハインリッヒ・レルシュについては、芳賀より数年後輩だが、芳賀よりはるかに機を見るに敏で、はるかに巧みに時流に棹さした高橋義孝が昭和一六年（一九四一年）に出した『ナチスの文学』なる著書の中で、芳賀よりもはるかに要領よく上手に紹介していることを、忘れないうちに記しておこう。

しかし、芳賀が昭和一二年（一九三七年）に出した最初の評論集『古典の親衛隊』には、彼が昭和一〇年までに『エルンテ』誌に発表したゲオルゲ論、リルケ論、カロッサ論などは収録されているものの、この「表現派より労働文学へ」という文章は収録されていない。つまり、この処女評論は彼の意識においては、自分の立ち位置を明確に自覚する以前のものと見なされていたのだろう。

話を元に戻すと、芳賀檀は、『エルンテ』創刊号発行の約一ヶ月半後の昭和四年（一九二九年）四月にドイツ留学に出発した。彼は、第一次大戦とロシア革命とによる長期間にわたる運休状態から回復して、一九二七年に運行を再開したシベリア鉄道を使ったので、革命後一〇年余りを経たロシアを自分の目で見る機会に恵まれることになり、モスクワの街なども歩いて見て回ったらしい。『エルンテ』第二号（昭和四年六月発行）に、「欧路通信」と題する芳賀の文章が掲載されているが、それを読むと、わずか数ヶ月前にレルシュの〈労働文学〉に熱烈なエールを送った芳賀が、レーニンやスターリンらの実現したソヴィエト革命に対しては、一定の共感は持っているものの、基本的には、かなり冷ややかな視線しか持たなかったことがはっきりと読み取れる。「色々人の見方に依っても違いがございましょうが、ロシアの革命は余りうまく行っていないだろうと思います。……ロシヤ人はドン底に在ってドン底に耽っています。公園のベンチは失業者の群に占領されています。……ロシヤは夢のような事を実現しています。其の大胆と馬鹿らしさには感動しますが、全ロシヤの不幸を一体どうするのでしょうか？　百貨店や停車場を歩いて見ると、ロシアの惨さが本当に可哀そうでなりません。」そして、折からのメーデーを祝う赤旗を旅の記念に買って持っていたところ、国境を越えた所でポーランドの兵士に取り上げられ、踏みにじられたことを記した上で、こう書くのである。「ポーランドがどんなにボルシビキーを嫌っているかが解りました。ですがポーランドは何と平和で美しさに充ちていたでしょう。大波のようにうねっている畠は地平線までも耕されています。……ポーランド万歳！　僕は胸の中でそう叫んでいました。ロシヤの陰惨に較べますとあらゆるものが平和で美しさに充ちているのでした。」

もっとも、この「欧路通信」なる文章は、本来はあの〈労働者〉嫌いの木村謹治先生への私信であることを断わって掲載されているので、私たちもその点は幾分か割引きして読むべきなのかもしれないが、それでも、これが多感な二六歳の青年芳賀檀が最初に目にしたロシアとヨーロッパの姿であったことは、後のファシスト芳賀檀への批判は批判として、記憶にとどめておくべきであろう。——ちなみに、当時のシベリア鉄道やロシア人の生活については、一九二七年末から三年間ロシアで生活していた、芳賀より四歳年長の宮本百合子が、当時東京の新聞や雑誌にかなり頻繁に報告記を寄稿していたことを記しておこう。

むろん『エルンテ』第二号には、「欧路通信」に続けて、やはり芳賀の「伯林より」と題する、こちらは友人宛の手紙という形でのごく短いベルリン印象記も掲載されているが、お上(のぼ)りさんよろしく最初に『アルト・ハイデルベルク』その他二、三の芝居や映画を観たことや、レマルクの小説『西部には何事もなく』が四〇万部も売れる大人気であることなどが書かれているだけの簡単なものである。

芳賀はこの後一年間はベルリン大学に籍を置いて、エドゥアルト・シュプランガー教授などに教えを受けたようだが、その間に『エルンテ』の第三号（昭和四年一二月発行）と第四号（昭和五年六月発行）にドイツでの見聞記を寄稿している。その内容をここで逐一紹介する必要もないので、ここでは、これらの見聞記の中で彼が触れている事柄の中から、彼が先に『エルンテ』創刊号で熱烈に讃えた〈労働文学〉に関わる件と、後に彼が夢中になった国粋主義的思潮に関わる件とだけをごく簡単に紹介しておこう。

前者については、第三号に掲載された「新興独逸の傾向について」の中で、「ノイエ・ザハリヒカイト」の流行に言及した際に、芳賀はこれを「新唯物派」と訳し、「労働文学はこれ等と別の道を歩いている訳ではない。彼等もこれから新唯物派の方へ、近づこうとしている。而もこれ等は本当に労働しつつある人の、人と人、機械と人、社会と人との、戦闘を描いた如実の作品であって……単に同情を持つ所の、インテリゲンチャーの、革命が起れば実は少なからず困るであろう所の、左様いう人達の間に生れた文学ではない」と書いている。

後者、つまり国粋主義については、『エルンテ』第四号掲載の「伯林通信」の中で、一時人びとの注目を集めたエルビン・ピスカトール演出の演劇が、今やすっかりベルリンから姿を消した理由は、要するに左翼の退潮と右翼の隆盛にあるという話の運びの中で、自分が実際に目にした次のような実例を報告する形で語られている。長くなるが、そのくだりを直接引用しておいた方がいいだろう。彼がある映画を観に行った時の話である。

「二千人を容れ得ると言う其の映画館は満員でありましたが、赤旗が上って行く場面に対して拍手した者は、たった一人であったのに対し、ドイツの国旗の掲揚に対しては、満場の歓呼と拍手とでありました。即ち二千人の内千九百九十九人迄は国粋論者であり、一人はコンムニイストであると言う割合で御座います。これを以て見ても、ピスカトールの失脚は、明白に察せられる次第で御座いましょう。プロシアは又勃興しつつあります。ブレーメンを作り、ツェッペリンを作り、Dox号を作って、彼等は再び世界大戦を夢みつつ、あらゆる限界にあふれようと致していきます。」——これを書き写しながら私は全く不意打ち的に、昭和一九年（一九四四年）の夏頃に小学二年生の私が、学校の許可証をもらって、初めて父に映画館に連れて行ってもらった時のことを思い出した。映画の最後で、激戦の末に遂に敵陣を落し、敵軍の旗を引き倒した後に、日章旗が翩翻（へんぽん）とひるがえった時に館内から一斉に拍手が涌き起ったことを。——その次に私が敗戦後の焼け跡に建ったバラック小屋のような建物の中で観た映画は、弁士つきのチャンバラ無声映画と、ワイズミュラー演ずるターザン映画なるアメリカ映画だった。

芳賀の文章を書き写すうちに覚えたある種の息苦しさを振り払うために脱線してしまったが、芳賀はこの後に続けて、こう書くのである。

「殊にドイツには、御存知の通り、日本の様なイデオロギーを中心にしたインテリゲンチャの中間階級、風車の様に絶えず動揺している中層階級が存在しません。ドイツに於いては鮮明な道が必要です。左へならうか、右へならうか、この二つです。左翼と、右翼と、はっきり区別することができます。……ベルリンの大劇場は全く右翼の占領する處であります。」

そして、芳賀はこの報告の最後でも〈労働文学〉のことに触れて、「今ドイツの労働者に最も人気のある詩人はErich Weinertであります。彼は労働者の集会に現われて、其の詩を朗読して喝采を博しつつあります。併し、理論的にはバルテルやブレーゲル時代から退歩しつつあると思われます」と書き、締め括りに、日本からやって来たあるジャーナリストがやたらとドイツのプロレタリア運動について聞きまわっていたが、あの男はきっと「赤いメガホン」のことを「赤い大砲」のように、つまりドイツの左翼運動のことなら何でも針小棒大に日本に伝えるだろうから、信用するなよ、と書いている。

この『エルンテ』第四号の「伯林通信」の末尾には、(一九三〇年)「三月十二日」と記されているから、書かれている事柄は、一九二九年の終り頃から一九三〇年の初めにかけてのベルリンで見聞したことと考えていいだろう。まさに例のニューヨークのウォール街の株価大暴落に始まる世界的な大恐慌が始まった時期である。芳賀にその種の経済的視点からの認識がどの程度にあったかは疑問である。すくなくとも、依然としてバルテルやレルシュ流の〈労働文学〉に一定の関心をもっていたらしい芳賀だが、先に引用した文章から推測すると、この一年余り前の一九二八年一〇月にベルリンでヨハネス・R・ベッヒャーらを中心として、ドイツで初めて明確に社会主義社会の実現を目指す「ドイツ・プロレタリア革命作家同盟」が結成され、組織的な活動が開始されたことや、芳賀が言及しているエーリヒ・ヴァイネルトもそのメンバーの一人であったこと(したがってヴァイネルトはナチスに褒め讃えられたレルシュやバルテルと違って、ナチスが政権を握ると同時に国外に亡命するほかなかった)など、知る由もなかったようである。

先のモスクワ・ポーランド便りや、このベルリン便りを読み、かつこの後の芳賀の思想的歩みを考え併せると、この二六歳の若者は目にし耳にする一つ一つの事象に引き廻され、煽られ、表面的な見聞をそのまま新知識として収集し吸収することに夢中になっていたのではないだろうか。そのような意味での向上心や好学心に逸る若者が放り込まれたのが、よりによって一九二九年から一九三三年にかけてのドイツだったことが、彼の人生にとって決定的な運命となってしまったと言っていいのではないだろうか(同世代の宮本百合子の同時期のロシア滞在記と読み比べると、一段とそう思われる)。――しかも、そこで出会った師が、よりによって、私たちにはこの「第四話」の最初からお馴染みのあのエルンスト・ベルトラムだったことが。

芳賀は、一九二九年の春から一年間ベルリン大学で学んだ後、チューリヒ大学に移り、さらに一九三〇年秋にはフライブルク大学に移った。そして、そこで今や東大独文科の教授になっている木村謹治から、日本を出る際に約束された将来の東京帝大でのポストの件を反故にする旨の手紙を受取り、失意のどん底に突き落されたと芳賀は言っている。

一時は自殺さえ考えたらしい芳賀が、いわば藁にも縋る思いで頼ったのが、ケルン大学のエルンスト・ベルトラム教授だったという。おそらく、かねてベルトラムの代表作『ニーチェ』に感銘を受けていたのだろうと思われる。

芳賀はベルトラムとの最初の出会いを、読者が鼻白むような思い入れたっぷりの文章で、彼の処女評論集『古典の親衛隊』(昭和一二年)の冒頭に置かれることになる「別離」と題する文章の中で描いている。それはともかく、どういうわけか芳賀はベルトラムにかなり気に入られたようで、芳賀の言うところでは(「学閥との闘争三十年」)、「毎週ベルトラムの家で催されるバッハの集りにも招かれて行った。有名なフリュートの名手もいた。カロッサや、グロックナーに会ったのもその集りだった」という。そして、芳賀はケルン大学に腰を据え、ベルトラムに師事して、「ニーチェの研究に没頭し、その時書きあげた論文は一部はベルトラムに贈り、一部は木村教授の下に送った」という。――だが、木村教授に送った分が有耶無耶のうちに闇に葬られてしまったせいか、なにしろコピー機など存在しない時代の話だからか、芳賀のこの本格的な「ニーチェ研究」がいかなるものだったか知る術は私たちには残されていない。――なお、芳賀がベルトラムからどのようなドイツ文学観を教えこまれたかは、ベルトラムの『ニーチェ』および『独逸的形姿』に収められた一〇編余りの論考を読めば判るが、芳賀がケルン大学にいたのが、ナチスの政権獲得直前の二年間ほどであったことを考えれば、それがベルトラムの例の一九三三年度の開講に際しての講演「ドイツの出発」に集約的に表明されているような極度に民族主義的なドイツ文学観であったろうことは明白である。

こうして芳賀のドイツ留学が丸四年経過した一九三三年春に、ナチス政権が成立し、ケルンの「大学にもハーケンクロイツの旗が立つようになった」頃に、ようやく芳賀は日本に帰る気になり、同年夏つまり昭和八年夏に東京に帰ってきたわけである。

(五) ファシスト芳賀檀の誕生

帰国した芳賀は早速、『エルンテ』の通算第一二号目にあたる一九三三年一一月号(昭和八年一〇月二〇日発行)に、「風景二、三」と題する随筆を寄稿した。これは、バンベルクのドームのあの有名な騎士像と自分との一体感を綴った「バンベルゲル・ドーム」という文章と、イエスの裏切り者ユダスに対する愛と憎悪の混淆する気持を綴った「ユダス」と題する文章と、想いを寄せる女友達や友人たちと楽しいひと時を過した北ドイツのポンメルンの美しい村落の情景を綴った「ポンメルン」と題する文章とを並べたものである。彼としては、おそらく考えた末の帰朝報告のつもりで発表したものだったと思われる。しかし、この章の最初に述べたように、この当時の芳賀の情念あるいは怨念の根底にとぐろを巻いて潜んでいる「裏切られた」という思いにまつわる件には全く立入る気にはなれない私には、これ以上この帰朝報告に立入る気にはなれない。

ただ、一つのことだけは言っておいた方がいいだろう。それは、芳賀檀はこれ以後、たとえ人が(後世の賢しらな研究者たちをも含めて)どう言おうと、どう笑おうと、一人の「騎士」に、「怒れる騎士」になることを決意したらしいということである。„Reiter!!" その王者のごとき顔は、怒りに燃ゆる。お前こそ、聖なる戦いへの導きではないか。吾々は未だ曾て、これ程近く、吾々の運命を感じ合った事はない」とバンベルクの騎士像について書いた芳賀は、彼の最初の評論集『古典の親衛隊』の冒頭に置いた、ベルトラムとの出会いを描いた文章でも、まるで二人の騎士の出会いであったかの如く回想している。むろん、彼のこのような「騎士」像への思い入れには、ベルトラムが『ニーチェ』の中でデューラーの版画「騎士と死と悪魔」を引合いに出して、「自分の幸福など勿論のこと、いかなるものでも真理のためなら犠牲にすることを躊躇わなかった〈真理の騎士〉ニーチェの果敢さ」を讃えていることが深く関わっていることは言うまでもあるまい。つまり、決して単なる時代錯誤的な言辞ではないことだけは理解しておく必要があろう。

しかし、ここに誕生した「騎士」が、いかなる騎士であるかは、『エルンテ』の次号、つまり翌一九三四年（昭和九年）一月一日発行の通算第一三号に掲載されたエルンスト・ベルトラム著、芳賀檀訳の「ドイツの出発」と、その数ヶ月後の一九三四年五月五日発行の、日独文化協会と東京帝国大学独逸文学会の共編による雑誌『独逸文学研究』の第五号に掲載された芳賀檀の論文「〈文明に対する挑戦〉への序」によって明らかになるのである。

それは一言で言ってしまえば、なんとも「浪曼的」で、はっきり言ってファッショ的でナチス的な「騎士」の言説である。戦後民主主義派、いや当今流行の表現を借りるならシルバー・デモクラシー派の御隠居を自任する私に言わせるなら、ほとんど酔払いのくだのような手前勝手で、現実離れのした理屈なので、とてもきちんと整理して紹介する気になどなれない代物である。したがって、文字通り必要最小限度の要約紹介ですますことにしたい。

まず『エルンテ』に掲載されたベルトラムの「ドイツの出発」であるが、これは前章でもちょっと触れた、ベルトラムが一九三三年五月三日に、この年度のケルン大学でのドイツ文学の講義を開講するに当って、学生たちに行なった講演で、二ヶ月ほど後にこの講演録を当時滞在中の南フランスのサナリ＝シュル＝メールで読んだトーマス・マンが「ぞっとするような印象」を受け、あまりのひどさに「ショックを受けた」と日記に記しているあの講演にほかならない。芳賀は、ちょうどこの講演の行なわれる前後にケルンを去ったと思われるが、後に新聞や雑誌などで公表された講演原稿を入手して訳出したものであろう。――なお私はこのベルトラムの講演録のドイツ語テキストを入手することはできなかったので、熱に浮かされたような芳賀青年の不器用きわまる訳文を介してしか、この著名なナチス派教授のこれまた熱に浮かされたような内容の講演に接することはできなかった。したがってこの講演からの引用は全て芳賀の訳したものであることを断っておく。

この講演は、かねてからナチス支持者であったベルトラムが、この年一月末のヒトラーの首相任命から、三月初旬の総選挙におけるナチスの勝利、三月末の全権委任法の成立と、あっという間に成功した〈ナチスによる国民革命〉

にすっかり有頂天になり、その勝利に酔い痴れた視点からドイツ文学の歴史を振り返り、今後の使命について熱弁をふるったものである。「テュートブルグ森の戦い」、「一八一三年の光り」、「一九一四年の一瞬間」、「偉大なるタンネンベルクの戦い」などといった右翼定番の合言葉がちりばめられ、「一七八九年のイデーンに対する」戦いだの、「深き嘔吐を感じつつドイツの精神は西方の文明とイデオロギーに対して立つとニーチェは言っている」だの、「アジアに対する第二の偉大なるタンネンベルグの戦いは既に其の勝利を収めたのである」などという、これまた定番の飾り文句がふんだんに使われているドイツ近代文学史についての講演と言えば、それ以上の内容紹介は不要であろう。しかも、とどのつまりは、ヘルダーリンやゲオルゲの歌う「救い主」とヒトラーとを同一視する始末である。これにはトーマス・マンも黙っておれなかったようで、後日手紙で、いくらなんでも「あの世界史上最もおぞましい化け物を〈救い主〉と見なすとは何事です」と強くたしなめている。これが博識をもって知られた大学教授が教室で学生たちに対して行なった開講の辞と聞いては、トーマス・マンでなくても「ぞっとする」はずである。

ところが、若いとはいえすでに満三〇歳になろうという気鋭のゲルマニスト芳賀檀は、そうではなかったらしい。それどころか、芳賀は、すっかり張切って、ベルトラムの講演の訳文の文中に、括弧して訳注までつけているのである。

たとえば「アジアに対する第二の偉大なるタンネンベルグの戦い」という箇所には括弧して「(訳者註。ロシア今、アジアの支配下に在り。アジアは、コンミュニズムのみを意味する由、特に教授より注意せられたり。)」といった具合である。

そして、そのような「訳者註」の一つに、全く唐突にトーマス・マンの名前が登場するのである。それは、ベルトラムが講演の終り近くで「吾々は敵が其の戦いの名誉を持した限りに於て敵手を敬する」と言って、そのような「敬すべき敵手」の一例として「大戦に於ける最も善き闘者達」を挙げているところで「(訳者註、トーマス・マンのごとき)」と挿入しているのである。――なお、講演のこの部分は、この講演の数日後に行なわれたあのナチスによる〈焚書〉に際してベルトラムが、ユダヤ人フリードリヒ・グンドルフやすでに半亡命的状態にあったトーマス・マンの著作を〈焚書〉から守るべく陰で努力したといった事に象徴されるような、第三帝国初期におけるベルトラムの迷い、もしくは躊躇を反映していると言っていいだろう（インゲ・イェンス編のマンのベルトラム宛書簡集の注参照）。

それにしても「ぞっとする」ような嫌悪感をもってしか読むことのできなかった旧友の講演録の中に、突然自分の名前が挿入されているのを、もしもマンが目にしたら、と想像するのは、悪趣味にすぎるかもしれないが、満更意味のないことではない。というのは、先にごく大雑把に紹介したこの講演のドイツ愛国主義的で、反西欧的な内容のかなりの部分は、マン自身がかつて第一次大戦時に、当時の盟友ベルトラムの協力を得ながら書いたあの『非政治的人間の考察』の中で（特にその前半部で）主張したことにほかならないからである。――そして、少々先走って明かしてしまうなら、実は芳賀檀という紛れもないゲルマニストは、この一七、八年後に友人と語らって、その『非政治的人間の考察』の日本における最初の翻訳を企て、半ばまでは実現した人物だったのだから。

話がまた先走りしすぎたようだ。私自身が前のめりになるのを抑えるために、話を芳賀の翻訳したベルトラムの講演の話から、この翻訳の直後に芳賀自身が書いて『独逸文学研究』に発表した論文「〈文明に対する挑戦〉への序」の方に移すことにしよう。

芳賀のこの論文が掲載された雑誌『独逸文学研究』第五号（一九三四年五月発行）は、当時の日本の帝国大学（東京帝大と九州帝大）にドイツ文学の講師として在職していた二人のドイツ人研究者エルヴィン・ヤーンとハンス・エッカートの親ナチス的立場から書かれた二編の論文が掲載されたことによって、日本のドイツ文学研究史上、忘れることのできない書物である。しかし、そのことはすでに関楠生の『ドイツ文学者の蹉跌』などでも指摘されていることなので、私がことあらためて取り上げる必要はないだろう。ただし、関は二人のドイツ人の論文には言及しても、同じ雑誌に載っていた芳賀の論文にはなぜか一顧だに与えていない。芳賀檀の書いた文章なぞ無視するにかぎるというのだろう。

要するに、芳賀の論文は、この二人のドイツ人のナチスべったりの論文のすぐ後に掲載されたのである。まるで誰か一人くらいは日本人ゲルマニストも親ナチス的文章でお付き合いしないとまずいだろうといった、編集委員もしくは然るべき人物の意向に、ある意味では類いまれなお人好しとも言える熱血漢芳賀檀がまんまと担がれたのかなとも邪推したくなるようなお膳立てである。

実際、いくらドイツのケルン大学での生活が懐かしいからといって、昭和九年（一九三四年）の日本で、学術誌に発表する論文を次のような文章で書き始めて、意気がっておれる三十男というのは、相当にお目出度いお人好しの熱血漢にちがいあるまい（これでは教授たちの煽ての口車に乗せられて、体よく外国に追いやられてしまうのも無理はないと同情したくなる）。長くなるが、昭和初期の著名な右翼評論家となった男のデヴュー期の文章でもあることゆえ、敢えて引用しておこう。

「愛する友よ！ 吾々は今静かなる戦後の工作の中に在る。吾々の最前線は既に〈精神的突破戦〉に於て成功したのであった。吾々は直接には其の突破戦の中央部隊の最前線には属していなかったけれども、吾々は等しくBertramの下に在って、其の背後的部隊を為していたのであるし、吾々の位置に立って最も明らかに彼の〈戦場の一瞥〉を得ることができたのであった。私は今君達アカイエルの群を離れて遥かなる東方の戦場に一人立つ。吾々の戦場は空ろに明るく、淋しい。併し君が曾て僕を呼んだ様に〈褐色のギリシャの一兵士〉としてであっても、精神の一兵士として、召集せられ、部署を守ろうと思う。吾々は、今驕るべきではない。夫は、吾々にベルトラムが教えている様に、この精神の突破戦に於ける、強き„Trotzdem"（何くそ）の男達に対する吾々の感謝を……。」

繰り返されるベルトラムの名と共に、トーマス・マン文学の読者にはお馴染の trotzdem という言葉も出てきたところで（『ヴェニスに死す』）言っておくなら、「文明に対する挑戦」という論題には御丁寧に Aufstand gegen die Zivilisation というドイツ語まで添えてあるのだが、これまた、かつて第一次大戦時にマンがベルトラムの協力を得ながら書いたあの反・西欧デモクラシーの書『非政治的人間の考察』を連想させる言葉であることは言うまでもない。

ところで、この論文冒頭の一節をわざわざ引用したのは、この文章くらい明確に、芳賀檀は決してアドルフ・ヒトラーを崇拝し、ヒトラーを指導者と仰ぐナチス党員あるいはナチス支持者となって日本に帰ってきたわけではないことを示している証拠はないと考えたからである。それどころか、芳賀自身も後年に回想しているところでは（「学閥との闘争三十年」)、帰国直後には当時ナチスの焚書に抗議して東京で結成された「学芸自由同盟」に参加したり、『帝国大学新聞』に「非ドイツ的ナチス」という文章を発表して、ナチス批判を行なったりしていたという。私は、これがおそらく少なくとも帰国当初の芳賀の本音だったと思う。先述のように彼の師ベルトラムもナチスのイデオロギーには共鳴しながらも、〈焚書〉などといったナチスの現実政治には全面的な同調を躊躇っていたことを思えば、アポロ的かつドーリス的なギリシャ精神と北方的・エッダ的ドイツ精神との結合を説く当時のベルトラム(たとえば『ドイツ的形姿』所収の「ドイツ的古典の可能性」参照)に深く帰依した「褐色のギリシャ兵士」芳賀檀が、〈焚書〉に象徴されるようなナチスの蛮行に全面的に共鳴できたとは思えないのである。芳賀は決してヒトラーの讃美者としてではなく、あくまで師エルンスト・ベルトラムに深く帰依した者として日本に帰ってきたのである。その証拠に、この頃彼が書いた文章の多くには(滑稽なくらい頻繁に)「ベルトラム教授に捧ぐ」という献辞が添えられている。ひょっとしたら、これは自分を半ば破門した日本の教授たちに対する護符みたいなものでもあったのかもしれないが。——そして、ベルトラムのナチスに対する躊躇による留保を芳賀も共有していたことの一つの現れが、先に紹介したベルトラムのナチスへの支持表明の講演「ドイツの出発」に芳賀が付けたあのトーマス・マンに関する〈訳者註〉にほかなるまい。

ところが、ここでまた、かつての「労働詩集」の翻訳の場合と同じく、木村謹治教授の叱責が介入するのである。「ドイツに学んで、ナチスの悪口を言うなら大学をすぐ止め給え。」

芳賀は後年の「学閥との闘争三十年」では、自分は生きていくためにはこの学会の大ボスの威光に屈するほかなかったというような釈明をしているが、事はそれほど単純ではなかっただろうと私は思う。利口な芳賀は帰国後短期間のうちに、「学芸自由同盟」に代表される日本国内のナチス批判派の頼りない実態や、それこそエルヴィン・ヤーンやハンス・エッカートら親ナチス派の闊歩ぶりや、さらには、京都大学における滝川事件や満州帝国の発足などに見られる日本国内の空気の急速な右傾化をも敏速に感じ取ったに違いない。なにしろ彼は、先述のように、ドイツでナチスが政権を獲得する直前の数年間における社会全体の急速な右傾化を、自分の肌身で感じてきたばかりだったのだから。しかも、彼はなによりも、自分の尊敬してやまないエルンスト・ベルトラム教授が今や日ごとに、なりふり構わぬと言っていいほどのナチス系教授になっていきつつあることをも、ドイツの同志的友人たちを介して知らされていたに違いあるまい（ベルトラムが今や「すべてのナチ教授のなかでも最も頑迷で最も盲信的な教授であるという評判だ」とトーマス・マンは一九三四年四月二八日の日記に書き、「我慢ならない」とまで記している）。

このような日本およびドイツの状況全般を考慮して、芳賀は急速にナチス支持へと舵を切り換えたのだと私は考える。——だが、それでもなおナチスとは一線を画していたいという芳賀の本音は、心の中ではひそかに生き続けていたことを、私たちはいろいろな機会にかすかに察知することができる。たとえば、昭和一二年五月に雑誌『文学界』に発表し、後に『古典の親衛隊』に収録した、カロッサの小説『成熟せる生の秘密』についての書評の中で、この小説の中には「現在のドイツのある行為を暗示して、時に叱責に近い言葉がありはしないか」と書いているが、これはナチス・ドイツにおけるユダヤ人迫害を批判していると思われる。

それればかりではなく、後に一度だけだが、彼は公然とかなり激しいナチス批判を行なっているのである。——こんなことを書くとファシスト芳賀の弁護だと勘違いする向きには、本書を読んでもらう必要はないことを断わっておこう。

しかし、またまた話が先走りしたようだ。もう少しだけ一九三四年（昭和九年）の芳賀の論文「〈文明に対する挑戦〉への序」にとどまることにしよう。

とはいえ、三十数頁の論文の最初から最後まで、ほとんど数行おきに、ベルトラムはこう言った、ブルクハルトはこう言った、ニーチェは……、シュペングラーは……、ゲオルゲは、ジイドはと、やけに騒々しい連発銃さながらに、著名な思想家や文学者の言葉を繰り出してくる芳賀の文章は、読書好きと勉強熱心なのは認めるが、何を言いたいのかもう一つはっきりしない、したがってある種の才能は評価するにしても、あまり良い成績はつけかねる生意気な学生のレポートみたいなものである。——先刻の皮肉を続けるなら、だから二人の親ナチス系ドイツ人の論文のすぐ後において、一種の中和剤的な役割を務めさせるにはもってこいだったとも言えるのである。

芳賀もさすがにこれではまずいと思ったのか、最後の数頁にいたってようやく（といっても有名人の名前の羅列や引用癖が制御されるわけではないが）、つまり君はそれを言いたかったのですかと判るような、少々具体的な形での主張を行なっている。

「十九世期（ママ）以来吾々の支配者は〈文明〉と言う。夫はラスキンを嘲笑しつつスペンサーやベンサム等と共に発生し、アメリカを始め全世界を席捲し盡した。吾々の神は最早キリストではなくして機械であり、金銭である。スペンサーは吾々の聖書となった。吾々は、吾々自身の存在や神を否定し得ても、〈文明〉や、〈進歩〉や〈機械〉を否定することは出来なくなっている。而も其の機械文明は、金銭や感能の享楽による楽観主義的な幸福を吾々に約束しつつ吾々を自覚から遠ざからしめようとしている……」

「又吾々は、近代の文明と其の安価な Ethos を築いた Die Wissenschaft 及び哲学に対しても批判的な眼を向けよう。……ニイチェも亦言う。哲学は自然科学の敵であれ……」

そして、論文の最後の締め括りという段になって、芳賀はワグナーのユダヤ人批判を持ち出す。「彼（ワグナー）は近代のデカダンスの原因を、彼等（ユダヤ人たち）の罪に帰せようとしている。金融所有等による文明のあらゆる悪徳は、彼等の努力に負う所が多い。彼等は分散し、国家を持たざる事が、自然に彼等から、歴史的な責任感を奪っている。」

芳賀はこの後に、おっと、これを忘れてはいけないと言わんばかりに、さらにつけ加えるのである。「又今日の文化は、スラヴ民族による〈白蟻の狂想〉によっても甚だしく脅かされている」――これがソヴィエト・ロシアのコミュニズムを指していることは、芳賀がベルトラムのナチス国民革命への讃歌ともいうべき講演「ドイツの出発」の翻訳に付した訳注で明示しているところである。

芳賀はようやく論文「〈文明に対する挑戦〉への序」を閉じる気になる。「友よ。吾々の突破戦はそれ等多くの危険に対して為され、Bertram が吾々に告げた様に〈第二のタンネンベルク〉の戦は既に収められたのである。而して吾々は今静かなる戦後の工作の中に在る……」と。

つまり、芳賀檀にとっては、彼ら「親衛隊」の護るべき将は、アドルフ・ヒトラーではなく、あくまでもエルンスト・ベルトラムなのである――いや、より正確には、ベルトラムおよびベルトラムと共に在る数名の文学者や思想家たちと言うべきなのだろう。

そして、この数名の文学者や思想家たちの中には、トーマス・マンも入っていたのである。ただし、それはあくまで『非政治的人間の考察』の著者トーマス・マン、すなわち第一次大戦中の愛国者、憂国の士トーマス・マンでなければならなかった。

論文「〈文明に対する挑戦〉への序」を『独逸文学研究』誌に発表して以降、つまり昭和九年（一九三四年）半ば以降、芳賀檀は堰を切ったように、大小さまざまな新聞雑誌に、半ば手当りしだいにいろいろなテーマを取り上げて、活発な文筆活動を展開し始めた。

これまでの経緯からして、なんとも腹の虫がおさまらず、かつ居心地の悪い東京帝大独文科助手の座にいつまでも留まっているわけにいかないという、遣り場のない苛立ちや、生活上の必要もあってだろうが、よくもこんなにいろいろな事に口を出したくなるものだと呆れるような活躍ぶりである（それでも、テレビ番組のコメンテイターなどという職場がなかっただけ、現代の評論家たちよりは、はるかに慎ましやかだったことは間違いないが）。

その結果、芳賀は、これらの文章を集めて、昭和一六年（一九四一年）初めに再度ドイツに渡るまでの約六年間に、『古典の親衛隊』（昭和一二年一二月）、『英雄の性格（ナポレオン・ボナパルテ）』（昭和一四年五月）、『祝祭と法則』（昭和一四年一〇月）、『民族と友情』（刊行は昭和一七年二月）という計四冊の著書を出している（なお、この間の昭和一四年春から京都の旧制三高教授に赴任したらしい）。――そして、第二次世界大戦下のナチス・ドイツに約一年半滞在した後、昭和十七年夏に帰国すると、翌一八年三月に、当時朝日新聞社が刊行していたシリーズ「朝日時局新輯」の一冊として、『ドイツの戦時生活』を出した。

以上が、ドイツ文学研究者にして、ファッショ的評論家として活躍した芳賀檀の昭和一〇年代の活動の概要である。

――なお以下においては、『英雄の性格』と『ドイツの戦時生活』の二冊はそれぞれ特定のテーマについて書かれたもので、他の三冊はいずれも種々雑多な内容の文章を集めたものであることを考慮して、『古典の親衛隊』を第一評論集、『祝祭と法則』を第二評論集、『民族と友情』を第三評論集と呼ぶことにする。

これらの著書に収められた種々雑多な文章を逐一紹介しても意味がないので、ここでは、次の二点に焦点を絞って見ておきたい。一点は、むろん、彼の本業であるドイツ文学についての彼の基本的な主張である。もう一点は、第一点との密接な関連においてなされる、当時日本が行なっていた戦争への支持と、それに対する当時の日本のインテリ層の態度についての彼の批判である。

まず、第一の点から始めよう。

芳賀は彼の最初の評論集『古典の親衛隊』の第一部の冒頭に、エルンスト・ベルトラムとシュテファン・ゲオルゲとライナー・マリーア・リルケとハンス・カロッサの四人をそれぞれ称える文章を並べている（カロッサについての文章は四編あるので、正確には計七編ということになる）。さらに、その後に置かれた四つの文章においても、芳賀の思考は絶えず上記四人にニーチェを加えた文学者の輪に立ち戻っていくのである。そして、芳賀はこの第一部全体に「神話への試み」という大仰なタイトルを付与している。このタイトルがベルトラムの主著『ニーチェ』の副題「一つの神話の試み」の模倣であり、芳賀のニーチェ観の背後には常に師ベルトラムのニーチェ像があることを考えれば、結局、芳賀のこの最初の評論集の根幹をなす部分は、ベルトラム、ゲオルゲ、リルケ、カロッサの四人のドイツの文学者に捧げられていると言っても間違いではあるまい。そして、この四人は、芳賀にとって、「一つの神話」と言ってもいいほどの聖なる存在なのである。

だが、厳密に言うと、芳賀の〈神話〉の中核を形成しているのは、ベルトラムとゲオルゲとカロッサであって、リルケは、芳賀が帰国した翌年に出版されたカロッサの『指導と信従』を読み、かつ翻訳しながら、ケルンのベルトラム教授の許で過した日々を生き生きと思い出す過程で、彼の〈神話〉世界に追加されたものと思われる。

芳賀の〈神話〉の中核は、『古典の親衛隊』刊行の二ヶ月後に雑誌『文芸』に発表され、後に第二評論集『祝祭と法則』に収録された「ハンス・カロッサ」論の中の、次の文章に的確に表現されている。

「カロッサとエルンスト・ベルトラムとゲオルゲと。私は曾てこの人達の作っている精神の世界の花園の様な、あの気圏の近くに生きて、この人達こそ現代のドイツの中心であり、核心となりつつあるのだと思わないではおられなかった。ドイツを作っているのは二三の人格である。ここにこそ本当に人間が創られつつあるのだと。私は決して自分の感情に耽ったり、溺れたりする事なしに師のことに就いて断言する事が出来るのである。この人達こそ最も健康な、国民をさえ創造する牧人であると。国民を監視し、指導する人達であると。彼等は非常な世界の危機の中に生れた。カロッサも、ゲオルゲも、ベルトラムも。人間と生とを軽視して突進した科学と機械とがやがて自分自身に対する大規模な復讐を始めようとしている危ない時であった。而して、あの大戦の未曾有な破壊の嵐が始まった時であった。併し、二、三の僅かの人がこの嵐の中にも断じて其の道を指して失うまいとしていた。二、三の、どんな場合に臨んでも危険の只中にあっても、危険その物を征服し、寧ろ危険を創造に展開し変様する、逞ましい監視者が、宣言者が、眠らない人が。危機に在っては斯ういう人達こそ重大なのである。」

むろん芳賀は、先にもちょっと触れたように、カロッサにはベルトラム邸で会ったことがあるが、ゲオルゲには会ったことはない。しかし、ゲオルゲ・クライスに近しかったベルトラムを介してばかりではなく、やはりベルトラム邸で知り合ったベルトラムの無二の親友で、ゲオルゲの取巻きの一人でもあったエルンスト・グレックナーなどを介して、ゲオルゲの話はしばしば聞かされていたはずで、一定の親しみを持っていたと思われる（ただし、ゲオルゲは一九三三年一二月に死去しているから、一九二六年に死去したリルケ同様、芳賀が評論家として活動した時期にはすでに故人であった）。

ちなみに、この頃芳賀が好んで引用し、紹介するカロッサの『指導と信従』の中の一場面がある。それは、第一次大戦が始まって間もないある日、カロッサがミュンヘンのシュヴァービングの一角にあるベルトラムの住居を訪れてお茶の接待を受けていると、隣の部屋から朗々たる迫力のある人声が聞こえてきた。それは、ゲオルゲがベルトラムの親友エルンスト・グレックナーに教えを垂れているところだった。そして、窓の外からは、フランス軍とのフランドル会戦に向かう軍隊の行進する音が絶え間なく響いてきた、というのである。まさに芳賀檀にとっての〈神話〉の主要人物たちが総登場し、かつ彼の〈神話〉には不可欠の書割である第一次大戦初期にドイツ全土を覆った愛国主義の熱狂まで備わった場面である。

そして、『指導と信従』のこの場面のすぐ後には、芳賀の敬愛してやまない恩師エルンスト・ベルトラムの詩にカロッサが捧げる讃辞が記されているのである。一九三四年に出たこの書のおそらく本邦初訳と思われる芳賀檀の翻訳(建設社版「カロッサ全集」の一冊として一九三七年四月に出た『指導と信従』)で、その部分を紹介しておこう。

「時々ベルトラムが彼の新詩の二三を持ってくることがあった。……それは意識し、目覚めている者の詩であり、最早人間の血の陰鬱な悪霊等、何等の暴力をも作為し得まいと思われ、又其の倦む事のない思念と愛とを持って絶えず廻っている中核はドイツの運命であった。……其の様な詩は先ず特に青春に訴えないではおかない。後に敬虔な数千の聴講生を其の身の周りに集めた偉大な教示者をもう予告しているのであった……」――ここに示唆されているのは、明らかに、第一次大戦期から一九二〇年代にかけて時と共に愛国主義的傾向を強めていき、学生たちの人気を集めていった詩人学者ベルトラムの姿であり、芳賀もまたその「偉大な教示者の周りに集まった聴講生」の一人であったわけである。

ちなみにカロッサは、このようなベルトラム像を紹介した直後に、自分も内なる声に促されて、召集されるより前に自ら進んで軍医として第一次大戦に参戦する決心を固めたことを記しているのである。いや、そればかりではない。カロッサは、さらに、いよいよ出征する直前になって、ライナー・マリーア・リルケと親しく面談する幸運に恵まれたことを丹念に回想するのだが、そのリルケ回想記の結びはこうである。「灯の点いた街を家へ帰り乍ら、私は戦地の勤務への最も近い道を探そうと、前よりもずっとはっきり決意していた……」(傍点山口)。そして、カロッサのこの作品は、ここから後は、数年前に発表して好評を博したあの『ルーマニア日記』の続編なのである。

このようなカロッサの『指導と信従』に入れこんでしまった芳賀が、自分の〈神話〉圏にリルケをも取り込もうと思った気持は分らないでもない。だが、ゲオルゲやベルトラムの周辺にただよう愛国的で予言者的な雰囲気と、カロッサの、いわんやリルケの詩的世界とがかなり異質なものであることは、誰の目にも明らかであろう。それは、早い話、カロッサ自身が、それもまさにあの芳賀の大好きな場面を描いた直後に、控え目な、もってまわった口調で語っているところでもある。

芳賀も、それが判らないほど鈍感な男ではない。したがって、第一評論集『古典の親衛隊』の中に、ベルトラム論やゲオルゲ論やカロッサ論と並べた形でリルケ論をも収録して、彼の〈神話〉圏にリルケをも取り込んだ芳賀は、同書の中の「ハンス・カロッサ」論で、これを正当化する理論を次のように展開している。

「世紀の偉大なる変革者に二つの可能性がある。ヘルデルリン、ニイチエ、ゲオルゲ、ベルトラムと、シュティフター、リルケ、カロッサと。一つは激烈な転局と征服の意志、一つは勝ち守った光りである。歓呼するヘンデルに対する静かなバッハを、ワグネルに対するシューベルト、ブルックナーを言う。叱咤する王者ではないが、彼等の呼吸する大気の高さは天使の近くに在る。」

これは、もちろんニーチェがシュティフターの『晩夏』を高く評価していたことや、ベルトラムもまたシュティフターをこよなく愛好し、シュティフター研究を進めていたことなどを踏まえたうえでの発言である。芳賀は、同じく『古典の親衛隊』に収められたカロッサについての別の文章では、「ベルトラムはカロッサとリルケこそ現代におけるゲーテ、シュティフターの血統であると語った」と書いている。――私たちには、先述の、トーマス・マンが第二次大戦後になってもなおベルトラムのシュティフター研究を気にしていたというエピソードをも思い出させる事柄である。

それはともかく、リルケをシュティフターやカロッサと一括りにしてでも、自分の〈神話〉圏に取り込もうと努める芳賀の姿勢には、第二評論集『祝祭と法則』の中の「ハンス・カロッサ」論の中で、カロッサとベルトラムとゲオルゲだけを無造作に一括りにして、憂国の文学者という〈神話〉を作る姿勢とはかなり異なったものが感じられる。ただし、念のために断わっておくが、この頃芳賀がリルケの作品をどの程度に読み、研究していたかは、私はかなり疑問に思っている。約二年間にわたって親しく教えを受けたベルトラムは別として、カロッサに関しては、単に面識があったというだけでなく、この当時は『指導と信従』の翻訳に没頭していた頃で雑誌『コギト』が昭和一一年（一九三六年）一〇月号で「ハンス・カロッサ特集」を組んだ際に、保田與重郎が「数年前、芳賀檀氏が独逸から持ち帰ったものは、カロッサとベルトラムであった。即ち歴史を豊かにし光あらしめた創造者の二傾向である」と書いているほどである。また、最初『エルンテ』誌に発表された後『古典の親衛隊』に収録されたシュテファン・ゲオルゲ論「変革の主ゲオルゲ」は、『第七の輪』や『盟約の星』や『新しい王国』といったゲオルゲの後期の一連の詩集からの引用をちりばめた論文であるが、同じく『エルンテ』誌に発表された後この本に収録された「別離の悲歌」と題されたリルケ論の方は、なにも恋人への手紙という形をとっていること自体にケチをつけるつもりはないが、それでも、しょせんは衒学的な恋文の域を出るものではないと私には思われるのである。芳賀が彼なりに本気でリルケに取り組むのは、もっと後になってからだったのではないだろうか。

次に第二の点、つまり日本国内のインテリゲンチアに対する芳賀の批判という問題に移ろう。アドルフ・ヒトラーの政権獲得とナチスによる「国民革命」を言祝ぐ民族主義者エルンスト・ベルトラムを絶対的に尊敬する芳賀檀が、当然ファシズムの陣営に与（くみ）することは、むろん第一評論集『古典の親衛隊』からも明確に読み取ることができる。

たとえば、先にも触れた雑誌『コギト』の昭和一一年（一九三六年）一一月号の「カロッサ特集」に芳賀が寄稿し、後に『古典の親衛隊』に収録した「ある告白（F嬢への手紙）」と題するハンス・カロッサ論の中では、この年七月に始まったばかりの「スペイン動乱」にも言及し、これを「国家を異にはしていても、同じ文化の敵に対し、高貴なものを防衛」する「最後の決戦」と捉えて、次のように書いている。「私は今この遠い島の高原にいても、〈アジア〉と呼ぶ〈フランス〉及び〈ロシア〉に対するベルトラムと私達の激烈な対立を考えることが出来ます」――芳賀の文体にアレルギー反応を起す人間には（私自身もそうだが）、一瞬とまどう文章だが、先に紹介したベルトラムが一九三三年五月にケルン大学の学生たちに行なった講演「ドイツの出発」におけるベルトラムの、フランス革命や、彼が〈アジア〉と呼ぶロシアのコミュニズムに対する強い敵対意識を思い出してもらえば、ここで芳賀がベルトラムと共に、そしてナチス・ドイツやファッショ・イタリアと共に、スペインのファシスト叛乱軍の側に立っていることは明らかである（ここに引用した文章でフランスまで「アジア」に組入れているのは、当時スペインだけでなくフランスでも勢いのあった人民戦線派、つまりフランスの左翼勢力のことを批判したかったのであろう）。すなわち芳賀檀は、スペイン内乱の最初期からファシストの側に立って、強い関心を持ってその成行きを見守っていた、ヨーロッパかぶれの日本の知識人の中では珍らしい少数派の一人だったのである。——ついでに言っておくと、私は芳賀ほどのヨーロッパかぶれの日本人は滅多にいなかっただろうと思っている。ただイギリスかぶれやフランスかぶれではなく、ドイツかぶれだっただけの話である。

ところで、芳賀がドイツから帰国した昭和八年（一九三三年）から、昭和一二年にかけての四年間に書いた約三〇編の評論を集めた第一評論集『古典の親衛隊』では、当然のことながら、彼の関心は基本的にヨーロッパに、というよりドイツに向けられているが、昭和一三年に書かれた文章が大部分を占める第二評論集『祝祭と法則』には、比較的まとまったカロッサ論や、ごく簡単に一部のナチス作家に触れた文章も収められてはいるが、芳賀の関心は基本的に日本に、それも主として現在の、つまり昭和一三年（一九三八年）当時の日本に向けられている。

この変化の最大の理由は、言うまでもなく、前年七月にあの盧溝橋事件が起き、当時の言葉で「支那事変」、すなわち日中戦争が本格的に始まり、年末の南京占領を経て、昭和一三年に入ると、戦局は泥沼化し、国内では国家総動員法が施行されるという事態に至ったことである。

昭和一二、三年当時の日中戦争といえば、石川達三の『生きている兵隊』や火野葦兵の『麦と兵隊』などの文学作品が知られているが、その他にも、内閣情報部の肝入りで編成された二〇名余りの文学者たち（いずれも新聞社その他の特派員という資格で参加）から成る「ペン部隊」の面々による、さまざまな従軍記が残されている。この「ペン部隊」には、菊池寛や久米正雄、丹羽文雄や吉川英治などの著名な作家や、吉屋信子や林芙美子といった女流作家も参加していたし、東京帝大独文科に在籍していたこともあり、日本浪曼派の同人でもあり、芳賀檀とも親しく、後に芳賀の第三評論集『民族と友情』の後始末的な「後記」をも書いてやっている作家の中谷孝雄なども参加している。

しかし、『祝祭と法則』に収められたさまざまな文章のなかで、日本国民を、とりわけその若者たちを大陸での戦争に参加するようけしかけ、煽りたてる愛国的評論家芳賀檀の名は、その中にはない。もっとも、芳賀のあの一人よがりで観念的な文体で、生死を賭けた苛烈な戦いの前線からの報告文なぞ、一行たりとも書けるはずのないことは、内閣情報部の人間でなくとも先刻御承知で、どこからも声なぞ掛からなかったのだろうが。

ファシスト芳賀檀の日中戦争に関する文章のごく一部を紹介しておこう。

「今、日本は未曾有の上昇の時である。永い間の歴史の忘却からのこの目ざましい覚醒とこの半世紀の間の世界史への登場とは、過去のどの様な国家や民族の歴史を繰って見ても劣る事はない。殆んど半ば一つの神話にさえ近づく。徒に茫々として広い支那の大陸は、この青春の強烈な健康な国家の意志を遮ぎる事は出来ないであろう。彼の如何なる道徳や宗教を以ってしても。いかなる彼の詩人の感傷を持ってしても。何故なら、大陸はもう過去のものに属する。……私達は意志であり、大陸は粗材であった。私達の関係は正に創造と被創造者の相関である……」(昭和一二年末に書かれた「国家方法論の二三」)。

「何時の時代にも優秀な民族が世界の中心になり、核になって、歴史や文化を大体に於て公平に指導して来た。今日では日本民族と、アリアン人種が二つの極を為している。アリアン族は白人の中の最も優秀な種族であり、永い間世界はアリアン人の下に在り、今日もなお日本以外の大部分はアリアンの勢力の下に在る」(昭和一三年末の「民族論」)。

ついでに言っておくと、超ヨーロッパかぶれの芳賀は、この当時の日中戦争をスペイン内乱に擬して考えていたのではないかと思われる。というのは、『祝祭と法則』に収められたさまざまな文章の中で、実にしばしば、世界でダメな国、腐敗堕落した民族として、スペインと支那(漢民族)とロシアを挙げたり、また、日中戦争についても、南京政略や徐州会戦などの地上戦についてはほとんど一言も触れないのに、広東や漢口などへの爆撃については繰り返し語っているあたりは、まるでドイツ空軍のゲルニカ爆撃のことなどを連想しているのではないかと思われるからである。――むろん、当時話題となった「渡洋爆撃」などといったものが芳賀の気に入ったとも考えられるが、私は芳賀の場合にはそれ以上にスペインの空で活躍するドイツ空軍との連想が働いたと思う。世界中の人間全てがピカソと同じ立場に立っていたら、ゲルニカの悲劇も広島、長崎の悲劇も起きるはずがなかったことを忘れてはなるまい。

　そして、これに関連して、芳賀の奇妙きてれつな知識人批判、というよりインテリ罵倒が展開されるのである。『祝祭と法則』の中で芳賀は好んで、当時の日本国民の中から二つの層を抽出して、その両者の相違を強調する形で、自分の極端な民族主義的で軍国主義的な主張を展開するのである。一方は都会に住む三千人ほどのインテリゲンチアで、他方は田舎もしくは地方に住む三千万人の若者たちである。

「知識人と言うのは、今世界至る所に繁殖している無籍の自由人とは別者だろうか。同じ日本人ではあり乍ら教養を自分の功利的世渡り術以外には考えてこなかった種族である。」「都会に群れている自惚れ切った懐疑的、自由主義的放縦な無節制なインテリゲンチアは、……民族と言うものに全く没交渉である。」「インテリゲンチアは、大陸の大衆と自分を同視し、大陸化そう（ママ）としているのだ。国民の指示と、示現とを少しも感せず、ただ自愛し、個立し、墜落しつつあるだけである。」

　この種の知識人批判、いや罵倒の言葉は、枚挙にいとまがないほどだが、もうやめておこう。ただ書き写しながら自然に思い浮かんだことがある。これは、ナチス支持の文筆家たちがトーマス・マンや反ナチス亡命者たちに浴びせかけた批判、いや罵倒の言葉と、本質的に全く同じ言葉だったのではないだろうか。次章を読む際にこのことを是非思い出してほしいというのが、私の切なるお願いである。

　このような「知識人」や「インテリゲンチア」の対極に立つ真の国民として芳賀が持ち出すのが、「三千万人の若者たち」である。芳賀は「東北地方で農村の純真な青年に接して、ここに日本の国民の最も創造的な、最も健康な純真な一つの日本を感じた。日本の中枢を為す民族層を発見したと思った」と書いている。芳賀は彼らについてこうも書くのである。

「この青年層こそ、日本の中心を作っている三千万人の大きな層である。彼等の眼を見たらよい。上部の者への絶対の信頼に燃えている。彼等こそ、容易に以上(ママ)の美の為に捨身する層である。之こそ、よい日本である。この日本の上層の浮薄な知識人などずっと引き離してどの位健康で、よい知識人があ(ママ)るか知れないのである、彼等三千万人の為に、僕は誓ったのである。彼等を裏切る様なものは以来假借しまい、と。」彼等は「蒼白いインテリゲンチャや失敗した指導者たちよりもずっと強健で美しいのである。広東爆撃に急ぐ一団はああいう民族である。あの民族に即して哲学し、文学しなければならぬと思ったのだ。」「広東や漢口爆撃に急ぐ現代の青春こそ、自由人たちの理解出来ぬ真の日本の姿である。」

こちらも、もういいだろう。それにしても、このような文章を書きながら、芳賀は、日本の青年たちをこの年（昭和一三年）夏に日本を公式訪問したヒトラー・ユーゲントとダブらせていたのだろうか、それとも、前の年四月にゲルニカ爆撃を敢行したドイツのコンドル軍団の航空部隊の兵士たちにダブらせていたのだろうか。いずれにせよ、芳賀はこうまで書くのである。「東京のインテリ等を集めて一度南京の空襲でもやらせて見たらよいのだ」と。

これ以上ファシスト芳賀檀の文章につき合うためには、どうしても一休み必要である。

(六)　芳賀檀のヒトラー批判とトーマス・マン評価

ドイツ仕込みの民族主義に、多分に父親芳賀矢一の物真似じみた国文学の知識をまぶしたような内容を、一風変った言語感覚と自分勝手でぎこちない独特の文体でまくしたてる言説で、昭和一〇年代前半（一九三〇年代後半）の言論界に打って出た芳賀檀は、時流に乗って、右翼の論客として、しだいに注目されるようになっていった。

その芳賀檀が突然、激烈なナチス批判、ヒトラー批判の文章を、当時の代表的な文芸雑誌に、それも同時に二誌に、むろん別々の文章で発表するという事が起った。そして、そのいずれにおいても、ニーチェやゲオルゲやリルケ、ベルトラム、カロッサなどといった、おなじみの芳賀〈神話〉の文学者たちの名前と並んで、当時はすでにアメリカに亡命していたトーマス・マンの名が、賞讃すべきドイツの文学者として挙げられていたのである。

その二つの文章とは、いずれも昭和一四年（一九三九年）一一月号の、『文学界』に掲載された「ナチス文化批判」と、『新潮』に掲載された「ドイツに就いて」である。ということは、二編とも、この年の八月末から九月前半にかけての時期に書かれたということである。言うまでもなく、まさに第二次世界大戦が始まる前後の時期である。

ただし、ここで取り上げる芳賀の二編の文章で問題になっているのは、第二次大戦の開戦ではない。その一週間余り前、一九三九年八月二三日に締結されて、世界中を驚愕させ、唖然呆然とさせた、ヒトラーのナチス・ドイツとスターリンのソヴィエト・ロシアとの間で結ばれた独ソ不可侵条約の方である。――三年前からドイツとの間に、ソヴィエト・ロシアつまりソ連を仮想敵国とみなす日独防共協定を結び、さらに、わずか三ヶ月前のノモンハンにおけるソ連軍との交戦を経て、日本とドイツにイタリアを加えた三国同盟の結成を目指していた当時の日本の総理大臣平沼騏一郎が、ヒトラーとスターリンの手打ちという思いもかけぬ報に接して、わずか数日後に「欧州情勢は複雑怪奇なり」という迷言を残して総辞職するほかなかったという、あの独ソ不可侵条約である。

この条約締結の報道が、世界中に散らばった反ナチス亡命ドイツ人たちにどのような衝撃を与えたかについては、私は旧著『ドイツを追われた人びと――反ナチス亡命者の系譜』の第九章で、ある程度詳しく書いておいたので、当時のトーマス・マンその他についてはそちらを見てもらいたい。

しかし、衝撃を受けたのは、なにも反ナチスの立場に立つ人びとだけではなかった。それまでナチス支持を表明してきた人びと、とりわけナチスの、いやアドルフ・ヒトラーの反コミュニズム、反ソヴィエト・ロシアの主張に熱烈な共感と賛意を表明してきた人びとにとっては、ヒトラーがスターリンと手を結ぶなどということは、あってはならないことだった。――そういう人びとは、当然ドイツ第三帝国の内部にこそ多かったはずである。しかし、ヒトラー治下のドイツで、ヒトラーの決めたことにおおっぴらに反対することや、批判の声をあげることが誰にできただろう。――ついでに言うなら、第二次大戦が終った後であっても、民主主義全盛で、ナチス賛同者と分れば必罰の時代に、自分はあの時ヒトラーの裏切りに心底から腹が立つほどの熱烈なナチス支持者だったのだと言い切る勇気を持てる言論人が、ドイツにも日本人にもどれだけいただろうか。むろん、戦後の芳賀檀にもそんな度胸はなかっただろう。だが、あの時点での日本に住んでいた芳賀檀になら、それは可能であり、そのような言説を掲載してくれる雑誌もあったというわけである。なにしろ、ヒトラーに裏切られたのは、ナチス・ドイツと日独防共協定を結んでいた日本という国家全体だったのだから。――そして、信じていた相手による〈裏切り〉という行為に対して、芳賀檀がいかに過敏に反応せざるを得ない人間であったかは、あらためて説明するまでもあるまい。

いずれにせよ、これから紹介する芳賀檀の二編の評論は、典型的なドイツかぶれの日本のゲルマニストの痛切な〈時代の証言〉として、きわめて貴重な文献であると私は思う。

まず、話の運びがわりに具体的で分りやすい、『文学界』に掲載された「ナチス文化批判」の方から紹介しよう。

「ヒットラーは〈日独防共枢軸は、今後は当然変更されざるを得ないであろう〉と言い、又、〈今日、国家間の政治に於て思想の位置は第二、第三のものである〉と言明した」と、芳賀は書き始める。そして、今やソ連と手を結んだナチスは、もともと日本のことを〈友人〉だなぞとは思っていなかったのであり、それを勝手に勘違いしていたのは日本の自惚れもはなはだしいと言いたいらしい。それならこちらも正直に言ってやろうじゃないか。「ナチス自身も自惚れては困るのである。曾てドイツの生んだ最も偉大な二三の恩師らや、天使の様な二三の友人らを愛しこそすれ、曾て僕らは君たちを真の友人や協力者だなぞと思った事はないのだ」と、芳賀は最初から喧嘩口調である。――私はここで、先述の帰国当初の芳賀のナチスへの批判的態度や、カロッサの『成年の秘密』に対する書評の末尾に添えられたナチス批判の言辞を思い出し、これは案外、彼の本音なのではないかなと思うのである。

とはいえ、芳賀にしても、自分や自分の「恩師や友人たち」がこの数年間ナチスを支持してきた事実を帳消しにすることはできない。そこで彼は、彼の帰国とほぼ同時期に実現したナチスの政権獲得の後数年間におけるナチスの変質、堕落を指摘し、批判することになる。

「ナチスがいかに強弁しても最早思想だけでなく、精神に於ても、信念に於ても、道義に於ても目に立って下降して来た事は事実だ。その信念にしても、その道徳にしても、二重三重に失望させられている事はどうする事も出来ない。」

「初めヒットラーの意志は正しく、美しい様に思われた。被圧迫の民族に、永い不正と不幸を堪え凌んだものに希望を与え、脚を断たれたものには翼を呉れるかの様に思われた。彼には人間回復の意志の物凄さと激しさとがあった。」

「曾ては未曾有の民族の開花である様に見えたのであるけれども、今日でもなおナチスの神話は生きているのであろうか。」

このようなナチス精神の「下降」つまりは堕落の行きついたところが、こともあろうに、ヒトラー自身がナチスの聖典ともいうべき『我が闘争』の中で口をきわめて罵倒し、その撲滅を誓っていたはずの「アジア的」でかつ「ユダヤ的」なコミュニズムのロシアと手を組むことだったというわけである、と芳賀は批判する。

ところで、この激しいナチス批判の評論の中で芳賀は次のような、本書のこの「第四話」の筆者である私には見過すことのできない微妙な内容の一文をも記すのである。

「エルンスト・ベルトラムやエドワード・シュプランゲルの様な、ただ存在する事だけによっても、ドイツのための盛飾である最高の精神にとっても最早ナチスドイツは余り住み心持の良い場所とはならなかった。」

この芳賀の文章は一九三九年八月末か九月に書かれたものである。ベルトラムとトーマス・マンとの手紙のやり取りが跡絶えてから、すでに四年余りの歳月が経っている。むろん、ベルトラムと芳賀との師弟間では、この間もそれなりの文通があったことは確かであり、ベルトラムのドイツ人の弟子たちと芳賀との間でも手紙のやり取りはあったわけだし、また、芳賀のもう一人の師で、ベルトラムとも親しかったベルリン大学教授のシュプランガーは一九三六年末から翌年にかけて日本に滞在し、芳賀はその案内役などを務めたりしているので、この頃のベルトラムの生活状況については、芳賀はかなり正確に承知していたはずである。そのうえで、芳賀はこのような文章を、このような評論の中で書いているのである。——その意味では、このあたりの微妙な記述は、当時のドイツの知識人たちの生活についての、直接本人たちの口からは聞くことのできない貴重な証言だったとも言えるのかもしれない。

また芳賀は、ベルトラムについて言及する直前の箇所で、ナチスによるユダヤ人放逐の問題にも触れ、「今日はナチスはその昨日の最も憎むべき敵と言わば手を握ってしまったのだ。文化的なナチスの生理の意味がまるで之では混乱である。追われたユダヤ人の中には勿論不真面目なものもいたろうし、不健康なものもあった。併し真にドイツの為に憂い、悲しみ、戦い導いてくれた友人たちが多くあった事をも忘れてはならない」と言い、トーマス・マンやアインシュタインやヒンデミットなど数名の名前を挙げて、「彼等は精神の中の精神、友人の中の真の友人。祖国の光栄を防御し、第一線に輝いた人びとであった。文化のための革命には多少の犠牲は止むを得ないとしても、最もドイツ的な高貴な精神が報われる事なくして流竄の憂き目を見なければならなかった事は、ドイツを愛する者の心に冷たい悲しみを与えた」と書いている。マン本人をユダヤ人と見なしているかのような表現など、細かな点で問題のある文章ではあるが、それはともかく、一九三九年（昭和一四年）という時点で、ここまで堂々とトーマス・マンに敬意を表し、マンをドイツ国外に放逐したナチスの権力者たちを批判する勇気を持ちえた日本のゲルマニストは、そう多くはなかったはずである。

しかも芳賀は、トーマス・マンについてだけは、さらにこう賞讃の言葉を続けるのである。「トーマス・マン一人を取り上げて見ても、彼はその『非政治的な観察』の様な美しい評論をもって、いかに第一次大戦後のドイツ精神をその崩壊から救った事であろうか。トーマス・マンの評論はエルンスト・ベルトラムの精神的な友情と支援によって書かれたものであった」と。

一九三〇年代初頭にベルトラムに親しく教えを受け、ベルトラムを取り巻く弟子たちとかなりの親交を結んでいた芳賀が、一九二〇年代以降のトーマス・マンの政治的〈転向〉について、全く知らなかったとは考えられない。その芳賀がマンについてこのような讃辞を書いているということは、ベルトラムも学生たちに対して、〈転向〉後の民主主義者マン、世界市民マンについて悪しざまに語るようなことは決してなかったことを物語っているのではないだろうか。ベルトラムにとっても、彼の弟子たちにとっても、トーマス・マンはいついかなることがあろうとも、本質的に『非政治的人間の考察』の著者であり、したがって根っからの〈ドイツ人〉であり、ドイツを愛してやまない人間であり続けたのではないだろうか。少なくとも、いつまでもそうであってほしいと願い続けていたことは間違いあるまい。――そして、これはきわめて微妙な問題ではあるが、トーマス・マン自身が本音の部分で、『非政治的人間の考察』を全面否定したことは決してないし、自分がドイツを心底から愛していることを否定したことも生涯を通してないのである。そのことと、マンのコスモポリティスムスや民主主義との両立性の機微を芳賀が、あるいはベルトラムがどこまで理解し、かつ諒解していたかが問題なのだが。

芳賀はこの「ナチス文化批判」と題する評論において、ナチス・ドイツが「アジア的唯物的絶対主義」のソヴィエト・ロシアと手を組んだことを繰り返し批判したうえで、「暴力は曾て何物かを解決したと言う例を持つであろうか。暴力によって得たものは、再び又暴力によって奪われねばならないだろう」などと、リベラルなインテリどもの根性を叩き直すために南京爆撃をあいつらにさせたらいいなどと言ったお前に、よくもそんなことが言えるなと呆れるほかないような真当なことまで書いた後、次のような文章で締め括っている。

今でもドイツは「精神を築く事において少しも怠っていはしない二三の人を有している。それ等の人は今不幸で少数であるけれども、美しいドイツの将来はその人々の運命の上にかかっている。本当に大きな出来事と言うものは、却って永い間人の眼にふれないでいるものではないであろうか。曾てキリスト教を修正変革したドイツが再び〈抗議〉するであろう事をいつ迄も私は信じていたいのである。」（傍点山口）

こう書いてペンを置いた時、芳賀は、マンが第一次世界大戦の開戦後まもなくに書き始めた『非政治的人間の考察』の冒頭の章は「抗議（プロテスト）」と題されていたことをも当然意識していたはずである（「序文」は一番最後に書き加えられた）。そして、ひょっとしたら、滑稽なまでにドイツ文化かぶれで、政治音痴もはなはだしいこの日本型ゲルマニストにして日本型ファシストの芳賀檀は、まさに第二次世界大戦が始まろうとしていたこの時に、いずれベルトラムやシュプランガーが、カロッサや、できることならトーマス・マンなども一緒になって、独ソ不可侵条約や行きすぎたユダヤ人迫害などの過ちをも正す、真のドイツ精神に基づく、世界への「抗議」を高らかに宣言してくれることを期待していたのかもしれない。

次に『新潮』に掲載された評論「ドイツに就いて」を紹介しよう。

先の『文学界』掲載の「ナチス文化批判」の方が、冒頭からヒトラーの言葉を引いて、これを批判する、というより喧嘩を売るといった、もう我慢ならないと言わんばかりの激しい調子だったのに対して、こちらの方は一転して、「ドイツを愛すればこそ今の様な日には寧ろ沈黙すべきであったかも知れない。何故ならば、ドイツにいる多くの愛する友人たちも、恩師たちも沈黙している様に思われる。而して事実また、私がひとりで火事を見つけた門番の様に大声に街路に出て喚いた所で、何になるのであろう」という、一オクターヴも二オクターヴも音程の下った、沈鬱な調子で始まる。このやんちゃ坊主、またどこぞの先生に叱られたのかなと思わぬでもないが、文中にドイツが「ショパンと共に愛すべきポーランドをソヴィエトと共にふみにじった事も野蛮以外の何ものでもない」という一文があるから、おそらく八月二三日の独ソ不可侵条約締結以後、急速に第二次大戦勃発に向かって展開していくヨーロッパ状勢の激変ぶりを見つめているうちに、あらためて事の重大さに気づき、ひいては、ナチスの支配するドイツ国内に暮す「友人たちや恩師たち」のことが、いろいろな意味で心配になり、その配慮もあって、芳賀は、直接的なナチス批判の言葉を避けて、遠まわしな表現に終始することにしたのだと思われる。

実際、この『新潮』一一月号の文章の方は、『文学界』一一月号の「ナチス文化批判」を読んでいないと、芳賀が本当は何を言いたいのか分りにくい文章の羅列である。これだけの前置きを置いたうえで、二、三の例を挙げておこう。

芳賀はまずリルケが教えてくれたこととして、「峻厳な高山の名状し難い風景を人に伝えようと思うなら……尾根に咲く最も美しい青いりんどうの花」さえ持ち帰ればいいと書いたうえで、自分はドイツでベルトラムやシュプランガーやカロッサのような人たちを知った。「暫く其の人々の近くに住んで彼等で形作っている小さな精神の圏こそ、この国の心臓である事を知った。其の惜し気もない高いヒューマニズムの美しさは、言語に絶するものがあった」と、例の芳賀〈神話〉を謳いあげ、「之等の人の眼にはあまりふれない姿こそ、大砲や戦闘機よりまさって、一層真のドイツの姿ではなかったであろうか」と書くのである。

そして、この後芳賀は、「ドイツの作家となる事はドイツの殉教者となる事である」とエッカーマンに語ったゲーテの言葉や、「私はお前の子であるのに、泣いてお前を怒らねばならぬ。いつもお前は愚にも、お前自らの心を否む故」というヒュペリオン（ヘルダーリン）の嘆きや、「ビスマーク治下のドイツに悩んだ」ニーチェなどさまざまな事例を引合いに出しながら、権力者の政治や国民全体の動向との大きなギャップに悩み抜き、堪え通さねばならなかったドイツ近代の優れた詩人や哲学者たちの事例を、思いつくままに並べ立てていく。そして、「いつの時代にも少くとも一人の監視者があった」と言って、「ゲーテ、ヘルデル、ヘーゲル、ラガルデ、ラングベーン、ゲレス、ヘルデルリン、ノヴァリス、ブルクハルト、ニーチェ、シュペングラー」と、いかにもと思わせる名前を列挙した後で、「第一次世界大戦とそのドイツの悲惨な崩壊との間、ゲオルゲはいかに其の運命の上に輝いた事であろう。カロッサの言葉によれば、〈一切が動揺するとき、彼は断乎として精神の位置を決定しよう〉としたのであった」と芳賀は言い、さらにこう続けるのである。――引用が長くなるが、私としては呆れてしまって、もはや要約する気にもなれないのである。

「彼（ゲオルゲ）と盟約の人々、ベルトラム、トーマス・マン、ハンス・カロッサ、グンドルフ、リルケ等は、ドイツ精神の監視と防衛の為に立った。それ故に私達は三三年春のヒットラーの文化革命をどんなにか喜び合った事であろう。何故ならば、これこそ真の創造的な民族の結合であると思ったからである。由来分裂という事がこの国をいつも脅かした危険であった。永い間内部の崩壊に悩んで来た故に、之こそゲオルゲの勝利であると思い、エルンスト・ベルトラムのごとき、涙さえ浮べて、新しい〈ドイツの出発〉として祝ったのである。」

ここで一度、引用を中断すべきだろう。今引用した文章には、二〇世紀前半のドイツ文学について多少の知識のある人なら容易に気付く一つの嘘と、一つの問題点があるからだ。

トーマス・マンもカロッサもリルケも、ゲオルゲと「盟約」を結んだことなど、つまりゲオルゲ・クライスに属したことも、近づいたこともない。芳賀が勝手に彼らをゲオルゲ・クライスならぬ芳賀〈神話〉の中に取り込んでいるだけである（ついでに言うなら、ここにきて、ついにトーマス・マンまで芳賀〈神話〉の中に取り込まれているわけだが、これも芳賀が〈ナチス批判〉に踏み切ったためにほかなるまい）。ただ、ここで大事なのは、そのまやかしの芳賀〈神話〉を成立させているものは、「第一次大戦」という巨大な舞台措置であることだ。そのことは、ベルトラムとマンを結びつけ、芳賀を虜にしたベルトラムの『ニーチェ』とマンの『非政治的人間の考察』も、カロッサとマンとリルケを結びつけ、さらにはベルトラムやゲオルゲとも繋いでみせて、芳賀〈神話〉の成立に決定的な役割を果したカロッサの『指導と信従』も、全て第一次大戦なしには考えられない知的産物であることを考えれば諒解できよう。

このことが芳賀の観念世界の中で一種奇妙な変成過程を経て、優れた国民文化あるいは民族文化が形成されるためには、戦争が不可欠なものだと考えられるようになったのではないだろうか。そして、折から我が国では泥沼の日中戦争が行なわれつつあったというのが、ファシスト的ゲルマニスト芳賀檀誕生のメカニズムだったのではないだろうか。

しかし、芳賀檀の興味深い点は、自らが作り上げたその芳賀〈神話〉の系譜を真直ぐにナチス運動と結びつけ、だからベルトラムはナチス政権の発足を「涙さえ浮べて、新しい〈ドイツの出発〉として祝ったのであった」と言いながら、まさに、だからこそ、芳賀〈神話〉を形成する人びとの精神的高邁さと比べて、政権獲得後のナチスの精神的「下降」ぶりのあまりのひどさに我慢がならず、その不満が独ソ不可侵条約による日本への裏切りと、不倶戴天の敵であるコミュニズムとの握手という事態に接して、芳賀の怒りが爆発したというわけである。

だが、先述のように、この『新潮』掲載の評論「ドイツに就いて」では、芳賀は、懸命になって、言いたいことを抑えている。

それでも、次の事だけは言わずにはおれないのである。まず具体的な事柄として言及されるのは、例によってユダヤ人問題である。

「ヒットラーがユダヤ人等を追放した時にも、革命のための止むを得ない犠牲であるとして暫く目を閉じたのである。併し、突如としてドイツは第三(ママ)の世界大戦の首謀者となった。何の為なのであろうか?」(傍点山口)

「ドイツは再び自分の心を拒否したのである。彼を育くんだ感謝すべき人々の心をさえ拒んでしまった。」

「民族は理念に高く支えられた民族であるのに。青春の心は低下し、壮丁は破滅に近づいていく。」

「暴力は何を解決し、何の実を結ぶ事が出来よう。今日ただ恐ろしい平板が、人間のない風景があるだけである。」

そして、この芳賀の評論の最後は、恩師ベルトラムからの「欧州の運命に対する悲しみと警告とに充ちた」バンベルクの「まどろむ騎士」の像を添えた手紙と、もう一人の師シュプランガーからの「永くベルトラムが病気であったこと」と、今は「この悲惨な日を、静かにゲーテ、特に遍歴時代を……あの〈あきらめ人々(ママ)〉を研究して暮している」ことを伝える手紙とを受取ったことと、「〈独ソ協約〉の報が世界を急襲した」ことで結ばれるのである。

なお、この評論においても芳賀は、必ずしもその必然性も必要性もないのに、ある箇所で一度トーマス・マンを引合いに出し、「其の美しい『非政治的観察(ママ)』の中の「音楽と哲学と神とは彼(ドイツ人)のものだ」という言葉を引用している。

言うまでもなく、トーマス・マンの『非政治的人間の考察』は、マンの共和国支持への〈転向〉以後は、右翼系の人びとにとっては汚らわしい〈裏切り者〉の書であった。また一九二七年夏にミュンヘンの保守派の論客アルトゥーア・ヒュプシャーがマンの全集版の『非政治的人間の考察』は巧みに改鼠されていると言い立てて以降は、保守系の人びとにとっては、一段と胡散臭い書物となっていた。そして、なによりもまず、独ソ不可侵条約の締結された一九三九年夏には、すでに前年にアメリカに移住していた当のトーマス・マン本人は、ナチス・ドイツに公然と敵対する言論活動を世界各地でさまざまな形で精力的に行っていた。これら全てのことを芳賀が全く知らなかったとは考えられない。にもかかわらず、芳賀はこれらのことについては一言も触れず、トーマス・マンの第一次大戦時の大部な保守主義の書『非政治的人間の考察』を、『文学界』の「ナチス文化批判」においても、『新潮』の「ドイツに就いて」においても、ただ「美しい」書物として推奨するのである。

ヘルダーリンとニーチェを始祖として、第一次大戦時にゲオルゲによって創設され、ゲオルゲ・クライスの人びとばかりでなく、リルケやベルトラムやカロッサなどをも包み込んだ形での愛国的な文学集団という考え方は、芳賀檀だけでなく、芳賀に近しい日本のゲルマニストたちには共通していたともいえる。たとえば三年後の昭和一七年（一九四二年）一〇月号の『新潮』に学生時代から芳賀と親しかった石中象治が書いた「ドイツの文学者と愛国運動」と題した文章は、第一次大戦の部分に関しては、カロッサの『指導と信従』からの引用箇所にいたるまで、芳賀〈神話〉とそっくり同じなのだが、トーマス・マンのことなど名前すら出てこない。この違いには、むろん、昭和一四年と昭和一七年との時代状況の相違ということも関係しているかもしれないが、要は、ベルトラムへの芳賀の思い入れ、ひいてはベルトラムと親密な関係にあった人びとへの芳賀の思い入れの問題であろう。

そこで以下においては、この一点に焦点を絞って、芳賀檀のこの後の歩みをごく簡単に点描しておくことにしよう。

ところで、独ソ不可侵条約を契機に書かれた、ナチス批判を中心テーマとするこの二つの評論は、約二年半後の昭和一七年（一九四二年）二月末に出版された芳賀の第三評論集『民族と友情』に収録されている。この間に日本はあらためて昭和一五年（一九四〇年）九月にドイツ、イタリアと三国同盟を結び、翌昭和一六年（一九四一年）六月には遂にドイツ軍がソ連に侵入して、独ソ戦が始まり、そして、半年後の一二月八日には日本軍がハワイの真珠湾を攻撃し、アメリカ、イギリスに宣戦布告を発したのだった（ちなみに、その時ちょうど満五歳になる直前だった私は、その日の朝、父が出勤する際に玄関で、異常に興奮した口調で「戦争が始まったんだ」と母に何か言い聞かせていた姿をかなり鮮明に記憶している）。

このような目まぐるしい時代状況や国際関係の変化もあってだろうが、ナチス批判をテーマにした二つの評論を『民族と友情』に収録して、あらためて再度公表するにあたっては、芳賀もかなり神経を使ったようである。

評論集のタイトル『民族と友情』からしてかなり気を遣ったと思われるが、問題の二編の評論に先立って、執筆や発表（初出）の時期から言えば一年も二年も後になる「アドルフ・ヒトラー」（昭和一五年一〇月発表）や「『吾が闘争』について」（昭和一六年一〇月発表）などお世辞満載の文章を先に出して、著者が基本的には親ナチスの態度を変えてはいないことを明示したうえで、さらにわざわざ「友情論」というセクションを設け、かつその最初に「友情の美しさについて」と題し、〈友情〉なるものの美しさと同時に厳しさ、あるいはその宿命性などを綿々と説いた文章（これはもともと某婦人雑誌に書いたもの）を置き、その次にようやくあの『新潮』に発表した「ドイツに就いて」を「友情について（一）」として並べ、「友情論」セクションの最後に、あの『文学界』掲載の「ナチス文化批判」を「友情について（二）」と題して収録しているのである。ここまで気を遣ってでも、日頃心の底に抑えていたナチスに対する不満を怒りにまかせてぶちまけたあの二編を自分の評論集に収録して再度公表したファシスト芳賀檀なる人物をどう評価するかはむずかしい問題である。だが、芳賀は「ナチス文化批判」と「ドイツに就いて」を書いた一年後に「アドルフ・ヒトラー」を書いて雑誌に発表した時に、節操ある文筆家として越えてはならない一線を越えてしまったのだと思う。いったん正義のために反旗をひるがえした相手に再び擦り寄っていっては、もはや誰も彼の言説を信用しないだろう。

もう一つ書いておかねばならないことがある。芳賀は、この評論集『民族と友情』の原稿を出版社に渡した後、昭和一六年春にドイツから招かれて、八年ぶりにドイツに行き、ベルリン大学を中心に国際親善の学術交流活動に従事していて、太平洋戦争が始まった時も、『民族と友情』が刊行された時にも、ドイツに滞在していたのである。この時のドイツ滞在記が帰国後に書いた『ドイツの戦時生活』で、その中でも「ドイツのユダヤ人の問題など、多少やりすぎの傾向はあるが、欧州のような様々な人種が共存し混淆している地域では、利己的な行動を絶滅させるという国家の方針からいって、やむを得ないのであろう」といった程度のことは書いている。

だが本稿の筆者としての私にとっては、節操を代償としてまでも再度ドイツを訪ねてみたかったらしい骨の髄までドイツかぶれの男の戦時下ドイツの見聞記の中で、心の中に残ったのは、次の箇所だけである。

それは、ドイツ滞在中の一九四二年六月に「大型の爆撃機が少くとも千台は参加したであろうと思われる」、「三時間半に亙っての空爆」を受けたケルンを直後に訪れた時の報告である。「それが工場とか軍需施設を爆撃に来たのではなく、専ら住宅街を覘って来たのである。ケルンは昔僕が大学に通ったなつかしい市だし、友人や恩師も多数いるのであわててかけつけて見たら、関東震災を思わせる様な光景であった。ベルトラム先生にお目にかかったら〈街を見られましたか〉と暗い顔をされていた。」

ちなみに、この頃トーマス・マンは、アメリカのカリフォルニア州パシフィック・パリセイズに建てた新居で、『ヨセフとその兄弟たち』の第四部『養う人ヨセフ』の第六章の終り近くを執筆していた。この超大作が完成するのは、一九四三年一月初めであった。

昭和一七年（一九四二年）八月に再び日本に帰った芳賀が、第二次大戦末期から敗戦直後期にかけて、どのような暮しをしていたのか私は知らないし、あらためて調べる気にもならない。

私が知っているのは、敗戦後五年余り経った昭和二六年（一九五一年）一月に創元社から、芳賀檀訳のトーマス・マン著『非政治的人間の省察』の第二部『政治について』が出版されたことである。第一部『文明について』は、大野俊一訳で前年に出ていて、第三部『思想について』も芳賀檀訳で近刊予定とされているが、結局出版されなかったようである。――私はこの十数年後にマンのこの作品を翻訳をすることになった時、大野、芳賀両氏の翻訳を古本屋で買い求めて、読んでみたが、小学校三年生半ば以降は戦後の新制教育しか受けていない私は、何よりも両氏の日本語にうんざりしてしまった。

しかし、デモクラシー万能で、民主主義者トーマス・マンがもてはやされた戦後の日本で、デモクラシーを真向から批判するこの評論の本邦初訳に、敢えて挑んだ試みには一定の敬意を表したい。すくなくとも、芳賀は「ナチスの時はナチスに媚び、デモクラシーになればデモクラシーに媚びるオポチュニストだ」とは言い切れないものを持っていたとは言えるだろう。

ただし、こう言ったからといって、私には芳賀の姿勢を肯定する気も、いわんや誉める気もない。その証拠を提示して、本稿の締め括りとしたい。

芳賀は、ドイツと日本の敗戦後二〇年たった一九六五年に、当時彼が教授として勤めていた関西学院大学の紀要に、「トーマス・マンとエルンスト・ベルトラム――恩師エルンスト・ベルトラム先生に捧ぐ――」と題する論文を発表した。すでにマンは一〇年前に、ベルトラムも八年前に他界していた。

この論文は、私も本稿の第二章で利用した、一九六〇年にドイツで出版されたインゲ・イェンス編の『トーマス・マンのエルンスト・ベルトラム宛書簡集一九一〇―一九五五』を主たる資料として、マンとベルトラムの関係について論じたものである。

芳賀がこの論文でとりわけ主張したいのは、次の二点である。

一つは、二人はマンが『非政治的作家(ママ)の考察』を、ベルトラムが『ニーチェ』を執筆していた時期、つまり第一次大戦中に肝胆相照らす仲となったが、その友情は、「惨酷な政治が二人を遠く距ててしまって、マンはアメリカに、ベルトラムはドイツに留まらねばならなかった」時期にも、いささかも変ることはなかったという点である。

もう一つは、ベルトラムの愛国主義は「卑劣と欺瞞でかためたナチスの愛国主義などとは全く関係すらない」という点である。

第一の点に関しては、芳賀は次のように書いている。「私はベルトラムの身近にいて、しばしばベルトラムがマンを語るのをきき、マンがアメリカにいるときも、また欧州に帰ってきてからも、少しも変らない二人の心からの深い愛情をうかがい知ることができたから」間違いはない、というのである。たしかに芳賀は、マンがドイツを去らねばならなかった一九三三年の初頭には、ベルトラムに親しく師事していたし、第二次大戦中の一九四一年から翌年にかけての一年余にもドイツに滞在して、先述のようにベルトラムをも訪ねているし、そして、この論文の最後で書いているところでは、第二次大戦後の一九五五年の夏にも「一月ボンとケルンに滞在して毎日ベルトラムの許に通った」そうだから、それぞれの時期に彼がベルトラムがマンについて語るのを聞いたというのは、事実だろうし、そこから受けた彼の印象を否定する権利は誰にもない。また、芳賀がこの論文を書いた時点では、まだマンの日記は公表されてないから、一九三三年のナチスの政権獲得以後のベルトラムの言動についてマンが日記に記している厳しい言葉の数々を知る術もなかったのだから、芳賀の認識の甘さを咎め立てする気も、私にはあまりない。——もっとも、インゲ・イェンス編の『トーマス・マンのエルンスト・ベルトラム宛書簡集』を最後まで丹念に読んでいけば、たとえば例の一九三三年五月にベルトラムが行なった講演「ドイツの出発」に、マンがどんなに激怒していたかくらいは分ったはずだが、私は芳賀にそのような研究者としての緻密な姿勢を期待する気は全くない。

それに、この論文を書いている時の芳賀には、実は一九三三年以後のことは、ほとんど念頭にないのである。ひょっとしたら、芳賀は、ベルトラムの講演「ドイツの出発」を自分が翻訳して、得意気に「訳者註」まで付けて日本に紹介したことなど、忘れてしまいたかった——いや、実際に忘れていたのではないかと思われるのである。——そして、それは、なにも芳賀檀一人に見られる現象ではなかった。

そこで、問題となるのが、この一九六五年の論文で芳賀が力説する第二の点である。

芳賀は論文の半ばあたりで、「第一次大戦が勃発するに及んで、マンもベルトラムも、〈一体ドイツ人であるということは、いかなる意味をもつか?〉を自ら訊ねずにはいられなかった」と、あらためて問題を提起する。そして「マンもベルトラムも……たとえ、ドイツ的で、あったとしても〈ナショナリズム的憎悪〉からは凡そほど遠い人達であった。……〈超ドイツ的〉であることという言葉は彼の『ニーチェ』の中に最も好んで使われている言葉である」と受けた上で、先にも紹介したように「卑劣と欺瞞でかためたナチスの愛国主義などは全く関係すらない」と書き、「ベルトラムはいつも〈北方的〉という言葉を使っている。併しこの言葉はナチスの民族主義とは何んの関係をもつものではない」とたたみかけ、「マンとベルトラムが戦時中に発表した『非政治的』と『ニーチェ』及び二人の多数の評論は……」と続けるのである。

芳賀としては、ナチスに加担した学者として第二次大戦後は世間から冷たい眼で見られがちな恩師ベルトラムを、あの人はそんな人ではない！　と弁護したいのだろうが、これでは単に、第一次大戦中のマンとベルトラムの愛国的な思想や心情は、その当時には存在しなかったナチスの「卑劣と欺瞞でかためた愛国主義や民族主義」とは全く無関係だったと言っているにすぎず、ナチス台頭以後の、いわんやナチスの政権獲得以後のベルトラムとナチスとの関係については、何も言っていないに等しい。

私が本稿第三章の末尾近くで紹介した、マンがベルトラムの弟子ヴェルナー・シュミッツに書いた一九四八年七月三〇日付の手紙は、芳賀がこの論文を書くのに利用した『トーマス・マンのエルンスト・ベルトラム宛書簡集』にも、「付録」としてただ一通、ベルトラム以外の人間への手紙ながら特別に収録されている。したがって、いくら身勝手でずさんな芳賀でもこのマンの手紙を読んだだろうと思われる。そうすれば、芳賀は、マンが敢えて具体的に指摘しているベルトラムのナチスへの協力行為の数々についても知ったはずである。そして、それらの行為に対するマンの抑えがたい憤りをも。――実は、だからこそ、芳賀はナチス第三帝国時代のマンとベルトラムについては極力なにも語るまいと努めているのであろう。

しかし、私はもう一歩つきつめて考えてみたいのである。

すなわち、昭和八年（一九三三年）にドイツから日本に帰国して以後の芳賀檀の文筆活動を、というより思考活動そのものを強く規定してきたのは、私が芳賀〈神話〉と名づけた、ゲオルゲに始まり、ベルトラムとカロッサを媒介者とすることによって、トーマス・マンとリルケをも包み込むことになる一群のドイツの文学者群像であった。そして、この〈神話〉世界が成立する基盤となったのは、芳賀檀お気に入りの作品であるカロッサの『指導と信従』が端的に明示するように、第一次世界大戦時のドイツである。

根はかなり単純で純情なファシストだった芳賀檀にとっては、祖国日本と愛してやまぬドイツとが、共に敗れた今となっては、第一次大戦を背景にした彼の〈神話〉世界の美しさを守りぬくことだけが生き甲斐であって、〈神話〉と外界との整合性など、どうでもよかったのではないだろうか。――もっとも、〈神話〉に夢中になったこの男には、もともと第一次世界大戦と第二次世界大戦の区別さえ、どこまでついていたのか、疑問ではあるのだが。

なにしろ、この一九六五年に書かれた芳賀の論文の最後は、エルンスト・ベルトラムと芳賀檀という共に戦いに敗れたファシスト・ゲルマニストの師弟二人が、一九五五年夏にライン河畔でのどかに往時を懐しむ姿で締め括られ、ベルトラムは「トム（トーマス）は、兎に角、偉大な作家だから」と語り、芳賀は、ちょうどこの夏の八月一二日に

「永い精神的放浪と戦いに疲れ」てチューリヒで亡くなったトーマス・マンの葬儀に、ちょっとした偶然の行き違いから、「ベルトラムと一緒に参列することができなかった」のを残念がりながら筆を置くのである。――私は、この芳賀の論文を読み終えて、ただ絶句するほかなかった。

しかし、芳賀は第二次大戦後は、ヘッセやカロッサやリルケなどの作品を数多く翻訳したが、トーマス・マンの作品は、先述の『非政治的人間の省察』の一部以外は翻訳していない。しょせん第一次大戦以後の、〈転向〉以後のマンは、芳賀にはなじめなかったのであろう。――やはり一九三〇年代末にケルンのベルトラム教授宅で歓待を受け、そこでカロッサとも歓談し、そして一九四二年にはナチスの代表的思想家アルフレート・ローゼンベルクの『理念の形成』の訳書を出版しながら、敗戦後一年もたたぬうちにトーマス・マンの『ゲーテとトルストイ』の訳書を出版し、やがて日本における代表的なマンの作品の翻訳者の一人となっていった高橋義孝のような軽快なフットワークは、ある意味で生真面目な芳賀檀には真似できないものだったようである。

もう一つだけ付け加えておかねばならないことがある。

芳賀が彼の〈神話〉と切っても切れない関係にあるカロッサの『指導と信従』を翻訳した直後期に書いた数々の評論（評論集『祝祭と法則』所収）を読めば、この「指導と信従」という訳語そのものが、当時の彼の熱烈なナチス支持の姿勢との密接な関係の中から生まれてきた言葉であることは明らかである。しかし、第二次大戦以後の芳賀は、そんなことなど全く忘れてしまったかのようである。いや、これまた忘れてしまったのは、芳賀一人ではなかったようだ。彼と同時代を生き、したがって、こんなことは熟知していたはずの日本のゲルマニストたちも、そして出版人たちも、みんなきれいさっぱり忘れてしまったようだ。

この私の論考は、「トランプ・ショック」を機に、それらの忘れ去られたさまざまな事柄を掘り起す作業にほかならない。

参照文献

第一章

Ernst Bertram: Nietzsche. Versuch einer Mythologie. Berlin 1918.　浅井真男訳『ニーチェ――一神話の試み――』筑摩書房　昭和一六年

Ernst Bertram: Deutsche Gestalten. Leipzig 1934.　外村完二訳『独逸的形姿』白水社　昭和一七年　なお外村には「エルンスト・ベルトラム」「創造的反語――トーマス・マンに就いて」と題する、いずれも昭和二〇年三月に発表した二編の論文があり、昭和四七年に刊行された『外村完二論文集』（大谷大学ドイツ文学研究室刊）に収録されていることを付記しておきたい

Peter de Mendelssohn: Der Zauberer. Das Leben des deutschen Schriftstellers Thomas Mann. Erster Teil 1875-1918. München 1975.

Thomas Mann: Betrachtungen eines Unpolitischen. Berlin 1918.

林久男『芸術国巡礼』岩波書店　大正一四年

Ernst Bertram: (Hrsg. Hartmut Buchner): Möglichkeiten. Ein Vermächtnis. Pfullingen 1958.

第二章

Inge Jens (Hrsg.): Thomas Mann an Ernst Betraum. aus den Jahren 1910-1955. Pfullingen 1960.

Gert Heine/Paul Schommer: Thomas Mann Chronik. Frankfurt am Main 2004.

Thomas Mann: Briefe III. Große kommentierte Frankfurter Ausgabe Bd. 23. Frankfurt am Main 2011.

山口知三『アメリカという名のファンタジー――近代ドイツ文学とアメリカ』鳥影社　二〇〇六年

山口知三『激動のなかを書きぬく――二〇世紀前半のドイツの作家たち』鳥影社　二〇一三年

山口知三『ドイツを追われた人びと――反ナチス亡命者の系譜』人文書院　一九九一年

第三章

『ヨセフ物語』の成立史に関しては、Thomas Mann: Gesammelte Werke in Einzelbänden, herausgegeben von Peter de Mendelssohn, Frankfurt am Main 1983. の『ヨセフとその兄弟たち』各巻の巻末に付されたAlbert von SchirdingのNachwortを主として利用し、他にトーマス・マン自身の日記や各種書簡集、ゴットフリート・ベルマン・フィッシャーの回想録やマンとの往復書簡集、あるいは、Julia Schöll: Joseph im Exil. Würzburg 2004. その他の研究書を参照したが、その全てをここに記載する煩は無用であると考える。

エルンスト・ベルトラム「ドイツの出発」（芳賀檀訳）『エルンテ』第六巻第一号（通算第一三号）東京帝国大学独逸文学会　昭和九年一月一日発行

第四章

高田里惠子『文学部をめぐる病い――教養主義・ナチス・旧制高校』松籟社　二〇〇一年

関楠生『ドイツ文学者の蹉跌――ナチスの波にさらわれた教養人』中央公論新社　二〇〇七年

池田浩士『ファシズムと文学』白水社　一九七八年

『エルンテ』創刊号　東京帝国大学独逸文学会　昭和四年二月　なおこれ以後言及する『エルンテ』の各号については、本文中に発行年月を明記してあるので、ここには記載しない。

芳賀檀「学閥との闘争三十年」『新潮』一九五七年五月号

高橋義孝『ナチスの文学』牧野書店　昭和一六年

宮本百合子『宮本百合子全集』第一〇巻　新日本出版社　二〇〇一年

第五章

『独逸文学研究』第五号　日独文化協会／東京帝国大学独逸文学会共編　建設社　昭和九年

芳賀檀『古典の親衛隊』冨山房　昭和一二年

芳賀檀『英雄の性格（ナポレオン・ボナパルテ）』　弘文堂書房　昭和一四年

芳賀檀『祝祭と法則』人文書院　昭和一四年
芳賀檀『民族と友情』実業之日本社　昭和一七年
芳賀檀『ドイツの戦時生活』朝日新聞社　昭和一八年
ハンス・カロッサ著　芳賀檀訳『指導と信従』建設社　昭和一二年
保田與重郎「芸術としての戦争（信頼と感謝）」雑誌『コギト』第五三号　昭和一一年一〇月号

第六章

芳賀檀「ナチス文化批判」『文学界』昭和一四年一一月号
芳賀檀「ドイツに就いて」『新潮』昭和一四年一一月号
石中象治「ドイツの文学者と愛国運動」『新潮』昭和一七年一〇月号
芳賀檀「トーマス・マンとエルンスト・ベルトラム――恩師エルンスト・ベルトラム先生に捧ぐ」関西学院大学編『論攷』一二号　一九六五年
アルフレート・ローゼンベルク著　吹田順助・高橋義孝訳『理念の形成』紀元社　昭和一七年
トオマス・マン著　高橋義孝訳『ゲエテとトルストイ――人間性への考察』山水社　昭和二一年

第五話　ヨーロッパからの脱出、そしてアメリカへ

(一)　一九三六年の島崎藤村（上）

一九三三年二月一一日に外国での講演旅行のためにドイツを出て以来、ナチスの支配するドイツを忌避して帰国せず、スイスのチューリヒ近郊に居を定めて暮していたトーマス・マンは、一九三四年五月から六月にかけて念願の最初のアメリカ旅行を行って以来、一九三八年九月に本格的にアメリカに移住するまでの間、ほとんど毎年のように、年の前半のどこかで、片道に約一〇日を要する船旅ではるばる大西洋を越えて、アメリカ合衆国を訪れた。移住後の一九三九年にも、今度はアメリカからヨーロッパに向けて大西洋を越える船旅を行っているから、政治家や実業家でもなければ、ジャーナリストや芸能人でもないあの時代の人間としては、かなり頻繁にヨーロッパとアメリカを行き来した人間と言っていいだろう。

ただし、一九三六年だけは、マンは大西洋を渡ってはいない。

その理由は、当時のマンとアメリカとの関係から考えて、おそらく、特に考慮しなければならないような招待もなかったからというだけのことだろうが、彼が一九三六年一月一日の日記に、「今年は『ヨセフ』の第三巻を完成し、『ゲーテ』短編を書けたら良しとしよう」と書いていることを知っておいた方がいいだろう。ドイツを去る以前の一九三二年七月頃から書き始めていた『ヨセフとその兄弟たち』の第三部『エジプトのヨセフ』は、執筆開始後ど

んどん膨張していき、三年半たっても、まだあの誰でも知っている〈ポティファルの妻による誘惑〉の場面までも書き進められていなかった。すくなくともあの場面まで書いたところで一つの区切りとして、第三部『エジプトのヨセフ』を刊行し、それ以後の物語は第四部として稿を改めるということを、一九三五年一一月頃にフィッシャー社とも取り決めたばかりだっただけに、マンとしては、一九三六年中には何がなんでも第三部だけは書きあげなければという思いだったろう。そして、できることなら、かねてから構想を温めているゲーテ小説（当時は短編として考えていて、後に長編小説『ヴァイマルのロッテ』として実現した）をも、この際一気に書いてしまいたいと思ったわけである。——つまり、一九三六年の元旦にあたって、トーマス・マンは、彼本来の仕事である創作活動に、小説執筆にあらためて専念したいと考えたということであろう。

しかし、当時のトーマス・マンは、なかなか混濁した時代の激流から逃れることはできなかった。日記にあのように書いた一ヶ月後には、ついにナチスの支配するドイツ国内には留まれなくなったフィッシャー社の国外移転問題をめぐる反ナチス亡命文学者内の論争にまき込まれるという形で、マンも遂に反ナチスの立場を明確に表明しなければならなくなった。——だが、この件については、私はすでに拙著『ドイツを追われた人びと——反ナチス亡命者の系譜』の第四章で詳細な経緯を紹介しているので、ここで繰返す必要はあるまい。

とはいえ、この件ではナチス・ドイツの当局が直ちにマンに対してなんらかの措置をとるということもなかったので、マンも、しばらくは創作に専念するという姿勢を守ることができたようである。むろん、この年にも彼はウィーンやプラハやブダペストなど、チューリヒから簡単に行けるヨーロッパ内の諸都市における会合や講演には時折り出かけている（ジークムント・フロイトの八〇歳の誕生日を記念するあの「フロイトと未来」と題する講演を行ったのは、この年の五月八日ウィーンにおいてである）。兄ハインリヒ・マン共ども公式に招待されたこの年の九月五日から一四日まで南米アルゼンチンのブエノスアイレスで開かれる国際ペンクラブ第一四回世界大会への出席は、場所が母親の出生地ブラジルの隣国であるだけに全く心が動かなかったはずはないと思われるが、あっさりと招待を断っているのも、『エジプトのヨセフ』の執筆が大詰に近づきつつあったことと無関係ではないだろう（ちなみに兄ハインリヒも招待を断ったようである）。

マンが『エジプトのヨセフ』を書きあげたのは、同年八月二三日で、すでにかなり以前からフィッシャー社は印刷作業に取りかかっていたこともあって、九月に入ると最終部分の校正作業をも集中的に進め、一〇月一四日にはついに、『ヨセフとその兄弟たち』の第三部『エジプトのヨセフ』が、ウィーンに移転したばかりのベルマン・フィッシャー社から刊行されたのだった。

なお、マンは、『エジプトのヨセフ』をついに書きあげた日の日記に、ドイツを出て以後の三年半近い歳月を振返って感慨にふけり、この間に幾度かあった長い執筆中断にもふれ、「二度にわたるアメリカ旅行と、結局は断念したある政治的対決の試みとは、そのような中断のなかでも最も重要なものであった」と書いている。この記述は、彼が「アメリカ旅行」をいかに重要な体験とみなしていたかを示していると同時に、しかし、まだこの時点ではアメリカへの亡命ということまで決めていたわけではないことを示唆していると考えていいだろう。

さて、トーマス・マンがいわばアメリカ行きを一回お休みしたようなこの機会を利用して、私は一人の日本の小説家のことを話したいと思う。それは、マンが出席を断ったあのブエノスアイレスでのペンクラブ第一四回世界大会に、日本代表としてはるばる片道五〇日の船旅をへて参加した島崎藤村のことである。

と言っても、なにも藤村についての新しい知見を披瀝したいわけでもなければ、藤村研究者ではない私に、そのようなことができるわけもない。あくまで、第一次大戦後のトーマス・マンの歩みを追いながら、それと並行して同時代の日本人とトーマス・マンの文学との関わり合いの種々相をかなり気儘に追っていくという、「三つの国の物語」と題する本書の基本的な意図に則したかぎりで、ここでは島崎藤村に登場してもらおうというだけの話である。したがって、以下で私の語る藤村についての話は、前の「第四話」における芳賀檀の話同様、藤村の生涯を通じての作品を一通り丹念に読んだ者なら、誰でも知っているはずの事柄ばかりである。――もっとも昨今の日本に、藤村の旅行記の類まで読んでいる読者がさしているとも思えないが。

ただ、一言付け加えておくなら、日本のゲルマニストには、太宰治や三島由紀夫といった、トーマス・マンより二世代も三世代も後の日本の作家とマンとの比較を思いつく者はいても、マンと同じ時代を生きた明治初期生れの同世代の日本人文学者、たとえば島崎藤村や斎藤茂吉とマンとを並べて何かを考えてみようと思い立つ者は、なかなか出てこないようである。私は、これもまた日本におけるトーマス・マン文学受容の歪みの産物にほかならないと考えている。

異なる国の二人の同世代の文学者を並べて見る（必ずしも比べてみる必要はない）ことによって初めて見えてくる側面も、それぞれの側においてあるのではないかというのが私の考えである。

アルゼンチンのブエノスアイレスで国際ペンクラブの第一四回世界大会が開催された一九三六年九月に、一八七五年生れのトーマス・マンは満六一歳で前述のように大作『ヨセフとその兄弟たち』の第三部『エジプトのヨセフ』の最終校正作業を行っている最中だったのに対して、一八七二年（明治五年）生れの島崎藤村は、満六四歳になる直前で、これまた七年がかりの大作『夜明け前』を一年前に書きあげたばかりだった。――ただし、だからといって、この頃の藤村を『夜明け前』にのみ引きつけて考えるのは、彼を初期の抒情詩集にのみ引きつけて考えるのと同じく、大きな間違いである。この頃のトーマス・マンを『ヨセフとその兄弟たち』にのみ引きつけて考えたり、いわんや相も変わらず『トーニオ・クレーガー』や『ヴェニスに死す』にのみ引きつけてイメージするのが、度し難い誤りであるのと同様に。両者共に半世紀に余る同じ時期の時代の変転を見てきた老大家たちだったことを忘れてはなるまい。

だが、以下の話において重要なのは、二人の年齢もさることながら、それ以上に、これがほかならぬあの一九三六年の出来事であることだろう。

一九三六年――それは、藤村の住む極東の国日本では、二月の二・二六事件で始まり、一一月の日独防共協定の締結で終った一年であり、ヨーロッパでは、同じく二月にスペインで、五月にフランスで、それぞれ人民戦線派が選挙で勝利して政権につき、七月にスペイン内乱が始まったかと思えば、八月には、マンが評論「スペイン」の中で使っている表現を借りるなら「今日のヨーロッパで最も暗い部分であるドイツ」の首都ベルリンで、まさにナチス政府の力ずくで壮大に飾り立てられ、ぎらつくような照明手段を総動員して賑にぎしく演出されたベルリン・オリンピックが開催され、日本からも横光利一を始めとする多くの物好きな文化人たちまでがそれを見物に出かけて行ったあの年である。――ちなみに、横光利一はこの旅行で『欧洲紀行』を書き、やがてあの小説『旅愁』を書くことになるのだが、そちらにばかり目が行って、同じ年に書かれた島崎藤村の旅行記『巡礼』や、その後の藤村の小説『東方の門』の構想のことなぞすっかり忘れてしまっている研究者もいるようである。だが私は、この時期の日本の文学者たちの国際感覚を知るには、横光利一の『欧州旅行』と島崎藤村の『巡礼』とを併せ読むことを勧めたい。

いや、公平を期して付け加えておかねばならないが、この年八月には北のソヴィエト連邦でも、スターリンによる〈トロツキスト一派〉に対する粛清裁判と処刑が行われ、凄惨な〈大粛清〉が始まった。この粛清裁判のニュースに接した時、トーマス・マンはちょうど『エジプトのヨセフ』の最後の章の大詰の「裁き」の場面を――この超大作四部作の中でも私の好きな場面の一つを書いている最中だったが、八月二〇日の日記には「モスクワ放送によって気分が悪くなる。〈トロツキスト一派〉に対する裁判のニュースだが、この種の宣伝効果を狙った嘘八百という点ではファシストたちの遣り口に引けを取らないし、まさに瓜二つだ。困った悲しいニュースだ」と書き、八月二三日に『エジプトのヨセフ』を書きあげた後の、八月二五日の日記にはこう書いてある。「モスクワのぞっとするようなトロツキスト一派の陰謀に対する裁判がいろいろと話題になった。一人残らず悔い改めて白状し、全員に死刑が宣告されるなどとは、どう考えたらいいのだろうか。この判決は執行されるのだろうか。自殺した者が一人いたというが、ニュースは全てデマなのだろうか。それとも、被告たちは恩赦を約束のうえで、政府の望む通りのことを自白したのだろうか。彼らの性格からして、それは考えられない。彼らは最後のレーニン主義者たちなのだ。……トロツキーは否認している。気持の悪い謎だ――午前中にはゲーテ小説の準備をした。」

ところで、この頃、前年秋に創設されたばかりの日本ペンクラブの初代会長として、ブエノスアイレスの国際ペンクラブ大会出席のため、妻静子および同じく日本ペンクラブから派遣された同行者有島生馬と共に、七月一六日に神戸港から出発した島崎藤村は、彼の旅行記『巡礼』によれば、ホンコン、シンガポールに寄港し、マラッカ海峡を抜け、セイロン島のコロンボから南アフリカのダーバンを目指し、さらに喜望峰をまわって、八月一六日にはケープタウンにも上陸し、その後は南大西洋に出て、まっすぐ南米大陸に向って航海しているところであった。そして、ブラジルのリオデジャネイロ港に着いたのは、日本を出てから四二日後の八月二八日だったという。

なお、藤村らの乗った大阪商船のリオ・デ・ジャネイロ丸には、「ブラジルおよびパラガイ行きの移民八百五十余名」も乗船していたことも、旅行記『巡礼』の冒頭に記されていることをもここで書いておこう。——ただし、近年一部の研究者たちの関心を呼んでいるらしい、当時の日本政府の南米移民の推進という国策と藤村の南米行との関係といったテーマには、本書の著者としての私の関心は全く向けられていないことは断っておいた方がいいだろう。

この移民団が下船するということもあって、藤村らの船はさらにサンパウロ近郊のサントス港にも立ち寄ったりして、結局アルゼンチンのブエノスアイレスに到着したのは、九月三日だったという。神戸から、まる五〇日の船旅だったわけである。——ちなみに、同じブエノスアイレスでのペンクラブ世界大会に、オーストリアの作家シュテファン・ツヴァイクも招待されて出席しているが、当時イギリスに住んでいた彼は、サウサンプトン港から乗船して、スペインのビゴやリスボンを経由してリオデジャネイロまで一四日かかったことが、日記に記されている。これらの所要日数はまだ飛行機による大陸間旅行が考えられなかった一九三〇年代の国際関係や、人びとの交流などを考える際に知っておくべきデータであろう。

一九三六年九月五日から一四日までブエノスアイレスで開催された国際ペンクラブ第一四回大会そのものについては、藤村は帰国後、翌年三月に刊行された日本ペンクラブの『会報』第三号に、現地に在留する日本公使館や通信社などに勤務するスペイン語その他の外国語に堪能な多くの日本人の協力によって作成されたものに自分が若干の手を加えたものであることを明記した、律儀なまでに整然と詳しく書かれた公式の報告書を掲載していて、旅行記『巡礼』を補足している。

実は、私の主たる関心はこのペンクラブ大会そのものにはないのだが、それでも、やはりこの大会でもあからさまに露呈した当時のヨーロッパの深刻な分裂状況については、一言触れておかないわけにはいかないだろう。なお、以下におけるこの大会についての記述は、全て藤村の名による大会報告書にもとづくものである。参加したのは、約四〇の国と一つの団体（国際知的協力員会）の代表、併せて約八〇名である。ただしドイツは、ロンドンにあるドイツ著作家協会の名で登録されていて、今大会での代表はエーミル・ルートヴィヒ夫妻の名が記されている。またH・レーヴィクという名だけが、わざわざ国名ではなく、ユダヤ人という区分けで登録されているのも、時期が時期だけに注目をひく。

ヨーロッパの主だった国は、ドイツ、ロシア、スペイン、デンマーク、チェコ以外は、おおむね顔をそろえている。アジアからは、インドと日本（代表島崎藤村と有島生馬）だけである。

一〇日間の会合では、さまざまな議題や話題をめぐって話合われたらしいが、この大会全体の目玉ともいうべき議論となったのは、フランス代表ジュール・ロマンとイタリア代表フィリッポ・T・マリネティとの間でなされた激しい遣り取りだったようだ。すなわち、まずジュール・ロマンが、「世界各地に戦争の気運濃厚」になりつつあることを憂えて、「全世界の文芸家は各国政府および国民に対し、その熟慮その自重を衷心より切望してやまない」という趣旨のメッセージを発表し、それを受けて、「第十四回ペンクラブ大会は、本クラブ所属の作家が常に平和的精神をもって行動し、かつ著述せられんことを切望し、かつ右の精神に反する者に対しては適当なる制裁を加えられんことを各クラブ業務執行委員に委任する」といった声明書が「満場の賛成を得た」。しかし、その後で、あらためてロマンが、この会議に出席しているイタリアのマリネティがある雑誌において、「少年に対し戦争教育の必要を説き、戦争は世界の浄化剤なりと主張」している事実を指摘して、これに対してペンクラブは然るべき措置を取るべきだと主張したため、その場にいたマリネティが激怒して、「けんか口調」で反論したため、「満場騒然」となったというのである。マリネティがれっきとしたファシストであり、熱烈なムソリーニ支持者であることを考えれば、これは起るべくして起きたことと言えるだろう。――しかも、この文学者たちの論争の後景には、二ヶ月ほど前に始まったばかりのあのスペイン内乱で、ナチス・ドイツと共に公然とフランコ叛乱軍を支援して参戦したイタリアと、人民戦線政府かである。

を擁しながら、さまざまな思惑からイギリスと共に参戦をためらっているフランスの影がちらついていることは明ら

むろん、時とともに混迷の度を深めていったスペイン内乱とは違って、多分に社交的な表舞台のペンクラブ大会の方は、まあまあといった調子の仲裁役を務める各国の文学者たちの努力で、無事に収まって、一〇日間の日程を予定通りに終えることが出来たようである。そして最終日に、国際ペンクラブ会長の任期満了となったイギリスのH・G・ウェルズの後任として、新たにフランスのジュール・ロマンを選んだことは、むろん事前に一定の根回しもあってのことだろうが、それでも、前述のロマンとマリネティの論争に対する参加者たちの意志表示的な意味をも持っていたであろうことは明らかである。

なお、反ナチス・ドイツ亡命作家としてただ一人参加したエーミル・ルートヴィヒは、自分の著作がナチスによる焚書の対象となったことを誇りに思うと語り、「第三帝国に追従する作家たちの作品は単にドイツ内において読まるるのみに反し、吾人の著書は全世界において読まると論じ、最後に〈予は従順なる下僕よりもむしろ危険なる自由を愛す〉と言いしモレーフ（アルゼンチン建国当時の政治家）の名言を引用してその演説を終った」と島崎藤村の報告書には記されている。

ちなみに、やはりこの会議にオーストリア代表として出席していたシュテファン・ツヴァイクは、当時はまだオーストリアはナチス・ドイツに併合されていなかったから、亡命作家ではなかったわけだが、当時の南アメリカで最も有名なヨーロッパ作家だったといわれるツヴァイクは、このペンクラブの会議では、一度だけ辞任していく会長H・G・ウェルズへの謝辞を流暢なフランス語で述べただけで、あとはいつも黙って藤村の後の席に坐っていただけだったという。——D・A・プラーターの『シュテファン・ツヴァイク伝』によれば、どうも直前に立ち寄ったブラジル滞在中に半ば国賓並みの大歓迎を受けて、ブエノスアイレスに来た時にはすっかり疲れてはてていたというのが真相らしい。

こう話を進めてくると、島崎藤村自身に話を戻す前に、やはりトーマス・マンにもこのブエノスアイレスでのペン

クラブ大会について、一言発言してもらわないわけにはいかないだろう。

そう、マンも遅まきながら、この大会について一言だけ発言しているのだ。すなわち、約一年後の一九三七年八月九日のトーマス・マンの日記にこう記されている。

「ブエノスアイレスでのペンクラブ会議の議事録を読んでみる。マリネティとフランス人たちとの激しい応酬。近づかないでいてよかった。」――誤解のないように補足しておくが、この日記を書いた頃には、次章で述べるようにマンはすでに、三三年二月にドイツを出て以来約三年間頑なに守ってきた中立的な態度をきっぱりと振り捨てて、反ナチス、反ファシズムの姿勢を明確にし、スペイン内乱に関しても反フランコ軍の立場を明らかにしていた。そのことを考えれば、この日記の記述は少々意外な感じもするが、この頃のマンの日記には、ジュール・ロマンらの主導する国際ペンクラブのあり方に疑念を抱いていたふしも窺われるので、そういったことも関係している感想なのかもしれない（三七年七月一三日の日記、さらには四一年一一月七日の日記参照）。あるいは、わざわざブエノスアイレスなどという遠隔の地まで出かけていって、あらかじめ予想のつくような顔ぶれで、あらかじめ予測されるような議論をすることの愚かしさに対する批判なのかもしれない。――ちなみに、この感想を日記に記した頃のトーマス・マンは、無事に『エジプトのヨセフ』を完成し、ウィーンに移ったベルマン・フィッシャー社から刊行した後、今度は老ゲーテを主題にした長編小説『ヴァイマルのロッテ』の執筆に取りかかり、順調に筆をすすめて、その第五章「アデーレの物語」を書いているところだった。それもあって、わざわざ遠隔地に出かけていっての作家同士の激論などといった事柄に対して、冷ややかな批判を下したのかもしれない。

だが再び、それこそはるばる遠隔の地までやってきた日本の作家、それも当時としては老大家と言ってもいい島崎藤村に視線を向けることにしよう。

むろん藤村も、このペンクラブの会議の席で、少なくとも一度は、かなり長い発言をしている。そして、その発言内容は会議の議事録に英語で記載されているらしく、それをあらためて日本語に訳したものが、藤村全集にも収録されているので、そのさわりの箇所だけ引用しておこう。

「現在の歴史的重大性は著作者といえども、黙々と冥想にふけったり、悠々と慰楽的作品に筆つけたりだけさせておきませぬ。今日は実に著作者たるべき人々は、もちろん高尚な仕事や、純粋な美の理想を目的としている作物などを手びかえる必要はないのでありますけれども、同時に人類幸福の実際的な計画をも考えるべきであります。」

私がこの箇所を藤村の発言のさわりとして選び出した理由は、ここにいわばロマンやデュアメルら人民戦線支持派のフランス代表たちと、マリネティらファシズム支持のイタリア代表たちとの激しい論戦に象徴されるような、このペンクラブ大会の雰囲気に多少煽られたような藤村の情動が表われているように思えたからである。いくら控え目で生真面目な六三歳の老大家でも、五〇日間の船旅の直後に、慣れない国際会議に連日付き合わされ、ヨーロッパ諸国の厳しい思想的対立を目のあたりに見せつけられたら、その雰囲気に多少は煽られて当然だろう。

一〇年以上も後の戦後になって（したがって藤村の死後）宮本百合子は、この一九三六年のペンクラブ世界大会における藤村の態度を、「大会の反ファシズムに高まった雰囲気から、彼独特の用心ぶかさで日本の立場を守ってかえって来」たとか、「この大会の世界ファシズムに反対する決議や世界平和と文化を守る決議に当惑して、日本の文学者として何一つ責任ある発言をさけてかえってきた」と批判している。私も宮本百合子の批判が全く的外れだと言う気はないが（彼女はペンクラブ大会を一九三四年八月のモスクワのソヴィエト連邦作家同盟大会や翌三五年のパリのあの文化擁護国際作家会議などと同質のものと見なしたがっているようだが、そこからして少し違うと思われる）、一九四〇年（昭和一五年）、すなわち「紀元二千六百年」にオリンピックばかりでなく、世界ペンクラブ大会も招致したいという「各方面からの希望」を託されて、いわば半ば公務出張してきた日本ペンクラブ会長島崎藤村としては、慎重に（つまり用心深く）振舞うほかなかったはずである。――そして、その任務は、おそらく外交ルートでの交渉が陰であってのことだろうが、同じ希望を持っていたインドが会議の席で辞退してくれたこともあって、無事に果すことができたのであった（但しオリンピック同様、世界ペンクラブ大会も一九四〇年の東京で開催されることはなかった）。

しかし、一人の文学者としての島崎藤村は、この会議に出席し、フランス代表とイタリア代表との激しい応酬や、私は考える。

それを「静観」するイギリスとアメリカ（朝日新聞掲載の「帰国の際の談話」）、そして「ドイツ、ソ連の不在」といった、まさに一九三六年当時の世界の国際情勢の厳しさを目のあたりにして、かなり強い衝撃を受けたに違いないと、

そのことは、多くの人びとの協力を得て作成されたと明記されている「第一四回国際ペン大会報告」の最後に付けられた、藤村自身の手になる、かなり長文の「付記」と題する文章からも、ある程度推測することができる。たとえば、日本がペンクラブの世界大会を東京に招致する件について、一応自分の任務は果した上で「一方には国際連盟からも退きながら（一九三三年三月）、一方には文化的に手を握ろうとすることそれ自身すでに困難があって……今後、世界の国々より集まる諸代表を日本に招き寄せるということには熟慮を要する。各方面共に、よほどの雅量なしにはかなわぬことと思う」とわざわざ一言物申したり、「いずれにしても、今は文芸家の心がそう静かでありうるはずもない。今回のような波瀾のまき起ったは当然であろう」という文章で、激しい議論の起ったペンクラブ大会を振り返った上で、「五年もの長きに続いた（第一次）世界大戦」や「今また悲惨なスペイン戦争」に言及し、「いかにもして第二次世界大戦の来るのを防ぎ止めねばならないとの念慮のせつなるものがあるのはこれまた当然なこと」と書いてもいる。さらに言っておくなら、藤村は、反ナチス亡命作家エーミル・ルートヴィヒがナチスによる迫害について語っている最中に、それを「さえぎって」発言したアメリカ代表が不偏不党な主張をしたことをも紹介している。——これは後述するような、急速に存在感を増していく世界の新興勢力アメリカに対する藤村の、いわば〈あらためて目覚めた好感〉とも関係しているのかもしれない。

これが二・二六事件で始まり、日独防共協定の締結で終った昭和一一年の海外出張の報告書で、翌年の二月に提出されたものであることを考えれば、藤村は、たしかに彼独特の「用心ぶかく」抑えた文章でではあるが、かなり思い切ったことを言っていると評価してもいいのではないだろうか。換言するなら、彼はあの国際会議に出席し、各国の作家たちの激しい議論を目のあたりにして、自分も黙ってはいられないほどの強い刺激を受けたのである。

事実、彼は会議の席でも、黙ってはおれなくなったらしいのである。

藤村は、いわば公式文書としての「第一四回国際ペン大会報告（前述の〈付記〉を含む）や、作品としての旅行記『巡礼』のほかにも、このブエノスアイレスのペンクラブ大会への出席を契機とする約半年におよぶ海外旅行については、さまざまな随筆を発表しているが、その中でも特に読み応えのあるのは、昭和一二年五月二日から八日にかけて、七回にわたって朝日新聞に連載した「南米その他の旅より帰りて」と題する、かなり長文の随筆である。その前半部で藤村はペンクラブ大会についても要約的に語っていて、先に「付記」について紹介した、あの「一方には国際連盟からも退きながら、一方には文化的に手を握ろうとすることそれ自身すでに困難が」あるといった、日本の上層部に対する歯に衣着せぬ批判も繰返し表明されているのだが、それとは別に、私の注意を引いた事柄がある。それは、公式の「報告書」でも、それに添えられた「付記」でも伏せられている一つの事柄である。私の言いたいことを正確に理解してもらうためには、長くなるが藤村の文章をそのまま引用するほかないだろう。藤村は例によって、あのペンクラブ大会を象徴するようなフランス代表ジュール・ロマンとイタリア代表マリネティの論争に言及する。そうして、こう書くのである。

「成程仏蘭西代表の力説するごとき平和促進の声には誰しも異存のあろう筈もないが、そう簡単に片付けてしまえないところに現代の深い悩みがある。何故に人生はかくあらねばならぬか——むしろわたしはその点に思いを潜めながら仏伊の論争に耳を傾けた。私見によれば、所謂国際的なる物の考え方も欧羅巴中心でありすぎるような気がする。……一切は実に欧羅巴人が東洋の無視に帰着する。一般の欧羅巴人は真の東洋の姿についてあまりに無智である。」

（傍点山口）

ここには、おそらく藤村自身にもうまく整理しかねるであろうさまざまな想いがこめられていたと私は思う。私が中略した箇所に書かれていることだが、この藤村の感想の根底には、彼が日本を出発して以後五〇日の長い船旅の途中で目にし、耳にしてきたアジア、アフリカ諸国におけるヨーロッパ白人による露骨な人種差別に基づく支配という現実に対する藤村の厳しい批判がある。今、第一次世界大戦から現在のスペイン内乱に至るヨーロッパ列強の苛烈な勢力争いを背景にして、フランスとイタリアの代表が〈世界大会〉の舞台を独占して自分たちの議論に熱中するのを見た時、彼らの自分勝手さに呆れて、彼らの議論の内容の当否の判定とは別に、両者に対して「いい加減にしろ、この一つ穴の狢ども！」と一喝してやりたくなったということだろう。——むろん、この時藤村の心の片隅に、当時すでに〈満州国〉経営に乗り出していた後発国日本のヨーロッパ列強とは多少異なる立場を擁護しなければという思いも潜んでいなかったかどうかは難しい問題であるが。

ともかく藤村は、自分が発言するに適切な機会がやってきた時に、この自分の思いをぶちまけてやろうと決心したようである。ところが、同じく日本ペンクラブ代表として彼に同行してきた、そして彼よりもはるかに国際社会慣れしていて、何かと面倒を見てくれていた有島生馬に藤村がそのことを話したら、「そういう問題はこの際あまりにデリケートであるから」持ち出さない方がいいと「諫止され」てしまったというのである。

「諫止」した有島生馬の気持も、「諫止」されて、後に残った腹膨るる思いを帰国後の随筆の中での打ち明け話という形で発散している藤村の気持も、日本人なら容易に理解できるが、自分たちが真剣になって議論を戦わしているのを聞きながら、こんなことを考えていた文学者がいたことや、舞台裏でこのような「諫止」劇が行われていたことなど、ジュール・ロマンもマリネティも夢にも思わなかっただろう。——いや、仮にトーマス・マンが出席していても、そのようなことには思いも及ばなかったに違いない。

しかし、誤解のないようにはっきり断わっておかねばならないが、フランス代表とイタリア代表との激しい論争に象徴される第一四回ペンクラブ世界大会における日本代表の発言にまつわる問題は、実は、一九三六年（昭和一一年）の島崎藤村の海外旅行にとっても、そして、私のこの「第五話」にとっても、決して最重要な問題ではないのである。あくまで、いくつかある問題点の一つである。

藤村の大旅行の山場は、この後から始まるのである。すくなくとも私は、そう理解したいのである。と言っても、この後およそ半月ほどの間、藤村がアルゼンチンとブラジルでさまざまな日本人移民の人びととの間におこなった種々の交流の意義を問題にする気は、前にも断ったように、今の私には全くない。

私の関心は、彼が一〇月一日にブラジルのリオデジャネイロからニューヨークに向うイギリス船イースタン・プリンス号に乗船したところから、あらためて強まるのである。——ちなみに、当時リオデジャネイロからニューヨークまでは一四日間の船旅だったそうである。また藤村はこの船旅で、「ドイツから追われた作家群の一人なるユダヤ系統の人」で、先のペンクラブ大会で顔見知りになった人とも同船して、言葉も交したようだが、どうもお互いに相手の国や民族の置かれている状況が十分に理解できないため、もう一つ会話ははずまなかったようである。「国語というものをもたない、したがってまた国の苦労というものをもたないユダヤ人」作家と、「国際連盟脱退後の日本」の作家との偶発的な出会いの一齣にすぎないが、本書の「第三話」や「第四話」で紹介したような、あの時代の日本におけるドイツ現代文学の受容という問題を考える際には、先に紹介した藤村のフランス代表とイタリア代表との議論に対する反応と同様、このペンクラブ大会からの帰路の船上での出会いといった挿話も、知っておいて損のない話であろう。なんと言っても、藤村は当時の日本の代表的な小説家、代表的な文学者であったことは否定できないのだから。

(二) 一九三六年の島崎藤村（下）

だが、船がニューヨークに近づくにつれて、藤村の心も頭もペンクラブ大会を離れて、初めて見る北アメリカに、アメリカ合衆国に向けられていく。彼は旅行記『巡礼』の中にこう書いている。

「次第に船もニューヨークの港に近づいた。この北米行きにはわたしも多くの望みをかけて行った。自分の青年時代にはことに縁故の深い北米の地を見うることはその一つ。国を出る時に各方面から用事を託されて来た今までともちがい、もはや全くの巡礼者となり得たことはその一つ。」（傍点山口）

つまり、この時藤村は、日本ペンクラブ代表という公務から解放されて、一人の人間として、一人の文学者として、自分の青春時代に大きな影を投げかけた「亜米利加」なる国を、満六四歳にして初めて自分の眼で見、自分の肌で感じることができたのである。

アメリカ上陸を目前にひかえて、本人がわざわざ「自分の青年時代にはことに縁故の深い北米の地」と言っている以上、いくらこの章の主題は「一九三六年の島崎藤村」であるといっても、私たちもここで藤村の生涯をある程度は振り返っておかざるをえないだろう。

若き日の藤村にとって「亜米利加」が何であったか、そして彼の日常生活の中でどれほど大きな比重を持っていたかを知りたければ、彼の自伝的小説『櫻の実の熟する時』を読めば良くわかる。すると、特にその前半部における「亜米利加（人）」という語の頻出度に驚かされるだろう。むろん、それは彼が一五歳の明治二〇年（一八八七年）秋にアメリカ系のミッション・スクール明治学院の普通学部本科に入り、翌年には洗礼を受けてキリスト教徒になったことの当然の帰結だったと言っていい。なにしろ当時の明治学院では、ほとんどの授業は、アメリカ人を主体とする教師達によって英語で行われていたというから、向学心に燃える生徒たちの中で「亜米利加」的なものの持つ比重が大きくなっていったのは、ごく自然なことだったといえよう。

当然、アメリカからやって来た教師たちは、自分たちの国についてもいろいろと語って聞かせたはずであり、藤村に洗礼を施した木村熊二のような日本人も、自分たちが学んできたアメリカの学校や社会についても語ってくれたはずである。ところが面白いことに、すくなくとも『櫻の実の熟する時』のなかには（同じく藤村の若い頃を扱った自伝的小説『春』のなかにも）、現実のアメリカ社会について言及した箇所は、全くと言っていいほど出てこないのである。

それだけではない。『櫻の実の熟する時』の中では、若き日の藤村の心を捉えたさまざまな西洋の文学者たちの名前や作品が言及され、引用もされるのだが、それはダンテやシェイクスピア、あるいはバイロンやワーズワースなどが主であって、たしかにアーヴィングやバーネット、それにエマーソンなど、アメリカの著作家の名前もちらっと出てはくるものの、とてもこれぞアメリカの文学といったものが挙げられているわけではない。——それは、まだ一八八〇年代末から一八九〇年代初めにかけての時代の話である以上、いわば当然なこととも言える。しかし、文学少年であっただけでなく、一時は政治家になることを夢見たこともあるといわれる藤村（ここで「やはりマンとは異質だ」と呟く人は、『トーニオ・クレーガー』にのみ魅入られて、マンが二〇歳の頃に保守的・右翼的な雑誌に政治的な評論を何度か寄稿していたことを知らないだけである）の自伝的小説『櫻の実の熟する時』に出てくる歴史上の政治家の名前が、ワシントンやフランクリンでもなければ、リンカーンでもなく、イギリス保守党の政治家ディスレーリであることも考えれば、明治二〇年代にこの「亜米利加」色濃厚な明治学院で藤村らの学んだ「西洋的」教養の内容は、すくなくともその中核部分は、決してアメリカ的なものではなく、ヨーロッパ的なものだったと言っていいだろう。

そのことを象徴的に示す一つの事例を紹介しておこう。

明治二四年（一八九一年）六月に明治学院普通学部本科を卒業した藤村は、長年世話になった知人が横浜に開店したばかりのかなり大きな雑貨店を手伝うべく、その帳場に坐って帳簿付けの仕事をするが、これまでの勉学を続けたい一心から、帳場の机の下に一冊の本を忍ばせて、暇を見つけてはそれに読みふける。その本というのは、フランス人イポリット・テーヌの書いた有名な『イギリス文学史』の英語訳である。そして、商売を手伝う合間に彼が思い浮べるのは、シェイクスピアやバイロンの詩句である。

むろん、ここで私達は、藤村が『櫻の実の熟する時』の前半部を執筆したのは、ほかならぬフランスに、つまりアメリカではなくヨーロッパに滞在している時だったことを思い出す必要があるだろう。藤村の中でヨーロッパの持つ比重が最も大きかった時期である。

周知のように、当時の彼のフランス滞在は、あの姪との一件で行き詰まった生活を打開し、〈新生〉を図る乾坤一擲の試みであったわけだが、〈トーマス・マンと同世代の日本の作家〉という一点に視点を絞って藤村を見てみたい本稿においては、その件については目を瞑って話を進めることにしたい。ただ、そのように追い詰められた気持になった時に藤村が選んだ逃げ場所が、〈新生〉の地として選んだ場所が、「亜米利加」ではなくて、ヨーロッパの中心地

「巴里」であったことは、大きな意味を持っていると言っていいだろう。――ちなみに、『破戒』の主人公が小説の最後で〈新生〉を期して目指すのは「アメリカのテキサス」である。そして藤村が得意とした外国語は「亜米利加人」教師たちに教え込まれ、自分も教師として教えたこともある英語であって、フランス語は巴里に行ってから懸命に習得したという。そこまでしてでも、彼はヨーロッパの中心地である巴里に行って、〈新生〉したかったのである。

そのようなパリで書かれたのが『櫻の実の熟する時』の前半部であることを考えれば、その中でヨーロッパ文学の世界が、東京や横浜の下町の商人たちの世界との対比という形で、ひときわ美化されて描かれるのは必然的成り行きだったとも言える。

藤村はこの時、一九一三年五月下旬から一九一六年四月末まで、約三年間をフランスで過すのだが、その間に彼が何を見たかは、『平和の巴里』と『戦争と巴里』の二部に分れた『仏蘭西だより』や、『エトランゼエ』その他の旅行記に詳細に語られているので、もともと「一九三六年の島崎藤村」を主題にしている本稿で、私があらためて紹介する必要はあるまい。ただ次のことだけは敢えて書いておかねばなるまい。

それは、藤村は第一次世界大戦の始まる約一年前からパリに住みつくことによって、〈古き良きヨーロッパ〉の雰囲気を味わうことが出来たことである。そのことを表わす一つの例として、私は『仏蘭西だより』の第一部「平和の巴里」の中の次の文章を、長くなるが敢えて紹介しておきたい（当時の日本の西洋かぶれの知識人・文化人の心情を表わす文章としても典型的な例だと思われるので）。もともとは大正三年（一九一四年）四月一二日の東京朝日新聞に掲載されたものだから、同年の二月か三月頃に書かれたものと思われる。

「顧みて故国の位置をヨーロッパの国々に思い比べてみるごとに、私はいつでも敷島瑞穂（しきしまのみずほ）の国が遠い東洋の片すみに孤立する歯がゆさを感ぜずにはいられません。わずか六七時間でロンドンへ行かれ、一五、六時間でベルリンへ行かれる当地のような土地にあっては、隣国と申しても日本の内地を旅行するほどの時しかかかりません。こういう交通の便宜をもった国がらですから、ロシア人の舞踏がパリで見られたり、フランスの作家の手に成った脚本がすぐスペインの都で演ぜられたりするはずでございます。すくなくとも刺激が直接で互に切磋することのできるはずでございます。それから思うとわが国は満州や露領の果てに連なり、遠く大洋を隔ててアメリカの沿岸に対するような位置で、すぐに隣家から来てわれらを刺戟するなんらのよい物ももたないということは残念に思われます。たまに来るものは旅の音楽者か、旅の俳優か、ベース・ボールの団体ぐらいのものです。もしそうでなくて、かりにわが国がヨーロッパの真ん中にあるとしたらどんなものでしょう。メーテルリンク夫人の技が東京の有楽座あたりで演ぜられ、ドビュッシーの音楽会が青年会館あたりで開かれ、モーリス・ドニイなぞの絵画が上野公園の……（中略）……自分らの友人の書いたものがすぐに当地の『新フランス評論』誌上あたりで紹介されるようであったら……。」

だが、ここで忘れてならないことがある。それは、藤村はこの後、日本人作家としては実に珍らしいことに、その〈古き良きヨーロッパ〉がまさに大音響を立てて崩壊していくあの第一次世界大戦をも、戦場でこそなけれ、まちがいなくその現場で身をもって体験したことである。

話を簡潔にするために、思い切った言い方をするなら、島崎藤村は、彼より三歳若いだけのトーマス・マンが第一次大戦勃発を受けて、小説『魔の山』の執筆を中断し、「戦時の思想」から『非政治的人間の考察』にいたる一連の愛国主義的な評論活動にのめりこんでいったミュンヘンから、あるいは、藤村より六歳若いだけのハンス・カロッサがエルンスト・ベルトラム宅を訪れて隣室から聞こえてくるシュテファン・ゲオルゲの声や、窓外から響いてくる前線に向う義勇兵たちの軍靴の音に耳をすましていたあのミュンヘンから、当時の汽車でも一四時間しか離れていない隣国フランスのパリおよびその近郊で、ドイツ軍侵攻の不安に怯えながら暮していたのである（藤村が日本に帰国するべくパリを発ったのは、一九一六年四月末だった）。

島崎藤村をトーマス・マンと同世代の作家として捉える際には、上述のように、藤村は、一方では彼が若い頃から熱烈に憧れていたヨーロッパ文化なるものが、具体的に一つの文化共同体として存在し機能していることをパリで実感として、かつ強い羨望の念をもって体験し得たと同時に、他方では第一次大戦の勃発時にパリで暮らしていたという偶然によって、その文化共同体の崩壊というい わば二〇世紀的現実の始まりをも身をもって体験し得た日本の数少ない文学者であることをも含めて考えることが必要であろう。——彼が一九三六年の南米ブエノスアイレスでのペンクラブ世界大会の席上での、フランス代表たちとイタリア代表たちとの激しく執拗な議論の応酬に、強い反撥と嫌悪を覚えたのも、あの二〇年前の二様の体験と微妙に関わり、絡まっていたのではないだろうかと、私は考える。

このような青年時代と、そして中年時代とをくぐり抜けてきた老大家が、一九三六年の今はじめて、「自分の青年時代にはことに縁故の深い北米の地を見うること」に胸をときめかせているのである。

藤村は一九三六年一〇月一四日に、初めてアメリカの土を踏み、「翌日エンパイア・ステートの高塔に登り、双対になった八十六階の観望台の位置からハドソン河口の市街を望み見た時」の印象を、これは「独立した個々の建築としてよりも、むしろ市街全体から盛り上ってくるものの深さ、おもしろさである。層々相重なる石の一大交響楽である」と表現し、「とにかく、ここにあるものが一新様式を建築の世界に打ち建てたことは争われない」と書くことで、彼の「北米雑記」の一から九と題する一連のアメリカ旅行記を書き始めるのである。

なお藤村は旅行記『巡礼』を日本に帰国して四ヶ月後の昭和一二年五月から雑誌『改造』に連載し始めるが、長旅の疲れからか長患いに倒れ、同年一〇月に連載を中断し、昭和一四年（一九三九年）四月からあらためて連載を再開し、翌年一月にようやく完結した。したがって、アメリカ合衆国とフランスについて書いた『巡礼』の後半部分は全て昭和一四年に発表されたものである。すなわち、ヨーロッパではスペイン内戦の結着がほぼつき（マドリード陥落）、ナチス・ドイツの武力によるオーストリア併合も終り、それどころか本書「第四話」で言及した独ソ不可侵条約が締結されて、第二次大戦が始まった時期に、そしてアジアでは、これまた本書「第四話」で触れたように日中戦争が本格化し、ノモンハンで日ソ両国の軍隊が交戦し、日本とアメリカとの関係もしだいに微妙かつ険悪なものになりつつあった昭和一四年（一九三九年）に、この藤村のアメリカ旅行記は当時の日本の代表的なリベラルな雑誌に連載されたものであることを、私たちは忘れてはならないであろう。

さて、実際に藤村がアメリカ合衆国に滞在していたのは、昭和一一年（一九三六年）一〇月一四日から一一月一八日までの三六日間である。そのうち二〇日ほどはニューヨークとその近辺で過し、ほかにはボストンとその近辺に一週間ほど、デトロイトに二日、ワシントンに三日滞在したようである。アメリカの広大さを考えれば、なんだそれだけしか見ていないのかと言うことは簡単である。しかし、現代とはまるで異なる交通事情や、さまざまな旅行条件や生活条件、そして日本人の平均寿命が五〇歳未満のあの時代に満六四歳という藤村の年齢、さらには日本を出てすでに三ヶ月を経た南アメリカ廻りの大旅行の帰途といったことなどを考えれば、いくら世話女房同伴の旅とはいえ、よくもこれだけ見てまわったものだと私は感心するのである。

しかも、私が感心させられるのは、この老大家の旺盛な好奇心である。

彼がボストンやワシントンの岡倉天心ゆかりの優れた東洋部門を持つ美術館を丹念に見てまわったり、ナサニエル・ホーソンやラルフ・ワルドー・エマソンやワシントン・アーヴィングなど、若い頃に明治学院で習い親しんだアメリカの文学者たちにゆかりの土地や建物などを懐しげに訪ねてまわるのは、いわば当然のことと言えるだろう。――なにしろ、二〇年前にパリで書いた『櫻の実の熟する時』とは打って変って、この『巡礼』所収の「北米雑記」では、最初の「その一」の中で、自分が二〇歳で卒業した明治学院で習った「米国人諸教授」五名の名前を「ワイコフ、マコーレー、ハリス、ランジス、スウィフト」と具体的に挙げてみたり、彼自身が若くして赴任した「仙台東北学院にも米国から来ている教師が多」かったと言って具体的に名前を挙げ、「わたしとしては以前の学窓の縁故から言っても、あたかも古い師匠をたずねるような気持で北米の地を踏んだのである」と書いているくらいに、自分とアメリカとの、さらには日本とアメリカとの関係の親密さを語っているくらいだからである。

いや、藤村は「北米雑記の一」の中で、さらに一歩踏み込んだ発言をさえ記しているのである。「われらが過去において誠意ある米国から啓発されたことは決して少なくない。たとえ四五十年後の今日、日米両国の国交の上に種々なわだかまりを生じ、気まずく思われるようないろいろな政治的な現象が起ってきていても、なおわたしなぞが他の外国人から見るように米国人のことを考えないというのは、まったく自分の心も柔らかく年も若かったころに米国諸教授から寄せられた温情が一点のともしびのごとく、自分の心の奥に消えずにあったからであった。」――あらためて念押ししておこう。これは、昭和一一年(一九三六年)の旅行記であり、かつまた昭和一四年(一九三九年)の文章でもあったのである、と。

だが、アメリカ合衆国にやってきた藤村は、決して「心も柔らか」かった若い頃への懐旧の念だけに駆られて、アメリカを見てまわったわけではない。いわば若い頃に親しんだアメリカの地に今ようやく立つことによって、この老人の「心も」再び「柔らかく」なったのではないかと思われる。それほどに、年甲斐もない好奇心に衝き動かされていたのではないかと思われる。――私はふと本書の「第四話」の第三章の初めの方で言及した、トーマス・マンが最初のアメリカ旅行に際して覚えた心のときめきのことを思い出した。

すなわち藤村は、アメリカ社会の持つ〈新しさ〉にも強い関心を示すのである。そして、その〈新しさ〉を生み出す大きな要因の一つは、「交通機関の発達」にあると考えたようである。そこで、「ボストンからデトロイトまで、米国の汽車で一昼夜を要するほどの距離を五時間で飛ぶ」という「旅客機」なるものに、ぜひ乗ってみたいと思い、二五人ほどの乗客と共に、「途中で乗り降りする客のために二三のステーションに下降するのみ」の「旅客機に試乗」するのである（本稿第五章におけるトーマス・マンの一九三七年の「巡回講演」の箇所を参照されたい）。

そればかりでなく、当時のアメリカにおける最先端の工業都市ともいえるデトロイトでは、「一時間に八十台の自動車を生産するという話」の自動車生産工場を訪れて、当時チャップリンの映画で世界的に有名になった（ただし藤村はこの映画については一言も触れていないが）あのベルトコンベア方式の生産過程の現場をも見学させてもらっている。――藤村は、この工場見学の総括的感想を次のように記している。「それにしてもこの驚くべき分業法が及ぼすべき影響についてはいろいろ考えさせられた。よかれあしかれ、こんな多量な、しかも速力ある交通機関の出現が現代の生活を変えつつあることは争われまい。」

ニューヨークからボストンとその周辺へ、そしてデトロイトに飛び、そこからワシントンを経て、藤村が再びニューヨークに帰ってきたのは、一九三六年の一〇月末だったと思われる。そして、一一月三日は大統領選挙の投票日だった。あのニューディール政策やソヴィエト連邦の承認などで知られ、反対派からは「忍びよる社会主義」とまで批判された民主党のフランクリン・ルーズヴェルトが二期目への再選を目指して、共和党のカンザス州知事アルフレッド・ランドンと争った大統領選挙の投票日だった。

藤村は、この大統領選挙に関心があったらしく、投票日の半月ほど前には、滞在中のボストンでルーズヴェルトの選挙演説を聞きに行ったこともあるらしい。彼の関心と朝日新聞のニューヨーク支局からの依頼との前後関係は判らないが、投票日当日にはニューヨークに戻っていた藤村は、「ニューヨークの銀座通りともいうべきタイムス街」に出かけて、「夕景から八時ごろまでをニューヨーク市民が（選挙結果の発表に）熱狂する町の空気」を肌で実感した上で、二日後の日本の朝日新聞に掲載された「大統領選挙戦の印象」と題する文章を、ニューヨーク支局で執筆したという。――これもまた、『夜明け前』を完成した一年後の、そして『東方の門』の執筆を始める六年前の老大家島崎藤村の実像であることを、私たちは忘れてはならないのである。

藤村は、自分がこのような急場のルポタージュまがいの文章を書いた理由を、旅行記の中でも、新聞記事そのものの中でも、「米国大統領にだれを得るかはひとり隣国の運命にとどまらず直接間接に今後の東洋に及ぼす影響も少なくない」と思うからである、と書いている。――先に紹介したアメリカ入国直後のことを記した「北米雑記の一」のなかの文章、「たとえ四五十年後の今日、日米両国の国交の上に種々なわだかまりを生じ、気まずく思われるようないろいろな政治的の現象が起ってきていても……」といい、今引用した大統領選挙に関わる文章といい、当時の藤村が、自分の人生に由縁の深いアメリカにようやくやって来た藤村が、移民問題や満州問題や軍縮問題などを契機としてしだいに悪化していく日米関係の縺れをいかに気にしていたかが、藤村独特の極めて抑制された文章から強く伝わってくるのではないだろうか。

周知のようにルーズヴェルトの圧勝に終ったこの大統領選挙について語る藤村の文章に関連して、もう一つ注目しておきたいことがある。それは、投開票日の夜のタイムズスクエアあたりは群衆の混雑と興奮に備えて、「店々の窓という窓は皆板囲いにし、騎馬巡査まで出て街を警戒するありさまであった。これほど熱狂した空気の中にありながら、実によく節度を持ちうる市民の態度にはわたしも心をひかれた」と書いている箇所にはっきり現れているように、アメリカ滞在中の見聞について語る藤村の文章は、時に鋭い批判的言辞がまざることがあっても、基本的には常に好意的、あるいは肯定的な姿勢に貫かれているということである。たとえば、大統領選挙の話に入る直前に、同じ「北米雑記の七」の中で、アメリカ文明の特徴ともいうべき、真理の追求そのものよりも、学理の実生活への応用の方を重視する傾向を、それはそれとして重要で大切で、かつ難しいこととして高く評価すべきではないだろうかと説いたり、次の「北米雑記の八」では、「アメリカの文明は今日、どんなところへ人を連れて行きつつあるだろう」と言って、電力の応用、交通機関の発達、道路の改修、暖房の装置、冷蔵庫の普及、あるいは、あの自動車製造工場に見られるような分業の徹底化や生活の機械化等々に見られる長所と短所を列挙したりもしているが、アメリカ旅行記の最後をなす「北米雑記の九」では、藤村は、はっきりとこう書くのである。

「とにもかくにも、この旅ではわたしは大いにアメリカを見直したものの一人であることを白状する。過去にリンカーンのような人を生んだ米国はやはり尊敬すべき国民であると言ったM君の言葉も忘れがたい。」——例によって、半分は他人の言葉に寄り掛かったような言い方をしているが、これが一九三六年秋の島崎藤村の一ヶ月余りのアメリカ旅行の結論であったことは間違いない。そして、「北米雑記」の最後の一行は、「アメリカはまたなんという若々しい国だろう」という文章である。

ところで、藤村の当初の予定では、ニューヨークに上陸した後、最終的にはアメリカ大陸を横断して太平洋側に出て、サンフランシスコから帰国の船に乗る計画だった。ところがニューヨークに戻ってきた頃から、「なんとなくヨーロッパ方面は変りつつあるような気がして、人のうわさすることもしきりに心にかかり、せめて曾遊の地なるフランスに今一度旅の身を置いてみたいと願うようになった」のだそうで、彼は予定を変更して、一一月一八日にニューヨーク港から、ヨーロッパに向うドイツ船に乗るのである。そして、一週間の船旅の後、一一月二六日にフランスのシェルブールに上陸して、すぐにパリに向い、その日の昼すぎには、二〇年ぶりでパリに着いた。

旅行記『巡礼』には、パリ滞在中のことを書いた「フランス雑記」と題する六編の文章と、マルセーユのことを書いた二編の文章その他数編が収められている。それらの文章のほとんどが、どうしても二〇年前の思い出との対比といった内容になりがちなのは、やむをえないことだろう。その中から、私の目にとまった二、三の事柄を紹介しておこう。

「パリの町にはもはや路面電車」は見かけず、「系統の複雑な乗合自動車に変っていた」し、昔なじみの文房具屋に行ってみても、「わたしの捜すような好ましいペン軸の類はもうそこでも売っていなかった。大量をめがけて製造する万年筆の類がそれに変っていた。……機械工業の発達に圧倒されて、特色あるパリの手工業まで衰えすたれて行くのは惜しい」(「フランス雑記の一」)といった老人のボヤキの類いは、当時の藤村より一七歳も年長で、本質的に類似の体験を日常的に強いられている私としては、苦笑して読みとばすほかない。

しかし、「あの一にも能率、二にも能率で、目の回るようにいそがしいニューヨークを見た目でパリに来てみると、ここには分別ざかりの年ごろのものは少なく、老人と婦女と血気にはやる若者の多い社会の空気の中に旅の身を見つけたようなここちがした」という文章に始まる「フランス雑記の二」になると、話は一気に深刻な転回を見せる。すなわち、二〇年前の第一次大戦の際にフランスでは、「十八歳から四十六七歳までの男子は皆動員令に応じ、開戦以後二年目には五六十万のフランス人はすでに死んでいるといううわさ」だったことを藤村は思い出し、それが現在のパリの街に「分別ざかりの年ごろのものが少ない」理由であることに気づくのである。そして、それが「フランスにとっての大きな損失」であり、「もしそれらの思慮に富む人たちが社会の中堅になって各方面にがんばっていたなら」という思いにとらわれるのである。――ちなみに、日本が中国との戦争にのめり込んでいくのは、この藤村の二度目のパリ訪問から半年余り後のことである。

藤村が当時のフランスが病んでいることを示す顕著な徴候として提示するのは、「罷業」つまり労働者のストライキである(「フランス雑記の四」)。「罷業は一種の流行物のようになって、そこの町ここの町には毎日のように起っていると聞かされても、最初のうちは自分もそれほど気にもかけなかった」そうだが、それが原因でさまざまな人々の生活に不便や支障が生じていることを知るにつれて、「さてはあのニューヨークあたりでの取りざたもまんざら根のないことでもなかった、フランスは病みつつあるのだ、そうわたしは考えるようになった」と、藤村は書いている。

そして、フローベールの書いたものなどを引合いに出して、「名高い二月革命直後のパリのごときは実に騒然たるもので、武器を携えた暴徒は仮政府に対して種々の要求を提出し、政府が〈労働の権利〉を宣告したり〈国民工場〉を創設したりしたのもその結果であったと伝えらるる」と書き、「もしフローベールのような作者が生きながらえていて、この病めるフランスをまのあたりに見るとしたら、どんなに悲しむことだろう。冷たい風は町々を吹き回していて、パリ市民は毎日のように何かの出来事を待ち受けるかのようであった」と続けている。——もちろん、あのブエノスアイレスでのペンクラブ大会に出席して、フランスとイタリアの文学者たちの激しい議論の場にも居合わせた藤村である以上、当時のフランスがレオン・ブルムを首相とする人民戦線派の政権の統治下にあることくらいは、百も承知の上で、このような文章を綴っているわけである。となると、この「フランス雑記の四」が、あの第一次大戦時のモーリス・バレスやシャルル・モーラスといった人々の愛国主義的言動への追憶の言葉で結ばれていることは何を意味するのだろうか。

今ここで晩年の島崎藤村の思想と文学について語るつもりも用意もないが（実に久しぶりに彼のさまざまな文章に読み耽っているうちに、その気が起き始めてはいるが）、この昭和一一年の後半まるごとを使っての世界一周ともいえる大旅行の間に、彼の内部にあらためて醸成されてきた独特のナショナルな感情が、衰退感著しいフランスの様子を見ているうちに、藤村にかつての威勢のよかったアクション・フランセーズのことなどを思い出させたのであろう。フランスの衰退に心を痛める思いは、一二月一六日にパリを発ち、一八日にマルセーユから、ようやく帰国の船に乗った後もしばらくは続いていたようで、船中で『フランス国民のデカダンス』という題のフランスで入手した新刊書を繙いて、そこに第一次大戦後のフランスの経済的疲弊や中産階級の没落、暗殺相次ぐ国内の軋轢と摩擦との深刻化などについて書かれていることを紹介している。

藤村は、旅行記『巡礼』の最後の「故国の島影を望むまで」と題した文章の中で、この大旅行の総括という形で、次のようなことを書いている。

「この旅では、わたしも万国ペン大会に出席してみて、いわゆる世界的な物の考え方とは、つまりヨーロッパ中心であるにすぎないことを痛感してきた。」

したがって、一方では国際連盟から脱退しておいて、他方で、紀元二千六百年だから万国ペン大会を東京で開きたいなどと申し出ても、おそらくは無理ではないかと自分は内心では思っていると言わんばかりのことを示唆したうえで、藤村はこう書くのである。

「私は一つの例としてペン大会のことを胸に浮かべてみたのだが、内にはもっと自分らの持って生まれたものを延ばし、外は諸外国の侮りを防がねばならない。延び行く自分らの国の力を過小視するほどあぶないことはない。同じように、それを過大視するほどあぶないことはない。」

例によって、四方八方に目配りし、四方八方に気を遣った文章である。この総括の部分は、雑誌『改造』の昭和一五年(一九四〇年)一月号に発表されたものである。ということは、最終的には昭和一四年の後半に書かれたものと考えて間違いないだろう。すでに日中戦争は抜き差しならぬ泥沼状態に陥っていたばかりか、ノモンハンではソ連軍に大敗し、そして、アメリカからは日米通商航海条約の破棄を通告され、日米関係が急速に悪化しつつあった時期である。

実はこういったことを考えて初めて納得のいくことが、『巡礼』の総括部分にはあるのではないだろうか。

藤村自身も『巡礼』の中で書いているように、結局はヨーロッパ中心というほかない国際ペンクラブ世界大会に出席した後、彼は初めてアメリカ合衆国を訪れ、摩天楼という「石の交響曲」のすばらしさや、国内航空網を含む交通網の発達や、自動車製造工場に見られるような生産力や、各地の充実した美術館や図書館、さらには一般民衆をも巻き込みながらも節度を保ちつつ行われる大統領選挙等々を、我が身で体験したり、我が眼で見たりしているうちに、今やアメリカこそが世界の中心になりつつあることを感じとったからこそ、かつては彼自身もまた世界の中心だと信じていたヨーロッパのことが気になり始めて、予定を変更してまで、回り道してまで、二〇年ぶりにパリを再訪し、そして、そのパリの、フランスの、つまりはヨーロッパの没落を自らの眼で確認したはずである。

これこそが、一九三六年の日本の作家島崎藤村のまさに一世一代の大旅行の核心をなす内容だったはずである。しかし、おそらく一九三六、七年の日本でも、ましてや一九三九、四〇年の日本で、総括部まであからさまに、アメリカを肯定し、称えるような文章を書くことは、すくなくとも島崎藤村には出来なかった。そこで彼は、アメリカ抜きの総括文をあのような形で書くほかなかったということであろう。

ブエノスアイレスでのペンクラブ世界大会への招請状を早々と受取りながら、これを断わって、スイスのチューリヒ近郊キュスナハトの自宅で、『エジプトのヨセフ』の執筆に専念したトーマス・マンは、一九三六年八月末にはこれを書きあげ、一〇月には刊行の運びとなった。そして、休むまもなく、次の小説『ヴァイマルのロッテ』の準備にとりかかっていたが、一〇月二三日に、アメリカに移住するという知人が挨拶に訪れたらしい。その日の日記に、マンはこう書いている。

「ヨーロッパは見捨てるのが賢明でしょう、か。私もその判断を否定はできない。」

そして、同年一一月四日の日記には、前日のアメリカの大統領選挙で、ルーズヴェルトが圧倒的な大差で勝利を収めて再選されたことを報じる新聞を読んだうえで、前年六月のアメリカ訪問の際にホワイト・ハウスに招かれ、食事を共にして知り合ったルーズヴェルトに祝電を送ったことが記されている。

以上、私はあるいは当を失するほど長ながと島崎藤村にこだわってきたのかもしれない。しかし、私たちが、一九三八年九月のトーマス・マンのヨーロッパからアメリカへの移住を、単に一人の反ナチス亡命文学者の自己防衛的な行為として捉えるだけでなく、世界の歴史の大きな転換期を諸に反映した一つの個別的な事例として見る眼を持つためには、マンとは直接的には何の関係もない、何の接触もない、ただマンと同時代に生きたというだけの日本の同世代の文学者の目に映じたアジアとヨーロッパとアメリカの関係を、一つの具体例を介して知っておくことは絶対に必要であると考えたからにほかならない。

最後に、では、あの時代の日本の代表的な小説家の一人である島崎藤村は、トーマス・マンの小説を読んでいたのだろうか。

藤村研究者ではない私は、むろん、彼の全集を全て読んだわけではない。したがって絶対的確信は持てないが、少なくともマンの初期短編のいくつかだけは読んでいたと思われる。なぜなら、藤村は昭和一五年（一九四〇年）に新潮社が少年少女向けに出した『西洋文学選』なる本の編者を頼まれたらしいが、その仕事を終えた後で、「新日本少年少女新聞」に「『西洋文学選』あとがき」と題する文章を書いている。そこで彼は、『西洋文学選』に収録したかったが、割愛せざるをえなかった作品のリストをあげている。その中でドイツの部に、ヘッセの「少年の日の思い出」と「聖フランシス」、そしてトオマス・マンの「『トニオ・クレエゲル』の一部」の三つを挙げているのである。わざわざ「の一部」とまで書いているのだから、彼が『トニオ・クレエゲル』を読んだことは間違いあるまい。

(三) 日本のさまざまなマン研究者たち

二月に東京で一四〇〇人余の陸軍兵士が決起する二・二六事件が発生し、七月にスペイン内乱が始まり、八月にベルリンでナチス・ドイツの隆盛を誇示するオリンピックが賑にぎしく開催され、一一月に日独防共協定が締結された年、一九三六年。

日本文学会の長老、六四歳の島崎藤村が、南米アルゼンチンの首都ブエノスアイレスで開催された国際ペンクラブの世界大会に出席した後、あたかも流動する世界情勢に振り回されるかのように、北米のアメリカ合衆国から、ヨーロッパの古都パリにまで旅を重ねて行った年、一九三六年。

そして、一九二九年のノーベル文学賞受賞者で、ナチスの政権獲得直後にドイツを出たまま帰ることなく、スイスのチューリヒ近郊に居をかまえて、政治的には沈黙を守り続けていたトーマス・マンが、この年二月に遂に反ナチス亡命者たちとの連帯を表明し、その懲罰として一二月にドイツ政府からドイツ国籍の剥奪を宣告された年、一九三六年。

この年（昭和一一年）の五月に刊行された、東京帝大独逸文学会編輯の『独逸文学研究』第七巻に、大畑末吉の「トーマス・マンの『魔の山』」と題する論文が掲載されている。五〇頁近いものであるが、扱われているのは『魔の山』の第五章末、あのカーニヴァルの夜のカストルプとショーシャ夫人との一件まで、つまり『魔の山』の前半部だけである。そして、『魔の山』の後半部は、翌一九三七年四月に刊行された『独逸文学研究』第八巻に掲載された同名の論文で扱われている。細かなことに拘るなら、それぞれの論文の末尾に記された擱筆の日付から判断して、小説の前半部を扱った部分は一九三五年に、後半部を扱った部分は一九三六年から三七年初頭にかけて執筆されたようである。また筆者の大畑末吉は、一九〇一年生れの人物だから、当時は三〇歳台半ばだったことになる。なお、以下において私は、この二号に分けて掲載された大畑論文を一つの論文として扱うことにする。

さて私は、本稿「三つの国の物語」全体の筆者としての視点から、大畑論文に賢しらな論評を加えるに先立って、同じ文学作品を対象にして半世紀後にやはり長々しい論文を書いた後輩として、この同学の先輩に対して率直に心からの敬意を表しておきたい（私自身の『魔の山』論は、一九八九年に発表した「転身の構図——時代の小説としての『魔の山』の成立史と構造についての一考察」で、後に拙著『激動のなかを書きぬく』の第一部第二章として収録してあるので、関心のある人はそちらをお読みいただきたい）。

雑誌『独逸文学研究』第七巻の編集者（星野慎一）は、編集後記で大畑のことを「トーマス・マンの隠れたる探究家」と紹介している。本稿第三話でも紹介したように、昭和最初期のジャーナリズムの分野でトーマス・マン研究者として重用された一部のマン研究者たちとの比較で、「隠れたる探究家」と評したのであろうが、どうせなら「本物の」とか、「誠実な」とかいった形容詞も付け加えるべきだったろう。

少し褒めすぎたかもしれないが、あの頃の、マンといえば『トーニオ・クレーガー』その他の初期短編か、せいぜい『ヴェニスに死す』を持ち出す程度で、自分たちが生きている一九三〇年代のマンの言動はおろか、第一次大戦時以降のマンの言論文筆活動については、ほとんど知らぬ顔をきめこんでいたマン研究者やマン愛好家たちの多くを思い起しながら、この大畑末吉の『魔の山』論を読むと、その愚直なまでの、小説を読むにしては生真面目すぎるほどの律儀さで、物語の展開を丁寧に追いかけながら、幼少の頃から心身に染み付いている「死との共感」(Sympathie mit dem Tode) を克服して「生の奉仕」(Lebensdienst) へと向う主人公ハンス・カストルプの教養課程、もしくは作者トーマス・マンの思考過程を丹念に追跡していく姿勢には、半ば呆れながら、感心するほかない。

本書の「第一話」「ドイツ――一九二〇年代のトーマス・マンをめぐって」の中でも、さまざまな視点から紹介したように、『魔の山』は、今日では一応二〇世紀前半のヨーロッパ文学を代表する長編小説の一つと見なされてはいるものの、実はこのような高い評価を疑問視するばかりではなく、これを途中で破綻をきたした失敗作と見なす意見も、長たらしいだけで退屈な小説とする感想も、発表当初から、ドイツの作家や批評家たちの間でも、一般読者の間にも根強く存在したのである。しかし、現在とは比較にならないくらいヨーロッパに関する情報量の乏しかった昭和初期の日本の「隠れたトーマス・マン探究家」は、あらゆる種類の余計な雑音に惑わされることなく、このノーベル賞受賞作家が受賞数年前に発表した大作を丹念に繙いて、主人公の歩みを丹念に跡づけていくのである。――その丹念さゆえに、有名なこの小説の内容の大筋をすでに知っているであろう人びとに、私があらためてこの論文の内容を紹介する必要もなくなるほどであるというのが、私の大畑論文に対する、多少の皮肉を込めた讃辞である。

もっとも、忘れないうちに言っておかねばならないが、『魔の山』の最初の日本語訳が出版されたのは、前半部(第五章まで)が、大畑論文が発表された約半年後の昭和一一年一一月であり、後半部は昭和一四年四月だから(いずれも熊岡初彌と竹田敏行の共訳で三笠書房から刊行された)、何種類かの日本語訳が存在する現在の私たちと違って、大畑は良くも悪くも他人の日本語訳を参照することも、利用することもできず、この七面倒で、退屈な部分も間違いなく散在する(なにしろ作者が意図的にそれを狙っている面もあるのだから)、この長たらしい小説をただこつこつと読み進むほかなかったのである。――ただし、大畑はこの長大な小説を読み解き、論文を書くにあたっては、ドイツ人の書いた数冊の研究書あるいは研究論文が参考になったとして、論文の末尾にドイツ人研究者の名前を数名列挙し、特にケーテ・ハンブルガーの著書『トーマス・マンとロマン主義』を参考にしたと明記している。

『魔の山』の前半部を扱った『独逸文学研究』第七巻に掲載された大畑論文に比べれば、『魔の山』の後半部を扱った第八巻掲載の大畑論文の方が、いささか手抜きの感があるのは、一つには、この外国語で書かれた長大な小説を一人で読み進める作業のもたらす疲労と倦怠から不可避的に生じたものという面もあるのかもしれない。

しかし、本書の「第一話」の第四章で紹介した、『魔の山』執筆時にはマンの親しい友人でもあった小説家のヨーゼフ・ポンテンの『魔の山』の終結部に対する強い不満のエピソードを憶えている人は、実直で誠実な読者であり研究者である大畑もまた、『魔の山』の後半部には、かなりの戸惑いを覚えたのだろうなと思わざるをえないのではないだろうか。結局大畑は、主人公の従兄ヨーアヒム・ツィームセンや、セテンブリーニの論敵レオ・ナフタについては、突っ込んだコメントらしいコメントはほとんどしないままに、彼の『魔の山』論を閉じてしまうのである。

それでも、私の知る限りでは、大畑論文は第二次大戦終結以前に日本で書かれた、最もまとまった、最も優れた『魔の山』論であると私は考える。

だからこそ、私は次のような不満と疑問を抱かざるをえないのである。

どうしてこの大畑論文には、この小説を取り囲んでいた重苦しい現実がいささかも影を落していないのだろうか、という不満と疑問を。ハンス・カストルプがダボスのサナトリウムで過した七年間にヨーロッパや世界で起きたことも、トーマス・マンが小説『魔の山』の製作に要した一一年間にドイツや世界で起きたことも、そして、作者マンが主人公カストルプと共に辿った教養課程のゆえにこそ、一九三六年の今日マンの身に起っていることも、全て小説『魔の山』には全く関係のないことなのだろうか。もしそうであるなら、作者マンは、『魔の山』執筆の途中で、『非政治的人間の考察』も『ゲーテとトルストイ』も『ドイツ共和国について』も書かずにすませたはずである。

私はなにも乱暴な言いがかりをつけているわけではない。また、半世紀後に私が『魔の山』論を書いた時と違って、大畑が『魔の山』を書いた頃には、私が使用したような資料など存在しなかったのも自明のことであるから、そんなことを問題にしているわけでもない。

しかし、大畑が『魔の山』論を書くに際して最も頼りにしたというケーテ・ハンブルガーの『トーマス・マンとロマン主義』なる研究書は、必ずしも『魔の山』論というわけではないばかりでなく、『非政治的人間の考察』（一九一八）から『時代の要求』（一九三〇）にいたるまでの、マンのさまざまな時事的・政治的発言まで押さえたうえで、マンの第一次大戦時から一九二〇年代末までの言論活動を、ドイツ・ロマン主義の伝統に即したものとして捉えた書物である。とすれば、大畑論文にももう少し広がりを期待したくなるのだが、この「トーマス・マンの隠れたる探究家」は、おそらく自分のマン研究に自覚的に狭い枠をはめたのではないだろうか。

ちなみに、大畑は知る由もなかっただろうが、彼の論文が『独逸文学研究』に掲載された頃には、トーマス・マンばかりでなく、ケーテ・ハンブルガーもまたドイツ国外に亡命するほかなく、彼女のマン論を気に入ってくれたマンと、互いに亡命の地にあって、時折文通を続け、そして、『ヨセフとその兄弟たち』四部作が完成するとまもなく、彼女は『トーマス・マンの長編小説「ヨセフとその兄弟たち」』を発表して、この超大作全体を扱う最も早い時期の研究者の一人として、マン研究に大きな貢献をなしたのだった。

他方、大畑末吉の方は、『魔の山』論の後半部を『独逸文学研究』第八巻（一九三七年）に発表した翌年一九三八年の一一月に岩波文庫で『アンデルセン童話集』第一巻を刊行したのを皮切りに、第二次大戦中もひたすらアンデルセンの童話をデンマーク語の原典から翻訳する仕事に励み、いつのまにか日本におけるアンデルセン紹介の第一人者となっていった。彼があの『魔の山』論の後もトーマス・マンの文学の「隠れたる探究者」であり続けたのかどうか、私は知らない。また、大畑がどのような理由から、マンからアンデルセンへと乗換えたのかも私は知らない。ただ、「時代の要求」なるものには、種々さまざまな形があるものだと思うだけである。

もっとも、ひょっとしたら大畑は、『魔の山』をも、私のように、「時間の小説」であると同時に「時代の小説」でもある「多義的な小説」としてではなく、「教養小説」という形をとった哲学的な〈メルヘン〉として読んでいたのかもしれない。そして、〈メルヘン〉として読むために、この小説の周辺に濃密に立ち込め、特に後半部（第六章以下）の随所に生じた亀裂を通って作品内部にまで入り込んでいる全ての瘴気を、一切無視してしまったのかもしれない。——私は大畑に、一九九五年にミハエル・マールが出した、トーマス・マンとアンデルセンの童話との間にある深い関係について調査した研究書『精霊と芸術——魔の山からの知らせ』についての感想を聞いてみたかったと思う。

私は大畑末吉の『魔の山』論における現実感の稀薄さ、ひいては現実のドイツの歩みや、作者トーマス・マンが現在置かれている状況に対する大畑の無関心さといったものを、批判的に指摘したが、そもそも一九三六、七年頃の日本のゲルマニストたちは、当時のドイツ国内の実情や、それに対してトーマス・マンその他の文学者や知識人たちの取った態度や行動などについて、いったいどの程度に知っていたのだろうか。

大畑末吉がケーテ・ハンブルガーの『トーマス・マンとロマン主義』を参考にして『魔の山』論を書いたのと同じ時期に、京都では高安国世が「『魔の山』——マンの死の思想に関連して」と題する卒業論文を書いていた。——但しこれを（おそらく若干の加筆修正は当然行っただろうが）公表したのは、七年後の昭和一九年（一九四四年）に刊行した著書『若き日のために』においてである。

高安は、むろんケーテ・ハンブルガーの研究書にも言及しているが、論文の題名からも推測されるように、ハンブルガーの研究書と同じく一九三二年に出たハンス・カスドルフの『トーマス・マンの作品における死の思想』と題する研究書の方に、より強く影響されたものと思われる。——ちなみにトーマス・マン自身は当時のハンブルガー宛の手紙で、カスドルフの本には「ある種の精神的ナチス臭がある」から、私は貴女の本の方が気に入ったと書いているが、そんなことは大畑も高安も知るはずはないし、今の私の話にも関係はない。

高安論文も大畑論文と同じく、マンが『魔の山』執筆時や、いわんや一九三〇年代におけるドイツおよびトーマス・マンを取り巻く現実状況になぞ一顧だにすることなく、ただただ主人公の「死の思想」の推移を追跡していく。——一九三〇年一〇月の講演「理性への訴え」以来、マンの反ナチスの姿勢は誰の目にも明らかになっていただけに、大畑や高安がマン論を書いた一九三六、七年の日本では、もはやこのようなテーマで、このような形でしか本格的なマン研究論文を書くことはできなくなっていたのかなと思わないでもないが、高安は、日本の敗戦後三年を経た一九四八年一二月に書いた「トーマス・マンと政治」と題した文章（『トーマス・マンとリルケ』所収）の冒頭部で、次のように書いている。

「最近十年ほど戦雲にさえぎられて、我々の目にも耳にもマンの姿と声とは殆ど知られずに来た。ナチスに国籍を剝奪され、アメリカに渡ったという事実はきこえて来ても、それまでにどれだけマンがファシズムの危険に対して世の良識を喚起し、最大限度の抵抗を実際活動において果して来たかは知られないままに、我々はマンが避難先を持っていることをむしろ羨み、身をかわす余地のない自分の運命を嘆いたに止まった」（傍点山口）。

本書の「第三話」で詳しく紹介したように、反ナチス亡命文学者や亡命知識人たちの活動について雑誌『カスタニエン』や『世界文化』で精力的に紹介し続けたあげくに、昭和一三年（一九三九年）六月に警察に逮捕され、有罪判決を受けた和田洋一や、一九三六年末にナチス政府によってドイツ国籍を剝奪され、ボン大学から名誉博士号を取り消されたトーマス・マンが、翌一九三七年初頭にボン大学（とドイツ政府）に叩き付けた絶縁状を翻訳して、雑誌『新潮』に掲載した吉田次郎などの先輩たち（年齢は和田は一〇歳、吉田は三歳違うが）をわりと身近に持っていた高安の言葉としては、この高安の戦後の発言は、無条件には信じ難いが、やはり本書の「第三話」で概観したように、昭和初期の日本におけるトーマス・マン文学の受容が、『非政治的人間の考察』から「ドイツ共和国について」を経て「理性への訴え」に至る、マンの社会的、政治的評論活動の系譜をほとんど無視する形で行われ、終戦前後の時期になっても、トーマス・マンと言えばほとんどの人が即座に『トーニオ・クレーガー』と答えるような状況が続いていたことを考えれば、上記のような高安国世の回想は、本質的には一般的妥当性を持っていたと言えるのかもしれない。だが、それは本当に、ただ「知らなかった」からだけなのだろうか。その点をもう一度考え直させるような事例を一つ紹介しておこう。

昭和一五年（一九四〇年）の年末に東京の青木書店から、トオマス・マンの『巴里日記』の翻訳書が出版された。言うまでもなく、マンが一九二六年一月にカーネギー財団の招待で、一週間パリに滞在した時の日記を帰国後『パリ始末記』として公刊したものの翻訳である。訳者の麻生種衛は、後述する昭和一五年一〇月から全一九巻の予定で刊行が始まった三笠書房のトーマス・マン全集で、「ヤコプ物語」と「若きヨゼフ」と「エジプトでのヨゼフ」の三編を佐藤晃一と二人で共訳することが予告されていた、つまりその当時のトーマス・マンについて最もよく知っているはずの日本のゲルマニストと見なされていたと考えていい人物である。

ところで、この翻訳書『巴里日記』には、約一六〇頁の翻訳の後に、「解説」というには余りに長すぎる約八〇頁の「トオマス・マンの世界」と題する訳者麻生の論文が添えられている。なお、この論文はもともと昭和一四年一月に刊行された東京帝国大学独逸文学会の『独逸文学』第二年第四輯に「近代文学に於ける生と死に関する一考察」という題で掲載されたものであるが、その中では「巴里日記」のことなど、一言も言及されないのである（もっとも、ナチスからマンはパリまで出かけていって宿敵フランスに「叩頭した」と批判されることになったこの時のマンのパリ行きの意義について、麻生がきちんと解説できていたら、彼のトーマス・マン論もかなり異なったものになっていただろう）。つまり、麻生は、自分のトーマス・マン論を公刊したいために、適当な分量のマンの著作の翻訳書という体裁を借りたのではないかと思われるのである。なお、麻生はこの頃三〇歳台半ばくらいで、同年輩の和田洋一とも友人関係にあったようだ。

私が今ここで問題にしたいのは、麻生が訳書『巴里日記』の後半部に収録して発表した自分の論文「トオマス・マンの世界」の冒頭で披露している、自分宛のトーマス・マンからの「一九三七年二月二十六日発信」の手紙にまつわることである。

最初に断わっておかねばならないが、麻生の訳文で約三頁の長さのこの手紙は、私の調べた限りでは、これまで刊行されているマンの書簡集のいずれにも収録されていないし、H・ビュルギンとH・O・マイアー編の『トーマス・マンの全書簡の要覧と総目録』の中にも記載されていない。しかし、マンの一九三七年二月二一日の日記に「ある日本の教授宛」の手紙を口述した旨の記述があるから、たぶんそれが麻生宛の手紙だったと思われる。麻生の記述する発信日とは数日のずれがあるが、それは口述と清書という作業手順の問題で説明がつく。また、後で私が述べるいくつかの事柄などとの関係から考えても、マンが二月二一日の日記に書いている「ある日本の教授」というのが、麻生種衛であることは、まず間違いないだろう。

というわけで、麻生が紹介している自分宛のトーマス・マンの一九三七年二月二六日付の手紙なるものは、私たちは、麻生自身の日本語訳によってしか読み得ないことは、断わっておいた方がいいだろう。——つまらぬ邪推をする気は毛頭ないが、翻訳文が訳者の意向を反映せざるをえないものであることは自明の事柄であろう。

他方、麻生はマンからの手紙を紹介する前に、自分はマンの作品の中心にあるのは「イロニーの原理」であると考えるので、その点についてマン自身の考えを質してみたくて、マンに手紙を書いたら、幸いにして返事をもらえたと説明している。しかし、残念なことに、彼はいつその手紙を書いて出したのかについては全く説明していない。

つまらぬことに拘るように思われるかもしれないが、これは、マンの返事を正しく理解するためには、知っておいた方がいい事なのだが、麻生はそこまで気付いてはいないようである。

トーマス・マンはドイツに戻ることを拒否して、スイスに居を定めてからも、政治的発言は極力慎しみ、ナチス・ドイツとの対決が表面化するのを出来る限り避けてきたが、一九三六年二月に遂に反ナチス亡命文学者との連帯感を公に表明するという形で、ナチス・ドイツとの公然たる敵対関係に入ったことは、繰返し述べたところである。これに対する懲罰措置として、ナチス政府がトーマス・マンのドイツ国籍の剥奪を宣告したのは、一九三六年一二月二日である。そして、このことは、当然のように、ただちに各種のマス・メディアを介して、世界中に知れわたるところとなった。それは、マン自身が当時のフィッシャー社の社長ベルマン・フィッシャー宛の一二月五日付の手紙で、「まるでノーベル賞騒ぎの時と同じです」と伝えているほどだったという。——ただし、それはヨーロッパでの、あるいはスイスでの話であって、日本でも同じであったとは思えない。

いずれにせよ、麻生がマン宛の手紙を書いた時、マンが遂にドイツ国籍を剥奪され、純然たる反ナチス亡命者となったことを知っていたかどうかは、当時の国際郵便事情や、ちょうど年末年始（クリスマス前後）だったことなどを考えれば、今となっては推測のしようもない。

しかし、麻生の手紙を受取った頃、つまり一九三七年二月後半頃のトーマス・マンがどのような状況下にあったかは、当時の彼の日記まで読むことのできる私たちは、つぶさに知ることができる。すなわち、国籍剥奪に引き続き一九三六年一二月一九日付でボン大学から名誉博士号の取消しの通告を受けたマンは、ただちにボン大学の哲学部長宛の書簡という形で、これらの措置を真っ向から批判し、ドイツの現状の腐敗堕落ぶりを糾弾し、正義は自分の側にあることを高らかに主張する文章を書き、翌三七年一月半ばにスイスのオープレヒト社から、ボン大学からの手紙とこの自分の返書とを並べて印刷した十数頁のパンフレット『ある往復書簡』を出した。これが大評判をよび、またたくまに世界中に流布し、日本でも雑誌『新潮』の一九三七年五月号に吉田次郎訳で掲載されたわけである。

　話を元に戻すと、麻生の手紙がトーマス・マンの許に届いたのは、マンが目まぐるしく動く事態の変化に対応するために企画した新しい雑誌（『尺度と価値』）の創刊準備や、新たにとりかかった小説（『ヴァイマルのロッテ』）の執筆に加えて、ボン大学への返書で示された彼の高邁で毅然とした態度に対して、全世界から寄せられた讃辞や連帯感の表明や激励や感謝の言葉を伝える手紙の山への応接に大忙しの時期だった。まさにそういう時だったからこそ、そのような時事的問題にはなんの関心もないかのように、彼のこれまでの作品におけるイロニーの役割についてだけ質問してきた、遠いアジアの果ての国日本の学者からの手紙に、マンはなにか心ひかれるものがあって、わざわざ日記に記す気になったのだろう。すなわち、一九三七年二月二一日の日記にマンは、こう書いているのである。「お茶のあと、かなり根を詰めて多くの手紙を、エクスのサガーヴやある日本の教授宛のように精神的性質のものも含めて、口述する。」（ちなみにフランスのサガーヴ教授宛の手紙もＨ・ビュルギン／Ｈ・Ｏ・マイアー編の『トーマス・マンの書簡総目録』では二月二三日の日付になっているから、マンが口述した日と手紙の発信日との間にずれがあるのは普通のことだったらしい。）

　さて、マンが日記の中で麻生への手紙に関する件を殊更に「精神的」と言っているのは、当時マンに寄せられた手紙のほとんどが、ボン大学との往復書簡に関係する時事的、政治的な内容のものであったこととの対比で用いられた表現であることは言うまでもないだろう。マンは、現在のような状況にある自分に、文学におけるイロニーの役割について質問してくる人間に、一方では啞然とするほど呆れ、他方では何かほっとするような親しみを覚えたのではないだろうか。

麻生の手紙を受取ったマンのこの二通りの反応は、マンが麻生に書いた返事の中に、かなり率直に表われていると私は思う（なお以下における麻生宛のトーマス・マンの手紙からの引用は、先述のような理由から全て麻生自身の訳文である）。

すなわちマンは、冒頭の儀礼的謝辞に続けて、麻生が、イロニーの問題が「わたしの青年期の作品に対して有する重要さを非常にうまく探り出し」ているると褒めたうえで、いきなりこう書くのである。長くなるが引用するほかない。

「さて今わたしが、これらのイデー、問題はわたしにとって、時の経過とともに魅力を喪失してしまったと告白しても、貴君はあまり驚いてはいけません。芸術家はラテン語の所謂 novarum rerum cupidus（常に新しきものを欲する）ものであります。青年期に好んだ或る種のイデーの制作的刺激は、時とともに消耗して背後に退くものであります。それにまた、或る道徳的責任感から云っても、所謂生なるもののために精神が自己をイロニー化することは、実際的な、はっきり云えば、政治的な危険を――この危険は今日はじめて本当に表面に、しかも異常に粗暴な、文化を危殆ならしむるが如き形をとって表面にあらわれて来ているのでありますが――有することは認めざるを得ぬのであります。精神と生との反立（アンチテーゼ）そのものが、実は厳粛なる現実の前には堪え得ぬ底の或る誇張を蔵しているのであります。何故なら、精神的なるものはそれ自身生の一部でありまして、それの生への所属と、創造的なる生の権能とを、二元的に解決するならば軽率の譏は免れぬからです。」

これは、ボン大学との往復書簡を公開することによって、いわば遂に眦（まなじり）を決してナチスとの闘いに立ち上ったトーマス・マンが、いつまでも自分の「青年期」の作品からせいぜい『魔の山』あたりまでの作品に夢中になっている遠国の、自分よりはるかに年若いゲルマニストを穏やかに、しかし厳しく教え諭す言葉にほかならないと私は考える。

しかし、これだけ言った後で、マンはこう付け加えるのである。

「これだけのことを諒解された上ならば、わたしはイロニーの精神に対するわたしの絶えざる愛好を決して否定せんとするものではありません」とマンは言ったうえで、「イロニーは結局距離と客観性に他なりませぬ。それは、ディオニソス的な抒情詩の精神、事物の中に融解没入する精神に対して、客観的なるものと叙事詩とのアポロ的原理であります。そして叙事詩人たるわたしは――わたしは『ブッデンブローク一家』以来次第に叙事詩的傾向を益し、今度の、貴君には恐らくまだ知られていないだろうと思われるバイブルを題材にとった新しい小説に於ては、叙事詩人たる自己を明白にあらわしているのでありますが――云わば職業上、いつまでもイロニーの原理に好意を寄せざるを得ないのであります。」

これは、はるばる遠方から手紙をくれた相手をたてるための文章であると同時に、マン自身にとっては、政治がらみの話題に明け暮れる当時の状況下で、小説家として、叙事的詩人として語ることを選び取った一瞬の言葉であったと思われる。

私がこう書いたからといって、誤解されては困る。私は、トーマス・マンという文学者の魅力は、彼自身も繰り返し言っているように、詩人であると同時に評論家でもある著作家 Schriftsteller であるところにあると考えている。換言するなら、『非政治的人間の考察』も書けば、『魔の山』も書く文学者、『ヨセフとその兄弟たち』も書けば、『或る往復書簡』も書く、いや書かずにはおれない文学者、それがトーマス・マンなのである。

そして一九三七年の四月か五月に、ここに紹介したようなマンの一九三七年二月二六日付の手紙を受取った前後には、麻生は、もう間違いなく、自分がいかなる状況下にあるトーマス・マンに手紙を書き送ったのかを知っていたはずである。なぜなら雑誌『新潮』の同年五月号に、マンとボン大学との「往復書簡」の日本語訳が掲載されたからである。

ついでに書いておくなら、同年六月発行の東京帝国大学独逸文学会の『独逸文学』の創刊号の「独逸文壇消息」という欄には、きちんと次のような記事が掲載されている。「市民権の撤回並びに国籍剥奪に関する法令に依り、左の作家は国家及び国民への忠誠の義務を怠り、国家の利益を害するものと認められ、国籍を剥奪された。（一九三六年一二月）」と麗麗しく記した後に、トーマス・マンを含む六名の名前が記されている。――この記事を目にした時、私は、前述のように麻生のトーマス・マン論が最初はこの約一年半後に同じ『独逸文学』誌に、トーマス・マンという名前を伏せた題名で発表された理由がおぼろげに判るような気がした。それとも、これは、その頃はまだ二、三歳の幼児にすぎなかった私が、八〇歳を過ぎた今抱く妄想的勘繰りにすぎないのだろうか。

　ここまで書いた以上、もう一歩先まで書くべきだろう。

　麻生は自分のマン論を併載した訳書『巴里日記』を刊行した時、当然、親しい友人佐藤晃一が同じ出版社、青木書店から一〇ヶ月前の昭和一五年（一九四〇年）二月に出したやはりトーマス・マンの評論の翻訳書『時代の要求』を読んだはずである。この翻訳書の内容については、後で詳しく触れるつもりだが、この佐藤の訳書に付けられた「解説」を読めば、ボン大学との「往復書簡」でナチス・ドイツと決定的な対立状態に入った後のトーマス・マンの動向の大筋は、麻生にも分ったはずである。

　つまり、私が言いたいのは、遅くとも『巴里日記』という形を借りて、自分のトーマス・マン論を広く世に問うた時の麻生種衛は、一九三六年末か三七年初頭かにマンに「イロニー」について質問する手紙を書き送った時の麻生と違って、反ナチス言論活動に本気で身を挺していったマンについての情報にもそれなりに通じていたはずであるということである。とすれば、麻生は今や、マンが彼への返事のなかで、イロニーの問題は今や私にとって魅力がなくなったとか、イロニーのもたらす「政治的な危険」とか、「精神と生との反立（アンチテーゼ）そのものが、実は厳粛なる現実の前には堪え得ぬ底の或る誇張を蔵している」とかいう言葉で伝えようとしたものが、具体的に何を意味していたかをも明確に理解できたはずである。

　もちろん麻生は理解した、と私は思う。しかし、理解したからこそ、彼はそれを拒否したのだ。――つまり、先に引用した高安国世の戦後になってからの回想との関連で言うなら、一九三〇年代半ば以降の日本のゲルマニストたちはむろんマンの反ナチス活動について知らなかった面もあるだろうが、同時に知ることを拒否した面もあるのではないか、ということである。

　すなわち麻生は、マンからの手紙の紹介から、麻生自身のマン論に話を移すにあたって、次のように断り書を挿むのである。

「次に掲げる文章の中で私がのべることとは、この書簡の内容と時に矛盾するところがあるかも知れない。しかし、作家が自分自身について述べた言葉は必ずしも真正面からのみとる必要はないとすれば、私のとった如き解釈も或いは許されるかも知れない。」

しかし、先に紹介したあの時点での、あの状況下でのトーマス・マンが手紙の中で、イロニーと今日の政治的状況とについて語った言葉を、一般的な作家の自己あるいは自作についての解釈などといった問題と同一視して無視することができるだろうか。そんなことは麻生にもわかっていたはずである。わかっていたからこそ、強引に作家の自己解釈の当てにならなさという陳腐な問題とすり替えてみせたのだろう。

そして、なぜ麻生がこのような強引なすり替えを必要としたかは、彼のマン論が四分の三ほど終り、例の『魔の山』における「死を越えて生に至る天才的な道」に話がおよび、「即ちマンのヒューマニズムとは、自己の存在を凝視しつづけて来た彼が、自我の孤独な深みから立ち上って、一般的な社会的なものへと向わんとする意志に外ならない、病気と死とを越えて健康と生とへ向わんとする彼の決意に外ならない。それは、セッテンブリニの信ずるような文明と進歩とを一方的に主張する政治的なヒューマニズムではない」と、『魔の山』解釈としてはごく普通で月並な説を披露した後で、いきなり次のように話を転回させる時に、なるほど、麻生はこれを言いたかったのか、これを言わずにはおれなかったのか、と合点がいくのである。彼は言う。

「それ故、マンのヒューマニズムを宗教的ヒューマニズムと呼ぶことは決して事実をまげるものではあるまい。その生への決意の裏には、強い〈死への共感〉が秘められているのである。我国の一部では、マンは所謂ヒューマニズムの戦士であるかの如く見られている。しかし、マンがあらゆる政治的熱狂主義から如何に遠いかは今迄述べ来たところによって明かなことであると思う。ある一つの主義の戦士や指導者になること程彼の本質に遠いものはない。」

このような文章を書き込んでおくことは、ドイツの同盟国となった大日本帝国において、一九三〇年代後半になっても、いわんや一九四〇年（昭和一五年）末になっては、ドイツ国籍を剝奪され、アメリカに逃げ込んだような男トーマス・マンについての論文を敢えて書き、そんな男の作品の翻訳を敢えて出版する人間には必要不可欠な護符のごときものだったのだろうか。だとしたら、私は黙るほかないのかもしれない。

それとも、麻生は大真面目で、心底トーマス・マンという文学者（Schriftsteller）をこのような人間と思いこんでいたのだろうか。だとしたら、私が次章以下で紹介するようなこの後のマンの明確に政治的な発言の数々を知ったなら、麻生は啞然としてトーマス・マンを読むことをやめたのだろうか。

麻生種衛のトーマス・マン論「トーマス・マンの世界」の終り近くで、「マンのヒューマニズム」は「政治的なヒューマニズム」ではなくて、「宗教的ヒューマニズム」なのだという主張に接した時、私は、反射的に一つの問題を想起した。それは、戦前の日本におけるマンの四部作『ヨセフとその兄弟たち』の受容の問題である。麻生は、『魔の山』における主人公ハンス・カストルプが「死を越えて生に通ずる天才的な道」を経て到達した境地を、マンの「宗教的ヒューマニズム」として捉えた後、『ヨセフとその兄弟たち』の冒頭に置かれた「地獄行」を紹介することで、彼のトーマス・マン論の結びとしているのだが、私はここで麻生とは別れて、戦前の日本におけるトーマス・マンの『ヨセフとその兄弟たち』の受容の問題を考えてみることにしたい。


本書の「第三話」の第二章の冒頭で、私はヘルマン・クルツケの言葉を引用しながら、四部作『ヨセフとその兄弟たち』がトーマス・マンの生涯にわたる創作活動の中で占める位置づけを行うと同時に、にもかかわらずこの作品を前にした時に研究者や読者の誰しもが覚える一種の「当惑」もしくは「戸惑い」について話した。その「当惑」もしくは「戸惑い」は、日本人の場合、一段と大きかったし、今でも大きいと思われる。その理由は、言うまでもなく、この作品の前提となっている「聖書」の存在である。作者はむろんその存在を、読者と共有している前提として書いているわけだが、その前提が多くの日本人読者との間には成立しないからである。だが、そのような自明の事柄は、私が今ここで取り上げる必要はあるまい。私が以下で指摘したいのは、それとは別種の或る欠落の問題である。

だが、順を追って話すことにしよう。

『ヨセフとその兄弟たち』の第一部『ヤコブ物語』は一九三三年（昭和八年）一〇月に、第二部『若いヨセフ』は翌一九三四年四月にいずれもベルリンのS・フィッシャー社から出版されたことは、「第四話」で述べたとおりである。この二つの作品については、作者トーマス・マン自身がすでに一九三〇年六月に雑誌『ノイエ・ルントシャウ』に発表した自伝的文章「略伝」の中でも、目下執筆中の長編小説として自己宣伝していたこともあってか、その第一部と第二部が出版されたというニュースは、すぐに日本のゲルマニストたちにも伝わったようである。その証拠として、次の二例を挙げておこう。

一つは、本書の「第四話」でも芳賀檀に関連して紹介した、一九三四年五月に発行された『独逸文学研究』第五号に星野慎一が書いている「最近の独逸文壇より」という記事の中に、マンの『ヤコブ物語』が「昨年一〇月に刊行された」ことが伝えられ、こう記されている。「トーマス・マンは旧約聖書にあらわれた世界を描き、単純な事物、単純な人間の中に千古不磨な大哲理を眺めんとする。その描く所、その説く所、それは単純なお伽の世界に過ぎないが、其處には単なる叙事の国が存するのではない。永劫回帰は天の下、月の照すかぎりの法則である。……此の小説に描かれたものは永遠の象徴である。」おそらく星野自身は作品そのものはほとんど読んでいないなと透けて見えるような紹介文であるが、それは「最近の独逸文壇より」という記事の性格上許されるだろう。ただ、このような紹介文の中で、『ノイエ・ルントシャウ』誌に出ていたハンス・ライジゲルの『ヤコブ物語』についての書評中に、なぜか日本人の〈割腹〉を揶揄する文章があったのがなんともけしからんと、星野は突然怒り出すのである。私は一瞬きょとんとしてしまったが、その後でふと思った。これは、一九三四年という時点で、しかも「第四話」でも触れたようにかなりナチス寄りに編集されたこの雑誌のこの号で、敢えてトーマス・マンの新作を誉めそやすような文章を書いた星野が、とっさに書き足した、ぎこちない精一杯の自己防衛のためのカムフラージュだったのかな、と。それとも、あの当時の日本のゲルマニストなら誰でも、昔の日本人の〈割腹〉を揶揄されたら、頭に血が上ったのだろうか。戦後育ちの私にはよくわからない。

次は、成瀬無極である。これはすでに「第二話」で一度紹介したことがあるのだが、成瀬は昭和九年（一九三四年）六月に書いた「独逸の新興文学」と題した文章の中で、巧みにトーマス・マンにも言及し、彼は「超然として眼を東方に転じ、旧約全書に取材した大規模な三部作小説『ヨーゼフとその同胞』に筆を執り、既に第一部『ヤーコブの物語』と第二部『若き日のヨーゼフ』を公にした」と書き、「こうした時流を外にした創作態度は、革命騒ぎを避けて『狐の裁判』を書いていたゲーテのそれを想わせるものがある」と評価している。このわずか二年前にマンの『ブッデンブロオク一家』の日本初訳を刊行したばかりの成瀬だから、唯今現在のマンの創作活動にもかなり強い関心を払っていたことは当然だろう。もっとも当時の成瀬の多忙さや、『魔の山』全編を読みあげるのにも一苦労していたことなどを考え併せれば、彼が『ヤーコブの物語』と『若き日のヨーゼフ』を丁寧に通読していたとはあまり思えないが。なお、右に引用した成瀬の『ヤーコブの物語』と『若き日のヨーゼフ』についての感想については、後でまた触れることにする。

日本のゲルマニストによる多少はまとまった形の『ヤコブ物語』論や『若いヨセフ』論が発表されるのは、当然のことながら、前者が刊行されてから約一年、後者が刊行されてから約半年たった、一九三四年（昭和九年）秋以降である。

先陣を切ったのは、京都の若手ゲルマニストたちの同人雑誌『カスタニエン』の昭和九年一〇月に発行された第八冊に掲載された、伊中敬三の「トオマス・マンの近作『ヨセフとその兄弟』」で、次いで大山定一が雑誌『新潮』の昭和一〇年一月号に書いた「トオマス・マンの近業について」、そして、東京帝大の学生や若手研究者たちの雑誌『エルンテ』の昭和一〇年一月に発行された第七巻第一号に掲載された、佐藤晃一の「ヤコブの物語」と満足卓の「『青年ヨゼフ』を読む」である。

彼らの論文を八〇年以上後に読んだ私の感想を率直に記すまえに、この四人の執筆時のおおよその年齢を書いておく方が公正だろう。というのは、当時大学を卒業してすでに四年半が経つ伊中（後に石川姓となる）敬三と、三〇歳の大山定一はともかく、佐藤晃一と満足卓は、論文執筆時にはまだ大学二年生だったはずで、二〇歳そこそこの青年だったからである。

したがって、本書の「第三話」で、同じ『エルンテ』誌の第八号（一九三二年二月）におけるトーマス・マン特集に掲載された全て学生たちの手になる八編の論文の個別的紹介や論評を控えたのと同様に、ここでも個別的紹介は控えようと一旦は考えた。それをやめたのは、『エルンテ』掲載の二編のうち、一編の筆者がほかならぬ佐藤晃一だったからである。佐藤にはこの後も登場してもらわなければならず、昭和初期における日本のトーマス・マン研究者としては私の最も注目する人物なので、その彼の発表したおそらく最初の論文として、私はここに記録しておきたかったのである。

話の続きで、佐藤晃一が一九三五年一月発行の『エルンテ』第七巻第一号に発表した論文「ヤコブの物語」から紹介することにしよう。

まだ刊行されて一年少ししか経っていない長編小説が相手だから、学生が安心して頼りにできる研究書の類いは、ドイツ本国にも存在しないわけで、とすれば佐藤が論文の冒頭に作者マン自身の言葉を長ながと引用するほかなかったのは、無理もないことだったと言える。すなわち、佐藤は、マンが一九三〇年初頭に書き、同年半ばに『ノイエ・ルントシャウ』誌に発表した簡略な自叙伝「略伝（Lebensabriß）」から、『ヨセフとその兄弟たち』を書く気になった経緯にかかわる部分をまるごと引用することで論文を始める。そして、「この引用中に、ヨゼフ・ロマンに手を染めるに至った機縁順序はもとより、時代と詩人に対するロマンの位地までが残りなく鮮明に語られている」と書いている。

佐藤はその後、「前奏曲〈地獄行〉」、「神話と心理学」、「心霊物語」、「ヤコブの物語」、「ヤコブとヨゼフ」、「思索と試作」という六つの項目を立てて、それぞれ二〇行前後でそつなく説明していく。

マンの小説『ヨセフとその兄弟たち』は、この後さらに一〇年近い歳月をかけて成長していき、三部作の予定が四部作になるなど、作者自身も予期していなかったような変貌を遂げていくわけで、その全てを見届けることの出来る立場にいる視点から、この佐藤の論文に注文をつけたところで意味はあるまい。それよりも、この三年前の『エルンテ』のあの「トーマス・マン特集号」に発表された学生諸君の各種のマン論の、意欲ばかりが先走ったマン論の数々を思い出して、佐藤の論文のもつ安定感に感心したというのが、私の率直な感想である。これは、おそらく、トーマス・マンの著作に対する打ち込み度の違いからくるものだったのではないだろうか。――後述するように佐藤晃一はこの五年後の昭和一五年（一九四〇年）には、独自に編纂したマンの評論集『時代の要求』の翻訳を青木書店から出版し、さらに、その翌年には、三笠書房のトーマス・マン全集の一冊として、麻生種衛との共訳で『ヤアコプ物語』上巻を翻訳出版して、またたくまに、若い世代を代表するトーマス・マン研究者となったのだった。

佐藤の論文と並べて一九三五年一月発行の『エルンテ』に掲載された満足卓の「『青年ヨゼフ』を読む」の方は、『ブデンブローク家の人びと』を中心とするトーマス・マンの初期作品が大好きな文学青年が、今や初老の大作家となったマンの作品を前にして、どう取り付いたらいいかもわからぬ焦れったさから、周囲に当たりちらしているといった感じの文章である。よほど『ブデンブロオク家』が好きらしくて、『ヨゼフ』と『ブデンブロオク家』とは「実はこれほど密切(ママ)な関係をお互に持っている作品はない」という悪くない指摘をしながらも、『ヨゼフ』ではなく『ブデンブロオク家』の話ばかりしているといった次第で、結局まるで表題とは関係のない文章になってしまっている。それと、なんとも驚いたことには、このトーマス・マン大好きの文学青年のマン論は、第一次大戦後のマンの政治との係わり方については、つまりマンのいわゆる〈転向〉問題や、ファシズム批判、ひいてはナチスとの対立については全く知らない、いや知るつもりがないことが明白な文章である。ひょっとしたら、この青年は、マンは今ではもうドイツに住んでいないことすらも知らないのではないかと思わせるのである。

ただ、この文章を読みながら、私は、この頃の日本には本当にトーマス・マンの文学が大好きな若者が大勢いたのだなと思った。そう思って、『エルンテ』誌のこの号の巻末に掲載されている「昭和九年度卒業論文題目」（昭和一〇年三月東京帝大独文科卒業者）なる一覧表に丹念に目を通してみた。すると、合計三一の論文題目のなかに、三編のトーマス・マン論があった。ゲーテ論が一番多くて四編で、クライスト論とハウプトマン論とシュニッツラー論が、マン論と同じく三編ずつで、ノヴァーリスとハイネとヴェデキントとヘッセが二編ずつだった。きわめてまっとうで、健全な分布と言えないでもないが、現代の左翼作家が皆無で、大急ぎで国外に逃れた現存のユダヤ人作家の名が全く見当らないのは、いわば予想通りというべきだろう。

なお、マン論三編のうち、一編は高橋義孝の『魔の山』論で、もう一編は『ブデンブローク一家』論で、もう一編は作品名は挙げてないが、論題からして初期の作品群を扱ったものと推測される。——高橋の卒業論文『魔の山』論の内容については、昭和一一年一一月に刊行された『エルンテ』第八巻第二号に掲載された高橋の「『魔の山』への一考察」から推定するほかないが、それによると高橋は『魔の山』は本当にドイツの伝統的な教養小説なのだろうかという問いから出発し、自分は「この千頁の大作を机上に置いてその根本的色調である暗い虚無と死へ向けられた詩人の眼を見るばかりである」と言い、「この内的形式の統一性こそ」が、この小説が「現代の特殊性を最も忠実に反映した教養小説」である所以であると主張するのである。

しかし、この後第二次大戦中にかけての高橋のナチス寄りの、というよりも、文筆活動を行うためなら時流に乗るに如かずといった高橋の旺盛な文筆活動から判断して、彼がトーマス・マンの第一次大戦中から一九二〇年代前半にかけての、つまり『魔の山』執筆中の思想的かつ政治的苦闘の具体的内容に関心があったとは、とても思えない。いわんや、一九二〇年代半ば以降、高橋が卒業論文を書く一九三四年に至る間のマンとナチスとの対立関係になぞ、なんの関心もなかったという点では、おそらく満足卓とさして変りはなかったと考えられる。

つまり、トーマス・マンがもはやドイツに住めなくなった一九三三、四年頃になってもトーマス・マン大好きだった日本の文学青年たちの大部分は、一〇年後の加藤周一の言葉を借りるなら、まさに「新しき星菫派」にほかならなかったのである。そして、「新しき星菫派」からナチス・シンパへの道はほんの半歩にすぎないことを示してみせたのが高橋義孝だったということになる。

話が逸れてしまったが、『ヤコブ物語』と『若いヨセフ』についての日本における最も早い論評とも言える、京都の同人誌『カスタニエン』第八冊（昭和九年一〇月）に掲載された伊中敬三の「トオマス・マンの近作『ヨセフとその兄弟』」、および雑誌『新潮』の昭和一〇年一月号に載った大山定一の「トオマス・マンの近業について」も簡単に紹介しておこう。

まず伊中敬三の論文だが、彼もまずマン自身が「略伝（Lebensabriß）」の中で書いている、『ヨセフとその兄弟たち』の執筆を思い立った経緯についての回想的文章の紹介から始める。そのうえで、マンの今度の新しい作品でも、基本的に問題になるのは、これまでと同じく「生と精神、若しくは自然と精神との対立の問題」なのだろうが、問題はそれが「新しきフマニテートの問題と如何なる関係に立つか」であると、意味深長な指摘を行っているのだが、「然しこれはこの作の今後の発展に俟ってみなければ判然したことはいえない」と、慎重な姿勢を守っている。だが、伊中論文の力点は、論文の後半で、聖書の記述とマンの作品との相違箇所を具体的に何箇所か（ディナに関する挿話、エサウの子エリファスの襲撃、ヤコブがラバンのために為したことなど）を指摘しながら、マンがこの作品で行っている「原始的神話の精神化、本来宇宙に関する象徴的表現たりしものの地上化、人間化、縮小化」の実例を提示することにあったと思われる。その際に伊中は、一九三三年一一月二六日の『フォス新聞』に掲載されたエルンスト・クシェネクの『ヤコブ物語』についての書評を参考にしたことを文中で明かしているが、このような情報取得の早さは、本稿第三話で見たような、当時の京都の『カスタニエン』誌グループのトーマス・マンへの関心の深さと関係しているのであろう（なお、このクシェネクの書評については、一九三三年一二月一日のトーマス・マンの日記でも言及されている）。

しかし同時に伊中は、「考古学的、民俗学的、将また信仰史的」な知識まで繰り出してマンの行う「聖書の合理化、現実化、地上化、人間化」の試みは、特に第一篇の『ヤコブの物語』においては、「煩雑に過ぎて却って物語の折角の感興を殺ぐことが多いように思う」と批判している。それが、もともと「より人間的な第二篇（『若いヨセフ』）に於て初めて彼の本来の意図たるそれの人間化に成功したものといえよう」と書いている。そして最後に、「扨て、その兄弟に依ってイシマエル人に売り渡されエジプトへくだって行ったヨセフが今後如何に変り行くか、また如何にしてその兄弟に再び巡り会うか、第三篇の『エジプトにおけるヨセフ』に於てこそ、これ迄にもまして華やかな舞台が展開されることと思う」と結んでいる。

当時は作者トーマス・マン自身も全体を三部構成で考えていたことを思えば、伊中敬三の論文は、まさに過不足のない書評というべきだろう。——しかし、あの模範答案的ともいえる『魔の山』論を書いた大畑末吉と同じく、この伊中（石川）敬三も、私の知る限りでは、その後二度とトーマス・マンについて論じることはなかった（『カスタニエン』の改巻第五号にマンの「ニーチェ論」の翻訳を発表してはいるが）。大畑末吉がアンデルセンの翻訳者に転進したのに似て、伊中（石川）敬三は、一九五〇年代末に私が教室で教えを受けた時には、ドイツ中世文学の研究者であり、ゴットフリート・フォン・シュトラースブルクの『トリスタンとイゾルデ』の翻訳者であった。

残るのは大山定一の「トオマス・マンの近業について」だが、伊中敬三や、あるいは先述の佐藤晃一の論文に比べると、この大山の文章は、商業雑誌に依頼されて急いで書いた短い文章というせいもあってか、内容の稀薄な随筆という感じである。お定まりのマンの『略伝』からの引用に、『魔の山』の中のあの吹雪の中での堂堂巡りの場面を組み合わせて、あとは大山独特のレトリックを駆使して、「彼が父親ヤコブの沈思にしずんだ姿をえがくとき、その人物の背後からはあらゆる父祖の重さが圧しせまって来、母親ラケルの死の場面はあらゆる母親の死のような悲しみとにおいが流れて来る。これらの人物は特殊化された個体の鮮明さよりも、それをつつんでいる陰影の深さとひろがりによって生きているのである」といった調子で、マンの「ヨセフの物語」の一端を紹介するのである。

敢えて私の率直な印象を述べるなら、大山は、このトーマス・マンの超大作『ヨセフとその兄弟たち』には、それほど強い関心は持っていなかったのではないかと思う。その証拠に、この文章の二年半余り後に同じ雑誌『新潮』に三回にわたって連載した「トーマス・マン研究」と題する文章の中でも、終り近くになって、マンの代表的な長編小説として、『ブッデンブロオク家』『魔法の山』『ヨセフとその兄弟』の三つをあげて、ごく通り一遍のことを書いているだけだからである。しかし、大山がトーマス・マンからしだいに離れてリルケやゲオルゲに近づいていった件については、すでに本書「第三話」の第六章でも触れたので、繰返すのは無用であろう。——生涯を通じて大山ときわめて親しい関係にあったゲルマニストの谷友幸は、大山定一への追悼文集に寄せた文章「思い出すままに」の中で、「故人の本領は、やはり、ゲーテ文学にあったと言わねばならない。すでに何びともひとしく認めるところであろう。トーマス・マンのものは、ほとんど晩年の作品を読まず終いだったようである」と書いている。

日本におけるトーマス・マンの『ヨセフとその兄弟たち』の翻訳紹介は、結局、昭和三〇年代前半まで待たねばならなかったわけだが、昭和一〇年代における日本のゲルマニストたちのこのマンの超大作の受容を一瞥した締め括りにあたって、一言記しておきたいことがある。

それは、ヨーロッパ諸国におけるこの作品の、発表当時の受容状況との比較である。

ドイツのトーマス・マン研究者ハンス・ヴィスキルヒェンは、論文「一六年――四部作『ヨセフとその兄弟たち』のヨーロッパにおける受容」の中で、マンのこの超大作に対するドイツおよび周辺諸国の受容の諸相を、S・フィッシャー社が第一部『ヤコブ物語』の刊行にあたって添えた広告文にまで遡って検証し、かつ、各巻の刊行後に発表された種々さまざまな書評を丹念に収集し、分類して、提示している。むろん、その詳細をここで紹介することなど紙幅の関係で諦めるほかないが、ヴィスキルヒェンは、種々の具体例の検討に入る前に、次のことを確認し、強調している。すなわち、この四部作は、第一部『ヤコブ物語』と『若いヨセフ』は一九三三年と三四年にベルリンのS・フィッシャー社から、第三部『エジプトのヨセフ』は一九三六年にウィーンのベルマン・フィッシャー社から、第四部『養う人ヨセフ』は一九四三年にストックホルムのベルマン・フィッシャー社からそれぞれ出版されたという具体的事実を知るだけでも、「『ヨセフ』小説の受容は、非政治的なものではあり得なかった」（傍点山口）ということは判るだろう、というのである。

もちろん、第一部と第二部しか世に出ていない段階では、その後のことなど判るはずはないと、反論することはできる。しかし、賢しらにそのようなことを口にすると、己れの無知をさらすだけである。本書の読者なら、「第四話」第三章で私が引用した、トーマス・マンが一九三五年六月一四日付で、アメリカに向う途中の船上から、札つきのナチス支持者エルンスト・ベルトラムに、今自分が執筆中の小説『ヨセフ』に関して書いた、次の言葉を思い出してほしい。「あなたはこれを、ユダヤ人を描いた小説だと思って心を痛めておいでなのかもしれませんが、これはユダヤ人の物語ではなく、人類の物語なのですよ。」

ナチスのユダヤ人嫌い、ユダヤ人迫害については、今さら説明するまでもあるまい。同じく、旧約聖書なるものが、いかなるものであるかについても。そして、一九三三年春からトーマス・マンがナチス・ドイツを出国して、国外に留まり続けていることも、日本のゲルマニストたちは、いわんや日本のトーマス・マン研究者たちは十分に承知していたはずである。

しかし、にもかかわらず、日本のゲルマニストたちの『ヤコブ物語』や『若いヨセフ』に対する態度は、むろんそれぞれの個人差はあるにしても、基本的には、先に紹介した成瀬無極の「こうした時流を外にした創作態度は、革命騒ぎを避けて『狐の裁判』を書いていたゲーテのそれを想わせるものがある」という評価に通じる側面が強かったのではないかと思われる。すなわち、文学と政治とをあくまで切り離して考える姿勢である。しかも、この場合には、麻生種衛に見られるように、おあつらえ向きに「宗教」を盾にして文学と政治を切り離して考える姿勢である。換言するなら、「文学」と次章で扱う「時代の要求」とをあくまで切り離して考える姿勢である。

もちろん、このような姿勢はなにも日本に限ったことではなくて、ヴィスキルヒェンの指摘するところでは、イギリスなどにも類似の現象は見られたようである。

しかし、私は、このような姿勢や観点に囚われているかぎり、すくなくとも、ナチスとの対決を決意した一九三〇年（「理性への訴え」）以降のトーマス・マンの著作活動を、ひいては彼の生き方を理解することはできないと考える。だが、幸か不幸か、トーマス・マンがその決意をした後に完成され刊行された『ヨセフとその兄弟たち』の第三部『エジプトのヨセフ』は、後述の三笠書房版の「トーマス・マン全集」の広告に掲載されているから、たぶん日本にも入ってはきたのだろうと思うが、これについての、昭和二〇年以前に書かれた書評などの文献を探し出すことは、私には出来なかった。

㈣　三種の評論集『時代の要求』（上）

いずれも著者としてトーマス・マンの名を冠した三種の評論集『時代の要求』が存在することを承知している人が、どれだけいるだろうか。

一つは、一九三〇年にドイツのS・フィッシャー社から出版された „Die Forderung des Tages“ で、もう一つは、昭和十五年（一九四〇年）に日本の青木書店から出版された『時代の要求』で、三つ目は、一九四二年にアメリカのAlfred A・クノップ社から出版された “Order of the Day” である。

といっても、日本語版と英語版がそれぞれに、最初のドイツ語版の評論集の翻訳であると勘違いされては困る。表題が同じなだけで、内容は、それぞれ別の本と言ってもいいほどに異なるのである。

そこで、この三種の評論集それぞれについての少し立ち入った紹介を行うことによって、この「三つの国の物語」と題して長々と書き綴ってきた、私なりの一風変ったトーマス・マンをめぐる群像画の締め括りにしようと思う。

しかし、個々の評論集『時代の要求』に立ち入る前に、確認しておきたいことが一つある。それは、『時代の要求』と題する表題が三つの国で、それぞれ異なる内容のトーマス・マンの評論集に用いられたということは、一九二〇年代以降の文学者トーマス・マンについて考える時には、〈時代の要求〉という言葉は、きわめて重要な、ほとんど不可欠な重みを持った言葉だったということである。

にもかかわらず、前章でも見たように、意識的にか無意識的にか、この言葉を、この概念を無視してトーマス・マンの文学を受容しようと試みたり、あるいは努めたりしてきたのが、日本の大多数のトーマス・マン研究者たちであり、トーマス・マン愛読者たちだったのではないだろうか。

まず、一九三〇年にドイツのS・フィッシャー社から出版された、ドイツ語版の『時代の要求』である（ちなみに、これは一九三〇年に出版されたことになっているが、詳細なS・フィッシャー社史によると、実際には一九二九年晩秋に刊行されたという）。

これは、一九二二年に『ブデンブローク家の人びと』を皮切りに刊行され始めた最初のトーマス・マン全集の第一一巻目として刊行されたもので、『非政治的人間の考察』を除けば、『講演と答弁』（一九二二）、『労苦』（一九二五）に続く、マンの三冊目の評論集で、「一九二五年から一九二九年にかけての講演と評論」という副題が添えられている（但し、三冊目というのは、あくまでこのマンの全集版の中での話であって、第一次大戦中には「戦時の思想」と「フリードリヒと大同盟」ともう一編を加えたマンの評論集がS・フィッシャー社の「時局叢書」の一冊として出版されている）。

このドイツ語版『時代の要求』には、短いスピーチから、「精神的生活様式としてのリューベック」とか「近代精神史におけるフロイトの位置」などといった、かなり長いものまで、総数で五〇編近い文章が収録されている。また、内容的にも、上記二編のほかにも、「プロイセン芸術アカデミーの文芸部門の創設にあたって」、「文化中心としてのミュンヘン」、「文化と社会主義」、「レッシング論」など、一九二〇年代後半のトーマス・マンの幅広い言論活動を考えるうえで、欠かすことのできないさまざまな文章が収められていて、まさに「時代の要求」という題名にふさわしい内容である。トーマス・マン自身、出版の少し前にS・フィッシャー社の社長に宛てた手紙の中で、「私が表現したかったものを表現する表題を見つけるのに、苦労しました。『時代の要求』なら、まあまあでしょう」と言っている。——なお、私が本書の「第一話」の第五章で紹介した、マンが一九二七年三月に公表して世間を騒がせた例の「世界の長編小説（Romane der Welt）への添書」をも、この評論集『時代の要求』に収録すべく、かなり考慮したようだが、結局断念したらしい。理由はおそらく、これは他の出版社のための宣伝文だからという点にあったのではないかと思われるが、私としてはこの評論の欠落をきわめて残念に思う。

なお、蛇足を承知でつけ加えるなら、この評論集『時代の要求』全体を貫く最大のテーマは、むろん、一九二〇年代後半を通じて年ごとに強まっていった、偏狭な愛国主義や人種主義と、精神と人間性を全面否定するかのような非合理主義とが一つになって急速に強大になっていったファシズム、ナチズムとの戦いだったと言っていいだろう。

とはいえ、すでに一九三〇年代後半以降を問題にしているこの「第五話」で、これ以上、一九二〇年代後半の評論を集めたドイツ版『時代の要求』にかかずらっているわけにはいかない。話を前に進めることにしよう。

次は、昭和一五年（一九四〇年）二月に東京の青木書店から刊行された、日本版『時代の要求』である。

これは、昭和一一年に東京帝大の独逸文学科を卒業した佐藤晃一が、昭和一五年から新潟高等学校に勤務するまでの間、大学の図書館や外務省などの仕事を手伝いながら続けていたトーマス・マン研究の成果の一つとして、彼独自の観点から編纂し、全部で一三編のトーマス・マンの評論を翻訳した、約三百頁の評論集である。佐藤自身の文章は、巻末に付された五頁半の長さの「解説」だけである。

「昭和十四年一二月」という日付で書かれたその「解説」を読むと、佐藤は、マンが「一九三八年にはいよいよアメリカ定住の意を決して、プリンストン大学の古典文学講師の職を正式に受諾した」ことは知っていたようだ。しかし、その「解説」の中で、ここに収録した評論のうちのいくつかは原文が入手できなかったのでフランス語訳のテキストを訳したとか、マン自身も以前に『時代の要求』という表題の評論集を出しているから、私が同じ表題を（この私が編纂した評論集に）用いても許してくれるだろうとかいったことを書いているところから推測すると、どうもこの日本版『時代の要求』は、事前に原著者の諒解を得たものではなかったのではないかと思われる。――先述のように、同じ青木書店から一〇ヶ月遅れて出版された麻生種衛訳『巴里日記』が、書物全体としては、何かわけの判らない感じのものになっていることといい、当時すでにヨーロッパでは第二次大戦が始まっていたことを考えれば、ドイツと同盟関係にある日本における反ナチス亡命者トーマス・マンに係わる事柄は、しだいに何かしら靄のかかったものになりつつあったようである。

そのような状況もしくは雰囲気を踏まえたうえでのことだが、この佐藤晃一編訳のトーマス・マンの評論集『時代の要求』は、昭和一四年（一九三九年）末の日本のゲルマニストたちは、トーマス・マンの発信するメッセージをどの程度まで受取ることができたのか、また昭和一一年の日独防共協定の締結に続き、昭和一三年には日独文化協定まで結ばれ、かつ国家総動員法まで公布されて二年近くなる昭和一五年前半の日本では、しだいに日本との関係が険悪なものになりつつあるアメリカに逃げ込んだ反ナチス亡命者についての情報を、どの程度まで出版物という形ででも公表し流布することができたのかを、具体的に知ることのできる、貴重な書物であると言っていいだろう。

日本版『時代の要求』の一三編を執筆時期で分類すると、第一次大戦前、つまりマンが四〇歳になる以前に書いたものが三編で、ヴァイマル共和国期、つまりマンが四〇歳台後半から五〇歳台にかけての時期に書いたものが七編で、ナチスが政権の座につき、マンがドイツ国外に出てから後に書いたものが三編ということになる。すなわち、編者佐藤は、この評論集でマンの生涯を通じての評論活動の一端なりとも読者に伝えたいと思ったようである。

次に内容の面から全体を眺めると、容易に目につく一つの特徴がある。それは、それぞれの時期における露骨に政治的な主張を表わす評論は、最近の、つまりこの評論集を編纂した時点で最新の情報を除いては、全く収録されていないことである。すなわち、長大な『非政治的人間の考察』はもちろんだが、その他の第一次大戦中に書かれた愛国的な諸評論からは一編も採られず、また第一次大戦後のマンの反民主主義から民主主義支持への〈転向〉を表明した「ドイツ共和国について」などの評論や、さらには反ナチスの旗印を鮮明に掲げた「理性への訴え」などの講演評論の類も、一編も収められていない（つい二年ほど前に日本でも翻訳紹介されたばかりの「ボン大学への書簡」については言うまでもない）。

では、佐藤は、この評論集を編纂するにあたって、トーマス・マンの政治的メッセージを日本の読者に伝えることは断念していたのかというと、それは違うと私は思う。「もしそうであるなら、よりによってこの本の冒頭に「ヨオロッパに告ぐ（Achrung, Europa）と題された評論を据えるようなことはしなかったであろう。しかも、「解説」の中で、この評論はドイツ語原文が入手できなかったので、フランス語訳から訳出したものであるという断り書きまで添えて。——もっとも、おかげで（かどうかは断定できないが）佐藤は、この評論集の冒頭から、当時のマンの年齢を六〇歳から七〇歳に嵩上げするという初歩的な誤訳を犯してしまっているのだが、それは御愛嬌ということにしておこう。

すなわち評論「ヨオロッパに告ぐ」は、もともと一九三五年四月初めにフランスのニースで開かれた国際連盟の知的協力委員会の会合のために同年三月に執筆されたもので、結局マンはこの会合自体には出席しなかったが、他のメンバーたちの講演と一緒にフランス語の書物に収められて出版された。ドイツ語のテキストは翌年一一月のウィーンの新聞に掲載された。佐藤は一九三七年にフランスで出版されたR・ビーメル（Rainer Biemel）訳の Avertissement à l'Europe を利用したようだ。

この評論は、右記のように執筆されたのが、マンがドイツ国外に出たものの、まだナチスと決定的に対立することは避けていた時期だったこともあってだろうが、文中にドイツとかナチスとかいった固有名詞はいっさい使われていず、終始「ヨーロッパ」という大枠で対象を捉えた形で、大衆社会化が進行するのに伴って反理性的な野蛮化も進行していくヨーロッパの現状を鋭く批判していく。むろん、それはそれで、ナチス批判とはまた別種の有効性を持っていることは言うまでもないが、それでも、マンがさも苛立たしげに、とりわけ仕末に悪いのは「国民」（Volk）とか「地と血」（Erde und Blut）とか「街の精神」（Asphaltgeist）とかいった怪しげな「浪漫的な気取り言葉」（Jargon der Romantik）を操る連中であると筆をすべらせる箇所などでは、マンがとりわけ本気で怒っているのは、言うまでもなくナチスの連中に対してであることが、透けて見えるのである（なお引用符をつけた訳語は佐藤がフランス語訳のテキストから訳したもので、補足的に添えたドイツ語は私がマンの原文から抽出したものである）。そして、結びの場面では、次のように言っているのである。「今日われわれに必要なものは戦闘的な人道主義（*militanter* Humanismus）、その雄々しさ（Männlichkeit）を確保して、自由、寛容、自由な検討という原理が敵の破廉恥な狂信主義に利用されるべきではないことを確信した人道主義である。ヨオロッパの人道主義は、その諸原理に戦う勇気を回復させるような復活をすることができなくなっているのだろうか。もし自己を意識し、その生活力を更新して闘争に備えることができないならば、人道主義は亡び、それと共にヨオロッパも滅亡して、ヨオロッパという名は純粋に地理的な歴史的な表現にすぎなくなるであろう。」

ここまで踏み込んだ決然たる文章に接すると、もはやトーマス・マンのナチスとの公然たる訣別は、時間の問題となっていたことは明白だが、それと同時に、このようなマンの評論をことさら『時代の要求』と題した書物の巻頭に据えた編者佐藤晃一にも、このマンの声を日本の読者に伝えたいという強い気持があったろうことは、疑う余地はないだろう。

だが、この後のマンのさまざまな評論あるいは随筆などの配列となると、全く恣意的で、読者の方が戸惑ってしまうほどである。実際にこの日本版『時代の要求』に収録された一三編全部の表題を順番もそのままに書き出してみよう。括弧内の数字はそれぞれの執筆された年であるが、むろん、この評論集ではどこにも記されていない。

「ヨオロッパに告ぐ」（一九三五）、「世界主義」（一九二五）、「シュペングラーの説について」（一九二四）、「結婚について」（一九二五）、「映画について」（一九二八）、「ビルゼと私」（一九〇六）、「老フォンターネ」（一九一〇）、「レッシングについて」（一九二九）、「シラーはまだ生きているか」（一九二九）、「アルコールについて」（一九〇六）、「キリスト教と社会主義」（一九三七）、「精神的生活形式としてのリュウベック」（一九二六）、「フロイトと未来」（一九三六）。

これが、「トオマス・マンの文学を理解するには、その評論を併せ読まなければならない、少くとも併せ読むほうがよいと思う」と「解説」で書いている佐藤晃一が編纂した『時代の要求』の目次である。

この全く雑然とした配列になんらかの意味があるとしたら、それは、次の二つだけであろう。目眩ましと、多様性の提示である。目眩ましの相手は、なんらかの検閲を狙う者たちであり、多様性の提示の相手は、文学をあまり堅苦しいものとばかりは考えたくない読者層である。

もっとも、そのいずれも、さして効果があったとは思えない。というより、根っからのトーマス・マン好きだったらしい佐藤は、「ビルゼと私」や「老フォンターネ」を収録することによって、マンという小説家の特性の一端を匂わせることに成功し、「世界主義」と「シュペングラーの説について」と「レッシングについて」と「精神的生活形式としてのリュウベック」の四編によって、一九二〇年代のヴァイマル共和国を代表する市民的文学者としてのマンの、ファシズム批判をも含む思想的立場をかなりの程度に明示してみせ、そして、「ヨオロッパに告ぐ」と「キリスト教と社会主義」と「フロイトと未来」の三編によって、ナチス・ドイツの国外に出て、スイスに滞在中の、とりわけアメリカに移住する直前期のマンの胸中を日本人に伝えることに成功していると私は考える（ただしフランス語への翻訳者がトーマス・マンの雑誌『尺度と価値』への「序文」から適宜抜粋して訳出したという「キリスト教と社会主義」なる文章には、私は若干の疑義があることをここに書いておきたい）。

それにしても、これら全てがもっと明確な形で読者に伝わるような編集が出来なかったものだろうかなどと、無いものねだり的に考えるのは、戦後民主主義の中で育った人間の身勝手というものだろう。それでも、昭和一五年の日本で『時代の要求』と自分で名づけた本の最後にマンの評論「フロイトと未来」を置いて、その締め括りをなす老ファウストのあの詩句を引用した、

「〈己は幾百万の民に土地を開いて遣る、
安全ではないが、働いて自由に住まわれる。
…………
己はそう云う群を目の前に見て、
自由な民と共に、自由な土地の上に住みたい〉（森鷗外訳）
それは不安と憎悪とから解放され、平和を持つまでに成熟した未来の民であります。」

という文言で一巻を閉じてみせた佐藤晃一なる、当時わずか二五歳の先輩に私は素直に脱帽するほかない（無論、だからといって、池田浩士が『ファシズム文学論』の「あとがき」で指摘した佐藤の行為に目をつぶることはできないが）。――なお、この時佐藤が用いた『フロイトと未来』のテキストは、一九三六年七月にようやくナチス支配下のベルリンから、当時はまだ独立国だったオーストリアの首都ウィーンに会社を移して、S・フィッシャー社からベルマン・フィッシャー社へと衣更えした新会社から八月に最初に出版された本だった。その二ヶ月後の三六年一〇月には同社から『エジプトのヨセフ』が出版されることとなった。

佐藤晃一編訳のトオマス・マン評論集『時代の要求』が青木書店から出版された昭和一五年（一九四〇年）二月から七ヶ月余り後の、同年九月末に、やはり東京の三笠書房から全一八巻に別巻一冊つき、計一九巻の「トーマス・マン全集」の刊行が始まった。『ブッデンブローク一家』はすでに二種類の邦訳が文庫本でも出ているからという理由で割愛するという、なんとも変った編集の全集だが、代りに本邦初訳の『大公殿下』の上巻（竹田敏行訳）を第一回配本とし、翌一〇月には第二回配本として『トニオ・クレーゲル』や『トリスタン』など数篇を集めて『愛の孤独』と題した短篇集（豊永喜之訳）が予告されていた。

三笠書房は昭和八年（一九三三年）に欧米諸国の文学作品の翻訳の出版を主とする出版社として出発し、ドストエフスキー全集やプルースト、ジイドその他の作家の翻訳で、急速に注目を浴びつつあった。ドイツ文学でも、すでに全一九巻のヘルマン・ヘッセ全集を刊行中であったし、また昭和一四年にはトーマス・マンの『魔の山』の二巻本による初の完訳書（熊岡初彌、竹田敏行訳）を出版していた。

三笠書房の「トーマス・マン全集」の企画は、このような実績を踏まえたものであったが、同社の「トーマス・マン全集」の予約募集広告の中で、「本全集中最も重要な作品」として特記されていたのは『ヨゼフとその兄弟』の三部作であった。すなわち、『ヤコブ物語』と『若きヨゼフ』と『エジプトでのヨゼフ』である。この三笠書房版「トーマス・マン全集」では、三部作のいずれも上下二巻に分けられていて、合計六冊の超大作ということになる。訳者は、いずれも佐藤晃一と麻生種衛の共訳ということになっていた（この超大作は結局四部作になることは、この時点ですでに決まっていたのだが、三笠書房の関係者たちがそのことをどう考えていたのかはわからない）。

また、この「トーマス・マン全集」には、一九三八年のナチス・ドイツによる力ずくでのオーストリア併合にともなってウィーンを追われ、今度はスウェーデンのストックホルムに会社を移したベルマン・フィッシャー社から、一九三九年一二月に出版されたばかりの『ヴァイマルのロッテ』も、豊永喜之の訳で、『愛人ロッテ』という題の二巻本として出ることになっていた。『ヨゼフとその兄弟たち』の既刊三部に加えて、『ヴァイマルのロッテ』まで翻訳で読めるようになったら、日本におけるトーマス・マンという作家に対するイメージもかなり変ることが予想された。

良くも悪くも『トニオ・クレーガー』一辺倒のトーマス・マン像がようやく変ることが期待できた。

それだけではなかった。このトーマス・マン全集には、「随筆評論集」なる一巻も含まれることになっていた。もっとも、さすがに時節柄を考慮してだろうが、予約募集の広告によれば、マンの「随筆と論文とは既に単行本として刊行されているもののみでも優に一〇冊を越えているが、本巻はこれらの中から、その精髄とも云うべきマン独特の哲学的思索に裏打ちされた文学論、作家論を中心に最重要なもののみを訳出し、以て彼の人及び芸術家乃至思想家としての偉大な反面の紹介に努めた」いということになっていて、政治的評論は意図的に避けるつもりだったようである。しかし、すくなくとも一九二〇年代半ば以降のマンの文学論や作家論は一九二五年の『ゲーテとトルストイ』への加筆や、一九二九年の「レッシング論」や、先述の「フロイトと未来」などにはっきり見られるように、マンの反ファシズム・反ナチスといった政治的姿勢と不可分な関係にあったことを考えれば、この「随筆評論集」がどのような形で実現するはずだったのか、興味深いものがある（まさか『非政治的人間の考察』を中心にして編集されるはずだった、などということはあるまい）。

ことのついでに、さらに紹介しておくなら、この全集の別巻は、濱野修による『トーマス・マン研究』であることが予告されている。「まだ日本の文学者の手になる纏まったマン研究は一冊も刊行されていない」のは遺憾なことなので、この一巻を添えて、日本で最初の「トーマス・マン全集」の結びとしたいということだったらしい。

しかし、この三笠書房版「トーマス・マン全集」は、昭和一五年（一九四〇年）のうちに『大公殿下』上巻と『愛の孤独』とが出版され、昭和一六年に入ってから『ヤアコプ物語』上巻と『大公殿下』下巻が刊行され、同年六月に「マリオと魔術師」に「主人と犬」および「無秩序と幼き悩み」を添えた巻が刊行されたのを最後に、消滅してしまった。官憲からの圧力があったらしい。——このことを含めて、トーマス・マン受容を取り巻く当時の状況については、戦後の昭和二三年に佐藤晃一が大日本雄弁会講談社から出した『トオマス・マン論』の中で、ある程度詳しく回想している。

もっとも、ほぼ同時期と言える昭和一六年七月に、この全集とは全く別個に新潮社から『ヴァイマルのロッテ』の平野威馬雄による本邦初訳が『ロッテ帰りぬ』と題する上下二巻本で出版された。だが、これには、ゲーテの生涯については年譜つきで詳しい解説がついているものの、著書トーマス・マンについては、名前は記されているものの、その生涯についても、現況についても、一言も書かれていない。

日本がアメリカ、イギリスと戦争状態に入ったのは、その約四ヶ月半後のことだった。

トーマス・マンが日本軍のパールハーバー攻撃の報に接したのは、一九四一年一二月七日、八ヶ月ほど前から住んでいたアメリカはカルフォルニア州のロサンゼルス近郊パシフィック・パリセイズに新築した自宅においてであった。その頃マンは『ヨセフとその兄弟たち』の第四部『養う人ヨセフ』の第五章「タマル」を執筆していた。

(五)　三種の評論集『時代の要求』(下)

さて次は、一九四二年一〇月にニューヨークのクノップ社から出版された、英語版『時代の要求(Order of the Day)』を紹介しなければならないのだが、その前に、前章で麻生種衛のトーマス・マン宛の手紙に関連して言及した、一九三六年末のドイツ政府によるトーマス・マンのドイツ国籍の剝奪と、それに伴うボン大学による名誉博士号の取消しに対するマンの痛烈な反論――つまり、マンが一九三七年初頭にナチス・ドイツに叩き付けた訣別状とも言える『ボン大学との往復書簡』以後、一九四二年一〇月にいたる五年半余りのマンの歩みを、彼とアメリカとの関係を中心にして、ごく大まかに跡づけておくことが必要だろう。

マンは、一九三七年四月に三度目のアメリカ訪問を行っている。ニューヨークのニュー・スクールから招かれて、授業をするためである。今回は英語で講義することにも挑戦したようで、大西洋を渡る船の中でも、妻カーチャを相手に英語の練習に励んだ様子が日記から窺える(ちなみに娘エーリカや妻カーチャは、英語がかなり達者で、息子クラウスなども父親よりははるかに上手だったらしい)。――なお、この時のアメリカ滞在中にマンは、あるインタヴューの機会に、後の彼のアメリカでの生活において不可欠のパトロンとなる女性アグネス・マイアーと知合うことになった。後から考えれば、このことが、わずか一〇日間ほどのこの時のアメリカ滞在の最大の出来事だったということになるのかもしれない。彼女は『ワシントン・ポスト』新聞のオーナー夫人であると同時に、自らも文学好きな女性ジャーナリストだった。

次の一九三八年二月下旬からの四度目のアメリカ旅行は、本来はいろいろな意味で周到に計画されたものだったが、予期せぬ事態が起きたために、六月下旬まで約五ヶ月間もアメリカに滞在することとなった。そして、いったんヨーロッパに帰って、チューリヒ郊外キュスナハトの家をたたみ、本格的にアメリカに移住するために、九月末にあらためてアメリカにやってきて、以後一九五二年六月まで一四年近くにわたるトーマス・マンのアメリカ生活が始まるわけである。

この経緯からも推測できるように、もともと計画されていた一九三八年春のアメリカ滞在は、以後のマンのアメリカ生活を考えるうえでも示唆に富むものなので、少し詳しく紹介しておきたい。

本来、一九三八年春のアメリカ行きは、アメリカ大陸を東海岸から西海岸まで横断しながら、途中の十数箇所で講演会を行う「巡回講演」(Lecture Tour) として計画されたものだった。

「巡回講演」は、一九世紀からアメリカでよく行われた文化活動の形式だったようだが、特に二〇世紀の三〇年代から四〇年代にかけては、かなり盛んに行われたという。おそらくアメリカ合衆国の地理的広大さと交通手段の発達および交通網の整備とが相俟って生み出されたものであろう。なかには、これを主たる職業として生計を立てる者さえ出てきたという。現代の代表的トーマス・マン研究者H・R・ヴァーゲトは、その著書『アメリカ人トーマス・マン』の中で、マンが一九三八年、三九年、四〇年、四一年、四三年と五回にわたって、それぞれ異なった論題を掲げて行った「巡回講演」について、それぞれの巡回ルートを地図上で示しながら、かつ当時のアメリカの鉄道事情を、特急列車の速度や所要日数(シカゴからロサンゼルスまで四〇時間、つまり二晩を車中で過した)、車内のサービス事情(冷暖房つきで、車内サービスの従業員は全て黒人、アルコールは禁止)などまで含めて、かなり克明に説明している。また、講演の前後にしばしば行わざるをえなかった地元の人びととの交流などにもある程度触れているが、そうではなくても、もともとこの種の「巡回講演」には、直後の「質問と討論」の時間がつきものであり、そのため、講演そのものは事前に用意した英語訳の原稿にもとづいて英語で行ったマンも、この「質問と討論」の時間のための通訳として、英語の達者な妻カーチャと娘エーリカを「巡回講演」には必ず同道させなければならなかったらしい。ちなみに、この「巡回講演」のギャラは、トーマス・マンの場合は、一五回講演して一五〇〇〇ドルということだったが、これは破格の高額で、当時のアメリカの大学教授の平均的年棒の三倍に相当したという。もっとも、ホテル代や食費など私的経費は全て自弁だったから、親子三人連れの旅ということになれば、どれだけの儲けになったかは判らない。

しかし、問題はそんなことではない。ヴァーゲトも、マンの「巡回講演」をテーマにした章の最後で、フランスの研究者J・M・パルミエなどをも援用しながら、こう書いている。トーマス・マンはこの「旅から旅へ」のおかげで、「この国とこの国の人びとを」他の亡命者たちよりも、たとえばベルトルト・ブレヒトやテオドール・W・アドルノなどよりも、はるかに良く知ることができたのだった。「他の全ての亡命者たちと同じく、彼も、ひどい偏見や陳腐な観念を持ってこの国にやってきた。彼はこの国で暮す時間が長くなるにつれて、それらの偏見を次々に投げ捨てていった。彼は、いわば走る列車の車窓から、それらの偏見を投げ捨てていったのだ」（傍点山口）。

だが、話が少し先走りすぎたようだ。少し引き戻すことにしよう。

マンの一九三八年の話をするには、「巡回講演」のほかに、あと二つ、忘れてはならない事柄がある。一つは、周到に計算され、仕組まれた事柄であり、もう一つは、予期していなかった突発事件だった。これらが加わったからこそ、あの「巡回講演」は、余人ならぬトーマス・マンの「巡回講演」となり、その講演題目「来たるべき民主主義の勝利について」は、マンの数多くの政治的評論群の中でも、とりわけ有名なものとなったのである。

マンのもとに一九三八年の「巡回講演」の話が、この種の興行のエイジェント、ニューヨークのヘラルド・ピートから持ち込まれたのは、前年の八月一日だったようだ。その頃マンは、『ヴァイマルのロッテ』の第四章の終り近くを書いていた。おそらく娘エーリカあたりを通じて事前に話は通じていたのだろうが、八月四日の日記には、もう講演のテーマは「民主主義」にしようなどという記述が見られる。そして、八月八日からは『ヴァイマルのロッテ』の第五章「アデーレの物語」を書き始めている。一般読者に言わせるなら、あの小説の中で一番小説らしい章である。それどころかマンは、「巡回講演」のためアメリカに出かけるにあたっても、暇があったら『ヴァイマルのロッテ』を書き続けるのだと、そのために必要な資料などを携行するのである。――こんなことを書いておくのは、ある時期の高橋義孝が「来たるべき民主主義の勝利について」を毛嫌いし、「ドイツのマン」と「アメリカのマン」を区別して、小説家であることをやめてしまって、「三流文士や三流思想家に低落」してしまった「アメリカのマン」になぞ興味はないと言って一人で勝手に意気がっている文章を読んだことがあるからだ（それでいて、敗戦後になると、誰よりも先にマンについて語りたがり、マンにわざわざ自分の書いた論文を送って、戦時中の日本のことなど何も知らないマンからお礼の手紙をもらったことを得意げに披露して、日本におけるマン研究の代表者の一人におさまったのも高橋義孝であった）。

だが、今ここで問題なのは、そんなことではない。ここで問題なのは、「巡回講演」の話が起きて三ヶ月余り経った三七年一〇月二一日の日記に、キュスナハトのマンの自宅に訪ねてきたニューヨークの出版社クノップ社の社長夫人との間で、『エジプトのヨセフ』の英語訳を三八年の二月に出版することに決めたことが記されていることである。つまり、マンの「巡回講演」の開始の直前にこれを売り出そうというわけである。

そして、その四ヶ月後の一九三八年二月二二日、つまり、「巡回講演」のためにアメリカにやってきて、ニューヨークにおけるマンの定宿「ザ・ベドフォド館」で一晩ぐっすり眠った翌日の日記には、こう書かれている。

「八時起床。シャワーを浴びる。Kと朝食。スロホーヴァーの小さな本と並んで英訳『エジプトのヨセフ』二巻本。――どの部屋にも美しい花。……四時記者会見、マイアー夫人と通訳としてエーリカが介添え。……マイアー夫人の『ヨセフ』論原稿。……そのあと九時から一一時まで『ニューヨーカー』誌の知的なクリフトン・ファディマンの長いインタヴュー。彼の『ヨセフ』論。高揚した気分。」

むろん、記者会見やインタヴューでは、数日後に始まる「巡回講演」の話も出たにきまっている。しかし、マンが日記に書きたいのは、刊行されたばかりの『エジプトのヨセフ』のことばかりである。クノップ社は二巻本の小説だけでなく、それについてのスロホーヴァーの評論まで同時に出版して花を添えてくれたし、『ワシントン・ポスト』新聞は、社長夫人アグネス・マイアーによる熱烈に『エジプトのヨセフ』を賞讃する論評を掲載し、ニューヨークの人気週刊誌『ザ・ニューヨーカー』も、同誌の主筆ともいうべきファディマンの好意的な書評を含むインタヴュー記事を載せてくれるという。──これでは、著者トーマス・マンが悦に入り、「高揚した気分」になるのも無理はない。

「巡回講演」をも含めて、これら全てを背後で統括的に仕切った人物がいたのかどうかは判らない。しかし、マンの「巡回講演」が始まる直前に一定のマン・ブームが起きていたことは確かであろう。むろん、だからといってあの浩瀚な『トーマス・マン伝』の著者クラウス・ハープレヒトのように「ニューヨーク全体が『エジプトのヨセフ』に夢中になっていた」とまで書くのは、マン贔屓も度がすぎるというものだろう。現代のベストセラー本とは違って、出版社の社長が「大成功！」と喜んで報告するのは、七千部とか八千部とかいった数であって、ニューヨークの人口は当時でも数百万単位なのである。ただ、なにしろトーマス・マンのこの小説は、アメリカ人の大部分の人が知っている聖書の中のお話に基づいていたばかりでなく、特に『ヨセフとその兄弟たち』の第三部である『エジプトのヨセフ』は、言うまでもなくあの「ポティファルの妻によるヨセフの誘惑」が主たるテーマになっているということは、わざわざ二巻本の高い本を買わなくても、誰にでも判ることだから、この本の広告を目にし、新聞や雑誌の書評を斜め読みしさえすれば、誰でもこの小説のことを話題にできたことも間違いない。

ちなみに、ヴァーゲトは先述の研究書の中で、当時の新聞記事に基づいて、一九三七年から三八年にかけての「巡回講演」のシーズンには、およそ二百人の講演者が約二百万人の聴衆の前で話したことになるが、講演のテーマとしては「心理学とセックス」関係が減少し、「アメリカ国内と世界との政治情勢」関係が増加したと書いている。ということは、「心理学とセックス」関係のテーマも当時のアメリカ人の好む話題であったことを示しているわけだが、そのような人びとにとって、新刊の翻訳小説『エジプトのヨセフ』がいかに関心をそそる小説であったかは、あらためて説明するまでもあるまい。

しかも目下ニューヨークで評判になっているらしいその小説の著書が「アメリカ国内と世界との政治情勢」と強く関わりがありそうな「来たるべき民主主義の勝利について」という題で「巡回講演」にやって来るというのだから、地方の文化人や文化好きな人びとがマンの講演会に押しかけたのは、ごく自然なことだったと言えよう。

ここまでは、ある意味では、出版社や「巡回講演」のエイジェントの計算通りであったと言えよう。すなわち、この時トーマス・マンは彼らの思惑通りに、アメリカ的ビジネス社会にものの見事に取り込まれたのだという側面があったことを、私たちは見落としてはなるまい。

ところが、ここで、予期せぬ事態が起きたのである。ナチス・ドイツの軍隊のウィーン進駐である。

一九三八年三月一日のシカゴを皮切りに、デトロイト近郊のアン・アーバー、ニューヨーク、ワシントンと、どこでも四千人前後で満員の聴衆を集める「巡回講演」を行い、三月一一日にフィラデルフィアに向う列車の中で、ドイツの軍隊がオーストリアのウィーンに進駐したというニュースが飛び込んでくる。

もちろん、ナチス・ドイツとオーストリアとの間に危険な緊張関係が高まりつつあることは、マンが二月中旬にヨーロッパを出発する頃から広く知られつつあり、シェルブールの港からアメリカに向けて乗船した二月一七日の日記の冒頭にも、「この旅行は、オーストリアの破局という陰鬱な星の下にある」と記されているほどだった。しかし、軍隊の進駐という剝き出しの暴力が行使されることまでは、マンも予想していなかったのではないだろうか。それはともかく、ドイツ軍のウィーン進駐のニュースが入って以来、半月ほどの間、契約に従って、いよいよ西海岸を目ざして、カンザスシティ、タルサ、ソールトレイクシティと「巡回講演」を続けるほかないマンの日記には、ウィーンを初めとするオーストリア内各地で行われたナチスによる暴虐非道の数々についてのニュースが記されている。ということは、当然、マンは講演そのものの中でも、特に講演後の質疑応答の中では、この同時進行するヨーロッパの事態についても、絶えず自分の見解をアメリカ各地の人びとに語り続けねばならなかったということである。私はこのことを知って以来は、講演「来たるべき民主主義の勝利について」を考える時には、その講演の思想的内容もさることながら、それ以上に、自殺者や逮捕者が多数でているというウィーンやオーストリア各地に住む多くの知人や友人たちの身を案じながら、初めて目にするアメリカの中西部や西部の広大な空間を旅し、初めて接する各地のアメリカ人たちに、ヨーロッパで今行われつつある事柄を説明するドイツの小説家トーマス・マンの姿とその胸中を思わざるをえないのである。――むろん、高橋義孝に限らず、当時の日本のゲルマニストたちの誰一人として、そのようなトーマス・マンについて何一つ知るよしもなかったわけだが、それは、彼らの責任ではないことは言うまでもない。

マンは、無事に西海岸にたどりつき、サンフランシスコやロサンゼルスでも「巡回講演」を行った後、ビヴァリ・ヒルズで二五日間の休養をとる。そして、その間に書いたのが、なんとヒトラーは自分の兄弟であると見なす評論「兄弟ヒトラー」だった。

また、オーストリアの悲劇に胸を痛めながらの、初めての「巡回講演」にして、初めてのアメリカ大陸横断旅行の最中にトーマス・マン夫妻は、ヨーロッパを去ってアメリカに移住することを決断したのだった。そして、とりあえずどこに住むかは、アグネス・マイアーの世話で、さしあたりプリンストン大学に籍を置いて、プリンストンに住むことに決めたのだった。

マンは、再び鉄道を使って東海岸に帰り、五月初めに「巡回講演」の契約全てを完了したが、その後も東海岸のロードアイランド州などに六月末まで滞在して、『ヴァイマルのロッテ』の「アウグストの章」などを執筆するかたわら、プリンストンで住む借家を探したりした後、いよいよスイスの家を畳むべく、いったんヨーロッパに帰ってきたのだった。

そして、一九三八年九月一七日にトーマス・マンは最終的にヨーロッパを去り、アメリカに向う船に乗船したのである。

マンがニューヨークに着いたのは、ヨーロッパの列強がヒトラーの要求を呑んで、今度はチェコを見捨てる決定をする、あの「ミュンヘン会談」のわずか四日前の九月二五日だった。

すでに借りてあったプリンストンの家に住み始めたマンが一〇月五日から書き始めた最初の仕事は、この「ミュンヘン会談」で如実に示されたイギリス主導のヒトラーに対する宥和政策の正体を暴き、厳しく批判する文章――まずはこの年のうちにニューヨークで刊行された評論集『ヨーロッパに告ぐ』の序文として使われ、その後「この平和（Dieser Friede）」という題で知られるようになった評論であった。それは、この宥和政策とは第一次大戦後のヴェルサイユ条約の不公正さに対するやましさと、ナチスを社会主義のロシアに対抗する傭兵として利用したいという思惑と、ヨーロッパに蔓延する戦争恐怖症の悪用などの集合体にほかならないことを的確に指摘するものだった。

この評論を書くことをもって、トーマス・マンの以後一四年間にわたるアメリカ生活が始まったのであった。

なお、この時トーマス・マンは、先に第一章で見た世界各地をめぐる「巡礼」旅行を敢行した島崎藤村より、一歳年下なだけの満六三歳だった。

これ以上アメリカにおけるトーマス・マンの生活と活動について、私がこの「三つの国の物語」と題する本稿において綿々と語る必要はあるまい。一九三九年の「巡回講演」の演題「自由の問題」と、同年末にストックホルムのベルマン・フィッシャー社から出版された長編小説『ヴァイマルのロッテ』は、一応日本国内でもあまり間を置かずに翻訳出版されたものの、先に紹介した昭和一五年に出た麻生種衛や佐藤晃一の手になる翻訳書などの内容や、それ以上に昭和一六年（一九四一年）半ばにおける三笠書房版「トーマス・マン全集」の中絶からも判るように、基本的には、トーマス・マンが正式にアメリカに移住した頃を境に、マンに関する正確な情報は日本には届かなくなり、たまたまなんらかのルートで情報を入手できた人がいたとしても、それを公然と、正確に伝えることは難しくなったと思われる。つまり、「三つの国の物語」は皮肉にも、マンが正式にアメリカに移住した時をもって一度幕を下すほかないのである。――むろん、戦後編をも書いてみたい気は、無いこともないが、私自身がすでに八一歳であることを思うと、どうしても書いておきたいことは、他にあるように思わないでもない。

それはともかく、最後に、トーマス・マンが一九四一年にニューヨークのクノップ社から出した評論集、英語版『時代の要求』について、簡単に紹介しておかねばならない。

トーマス・マンの評論は、これ以前にも、たとえば一九三三年にH・T・ロウ＝ポーターの訳でロンドンの出版社とニューヨークのクノップ社から出た『過去の巨匠たち、その他（Past Masters and Other Papers）』や、一九三七年に同じ訳者が「フロイトと未来」と「ゲーテの著作家としての生涯」と「リヒアルト・ヴァーグナーの苦悩と偉大」の三編を訳して『フロイト、ゲーテ、ヴァーグナー』と題した本などが出版され、さらには一九三八年以降は、アグネス・E・マイアーなどの訳者も加わって「来たるべき民主主義の勝利」、「この平和」、「自由の問題」などの政治的な講演録などもその都度、ほとんどクノップ社から出版されてきた。

しかし、アメリカでの生活がすっかり軌道に乗り始めた一九四〇年頃から、マンは、もっとまとまった、もっと体系的な評論集を英語でも出したいと思い始めたようである。それでも、最初のうちは、かなり漫然とした、文学論や作家論的なものも政治論的なものも含めた計画だったようだが、一九四二年の春頃から、明確に政治的なテーマを扱った評論だけを集めた一冊の本にすることに決めて、クノップ社の同意も取りつけたようだ。

これには、前年（一九四一年、昭和一六年）一二月七日のパールハーバーへの奇襲を受けて、遂にアメリカが日本に対して宣戦し、さらに続いてドイツとイタリアに対しても宣戦布告したことによる、アメリカ社会の、すなわち読者層の雰囲気の変化が、大きく影響したようである。

一九四二年四月一七日付でマンが、この頃にはすでにマンの専属翻訳者になっていた感のあるH・T・ロウ＝ポーターに宛てた手紙が全てを語っている。

「私たちが以前に計画したような、私の全ての文学的評論をも含むような評論集には、現在のような時には、いかなる成果も期待できません。まして や、当るなんてことは考えられません。今日のような状況下にあるこの国では、アンフィトリオン（クライストの戯曲）や、プラーテンやシュトルムや、いわんやショーペンハウアーやゲーテのような対象に関心を抱く人なんて一ダースか二ダースくらいの数しか考えられません。すなわち、今はその種の評論集を出す時ではないということです。それに対して、私たちがこれまで考えていたリストのうちの政治的項目だけに限った、ほどほどの分量の本であれば、今日ならきっと一定の関心を引くに違いないと思います。そして、クノップもこの考えに同意するでしょう」と言って、マンはあらためて、次のようなリストを提示している。

そのリストは、この後で新に書下ろされた「序文」と、他に二編を加えれば、そのままで約半年後の一九四二年一〇月に出版された英語版『時代の要求』の目次ともなり得るものなので、煩を厭わずここに全てを挙げておこう。なお括弧内の発表年も、マン自身が記したものである。

「ドイツ共和国について」(一九二二)、「理性への訴え」(一九三〇)、「ヨーロッパに告ぐ」(一九三五)、「スペイン」(一九三六)、「『尺度と価値』の序文」(一九三六)、「ある往復書簡」(一九三七年一月一日)、「兄弟」(一九三八)、「私の信ずるもの」(一九三八)、「来たるべき民主主義の勝利について」(一九三八)、「この平和」(一九三八)、「文化と政治」(一九三九)、「この戦争」(一九四〇)、「考えることと生きること」(一九四一)、「緊急救出委員会に臨んで」(一九四一)

これが一九四二年四月一七日付のH・T・ロウ゠ポーター宛の手紙でマンがあげているリストである。そして、これに「序文」(一九四二)と「戦争と未来」(一九四一)と「ニーメラー」(一九四一)を加えたものが、英語版『時代の要求』の全内容である。

このリストを見て、誰でもおや?と気のつくことがある。それは、ナチスの権力掌握以前の、ヴァイマル共和国期の講演評論が二編、冒頭に置かれていることである。それも、第一次大戦中に『非政治的人間の考察』によって愛国主義的保守派の論客として鳴らしたトーマス・マンが、戦後に共和国支持を表明する一種の〈転向〉宣言となった「ドイツ共和国について」と、その後は民主党支持者としてリベラルな市民派を代表する存在だったトーマス・マンが、ナチスの急速な勢力増大を前にして、心あるドイツ人は社会民主党に結集するようにと呼びかけた「理性への訴え」という、現在にいたるまでのマンの歩みの大きな節目をなすものだった。しかしはっきり言って、いずれも現在の、第二次世界大戦に突入したばかりのアメリカ国民にとっては、およそ興味の持てない代物だったはずである。

アメリカでも、反ナチス活動をするマンに対して、『非政治的人間の考察』その他の第一次大戦中の愛国主義的発言を持ち出して批判したり、揶揄したりする人びとがいたことは、しばしば指摘されるところである。マンは、今あらためて政治的評論集を出すにあたって、その種の批判や揶揄に対しても正面から対峙しようと思って、敢えてこの二編を加えたのであろう。――そのことは、この評論集を出すにあたって書下ろした「序文」からも明確に読み取ることができる（もっとも「序文」の中で直接『非政治的人間の考察』に関わる箇所は、友人のブルーノ・フランクの強い勧告もあって削除されたようだが）。

しかし、先のH・T・ロウ＝ポーターへの手紙に見られるように、あれだけ読者の需要を気にしていたマンが、いざ本の内容ということになると、アメリカ国民には受けそうもないヴァイマル共和国時代の論稿から始めずにはいられなかったところにこそ、まさに「著作家としてのトーマス・マン」の真骨頂があったのだと思う。

マンは、英語版『時代の要求』を出版した直後の一九四二年一〇月三〇日付のジョン・T・フレドリク宛の手紙で、この評論集についてこう説明している。これは「二〇年にわたって発表したもので、生まれつき政治に向いている人間としての仕事では決してありませんが、しかし生きた精神の持ち主なら誰にでも態度決定や信条告白を迫る、激動の時代の出来事に直面して、時には芸術的創造を中断してまで語ることになったものです」と書いている。これは、この評論集の表題の意味するところを説明する文章にほかならないが、そうであれば、なんとしてでも、せめて自分が民主主義支持を最初に表明した、あの「ドイツ共和国について」までは遡っておきたいと考えるのは、「著作家トーマス・マン」の誠実さであり、また意地であったと考えられる。――独自の視点からアメリカ時代のトーマス・マンについての研究を進めているH・デーテリングは、近著『トーマス・マンのアメリカ的宗教――カリフォルニア亡命時の神学、政治、文学』（二〇一二）の中で、「政治的なものと宗教との言葉――トーマス・マンとエマーソンと『時代の要求』」と題する一章を設けて、マンのこの評論集とアメリカのキリスト教のユニテリアン派との関係を論じているが、私はそこまで言う気にはなれない。

それよりも、同じ「時代の要求」という表題を掲げながらも、一九三〇年のドイツ版『時代の要求』にも、一九四〇年の日本版『時代の要求』にも、まだ直接的に政治とは関わらない作家論や文化評論も取り入れられる余裕があったのに、このアメリカ版『時代の要求』には、そのような余地が全くなくなっているところに、私は激しい時代の流れを感じずにはおれないのである。

トーマス・マンは、一九四二年六月上旬に、五月末に行なわれたケルンへの大空襲（本書「第四話」第六章参照）や、ナチスSSの幹部ラインハルト・ハイドリヒへのチェコ人による襲撃などのニュースに接しながら、カリフォルニアのパシフィック・パリセイズの自宅で、一週間ほどかけて『時代の要求』のためにかなり長い「序文」を書きあげた。

それは、トーマス・マンの読者ならお馴染みの、「詩人（ディヒター）」と「著作家（シュリフトシュテラー）」とを区別し差別するドイツに伝統的な美学を批判し、「言葉を手段とする芸術は、常に高度に批判的な創造性を生みだすものである。なぜなら、言葉そのものが生への批判であるからだ」という、マンお得意の文学論から始まるのだが、マンは、ここではそれをわざわざ、彼の世界的に最もポピュラーな作品である『トーニオ・クレーガー』の中で、主人公トーニオがロシア人の女友達に北国から送る手紙の最初の方で、「私は近頃、物語を語るよりも、普遍的な事柄を的確に言うことの方を好むのです」と書いている箇所の引用で始めるという気の遣い方で、自分が今この評論集を出す理由を説明し、収録した諸編についての簡単な紹介を行っている。

また、出版された『時代の要求』のカヴァーには、マンの顔写真の下に、「我々の時代の真に偉大な人物としてのマン博士の今日の名声は、単に彼の小説や物語にのみ基づくものではなく、ファシズムとの戦争の最中にある世界の重要きわまる政治的問題に関して彼が書いたものにも基づいているのである」という文章が麗々しく印刷されていた。

さらに、パトロンのアグネス・E・マイアーも『ワシントン・ポスト』新聞に熱のこもった推薦文的な書評を書いてくれた。

しかし、どのように解説しようと、どのような宣伝文句を並べようと、このようなお硬くて、とっつき難い本が、そんなに売れるはずはなかった。

それだけではなかった。出版してくれたクノップ社も、とりたてて宣伝や販売に力を入れてくれる気もなかったようだ。

トーマス・マンは、発売後二ヶ月ほど経った一九四二年一二月一九日付のアグネス・E・マイアー宛の手紙で、こうボヤイている。

「私はクノップに本当に腹を立てています。なぜなら、彼は『時代の要求』のために、全くなにもしてくれないからです。そのため、この本はどこにも見あたりませんし、この本のことなど誰も知っていませんし、だれも知っていません。しかも、クノップはニューヨークで私にこう言ったのです。こういう物は単に〈記録のために〉、〈片付けるために〉印刷しておくものなのです、と。」――ここで、四年半余り前の、あの『エジプトのヨセフ』の英訳本出版時のクノップの商売熱心さを思い出しておくのも無駄ではあるまい。

しかし、実はトーマス・マン自身も、『時代の要求』を丁寧に批評してくれたニーブール・ラインホルトへの礼状の中で、そうは言っても、自分の成長過程、発展過程は、政治的発言の変遷によりも、『ブデンブローク家の人びと』、『魔の山』、『ヨセフ物語』という「私の生涯の三つの主要な芸術的な記念碑の方に、はるかに見事に示されていることを承知しています」と書いていることを、私たちは忘れてはなるまい。この小説家気質・芸術家気質と評論家気質・政論家気質との厳しく激しいせめぎ合いにこそ、著作家（Schriftsteller）トーマス・マンの本質と魅力とがあったのではないだろうか。

そして、一九四〇年八月から一九四三年一月までかかって、つまり最初から最後までアメリカで書かれた『ヨセフとその兄弟たち』の第四部『養う人ヨセフ』は、四三年一二月にストックホルムのベルマン・フィッシャー社から出版され、その英語訳も翌四四年六月に三万部がクノップ社から出版された。そして七月には、この本がアメリカのブック・オブ・ザ・マンス・クラブの推薦図書に選ばれたが、これに選ばれると、別枠による十数万部の出版販売が保証され、著者にも数万ドルの特別収入が見込まれるのが通例であった。当然出版社にもそれ相応の儲けが保証されるわけで、これに選ばれることが予測される場合には、出版社も初めから張切るわけである。

トーマス・マンは、ちょうどこの頃、正確には、一九四四年六月二三日に、ロサンゼルスで正式に宣誓を行って、アメリカ市民権を取得したのだった。しかし、この頃には、トーマス・マンに関するいかなる情報も、もはや日本には届かなくなっていた。

参照文献

トーマス・マンの日記は全て Peter de Mendelssohn を編集刊行人として、S・フィッシャー社から刊行されたものを用い、森川俊夫他の訳で紀伊国屋書店から刊行された日本語訳をも参考にした。
島崎藤村の作品は全て、瀬沼茂樹／三好行雄／島崎蓊助編、筑摩書房刊の「藤村全集」全一七巻、別巻二巻を参照した。

第一章／第二章

山口知三『ドイツを追われた人びと――反ナチス亡命者の系譜』人文書院　一九九一年
大久保喬樹『洋行の時代』中央公論新社　二〇〇八年
Donald A. Prater: Stefan Zweig. Das Leben eines Ungeduldigen. München / Wien 1981.

第三章

大畑末吉「トーマス・マンの『魔の山』」『独逸文学研究』第七巻　東京帝大独逸文学会編　建設社　昭和一一年
大畑末吉「トーマス・マンの『魔の山』」『独逸文学研究』第八巻　東京帝大独逸文学会編　建設社　昭和一二年
山口知三『激動のなかを書きぬく――二〇世紀前半のドイツの作家たち』鳥影社　二〇一三年
トーマス・マン著／熊岡初彌、竹田敏行訳『魔の山』上巻　三笠書房　昭和一一年
トーマス・マン著／熊岡初彌、竹田敏行訳『魔の山』下巻　三笠書房　昭和一四年
Käte Hamburger: Thomas Mann und die Romantik. Eine problemgeschichtliche Studie. Berlin 1932. なお、ケーテ・ハンブルガーについ

ては、トーマス・マンの一九三五年五月二八日の日記に付けられた注記およびトーマス・マンのケーテ・ハンブルガー宛一九三二年九月十日付の手紙への注記（Thomas Mann: Große kommentierte Frankfurter Aufgabe. Briefe III.）を参照。
Michael Maar: Geister und Kunst. Neuigkeiten aus dem Zauberberg. München / Wien 1995.（邦訳　津山拓也訳『精霊と芸術。アンデルセンとトーマス・マン』法政大学出版局　二〇〇〇年
高安国世『若き日のために』七丈書院　昭和一九年
Hans Kasdorff: Der Todesgedanke im Werke Thomas Manns. Leipzig 1932.
高安国世『トーマス・マンとリルケ』アテナ書院　昭和二四年
トーマス・マン著　麻生種衛訳『巴里日記』青木書店　昭和一五年
Hans Burgin/Hans-Otto Mayer: Die Briefe Thomas Manns. Regesten und Register. Frankfurt am Main 1976, 1980, 1982.
星野慎一「最近の独逸文壇より」『独逸文学研究』第五巻　東京帝大独逸文学会編　建設社　昭和九年
成瀬無極『人生劇場』政経書院　昭和九年
『カスタニエン』第八冊　京大独逸文学研究会　昭和九年
『エルンテ』第七巻第一号　東京帝国大学独逸文学会　昭和一〇年
Hans Wißkirchen: Sechzehn Jahre. Zur europaischen Rezeption der Roman-Tetralogie „Joseph und seine Brder“. In Hans Wißkirchen (Hrsg.): Die Beleuchtung, die auf mich fällt, hat oft gewechselt. Würzburg 1991.
『エルンテ』第八巻第二号　東京帝国大学独逸文学会　昭和一一年
吉川幸次郎　富士正晴編『大山定一——人と学問』創樹社　一九七七年

第四章

Thomas Mann: Die Forderung des Tages. Reden und Aufsätze aus den Jahren 1925-1929. Berlin 1930.
トオマス・マン著、佐藤晃一訳『時代の要求』青木書店　昭和一五年
Thomas Mann: Order of the Day. Political Essays and Speeches of Two Decades. Transl.: H. T. Lowe-Porter, A. E. Meyer, Eric Sutton. New York 1942.

Peter de Mendelssohn: S. Fischer und sein Verlag. Frankfurt am Main 1970.
Thomas Mann: Friedrich und die große Koalition. Berlin 1916.
佐藤晃一『トオマス・マン論』大日本雄弁会講談社　昭和二三年
トーマス・マン著　平野威馬雄訳『ロッテ帰りぬ』上、下巻　新潮社　昭和一六年

第五章

Hans Rudolf Vaget: Thomas Mann, der Amerikaner. Frankfurt am Main 2012.
Jean-Michel Palmier (Transl. David Fernfach): Weimar in Exile. The Antifascist Emigration in Euope and America. London / New York 2006.
高橋義孝『マン、ヘッセ、カロッサ』南北書園　昭和二四年
Klaus Harpprecht: Thomas Mann. Eine Biographie. Rowohlt 1995.（邦訳　岡田浩平訳『トーマス・マン物語』三元社）
Heinrich Detering: Thomas Manns amerikanische Religion. Frankfurt am Main 2012.

著者紹介

山口知三（やまぐち・ともぞう）

1936年鹿児島県生まれ。京都大学文学部教授を経て、現在、同大学名誉教授。

著書：『ナチス通りの出版社―ドイツの出版人と作家たち』（共著、人文書院　1989)、『ドイツを追われた人びと―反ナチス亡命者の系譜』（人文書院　1991)、『廃墟をさまよう人びと―戦後ドイツの知的原風景』（人文書院　1996)、『アメリカという名のファンタジー――近代ドイツ文学とアメリカ』（鳥影社　2006)、『激動のなかを書きぬく―二〇世紀前半のドイツの作家たち』（鳥影社　2013）など。

訳書：トーマス・マン『非政治的人間の考察』（共訳、筑摩書房　1968-71)、カーチャ・マン『夫トーマス・マンの思い出』（筑摩書房　1975）その他。

二つの国の物語
――トーマス・マンと日本人

二〇一八年九月二〇日初版第一刷印刷
二〇一八年一〇月一〇日初版第一刷発行
定価（本体二七五〇円＋税）

著者　山口知三
発行者　樋口至宏
発行所　鳥影社・ロゴス企画
長野県諏訪市四賀二二九―一（編集室）
電話　〇二六六―五三―二九〇三
東京都新宿区西新宿三―五―一二―7F
電話　〇三―五九四八―六四七〇
印刷　モリモト印刷
製本　高地製本

ISBN 978-4-86265-701-5 C0098